W0363673

btb

Aus Freude am Lesen

btb

Die Tätowierung

Eines Morgens im Mai wird am Fjordufer von Göteborg eine zur Unkenntlichkeit verstümmelte, männliche Leiche gefunden. Wer ist der Tote? Eine seltsame Tätowierung auf der Schulter des Opfers bringt die Polizei dem unheimlichen Mörder ein Stück näher. Die Spur führt Inspektorin Irene Huss nach Kopenhagen, wo zwei Jahre zuvor eine Prostituierte unter ähnlichen Umständen ums Leben kam. Hat man es mit einem gerissenen Serienmörder zu tun? Irene Huss stellt sich der Herausforderung. Doch warum verhalten sich einige ihrer dänischen Kollegen so seltsam bedeckt? Kann sie überhaupt noch jemandem trauen? Denn längst spürt sie, dass sich der Mörder wie ein Schatten an ihre Fersen geheftet hat...

Tod im Pfarrhaus

Drei Leichen geben der Polizei Rätsel auf – ein Pfarrer und seine Frau wurden im Schlaf erschossen, der gemeinsame Sohn liegt tot im Sommerhaus. Irene Huss muss feststellen, dass mehrere Verdächtige für den Mord in Frage kommen, und das sogar in höchsten kirchlichen Kreisen. Die einzige Überlebende der Familie Schytellius ist die Tochter Rebecka, die als Computerspezialistin in London lebt. Sie befindet sich seit dem dreifachen Mord in psychiatrischer Behandlung. Ist sie der Schlüssel zu dem grausamen Geschehen?

Autorin

Helene Tursten wurde 1954 in Göteborg geboren und arbeitete lange Jahre als Zahnärztin, bis eine rheumatische Erkrankung sie dazu zwang, ihren Beruf aufzugeben. Danach widmete sie sich dem Schreiben. Mit ihren Kriminalromanen um Inspektorin Irene Huss begeisterte sie Schwedens Kritiker und Publikum auf Anhieb und schrieb sich auch in Deutschland in die Herzen der Krimileser und -leserinnen. Ihre Serie um die Göteborger Kriminalinspektorin Irene Huss kommen demnächst auch ins deutsche Fernsehen. Sie lebt in Sunne/Värmland und ist verheiratet mit einem Ex-Polizisten.

Helene Tursten

Die Tätowierung

Tod im Pfarrhaus

Zwei Romane in einem Band

btb

Die schwedische Originalausgabe von »Die Tätowierung« erschien 2000 unter dem Titel »Tatuerad torso«, die Originalausgabe von »Tod im Pfarrhaus« erschien 2002 unter dem Titel »Glasdjävulen« bei Anamma Böcker, Göteborg.

FSC
Mix
Produktgruppe aus vorbildlich bewirtschafteten Wäldern und anderen kontrollierten Herkünften

Zert.-Nr. GFA-COC-1223
www.fsc.org
© 1996 Forest Stewardship Council

Verlagsgruppe Random House FSC-DEU-100
Das für dieses Buch verwendete FSC-zertifizierte Papier *Munken Print* liefert Arctic Paper Munkedals AB, Schweden.

Einmalige Sonderausgabe November 2008
Die Tätowierung

Tod im Pfarrhaus

Published by agreement with Leonhardt & Hoier Literary Agency, Copenhagen
Umschlaggestaltung: semper smile, München
Umschlagfoto: Alexander Stone/Getty Images
Druck und Einband: CPI – Clausen & Bosse, Leck
SL · Herstellung: BB
Printed in Germany
ISBN 978-3-442-73872-4

www.btb-verlag.de

Die Tätowierung

Aus dem Schwedischen
von Holger Wolandt

Ich lege Wert auf die Feststellung, dass sich dieses Buch weder in Kopenhagen noch in Göteborg als Reiseführer verwenden lässt. Straßen, Gassen, Plätze und andere Orte benutze ich mit großer künstlerischer Freiheit. Ebenso findet sich keiner der Charaktere in der Wirklichkeit wieder, jedenfalls nicht, soweit ich mir dessen bewusst bin.

Sammie weist es von sich, jemals Mischlingswelpen gezeugt zu haben. Er ist stolzer Vater von neun garantiert reinrassigen Nachkömmlingen.

HELENE TURSTEN

PROLOG

Durch nichts ließ der Wind auf das Entsetzliche schließen. Im Gegenteil. Für Anfang Mai war die tanggesättigte Meeresbrise, die vom eisigen Wasser herüberwehte, erstaunlich mild. In den niedrigen Wellenkämmen funkelte die Sonne und versuchte so zu tun, als sei der Sommer bereits gekommen. Es war einer dieser ungewöhnlich warmen Frühlingstage, die so schnell wieder verschwinden, wie sie gekommen sind.

Die Frau mit dem schwarzen Labrador war allein unten am Strand. Der Hund tat, was er konnte, um eine Lachmöwe aufzuscheuchen, die nur wenige Meter über der Wasserfläche ihre Kreise zog und ihrem Namen alle Ehre einlegte.

Schließlich war der Hund die ärgerliche Möwe leid. Unmittelbar am Wasser, bei dem von den Winterstürmen angeschwemmten Treibgut, fand er einen schweren Ast, den er sich schnappte. Er war über einen Meter lang und ließ sich nur schwer in der Schnauze balancieren. Leicht schwankend nahm er Kurs auf seine Besitzerin. Flehenden Blickes legte er ihr den grauen, von Sonne und Salzwasser gebleichten Ast vor die Füße. Sie beugte sich vor und versuchte vergeblich, ein Stück davon abzubrechen. Schließlich gab sie es auf und warf den ganzen Ast unbeholfen und nicht sehr weit, was den Hund nicht weiter störte. Eifrig rannte er los und trug ihn stolz zu ihr zurück, ließ sich loben und kraulen, ließ sein schönes Spielzeug wieder auf den Boden fallen und wartete ungeduldig darauf, dass sie den Ast ein weiteres Mal schleudern würde. Sein glänzendes schwarzes Fell bebte vor ungebändigter Kraft. In dem Moment, in dem sie den Ast erneut über den Kopf schwang, machte er schon einen Satz nach vorne.

Es war ein lustiges Spiel, und der Hund wurde nicht müde, es zu spielen. Dagegen begann die Kraft, die seine Besitzerin in die Würfe legte, bald zu schwinden. Schließlich ging sie zu einem flachen Stein und setzte sich. Mit lauter Stimme sagte sie: »Nein, Allan. Jetzt ist gut. Frauchen muss sich ausruhen.«

Vor Enttäuschung fiel der Hund förmlich in sich zusammen. Der eben noch so stolz wedelnde Schwanz fiel schlapp nach unten. Er stupste ihre Hände noch ein paar Mal mit der Schnauze an, aber sie ließ sie eilig in ihren Jackentaschen verschwinden, drehte das Gesicht zur Sonne und schloss die Augen. Lange saß sie reglos so da.

Als sie die Augen wieder öffnete, sah sie ihn nicht mehr an dem menschenleeren Strand. Beunruhigt stand sie auf und schaute sich in alle Richtungen um. Erleichtert lachte sie schließlich laut auf, als sie seinen Schwanz plötzlich hinter einem großen Felsbrocken entdeckte, der ein Stück weiter draußen im Wasser lag.

Im Sommer spielten die Kinder immer zwischen den drei mächtigen Felsbrocken, die ein kleines, dreieckiges Bassin bildeten. Der eine Winkel des Dreiecks zeigte nach Westen. Die Öffnung aufs Meer zu war eng, nur knapp einen halben Meter breit. Die Kinder schrien immer laut auf vor Entzücken, wenn sich die Wassermassen zwischen den Klippen hindurchpressten und über sie hinwegbrandeten. Es gab nicht viel Platz, aber zehn Kindern gelang es immer, sich zwischen den Steinblöcken zusammenzudrängen.

Jetzt stand das Wasser ungewöhnlich niedrig, und deswegen hatte der Hund es auch gewagt, zu den Klippen hinauszutrotten. Er hatte sich zwischen zwei Felsblöcken hindurchgezwängt und stand jetzt vollkommen unbeweglich da.

»Allan! Bei Fuß!«

Immer wieder rief die Frau, aber vergeblich. Plötzlich verschwand der Hund ganz hinter den Klippen. Unwillig ging sie ans Wasser hinunter, um ihn zurückzulocken. Zögernd blieb sie vor den plätschernden Wellen stehen. Das Wasser war eiskalt.

»Allan! Komm jetzt! Bei Fuß!«

Aber egal, welches Kommando und welchen Tonfall sie auch verwendete – der Hund reagierte nicht.

Wütend streifte sie Schuhe und Strümpfe ab. Leise fluchend krempelte sie die Hosenbeine auf und begann, in das eisige Wasser hinauszuwaten. Glücklicherweise reichte es ihr nur knapp über den Spann. Die Klippenformation lag vielleicht zehn Meter weit im Wasser. Bereits Meter davor bemerkte sie einen schwachen, ekelhaften Geruch. Wütend, wie sie war, nahm sie ihn jedoch erst dann richtig wahr, als sie sich mit großer Mühe zwischen den großen Steinen hindurchgezwängt hatte.

In dem dreieckigen Bassin schwamm ein schwarzer Plastiksack, in den die Möwen Löcher gehackt hatten. Schnell watete die Frau auf den Hund zu und schrie:

»Nein! Allan! Nein!«

Sie packte den Hund im Nacken. Mit wütendem Knurren verteidigte der seine Beute. Unter Einsatz ihrer ganzen Kräfte gelang es der Frau, die Hinterbeine des großen Labradors zu packen und ihn herumzuwerfen. Jetzt ragten seine Beine in den stahlblauen Himmel. Erst da ließ er ab. Jaulend plumpste er ins Wasser. Nur noch sein Kopf ragte über die Oberfläche. Schnell drückte sie ihm eine Hand gegen die Gurgel und hielt mit der anderen die eine Vorderpfote in einem eisernen Griff. Durchdringend starrte sie dem Hund in die Augen, während sie gleichzeitig ein brummendes Geräusch von sich gab. Er knurrte wütend zurück und starrte sie aus rot unterlaufenen Augen an. Schließlich verstummte er und schaute zur Seite, um zu zeigen, dass er aufgab. Langsam ließ sie ihn wieder aufstehen. Mit klammen Fingern leinte sie ihn an. Erst dann warf sie einen Blick auf den durchlöcherten Sack.

Erst hielt sie es für einen Stempel vom Schlachthof. Sekunden später erkannte sie jedoch, dass es sich nur um eine Tätowierung handeln konnte.

KAPITEL 1

Einzig Kommissar Sven Andersson, Inspektorin Irene Huss und ihr Kollege Jonny Blom hatten sich an diesem Abend im Zimmer des Kommissars im Polizeipräsidium versammelt. Es war schon fast halb acht. Der Kommissar hielt es für unnötig, sämtliche Inspektoren des Dezernats für Gewaltverbrechen zusammenzutrommeln. Die zwei, die am Tatort gewesen waren, mussten genügen. Die Übrigen würden am nächsten Tag bei der Morgenbesprechung alles erfahren.

Mit ihren dampfenden Kaffeebechern machten sie es sich um den Schreibtisch herum bequem. Ohne weitere Vorrede begann Sven Andersson:

»Was habt ihr rausgekriegt?«

»Die Meldung kam mittags herein. Eine Dame mittleren Alters war am Strand mit ihrem Hund spazieren gegangen …«

Fast schroff unterbrach der Kommissar Jonny:

»Wo am Strand?«

»Bei der Insel Stora Amundön. Eher etwas unterhalb, fast vor der Insel Grundsö. Dort gibt es einen schönen kleinen Sandstrand, der Killevik heißt. Besonders auffallend sind ein paar Felsen, die ein Dreieck bilden. In diesem Dreieck hat der Hund der älteren Dame einen schwarzen Plastiksack gefunden und …«

»Entschuldige, dass ich dich unterbreche, aber die ältere Dame ist auch nur zwei Jahre älter als ich und drei Jahre jünger als du. Außerdem heißt sie Eva Melander. Sie wohnt in Skintebo am Klyfteråsvägen. Nicht weit von Killevik«, sagte Irene Huss.

»Hat sie keinen Job? Ich meine, weil sie mitten in der Woche freihat?«, wollte Andersson wissen.

»Sie ist Kinderkrankenschwester und hatte am Wochenende Dienst. Deswegen hatte sie zwei Tage frei. Gestern blies der Wind zu stark. Da war sie mit dem Hund nicht am Strand, aber heute war ja auf einmal Superwetter. So schönes Wetter hatten wir seit Ostern nicht mehr. Seither hat es doch nur noch gestürmt und geregnet. Wirklich ein fürchterlicher Frühling.«

»Könnten wir aufhören, übers Wetter zu reden, und uns auf das Wesentliche konzentrieren?«, sagte Jonny Blom scharf.

Ehe die beiden anderen noch etwas darauf erwidern konnten, fuhr er fort, wo er unterbrochen worden war:

»Im Sack war ein großes Loch, für das wahrscheinlich die Vögel verantwortlich sind. Offenbar hat der Hund seine Schnauze in dieses Loch gesteckt und die Leiche mit den Zähnen gepackt. Am Ende vom Armstumpf kann man deutlich den Abdruck seiner Zähne erkennen, und das Gewebe ist zerfetzt. Die Arme sind etwa zehn Zentimeter unterhalb der Achseln abgetrennt worden. Auf der rechten Achsel befand sich eine große mehrfarbige Tätowierung. Das ist alles, was wir bislang wissen. Die Pathologie wird uns wahrscheinlich bald mehr über das Leichenteil sagen können.«

»Was heißt Leichenteil? Es gibt also weder Kopf noch Unterleib?«

»Nein. Der Größe nach zu urteilen scheint der Körper in der Mitte geteilt worden zu sein.«

»Ihr wisst nicht, ob es sich um einen Mann oder um eine Frau handelt?«

Irene und Jonny sahen sich an, ehe Jonny etwas zögernd meinte:

»Nein. Das wissen wir nicht, aber wir haben darüber nachgedacht. Irene und ich haben gesehen, dass dort, wo die Brust hätte sein sollen, nur eine einzige große Wunde ist… Natürlich könnten auch Vögel dort herumgehackt haben, und die Leiche war stark verwest.«

»Verstümmelte Brust. Ein Sexualmord. Das ist wirklich mit das Schlimmste. Und dann müssen wir auch noch nach dem Rest von der Leiche suchen«, meinte der Kommissar düster.

Er stand auf und ging zur Landkarte, die an der Wand hing. Göteborg mit Umgebung, von Kungälv im Norden bis Kungsbacka im Süden, großer Maßstab. Mit dem Zeigefinger folgte er der Küstenlinie von der Hafeneinfahrt Göteborgs bis runter nach Killevik. Dann markierte er den Fundplatz des Sacks mit einer kurzen roten Stecknadel.

Er trat einen Schritt zurück und betrachtete eine Weile nachdenklich die Karte. Schließlich wandte er sich an seine beiden Ermittler und sagte:

»Wir müssen in Erfahrung bringen, wo die Strömungen verlaufen und wie stark sie sind. Vielleicht wäre es auch sinnvoll, herauszufinden, wie das Wetter in letzter Zeit gewesen ist. Wann Sturm war beispielsweise.«

»Stürme? Warum reden wir jetzt schon wieder vom Wetter?«, jammerte Jonny.

»Weil sich eine Leiche, in dem Zustand, wie du sie beschreibst, nicht selbst im seichten Wasser zwischen Steinblöcken zur Ruhe begibt.«

Andersson warf Jonny Blom einen Blick zu, der ebenso schneidend war wie sein Tonfall, und fuhr dann fort:

»Das Leichenteil könnte also auf unterschiedliche Art und Weise dort hingeraten sein. Jemand kann es einfach dort abgelegt haben. Dann stellt sich allerdings die Frage, warum nicht sämtliche Leichenteile an ein und derselben Stelle liegen. Wenn man davon ausgeht, dass sie an unterschiedlichen Orten an der Küste deponiert wurden, müssten andererseits inzwischen noch weitere aufgetaucht sein.«

»Westlich und südwestlich von Killevik liegen eine Reihe unbewohnter Inselchen«, warf Irene ein.

»Genau. Da werden wir morgen alles absuchen lassen. Auch

die Strände südlich und nördlich des Fundplatzes. Es könnte natürlich auch sein, dass der Sack recht weit geschwommen ist, da sich bei der Verwesung Gase bilden …«

Der Kommissar unterbrach sich, und Irene bemerkte deutlich, dass ihn eine Woge des Unwohlseins erfasste. Er schluckte, bevor er fortfuhr:

»Der Sack kann, wie gesagt, geschwommen und bei einem Sturm über den Felsblock gespült worden sein. Vielleicht hat der Sack auch ein Loch bekommen, als er gegen die Klippen geschlagen wurde, und ist deswegen nicht wieder aufs offene Meer gespült worden. Deswegen stellt sich auch die Frage, wann es in letzter Zeit richtig gestürmt hat. Das könnte uns einen Anhaltspunkt geben, wie lange der Sack dort gelegen hat.«

Er verstummte und ging die Sache im Geiste noch einmal durch. Die Frage war natürlich, wo die anderen Leichenteile waren.

Und wer das Opfer war.

»Wenn ich heute Abend mit den Journalisten rede, gedenke ich ihnen nur zu sagen, dass wir den Oberkörper eines toten Menschen gefunden haben. Keine weiteren Auskünfte, bis das Ergebnis der Obduktion vorliegt.«

Irene und Jonny nickten. In dieser einleitenden Phase der Ermittlungen hatten sie wirklich nicht viel, womit sie arbeiten konnten. Nicht einmal das Geschlecht des Opfers kannten sie. Es hatte keinen Kopf, keinen Unterleib, keine Arme und keine Beine. Und die Todesursache kannten sie auch nicht.

KAPITEL 2

Teil eines zerstückelten Mordopfers an Badeplatz gefunden«, lautete die Überschrift von Göteborgs-Posten. Irene Huss las den Artikel und hatte den Schlaf noch in den Augen. Niemand hatte ihr je den Vorwurf machen können, morgens sonderlich munter zu sein. Jetzt versuchte sie, mit der zweiten Tasse Kaffee etwas Leben in ihre grauen Zellen zu bringen.

Krister kam herein und setzte sich an den Frühstückstisch. Das Poltern auf der Treppe zum Obergeschoss kündigte die Zwillinge an.

»Mordopfer. Niemand weiß bisher, ob es sich um ein Mordopfer handelt«, knurrte Irene.

»Es wird sich wohl kaum um einen Selbstmord handeln«, konterte ihr Mann verräterisch milde.

Er kannte die allmorgendliche schlechte Laune seiner Frau nur allzu gut und wusste genau, wie leicht sie sich provozieren ließ, bevor sie die ersten Tassen Kaffee getrunken hatte. Aber man durfte auch nicht zu weit gehen. Sonst konnte es allen Beteiligten den Tag ruinieren.

»Das kann es durchaus!«, fauchte ihn Irene an.

»Ach? Adieu, du grausame Welt! Jetzt schneide ich mir Arme und Beine und den Kopf noch dazu ab, damit ich mir auch ganz sicher sein kann, wirklich mausetot zu sein!«

Krister machte eine theatralische Geste, legte den Arm über die Augen und hob den anderen mit geballter Faust gen Himmel.

Schlecht gelaunt meinte Irene:

»Es gibt Nekrophile. Die stehlen Leichen…«

Sie unterbrach sich, als sie ihre Töchter in der Tür entdeckte.

»Lauschiges Gesprächsthema habt ihr beiden da zum Frühstück«, meinte Katarina ungerührt.

»Du hast wirklich einen üblen Job, Mama.«

Jennys Kommentar machte Irene zu schaffen. Sie liebte ihre Arbeit und hatte nie etwas anderes als Polizistin werden wollen. Vor allem hatte sie das immer für eine sinnvolle Arbeit gehalten. Gewiss hatte ihr Beruf Schattenseiten, aber irgendjemand musste den Job schließlich machen. Das ließ sich zwei Teenagern, von denen die eine Sängerin »in so einer Band wie den Cardigans« werden wollte und die andere Leiterin von Überlebenstrainings in Dschungeln und entlegenen Gebirgsregionen, nur schlecht vermitteln. Katarina konnte sich allerdings auch vorstellen, für irgendein Reiseprogramm im Fernsehen exotische und entlegene Reiseziele zu erkunden.

Irene nahm einen großen Schluck vom extrastarken Kaffee und stählte sich für den Tag.

Bei der Morgenbesprechung informierte Kommissar Andersson das gesamte Team über das wenige, was sie im Fall des Leichenteilfundes bei Killevik in Erfahrung gebracht hatten. Bisher waren keine weiteren Leichenteile mehr aufgetaucht und auch keine weiteren Anhaltspunkte. Ungeduldig wartete Andersson auf den Bericht der Pathologie. Geduld war nicht gerade seine starke Seite.

Außer Irene und Jonny bestand das Team aus drei weiteren Inspektoren.

Birgitta Moberg war neben Irene die einzige Frau, eine grazile Blondine mit wachen braunen Augen, die bedeutend jünger wirkte als ihre dreißig. Viele Männer ließen sich von ihrem liebreizenden Äußeren täuschen, aber zu spaßen war nicht mit ihr.

Ihr Nebenmann war Hannu Rauhala. Sein Stoppelhaar war hellblond, fast weiß. Meist war er einsilbig und sprach leise, aber alle wussten, dass er unglaublich effektiv war, was das Aufspüren von Personen und Recherchen aller Art anging.

Der dritte Inspektor im Team hieß Fredrik Stridh. Obwohl er mit seinen achtundzwanzig Jahren bereits drei Jahre beim Dezernat für Gewaltverbrechen gearbeitet hatte, nannten ihn alle immer noch ihren Benjamin. Aber das war durchaus liebevoll gemeint. Seine Kollegen respektierten seine gute Laune und seine Beharrlichkeit. Hatte er einmal die Witterung aufgenommen, ließ er nicht mehr von ihr ab, mochte sie auch noch so schwach sein.

In der Runde fehlte nur Tommy Persson, Irenes Partner und Intimus, seit sie gemeinsam die Polizeihochschule in Ulriksdal bei Stockholm besucht hatten. An diesem Morgen lag er auf einem OP-Tisch im Krankenhaus Ost und ließ sich einen Leistenbruch operieren. Mindestens eine Woche lang würde er der Arbeit fern bleiben müssen. Irene hatte noch am vorgestrigen Abend mit seiner Frau Agneta telefoniert. Mit verschwörerischer Stimme hatte diese ihr anvertraut, dass Tommy überhaupt nicht nervös sei, aber natürlich sein Testament gemacht habe. Im Hintergrund hatte Irene Tommy lautstark protestieren hören. Er hatte seiner Frau fürchterliche Rache geschworen, sollte diese weiter Lügen verbreiten. Agneta war Stationsschwester im Kreiskrankenhaus von Alingsås und für Irene die Person, die einer besten Freundin am nächsten kam. Am nächsten stand ihr Tommy. Er fehlte ihr bereits jetzt.

»Die Wasserwacht bekommt Verstärkung und setzt ihre Suche auf den Inseln und Schären vor Killevik fort. Die Marine stellt uns Taucher zur Verfügung. Mit dem Tauchen beginnen wir in Killevik und erweitern den Radius dann bis zum Askimsfjord.«

Irene wurde von der Stimme des Kommissars aus ihren Gedanken gerissen. Er stand vor der Küstenkarte, und sein Arm beschrieb einen Halbkreis über das hellblaue Wasser. Anderssons Blick wanderte rasch über die Gruppe und blieb dann an Hannu Rauhala hängen.

»Du rufst heute Mittag die Pathologie an und versuchst herauszufinden, wie lange unsere Leiche schon tot ist. Anschließend kannst du dann die Liste der Personen durchgehen, die vermisst gemeldet wurden, als die Leiche noch frisch war.«

Hannu nickte.

Der Kommissar wandte sich an die anderen:

»Alle außer Irene fahren nach Skintebo und gehen dort von Haus zu Haus. Vielleicht sind jemandem irgendwo ähnliche schwarze Säcke aufgefallen oder Personen, die zu einer merkwürdigen Tageszeit schwarze Säcke durch die Gegend geschleppt haben oder Ähnliches, ihr wisst schon.«

Er unterbrach sich, seufzte tief und fuhr dann fort:

»Irene und ich werden versuchen, die Mordsache in Angered zum Abschluss zu bringen. Alle sind verhört, und die Schläger haben ein Geständnis abgelegt, aber heute Vormittag haben wir einen Termin bei der Staatsanwältin, wo wir den ganzen Fall noch einmal durchgehen wollen.«

Irene bewunderte Inez Collin außerordentlich. Sie waren etwa gleich alt. Kommissar Andersson seinerseits hatte immer Probleme mit der Staatsanwältin gehabt. Vermutlich, weil sie eine Frau ist, dachte Irene, noch dazu eine gut aussehende, die studiert hat.

Wie immer sah Inez Collin phantastisch aus. An diesem Tag trug sie ein taubengraues Kleid und farblich darauf abgestimmte Schuhe. Die nüchterne Kostümjacke über dem gerade geschnittenen Kleid war etwas dunkler. Das blonde Haar hatte sie zu einem Pferdeschwanz zusammengebunden, der von einer großen silbernen Haarspange gehalten wurde. Lippen und Fingernägel hatten denselben wunderbar hellroten Farbton.

Wie immer war es unkompliziert, mit ihr zusammenzuarbeiten, und kurz vor Mittag waren sie fertig. Andersson hatte es eilig, das Zimmer zu verlassen. Vielleicht hat er Angst, Inez Collin könnte vorschlagen, gemeinsam in die Kantine zu gehen, dachte Irene.

Die Wahrheit war, dass Andersson wissen wollte, ob die Pathologen von sich hatten hören lassen. Er nahm sich nicht einmal die Zeit, auf den Aufzug zu warten, sondern begann die Treppen hinunterzugehen. Auf dem Weg nach unten bereute er seinen Übermut bereits. Als er in das Stockwerk mit dem Dezernat für Gewaltverbrechen kam, war er hochrot im Gesicht und keuchte wie ein defekter Blasebalg. Langsam schritt er den Korridor entlang und versuchte Puls und Atem unter Kontrolle zu bringen.

Hannu kam gerade aus seinem Zimmer und blieb stehen, als er seinen schwer atmenden Chef sah. Er musterte die roten Flecken auf Anderssons Hals und Wangen, enthielt sich aber wie immer jeglichen Kommentars. Verlegen versuchte der Kommissar das Ganze mit einer scherzhaften Bemerkung abzutun:

»Mit fast sechzig sollte man vielleicht besser nicht mehr mit sportlichen Übungen anfangen.«

Hannu verzog höflich die Mundwinkel, aber eine Andeutung von Unruhe war in seinen eisblauen Augen auszumachen.

»Hast du auf der Pathologie jemanden erreicht?«, wollte Andersson wissen.

»Ja. Frau Professor Stridner lässt ausrichten, dass sie nicht vor zwei Uhr fertig werden.«

Andersson wurde noch röter.

»Zwei! Dauert dieses Fitzelchen etwa länger als das Zerlegen einer ganzen Leiche!«

Hannu zuckte mit den Achseln, ohne sich dazu weiter zu äußern. Andersson holte ein paar Mal tief Luft und hakte nach:

»Weißt du, ob sie in Killevik noch mehr gefunden haben?«

Zur Antwort erhielt er nur ein Kopfschütteln. Der Kommissar sah Hannu irritiert an und verschwand in Richtung seines Büros.

Irene, die gerade den Korridor entlangkam und den letzten Wortwechsel aufgeschnappt hatte, lächelte Hannu zu und sagte mit leiser Stimme:

»Er ist heute etwas aus dem Gleichgewicht. Am Vormittag

Inez Collin und anschließend auf einen Bescheid von Yvonne Stridner warten müssen … das ist zu viel für ihn.«

Hannu lachte leise. Wenn es dem Kommissar in Gesellschaft der distanziert-eleganten Staatsanwältin schon unwohl war, dann musste er gegen die Professorin der Pathologie Yvonne Stridner fast schon eine Phobie haben. Sie war eine auffällige Frau mit Ausstrahlung und dazu noch äußerst kompetent. Sie galt als eine der Koryphäen der skandinavischen Pathologie. Alle waren dieser Meinung, vor allem auch sie selbst.

»Tja. Vielleicht sollten wir solange was essen gehen«, meinte Irene.

»Leider bin ich schon verabredet.«

Eine schwache Röte breitete sich auf seinen hohen Wangenknochen aus. Hoppla! Zum ersten Mal in den zwei Jahren, die Hannu jetzt schon bei ihnen war, ließ er so etwas wie Gefühle erkennen. Irene malte sich sofort ein romantisches Tête-à-tête mit einer Unbekannten aus. Oder vielleicht mit einem Mann? Eigentlich hatte sie keine Ahnung, ob Hannu mit jemandem zusammenlebte, ob er verheiratet oder ein Single war.

Sie kam fast um vor Neugierde, wusste aber, dass ihr Hannu nichts verraten würde. Vielleicht sollte sie eine interne Ermittlung in Gang setzen? Ein hässlicher Gedanke, aber gerade deshalb äußerst verlockend. Ohne mit einer Miene erkennen zu geben, was sie dachte, meinte Irene leichthin:

»Schade. Für mich, meine ich. Dann bis um zwei.«

Das Ganze war fast zu einfach. Irene hörte, wie Hannu seine Tür schloss und den Korridor entlangeilte. Sie stellte sich hinter das Fenster ihres Zimmers. Hannu verließ das Präsidium und ging quer über den Parkplatz. Zielstrebig hielt er auf einen kleinen, klapprigen VW Golf zu. Er öffnete die Beifahrertür und stieg ein.

Dieses Auto erkannte Irene problemlos. Nur noch wenige Exemplare aus den Achtzigerjahren rollten auf Göteborgs Straßen umher, und Kriminalinspektorin Birgitta Moberg besaß eines von ihnen. Sie hütete den Wagen wie ihren Augapfel, und es wäre ihr nie eingefallen, ihn auszuleihen. Mit größter Sicherheit saß also Birgitta selbst am Steuer.

»Was fällt ihr ein! Immer noch nicht fertig? Jetzt ist es schon zwei, und sie hatte den ganzen Tag Zeit!«

Kommissar Andersson war außer sich, als die Nachricht aus der Pathologie kam. Irene hatte das Gespräch entgegengenommen und ihren Chef informiert. Er sah Irene wütend und vorwurfsvoll an. Sie nahm es gelassen, da sie wusste, dass dieser Blick Frau Professor Stridner galt.

Andersson ging zum Fenster und sah durch die schmutzige Scheibe auf den Ernst Fontells Plats. Seinem leisen Gemurmel entnahm Irene, dass er nachdachte. Nach einer Weile drehte er sich um und sagte:

»Wir fahren zur Pathologie. Irgendwas muss die Stridner schließlich zu sagen haben! Dann geht's weiter nach Killevik. Ich will die Fundstelle sehen.«

Immer wenn er das Gebäude der Pathologie betrat, überkam Andersson ein großes Unbehagen. Irene wusste das. Sie sah es ihm auch an, tat aber so, als bemerke sie es nicht. Dass der blonde Bodybuilder, der dort als Pförtner arbeitete, ihnen mitteilte, die Frau Professor sei im Obduktionssaal, machte das Ganze nicht besser. Auch er wusste, dass der Kommissar Obduktionen verabscheute, und warf ihm ein charmantes, aber gerade deswegen provozierendes Lächeln zu. Seine strahlend weißen Zähne kontrastierten mit seiner sonnengebräunten Haut. Mit seinem Pferdeschwanz wirkte er in dieser Umgebung vollkommen fehl am Platz, aber er arbeitete schon seit vielen Jahren auf der Pathologie. Irene kannte nur seinen Vornamen, Sebastian, der auch auf seinem Namensschild stand.

Der Geruch war das Schlimmste. War man ihm täglich ausgesetzt, gewöhnte man sich vielleicht daran, dachte Irene. Aber wenn man wie sie und der Kommissar die Räume nur ab und zu betrat, machte er einem immer von neuem zu schaffen.

Andersson blieb vor der Tür stehen. Zu ihrem Erstaunen stellte Irene fest, dass er sie vor sich herschob. Es blieb ihr nichts anderes übrig, als bis zu dem Stahltisch weiterzugehen, an dem Yvonne Stridner gerade den aufgefundenen Brustkorb sezierte.

Sie schaute über die Oberkante ihrer Lupenbrille und runzelte verärgert die Stirn.

»Was wollen Sie denn hier?«, fragte sie scharf.

Da der Kommissar nichts sagte, fühlte sich Irene aufgefordert, zu antworten.

»Wir fragen uns, ob Sie nicht vielleicht doch etwas … Brauchbares herausgefunden haben?«

Stridner schnaubte verächtlich.

»Wenn ich fertig bin, sage ich Ihnen Bescheid.«

»Wissen Sie schon, ob es sich um einen Mann oder eine Frau handelt?«

»Nein, aber der Pectoralis major, also der große Brustmuskel, ist auf beiden Seiten fast vollständig entfernt worden. Was seltsam ist.«

»Inwiefern ist das seltsam?«, erdreistete sich Andersson zu fragen.

»Die Verstümmelung von Brüsten beschränkt sich meist auf das Drüsen- und Fettgewebe. Aber hier ist jemand ganz weit nach unten gegangen und hat den gesamten Muskel entfernt. Ich kann also nicht sagen, ob es sich um einen Mann oder eine Frau handelt. Der Schnitt beschreibt eine Ellipse von elf mal siebzehn Zentimetern. Höchstwahrscheinlich haben wir es tatsächlich mit den Brüsten einer Frau zu tun, die dort entfernt worden sind. Aber um das abschließend beurteilen zu können, bedarf es noch einiger eingehenderer Untersuchungen …«

»Und die Todesursache?«

»Unmöglich zu sagen. Der Kopf, findet man ihn, gibt einem vielleicht einen Anhaltspunkt. In ähnlichen Fällen wurde das Opfer meist erdrosselt.«

»Sehen Sie auf dem Hals irgendwelche Abdrücke?«

»Es gibt keinen Hals, auf dem ich irgendwelche Abdrücke

sehen könnte. Der Kopf ist oberhalb des siebten Halswirbels abgetrennt worden. Alle inneren Organe wurden entfernt. Keine Lungen, kein Herz, keine anderen inneren Organe. Der Brustkorb ist bis zum Halsansatz geöffnet. Das gesamte Sternum, also das Brustbein, ist aufgesägt.«

»Wie lange hat die Leiche... oder das Leichenteil... in dem Sack gelegen?«

»Diese Frage lässt sich nicht mit Sicherheit beantworten. Nach dem Grad der Verwesung zu urteilen kann es sich um zwei bis vier Monate handeln. Den ganzen Februar und März war es sehr kalt, und das spielt natürlich auch eine Rolle. Und seit April ist es nie länger warm gewesen. Wir haben die üblichen Proben entnommen, werden sie natürlich auch toxikologisch überprüfen lassen. In ein paar Tagen haben wir die Befunde und können dann in dieser Frage näher Auskunft geben.«

Irene hörte, sich der Kommissar bereits hinter ihrem Rücken auf den Ausgang zubewegte. Ihr Gehirn arbeitete fieberhaft. Irgendwas hatte sie doch noch fragen wollen. Plötzlich fiel es ihr wieder ein:

»Die Tätowierung. Kann man erkennen, um was es sich dabei eigentlich handelt?«, fragte sie.

»Ja. Es sieht aus wie ein auf dem Kopf stehendes schmales Y mit einem Querstrich an der Gabelung und einem weiteren Querstrich etwas weiter oberhalb. Ich finde, dass es wie ein chinesisches Schriftzeichen wirkt. Um dieses Zeichen herum windet sich ein Drache, der sich selbst in den Schwanz beißt. Eine sehr hübsche Tätowierung. In der Tat ein richtiges Kunstwerk, außerdem mehrfarbig. Sehen Sie selbst.«

Stridner drehte den lappigen grau-grünen Brustkorb herum, damit Irene die Tätowierung erkennen konnte. Schon möglich, dass sie sehr schön war, aber Irene hatte plötzlich wenig Sinn dafür. Sie tat so, als würde sie das Kunstwerk eingehend betrachten, bedankte sich und verließ den Obduktionssaal eiligst. Andersson wartete bereits vor der Tür.

Sie fuhren auf dem Länsväg 158 und bogen bei Järnbrott Richtung Särö ab. Erst als sie bei Brottkärr wiederum abzweigten, jetzt nach Skintebo, brach Irene das Schweigen.

»Ich finde schon, dass wir einiges erfahren haben.«

Der Kommissar murmelte etwas vor sich hin. Irene fand, dass es wie »viel zu viel« klang, aber sie war sich nicht ganz sicher.

»Sollen wir heute Abend die bisherigen Erkenntnisse durchgehen?«, fragte sie, mehr um das Gesprächsthema zu wechseln.

»Nein. Da brennt nichts an. Wir warten damit bis zur Morgenbesprechung.«

Irene fuhr am Park von Billdal vorbei und bog nach einer Weile auf dem schmalen Weg hinunter nach Killevik ab. Von hier aus konnte man bereits das Boot sehen, von dem aus die Taucher der Marine im Einsatz waren. Träge schaukelte es in dem leichten Seegang vor ein paar kleineren, ein paar hundert Meter vom Ufer entfernten Schären. Blau-weiße Flaggen markierten das Gebiet, das die Taucher gerade absuchten. In der Ferne konnte man das Boot der Wasserwacht dröhnen hören, von dem aus die unzähligen Inseln und Inselchen abgesucht wurden.

»Wo stecken denn alle unsere Leute?«, wollte Andersson wissen.

»Wahrscheinlich sind sie damit beschäftigt, von Haus zu Haus zu gehen«, antwortete Irene.

Andersson murmelte etwas, das sie nicht verstand. Er zog sein Handy hervor und begann dann in seinen Taschen zu wühlen. Schließlich hatte er offenbar das Gesuchte gefunden, denn seine Stimmung hob sich sichtlich, als er den zerknitterten Zettel glättete. Irene konnte mit Mühe das mit rotem Filzstift geschriebene Wort »Wasserwacht« ausmachen. Darunter stand eine Telefonnummer, die Andersson jetzt wählte.

»Hallo. Hier Andersson. Habt ihr was gefunden?«

Seine Miene verdüsterte sich, als die Person am anderen Ende antwortete.

»Nein, nein. Die Taucher auch nicht…? Nein, nein.«

Die Enttäuschung in seiner Stimme war nicht zu überhören.

»Lasst von euch hören… ich meine… falls ihr was findet. Schön. Vielen Dank.«

Er versuchte, sich nichts anmerken zu lassen, als er sein Handy wieder einsteckte, aber Irene kannte ihren Chef viel zu gut, um sich täuschen zu lassen.

Andersson lehnte sich gegen die Windschutzscheibe und starrte düster auf die drei Felsblöcke. Lange saß er so da und fixierte die Steine im Wasser. Die Sonne verbarg sich hinter dünnen grauen Wolkenschleiern, aber einzelne Strahlen brachen durch und überzogen die Wogen mit einem silbernen Schimmer. Tief kreisten die Möwen über dem Wasser und reflektierten das Licht magnesiumweiß. Andersson verschwendete keinen Blick auf die Schönheit um sich herum, sondern saß in Gedanken versunken da. Irene sagte nichts, sondern wartete darauf, dass er das Schweigen brechen würde.

»Wie zum Teufel ist der Sack nur dort hingekommen?«

»Ich glaube an deine Theorie, dass er bei einem Sturm zwischen die Steine gespült worden ist. Sonst hätten wir noch weitere Säcke an derselben Stelle oder in der Nähe gefunden.«

»Wo kam er her?«

Irene zuckte mit den Achseln.

»Keine Ahnung. Vielleicht von einer der Inseln.«

»Hm. Styrsö liegt direkt vor der Küste. Donsö auch. Aber ich habe keine Ahnung, wie die Strömung verläuft. Vielleicht kam der Sack auch von der Vrångö. Wir müssen uns das mit den Strömungen genauer anschauen. Obwohl so ein Sack wahrscheinlich nicht sehr weit treibt.«

Irene nickte.

»Ich überprüfe das.«

Es kam ihr ein Gedanke.

»Ich werde Birgitta fragen, ob sie eine Seekarte hat. Sie segelt ziemlich viel.«

»Es ist schon fast halb fünf. Ich fahre dich nach Hause. Oder bist du heute mit dem Auto da?«, wollte Andersson wissen.

»Nein. Heute hat Krister den Wagen. Er ist erst nach Mitternacht fertig.«

Zwei Autos konnten sie sich nicht leisten. Ihr System funktionierte leidlich. Der Wagen stand immer auf dem Parkplatz hinter dem Präsidium, und der war nur fünf Minuten vom Szenerestaurant Glady's Corner entfernt. Hier arbeitete Krister als Küchenchef. Wer von ihnen morgens zuerst mit der Arbeit begann, meist Irene, fuhr mit dem Auto. Wenn sie zusammen loskonnten, taten sie das. Wer zuletzt aufhörte, fuhr mit dem Wagen nach Hause. Dankbar nahm sie deshalb jetzt Anderssons Angebot an. Der Gedanke, im überfüllten Bus sitzen zu müssen, war alles andere als verlockend.

Sie fuhren auf dem Länsväg 158 durch die zartgrüne Natur zurück. Obwohl einige Gebiete dicht mit Einfamilien- und Reihenhäusern bebaut waren, war es in anderen Gegenden immer noch sehr idyllisch. Irene unterließ es tunlichst, ihre Begeisterung zu zeigen, da sie wusste, dass ihr Chef im Augenblick nichts für die Schönheiten der Natur übrig hatte.

»Zerstückelte Leichen sind ungewöhnlich. Jetzt bin ich seit fast fünfundzwanzig Jahren bei der Kriminalpolizei, und in dieser Zeit hat es nur drei oder vier solcher Fälle gegeben. Ich habe nur in einem davon ermittelt. Das hier ist der zweite«, sagte er plötzlich.

»Wer war damals das Opfer?«

»Eine Prostituierte, Drogenmilieu. Das sind die, denen am ehesten so was zustößt. Irgendwie haben die Psychopathen es immer auf sie abgesehen. Vermutlich eine Art Berufsrisiko. Ist man Schlangenbeschwörer, muss man halt damit rechnen, irgendwann mal gebissen zu werden.«

»Diese Frauen sind wirklich sehr verletzbar.«

Andersson brummte zustimmend. Irene fragte weiter:

»War diese Leiche auch aufgeschlitzt und ausgeweidet worden?«

»Nee. Es war so ein gestörter Typ, der sie nach einem extrawilden Sexspiel in seiner Wohnung getötet hatte. Er wusste nicht, wie er die Leiche loswerden sollte, und geriet in Panik. Also hat er sie in der Badewanne zerstückelt und die Teile in drei große Reisetaschen gestopft. Dann hat er die Reisetaschen in einen großen Container auf einer Baustelle in der Nähe geworfen.«

»Hat es lange gedauert, bis ihr ihn gefunden habt?«

»Vier Tage. Nach dem Mord hat er sich sinnlos betrunken. Irgendwann stand er dann auf seinem Balkon und hat geschrien: ›Ich hab sie zerstückelt! Ich war's!‹ Nachdem er das eine Stunde lang geschrien hatte, waren es die Nachbarn leid und riefen uns an. Wir mussten dann nur noch hinfahren und ihn mitnehmen. Er hatte das Badezimmer nicht einmal ordentlich gewischt, und die Kleider der Schönen lagen auch noch auf dem Fußboden!«

Andersson musste bei dem Gedanken daran immer noch lachen.

»Aber das hier ist etwas anderes. Viel schlimmer«, sagte er und war sofort wieder ernst.

»Wie meinst du das?«

»Einen Menschen zu töten und dann die Leiche systematisch auszuweiden wie ein … Brathähnchen. Das ist ziemlich krank!«

»Da bin ich ganz deiner Meinung. Aber schließlich wissen wir noch nicht, was eigentlich passiert ist. Ob es sich um einen Mord handelt oder um einen Nekrophilen, der einen Toten geklaut und zerstückelt hat, um sich daran aufzugeilen …«

Irene unterbrach sich, als sie merkte, dass Andersson stöhnte.

»Pfui Teufel. Pfui Teufel!«, sagte er mit Nachdruck.

Irene nickte und beschloss, das Thema auf sich beruhen zu lassen. Obwohl sie und ihr Chef seit vielen Jahren mit Morden und Mördern zu tun hatten, gab es Dinge, die schlimmer waren als andere.

Aus bloßem Zufall hatte Irene vor einigen Wochen eine Anzeige in der Göteborgs-Posten entdeckt: »Willkommen im Friseurcenter am Frölunda Torg! Jetzt haben wir auch Mittwoch- und

Donnerstagabend bis 20 Uhr geöffnet!« Sofort hatte sie sich ans Telefon gehängt und einen Termin vereinbart. Endlich eine Friseuse, die begriff, wann die Kundschaft Zeit hatte, sich die Haare schneiden zu lassen! Sie hatte einen Termin um halb sieben bekommen, was ihr sehr gut passte. Da konnte sie vorher noch eine Runde mit Sammie drehen.

Die Zwillinge waren direkt nach der Schule wieder ausgeflogen. Jenny war sehr musikalisch und spielte Gitarre und Flöte. Außerdem sang sie in zwei Chören. Heute war der Flötenunterricht an der Reihe. Von Katarina glaubten alle, dass sie die schwedische Juniorenmeisterschaft im Jiu-Jitsu gewinnen würde, da sie bereits im Vorjahr auf dem Siegertreppchen gestanden hatte. Irene selbst war vor bald zwanzig Jahren Europameisterin in diesem Sport gewesen. Damals war sie die einzige Frau Skandinaviens mit einem schwarzen Gürtel, dritter Dan.

Sammie wartete bereits hinter der Tür und sprang freudig an ihr hoch. Das ist der Vorteil von einem Hund, dachte Irene. Er ist immer gleich glücklich, egal wann man nach Hause kommt.

Sie hatte noch kaum die Jacke ausgezogen, als das Telefon klingelte.

»Irene Huss.«

»Hallo, Irene. Hier ist Monika Lind. Erinnerst du dich?«

Es dauerte eine Weile, bis bei Irene der Groschen fiel, aber schließlich erinnerte sie sich.

»Natürlich. Wir waren doch jahrelang Nachbarn. Aber seid ihr nicht vor vier oder fünf Jahren nach Trollhättan umgezogen?«

»Nach Vänersborg. Vor fünf Jahren.«

Monika Linds Tochter Isabell war ein Jahr älter als die Zwillinge. Die Mädchen hatten viel miteinander gespielt, als sie kleiner gewesen waren, aber als Familie Lind weggezogen war und auch noch bis nach Vänersborg, war der Kontakt immer spärlicher geworden und zum Schluss ganz eingeschlafen. Irene fragte sich, was ihre ehemalige Nachbarin wohl von ihr wollte.

»Es geht um Isabell. Die Polizei kümmert sich nicht. Ich musste einfach mit einer vernünftigen Polizistin sprechen!«

Bei diesem letzten Satz brach Monikas Stimme. Zu ihrem Entsetzen hörte Irene, wie sie anfing zu schluchzen. Irene versuchte es mit einem beruhigenden Tonfall:

»Was ist passiert? Hat Isabell Probleme mit der Polizei?«

»Nein, sie ist weg! Verschwunden! Ich habe nach ihr gesucht … aber niemanden kümmert das!«

Wieder war lautes Schluchzen zu hören.

»Monika, bitte. Versuch, von vorne anzufangen.«

Eine Weile war es still. Offensichtlich bemühte sich Monika Lind um Fassung. Mit zitternder Stimme begann sie dann zu erzählen:

»Letzten Herbst besuchte Isabell die zweite Oberstufenklasse, das sozialkundliche Programm. Aber es gefiel ihr nicht. Sie hatte die ganze Zeit Probleme, sich auf dem Gymnasium zurechtzufinden. Dann gewann sie letzten Sommer in einem Schönheitswettbewerb, und danach wollte sie nur noch eins … Fotomodell werden. Ein Fotograf hier in der Stadt machte sehr schöne Aufnahmen von ihr, die ein Vermögen kosteten … aber schließlich wollte sie es so gerne.«

Monika Lind verstummte erneut. Irene konnte ihre Atemzüge hören. Offensichtlich kostete es sie große Überwindung, das alles zu erzählen.

»Weihnachten ging dann gar nichts mehr. Sie weigerte sich, weiter aufs Gymnasium zu gehen. Sagte, sie hätte die falsche Fächerkombination gewählt. Sie wollte im Herbst mit dem Medienprogramm anfangen. Und dann ist sie in Kontakt zu dieser Modellagentur in Kopenhagen gekommen.«

»Wie?«, warf Irene ein.

»Über eine Anzeige. Es wurden schwedische Mädchen gesucht, die bereit waren, in Kopenhagen zu arbeiten.«

»Wie hieß die Agentur?«

»Scandinavian Models. Sie verhandelte mit einer Fotografin, die Jytte Pedersen heißt. Ich habe zweimal mit ihr gesprochen, ehe Bell gefahren ist. Die Agentur kümmerte sich um die Fahrkarten, die Wohnung und …«

Monikas Stimme brach erneut. Sie schluchzte verzweifelt.

»Hatte sie in Kopenhagen eine eigene Wohnung?«

»Nein. Sie teilte sich eine mit zwei anderen Mädchen. Einer aus Oslo, die Linn heißt, und einer aus Malmö, einer gewissen Petra.«

»Wo liegt die Wohnung? In welchem Stadtteil von Kopenhagen?«

Irene war nur einmal in ihrem Leben in der dänischen Hauptstadt gewesen. Im letzten Jahr des Gymnasiums. Wahrscheinlich wegen des guten und billigen dänischen Biers und der fehlenden wachsamen Augen irgendwelcher Eltern waren ihre Erinnerungen daran nur noch verschwommen.

»Sie liegt direkt am Freihafen. Die Straße heißt Østbanegade.«

»Hast du sie dort nie besucht?«

»Nein. Doch. Wie man's nimmt … Ich wollte in den Ferien im Februar hinfahren. Ein Nachteil des Lehrerberufs ist, dass man sich an die Schulferien halten muss. Mein Mann versprach, sich um Elin zu kümmern … Du erinnerst dich vielleicht, dass ich schwanger war, als wir nach Vänersborg gezogen sind. Isabell hat eine kleine Schwester, die jetzt auch schon fast fünf ist. Genauer gesagt ist sie ihre Halbschwester. Aber dann wollte Bell nicht, dass ich komme, da sie gerade die Wohnung renovierten. Dann wollte ich Ostern fahren, aber da sagte sie dann, sie hätte so viel Arbeit. Sie wollte nach London, weil dort Aufnahmen gemacht werden sollten und was weiß ich nicht alles. Ich … ich hatte das immer deutlichere Gefühl, dass sie gar nicht wollte, dass ich komme. Die Mädchen hatten kein Telefon in der Wohnung, sondern Bell rief immer bei uns an. Ich schrieb ihr mindestens einmal in der Woche.«

»Wie oft hat sie angerufen?«

»Meist einmal die Woche. Gelegentlich vergingen auch mal zehn Tage zwischen den Anrufen.«

»Wann hast du zuletzt von ihr gehört?«

»An einem Abend Mitte März. Janne war am Apparat. Ich hatte Elternabend.«

»Was hat sie gesagt?«

»Nicht viel. Wie gesagt war Janne am Apparat.«

»Wie ist das Verhältnis von Isabell und deinem Mann?«

Ein deutlicher Seufzer war am anderen Ende zu hören.

»Wie du weißt, gab es bereits Probleme, als wir noch in Fiskebäck wohnten. Als Janne und ich uns kennen lernten, war Bell elf Jahre alt. Da der Kontakt zu ihrem Vater seit der Scheidung schlecht war, war ich mit ihr fünf Jahre lang praktisch allein gewesen. Und jetzt drängte sich Janne dazwischen. Du erinnerst dich doch vermutlich noch an alle die Male, die sie zu euch ausgerissen ist? Ihr durftet nicht erzählen, wo sie steckt. Sie wollte, dass ich mir Sorgen mache.«

»Kann es jetzt nicht auch wieder so was sein? Sie geht dir aus dem Weg, damit du dir Sorgen machst …«

»Genau davon will mich die Polizei in Schweden und auch in Dänemark die ganze Zeit überzeugen! Sie wollen nicht glauben, dass es sie nicht mehr gibt!«

»Es sie nicht mehr gibt? Was meinst du damit?«

»Es gibt sie nicht mehr in Kopenhagen! Der ganze April verging, ohne dass ich auch nur einen einzigen Ton von ihr gehört hätte. Am Donnerstag vor dem ersten Mai habe ich mir dann freigenommen und bin nach Kopenhagen gefahren. Erst einmal zu Bells Adresse. Du kannst dir nicht vorstellen, was für ein verkommenes Haus das war! Ein großes, schmutziges Mietshaus am südlichen Freihafen. Ich ging das Treppenhaus hoch, aber nirgendwo war eine Wohnung, in der drei junge Mädchen wohnten. Natürlich habe ich überall geklingelt und bei den Nachbarn nachgefragt. Niemand hatte die drei Mädchen je gesehen oder überhaupt von ihnen gehört.«

Monika machte eine kurze Pause.

»Ich besorgte mir ein Telefonbuch und begann nach Modellagenturen und Fotografen zu suchen. Eine Agentur mit dem

Namen Scandinavian Models gibt es nicht und eine Fotografin namens Jytte Pedersen auch nicht. Dann klapperte ich alle Fotografen und Agenturen ab, die es gab. Ich hatte ein Bild von Bell dabei, das ich allen zeigte. Keiner der Fotografen hatte sie je gesehen. Und dann kam das Wochenende, und ich fuhr nach Hause. Aber vorher zeigte ich Bells Verschwinden noch bei der dänischen Polizei an.«

Sie hatte erneut Mühe zu sprechen, und Irene musste lange warten. In der Zwischenzeit machte sie sich auf dem Block, der neben dem Telefon hing, Notizen.

Monika schniefte und fuhr dann mit zitternder Stimme fort:

»Sie haben mich … fast verhöhnt! Sie fanden es überhaupt nicht beunruhigend, dass eine Siebzehnjährige in Kopenhagen verschwindet. So was passiere jeden Tag, sagten sie. Junge Mädchen verschwinden, weil sie was erleben wollen in der Großstadt. Offenbar ist das ganz normal! Sie sagten, dass die Polizei nicht mehr machen könne, als eine Vermisstenanzeige aufzunehmen und zu warten, ob sie in irgendeinem Zusammenhang wieder auftaucht. Fast hätten sie mir ins Gesicht gesagt, dass sie nicht die Absicht haben, überhaupt etwas zu unternehmen!«

Was sollen sie schon tun? Streifen losschicken, um Isabell aus Vänersborg zu suchen?, dachte sich Irene im Stillen. Sie war aber lieber ruhig. Es auszusprechen wäre nicht sehr taktvoll gewesen. Stattdessen fragte sie:

»Hast du auch die Polizei in Schweden verständigt?«

»Ja. Am 2. Mai, also letzten Sonntag. Dort haben sie dieselbe Einstellung wie in Dänemark.«

Irene dachte intensiv nach und sagte dann:

»Du hast gesagt, dass Isabell angerufen hätte. Hat sie nie Karten oder Briefe geschrieben?«

»Nein. Sie hatte noch nie viel fürs Schreiben übrig.«

»Versuch dich daran zu erinnern, was sie gesagt hat. Über die Wohnung. Über die beiden anderen Mädchen. Über die Arbeit als Model … alles!«

»Von den Mädchen, mit denen sie die Wohnung teilt, hat sie

nur die Vornamen erwähnt. Linn und Petra. Meist hat sie über all die neuen Leute geredet, die sie kennen gelernt hatte. Die waren aus der ganzen Welt. Ein Engländer, der Steven hieß, und ein Amerikaner namens Robin. Die Mädchen gingen immer zusammen aus, und dann trafen sie offenbar immer eine Menge Leute. Natürlich auch eine Menge anderer Models. Eine Freundin hieß Heidi. Dann sprach sie davon, dass es Spaß mache, sich fotografieren zu lassen, dass es aber auch anstrengend sei.«

»Von den Leuten, die sie erwähnt hat, kennst du keine Nachnamen?«

»Nein. Sie erzählte, dass sie eine Menge Kleider kaufen würde. Sie und die Mädchen gingen zusammen zum Shoppen in die Stadt. Auf Kleider war sie immer ganz versessen, und jetzt verdient sie schließlich eine Menge Geld. So wie ich sie kenne, gibt sie alles für Kleider und Make-up aus.«

»Wie hat sie die Wohnung und das Haus beschrieben?«

»Sie fand alles sehr schön und angenehm.«

»Aber das stimmte mit der Wirklichkeit nicht überein?«

»Nein.«

»Gibt es noch mehr, was sie gesagt hat, wovon du später gemerkt hast, dass es gelogen ist?«

»Im Moment fällt mir nichts ein.«

Irene wählte sorgfältig ihre Worte und sagte dann:

»Es ist vermutlich leider so, wie meine dänischen und schwedischen Kollegen sagen. Die Polizei kann nicht viel tun, solange kein Verdacht auf ein Verbrechen besteht oder sie in irgendeinem polizeilichen Zusammenhang auftaucht. Aber du kannst dir natürlich einen Privatdetektiv nehmen.«

»Das wird zu teuer. Aber vielleicht muss ich das wirklich. Was glaubst du, kann ihr zugestoßen sein?«

»Schwer zu sagen. Eine Möglichkeit ist, dass sie sich aus irgendeinem Grund absichtlich versteckt hält. Eine andere, dass sie nicht mehr in Kopenhagen ist. Besteht nicht die Möglichkeit, dass sie wieder nach England gefahren ist?«

»Aber dann hätte sie doch von sich hören lassen!«

»Ja. Das ist es eben, was so beunruhigend ist, dass sie das nicht getan hat. Ich finde, dass du die Polizeibeamten hier in Schweden bitten solltest, sie auch via Interpol zu suchen.«

Monika schwieg lange. Irene hatte das Gefühl, selbst alles gesagt zu haben, was es zu sagen gab. Sie wartete ab.

»Rufst du mich an, wenn du was herausfindest?«

»Natürlich. Kannst du mir deine Telefonnummer zu Hause und in der Arbeit geben?«

Hastig schrieb Irene beide Nummern auf den Block neben dem Telefon. Sie hegte keine größeren Hoffnungen, dass sie für diese Nummern in naher Zukunft einmal Verwendung haben würde. Jemand, der bei der Polizei in Göteborg angestellt war, konnte da nicht viel ausrichten.

Die Friseuse hatte zu kurz geschnitten. Als sie ihrem Mann das Ergebnis vorführte, bestätigte sein Kommentar ihre Befürchtungen. Ihr Mann, den sie vor siebzehn Jahren geheiratet hatte, betrachtete ihr Haar eingehend und kritisch. Dann hob er grüßend die Hand und sagte:

»Tachchen, Bosse.«

Natürlich war sie beleidigt. Gleichzeitig musste sie zugeben, dass sie das Schlimmste noch rechtzeitig hätte verhindern können. Irene fand trotzdem, dass es der Fehler der Friseuse war. Diese hatte ihr das Bild eines jungen, wunderschönen Models unter die Nase gehalten und gesagt:

»Sehen Sie. Genau Ihr Stil. Cool, aber trotzdem feminin. Die Sechziger sind wieder angesagt. Falls Sie sich an die Twiggy-Frisur erinnern. Pflegeleicht. Und dann färben wir in einem etwas dunkleren Rot-Braun.«

Natürlich konnte sich Irene an die Twiggy-Frisur erinnern… So hatten alle Mädchen Ende der Sechzigerjahre aussehen wollen. Damals war sie neun oder zehn gewesen. Ohne ihrer Mutter etwas zu sagen, hatte sie sich im Damensalon am Guldhedstorget einen Termin geben lassen. Die füllige Friseuse mit dem knallroten Lippenstift, die einen so angenehmen Duft verströmte, hatte damals freundlich gefragt, ob Irene auch wirklich ihr langes Haar abschneiden lassen wollte. Bestimmt hatte Irene erklärt, das wolle sie wirklich. Schließlich hatte sie so aussehen wollen wie Twiggy.

Möglicherweise hatte die Frisur eine gewisse Ähnlichkeit mit der von Twiggy gehabt, jedoch nicht der Rest von Irene. Niemand hätte sie je verwechselt, weder damals noch später.

Jetzt war sie wieder darauf reingefallen.

Mit einem kritischen Seufzer betrachtete sich Inspektorin Irene Huss im Spiegel der Diele. Sie sah eine große, schlanke Frau in schwarzen Hosen und einem Top aus Baumwolle mit V-Ausschnitt. Das Haar war sehr kurz, aber die Farbe war gut getroffen. Das natürliche Dunkelbraun hatte einen tiefroten Glanz. Das Grau war verschwunden. Im Licht der Diele sah sie jünger aus als ihre Vierzig. Jedenfalls solange sie nicht zu nahe an den Spiegel trat.

Da wurde mit einem heftigen Ruck die Haustür aufgerissen, und ihre Zwillingstöchter versuchten sich gleichzeitig in die Diele zu drängen. Als sie den Streit um den einzigen freien Kleiderbügel beigelegt hatten, wandten sie sich an ihre Mutter.

»Wir haben sie uns angeschaut. Es war eindeutig Sammie«, sagte Jenny.

»Kein Zweifel«, pflichtete ihr Katarina bei.

Gemeinsam zogen Mutter und Töchter in die Küche, in der sich die beiden männlichen Mitglieder der Familie aufhielten. Da Krister als Küchenchef arbeitete und Kochen nicht nur als Beruf, sondern auch als Hobby betrachtete, hatte er bereits mit der Zubereitung des späten Abendessens begonnen. Erwartungsvoll saß Sammie neben seinem Herrchen und konzentrierte sich ganz auf jede seiner Bewegungen. Schließlich konnte es passieren, dass irgendein Leckerbissen versehentlich auf dem Fußboden landete.

»Katarina und Jenny haben sie sich angeschaut. Kein Zweifel, da war Sammie am Werk«, sagte Irene.

»Da hatte dieser alte Drachen also doch Recht, als sie hier bei uns zeternd angerufen hat«, stellte Krister fest.

»Meine Güte, war die außer sich! Ihr reinrassiger Pudel und verlustiert sich mit einem Terrier! Aber sie ist auch selber schuld. Man lässt eine läufige Hündin einfach nicht im Garten seines Reihenhauses frei herumlaufen. Jedenfalls nicht bei so niedrigen Zäunen wie hier bei uns. Sie hat übrigens noch zu mir gesagt, dass ihre Hündin auf irgendwelchen internationalen Hundeausstellungen Preise gewonnen hat«, erzählte Irene.

»Sammie, Sammie! Hast dich also auch noch mit einer Schönheitskönigin vergnügt!«, sagte Krister barsch, aber mit einem Lächeln auf den Lippen.

Hätten sie sich in einem Zeichentrickfilm befunden, dann wäre jetzt mit einem Pling ein Fragezeichen über Sammies Kopf aufgetaucht. So ratlos sah er alle Mitglieder seines Rudels an. Schließlich konnte Jenny nicht länger an sich halten und brach in prustendes Gelächter aus. Die anderen stimmten ein, und bald lachten alle, dass ihnen die Tränen nur so über die Wangen liefen. Was Sammie nun wirklich übel nahm. Mit gesenktem Schwanz verließ er die Küche und trottete die Treppe zum Obergeschoss hoch. Dort verkroch er sich unter Jennys Bett.

Irene und Krister begannen wieder zu kichern, wurden aber von Jenny unterbrochen:

»Es sind drei. Wahnsinnig süß! Zwei Weibchen und ein Männchen. Sie sehen ungefähr so aus wie Sammie als Welpe. Natürlich viel kleiner, weil sie erst drei Wochen alt sind, und außerdem sind sie viel dunkler und ...«

»Natürlich! Die Frau Mama ist schließlich schwarz«, mischte sich Katarina ein.

»Das blicke ich schon auch noch, dass das deswegen ist! Aber die Alte hat gedroht, die Welpen einschläfern zu lassen, wenn wir ihr nicht dabei helfen, sie loszuwerden.«

»Mischling aus Pudel und Terrier klingt auch nicht so wahnsinnig geglückt. Was das Aussehen angeht, könnten sie ganz entzückend werden. Aber Temperament und Psyche … ich weiß nicht«, meinte Irene nachdenklich.

»Was hast du mit deinen Haaren angestellt?«, platzte Katarina plötzlich heraus.

Bislang war ihr die neue Frisur ihrer Mutter gar nicht aufgefallen.

»Das ist das Neueste vom Neuen. Der letzte Schrei«, antwortete Irene selbstbewusst.

»Und wie ihr euch angestellt habt, als ich mir die Haare abgeschnitten habe«, meinte Jenny.

»Von wegen abschneiden! Du hast sie dir damals abrasiert!«, erinnerte sie Katarina.

Jenny vertiefte das Thema nicht weiter. Vor zwei Jahren hatte sie das Haar superkurz getragen. Beide Mädchen schwiegen und begutachteten den neuen Look ihrer Mutter. Irene starrte in Gedanken versunken zurück. Da hatte sie nun Zwillinge, und die waren so unterschiedlich, dass die meisten sie nicht einmal für Schwestern hielten.

Katarina sah so aus wie sie selbst in diesem Alter. Sie war bereits ein Meter achtzig groß, außerdem schlank und durchtrainiert. Auch die Farben waren die von Irene: dunkelbraunes Haar, tiefblaue Augen und eine Haut, die in der Sonne leicht braun wurde.

Jenny war das Ebenbild ihres Vaters oder vielleicht vor allem das seiner Schwestern. Zu ihrem großen Kummer war sie die Kleinste der Familie und maß nur einen Meter dreiundsiebzig. Jennys Haar war leuchtend blond, die Augen waren hellblau, ihre Haut war rötlich und sehr empfindlich gegen die Sonne. Sie murrte häufig, wie ungerecht das Schicksal sie im Vergleich mit ihrer Schwester behandelt habe, was ihr Aussehen angehe. Die Wahrheit war, dass Jenny bildhübsch war, aber sie selbst sah das anders.

Um dem kritischen Starren ihrer Töchter ein Ende zu bereiten, fragte Irene:

»Was gibt's zu essen?«

»Es ist Mittwoch. Was Vegetarisches. Ich koche eine thailändische Gemüsepfanne mit Kokosmilch«, antwortete Krister.

Irene seufzte innerlich. Obwohl sie jetzt bereits seit fast zwei Jahren drei Tage in der Woche vegetarisch aß, hatte sie immer noch Mühe, sich an dieses andersartige Essen zu gewöhnen. Als sich Jenny dazu entschlossen hatte, Veganerin zu werden, und Krister der Meinung gewesen war, mindestens zwanzig Kilo abspecken zu müssen, hatte die Familie ihre Essgewohnheiten radikal umgestellt. An den Tagen, an denen die anderen Geflügel, Fisch oder Fleisch schlemmten, machte sich Jenny über die Reste der vegetarischen Mahlzeiten her. Krister hatte zwar keine zwanzig Kilo abgenommen, wog mittlerweile aber immerhin etwas unter hundert Kilo. Da er sehr groß war, wirkte er trotzdem nicht dick, eher kräftig und stattlich. Aber Irene wusste, dass seine Knie gegen die überflüssigen Kilos protestierten. Deswegen unternahm er auch nicht die langen Spaziergänge mit Sammie, wie er es sich damals eigentlich vorgenommen hatte. Hingegen schwamm er in der Woche mindestens zwei Kilometer in der Schwimmhalle von Frölunda. Im Herbst wurde er fünfzig. Irene hatte keine großen Hoffnungen, dass er bis dahin fitter oder dünner werden würde. Sie würde sich wohl mit seinen verbesserten Essgewohnheiten und seinen Besuchen in der Schwimmhalle zufrieden geben müssen.

KAPITEL 3

Das durchsuchte Gebiet wurde immer größer, aber bisher hatte sich noch nichts Neues ergeben.

Kommissar Andersson versuchte die Pathologie zu erreichen. Professorin Stridner ließ ausrichten, sie sei beschäftigt, würde aber von sich hören lassen, sobald sie Zeit habe. Hannu ging die Listen der seit Neujahr verschwundenen Personen durch. Noch war ihm nichts viel Versprechendes aufgefallen. Dies trug nicht gerade dazu bei, die Stimmung des Kommissars zu heben.

»Wir treten auf der Stelle. Irgendjemand müsste diesen Menschen doch vermissen!«, rief er.

Irene versuchte ihn zu beruhigen.

»Es sind doch erst knapp achtundvierzig Stunden vergangen, seit wir den Sack gefunden haben, außerdem weiß die Öffentlichkeit noch nichts von der Tätowierung. Die könnte uns auf die Spur des Opfers bringen.«

Andersson schwieg ein Weilchen. Schließlich räusperte er sich verlegen:

»Tätowierung... ich habe sie nicht so genau erkennen können. Was war da eigentlich abgebildet?«

Mehrere Meter vom Obduktionstisch entfernt hatte er die Tätowierung natürlich nicht sehen können. Taktvoll unterließ es Irene, ihn auf diesen Umstand hinzuweisen. Stattdessen wandte sie sich an die übrigen Kollegen im Zimmer.

»Die Stridner glaubt, dass es sich um ein chinesisches Schriftzeichen handelt, das von einem Drachen umgeben ist, der sich in den Schwanz beißt. Es war natürlich nicht so leicht zu sehen, da der Hund genau in die Tätowierung gebissen hatte und die Leiche außerdem angefressen war … na, ihr wisst schon. Aber sie hat das Schriftzeichen als ein umgekehrtes Y beschrieben, mit zwei Strichen quer durch die senkrechte Linie. Der Drache ist in mehreren Farben tätowiert. Laut Stridner ein richtiges Kunstwerk.«

»Ich habe nicht den Eindruck, dass es sich um eine gewöhnliche Tätowierung handelt. Also kann sie keiner von den üblichen Stümpern gemacht haben«, meinte Birgitta.

»Finden wir den Tätowierer, dann sind wir auch dem Opfer auf der Spur«, pflichtete ihr Fredrik Stridh bei.

»Am besten wäre es, wir hätten ein Foto von der Tätowierung, womit wir uns auf die Suche begeben könnten«, sagte Jonny.

»So wie die Tätowierung jetzt aussieht, willst du sie keinesfalls auf einem Foto herumzeigen. Glaub mir!«, versicherte Irene.

Sie dachte kurz nach und meinte dann:

»Könnten wir statt eines Fotos nicht eine Zeichnung anfertigen lassen? Gezeichnet würde die Tätowierung auch viel deutlicher.«

Anderssons Miene hellte sich auf, und er nickte.

»Das ist eine gute Idee. Ich werde versuchen, das zu arrangieren.«

Er wandte sich an Fredrik.

»Wie läuft es mit dem Erstochenen von heute Nacht?«

»Das Opfer wurde als Lennart Kvist identifiziert, in Fixerkreisen bekannt als Laban. Ein alter Bekannter, der so manchen Deal auf dem Kerbholz hat. Offenbar hat es bei einem Geschäft Streit gegeben. Ein Zeuge hat im Park hinter dem Florahügel laute Hilferufe gehört und die Polizei verständigt. Im Park fand eine Streife dann Labans Leiche. Neben ihm eine Tüte mit gestrecktem und verkaufsfertigem Heroin. Das Wahrscheinlichste ist, dass es sich bei dem Täter um einen Kunden handelt, der nicht den gewünschten Kredit bekam.«

»Hat der Zeuge jemanden vom Tatort weglaufen sehen?«, fragte Andersson.

»Nein. Wahrscheinlich ist der Mörder durch den Park den Kanal entlang Richtung Stadttheater verschwunden.«

»Okay. Du und Birgitta, ihr kümmert euch um diese Sache. Schließt euch mit dem Rauschgiftdezernat kurz, wenn ihr das nicht schon getan habt. Irene, Jonny und Hannu beschäftigen sich weiter mit der zerstückelten Leiche. Wir sehen uns dann hier wieder heute Nachmittag gegen fünf.«

Im Branchenverzeichnis boten sieben Tätowierer ihre Dienste an. Bei einigen von ihnen konnte man sich auch piercen lassen. Schmerzhafte Behandlungen, denen sich Leute freiwillig aussetzen, dachte Irene. Sie selbst hatte es nicht einmal gewagt, sich Löcher in die Ohren stechen zu lassen.

»Es hat keinen Sinn, die Tätowierer abzuklappern, bevor wir ein Bild zum Vorzeigen haben«, meinte Jonny.

»Ich frage Andersson, ob er inzwischen einen Zeichner aufgetrieben hat und schon was von der Stridner gehört hat.«

Irene hatte das Bedürfnis, sich die Beine zu vertreten. Weder sie noch Jonny hatten ein richtig gutes Konzept, wie sie die Ermittlung fortsetzen sollten. Sie mussten erst mal der Identität des Opfers auf die Spur kommen.

Auf dem Weg in Anderssons Zimmer stieß sie mit Hannu zusammen. Wie ein Kavalier hielt er ihr die Tür auf, und sie machte als Scherz einen Knicks, als sie an ihm vorbeiging.

»Müsst ihr so ein Theater machen, bloß weil ihr aneinander vorbeigeht?«, ließ sich die säuerliche Stimme des Kommissars vernehmen.

Aha, dachte Irene, es gibt also immer noch nichts Neues. Sie beeilte sich, ihr Anliegen vorzubringen.

»Nein. Kein Zeichner. Und die Stridner hat auch noch nicht…«

Das Klingeln des Telefons unterbrach ihn. Er riss den Hörer an sich.

»Kommissar Andersson. Ja. Ach so? Hm.«

Andersson lauschte der Stimme am anderen Ende. Seiner verbissenen Miene und der geschäftigen Stimme entnahmen sie, dass er mit Frau Stridner persönlich sprach. Der mürrische Gesichtsausdruck des Kommissars wich einer eher erstaunten Miene. Er machte zustimmende Geräusche, ehe es ihm endlich gelang, die strenge Stimme am anderen Ende der Telefonleitung zu unterbrechen.

»Wir haben da ein kleines Problem. Wir bräuchten eine Zeichnung von der Tätowierung… nein, lieber kein Foto… eine Zeichnung, ja… das wird etwas deutlicher. Ach, wirklich? Sehr gut!«

Bei den letzten Worten strahlte er förmlich und warf seinen beiden Inspektoren einen triumphierenden Blick zu.

»Vielen Dank.«

Er legte auf und rieb sich unwillkürlich die Hände vor Zufriedenheit.

»Frau Stridner kümmert sich um die Zeichnung. Einer ihrer Assistenten will Maler werden. Er hat heute Dienst. Sie schicken das Bild mit Boten, wenn es fertig ist.«

»Wissen sie nun, ob es sich bei dem Opfer um einen Mann oder eine Frau handelt?«, fragte Hannu.

»Einen Mann. Sie haben einen Chromosomentest gemacht.«

Ohne eine Miene zu verziehen, nahm Hannu die obersten Seiten von dem Papierbündel, das er in Händen hielt.

»Dann bleiben drei übrig«, stellte er fest.

»Frau Stridner hat auch das Skelett vermessen. Sie sagt, dass es sich um einen ziemlich breitschultrigen Mann zwischen fünfundzwanzig und fünfunddreißig gehandelt haben muss. Er dürfte zwischen ein Meter fünfundsiebzig und ein Meter fünfundachtzig groß gewesen sein. Die Körperbehaarung auf der Brust war ziemlich dunkel. Laut Stridner dürfte er dunkel-, aber nicht schwarzhaarig gewesen sein.«

»Ausländer?«, schlug Irene vor.

»Vielleicht. Aber er war nicht dunkelhäutig und auch nicht

schwarzhaarig. Wahrscheinlich hatte er braunes oder dunkelbraunes Haar.«

Hannu blätterte in seinen Papieren und legte ein weiteres nach hinten.

»Dann bleiben noch zwei«, meinte er gelassen.

Irene konnte ihre Neugier nicht länger bezwingen und fragte:

»Hast du da gerade einen aussortiert?«

Hannu nickte:

»Zweiundsiebzig. Weißhaarig. Fett. Ein Meter siebenundsechzig. Verschwand im Januar in Hindås. Jedenfalls nicht unser Mann.«

»Wohl nicht. Aber wen hast du übrig?«, unterbrach ihn Andersson ungeduldig.

»Steffo Melander. Zweiunddreißig. Ist aus einem Hafturlaub am 13. März nicht nach Kumla ins Gefängnis zurückgekehrt. Verbüßte eine siebenjährige Strafe wegen Bankraubs und Totschlags. Hätte noch ein Jahr abzusitzen gehabt. Bis dahin war er jedes Mal pünktlich vom Hafturlaub zurückgekehrt. Es ist bekannt, dass er mit der Bahn nach Göteborg fuhr, um dort seine Familie zu besuchen. In Göteborg hat er zwei Kinder mit einer ehemaligen Lebensgefährtin. Auf dem Hauptbahnhof verliert sich seine Spur.«

»Hatte er nicht was mit einer dieser Rockerbanden zu tun?«

»Mit der Brüderschaft.«

»Mit denen legt man sich besser nicht an. Hat er diesen Fehler gemacht?«

»Soweit wir wissen, nicht.«

»Personenbeschreibung?«

»Ein Meter dreiundachtzig, Gewicht ca. hundert Kilo. Durchtrainiert. Schulterlanges, volles, dunkles Haar. Nicht schwarz. Dunkelbraun.«

»Tätowierungen?«

»Unmengen. Am ganzen Körper.«

Der Kommissar seufzte.

»Wahrscheinlich sah er aus wie ein ganzer Comic.«

»Gut möglich.«

Irene war erstaunt, dass Hannu ihr zuzwinkerte. Machte er sich wirklich über ihren Chef lustig? Sie war sich nicht sicher, da er sofort wieder in seinen normalen, neutralen Tonfall zurückfiel.

»Der nächste hat mehrere Tätowierungen und ist außerdem gepierced. Er hat überall Ringe.«

»Überall Ringe? Pfui Teufel!«, sagte Andersson mit Nachdruck.

»Er ist zu jung. Zweiundzwanzig. Pierre Bardi. Wohnte seit drei Jahren in Schweden. Und zwar durchgehend in Stockholm. Verschwand am 26. März nach einem Streit mit seiner Freundin. Packte seine Sachen und sagte, er wolle zurück nach Paris. Nahm seinen Pass und zwei Reisetaschen und ging. Seitdem hat ihn niemand mehr gesehen, weder in Stockholm noch in Paris.«

»Personenbeschreibung?«

»Ein Meter sechsundsiebzig, durchtrainiert, schlank. Schulterlanges, dunkelbraunes Haar mit gefärbten blonden Strähnen. Große Tätowierungen auf dem linken Schulterblatt, der rechten Achsel und über der linken Brustwarze. Jedoch kein Drache. Gepiercte Brustwarzen, Vorhaut, rechte Augenbraue und Zunge. Mehrere goldene Ringe in beiden Ohren.«

Andersson zog konzentriert die Brauen zusammen. Schließlich schüttelte er den Kopf.

»Nein. Es ist keiner von den beiden. Unser Oberkörper hat nur eine Tätowierung. Er könnte natürlich Ringe in den Brustwarzen gehabt haben. Darüber wissen wir logischerweise nichts. Ist ja nichts mehr übrig von den Brustmuskeln. Aber er hat keine Tätowierung auf der Schulter.«

Hannu nickte.

»Wer ist dann das Opfer? Könnte es ein Ausländer sein, den niemand vermisst? Ein Seemann vielleicht?«

»In den letzten sechs Monaten ist kein einziger Seemann als vermisst gemeldet worden«, sagte Hannu ruhig.

»Wer auch immer er ist, es hat ihn noch niemand als vermisst gemeldet«, stellte Andersson fest.

»Wir könnten das Bild von der Tätowierung an die Zeitungen geben«, schlug Irene vor.

Andersson dachte eine Weile nach, und sagte dann:

»Vielleicht. Wir warten trotzdem noch einen Tag. Wer weiß, vielleicht finden sich ja noch weitere Teile des Opfers.«

Am Nachmittag wurden zwei weitere Säcke gefunden. Eine Hundestreife, die die Küste südlich von Killevik absuchte, spürte sie auf. In einer kleinen verschilften Bucht lag ein paar Meter vom Wasser entfernt kieloben ein morscher Kahn. Der Hund schlug sofort an und zerrte an seiner Leine. Vorsichtig kippten die beiden Polizisten das Boot zur Seite. Als sie die Säcke sahen, forderten sie Verstärkung von der Spurensicherung und vom Dezernat für Gewaltverbrechen an.

Die Männer von der Spurensicherung waren bereits bei der Arbeit, als Irene und Jonny eintrafen. Svante Malm hörte auf zu fotografieren, um sie zu begrüßen.

»Scheint die Leiche von vorgestern zu sein«, meinte er.

»Was ist in den Säcken?«, fragte Irene.

»Der Unterteil des Rumpfs in dem einen und die Oberschenkel in dem anderen.«

Malm setzte die Arbeit mit der Kamera fort.

Irene und Jonny erkundeten den Fundplatz. Sie mussten aufpassen, wo sie hintraten, denn Steine und Klippen waren heimtückisch glatt. Es war ein grau bewölkter Nachmittag, und die niedrigen Wolken verhießen Regen für den Abend. Ein trübes Licht hing dazu passend über dem Meer und den Polizisten am Strand. Um den Kahn herum wucherte der Strandhafer.

»Gutes Versteck«, stellte Jonny fest.

»Ja. Hier kommt niemand her, um zu baden. Hier ist das Ufer zu verschilft«, pflichtete ihm Irene bei.

»Kann der erste Sack ursprünglich ebenfalls hier gelegen haben?«

Sie schauten sich um und versuchten, eine Antwort auf diese Frage zu finden. Schließlich sagte Irene:

»Nein. Ich glaube nicht. Er kann nicht unter dem Kahn gelegen haben. Es besteht keine Möglichkeit, dass er bei Flut von dort aufs Meer gespült worden ist.«

»Also gibt es weitere Verstecke.«

»Ja, wahrscheinlich in der Nähe. Wie weit ist es von hier nach Killevik?«

»Luftlinie vierhundert Meter, schätze ich.«

»Hier kommt man auch leicht mit dem Auto hin.«

Sie sahen zu der schmalen Schotterstraße hoch, die der Küste in nordsüdlicher Richtung folgte.

»Diese Holperwege führen bis nach Kungsbacka«, meinte Jonny.

»Dann bleibt uns nichts anderes übrig, als den ganzen Küstenstreifen und sämtliche Holperwege abzusuchen.«

»Es ist schon nach sechs. Fahrt ihr nach Hause. Ihr habt schließlich dieses Wochenende frei. Fredrik und ich haben Bereitschaft«, sagte Birgitta.

»Aber ihr habt doch den Mord hinter dem Florahügel am Hals!«, wandte Irene ein.

»Wir haben einen Tipp bekommen. Fredrik ist losgezogen, um ihn zu überprüfen. Das Motiv könnte Eifersucht sein. Das hätten wir von Laban irgendwie nicht erwartet. Offenbar war er mit einem ziemlich jungen Mädchen zusammen. Da sie ein Junkie ist und er Dealer war, hatten sie einiges gemeinsam. Offenbar ist der Exfreund des Mädchens herumgelaufen und hat damit angegeben, was er alles mit Laban anstellen würde, wenn er ihn erst einmal in die Finger kriegen würde. Erstechen war noch das Harmloseste. Wir haben bisher erst seinen Vornamen in Erfahrung gebracht. Robert. Offenbar war er auch ihr Zuhälter.«

»Wollte Fredrik sich diesen Robert sofort vornehmen?«, fragte Irene.

»Nein. Er wollte erst mal rauskriegen, wo er wohnt. Dann verhören wir ihn hier. Mit etwas Glück greifen wir ihn uns schon dieses Wochenende. Mit dem Mord an Laban geht es also voran, aber ich glaube nicht, dass sich in der Ermittlung wegen der zerstückelten Leiche in den nächsten Tagen irgendwas tut. Die Pathologie wird sich die neuen Teile ansehen, und das dauert erfahrungsgemäß eine Weile. Suchen sie auch am Wochenende mit den Hunden weiter?«

»Ja. Und das Polizeiboot kümmert sich um die Inseln. Hannu ist alle Listen durchgegangen, hat aber keinen Vermissten gefunden, der mit unserem Opfer identisch sein könnte. Im Moment haben wir wirklich nicht viel.«

Irene schloss die Tür ihres alten Saab 99 auf. Er war zwölf Jahre alt und wurde von Familie Huss wie ein rohes Ei behandelt, weil er jederzeit seinen Geist aufgeben konnte. Jeder Tag, den sich das hinauszögern ließ, war Gold wert. Obwohl es in Strömen goss, war es Irene leicht ums Herz. Krister hatte heute seinen freien Freitag, und da wusste sie, dass es gutes Essen und einen guten Wein geben würde. Das war der Ausgleich dafür, dass er dann das ganze Wochenende über arbeiten musste. So war es eben, mit jemandem aus der Restaurantbranche verheiratet zu sein. Für Polizisten galt das im Übrigen auch.

»Nimmst du Sammie auf eine Runde mit, Schatz? Das Essen ist noch nicht ganz fertig«, hörte sie Kristers Stimme aus der Küche.

Es duftete nach etwas sehr Gutem. Irene merkte plötzlich, wie hungrig sie war. Sammie stürzte die Treppe herunter auf sie zu. Er hatte nach dem Essen ein Nickerchen gehalten und ungewöhnlich tief geschlafen, sodass er sein Frauchen nicht hatte kommen hören. Aber bei den Worten »Sammie« und »Runde« waren seine Lebensgeister erwacht.

Irene zog sich ihre Regensachen über und verließ mit Sammie das Haus.

Etwas Gutes hatte der Frühling: Die Abende waren hell. Trotz Platzregen wurde es draußen nicht dunkel. Dennoch sah Irene sie erst, als sie schon neben ihr stand. Ehe sie noch den Kopf drehen konnte, hörte sie schon die scharfe Stimme loskeifen:

»Wissen Sie schon, wo Sie mit den Welpen bleiben wollen?«

Sammie war außer sich vor Freude und warf sich auf seine schwarze Freundin. Die war etwas reserviert, aber das war nichts im Vergleich zu ihrer Besitzerin. Die Dame sah aus, als hätte sie gerade eine Flasche Essig getrunken.

Irenes Adrenalinspiegel stieg, und sie gab sich keine Mühe, sonderlich freundlich zu sein:

»Nein, weiß ich nicht. Ich habe die ganze Woche bis spät gearbeitet und momentan ganz andere Sorgen. Außerdem haben Polizisten in der Regel nicht die Zeit, einen Hund zu halten, und die anderen, die ich bei der Arbeit treffe, dürfen es nicht. In der U-Haft und in den Gefängnissen sind Hunde nicht gestattet.«

Sie lächelte die füllige ältere Dame an. Ehe diese sich noch auf eine Erwiderung besinnen konnte, fuhr Irene eilig fort:

»Außerdem gehören da immer zwei dazu. Das gilt auch für Hunde. Natürlich lassen wir von uns hören, wenn sich jemand in unserem Bekanntenkreis einen Hund zulegen will, aber Sie müssen schon auch selbst etwas tun. Beispielsweise eine Anzeige aufgeben.«

»Das kostet Geld. Wenn Sie wüssten, was mich der Tierarzt und das Futter schon gekostet haben…«

»Auch Mischlingswelpen lassen sich verkaufen. Wir verzichten außerdem großzügig auf das Deckgeld. Ein gesunder Mischlingswelpe bringt immerhin noch eintausendfünfhundert Kronen.«

Die Nachbarin sah nicht mehr ganz so konsterniert aus.

»So viel?«

»Ja. Reinrassige Wheatenterrier sogar siebentausend.«

»So viel!«

Die Frau war wirklich unangenehm. Irene hatte das Gefühl, das Gespräch möglichst schnell beenden zu müssen, bevor ihr noch der ganze Freitagabend verdorben wurde.

»Sie müssen entschuldigen, aber ich habe gerade was im

Ofen. Wir melden uns, sobald Interessenten auftauchen«, beendete Irene das Gespräch und machte sich davon.

Das Essen war erlesen. Das auf grobem Salz gebackene Lachsfilet, die Safransauce, die gekochten Zuckererbsen und der grüne Salat verbesserten Irenes Laune schlagartig. Krister hatte außerdem einen neuen Wein gekauft.

»Somerton. Australisch. Gibt es auch rot«, sagte er.

»Passt phantastisch zum Lachs.«

Irene verstand nicht viel von Wein, hatte aber in den Jahren mit Krister einiges dazugelernt.

»Wo sind die Mädchen?«, fragte sie.

»Jenny wollte irgendwo vorsingen. Und dieser Micke hat Katarina abgeholt. Offenbar mit dem Wagen seines Vaters.«

»Solange er am Steuer sitzt und nicht sie... Wo wollten sie hin?«

»Auf ein Fest in Askim. Irgendein Mitschüler von Micke hat Geburtstag.«

»Sollen wir Jenny irgendwo abholen?«

»Nein. Pias Eltern nehmen sie mit.«

»Gut. Dann machen wir noch eine Flasche auf.«

Das Telefon klingelte kurz vor drei. Noch schlaftrunken hörte Irene, wie Krister zum Hörer griff. Plötzlich saß er aufrecht im Bett und hatte die Beine schon fast über die Bettkante geschoben.

»Ich verstehe. Ich komme, so schnell ich kann.«

Verschlafen murmelte Irene:

»Wer war das?«

»Das Sahlgrenska Krankenhaus. Katarina und Micke hatten einen Unfall. Sie sind nicht ernsthaft verletzt, mussten sich aber auf der Notaufnahme verarzten lassen. Katarina war selbst am Apparat. Ich soll sie abholen. Micke muss zur Beobachtung über Nacht dableiben. Verdacht auf Gehirnerschütterung.«

Langsam schüttelte Irene ihren schweren Traum ab, an dem

der viele Wein nicht ganz unschuldig war. Ihr Herz begann zu pochen, und plötzlich war sie hellwach. Ihre Tochter war verletzt und im Krankenhaus! Hastig stand sie auf, musste sich aber sofort wieder setzen, als unter ihren Füßen der Boden zu schwanken begann. Sie hatte sicher anderthalb Flaschen getrunken. Das war viel zu viel, noch dazu, wo sie schon vorher müde gewesen war.

Krister sah, wie es ihr ging, und sagte:

»Bleib liegen. Ich fahr sie holen. Es kann schließlich nicht so schlimm sein, wenn sie noch selbst in der Lage ist zu telefonieren.«

Er strich ihr über die Wange und zog sich schnell an. Irene legte sich wieder hin, war aber inzwischen hellwach. Dass etwas Schreckliches passiert, wenn junge Leute allein unterwegs sind, ist der Albtraum aller Eltern, dachte sie. Sie dachte an Monika Lind und Isabell, die in Kopenhagen verschwunden war.

Zu unruhig, um liegen zu bleiben, zog sie ihren Bademantel über und ging nach unten in die Küche. Laut schnarchend rollte sich Sammie in die tiefe warme Kuhle, die sie im Bett hinterlassen hatte.

Zu mehr als einer großen Tasse Pulverkaffee reichte es noch nicht. Das Wasser wärmte sie in der Mikrowelle und nahm gleichzeitig ein Paket alter Reiswaffeln aus dem Schrank. Als der Kaffee fertig war, setzte sie sich an den Küchentisch und kaute lustlos auf einer trockenen Waffel herum.

Jenny war mit dem Vorsingen sehr zufrieden gewesen. Die Band hatte alle ihre Erwartungen übertroffen. Sie hatten sie gebeten, mit ihnen zusammen zu üben. Sie war überglücklich gewesen, und ihre Worte hatten sich förmlich überschlagen, als sie bei ihnen auf der Bettkante gesessen hatte, um von der Gruppe zu erzählen. Polo hießen sie. Irene war sich ziemlich sicher, dass Jenny Polo gesagt hatte.

Irene hatte diesen Gedanken noch kaum zu Ende gedacht, da kam Jenny schon die Treppe herunter.

»Was ist mit Katarina?«, fragte sie und gähnte.

Wie konnte sie nur wissen, dass was mit ihrer Schwester nicht in Ordnung war? Gab es den telepathischen Kontakt vielleicht wirklich, den man Zwillingen in gewissen Situationen nachsagte? Aber das gilt doch nur für eineiige Zwillinge?, dachte Irene.

»Ich habe geträumt, Katarina sei traurig. Sie sagte, ihr tue was weh. Und dann hatte sie außerdem noch ein Pflaster im Gesicht«, fuhr Jenny fort.

Irene versuchte ihr Erstaunen zu verbergen und meinte:

»Papa holt sie gerade von der Notaufnahme. Micke und sie hatten einen Unfall. Es wird schon nicht so schlimm sein. Sie behalten sie schließlich nicht dort.«

Letzteres sagte sie mehr zu sich selbst. Jenny trank ein Glas Apfelsaft und aß ein Knäckebrot. Dann warteten sie.

Als sie vor der Haustüre Schritte hörten, fuhren beide auf und rannten in die Diele. Krister schloss auf und ließ Katarina vorgehen. Über ihrer rechten Braue klebte eine große Kompresse.

Krister lächelte.

»Alles halb so wild. Sie hat sich die Schulter geprellt, und dann mussten sie noch die Braue mit zwei Stichen nähen. Es könnte schlimmer sein.«

Samstagvormittag frühstückte Familie Huss spät. Am Frühstückstisch war die Stimmung gedämpft. Katarina klagte über Schmerzen in der Schulter und in den Halsmuskeln. Im Übrigen fühlte sie sich ganz okay.

»Wie ist es eigentlich zu dem Unfall gekommen?«, fragte Irene.

»Wir wollten bei Grün über eine Kreuzung fahren. Da kam dieser Verrückte angerast und hat Mickes Wagen von der Seite gerammt. Genauer gesagt, den Wagen seines Vaters. Der ist fast neu. Sein Vater rastet sicher aus!«

»Hatte Micke was getrunken?«

Katarina versuchte energisch den Kopf zu schütteln, brach

den Versuch aber sofort wieder jammernd ab und fasste sich an den Hals.

»Nein. Nur Cola, weil er eine Heidenangst um seinen Führerschein hat. Und das Auto…«

»Und der andere, war der nüchtern?«

»Weiß nicht. Ich hab ihn gar nicht kommen sehen. Da schepperte es schon. Danach hatte ich wahrscheinlich einen Schock… und war irgendwie ganz weg. Ich erinnere mich nicht mal, wie der Fahrer des anderen Wagens ausgesehen hat, aber er war allein. An der Stirn hat er geblutet wie ein Schwein. Offenbar ist er in die Windschutzscheibe geknallt. Ich glaube nicht, dass er angeschnallt war.«

»Wer hat den Krankenwagen gerufen?«

»Ich. Micke hatte sein Handy dabei.«

»Die Schwester auf der Notaufnahme fand, dass wir uns morgen einen Termin im Ärztehaus geben lassen sollten, damit sich jemand noch Katarinas Nacken und die Schulter anschaut. Bei solchen Unfällen kommt es gelegentlich zum Schleudertrauma«, mischte sich Krister ein.

»Wie soll ich da für die Meisterschaft trainieren!«, rief Katarina plötzlich aus.

Irene konnte ihre Verzweiflung verstehen, aber es half ja nichts.

»Du darfst erst wieder trainieren, wenn die Schmerzen in Hals und Nacken weg sind«, sagte sie bestimmt.

»Das war's dann wohl mit der Meisterschaft«, erwiderte ihre Tochter düster.

KAPITEL 4

Von der Stridner bekommen wir vor morgen überhaupt nichts, und wir wissen noch immer nicht, wer das Opfer ist«, sagte Kommissar Andersson am Montagmorgen.

Alle Inspektoren außer Birgitta Moberg und Fredrik Stridh waren anwesend. Moberg und Stridh waren damit beschäftigt, Robert Larsson wegen des Mordes an Lennart Kvist zu vernehmen. Ehe sie ins Verhörzimmer gegangen waren, hatte Birgitta zu Irene gesagt:

»Das Rauschgiftdezernat meint, dass er richtig viel Dreck am Stecken hat, aber seit sieben Jahren hat er sich nicht mehr erwischen lassen. Vorher hat er wegen Dealerei gesessen. Er wurde auch einmal wegen einer schweren Körperverletzung festgesetzt, aber da war ihm nichts nachzuweisen. Der Zeuge hat einen Rückzieher gemacht. Aus Angst vermutlich. Larsson besitzt ein Striplokal unten am Masthuggskaj, das Wonder Bar heißt. Die letzten Jahre hat er seine Geschäfte um Prostitution erweitert, und seit einiger Zeit wird gegen ihn wegen Zuhälterei ermittelt. Offenbar hat ihn eines seiner Mädchen verpfiffen. Immer schlecht, seine Einkommensquelle grün und blau zu schlagen. Vielleicht ist es ja das Mädchen, mit dem Laban zusammen war, aber das ist nur eine Vermutung meinerseits.«

»Hat er sie misshandelt?«

»Ja. Offenbar gründlich. Das Rauschgiftdezernat hat sie gerade in der Mangel. Wir versuchen im Augenblick, die Nachforschungen zu koordinieren, aber das dauert.«

Irene hatte ins Verhörzimmer geschaut, und ein Blick auf den Verdächtigen genügte: Sie würden mit Robert Probleme bekommen. Er war um die dreißig, über einen Meter fünfundachtzig groß, verfügte über ca. hundert Kilo Muskeln, und sein ordentlich geschnittenes Haar war sehr blond. Lange blonde Haare bedeckten seine kräftigen Arme bis zu den Fingerspitzen. Das elegante Hemd war am Hals sehr weit aufgeknöpft, und ein dichter goldblonder Pelz quoll heraus. Um den Hals funkelte eine schwere Goldkette. Man hätte ihn leicht einen Gorilla nennen können, aber niemand, der ihm ins Gesicht schaute, kam auf diese Idee. Sein Gesicht hätte sich für Werbung für Rasierklingen geeignet.

Seine Augen waren kühl und von durchdringendem Blau. Die schwach gebeugten, kräftigen Brauen harmonierten mit der geraden Nase. Sein Lächeln war entspannt und charmant. Das Kinn war von kräftigen, rotblonden Bartstoppeln bedeckt und hatte ein Grübchen.

Birgitta und Fredrik wechselten sich ab beim Verhör. Larsson lümmelte derweil entspannt auf einem knarrenden Stuhl herum, lächelte schwach und sagte mit seiner wohlklingenden Stimme:

»Warum fragen Sie mich? Ich will meinen Anwalt sprechen.«

Er warf einen zerstreuten Blick auf seine Rolex, um ihnen zu zeigen, dass er es langsam leid war, dass sie ihm seine kostbare Zeit stahlen.

Irene schloss die Tür und ging in ihr Büro, um ihre eigene Ermittlung voranzutreiben.

Die war vollkommen festgefahren. Sie hatten keine weiteren Säcke gefunden, und es waren keine weiteren Informationen aufgetaucht, die ihnen in der Frage der Identität des Opfers weiterhelfen konnten. Auch die Bewohner von Killevik hatten nichts beobachtet, was sich mit den schwarzen Säcken in Zusammenhang bringen ließ. Es war einfach nichts vorangegangen.

Irene erledigte eine Menge Büroarbeiten, die liegen geblieben waren. Nacken und Schultern taten ihr schließlich weh, weil sie zu lange am Computer gesessen hatte. Eine kleine Pause würde ihr gut tun, also rief sie Tommy Persson an, um ihn zu fragen, wie es ihm gehe.

»Danke. Gut, solange ich mich nicht am Hochsprung versuche«, antwortete er.

»Vielleicht kannst du ja schon bald wieder arbeiten?«, fragte Irene hoffnungsvoll.

»Tja. Vermutlich muss ich es langsam angehen lassen. Der Bruch war groß. Sie haben ganz schön an mir herumgeschnippelt.«

»Haben sie dieses Anhängsel gleich mit entfernt, wo sie schon mal dabei waren?«, spottete Irene.

»Nein. Der Chirurg war ausnahmsweise nüchtern.«

Nach einem faden Wurstragout in der Kantine der staatlichen Krankenversicherung, ihrem Mittagessen, wurde Irene rastlos. Auch wenn der Gedanke nicht verlockend war, erwog sie, zur Pathologie zu fahren. Frau Professor Stridner würde zwar nicht begeistert sein, aber vielleicht trotzdem unbeabsichtigt irgendwelche Informationen über das Opfer preisgeben. Das war das Frustrierende an dieser Ermittlung – der Mangel an Information.

Yvonne Stridner war damit beschäftigt, die Funde vom Freitag zu untersuchen. Der Geruch war ebenso unangenehm wie bei Irenes vorigem Besuch, aber sie nahm sich zusammen. Mit energischen Schritten trat sie auf den Obduktionstisch zu. Als sie sah, was dort lag, bereute sie es, aber da war es bereits zu spät. Die Professorin hatte schon den Kopf gehoben und sie gesehen.

»Sie schon wieder?«, sagte sie.

Irene versuchte, mit möglichst fester Stimme zu antworten.

»Ja. Ich bin mit dieser Ermittlung betraut.«

Stridner nickte wortlos. Sie schnitt ein Stück graues Fleisch ab und legte es in ein etikettiertes Reagenzglas.

»Sicherheitshalber«, murmelte sie.

Irene sah auf den Unterleib, der auf dem glänzenden Stahltisch lag. Er hatte kein Geschlechtsorgan, dieses war vollständig entfernt worden. Durch den aufgeschlitzten Magen waren auch keine Gedärme auszumachen. Der Unterleib war ebenso leer, wie der Oberkörper das gewesen war. Die Oberschenkel endeten etwa zehn Zentimeter unterhalb der Leiste. Sie waren abgesägt worden, anscheinend schnurgerade.

Stridner sah von ihrer Arbeit auf.

»Ich bin gleich fertig. Sie können in meinem Büro warten.«

Dankbar folgte Irene ihrer Aufforderung.

»Das hier ist wirklich außergewöhnlich widerlich. Wir haben es mit einem unheimlichen Täter zu tun. Es handelt sich bei ihm wahrscheinlich um einen nekrophilen Sadisten«, stellte Yvonne Stridner fest.

Sie saßen in ihrem Büro ein Stockwerk höher. Die Professorin thronte in einem teuren Ledersessel, und Irene musste mit einem unbequemen, durchgesessenen, plastiküberzogenen Besucherstuhl vorlieb nehmen. Das machte ihr nichts aus. Hauptsache, die Pathologin war bereit, mit ihr zu sprechen.

»Wie Sie selbst gesehen haben, fehlen sämtliche inneren Organe. Brust- und Lendenmuskulatur sind auf beiden Seiten weggeschnitten. Außerdem wurden das Geschlechtsorgan und der Anus entfernt. Das Schambein weist Frakturen auf Grund kräftiger Gewalteinwirkung auf. Arme und Beine sind wahrscheinlich mit einer Kreissäge oder etwas Ähnlichem entfernt worden. Auf den Schnittflächen sind ausreichend viele Knochensplitter, die diesen Schluss zulassen. Der Kopf wurde zwischen dem sechsten und siebten Halswirbel abgetrennt. Auch dort wurde eine Kreissäge eingesetzt. Die Extremitäten wurden ohne Rücksicht auf die anatomischen Gegebenheiten einfach abgesägt, was nicht auf große Vorkenntnisse in dieser Hinsicht weist. Dazu passt allerdings nicht die Entfernung der inneren Organe.«

Yvonne Stridner unterbrach sich und sah nachdenklich auf

ihren Computer, der nicht eingeschaltet war. Eine ganze Weile schien sie in Gedanken sehr weit weg zu sein.

»Es handelt sich um einen gewöhnlichen Obduktionsschnitt, der von der Oberkante des Brustbeins bis hinunter zum Schambein führt. Der Nabel ist nicht durchtrennt, sondern die Inzision führt in einem kleinen Bogen um ihn herum. Das ist der Standardschnitt bei Obduktionen.«

Sie unterbrach sich, fing Irenes Blick auf und sagte dann scharf:

»Die Entfernung der äußeren Muskulatur und des Geschlechtsorgans gehört hingegen nicht zu den gängigen Obduktionsverfahren!«

»Sie glauben also, dass der Mörder über eine gewisse Obduktionsroutine verfügt?«

»Ja. Entweder das, oder er ist ein sehr erfahrener Jäger. Die Organe sind äußerst fachmännisch entfernt worden.«

»Aber Kopf, Arme und Beine sind nicht fachmännisch gekappt?«

»Nein. Das hätte jeder mit einer guten Kreissäge machen können.«

Sie hielt inne und holte tief Luft.

»Aber hier haben wir es nicht mit einem Jedermann zu tun.«

»Um was für eine Person handelt es sich dann?«

»Um einen Unmenschen, der es auf eine Leiche abgesehen hat. Um dieser habhaft zu werden, muss er erst einmal töten. Und das tut er auch.«

»Er. Sie sagen, er. Könnte es sich nicht auch um eine Frau handeln?«

»Ich habe die einschlägige Literatur durchgesehen.«

Yvonne Stridner stand auf und ging zum Regal, das die Wand hinter ihr einnahm. Dort suchte sie einen Stapel Bücher hervor, die sie mit einem dumpfen Knall auf den Schreibtisch fallen ließ.

»Diese hier habe ich am Wochenende ausgewertet.«

Irene sah Titel wie »Der nekrotope Mensch« und »Sexual Homicide Patterns and Motives«.

»Sie wollten wissen, ob es sich auch um eine Mörderin handeln kann. Die Antwort lautet mit größter Wahrscheinlichkeit: nein. In der Literatur finden sich hunderte von Fallstudien zu sadistischer, nekrophiler Zerstückelung. In keinem der Fälle haben wir es mit einer Täterin zu tun. Hin und wieder treffen wir auf eine Mittäterin, aber auch das ist äußerst ungewöhnlich.«

Yvonne Stridner verstummte und rückte ihre grüne Brille auf ihrem schmalen Nasenrücken zurecht.

»Als ich den Oberkörper untersuchte, drängte sich mir bereits der Verdacht auf, dass wir es hier mit einem sadonekrophilen Mörder zu tun haben. Es gibt zwei Typen von Mördern, die Leichen zerstückeln. Der erste will die Leiche beseitigen und alle Spuren des Mordes und der Identität seines Opfers vernichten. Der zweite benötigt die Leiche, um sich beim Zerstückeln sexuell zu befriedigen und sich an dem Toten zu vergehen. Diese beiden Typen weisen keinerlei Übereinstimmungen auf.«

Sie deutete viel sagend auf den Bücherstapel, machte eine Pause und fuhr dann fort:

»An diesem Opfer ist etwas sehr ungewöhnlich, nämlich dass es sich um einen Mann handelt. Das ist selten. Fast ausnahmslos haben wir es normalerweise mit Männern zu tun, die Frauen ermorden. Es gibt jedoch ein paar Ausnahmen. Ich habe in den USA zwei Brüder gefunden, die über dreißig junge Männer ermordet haben. Sie hatten ihre Opfer einer typisch sadonekrophilen Zerstückelung ausgesetzt und sie dann auf ihrer Ranch vergraben. Den Leichen fehlten Teile der äußeren Muskulatur, die schließlich in der Gefriertruhe der Brüder ordentlich verpackt gefunden wurden. In der Regel handelte es sich um die Gesäßmuskeln. Bei diesem Typ Mörder ist Kannibalismus nichts Ungewöhnliches.«

»Klingt nach einem amerikanischen Horrorfilm«, meinte Irene.

Die leichte Übelkeit, die sie bereits bei ihrer Ankunft auf der Pathologie befallen hatte, nahm noch zu. Yvonne Stridner fuhr fort:

»Ich mache mir große Sorgen, dass wir es hier mit einem solchen Fall zu tun haben. Diese Art von Mord ist glücklicherweise äußerst selten, aber wenn ein Mörder dieses Typs einmal mit dem Töten angefangen hat, ist die Gefahr sehr groß, dass er weitere Morde begeht.«

»Er begnügt sich also nicht mit einem Opfer?«

»Nein. Mit dem Zerstückeln und dem Sichvergehen an der Leiche hält er seine Phantasien und Ängste in Schach. Nach der Tat fühlt er sich sehr gut.«

»Ist er sich seiner Tat bewusst?«

»Ja. Und er ist sich ebenso bewusst, dass er es wieder tun kann. Jederzeit.«

Langsam dämmerte es Irene, warum sie dieser Fall von Anfang an so betroffen gemacht hatte. Instinktiv hatte sie gespürt, dass sie es mit einem erbarmungslosen Mörder zu tun hatten. Einem Mörder, wie sie ihn nicht kannte. Die anderen auf ihrem Dezernat im Übrigen auch nicht.

»Ist er psychisch krank?«

Yvonne Stridner runzelte die Stirn, sah Irene eindringlich an und dachte nach.

»Wahrscheinlich nicht in dem Sinne, dass sich eine psychiatrische Diagnose stellen ließe. Meist wirken diese Leute nach außen hin ziemlich normal. Ziemlich, sage ich, denn betrachtet man sie näher, dann weisen sie gewisse gemeinsame Charakteristika auf. Normalerweise handelt es sich um recht einsame Menschen. Sie sind sympathisch und gesprächig, wenn man sich mit ihnen unterhält, aber sie sind nicht an intensiveren Freundschaften interessiert. Ihre Gewalttätigkeit zeigen sie selten nach außen, denn diese liegt zu tief in ihnen verborgen. Sie haben eine blühende Phantasie, die durch brutale Bilder, Filme und Bücher Nahrung erhält. Ihre Laufbahn beginnen sie normalerweise mit Sadismus, der sich gegen Tiere richtet. Ihre Sexualität ist meist abweichend. Tatsächlich sind sie in der Regel impotent, haben aber einen Samenerguss, wenn sie während der rituellen Zerstückelung der Leiche masturbieren.«

Irene dachte fieberhaft nach, um keine wesentliche Frage zu übersehen.

»Habe ich Sie richtig verstanden, dass unser Mörder wahrscheinlich homosexuell ist?«

Yvonne Stridner schüttelte den Kopf.

»Nicht unbedingt. Oft sind die Täter sexuell ambivalent. Wie ich schon sagte, ist ihre Sexualität meist abweichend. Nach außen hin können sie beinahe asexuell wirken. Es kann homosexuelle Kontakte geben, aber normal sind auch Fetischismus und Transvestitismus. Sie sind sexuell auf der Suche. Erst wenn sie mit ihren Riten an Leichen beginnen, können sie ihre Phantasien ausleben. Dann geht es ihnen gut. Über einen toten Körper besitzen sie absolute Macht. Niemand ist so total ausgeliefert wie ein toter Mensch.«

»Darf ich Sie um einen großen Gefallen bitten?«, fragte Irene.

»Das kommt darauf an.«

»Könnten Sie morgen früh zu uns aufs Dezernat kommen? Wir haben immer um acht Besprechung. Es wäre eine große Hilfe, wenn meine Kollegen das, was Sie mir gerade erzählt haben, auch hören könnten.«

»Können Sie das nicht referieren?«

»Nein. Ich vergesse sicher die Hälfte und kann auch keine Fragen beantworten. Mit einem solchen Mörder haben wir keinerlei Erfahrungen. Aber Sie wissen eine Menge.«

»Nun ja. Das ist wirklich ein außergewöhnlicher Fall. Ich bin um acht da.«

Irene dankte für alle Informationen, stand auf und ging zur Tür. Yvonne Stridners Stimme hielt sie zurück:

»Ich bring dann morgen auch gleich die Kopie von der Tätowierung mit. Sie soll heute noch fertig werden.«

Punkt acht am Dienstagmorgen begann Frau Professor Stridner mit ihrem Vortrag. Sämtliche Inspektoren, die an Kommissar Anderssons Ermittlung beteiligt waren, waren anwesend und der Kommissar auch. Allein die Tatsache, dass sich Frau Professor Stridner in eigener Person zum Präsidium bemüht hatte, zeigte, wie ernst sie diesen Fall nahm. Alle saßen reglos da und lauschten mit zunehmender Unruhe der Pathologin. Das Porträt des Mörders bekam immer deutlichere Konturen, aber niemandem gefiel, was er da sah. Yvonne Stridner präsentierte ihnen ein erschreckendes Bild.

Zum Abschluss sagte sie:

»Noch Fragen?«

Birgitta hob die Hand.

»Warum hat der Mörder die Brüste in zwei Kreisen abgeschnitten? So als würde es sich um Frauenbrüste handeln?«

»Der Schnitt ist ellipsenförmig. Das hat sicher mit der sexuellen Ambivalenz dieses Typus von Mörder zu tun. Was genau er beim Zerstückeln der Leiche denkt, weiß niemand, nur dass es ein Ventil für seine starken Gefühle und Phantasien ist. Was sich rein objektiv bei den Opfern jeweils beobachten lässt, ist, dass sich die Gewalt immer gegen die Brüste, den Anus und das Geschlechtsorgan richtet. Immer.«

»Warum?«

»Das hat mit Macht zu tun. Der Macht, das Geschlecht auslöschen zu können. Die totale Macht, die Menschlichkeit des Opfers auszulöschen.«

»Pfui Teufel!«, sagte Andersson laut und deutlich.

Yvonne Stridner warf ihm einen scharfen Blick zu, sagte aber nichts.

Irene bat darum, eine Frage stellen zu dürfen.

»Was weiß man über die Opfer? Handelt es sich um einen besonderen Menschentyp?«

»Meist werden Frauen getötet. Es gibt aber auch Ausnahmen. Gestern habe ich Ihnen von den Brüdern in den USA erzählt, die über dreißig junge Männer ermordet, zerstückelt und sie dann auf ihrer Ranch vergraben haben. Als man diese Männer identifizierte, zeigte es sich, dass die meisten Stricher waren. Auch von den weiblichen Opfern sind die meisten Prostituierte. Das hat nichts damit zu tun, dass sich die sadonekrophilen Mörder zu Prostituierten hingezogen fühlen. Sie fühlen sich eigentlich zu überhaupt niemandem hingezogen. Sie benötigen einfach eine Leiche. Und da ist es immer noch am einfachsten, eine Prostituierte an einen abgelegenen Ort mitzunehmen. Dort kann der Mörder dann tun, worum es ihm eigentlich geht. Töten und zerstückeln.«

Fredrik Stridh fuchtelte mit der Faust.

»Wie häufig ist dieser Typ von Mörder?«

»Sehr selten. In Schweden hat es in diesem Jahrhundert nur ein paar wenige gegeben. Zerstückelungen sind hingegen häufiger. Aus den letzten dreißig Jahren sind nur etwa zehn Fälle bekannt. Aber da wurden die Toten zerstückelt, weil man sich der Leichen entledigen wollte. Man vergeht sich an ihnen dann auch nicht auf diese brutale Art. Aus praktischen Gründen trennt man die Extremitäten und den Kopf ab, um die Teile dann in Säcke und Reisetaschen stopfen zu können. Eben um die Leiche zu beseitigen und die Identifikation des Opfers zu erschweren.«

»Wie praktisch … mir wird gleich schlecht«, flüsterte Birgitta Irene zu.

Irene nickte zustimmend.

Andersson sah nachdenklich aus, aber schließlich brach Yvonne Stridner das Schweigen.

»Morgen fahre ich nach London auf ein großes Symposium der Pathologen. Ich könnte mich bei meinen Kollegen nach ähnlichen Fällen umhören.«

»Das … das wäre gut«, stotterte Andersson.

»Aber sicher!«, rief Yvonne Stridner und erhob sich.

Sie öffnete ihre elegante Aktentasche und zog einen großen Umschlag hervor.

»Die Kopie der Tätowierung. Bitte schön!«

Sie reichte sie Andersson.

»Vielen Dank«, sagte er endlich nach einer Weile.

Aber da war es schon zu spät. Das Klappern der Absätze von Frau Professor Stridner auf dem Korridor wurde bereits leiser.

Der Drache hatte seinen roten Rachen weit aufgerissen. Zwischen den messerscharfen Zähnen ringelte sich sein Schwanzende. Die Augen leuchteten wie funkelnde Smaragde in glühendem Magma. Jederzeit konnten seine Klauen zuschlagen. Sein kräftiger und geschmeidiger Körper war von roten, blauen und grünen Schuppen bedeckt. Der Drache bildete um das geheimnisvolle Schriftzeichen einen beschützenden Kreis.

Yvonne Stridner hatte es als ein umgekehrtes Y beschrieben. Vielleicht war es eher eine umgekehrte Gabelung mit zwei Querstrichen oberhalb. Die Ermittler einigten sich darauf, dass es sich wahrscheinlich um ein chinesisches Schriftzeichen handelte. Zur Sicherheit erhielt Hannu den Auftrag, bei der Universität Göteborg jemanden ausfindig zu machen, der sich mit chinesischer Schrift auskannte, oder herauszufinden, ob es ein chinesisches Konsulat gab, um dort jemanden zu fragen. Hannu nickte. Er würde dieses Problem schon zu lösen wissen.

»Macht ein paar Farbkopien. Dann könnt ihr bei den Tätowierern in der Stadt die Runde drehen. Aber kommt mir bloß nicht mit einem Ring in der Nase zurück!«, scherzte Andersson.

Keiner der Anwesenden fand das besonders lustig, aber alle lächelten höflich und versicherten, dass sie durchaus in der Lage seien, der Versuchung zu widerstehen.

Birgitta und Fredrik waren immer noch mit der Ermittlung im Mordfall Laban beschäftigt. Die Sache war ins Stocken geraten, weil Robert auf einmal ein Alibi hatte. Zwei seiner Mädchen aus der Wonder Bar versicherten, dass sie mit ihrem Arbeitgeber genau zum Zeitpunkt von Labans Ableben im Whirlpool gesessen hätten. Da kein Zeuge auftauchte, der etwas anderes zu berichten wusste, sahen die beiden langsam ihre Felle davonschwimmen: Sie konnten Robert Larsson nicht mehr lange festhalten.

Jonny, Irene und Hannu teilten Göteborgs sieben Tätowierer unter sich auf. Auf Irene entfielen Tattoo Tim an der Nordenskiöldsgatan und MC-Tattoo an der Sprängkullsgatan.

Da MC-Tattoo am nächsten lag, beschloss Irene, dort anzufangen. Auf dem Hvitfeldtplatsen fand sie einen Parkplatz. Gemächlich ging sie über die Brücke über den Rosenlundskanal. Die kräftigen Blüten der großen Kastanien standen wie Christbaumkerzen auf den Zweigen. Unter den Bäumen wuchsen bunte Frühlingsblumen. Es fiel ihr auf, dass sie nur einen Steinwurf weit vom Florahügel entfernt war. Laban war ermordet worden, als es am Kanal am schönsten war. Ob das freilich ein Trost war, daran hatte Irene ihre Zweifel.

Sie selbst hätte ein wenig Trost gebrauchen können, als sie sich MC-Tattoo näherte. Davor standen zwei schwere Motorräder. Was sie da über die Jahre entwickelt hatte, ließ sich vermutlich am ehesten als eine Phobie beschreiben. Nicht ohne Grund. Vor einiger Zeit hatte sie eine sehr unangenehme Konfrontation mit den Hell's Angels gehabt. Diese hatte ihr einen Krankenhausaufenthalt eingebracht und tiefe Spuren in ihrer Psyche hinterlassen. Sie hatte eigentlich gedacht, sie sei inzwischen darüber hinweg, aber als sie jetzt die glänzenden Maschinen vor der Werkstatt des Tätowierers sah, wollte sie nur noch eins: sich umdrehen und weglaufen. Mit großer Selbstüberwindung öffnete sie die Tür und trat ein.

Ein unangenehmes, pfeifendes Surren erfüllte die Luft. Ein magerer Mann mit rasiertem Schädel saß konzentriert da und traktierte die nackte Schulter eines anderen Mannes mit einem kleinen Farbbohrer. In dem Moment, in dem die Tür hinter Irene zufiel, verstummte das Surren.

»Hallo. Was darf's sein? Eine kleine Rose auf dem Allerwertesten oder ein Schmetterling auf dem Vorbau?«, fragte der Magere.

Der Mann, der gerade dekoriert wurde, lachte, und sein Kumpan auf dem Besucherstuhl stimmte ein. Da der Arbeitsbereich des Tätowierers von einer starken Lampe erhellt wurde und das Ladenlokal im Übrigen im Halbdunkel lag, hatte Irene beim Eintreten den Mann in der Ecke nicht bemerkt. Aber sie hörte sein Lachen und spähte ins Dunkel. Plötzlich war ihr Mund ganz trocken.

Beide wären selbst dem abgebrühtesten Ermittler durch ihren bloßen Anblick auf den Magen geschlagen. Sie waren kräftig, fast fett. Unter dem Fett ließ sich das eifrige Training an Kraftmaschinen und mit Hanteln ahnen.

Derjenige, der gerade eine Tätowierung bekam, trug sein langes Haar zu einem Pferdeschwanz zusammengebunden, wahrscheinlich, damit es dem Tätowierer nicht im Weg war. Vermutlich war die Schulter das letzte Stück Haut, das noch nicht tätowiert war. Von den Fingern über die Arme bis zum Oberkörper war alles mit Tätowierungen bedeckt. Alles war vertreten, von den primitiven Tätowierungen aus dem Knast bis hin zu komplizierten, vielfarbigen Bildern. Die besseren Tätowierungen interessierten Irene. Sie nahm sich zusammen und versuchte ihre Stimme geschäftsmäßig klingen zu lassen.

»Nein, danke. Ich bin nicht hier, um mich tätowieren zu lassen.«

Sie zog ihren Dienstausweis hervor und hielt ihn dem Tätowierer vor die Nase.

»Irene Huss. Kriminalpolizei.«

Es blieb ihr fast das Herz stehen, als der Mann auf dem Besucherstuhl sagte:

»Der Name kommt mir irgendwie bekannt vor… aber ich weiß, verdammt noch mal, nicht, woher.«

»Kann ich mir kaum vorstellen, dass wir uns schon mal begegnet sind«, erwiderte sie kurz.

Ihr Herz klopfte so sehr, dass ihr das Blut in den Ohren rauschte. Hastig sagte sie:

»Ich wollte Sie um einen Gefallen bitten. Es geht um den Mord in Killevik. Wir wissen nicht, wer das Opfer ist. Aber er hat diese Tätowierung auf der rechten Schulter. Wissen Sie, wer die gemacht haben könnte? Oder wer der Mann ist?«

Jetzt sahen sie alle drei Männer aufmerksam an. Sie reichte dem Tätowierer das Bild von der Drachentätowierung. Vorsichtig nahm er es an der einen Kante. Erst da sah Irene, dass er dünne Plastikhandschuhe trug. Lange und gründlich schaute er die Farbkopie an, ohne ein Wort zu sagen. Die anderen beiden reckten ihre Hälse, um ebenfalls einen Blick auf das Bild zu erhaschen. Nervös ließ Irene den Blick die Wände entlangwandern, die mit verschiedenen Motiven für Tätowierungen tapeziert waren. Es handelte sich überwiegend um Adler, Totenschädel und amerikanische Fahnen.

»Das ist die Arbeit eines Meisters«, meinte der Tätowierer endlich.

»Wirklich ein verdammtes Kunstwerk!«, fügte er noch hinzu.

Seine Stimme klang nach aufrichtiger Bewunderung.

»Wer könnte die gemacht haben?«, fragte Irene.

»Keine Ahnung. Ich glaube nicht, dass sie hier in Schweden gemacht worden ist.«

»Warum nicht?«

»Das Motiv. Das Zeichen in der Mitte. Das sieht sehr unschwedisch aus. Der Drache ist so… asiatisch. Ist der Bursche aus Asien?«

Es dauerte einen Moment, bis Irene begriff, dass er das Opfer meinte.

»Nein. Europäer, dunkelhaarig«, antwortete sie.

Der Tätowierer sah sich das Bild noch einmal gründlich an und gab es ihr dann kopfschüttelnd zurück.

»Sorry. Ich kann nur sagen, dass eine solche Tätowierung ziemlich lange dauert. Die macht man nicht in der Kaffeepause.«

»Wie den Scheiß, den du mir in die Haut ritzt?«, sagte der Mann, der gerade dekoriert wurde.

Die drei Männer lachten. Irene nutzte die Gelegenheit, das Bild einzustecken und auf die Tür zuzugehen. Gerade als sie auf den Bürgersteig treten wollte, hörte sie, wie der Mann im Besucherstuhl rief:

»Verdammt! Jetzt weiß ich, wer sie ist! Erinnert ihr euch noch an den Ärger in Billdal vor…«

Eilig schloss Irene die Tür und machte, dass sie zu ihrem Wagen kam.

Tattoo Tim hatte geschlossen. Er öffnete immer erst um 13 Uhr, stand auf dem Pappschild, das mit Klebestreifen innen am Türfenster befestigt war. Dafür wurde dann auch erst um 21 Uhr geschlossen. Irene beschloss, vor ihrem Gespräch mit diesem Tim Mittag essen zu gehen.

An der Linnégatan liegen eine Menge gemütlicher Lokale. Irene entschied sich für einen kleinen Italiener. Sie bekam einen winzigen Tisch am Fenster. Während sie auf ihr Essen wartete, sah sie auf den dichten Verkehr und die modernen Häuser auf der anderen Straßenseite, die den Jugendstil kopierten. Im Erdgeschoss waren elegante Boutiquen.

Die frische Pasta mit Schinken-Käse-Sauce duftete herrlich. Ein erstklassiger grüner Salat und das fast alkoholfreie Bier waren noch das Tüpfelchen auf dem i. Den Grappa vor dem Essen schlug sie aus. Ihr protestantisches Gewissen flüsterte ihr ins Ohr, dass ein Drink zum Mittagessen verwerflich sei. Eben deshalb war sie einen Augenblick lang sehr versucht, besann sich dann aber eines Besseren. Luther hatte Recht. Eine Ermittlerin durfte keine Fahne haben, wenn sie jemanden befragte, denn das stärkte nicht gerade das Vertrauen.

Nach dem Essen trank sie mehrere Tassen Kaffee, und deswegen war es auch fast halb zwei, als sie Tims Werkstatt betrat.

Ein Mädchen, das kaum älter als fünfzehn sein konnte, saß mit offenem Mund da. Ein junger Mann mit schwarz gefärbtem Haar, das bis zur Taille ging, hatte ihre Zunge gepackt. Damit sie ihm nicht entgleiten würde, hatte er sie mit einem Stofffetzen umwickelt. Mit einem großen, zangenähnlichen Instrument knipste er in die Zungenspitze.

»Ah«, sagte das Mädchen.

Der Mann ließ los und reichte ihr einen Spiegel. Sie hielt ihn sich vors Gesicht und streckte die Zunge heraus. Fast ganz vorne auf der Zungenspitze glänzte eine Silberkugel.

»Schuper«, sagte das Mädchen begeistert.

»Cool«, pflichtete ihr der junge Mann bei.

Ein paar Scheine wechselten den Besitzer, und das Mädchen

rauschte aus der Tür. Erst jetzt schien Tim Irene zu bemerken. Diese betrachtete ihn schon seit geraumer Zeit fasziniert.

Er war fast schon kleinwüchsig zu nennen und außerdem spindeldürr. An den Füßen hatte er kräftige Lederstiefel, die zu seiner Größe sicher mehrere Zentimeter beitrugen. Die schwarzen Lederhosen saßen eng um seine dünnen Oberschenkel und wurden von einem breiten Gürtel gehalten. Vermutlich war es ein Glück, dass die Hosen so eng waren, sonst hätte sie das Gewicht des Gürtels nach unten gezogen. Er war mit großen, spitzen Nieten besetzt, und die Schnalle in Form eines Totenkopfs hatte einen Durchmesser von sicher zehn Zentimetern. Auch die riesige Lederweste war von Nieten übersät. Darunter trug er ein schmutziges T-Shirt mit der Aufschrift »Fuck you«. Seine Arme waren von Tätowierungen bedeckt. Auch das, was vom Hals zu sehen war, zierte ein abstraktes Muster. Auf die Stirn war ein indianisches Band in Rot und Schwarz tätowiert. In jedem Ohr hatte er mindestens zehn verschieden große Ringe. Die eine Braue war von mehreren Silberstäben durchbohrt, die auf beiden Seiten der Einstichstellen von kleinen Silberplättchen gehalten wurden.

Aber es war die Partie unter dem Mund, die Irene den Atem verschlug. Es sah aus, als hätte er dort noch einen weiteren Mund aus spitzen Nadeln. Sicher war es nicht ratsam, ihm spontan einen Kuss zu geben.

»Was wollen Sie?«, fragte er feindselig.

»Irene Huss. Kriminalpolizei. Ich würde Sie gerne was fragen.«

Sie wollte gerade das Bild des Drachen hervorziehen, als sie plötzlich erstarrte, weil er mit heiserer, überschlagender Stimme kreischte:

»Verschwinden Sie! Das ist mein Laden. Raus hier!«

»Wieso? Ich wollte Sie nur um Hilfe bitten.«

Um ihn neugierig zu machen, sagte sie noch:

»Es geht um einen Mord.«

Er ließ sie nicht aus den Augen, schwieg aber beharrlich. Davon ermuntert, meinte Irene:

»Sie haben doch sicher von den Leichenteilen gehört, die in Killevik aufgetaucht sind. Wir wissen nicht, wer das Opfer ist, nur dass es sich um einen Mann handelt, der diese Tätowierung auf der rechten Schulter hatte.«

Sie reichte Tim die Kopie, und dieser nahm sie widerwillig entgegen. Irene bemerkte, dass er zusammenzuckte, als er das Bild sah. Nach eingehender Betrachtung sagte er:

»Verdammt gute Arbeit.«

»Kann jemand in Göteborg das gemacht haben?«

Er schüttelte den Kopf.

»Unwahrscheinlich.«

»Ich habe mit dem Inhaber von MC-Tattoo gesprochen. Er meint, dass die Tätowierung asiatisch wirkt. Finden Sie das auch?«

»Genau. Japanisch.«

Irene war überrascht.

»Nicht chinesisch?«

»Nein. Sie ist japanisch.«

Er reichte ihr das Papier wieder, und alles an seiner Haltung gab ihr zu verstehen, dass die Audienz beendet war.

»Die Tätowierung ist ungewöhnlich. Hervorragend ausgeführt. Für so eine benötigt man mehrere Tage. Wahrscheinlich ist sie nicht in Schweden gemacht worden. Diese Art von Motiv ist asiatisch, und einer der Tätowierer meinte wohl auch japanisch. Habe ich was vergessen?«, sagte Kommissar Andersson.

Der Kommissar, Irene, Jonny und Hannu saßen in Anderssons Zimmer. Es war kurz vor fünf, und sie fassten zusammen, welche Erkenntnisse sie an diesem Tag gewonnen hatten.

»Das Schriftzeichen ist japanisch«, sagte Hannu.

»Bist du dir sicher?«, fragte Jonny.

Die anderen sahen Jonny vorwurfsvoll an. Es konnte auch nur ihm einfallen, Hannus Auskünfte in Frage zu stellen. Wenn Hannu sagte, das Zeichen sei japanisch, dann war es japanisch.

»Ja. Es ist das Zeichen für Mann.«

»Mann«, wiederholte der Kommissar nachdenklich.

»Warum lässt man sich das Zeichen für Mann auf die Achsel tätowieren?«, fragte Irene.

»Vielleicht war er so feminin, dass ihm nichts anderes übrig blieb. Eine Art Deklaration des Inhalts. Zumindest für alle Japaner«, sagte Jonny grinsend.

Irene war Jonnys Witze schon lange leid. Sie ignorierte seine Bemerkung und fuhr fort:

»Aber der Drache ist schließlich ungewöhnlich und hervorragend ausgeführt. Das sollte uns doch einen Anhaltspunkt geben.«

Sie war richtig aufgekratzt. Die Tätowierung war eine Spur, die sie der Identität des Opfers näher bringen konnte. Oder etwa nicht? Je länger sie nachdachte, desto unsicherer wurde sie. Sie wussten nicht, wer der Mann war und welche Staatsangehörigkeit er hatte. Sie wussten nicht, wo die Tätowierung gemacht worden war. Sie wussten nicht, wo oder wie er gestorben war. Eine Sekunde lang kam es ihr in den Sinn, dass sie das auch gar nicht wissen wollte. Aber natürlich wollte sie das doch, schließlich war sie Polizistin.

»Einer der Tätowierer, bei denen ich war, meinte, der Drache könnte in Kopenhagen oder London gemacht worden sein«, sagte Jonny.

»Falls das nicht der Fall ist, stammt er wohl aus Asien«, stellte der Kommissar niedergeschlagen fest.

»Aber wir wissen doch, dass der Mann kein Asiate war. Das spricht dafür, dass die Tätowierung nicht aus Asien stammt«, wandte Irene ein.

»So wie die Leute heutzutage durch die Gegend fahren, können wir überhaupt nichts ausschließen«, meinte Jonny.

Andersson dachte eine Weile nach, ehe er sagte:

»Ich glaube, dass es jetzt angezeigt ist, das Bild von der Tätowierung an die Zeitungen zu geben. Wenn sie es heute noch pünktlich bekommen, erscheint es morgen. Irgendjemand müsste die Tätowierung doch erkennen, so ungewöhnlich, wie sie ist.«

»Merkwürdig, dass ihn niemand vermisst. Ein junger Mann in seinen besten Jahren«, überlegte Irene.

»Er ist sicher kein Schwede«, sagte Jonny voll Überzeugung.

»Das ist ein Gedanke. Wir sollten den Drachen über Interpol verbreiten. Vielleicht ist er ja in einem anderen Land als vermisst gemeldet«, äußerte Andersson.

»Das mach ich am besten gleich morgen, falls das mit den Zeitungen nichts ergibt«, meinte er noch.

Ehe Irene Feierabend machte, rief sie Tommy an, um zu fragen, wie es ihm ging. Seine zehnjährige Tochter war am Apparat:

»Persson.«

»Hallo, Sara. Hier ist Irene. Ist dein Papa zu Hause?«

»Nee. Er geht um den Block, um zu üben.«

»Hat er Schwierigkeiten beim Gehen?«

»Ja. Es spannt. Du! Stimmt es, dass Sammie Papa geworden ist?«

»Allerdings. Drei Welpen. Ein Männchen und zwei Weibchen.«

»Oh! Wie alt sind sie?«

Irene musste überlegen. Gleichzeitig kam ihr ein Gedanke.

»Die Welpen sind schon fast fünf Wochen alt und wahnsinnig süß!«, zwitscherte sie.

»Darf ich kommen und sie mir anschauen? Darf ich das?«

»Natürlich. Du kannst deinen Papa ja mitnehmen, jetzt hat er ohnehin frei. Aber ruf vorher an. Die Welpen sind bei ihrer Mama, und wir müssen erst fragen, ob sie überhaupt zu Hause sind.«

»O ja!«

Sie sagten tschüss und legten auf. Irene kam sich etwas gemein vor.

Tommy war immerhin ihr bester Freund. Aber hier galt es, den Welpen ein gutes Zuhause zu sichern, versuchte sie ihr schlechtes Gewissen zu beruhigen.

»Ich glaube, dass Lenny einen von den Welpen nimmt«, sagte Krister.

Es war spätabends, und sie lagen schon im Bett. Lenny war Koch in dem Restaurant, in dem Krister Küchenchef war.

»Hat Lenny nicht bereits einen Hund? Einen Foxterrier?«, erinnerte sich Irene.

»Doch. Oder besser nein. Der ist vor einem Monat gestorben. Die Kinder trauern fürchterlich, und Lenny und seine Frau vermutlich auch. Sie haben sich entschlossen, einen neuen zu kaufen, und da schlug ich einen von Sammies Welpen vor. Sie scheinen interessiert zu sein, und dass es Mischlinge sind, scheint sie nicht zu stören.«

Irene zögerte erst, ob sie ihm von ihrem Schachzug, einen der Welpen unterzubringen, erzählen sollte. Schließlich gab sie ihrem Impuls zu reden nach.

»Ich habe auch jemandem entsprechende Flausen in den Kopf gesetzt.«

»Ach? Wem?«

»Sara. Der Mittleren von Tommy.«

»Er hat doch immer gesagt, dass er keinen Hund will! Jetzt ist er sicher schlecht auf dich zu sprechen.«

»Warte nur, bis er sie zu sehen kriegt. Sie sind ganz wunderbar!«

»Gilt das nicht für alle Welpen?«

»Doch. Deswegen ist es ja so wichtig, dass sie sie sich so schnell wie möglich ansehen.«

Krister lachte und rutschte in die Betthälfte seiner Frau hinüber.

KAPITEL 5

Die Tätowierung war auf der ersten Seite sämtlicher Zeitungen abgebildet. Jedes Mal, wenn das Telefon klingelte, schlug Irenes Puls schneller. Jetzt würden sie vielleicht erfahren, wer der Zerstückelte war!

Als es Zeit für den Feierabend war, hatten sie noch keinen einzigen verwertbaren Tipp erhalten. Nur die üblichen Verrückten hatten von sich hören lassen, die immer anrufen, wenn die Polizei die Massenmedien zur Mithilfe auffordert. »Ich habe den Typen zerstückelt. Ach so, Sie wissen nicht, wer ich bin? Ich hab doch schon Olof Palme erschossen!« Oder: »Mein Nachbar hat den Ärmsten auf dem Gewissen. Er veranstaltet immer Saufgelage bis spät in die Nacht, kein Auge kann man da zumachen! Manchmal prügeln sie sich auch in seiner Wohnung. Einen von seinen Saufkumpanen hat er zerstückelt. Das können Sie mir glauben! Wie ich meine Anklage begründe? Er sieht so heimtückisch aus!«

Es war ermüdend, sich solche und ähnliche Tipps anzuhören, aber schließlich musste jeder Spur nachgegangen werden.

Auch in einem anderen Fall hagelte es Rückschläge. Die Zeugin, die Robert Larsson als Täter benannt hatte, zog ihre Aussage zurück. Plötzlich wollte sie von irgendwelchen Drohungen gegen Laban und das Mädchen, mit dem dieser sich zusammengetan hatte, nichts mehr gehört haben. Angeblich hatte sich die Zeugin bei einem Treppensturz verletzt. So ihre Aussage auf der Notaufnahme. Dass Robert den größten Teil ihrer Einkünfte aus der Prostitution einbehielt, wollte sie erfunden haben. Sie hatte sich nur an ihm rächen wollen, weil sie wütend und eifersüchtig darauf war, dass er noch andere Mädchen hatte.

Obwohl man sie beim Verhör ziemlich unter Druck setzte, blieb sie bei ihrer geänderten Geschichte. Niemand zweifelte daran, dass sie bedroht worden war, obwohl die Polizei im Rahmen ihrer beschränkten Möglichkeiten versucht hatte, sie zu beschützen. Die Warnung hatte sie erreicht, und sie war nicht so dumm, sie zu ignorieren.

Das Verfahren gegen Robert Larsson platzte wie eine Seifenblase. Ohne Zeugen war nichts zu beweisen. Larsson war bereits aus der Untersuchungshaft entlassen worden, und jetzt mussten sie sämtliche Ermittlungen, die seine Person und seine kriminellen Machenschaften betrafen, auf Eis legen.

»Ihr müsst ihn einfach genauso zur Strecke bringen wie Al Capone«, sagte Kommissar Andersson.

»Al Capone?«, fragte Fredrik dumm.

»Wen sonst? Sie haben ihn wegen Steuerhinterziehung hinter Gitter gebracht. Das ist der wunde Punkt in der Rauschgift- und Sexbranche. Die Geschäfte gehen zu gut und werfen zu große Gewinne ab. Es ist schwer, das ganze Geld zu waschen.«

»Die Sexindustrie erwirtschaftet in den USA größere Gewinne als der Handel mit Narkotika. Außerdem ist das Risiko, bestraft zu werden, geringer«, warf Birgitta ein.

»Warum?«, wollte Irene wissen.

»Keiner wagt sich da ran. Alle haben da doch irgendwie Dreck am Stecken. Und wir wissen doch, wie die Amerikaner sind, sobald es um Sex geht. Wenn da ein Promi oder Politiker in einen Sexskandal verwickelt wird, ist der Teufel los«, meinte Birgitta.

»Alles soll sauber und ordentlich sein, zumindest auf der Oberfläche. Was hinter der Fassade abgeht, wird einfach ignoriert«, pflichtete Irene ihr bei.

Fredrik, der die ganze Zeit zurückgelehnt auf seinem Stuhl

gesessen und an die Decke gestarrt hatte, setzte sich jetzt aufrecht hin und sagte energisch wie immer:

»Ich werde mich noch einmal mit Annika Nilzén vom Rauschgiftdezernat unterhalten. Vielleicht hilft uns ja die Steuerfahndung dabei, die Finanzen unseres schmierigen Robert einmal näher zu untersuchen. Das Geld wird ganz sicher mithilfe des Clubs gewaschen.«

»Hundertprozentig«, pflichtete ihm Andersson bei.

Er saß geistesabwesend da und faltete einen Papierflieger. Irene sah, dass es sich um eine der Kopien des Bildes der Tätowierung handelte.

»Sollen wir jetzt Interpol informieren?«, fragte sie.

Andersson nickte. Er versuchte, das Blatt zu glätten, aber die Knicke waren nicht mehr zu reparieren. Glücklicherweise hatten sie noch mehr Kopien auf Lager.

»Morgen gebe ich eine Anfrage wegen der Tätowierung raus. Dann heißt es abwarten.«

»Morgen ist ein Feiertag. Christi Himmelfahrt. Da wird wohl niemand von sich hören lassen. Am Freitag machen hier sowieso alle blau, und bei den Kollegen in Europa ist es wahrscheinlich nicht anders. Dann ist Wochenende. Wahrscheinlich passiert vor Montag überhaupt nichts«, meinte Birgitta.

Sie behielt Recht. Vor Montag passierte nichts, aber da geschah dafür alles auf einmal.

Man hatte keine neuen Säcke mehr gefunden und deshalb beschlossen, die Suche noch zwei weitere Tage fortzusetzen und dann aufzugeben. Zwei Wochen waren genug.

Irene war glücklich, dass Tommy wieder zurück war. Es ging ihm gut, aber er bewegte sich noch etwas steif. Als er in ihr gemeinsames Büro kam, sagte er:

»Offenbar hat Sara mit dir über Sammies Welpen gesprochen.«

Irene versuchte sich ahnungslos zu geben: »Sie wollte wissen, ob es stimmt, dass Sammie Papa geworden ist, und …«

»Du hast sie sofort eingeladen, vorbeizukommen und sie zu besichtigen.«

Irene beschloss, den Mund zu halten. Er kannte sie einfach zu gut.

»Wir haben die Sache im Familienrat behandelt. Mit vier Stimmen gegen eine hat Familie Persson entschieden, zu dir rauszufahren und sich die Welpen anzusehen.«

Irene traute kaum ihren Ohren. Tommy hatte sich einverstanden erklärt, die süßen Kleinen anzuschauen. Damit waren die Perssons beinahe schon Hundebesitzer! Sie versuchte sich ihre Begeisterung nicht anmerken zu lassen, sondern sagte gleichmütig:

»Wann wollt ihr denn vorbeikommen?«

»Morgen Abend.«

»Ich rufe die Frau, die die Welpen hat, an und frage, ob es ihr passt. Ein Kollege von Krister ist ebenfalls interessiert...«

»Damit keine Unklarheiten entstehen, will ich darauf hinweisen, dass *dein* Kollege nicht interessiert ist. Durch gehörigen Druck auf seine Kinder hast du für das Interesse seiner Familie gesorgt. Das ist ein großer Unterschied.«

Meine Güte, war der sauer. Mit Recht, musste Irene sich eingestehen.

Das Klingeln des Telefons rettete sie. Sie hatte den Hörer noch nicht ganz am Ohr, da hörte sie schon Yvonne Stridners strenge Stimme:

»Hier Professor Stridner. Ich habe in London ein paar interessante Informationen erhalten.«

Es dauerte ein paar Sekunden, bis Irene sich daran erinnerte, dass Yvonne Stridner bei ihrer letzten Begegnung ein Symposium in London erwähnt hatte.

»Sehr gut. Hier ist rein gar nichts passiert.«

»Ich weiß. Aber ich habe einen Treffer gelandet. Auf dem Symposium habe ich einen Vortrag darüber gehalten, wann es sich um Mord und nicht um Selbstmord handelt. Gut besucht, hoch gelobt... jedenfalls bat ich am Schluss darum, die Aufmerksamkeit des Auditoriums noch ein paar Minuten in Anspruch nehmen zu dürfen. Ich nutzte die Gelegenheit, um zu berichten, was unserem tätowierten Torso zugestoßen war. Die meisten Kollegen hatten von solchen Morden natürlich schon gehört, aber nur äußerst wenige hatten jemals ein so vollkommenes Ausweiden, eine so umfassende Schändung der Leiche wirklich vor Augen gehabt. Alle fanden es äußerst interessant, das kann ich Ihnen sagen. Anschließend kam ein alter Freund und Kollege auf mich zu. Er heißt Svend Blokk und arbeitet in Kopenhagen am Rigshospital. Jedenfalls sagte Svend, dass sie vor zwei Jahren einen sehr ähnlichen Fall gehabt hätten. Ich sage ähnlich, weil ein Unterschied besteht. Ihr Opfer war eine Prostituierte.«

Stridner war gezwungen, Atem zu holen, und Irene konnte eine Frage einwerfen.

»Meinte er, dass das Vorgehen beim Zerstückeln Ähnlichkeiten aufweist?«

»Es ist identisch.«

Irene dachte fieberhaft nach und fragte dann:

»Haben sie damals sämtliche Teile der Leiche gefunden?«

»Nein. Svends Angaben waren auch etwas unpräzise. Nicht er hatte die pathologische Ermittlung damals geleitet. Und er sagte auch noch, dass sie trotz massiver Fahndung den Mörder nie gefasst hätten.«

Yvonne Stridner gab Irene Svend Blokks Adresse und Telefonnummer. Diese bedankte sich und legte auf. Aufgeregt begann sie Tommy zu erzählen, was Yvonne Stridner gesagt hatte, aber der winkte ab.

»Heb dir das für die anderen auf. Andersson hat mich auf Jack the Ripper angesetzt. Der war wieder am Werk. Viertes Opfer im Zentrum von Göteborg. Wieder eine junge Frau. Sie wollte nach einer Party bei den Eltern übernachten. Der Übergriff ereignete sich im Treppenhaus im Haus der Eltern in der Vasagatan.«

»Das wusste ich nicht. Wann?«

»Gegen zwei. Samstagnacht.«

»Konnte das Opfer den Täter beschreiben?«

»Ja. Die Beschreibung stimmt mit den anderen drei überein. Schwedischsprachiger Mann, mittelgroß, mit Strumpfmaske. Zwei der Frauen haben ihn als mager bezeichnet, die anderen beiden haben von normalem Körperbau gesprochen.«

»Derselbe Tatverlauf?«

»Yes. Vergewaltigung mit vorgehaltenem Messer. Anschließend hat er der Frau Bauch und Oberschenkel aufgeschlitzt. Nicht tief, nicht so, dass die Verletzung lebensbedrohlich gewesen wäre, aber tief genug, um ihr dauerhaft Narben beizubringen.«

»Warum stand darüber nichts in der Zeitung?«, wollte Irene wissen.

»Der Psychologe behauptet, dass das das eigentliche Tatmotiv ist. Er sucht Aufmerksamkeit.«

»Aber wenn sie nichts schreiben, besteht doch die Gefahr, dass er noch gewalttätiger wird und das nächste Opfer vielleicht tötet. Vor dem Hintergrund sollten wir vielleicht alle Frauen, die am Wochenende um Mitternacht in Vasastan unterwegs sind, warnen.«

»Die da oben entscheiden gerade darüber. Solange mache ich eben mit der Ermittlung weiter.«

»Glaubst du, dass dieser Täter zu so was wie dem Mord draußen in Killevik fähig wäre?«

Tommy dachte nach.

»Nein. Ich glaube, er hat eine Art innere Sperre, die es ihm nicht erlaubt, seine Opfer zu ermorden. Er will nur, dass sie leiden und außerdem gezeichnet sind. Tötet er sie, dann können sie schließlich nicht erzählen, was ihnen Schreckliches widerfahren ist.«

Irene schüttelte den Kopf. Nur leiden …

Der tätowierte Torso war zwar nicht mehr der Sprache mächtig, aber seine sterblichen Überreste bezeugten, dass es sich um einen ungewöhnlich gefährlichen und gestörten Mörder handelte, der nur darauf wartete, wieder zuzuschlagen. Die Nachricht des Killers war unmissverständlich.

Der Tag verging mit Routinearbeiten. Irene erreichte die Besitzerin der Welpen und vereinbarte mit ihr, dass sie die Welpen am nächsten Tag gegen sechs besichtigen würden.

Irene wollte sich gerade ihre Jacke anziehen, als der Kommissar in ihr Zimmer stürzte. Vor Aufregung war sein Gesicht hochrot.

»Kopenhagen hat angerufen!«, keuchte er triumphierend.

»Ist dem Professorenkumpel von der Stridner noch was eingefallen?«, fragte Irene.

»Nein! Nicht der Professor! Die Polizei! Die Kollegen haben angerufen.«

»Und?«

»Der Drache ist keine Tätowierung! Er ist ein Schild!«

Irene sah ihren Chef an. War er übergeschnappt?

Andersson war sich klar darüber, was Irene dachte, und versuchte, sich zu sammeln und seine Gedanken zu ordnen.

»Also. Eine Kriminalkommissarin Beate Bentsen hat aus Kopenhagen angerufen. Sie sagte, sie hätte das Motiv des Bildes, das wir rausgeschickt haben, erkannt. Es ist ein Ladenschild.«

In Irenes Fingerspitzen kribbelte es. Endlich etwas, mit dem sich etwas anfangen ließ.

»Was für ein Laden? Asiatische Lebensmittel?«

Andersson wurde verlegen und noch röter.

»Das... das weiß ich nicht. Dänisch verstehe ich nicht so recht und am Telefon schon gar nicht, aber so viel habe ich mitgekriegt.«

Er verstummte und sah aus, als würde er nachdenken.

»Jemand sollte nach Kopenhagen fahren. Sich mit dem unterhalten, der die zerstückelte Leiche der Prostituierten obduziert hat, und natürlich auch mit Beate Bentsen. Und dann sollte man auch einen Blick auf das Schild werfen. Es lässt vielleicht Rückschlüsse auf die Identität des Opfers zu.«

Irene nickte und murmelte zustimmend:
»Allerdings.«
»Gut. Dann fährst du morgen.«
»Morgen! Aber…«
»Man braucht keinen Pass, um nach Dänemark zu fahren. Kannst du nicht gleich mal bei Beate Bentsen anrufen?«
Andersson zog einen zerknitterten Zettel aus der Hosentasche und reichte ihn Irene. Sie nahm ihn mit dem Gefühl entgegen, in die Falle gegangen zu sein.

Beate Bentsen hatte sich sehr entgegenkommend, aber gestresst angehört. Sie entschuldigte sich damit, dass sie die ganze Woche auf einer Fortbildung sei. Der Kurs ende immer um vier, aber anschließend hätte sie Zeit, Irene zu treffen. Das passte Irene ausgezeichnet. Dann brauchte sie sich nicht zu beeilen. Immerhin hatte sie noch einiges zu erledigen, bevor sie fuhr.
Zuerst rief sie Monika Lind in Vänersborg an.
»Hallo, Monika. Hier ist Irene Huss.«
»Hast du was rausgekriegt?«
»Nein, gefunden haben wir sie nicht. Aber ich fahre wegen einer anderen Sache morgen nach Kopenhagen. Ich dachte, dass ich mich dann etwas umsehen könnte. Hast du ein neues Foto von Isabell?«
»Mehrere.«
»Hat Janne immer noch eine Softwarefirma?«
»Ja.«
»Kann er mir nicht ein Foto mailen?«
»Kein Problem.«
Bis zum Eintreffen des Fotos sollte eine halbe Stunde vergehen. Die Zeit nutzte sie dazu, Anrufe und andere praktische Dinge zu erledigen.
Sie druckte sich einen Stadtplan von Kopenhagen aus und buchte übers Internet ein Hotel, das Hotel Alex am H. C. Andersens Boulevard. Laut Stadtplan war es sehr zentral gelegen und nicht weit von Vesterbro, wo Kommissarin Bentsen arbeitete.

Alles war erledigt, als das Foto aus Vänersborg eintraf: ein Atelierbild mit Weichzeichner.

Isabell hatte volles, schulterlanges Haar, das blonder war, als Irene es in Erinnerung hatte. Die Augen hatte sie stark geschminkt, ihren Schmollmund ebenfalls. Sie hatte ebenmäßige Gesichtszüge und eine Stupsnase. Sie war süß auf die Art von Barbiepuppen. Irene druckte das Bild aus. Es war erstaunlich scharf und kontrastreich.

Auf das Foto folgte eine kurze Mitteilung von Monika:

Bell ist am 7. 2. 1982 geboren. Sie ist ein Meter zweiundsiebzig groß und wiegt ca. 56 kg. Als wir hierher nach Vänersborg umzogen, bekam sie eine Zahnklammer. Deswegen ist zwischen den Schneidezähnen auch keine Lücke mehr. Das Bild wurde kurz vor Weihnachten aufgenommen. Ich finde, dass es ihr sehr ähnlich sieht.

Liebe Irene, finde sie!

Herzliche Grüße! Monika L.

Das machte Irene Sorgen. Wenn sie Monika nur keine falschen Hoffnungen gemacht hatte. Aber einen Versuch war es wenigstens wert.

»Kopenhagen? Okay, ich organisiere die Vorführung der Welpen.« Krister seufzte.

Sie saßen im Wohnzimmer und tranken nach dem Essen noch eine Tasse Kaffee. Irene hatte sich mit angezogenen Beinen in die Ecke des Sofas gesetzt. Was sie für eine Übernachtung brauchte, war bereits zusammengepackt. Alles hatte mühelos in ihrer dunkelblauen Tasche Platz gefunden.

»Wie kommst du hin?«, wollte ihr Mann wissen.

»Ich nehme einen Dienstwagen und fahre nach Helsingborg. Von dort nehme ich die Fähre nach Helsingør. Alles in allem brauche ich wohl vier Stunden bis Kopenhagen. Vielleicht sogar fünf, wenn ich an der Fähre warten muss.«

»Apropos Vorführung der Welpen... Ich rede mit Lenny, dann kann er sie sich morgen gemeinsam mit seiner Familie ansehen. Das wäre doch praktisch, wenn man daran denkt, wie schlecht gelaunt die Alte immer ist. Zu Sammies Verteidigung muss man sagen, dass man sich seine Schwiegereltern nicht aussuchen kann. Er ist schließlich bei der schwarzen Schönheit schwach geworden, nicht bei ihrer Besitzerin.

»Schwiegereltern! Ich habe jetzt schon seit über einer Woche nicht mehr bei deiner Schwiegermutter angerufen!«

Irene sprang vom Sofa hoch, um ihre Pflichtvergessenheit sofort wieder gutzumachen.

Ihre Mutter ging nicht ans Telefon. Irene ließ es sicher zehnmal klingeln. Besorgt meinte sie zu Krister:

»Mama geht nicht ans Telefon. Glaubst du, dass ihr was passiert ist? Sie ist schließlich fast dreiundsiebzig...«

Krister dachte nach und sagte dann:

»Wollte sie nicht diese Woche mit Sture zur Weinprobe an die Mosel fahren?«

Das hatte Irene vollkommen vergessen. Ihre Mutter und ihr Lebensgefährte, mit dem sie allerdings nicht zusammenwohnte, hatten diese Reise schon den ganzen Winter geplant. Sie wollten mit einer Gruppe des Seniorenclubs fahren, dem sie beide angehörten.

Vielleicht würde sie ja auch einmal im Rahmen von Seniorenreisen die Welt kennen lernen. Bis dahin musste sie mit einer Dienstreise nach Kopenhagen vorlieb nehmen.

KAPITEL 6

Die blasse Sonne machte ein paar tapfere Versuche, die Wolkendecke zu durchbrechen, gab aber in Höhe von Varberg auf. Auf dem Rest der Fahrt nach Helsingborg nieselte es. Obwohl der Frühling bisher regnerisch und kühl gewesen war, wurde alles grüner, je weiter nach Süden sie kam. In Helsingborg standen die Kastanien in voller Blüte, aber die Kriminalbeamtin aus Göteborg konnte diese Blumenpracht nicht recht genießen. Sie hatte genug damit zu tun, sich nicht zu verfahren. Die Stadt war größer, als sie gedacht hatte, und um alles noch schlimmer zu machen, musste sie sich zwischen mehreren Fährgesellschaften entscheiden. Schließlich fiel ihre Wahl auf die HH-Ferries. Entschlossen folgte sie den Schildern und landete schließlich bei einem Fähranleger. Sie bezahlte ihr Ticket und reihte sich in die Schlange ein. Die Fähre hatte eben erst angelegt, und die Autos ratterten von Bord. Nach knapp zehn Minuten durfte sie auf das Fahrzeugdeck fahren.

Es war schön, sich endlich die Beine vertreten zu können. Irene drehte eine Runde, um die Fähre in Augenschein zu nehmen. Sie war ziemlich klein und gehörte einer dänischen Reederei. Das schloss sie daraus, dass alle Schilder auf Dänisch waren.

Das Wetter lud nicht gerade dazu ein, an Deck zu bleiben, und als die Fähre ablegte, ging Irene wieder hinein. Sie landete direkt in der Cafeteria und kaufte sich ein Sandwich und eine Tasse Kaffee.

Das belegte Brot war riesig. Irgendwo unter der großzügigen Portion Roastbeef und den Mixedpickles versteckte sich sicher auch eine Scheibe Brot. Voll Mitleid dachte Irene an ihre Kollegen, die sich im Aufenthaltsraum mit mitgebrachten Butterbroten begnügen mussten. Es war zu spüren, dass sie auf dem Weg ins Ausland war.

Das Gefühl, bald in einem fremden Land zu sein, verstärkte sich noch, als Irene auf die Toilette ging. Als sie sich die Hände waschen wollte, bemerkte sie einen gelben Plastikbehälter an der Wand neben dem Spiegel. Er trug die Aufschrift: »Nadeln – Spritzen.« Praktisch, dann liegen sie nicht auf der ganzen Fähre herum, dachte Irene sarkastisch.

Nach zwanzig Minuten machten sie in Helsingør fest. Mit einem stillen Gebet, dass die scheppernde Autorampe stabiler sein möge, als sie wirkte, fuhr sie von der Fähre. Es war kurz nach eins. Nachdem sie durch einige stark befahrene Seitenstraßen gekommen war, gelangte sie endlich auf die Autobahn. Dort herrschte wesentlich weniger Verkehr. Die ersten vierzig Kilometer waren problemlos, aber je näher sie Kopenhagen kam, desto stärker geriet sie ins Schwitzen. Der Verkehr wurde dichter, die Schilder waren zu klein und nur schwer auszumachen, die Markierungen der Fahrspuren unlogisch, und Fahrradfahrer kamen wie Geschosse von rechts und links. Schließlich sah Irene ein, dass sie sich an einer Tankstelle einen richtigen Stadtplan besorgen musste.

Außerdem kaufte sie sich noch ein Eis. Während sie daran schleckte, versuchte sie sich den einfachsten Weg einzuprägen. Schließlich fand sie ihn: Østerbrogade bis zum Sortedams Sø, dort nach rechts und auf der Øster Søgade am Wasser entlang, die in die Nørre Søgade überging. Wo diese endete, musste sie nach links abbiegen und kam dann direkt auf den H. C. Andersens Boulevard.

Das wirkte auf dem Stadtplan ganz einfach, aber die Wirklichkeit sah ganz anders aus. Die Bluse klebte ihr am Rücken, als sie endlich vor dem Hotel Alex zum Stehen kam. Erlaubte

Parkzeit gerade mal fünf Minuten. Natürlich. Irene nahm nicht einmal ihre blaue Tasche aus dem Kofferraum, sondern ging nur rasch nach drinnen, um den Portier zu fragen, wo sie ihren Wagen abstellen sollte. Die lächelnde junge Frau erklärte ihr, dass sie überall dort parken könne, wo ein Platz frei sei. Sie empfahl Irene, es mit der Straße hinter dem Hotel zu versuchen, der Studiestræde.

Irene fuhr um den Block und bog in die Studiestræde ein. Dort gab es nur einen einzigen freien Parkplatz. Er lag fast direkt vor der Tür der Bar »Wild Strip«. Auf Englisch wurde für eine »nude show« Reklame gemacht, auf Dänisch für »Tanz mit weniger als Nichts«. Aber egal, Hauptsache sie hatte einen Parkplatz.

Sie nahm ihre Reisetasche und ging einchecken. Die freundliche Empfangsdame reichte ihr eine Mitteilung. Sie war von Beate Bentsen. Irene faltete sie zusammen, um sie oben auf dem Zimmer zu lesen.

Das Zimmer war sauber und frisch renoviert. Glücklicherweise ging das Fenster auf die Studiestræde. Wenn sie sich ganz weit vorbeugte, konnte sie ihr Auto sehen. Sie brauchte auch nicht zu befürchten, dass der Verkehr ihren Schlaf stören würde. Jeder Lärm wurde durch die schallisolierten Fenster gedämpft. Die Versuchung war einfach zu groß, und so legte sie sich auf das einladende Bett. Wunderbar, sich einfach nur ausstrecken zu können. Sie spürte, dass ihre Muskeln müde und steif waren, und das ärgerte sie. Spontan entschied sie sich, zum Revier in Vesterbro zu laufen. Sie zog ihren Stadtplan von Kopenhagen heraus und hatte den Eindruck, dass ein rascher Spaziergang zum Halmtorvet nur etwa eine Viertelstunde dauern dürfte.

Zum Entziffern der Mitteilung von Beate Bentsen brauchte sie einige Zeit, da diese handgeschrieben und auf Dänisch war. Schließlich kam Irene dahinter, dass diese entgegen ihrer eigentlichen Abmachung jetzt am Nachmittag keine Zeit hatte. Sie bedauerte das zutiefst, hoffte aber, Irene um sieben im Restaurant Vesuvius of Copenhagen zum Essen einladen zu dürfen. Die Wegbeschreibung war einfach: Vom Hotelfoyer aus vis-à-vis ein Stück nach rechts. Bentsen wollte Inspektor Peter Møller vorbeischicken, der Irene Punkt drei Uhr am Hotel abholen sollte. Laut der Kommissarin war er mit dem damaligen Mordfall vertraut und kannte sich in Vesterbro aus.

Irene sah auf die Uhr. In knapp zwanzig Minuten würde Peter Møller eintreffen. Sie sollte aufstehen und sich umziehen.

Das Telefon weckte sie. Noch ehe sie ganz wach war, stand sie schon neben dem Bett. Eine weiche Frauenstimme sagte auf Dänisch: »Ist dort Irene Huss?«

»Ja. Doch…«

»Hier ist ein Inspektor Peter Møller für Sie.«

»Meine Güte! Sagen Sie ihm, dass ich in fünf Minuten unten bin.«

Sie hatte sich die Kleider abgestreift, noch ehe der Telefonhörer wieder ganz auf der Gabel lag.

Sie duschte kurz und heiß. Die Jeans, die sie bisher angehabt hatte, ließ sie auf dem Fußboden liegen, stattdessen zerrte sie ihre dunkelblaue Leinenhose, einen sauberen Slip und ein eisblaues Polohemd aus ihrer Tasche. Die ausgelatschten Joggingschuhe ersetzte sie durch ein Paar schwarze Halbschuhe. Vielleicht hätten zu den eleganten Hosen Schuhe mit Absätzen besser gepasst, aber ist man bereits in Strümpfen ein Meter achtzig groß, trägt man keine hohen Absätze. Einmal die Lippen mit dem Lippenstift nachziehen musste als Make-up genügen. Sie rannte die Treppe hinunter und zog sich gleichzeitig ihren neuen, weiten Mantel über, einen Trenchcoat. Er war blau, dasselbe Blau wie ihre Augen.

Am Empfang lehnte ein schlanker junger Mann. Er war blond und trug das Haar kurz. Wahrscheinlich hatte er ihre lauten Schritte auf der Treppe gehört, denn er wandte ihr den Kopf zu. Seine hellblauen Augen glitten forschend über sie hinweg. Er war älter, als sie zuerst angenommen hatte, mindestens fünfunddreißig. Er lächelte sie strahlend und verbindlich an und trat mit ausgestreckter Hand auf sie zu.

»Irene Huss, I presume?«

»Yes. Ich meine … ja.«

»Inspektor Peter Møller.«

Sie gaben sich die Hand, und er deutete Richtung Straße.

»Mein Wagen steht vor der Tür.«

Er ging voran und hielt ihr die Tür auf. Als sie an ihm vorbeilief, bemerkte Irene, dass er nach einem guten Rasierwasser duftete und etwas größer war als sie. Er war ebenfalls in Zivil, kurze hellbraune Wildlederjacke und hellbeige Hosen. Peter Møller eilte auf einen weinroten BMW zu, das größte und neueste Modell. Auch jetzt hielt er Irene wieder die Tür auf. Als sie im Wagen saßen, sagte Irene:

»In Kopenhagen hat die Polizei wirklich schicke Autos.«

»Das ist mein eigener«, erwiderte Møller.

Es entstand eine kurze Pause. Irene beschloss, das Thema Autos auf sich beruhen zu lassen, und nahm erneut Anlauf:

»Entschuldigen Sie, dass Sie warten mussten. Aber es hat an der Fähre etwas gedauert …«

Sie beendete den Satz absichtlich nicht. Møller wandte ihr sein Gesicht zu und lächelte sie charmant an.

»Damit kalkuliere ich immer eiskalt, wenn ich eine Dame abholen soll«, sagte er.

In Anbetracht dessen, dass der Frühling in Dänemark mindestens ebenso lausig gewesen war wie in Schweden, zog Irene den Schluss, dass seine dunkle Bräune von einer Urlaubsreise herrührte. Sie konnte natürlich auch selbst gebastelt sein und aus einem Solarium stammen, aber etwas an Møllers Stil sagte ihr, dass sie echt sein müsse. Jedenfalls schien ihr das als neues Thema zu taugen:

»Hatten Sie in Dänemark so gutes Wetter? Sie sind so braun.«

Er lachte leise.

»Nein. Ich war dort, wo garantiert immer die Sonne scheint.«

»Herrlich!«

»Ja. Aber es war fast zu warm. Waren Sie schon mal in Kopenhagen?«

»Vor zwanzig Jahren.«

»Dann wurde es ja langsam wieder Zeit.« Møller lächelte.

Er wurde rasch wieder ernst und fragte:

»Wollen Sie, dass wir jetzt schon raus nach Hellerup fahren oder erst später?«

»Hellerup?«

»Dort hat man die Säcke mit den Leichenteilen von Carmen Østergaard gefunden.«

»Wann war das?«

»Juni '97. Vor fast zwei Jahren.«

»Ich finde, das mit dem Rausfahren können wir uns für später aufheben. Falls es überhaupt nötig ist. Ich habe das Gefühl, dass es wichtiger ist, dass ich mir das Schild mit dem Drachen ansehe.«

»Das haben wir gleich. Es ist ganz in der Nähe.«

Sie fuhren eine breite Straße entlang, die laut Straßenschild Bernsdorffsgade hieß. Peter Møller bog auf einen Parkplatz hinter einem schuhkartonähnlichen Gebäude aus düsteren braunen Ziegeln ein. Er brauchte Irene nicht lange zu erzählen, dass das ein Polizeigebäude war. Alle Polizeigebäude aus den Sechziger- und Siebzigerjahren schienen von ein und demselben zutiefst deprimierten Architekten entworfen worden zu sein.

»Kommen Sie. Wir gehen uns jetzt erst mal das Schild anschauen«, sagte Peter Møller.

Sie verließen den Parkplatz und marschierten eine ruhige Seitenstraße mit verwahrlosten Häusern entlang. Wahrscheinlich waren es die schmutzigen Fassaden und die morschen Türen und Fensterrahmen, von denen die Farbe abblätterte, die der ganzen Straße eine Atmosphäre von düsterem Verfall verliehen. Sicherlich trug aber auch das trübgraue Wetter zu dem niederdrückenden Eindruck bei.

Weiter die Straße hinunter war ein Haus von Gerüsten umgeben und mit Planen verhängt. Unter den Planen war das harte Zischen von Hochdruckreinigern zu hören.

»Schön, dass die alten Häuser renoviert werden«, meinte Irene.

»Man versucht diesen Sumpf hier zu sanieren. Man bringt die Häuser in Ordnung und erhöht die Mieten, damit es sich der so genannte Abschaum nicht mehr leisten kann, hier zu wohnen. Diese Bruchbuden haben eine attraktive und zentrale Lage.«

»So was haben sie bei uns in Göteborg auch probiert… klappt es hier?«

»Die ohne Geld werden in die Vororte vertrieben. Das sind die Junkies und Stricherinnen. Die anderen werden wir nicht so leicht los. Die haben einfach zu viel Geld.«

»Sex ist eine Gewinn bringende Industrie«, stellte Irene fest.

»Genau. Was wissen sie über Vesterbro?«

»Nichts.«

»Hier konzentriert sich in Kopenhagen das Laster. Früher war der Rotlichtbezirk am Nyhavn, aber jetzt können es sich nur noch Millionäre und Promis leisten, dort zu wohnen. Jetzt liegen dort nur noch schicke Restaurants und Bars, die rund um die Uhr geöffnet haben. Wer Sex will, muss nach Vesterbro und dort vor allem in die Gegend der Istedgade. Hier gibt es alles. Absolut alles!«

Wie zur Bestätigung tauchte ein Pornofilmladen mit einem Schild auf, auf dem stand: »Here you can get the video you don't think exist!« Peter ging einfach weiter, als würde er den Laden gar nicht bemerken.

»Sind wir auf dem Weg in die Istedgade?«, fragte Irene.

»Ja. Zu einer ihrer Querstraßen. Wir sind gleich da.«

Im Schaufenster eines Sexshops vor ihnen an der Ecke lag durchsichtige Wäsche mit strategischen Öffnungen. Außerdem gab es stabile Sachen aus Leder, aber auch die schienen überwiegend aus dünnen Riemen und Öffnungen zu bestehen. Vermutlich war es ein Glück, dass sie mit so vielen Nieten bestückt waren, sonst wären sie auseinander gefallen. Die Schaufensterdekoration wurde durch Peitschen und Handschellen bereichert, die von der Decke herabhingen. Zwischen der Wäsche lagen Penisattrappen in verschiedenen Größen und Farben. Eine aus schwarzem Gummi war fast ebenso lang und dick wie Irenes Unterarm.

Vor ihrem inneren Auge tauchten verwirrende Bilder auf.

Was waren das für Menschen, die andere zur Unterwerfung zwangen und ihnen Angst einjagten, um sich sexuell zu befriedigen? Oder war Macht über andere Menschen das Entscheidende? Bilder und die Verwendung von mechanischen Hilfsmitteln führten schnell zum Ziel. Warme, gefühlsmäßige Bindungen brauchten mehr Zeit und ließen sich nicht so leicht herstellen. Vor allem forderten sie, dass man sich gefühlsmäßig involvierte. Onanie war einfach, Beziehungen waren schwierig und zeitraubend.

Plötzlich merkte sie, dass Peter Møller mit ihr sprach. Mit Mühe schüttelte sie ihre Gedanken ab.

»Entschuldigen Sie. Aber was sagten Sie noch gleich?«

»Wollen sie was kaufen?«, Peter lachte spöttisch.

Irene merkte, dass sie wütend wurde, aber es gelang ihr, einigermaßen gelassen zu erwidern:

»Nein. Hier gibt es wirklich nichts, was ich haben wollte. Mir wird es ganz anders, wenn ich so etwas nur sehe.«

»Ach, das ist doch nur Spaß. Das sind doch nur harmlose Sexspielzeuge...«

»Nein! Das ist kein Spaß, wenn es einem jemand mit diescm Riesenschwanz aus Gummi besorgt!«

Sie unterbrach sich und versuchte sich zu beruhigen. Møller sah sie erstaunt an. Mit größter Selbstbeherrschung fuhr sie fort:

»Sie verstehen das vielleicht nicht. Aber ich finde an diesem Schaufenster überhaupt nichts harmlos.«

Peter Møller entgegnete nichts. Er sah sie nur vollkommen entgeistert an und schüttelte den Kopf. Vielleicht glaubte er, seine Kollegin aus Schweden sei einem Anfall von Prüderie erlegen. Irene war es gleich.

Sie überquerten die Istedgade und gingen einen Block weit diese Sündenmeile entlang.

»Hier ist es«, sagte Peter Møller.

Er hatte an einer Straßenecke Halt gemacht und deutete in die Querstraße. Auf dem Schild stand Colbjørnsensgade. Irene ging ein paar Schritte um die Ecke und blieb dann wie angewurzelt stehen.

Das Schild hing über einem Geschäft an der Hauswand. Es war sicher fast drei Quadratmeter groß. Das japanische Schriftzeichen für Mann war von einem Furcht einflößenden Drachen umgeben. Das Schild schien aus Email zu sein und war ein Meisterwerk. Der Hintergrund war hellblau und kontrastierte eindrucksvoll mit dem vielfarbigen Drachen. Jede einzelne Schuppe des Monsters hatte eine andere Farbe. Der fürchterliche Rachen mit seinen nadelspitzen Zähnen war aufgerissen, und das ganze Ungeheuer pulsierte nur so vor Kraft.

Das Schild hing aber nicht über einem Laden für asiatische Lebensmittel. Auf dem Schaufenster stand: »The best gayplace in town.«

»Ein Laden für Schwule«, stellte Irene fest.

Sie konnte sich nicht beherrschen und seufzte tief. Møller sah sie aus den Augenwinkeln an, sagte aber nichts. Sie gingen Richtung Schaufenster.

Auch hier hingen Gegenstände von der Decke. Irene fühlte sich an Barbies Verlobten Ken erinnert, mit einem Unterschied – diese Puppen waren nicht für kleine Mädchen, sondern für erwachsene Männer. Sie trugen verschiedene Uniformen, und die Hosen hingen ihnen in den Knien, um zu zeigen, dass sie zwischen den Beinen einiges zu bieten hatten. Auf der einen Seite des Schaufensters stand eine Schaufensterpuppe. Ihre Uniform war der eines richtigen Polizisten zum Verwechseln ähnlich. In beiden Händen hielt sie ein Bündel Handschellen. Ihr gegenüber hatte man ein Pissoir aus Porzellan aufgehängt. Eine gelbe Flüssigkeit lief über den Rand, die offenbar Sperma sein sollte. Dazwischen lagen Penisattrappen, Videos und Zeitschriften.

Ein Cover erregte Irenes Aufmerksamkeit besonders. Die Zeitschrift hieß »Fist«, also Faust. Das Bild zeigte zwei eingefettete Männerhände, die die Hinterbacken eines anderen Mannes spreizten.

»Harter Tobak!«, sagte Irene laut.

Møller zuckte mit den Achseln und kommentierte das Schaufenster nicht weiter. Irene drehte sich zu ihm um und fing seinen Blick auf.

»Hat sich jemand von Ihnen mit dem Inhaber über das Schild und den vermuteten Zusammenhang mit unserem Mord unterhalten?«

»Nein.«

»Dann müssen wir wohl reingehen und das nachholen.«

Møller seufzte.

»Das müssen wir dann wohl. Dann werden Sie Tom Tanaka kennen lernen.«

»Wer ist das?«

»Der Inhaber.«

Er ging vor und hielt Irene die Tür auf. Der Mann hatte wirklich ausgezeichnete Manieren. An so viel Höflichkeit ist man gar nicht mehr gewohnt, dachte Irene. Etwas nervös betrat sie den Gayshop.

Alles, was sie befürchtet hatte, bewahrheitete sich. Überall hingen Lederkleider, Lederkorsetts, Ledercachesexes, Peitschen und Gummikleider. Auf Regalen standen und lagen Videos, Zeitschriften und Sexspielzeuge, von denen sie nicht die geringste Ahnung hatte, wie sie hießen und wofür sie sich verwenden ließen, in Reih und Glied. Zwei Männer standen über ein Lederkorsett gebeugt und unterhielten sich, unterbrachen sich jedoch, als Irene eintrat. Sie sahen nicht gerade beruhigt aus, als Peter Møller ihr auf den Fersen folgte und hinter ihr den Laden betrat. Schweigend und misstrauisch beobachteten sie die beiden Polizisten, die auf die Ladentheke zugingen. Hinter dieser thronte Tom Tanaka.

Was Irene auch immer erwartet haben mochte, jemanden wie

diesen Mann jedenfalls nicht. Der Japaner war fast zwei Meter groß und wog sicher über zweihundert Kilo. Er sah aus wie ein Sumo-Ringer. Seine Frisur mit dem Knoten bewies, dass er genau das war. Irene war erleichtert, dass er nicht auch noch die windelähnliche Hose trug, die für Wettkämpfe vorgeschrieben war, sondern einen schwarzen Pyjama aus Seide.

Ihr Erstaunen war ihr vermutlich anzusehen, denn Tom Tanaka deutete eine Verbeugung an und sagte auf Englisch mit einem starken amerikanischen Akzent:

»Wenn Sie erstaunt sind, mich hier zu sehen, dann ist das gar nichts gegen mein Erstaunen, dass Sie sich hierher verirrt haben.«

Seine Stimme war sehr tief und sein Tonfall ironisch. Irene konnte sich ein Lächeln nicht verkneifen.

»Guten Tag. Mein Name ist Irene Huss. Ich komme von der Polizei in Schweden. Aus Göteborg. Wir ermitteln wegen eines… Verbrechens. Kann ich Ihnen ein paar Fragen stellen?«, sagte sie in nicht ganz fehlerfreiem Schulenglisch.

Tom Tanaka sah sie mit unergründlicher Miene an. Seine schwarzen Augen verschwanden fast in den Fettmassen seines Gesichts. Irene ließ sich davon nicht täuschen. Sie wusste ganz genau, dass der Mann vor ihr alles andere als ein unförmiger und ungefährlicher Fettkloß war. Sich mit einem Sumo-Ringer anzulegen war ungefähr so, wie in eine Lokomotive zu laufen, die mit Volldampf auf einen zukommt.

Wieder nickte der Japaner so leicht, dass man es kaum bemerkte. Mit seinem tiefen Bass grollte er:

»Emil.«

Die Tür hinter Tanaka wurde fast augenblicklich geöffnet, und ein großer junger Mann mit rötlicher Haut streckte seinen Kopf hervor und sagte auf Englisch, aber mit stark dänischem Akzent:

»Ich bin fast mit dem Essen fertig…«

Er stockte, als er Irene und Peter bemerkte. Sein Blick blieb einen Augenblick an Peter hängen, wanderte dann aber rasch weiter. Irene hatte das Gefühl, dass er ihn kannte. Emil schluckte ein paar Mal, und sein hervortretender Adamsapfel tanzte an seinem mageren Hals auf und nieder.

»Du musst dich einen Moment um den Laden kümmern, während ich mich mit den Herrschaften von der Polizei unterhalte.«

Emil beeilte sich, fertigzukauen. Er huschte durch die Tür und baute sich hinter der Ladentheke auf, so weit weg von den Ordnungshütern, wie es nur ging. Die ganze Zeit zupfte er nervös an seinem dünnen roten Spitzbart.

Mit seiner riesigen Faust machte Tom Tanaka eine einladende Geste Richtung Tür. Sie gingen durch ein kleines, fensterloses Zimmer mit gemütlicher Beleuchtung und zwei bequemen schwarzen Ledersesseln, das für das Personal bestimmt war. Tom Tanaka trat auf eine stabile Tür zu und schloss sie auf.

Hinter der Tür lag eine große, ganz moderne Küche in Schwarz und rostfreiem Stahl. Der Fußboden bestand aus breiten Dielen aus warmem rosa Kirschbaumholz. Der durchdringende Geruch von frittiertem Fisch lag in der Luft. Hinter der Küche sah Irene in einen großen Raum, der ein Wohnzimmer zu sein schien. Geräusche und Flimmern eines Farbfernsehers kamen aus dieser Richtung. Zwischen Küche und Wohnzimmer lag ein Gang oder eher eine kleine Diele.

»Hier wohne ich«, sagte Tanaka.

»Da haben Sie es nicht weit bis zur Arbeit«, versuchte Irene zu scherzen.

»Stimmt«, erwiderte der Japaner nur.

Er ging vor ihnen her durch die Küche und dann nach rechts. Unter seinem beachtlichen Gewicht knarrten die Dielenbretter. Er öffnete eine Tür und betrat das Zimmer als Erster. Etwas anderes wäre auch nicht denkbar gewesen, da weder Irene noch Peter in der schmalen Diele an ihm vorbeigekommen wären.

»Mein Büro«, sagte Tanaka.

Auch dieses Zimmer war groß und hell. Hier umgab der Rauch teurer Zigarren die Besucher. Die Einrichtung war spärlich und japanisch. Der Schreibtisch war aus einem glänzenden Holz, der Stuhl eine Spezialanfertigung aus schwarzem Leder, offenbar dafür hergestellt, Tom Tanakas gewaltiger Körperfülle Platz zu bieten und dieser auch standzuhalten.

An der einen Kurzseite des Zimmers stand ein Glasschrank mit Nippsachen und Pokalen. Irene platzte heraus:

»Sie müssen ein Sumo-Ringer sein.«

Tanakas einer Mundwinkel zuckte, und Irene deutete das als amüsiertes Lächeln.

»Ich war sehr erfolgreich. Jetzt bin ich pensioniert.«

Erstaunt sah Irene ihn an. Er konnte kaum älter sein als sie.

»Wir gehen mit vierzig in Pension.«

Sie wusste nicht recht, warum sie das sagte, aber plötzlich kam es ihr über die Lippen:

»Ich betreibe auch einen japanischen Kampfsport. Jiu-Jitsu.«

Tanaka warf ihr einen unergründlichen Blick zu, sagte aber nichts. Er deutete auf zwei gepolsterte Hocker, die neben dem Schreibtisch standen.

»Please«, sagte er dumpf.

Irene und Peter Møller setzten sich. Erst da fiel ihr auf, dass Møller kein Wort gesprochen hatte, seit sie das Geschäft betreten hatten. Sie begann Tom Tanaka von der zerstückelten Männerleiche zu erzählen, die sie in Schweden gefunden hatten, ohne auf Details einzugehen. Sie betonte jedoch, dass der einzige Anhaltspunkt, was die Identität des Mannes angehe, die Drachentätowierung sei. Demonstrativ hob sie den Blick über Tanakas Kopf und sah auf eine Seidenmalerei, die offenbar die Vorlage sowohl für das Ladenschild als auch für die Tätowierung abgegeben hatte.

Die Malerei und die Kopien unterschieden sich in einem wichtigen Punkt. Auf der Malerei gab es das Schriftzeichen für Mann nicht. Stattdessen war an dieser Stelle ein spitzer Berggipfel zu sehen. Irene vermutete, dass es sich nur um den heiligen Berg Fuji handeln konnte. Das sagte sie auch. Tanaka nickte zustimmend.

»Die Kollegen hier in Kopenhagen haben uns benachrichtigt, nachdem wir das Bild der Tätowierung über Interpol verbreitet hatten. Deswegen bin ich hier. Wissen Sie, wer der Mann sein könnte?«

»Nein. Keine Ahnung.«

»Sie kennen niemanden, der sich nach dieser Vorlage hat tätowieren lassen?«

Er schüttelte sein schweres Haupt. Eine klare Verneinung.

»Ich habe dieses Geschäft erst seit knapp zwei Jahren. Ich habe es von meinem Cousin geerbt. Vielleicht wurde die Tätowierung schon zu seiner Zeit gemacht. Es war auch seine Idee, den Fuji durch das Schriftzeichen für Mann zu ersetzen«, sagte er.

Irene dachte nach, bevor sie die nächste Frage stellte:

»Sie kennen hier in der Gegend keinen Tätowierer, der außergewöhnlich gut ist?«

»Einen Meister? Nein.«

Sie standen beide gleichzeitig auf, als Zeichen, dass die Unterhaltung beendet sei. Tanaka ging wieder voran. Bei der Küchentür hielt er auf einmal mit der Hand auf der Klinke inne und wandte sich an Irene.

»Keikoku. Uke. Okata?«, sagte er leise.

Er warnte sie vor einem Feind und fragte, ob sie ihn verstanden hätte. Sie konnte kein Japanisch, aber das waren Wörter, die im Kampfsport Verwendung fanden. Gleichmütig entgegnete sie:

»Hai.«

Tanaka lotste sie durch den Laden, in dem jetzt bedeutend mehr Kunden waren. Mit einem neutralen »Goodbye« schloss er die Tür hinter ihnen.

»Was hat er da auf Japanisch gesagt?«, fragte Møller, als die Tür hinter ihnen ins Schloss fiel.

Seinem misstrauischen Tonfall entnahm Irene, dass er nichts verstanden hatte.

»Er wollte wohl wissen, ob ich mich noch an einige Jiu-Jitsu-Ausdrücke erinnere«, erwiderte sie gleichmütig.

Peter nickte nur. Schweigend gingen sie zur Wache zurück.

»Das ist Inspektor Jens Metz.«

Peter Møller stellte Irene seinen kräftigen, rotblonden Kollegen in dessen verqualmtem Büro vor. Jens Metz sah so dänisch aus, dass Irene Mühe hatte, ein Lachen zu unterdrücken. Stattdessen lächelte sie freundlich und ließ es zu, dass Metz ihre Hand mit seinen Wurstfingern umschloss. Natürlich war er nichts im Vergleich mit Tanaka, aber auf gutem Weg dorthin. Irene schätzte sein Alter auf etwa fünfundfünfzig.

»Willkommen in Kopenhagen. Allerdings könnte der Anlass erfreulicher sein.« Metz lächelte, und seine nikotinfleckigen Zähne waren zu sehen.

Er wirkte freundlich und effektiv. Aus dem Nichts hatte er drei Becher Kaffee gezaubert, die jetzt dampfend auf seinem Schreibtisch standen. So etwas gab bei Irene, die koffeinabhängig war, immer Pluspunkte. Dass der Kaffee dann so schmeckte, als sei er mit gemahlenen Langspielplatten aufgegossen worden, war eine andere Sache. Man kann sich sicher an alles gewöhnen, auch an dänischen Kaffee, versuchte Irene sich einzureden.

Jens Metz klopfte auf einen Stapel dicker Mappen, die auf dem Tisch lagen.

»Hier sind die Akten über den Mord an Carmen Østergaard. Morgen um elf haben Sie einen Termin beim Pathologen. Einer von uns fährt Sie hin«, sagte er.

Anschließend referierte er alle Fakten, die die damaligen Ermittlungen betrafen bzw. die zerstückelte Leiche, die am Strand von Hellerup angespült worden war. Der erste Plastiksack war am 3. Juni 1997 gefunden worden. Zwei weitere Säcke waren am nächsten Tag aufgetaucht. Kopf, Waden und sämtliche Eingeweide waren nie gefunden worden. Ebenfalls fehlten beide Brüste einschließlich Muskulatur sowie beide Pobacken. Die äußeren Geschlechtsorgane sowie der Anus waren entfernt, das Schambein des Opfers war zertrümmert worden.

»Sie war leer wie ein Uhrgehäuse«, stellte Metz fest.

»Das sieht wirklich ganz nach unserem Mörder aus«, meinte Irene.

»Der Pathologe kann Ihnen morgen mehr erzählen. Wir tappten anfangs natürlich ebenfalls im Dunkeln, was die Identität des Opfers angeht, aber zwei Tage später, also am 5. Juni, meldete ein gewisser Kurt Østergaard seine Ehefrau Carmen als vermisst. Da sie seine Einnahmequelle war, begann sie ihm zu fehlen. Beides Fixer. Kurt konnten wir ziemlich schnell von der Liste der Verdächtigen streichen. Er hätte in seinem Zustand nicht mal ein Messer halten können. Übrigens ist er vergangenen Winter an einer Überdosis gestorben.«

Metz holte tief Luft, feuchtete einen Wurstfinger, den Zeigefinger, an und blätterte um.

»Carmen war fünfundzwanzig, als sie starb. Vier Jahre lang war sie Prostituierte gewesen. Ebenso lange war sie mit Kurt verheiratet und hatte gespritzt. Ihre Mutter war Dänin und ihr Vater Spanier. Das Mädchen war gewissermaßen ein Souvenir. Ihre Mutter war mal nach Spanien getrampt. Einige von uns hier auf dem Revier kannten Carmen, da sie in Vesterbro arbeitete. Der Pathologe stellte fest, dass sie HIV-positiv war. Vermutlich wusste sie das nicht mal, denn sie hatte sich nie testen lassen. Wir verhörten Kurt, aber da war nicht viel zu holen. Carmen hatte ihm nie was über ihre Kunden erzählt, sondern gab ihm einfach nur das Geld.«

Metz schaute auf seine Papiere und fuhr fort:

»Wir haben uns alle Prostituierten in Vesterbro vorgenommen und sie verhört. Einige meldeten sich auch freiwillig, weil sie zuvor von Freiern ebenfalls bedroht, gewürgt oder schwer misshandelt worden waren. Aber nichts davon hörte sich nach dem Mörder an, den wir suchten. Carmen traf sich gelegentlich mit zwei anderen Prostituierten. Sie standen zusammen und unterhielten sich, während sie auf Freier warteten, und gingen gemeinsam essen. Einer von ihnen erzählte Carmen von einem Polizisten, der sie wenige Tage, bevor sie ermordet wurde, in Angst und Schrecken versetzt hatte. Dieser Kunde, der gut zahlte, aber abwegige Wünsche hatte, war also Polizist. Sie erzählte nie, welche besonderen Übungen der Polizist von ihr verlangt hatte. Ehe sie das Café verließen, soll Carmen gesagt haben: ›Einer von beiden ist noch mein Tod – entweder der Polizist oder der Arzt.‹«

»Wussten ihre Freundinnen, wen sie damit meinte?«, wollte Irene wissen.

»Wir haben nie auch nur einen Beweis gefunden, dass diese beiden Figuren überhaupt existieren, auch wenn uns die eine Prostituierte von einem merkwürdigen Arzt und eine andere von einem Polizisten erzählte.«

»Haben Sie sich auch mit den Frauen in den Bordellen unterhalten?«

Møller und Metz lächelten etwas. Jens Metz antwortete:

»Haben Sie eine Vorstellung, wie viele Nachtclubs, Escort Services, Striplokale und so weiter es in Kopenhagen gibt? Ganz zu schweigen von all den Frauen, die dort arbeiten. Und den Männern natürlich.«

Er machte eine Pause, ehe er fortfuhr:

»Da Carmen nie in einem solchen Etablissement gearbeitet hatte, sondern direkt auf der Straße gelandet war, haben wir nur die Nutten auf dem Straßenstrich befragt. Über den Mord stand eine Menge in den Zeitungen. Wäre einem Mädchen in einem der Clubs was Fürchterliches zugestoßen, hätte sie sicher von sich hören lassen. Aber das war nicht der Fall.«

Hätten sie ihren Mund aufgemacht, wären sie ihren Job losgeworden, dachte Irene, aber sie sagte nichts.

»Vor allem die Junkies auf dem Straßenstrich werden den übelsten Misshandlungen ausgesetzt. In den Clubs ist immer noch eine gewisse Kontrolle gewährleistet«, warf Peter Møller ein.

»Hm. Wir haben den ganzen Sommer an diesem Fall gearbeitet, aber im Verlauf des Herbstes mussten wir ihn dann zu den Akten legen. Die Ermittlungen hatten sich festgefahren. Keine neuen Zeugenaussagen und glücklicherweise auch kein weiterer Mord.«

»Bis jetzt. Der in Göteborg«, sagte Irene.

»Ja. Das ist merkwürdig. Wäre da nicht die Tätowierung, würde ich sagen, dass es da unmöglich einen Zusammenhang geben kann, obwohl das Vorgehen in beiden Fällen extrem grausam und offensichtlich identisch ist. Aber das Schild hängt nun mal hier in Vesterbro. Alle hier auf der Wache haben es schon mal gesehen«, sagte Metz.

Møller begann von ihrem Besuch im Gayshop zu erzählen. Irene bemerkte, dass er den Satz, den Tanaka auf Japanisch gesagt hatte, nicht erwähnte. Hoffentlich hatte er ihn vergessen. Er schloss mit einer eigenen Theorie, die die Tätowierung betraf:

»Ich nehme an, dass das schwedische Opfer das Schild fotografiert hat. Die Tätowierung sieht aus wie das Schild und nicht wie die Malerei in Tanakas Büro.«

Irene nickte.

»Das ist sehr wahrscheinlich. Wir müssen den Tätowierer finden«, sagte sie.

»Wenn die Tätowierung nach einem Foto gemacht worden ist, dann könnte sie überall auf der Welt ausgeführt worden sein«, wandte Metz ein.

»Das ist wahr. Aber irgendwo müssen wir schließlich anfangen. Ich gedenke, hier in Vesterbro zu beginnen«, sagte Irene.

Sie zog das Foto von Isabell Lind aus dem Umschlag und legte es vor den beiden dänischen Kriminalbeamten auf den Schreibtisch.

»Gleichzeitig gedenke ich, nach diesem Mädchen zu suchen. Sie ist die Tochter einer Freundin von mir.«

Kurz referierte sie die Geschichte von Isabell. Møller und Metz betrachteten das Foto eingehend, während sie erzählte. Als sie fertig war, sagte Metz:

»Sie finden sie sicher in irgendeinem Club. Meist nennen sich die Mädchen in diesen Etablissements Hostessen oder Models.«

»Scandinavian Models… Ich vermute, dass es sich um einen Escort Service handelt«, meinte Peter Møller.

Metz gab Irene das Bild zurück. Mit einem großen Gähnen streckte er die Arme in die Luft und reckte sich.

»Freunde. Es ist fast sechs. Ich muss nach Hause zum Abendessen. Wir sehen uns morgen um acht.«

Alle drei standen auf. Peter Møller und Irene traten auf den Korridor. Schweigend ging er neben ihr her. Schließlich sagte er:

»Und Sie… wo wollen Sie essen?«

»Kommissarin Bentsen hat mich in ein Restaurant ganz in der Nähe meines Hotels eingeladen.«

»Sehr gut… Ich meine, sonst hätte ich Sie natürlich eingeladen… aber jetzt sind Sie ja schon mit Beate verabredet.«

Die Erleichterung in seiner Stimme war nicht zu überhören. Irene war ebenso erleichtert wie er. Peter Møller hatte eine distanzierte Art, die ihr Mühe bereitete. Und sie hatte keine sonderliche Lust, etwas gegen diese Distanziertheit zu unternehmen. Dafür hatte sie in Kopenhagen keine Zeit. Es gab Wichtigeres, auf das sie sich konzentrieren musste.

Møller fuhr sie zum Hotel Alex zurück. Der Verkehr war dicht, aber er fuhr geschickt und routiniert. Er hielt direkt vor dem Hotelentree an. Ehe Irene ausstieg, sagte er:

»Ich kann Sie hier morgen früh um Viertel vor acht abholen.«

»Das wäre mir sehr recht.«

Sie verabschiedeten sich und wünschten sich gegenseitig einen schönen Abend. In den spiegelnden Glastüren sah Irene, wie der elegante BMW vom fließenden Verkehr aufgesogen wurde und verschwand.

Als Irene um ihren Schlüssel bat, bekam sie zu ihrem Erstaunen vom Portier außerdem noch einen weißen Umschlag ausgehändigt. Er war aus dickem, weißem Papier mit Leinenstruktur und ordentlich zugeklebt. Sie widerstand der Versuchung, ihn bereits im Lift zu öffnen, und wartete, bis sie wieder in ihrem Zimmer war. Neugierig und ungeduldig öffnete sie ihn nachlässig mit dem Zeigefinger. Der Umschlag enthielt eine stabile weiße Karte mit folgender Mitteilung:

Please come at 22.00. Important!
T. T.

Tom Tanaka. Er wollte, dass sie ihn noch am selben Abend ein weiteres Mal aufsuchte. Wichtig war es auch. Mit einem vagen Gefühl bevorstehender Gefahr erinnerte sie sich an seine Worte: »Keikoku. Uke. Okata?«

Punkt sieben betrat Irene das Vesuvius of Copenhagen. Sofort musste sie ihre Befürchtung, in eine billige Pizzeria eingeladen worden zu sein, revidieren. Es gab zwar Pizzen, aber die waren groß wie Mühlräder und dufteten ganz wunderbar. Das Restaurant war weitläufig und sehr gut besucht. Ein gestresster junger Mann mit abgekämpften südländischen Zügen fragte sie in gebrochenem Dänisch, was sie wünsche.

»Ich bin hier mit Beate Bentsen verabredet«, sagte Irene.

Der Mann verbeugte sich und lotste sie in einen kleineren Raum, in dem nur etwa zehn Tische standen. Die Wände waren mit Schwarzweißaufnahmen und Plakaten italienischer Filme dekoriert. Unter dem großen Foto einer lächelnden jungen Sophia Loren saß Beate Bentsen. Sophia Loren lächelte verführerisch direkt in die Kamera. Sie hatte die Arme gehoben und die Hände hinter dem Kopf verschränkt. Die Ideale verändern sich, dachte Irene, als sie bemerkte, dass der Filmstar Haare in den Achselhöhlen hatte.

Der Kellner rückte Irene höflich ihren Stuhl zurecht, reichte ihr die Karte und verschwand.

Irene gab der Kommissarin die Hand und begrüßte sie. Der Händedruck war fest, aber zu ihrem Erstaunen stellte Irene fest, dass Beate Bentsens schmale Hand trotz der Wärme im Lokal eiskalt war. Die Kommissarin war groß. Wie groß, war schwer zu sagen, da sie jetzt beide saßen. Irene hatte den Eindruck, dass die Frau, die ihr gegenübersaß, ein paar Jahre älter war als sie selbst. Sie war hübsch und durchtrainiert. Ihr kupferrotes langes Haar war lose zu einem Zopf geflochten, aber einige widerspenstige Strähnen hatten sich nicht einfangen lassen und lockten sich über Stirn und Ohren. Ihr schlichtes Leinenkostüm war dunkelbeige. Der Rock war eine Spur zu kurz, um konservativ zu wirken. Unter der Jacke trug sie ein ausgeschnittenes Seidentop in Hellgrün, das perfekt zu ihren Augen mit der schwarzen Brille passte.

»Entschuldigen Sie, dass ich Sie heute Nachmittag nicht persönlich empfangen konnte. Aber ich vermute, dass Peter und Jens sich gut um Sie gekümmert haben«, begann Beate Bentsen.

»Die beiden waren wirklich Spitze.«

»Gut. Wir sollten vielleicht bestellen, ehe wir irgendwelche Einzelheiten besprechen.«

Mit einem angedeuteten Nicken rief sie den Kellner. Dem entnahm Irene, dass Beate Bentsen zu den Stammgästen gehörte. Irene bestellte Saltimbocca à la romana und ein großes Bier, die Kommissarin ein Fischgericht und ein Glas Weißwein.

Während sie auf das Essen warteten, erzählte Irene, welche Erkenntnisse sie im Verlauf des Tages gewonnen hatte. Die Warnung von Tom Tanaka und den Umstand, dass er sie am späten Abend ein weiteres Mal treffen wollte, erwähnte sie nicht. Beate Bentsen betrachtete sie und nippte an ihrem Wein. Manchmal nickte sie, als würde ihr bestätigt, was sie bereits wusste. Als Irene fertig erzählt hatte, ergriff sie das Wort.

»Denjenigen zu finden, der die Tätowierung gemacht hat, wird nicht leicht sein. Schließlich muss sie nicht einmal aus Kopenhagen stammen. Aber die Ähnlichkeiten beim Verstümmeln der Leiche von Carmen Østergaard und der männlichen Leiche in Göteborg sind bemerkenswert. Damals war ich noch nicht Kommissarin, sondern an der Ermittlung als Inspektorin beteiligt. Nicht mal in Kopenhagen haben wir so was schon mal gesehen. Einfach grässlich, was Carmen da zugestoßen ist.«

»Dann kennen Sie auch die Zeugenaussagen, wonach Carmen von einem Polizisten und einem Arzt gesprochen haben soll, die ihr Angst einjagten?«

Die Kommissarin lächelte und antwortete:

»Das stand in allen Zeitungen. Jemand hatte es für ein gutes Honorar einem Journalisten erzählt. Wie üblich.«

»Ein Arzt wäre in der Lage, die inneren Organe so umfassend zu entfernen.«

»Ja. Diesen Gedanken hatten die Pathologen auch. Aber es gab Unsicherheitsfaktoren. Blokk wird Ihnen morgen mehr darüber erzählen. Er ist ein netter Kerl.«

Es dauerte ein paar Sekunden, bis sich Irene daran erinnerte, dass der Freund und Kollege von Frau Professor Stridner Svend Blokk hieß.

Das Essen kam, und bei den herrlichen Düften ging Irene erst auf, wie hungrig sie war. Ihr Kalbsfilet mit Parmaschinken und Pasta in Weißweinsauce war ganz wunderbar. Lange konzentrierten sie sich ganz aufs Essen. Als sie fast fertig waren, ergriff Beate Bentsen erneut das Wort:

»Morgen können Sie die Ermittlungsakten über Carmen einsehen. Machen Sie sich einfach Kopien von den Seiten, die sie für wichtig halten. Das gilt auch für den Obduktionsbericht. Den bekommen Sie von Blokk. Und Sie …«

Sie wurde von den ersten Takten der Marseillaise unterbrochen. Es dauerte einige verwirrende Sekunden, bis Irene begriff, dass für dieses Gedudel ihr Handy verantwortlich war. Errötend suchte sie es in den Taschen ihres Mantels, der neben ihnen an der Wand an einem Haken hing.

»Hier ist Irene.«

»Hallo, Mama. Hier ist Jenny. Die Frau, die den Hund nimmt, hat's am Magen. Wer kümmert sich morgen um Sammie?«

»Meine Güte … Ich weiß nicht. Ich bin gerade im Restaurant und esse zu Abend. Kann ich dich in einer Stunde zurückrufen? Bist du zu Hause?«

»Klar.«

»Dann mach ich das. Bis später, Kleine.«

Sie unterbrach die Verbindung und murmelte eine Entschuldigung. Beate Bentsen meinte mitfühlend:

»Ich weiß, wie das mit Kindern ist. Wie viele haben Sie?«

»Zwei. Zwei Mädchen, Zwillinge. Sie sind sechzehn.«

»Mein Sohn ist zweiundzwanzig.«

Sie nickten sich an. Sie wussten, wie das mit Kindern war, dann hoben sie beide ihr Glas und tranken den letzten Schluck. Da fiel Irene etwas ein. Sie suchte in der anderen Manteltasche, zog das Foto von Isabell Lind hervor und legte es der Kommissarin hin. In knappen Worten erzählte sie, wie das Mädchen verschwunden war. Zum Schluss sagte sie:

»Peter und Jens glauben, dass es sich bei den Scandinavian Models um einen Escort Service handelt, dass Isabell also als Prostituierte arbeitet.«

Beate sah sich das Bild lange an, ehe sie antwortete.

»Das ist leider sehr gut möglich. Kopenhagen zieht eine Menge junger Mädchen an, dreht sie durch den Fleischwolf und spuckt sie nach ein paar Jahren auf der Müllkippe wieder aus. Meist kommen sie hierher, weil sie davon träumen, Karriere am Theater oder als Model zu machen. Die Wirklichkeit sieht dann leider ganz anders aus.«

»Haben Sie von den Scandinavian Models schon mal gehört?«

»Nein. Aber es gibt unzählige solcher Unternehmen. Oft verschwinden sie nach einer Weile oder tauchen unter einem neuen Namen und mit einem anderen Besitzer wieder auf. Es ist unmöglich, sie alle im Auge zu behalten.«

»Wer könnte ein Verzeichnis aller Pornoclubs, Striplokale und Escort Services und wie so was sonst heißen könnte, haben?«

Beate lachte heiser, gleichzeitig zündete sie sich eine Zigarette an.

Sie hielt Irene die Schachtel hin, aber diese lehnte höflich ab.

Die Kommissarin inhalierte tief und sah Irene durch den Rauch an.

»Ein Verzeichnis, in dem Sie die Scandinavian Models finden können? Ich schlage vor, dass Sie sich den Touristenguide auf Ihrem Hotelzimmer ansehen. Ganz hinten gibt es Anzeigen für … alles. Die übelsten Etablissements dürfen nicht inserieren, aber da finden die Leute trotzdem hin.«

Sie wollten beide kein Dessert und bestellten nur zwei Tassen Kaffee. Es war fast halb neun, als sie damit fertig waren. Irene entschuldigte sich damit, dass sie noch zu Hause anrufen müsse, und rüstete sich zum Aufbruch.

Beate Bentsen blieb sitzen und zündete sich eine weitere Zigarette an, während Irene hinaus in den Nieselregen schritt.

»Das ist geklärt. Karlssons von gegenüber nehmen ihn mittags auf einen Spaziergang mit. Die Kinder haben Windpocken, und ihre Mutter ist deswegen zu Hause«, sagte Jenny.

»Kann sie sie denn allein lassen, um einen Spaziergang mit Sammie zu machen?«

»Kein Problem. Die Kinder sind fast schon wieder gesund. Wann kommst du?«

»Morgen Abend. Wie geht es Katarina?«

»Sie hat Schmerzen im Nacken und ist ziemlich verspannt. Aber morgen hat sie einen Termin beim Arzt.«

»Schön! Ich stelle heute Abend mein Handy ab. Falls was ist, kannst du im Hotel anrufen.«

Nachdem sie sich noch ein paar nette Sachen gesagt hatten, legte Irene auf. Ein gutes Gefühl, dass das Problem mit Sammie gelöst war. Jetzt konnte ihre Nachtschicht beginnen.

»Copenhagen This Week. May 99« stand auf der dicken Broschüre, die auf dem Schreibtisch lag. Den Umschlag schmückte ein Badmintonspieler vor einem limonengrünen Hintergrund. Das sah gesund und sportlich aus. Irene blätterte rasch an den Museen und Sehenswürdigkeiten vorbei und bis zu den letzten Seiten. Eine schwarze Seite mit ein paar Sternen und einem Halbmond verhieß »Copenhagen after dark«.

Farbfotos von nackten jungen Mädchen sollten die Touristen in verschiedene Etablissements locken. Diese hatten so phantasievolle Namen wie Go-go-Bar, Nightclub, Sauna Club und Escort Service. Aber es war offensichtlich, dass man die Gunst dieser jungen Mädchen kaufen konnte und in gewissen Anzeigen sogar die junger Männer. Keine der Frauen auf den Bildern war älter als zweiundzwanzig. Sie streckten ihren Busen vor oder ihren Unterleib und trugen entweder Strings oder »weniger als Nichts«.

Auf der letzten Seite fand sie die Anzeige der Scandinavian Models. Das Bild war schwarzweiß und zeigte vier Mädchen, die sich gegenseitig die Arme um die Schultern gelegt hatten. Einladend lächelten sie mit ihren Schmollmündern in die Kamera. Sie trugen Strings und winzige T-Shirts, die direkt unter den Brustwarzen abgeschnitten waren. Über ihren Köpfen standen ihre Namen: Petra, Linn, Bell und Heidi.

Bell war Isabell Lind. »This is an actual photo of our models that you are able to meet here in Copenhagen – guaranteed or money back!«

Irene wurde es ganz anders. Das Mädchen mit dem Schmollmund, das sich hier feilbot, hatte mit ihrer Tochter gespielt.

Mit einer Kraftanstrengung zwang sie sich weiterzulesen. »We and our friends are always ready to visit you. Or alternatively are you welcome to visit us at our newbuilt, luxurious, 100 % safe & discreet studio. We are located in the beautiful central Nyhavn area of the city.« Die Adresse lautete Store Kongensgade.

Nach langem Suchen fand Irene die Straße auf dem winzigen Stadtplan auf dem Umschlag der Broschüre. Die Buchstaben waren klitzeklein und unscharf. Konnte es sein, dass sie bereits eine Lesebrille brauchte? Das war doch eher was für alte Tanten? Irene musste den Stadtplan mit ausgestreckten Armen unter die Schreibtischlampe halten, um überhaupt etwas erkennen zu können.

Store Kongensgade lag hinter Kongens Nytorv. Wenn man von ihrem Hotel kam, war das genau die entgegengesetzte Richtung zu Vesterbro. Sie würde also erst zu Tom Tanaka gehen und dann die Scandinavian Models besuchen. Schwer zu sagen, welcher der beiden Besuche ihr unangenehmer war.

Erst einmal war es wichtig, nicht allzu viel Aufsehen zu erregen. Für eine ein Meter achtzig große Frau war das leichter gesagt als getan.

Sorgfältig entfernte Irene alles Make-up. Ein paar Mal mit einem nassen Kamm durch ihr kurzes Haar gezogen, ergab eine androgyne Frisur. Dann zog sie Jeans und Joggingschuhe an und wählte statt der Jacke den kurzen Trench. Einmal, weil ihn auch Männer tragen konnten, und dann auch, weil es immer noch regnete. Das Wetter war ausgezeichnet für Haare, die richtig platt und langweilig aussehen sollten. Sie betrachtete sich noch einmal eingehend in dem Spiegel auf der Innenseite der Kleiderschranktür. Die Gefahr, dass sie groß auffallen würde, war minimal.

Es hatte aufgehört, zu regnen. Stattdessen wehte ein feuchtkalter Wind vom Meer. Irene wünschte sich, sie hätte Handschuhe mitgenommen, aber daran dachte man nicht, wenn man Mitte Mai seine Sachen packte. Sie vergrub ihre Hände in den Manteltaschen und schlug gegen den Wind den Kragen hoch. In der Nähe des Tivoli waren noch eine Menge Leute unterwegs. Die vielen Restaurants und Bars waren voll und wirkten sehr einladend auf alle, die bei diesem unangenehmen Wetter unterwegs sein mussten.

Je näher sie der Colbjørnsensgade kam, desto weniger Lust hatte sie, eines der Lokale zu betreten. Alle Schilder priesen Gogo-Girls, Striptease und »the best sexshow in town« an. Nicht dass sie prüde gewesen wäre oder die Angebote der Sexindustrie nicht schon früher zur Kenntnis genommen hätte. Nach zwanzig Jahren als Polizistin hatte sie alles gesehen. Aber das Überangebot in diesen Vierteln schien sie förmlich zu erschlagen. Und nicht zuletzt die abgebrühte Reklame und die Menschenverachtung.

Was hatten die angetrunkenen Männer, die schwankend und gröhlend aus diesen Etablissements stolperten oder versuchten, möglichst ungesehen hineinzukommen, wohl für ein Frauenbild? Und was hatten die Frauen für ein Bild von sich selbst? Beeinflusste sie selbst das alles etwa auch?

Bei dieser letzten Frage blieb sie stehen und dachte nach. Ja, sie fühlte sich als Frau gekränkt und erniedrigt. Dieses Gefühl erstaunte sie, aber so empfand sie es wirklich. Sie dachte an ihre zwei schönen und eigensinnigen Töchter. Würden sie in den Augen vieler Männer zu dem reduziert werden – einem Fick?

Irene spürte Zorn in sich aufsteigen und merkte, dass sie die letzten Schritte zu Tom Tanakas Gayshop schneller ging, die Wut beflügelte ihre Schritte.

Vielleicht war es diese Wut, die sie die Tür heftiger aufreißen ließ, als sie das beabsichtigt hatte. Alle im Laden drehten sich zu ihr um. Es waren jetzt mehr Kunden als am Nachmittag. Tom Tanaka stand flankiert von Emil hinter dem Verkaufstresen. Mit festen Schritten ging Irene quer durch den Laden und begrüßte Tanaka und Emil. Der junge Mann schaute schnell zur Seite. Nervös strich er sich mit dem Unterarm über seinen Spitzbart und Mund. In einer Hand hielt er ein Schinkenbaguette und in der anderen eine Dose Cola. Irene sah, wie er kaute und gleichzeitig versuchte zu schlucken.

Irene und Tanaka durchquerten das Personalzimmer. Er öffnete die Tür seiner Wohnung und bedeutete Irene, einzutreten. Ohne ein Wort zu sagen, ging er dann vor ihr her ins Büro. Dort forderte er sie auf, sich auf einen der Hocker zu setzen. Der gute Duft nach Zigarren kam ihr jetzt fast vertraut vor.

»Bier oder Whisky?«, fragte er.

Irene zögerte erst und antwortete dann:

»Ein Bier, danke.«

Er beugte sich vor und nahm zwei kalte Flaschen Bier aus einem Kühlschrank in seinem Schreibtisch. Offenbar gab es dort auch Gläser, denn er goss die eine Flasche in ein Glas und schob dieses über den Tisch auf sie zu. Tanaka prostete ihr mit der geöffneten Flasche zu. Das Bier war wunderbar erfrischend und tat gut.

Tanaka stellte seine Flasche auf den Tisch, sah sie mit seinen schwarzen Augen durchdringend an und ergriff dann das Wort:

»Frau Huss. Ich muss mich einfach jemandem anvertrauen.

Sie sind nicht von der Polizei in Kopenhagen. Deshalb wage ich es, Ihnen zu vertrauen.«

Irene nickte, schwieg aber, und zwar aus dem einfachen Grund, weil sie nicht wusste, was sie sagen sollte.

»Ich glaube, dass ich ziemlich sicher weiß, wer der Ermordete in Göteborg ist. Er heißt Marcus Tosscander.«

Es bereitete Tanaka große Schwierigkeiten, den Familiennamen auszusprechen. Gleichzeitig reichte er Irene eine Visitenkarte.

Toscas Design
Marcus Tosscander, Designer

stand da mit dunkelblauen Buchstaben auf einer Karte aus festem weißem Papier mit Leinenstruktur. Schlicht, hübsch und gediegen. Weiter unten befanden sich Adresse und Telefonnummer.

»Kungsportsplatsen in Göteborg«, las Irene laut.

Sie sah von der Visitenkarte hoch und begegnete Tom Tanakas Blick.

»Warum glauben Sie, dass es sich um ihn handelt?«

»Wegen der Tätowierung. Er hatte sich mein Bild ausgeliehen und war damit zu Kopenhagens bestem Tätowierer gegangen, den ich ihm empfohlen hatte.«

»Wie heißt er?«

»Es ist eine Sie. Woon Khien Chang. Ihr Vater ist Chinese und Tätowierer in Hongkong. Woon hat das Handwerk von ihrem Vater gelernt.«

»Kann ich ihre Adresse bekommen?«

»Natürlich. Die ist kein Geheimnis. Aber Sie dürfen Ihren dänischen Kollegen nicht erzählen, was Sie jetzt von mir erfahren.«

»Warum nicht?«

Tanaka saß lange schweigend da, ehe er zu erzählen begann:

»Marcus kam Ende Januar zum ersten Mal in meinen Laden.

Es war… ich weiß nicht, wie ich es erklären soll… als würde auf einmal die Sonne aufgehen. Er war so schön und verbreitete eine solche Wärme. Er kam auf mich zu und sagte: ›Hallo, Tom Tanaka. Ich würde mich gern mit dir unterhalten.‹ Er kannte meinen Namen bereits. Damals fiel mir das nicht weiter auf, aber nach Ihrem Besuch habe ich darüber nachgedacht.«

Tanaka machte eine kurze Pause und beobachtete Irene, die sich auf ihrem verknitterten Block Notizen machte. Marcus Tosscander. Endlich hatten sie einen Namen für – als was hatte die Stridner die Leiche nun wieder bezeichnet? – den Torso.

»Ich war froh und überrascht, dass er mich kennen lernen wollte. Wir gingen hier ins Büro. Man konnte sich mühelos mit ihm unterhalten. Sein Englisch war perfekt. Plötzlich fragte er mich, ob er sich meine Seidenmalerei ausleihen dürfe. Er wünschte sich als Andenken an Kopenhagen eine ungewöhnliche Tätowierung. Offenbar hatte er das Schild über meinem Geschäft gesehen und es unwiderstehlich gefunden. Ich kann mir immer noch nicht erklären, warum ich mich überhaupt darauf einließ, es auszuleihen. Aber das tat ich. Und ich gab ihm außerdem noch die Adresse von Woon.«

Er verstummte erneut. Als er wieder zu sprechen begann, lag ein trauriger Unterton in seiner Stimme.

»Er brachte das Bild nach jeder Sitzung bei Woon wieder bei mir vorbei. Für die Tätowierung brauchte sie zwei Wochen. Er war allerdings nicht jeden Tag dort. Dafür hatte er keine Zeit, da er hier in Kopenhagen mehrere große Aufträge zu erledigen hatte. Und nachdem die Tätowierung fertig war, kam er weiter bei mir vorbei. Da nahm er immer den Hintereingang. Den zeige ich Ihnen dann auch, weil Sie ihn ebenfalls benutzen sollten.«

»Wann haben Sie ihn zuletzt gesehen?«

»Am 28. Februar, einem Sonntag. Wir aßen hier in meiner Küche zu Abend. Er erzählte, dass er nach Göteborg fahren wolle, um seine Sommersachen zu holen. Ich hatte den Eindruck, als würde er sich ernsthaft überlegen, hierher überzusiedeln. Er sagte, es sei auch meinetwegen.«

Beim letzten Satz brach seine Stimme. Tanaka senkte sein schweres Haupt, um seine Tränen zu verbergen, und blieb lange so sitzen. Dann hob er langsam wieder den Kopf und sah Irene zornig an.

»Am Montag, dem 1. März, fuhr er. Seitdem habe ich nichts mehr von ihm gehört. Jetzt weiß ich, warum. Deswegen erzähle ich Ihnen das auch, weil Sie von der Polizei in Schweden sind und weil ich Ihnen vertraue. Sie sollen den Mörder fassen!«

»Warum wollen Sie nicht mit der dänischen Polizei sprechen?«

»Marcus kam unmittelbar nach Neujahr nach Kopenhagen. Er wohnte zur Untermiete bei einem... Freund. Dieser Freund war Polizist. Marcus bezeichnete ihn immer als ›mein kleiner Polizist‹. Der Polizist durfte nichts von uns wissen, solange Marcus bei ihm wohnte. Manchmal hatte ich das Gefühl, dass er vor diesem Polizisten Angst hatte. ›Er ist fast noch schlimmer als mein Doktor in Göteborg‹, sagte er oft.«

»Moment! Sagte er wirklich ›schlimmer als mein Doktor in Göteborg?‹«

»Ja. Wörtlich und bei verschiedenen Gelegenheiten. Ich deutete das so, als seien der Polizist und der Doktor eifersüchtig. Vielleicht aufeinander. Aber vielleicht meinte Marcus auch etwas anderes.«

Hier tauchten der Polizist und der Arzt wieder auf. Gerüchteweise war von ihnen bereits bei der Ermittlung des Mordes an Carmen Østergaard die Rede gewesen. Aber Carmen war eine Frau und Marcus ein Mann. Handelte es sich um denselben Polizisten und denselben Arzt, oder war das alles bloßer Zufall? Wie hing es zusammen?

»Kennen Sie den Namen des Polizisten?«, fragte Irene.

»Nein. Er wollte ihn mir nicht sagen. ›Du wärst ganz schön erstaunt. Es ist besser, wenn du nichts davon weißt‹, sagte er, als ich einmal fragte. Aber einmal rutschte ihm raus, dass der Polizist was mit dem Revier Vesterbro zu tun hätte. ›Wir müssen vorsichtig sein‹, sagte er.«

»Sie hatten den Eindruck, dass der Polizist hier auf dem Revier arbeitet?«

Tanaka zögerte, ehe er antwortete:

»Ich erinnere mich nicht mehr so genau. Aber dass er irgendeine Verbindung dazu hatte, war klar.«

»Wissen Sie, bei wem Marcus zur Untermiete wohnte?«

»Nein. Nur dass es irgendwo in der Nähe des botanischen Gartens war.«

»Wissen Sie, wie alt Marcus war?«

»Einunddreißig.«

»Wissen Sie, ob er Freunde und Verwandte in Göteborg hatte?«

»Nein. Darüber weiß ich nichts. Wir sprachen über alles Mögliche, nur nicht darüber.«

»Worüber unterhielten Sie sich?«

»Wir hatten sehr viele Gemeinsamkeiten. Reisen zum Beispiel. Marcus liebte es, zu reisen. Wir sprachen darüber, im Herbst zusammen nach Japan zu fahren ...«

Tanaka unterbrach sich und stand abrupt auf. Geschäftsmäßig sagte er:

»Hier ist meine Handynummer. Nur eine Hand voll Leute hat sie. Damit können Sie mich rund um die Uhr erreichen. Rufen Sie mich an, wenn was sein sollte.«

Irene stand auf und nahm den Zettel mit der Nummer. Tanaka verbeugte sich tief vor ihr, und sie tat es ihm gleich. Sie empfand eine große Freude über den Respekt und das Vertrauen, das Tom Tanaka ihr entgegenbrachte.

Er führte sie durch die schmale Diele und von dort in ein riesiges Schlafzimmer. Hier roch es durchdringend nach einem teuren Herrenparfüm. Der Raum wurde von einem riesigen Bett ohne Tagesdecke und mit schwarzen Seidenlaken dominiert. Die Wände waren weiß verputzt, und der Wandschmuck bestand aus zwei großen, gerahmten Fotografien. Beides waren Studien nackter junger Männer in Schwarzweiß. In einer Wand war eine stabile Tür. Irene bemerkte, dass sie sowohl mit einem

Codeschloss als auch mit einem massiven Sicherheitsschloss versehen war. Tanaka öffnete erst sämtliche Schlösser und dann die Tür. Hinter der Tür lagen ein kleiner Absatz und eine schmale Treppe.

»Wenn Sie mich treffen wollen, rufen Sie mich einfach unter meiner Handynummer an. Wir vereinbaren dann einen Zeitpunkt. Dann mache ich Ihnen hier auf.«

Sie stieß die Tür ganz auf und kam auf einen kleinen, dunklen Hinterhof. Der Essensgeruch vom Restaurant auf der anderen Seite war ekelhaft. Das war noch das Netteste, was man von den Müllbergen sagen konnte, die überall herumlagen. Das Rascheln und Rasseln in den Haufen verrieten ihr, dass gewisse Nagetiere anders darüber dachten.

Irene eilte über den Hof und auf die Tordurchfahrt zu. Plötzlich sah sie die Glut einer Zigarette zur Erde fallen und verlöschen.

In der Tordurchfahrt stand jemand.

Sie drehte sich zur Tür um, durch die sie gekommen war, aber die war bereits hinter ihr ins Schloss gefallen. Das Restaurant hatte keinen Ausgang zum Hof, sonst hätte sie vielleicht auf diesem Weg entkommen können. Es blieb ihr nichts anderes übrig, als sich der im Dunkeln wartenden Person zu stellen.

Als sie in die Durchfahrt kam, sah sie, dass der eine Torflügel zur Straße offen stand. Jemand wartete offenbar auf der Innenseite des Tors. Sie wusste nicht, ob die Person bewaffnet war, musste aber davon ausgehen. Der Überraschungsmoment war ihr Vorteil.

Mit bestimmten Schritten ging sie weiter. Jetzt war sie so nahe, dass sie verhaltene Atemzüge hören konnte. Als sie fast vorne war und den letzten Schritt auf die Straße machen wollte, sprang ein Mann vor und baute sich direkt vor ihr auf, um ihr den Weg zu versperren. Die Straßenlaterne ließ eine Messerklinge und seinen glatt rasierten Schädel aufscheinen. Er hatte vor der Tordurchfahrt gestanden. Das bedeutete, dass sie zu zweit waren.

Ohne zur Seite zu schauen, griff Irene blitzschnell nach rechts, wo sie den anderen vermutete. Sie erwischte eine dicke Jacke und zog so heftig daran, dass ihr Angreifer das Gleichgewicht verlor. Der Baseballschläger schlug krachend gegen die Wand statt auf ihren Kopf. Rasch packte sie ihn am Nacken. Sie merkte mehr, als dass sie es sah, dass auch er sich die Haare abrasiert hatte. Ohne Erbarmen schlug sie seinen Kopf mit einem hohlen Knall gegen die Mauer. Mit einem dumpfen Stöhnen sackte er zusammen und blieb liegen.

Der Mann mit dem Messer stieg über seinen gefallenen Kumpan. Irene tat einen großen Schritt zurück. Jetzt stand der Messermann in der schwach erleuchteten Toreinfahrt. Er machte einen Ausfall mit dem Messer. Er hatte es auf ihren Bauch abgesehen. Sie blockierte die Attacke, indem sie sein Handgelenk packte. Schnell riss sie seinen Unterarm vor und in einem Halbkreis nach oben. Sie hielt seinen Arm wie in einem Schraubstock und verpasste seinem Bauch einen kräftigen Tritt. Mit Mae-geri ist nicht zu spaßen. Er bekam keine Luft mehr. Ehe er wieder zu Atem kommen konnte, umklammerte sie schon mit dem linken Arm seinen Hals und riss ihn herum, sodass er das Gleichgewicht verlor. Seinen rechten Arm hielt sie immer noch gerade von sich weg. Als er auf der Erde lag, war es ein Leichtes, ihm das Schienbein gegen den Hals und seinen umgedrehten Ellenbogen gegen den Oberschenkel zu drücken. Das tat weh. Und zwar ziemlich. Aus freien Stücken ließ er das Messer fallen.

Wer einen Kampfsport beherrscht, kennt natürlich auch die fiesen Tricks. Um ihn gar nicht erst auf die Idee kommen zu lassen, er könnte die Verfolgung aufnehmen und ihr hinterherlaufen, trat ihm Irene kräftig vors Schienbein. Brechen würde es dadurch zwar kaum, fürchterlich schmerzen aber schon. Nach seinen Schreien zu urteilen hatte er jedenfalls andere Probleme, als ihr hinterherzurennen, jedenfalls nicht in den nächsten Minuten. Als sie sich davonmachte, nahm sie das Messer mit. Das Letzte, was sie hörte, war eine Stimme, die in breitem Schonendialekt stöhnte:

»Das war doch, verdammt noch mal, keine Transe!«

»Was dann?«, jammerte sein Kumpan.

»Das weiß der Teufel!«

Offenbar zwei Burschen, die die Fähre auf die andere Seite des Sunds genommen hatten, um sich am populären Sport des »Schwulenklatschens« zu beteiligen, der Misshandlung und dem Ausrauben von Homosexuellen. Irene hatte in einigen solcher Fälle vor ein paar Jahren ermittelt, und mehrere der Opfer litten noch heute an den Folgen. Sie war zufrieden, dass sie diesen beiden eine ordentliche Abreibung verpasst hatte. Das Messer, das sie dem Skinhead weggenommen hatte, war bei näherer Betrachtung ein Stilett. Es war ungewöhnlich kräftig und alles andere als ein Spielzeug. Mit einem leisen Klicken glitt die Klinge in den Griff. Die Waffe fand bequem in ihrer Manteltasche Platz.

Mit raschen Schritten ging sie Richtung Istedgade. Um zur Store Kongensgade und den Mädchen von den Scandinavian Models zu kommen, sollte sie wohl am besten ein Taxi auftreiben. Weniger als eine Minute später tauchte schon ein freies auf.

Als sie dem älteren Taxifahrer die Adresse nannte, lachte er und sagte:

»Ganz allein die Nacht um die Ohren schlagen?«

Sollte er doch glauben, was er wollte. Sie schaute aus dem Seitenfenster und tat so, als würde sie ihn nicht verstehen.

Sich die ganze Zeit konzentrieren und versuchen zu müssen, Dänisch zu verstehen – ganz zu schweigen von Toms Englisch –, war unerhört ermüdend. Bisher war es einigermaßen gut gegangen, aber gelegentlich war es ihr auch schwer gefallen, besonders dann, wenn schnell geredet wurde. Da konnte es passieren, dass sie den Faden verlor.

Obwohl Tom Tanaka ein sehr deutliches und gutes Englisch sprach. Vielleicht war er ja besonders rücksichtsvoll, wenn er sich mit ihr unterhielt, da er sicher bemerkt hatte, dass sie nicht besonders sprachbegabt war. Wie kam es, dass er als Japaner fehlerfrei Englisch sprach, jedenfalls in ihren Ohren? Hatte er in den USA gewohnt? Ein Sumo-Ringer müsste sich doch eigentlich die meiste Zeit in Japan aufhalten? Denn dort wurden sie fast wie Götter verehrt. Konnte das mit seiner Homosexualität zusammenhängen? Möglich.

Endlich hatte das Opfer aus Killevik einen Namen. Marcus Tosscander, einunddreißig, Designer. Plötzlich ging ihr auf, dass sie gar nicht danach gefragt hatte, was er eigentlich designt hatte, aber das würden sie sicher herausfinden, jetzt wo sie wussten, nach wem sie fragen mussten.

Die zwei, die sie in der Toreinfahrt überfallen hatten, konnten die etwas mit der Ermittlung zu tun haben? Sie dachte darüber in Ruhe nach und verwarf diese Möglichkeit schließlich. Es war sicher bloßer Zufall, dass sie sich gerade an diesem Abend in der Gegend um die Istedgade herumgetrieben hatten.

Sie fuhren breite Straßen entlang und an grell beleuchteten Häusern vorbei. Sie hatte das Gefühl, Sand unter den Augenlidern zu haben, und merkte, wie müde sie war.

Der Fahrer blinkte und hielt am Rand des Gehsteigs.

»Da wären wir. Hinein ins Vergnügen«, sagte er und gluckste erneut.

»Könnten Sie hier warten? Ich will nur nach einer bestimmten Person fragen.«

»Ja. Aber erst mal bezahlen, bitte.«

Das tat Irene, dann öffnete sie die Wagentür und wollte schon aussteigen, als sie sich plötzlich wieder ins Halbdunkel des Taxis zurücksinken ließ. Ein Mann kam zu Fuß die Straße entlang. Er wirkte zielstrebig und blieb vor der Haustür mit der Nummer 50 stehen. Hier hatten die Scandinavian Models ihre Räume. Eingehend betrachtete er die Klingeln. Schließlich fand er, was er gesucht hatte. Ohne zu zögern, betrat Kriminalinspektor Jens Metz das Haus, und sie sah seinen breiten Rücken hinter dem Glas der Haustür verschwinden.

Zehn Minuten blieb sie auf dem Rücksitz des Taxis sitzen. Schließlich war sie das viel sagende Gemurmel des Fahrers leid:

»Ach so. Wir haben den ungehorsamen Ehemann beschattet. Das war es also!«

Sie stieg aus dem Taxi und ging mit entschlossenen Schritten zur Haustür. Die Scandinavian Models residierten im ersten Stock. Sie drückte auf den Messingknopf neben dem kleinen Schild. Der Türöffner summte, und sie drückte die schwere Tür auf.

Die stabile Wohnungstür aus Teakholz war neu. An der Tür war ein glänzendes Messingschild angebracht, das einen bei den Scandinavian Models willkommen hieß. Auf den ersten Blick hätte man das Ganze für den repräsentativen Eingang einer Rechtsanwaltskanzlei halten können.

Die Tür wurde erst auf Irenes zweites Klingeln geöffnet. Das Mädchen, das laut Anzeige Petra hieß, machte auf. Sie war blond gefärbt und stark geschminkt, obwohl sie kaum älter als zwanzig sein konnte.

Ihre durchsichtige Bluse gab mindestens ebenso viel preis wie das superkurze T-Shirt auf dem Foto. Wäre der Minirock aus schwarzem Leder noch einen Zentimeter kürzer gewesen, hätte man ihn als breiten Gürtel bezeichnen können.

Sie zuckte zusammen, als sie Irene sah. Ein Funken Angst war in ihren Augen auszumachen. Irene verstand sie. Was konnte diese große Frau für perverse Wünsche und Neigungen haben? Ehe Irene sich noch vorstellen konnte, sagte Petra bereits kurz angebunden:

»Hallo. Hatten Sie einen Termin vereinbart?«

Sie sprach einen breiten Schonendialekt.

»Nein. Ich bin von der schwedischen Polizei. Ich suche Isabell Lind. Oder Bell.«

Petra wurde bleich und presste die Lippen zusammen. Ihr Blick suchte in dem neu gestrichenen Treppenhaus Halt. Die Wände waren nüchtern hellgrau marmoriert. Von dort hatte sie keine Hilfe zu erwarten, und ihr nervöser Blick fiel erneut auf Irene.

»Bell … Isabell ist nicht hier«, sagte sie schließlich.

»Nicht? Wo ist sie?«

»Unterwegs. Mit einem Klienten.«

Wäre sie zu Hause in Göteborg gewesen, hätte Irene die Wohnung durchsuchen können. Aber jetzt war sie in Kopenhagen, und hier besaß sie keinerlei Vollmachten. Ganz im Gegensatz zu Jens Metz. Von ihm hatte sie keine Spur mehr gesehen, seit er das protzige Entree passiert hatte. Er musste sich hier irgendwo in den Räumen aufhalten. Was tat er dort? Half er ihr etwa bei ihren Nachforschungen? Oder hatte er beschlossen, Kunde zu werden?

»Wissen Sie, wann Isabell zurückkommt?«

Petra zuckte nur mit den Achseln. Irene versuchte ihrem Anliegen mehr Nachdruck zu verleihen. Sie wollte noch einmal betonen, wie wichtig es ihr war, mit Isabell zu sprechen.

»Ich bin nicht in einer polizeilichen Angelegenheit hier. Ich bin eine alte Freundin von Isabell und ihrer Familie. Ihre Familie will aus wichtigen privaten Gründen mit ihr Kontakt aufnehmen, verstehen Sie?«

Beim letzten Satz sprach sie leiser und sah Petra verschwörerisch an. Die junge Frau wirkte verwirrt und wusste offenbar nicht so recht, was sie sagen sollte. Irene zog eine Visitenkarte aus ihrer Brieftasche. Unter ihren Namen schrieb sie:

Hallo Bell! Besuch mich im Hotel Alex oder ruf die Handynummer an, die auf der Karte steht. Wir müssen miteinander reden.
Irene

Sie reichte Petra die Karte. Diese nahm sie widerstrebend entgegen.

»Wären Sie bitte so freundlich, diese Karte Bell zu geben?«

Petra nickte mürrisch und zog die Tür zu.

Irene stellte sich in den Schatten eines geparkten Lastwagens und behielt den Eingang von Nummer 50 eine weitere halbe Stunde im Auge. Aber von Jens Metz war nichts mehr zu sehen.

KAPITEL 7

Das Klingeln des Telefons riss sie aus dem Tiefschlaf. Erst hatte sie nicht den blassesten Schimmer, wo sie war. Es klingelte immer noch. Nach einer Weile fand sie den Hörer und hob ab. Eine kühle Frauenstimme erklärte ihr auf Englisch, es sei Zeit aufzustehen, es sei halb sieben. Ächzend ließ sich Irene in die Kissen zurücksinken. Nach der langen Autofahrt des Vortags und der Schlägerei mit den Skinheads taten ihr alle Knochen weh. Der Schlaf hing ihr noch in den Lidern und zwang sie dazu, die Augen zu schließen. Mit einem Ruck setzte sie sich im Bett auf. Es war das Beste, sofort aufzustehen, sonst würde Peter Møller ein weiteres Mal an der Rezeption auf sie warten müssen.

Nachdem sie lange und sehr heiß geduscht hatte, war sie munterer. Sie zog ein hellgelbes Björn-Borg-T-Shirt an und die blauen Hosen. Zusammen mit dem blauen Trenchcoat würde das einen fatalen Ich-bin-so-froh-Schwedin-zu-sein-Eindruck machen, aber sie hatte keine anderen sauberen Kleider mehr.

Von ihrem Handy aus rief sie ihren Chef an. Kommissar Andersson klang, als hätte sie ihn geweckt, wurde aber rasch wach, als er begriff, dass er Irene am anderen Ende hatte.

»Ich habe einen sicheren Tipp bekommen, was die Identität des Opfers angeht. Sein Name lautet Marcus Tosscander, einunddreißig, Designer mit Büro am Kungsportsplatsen, aber unmittelbar vor seinem Verschwinden arbeitete er hier in Kopenhagen, und er hatte genau die Tätowierung, die…«

»Warte! Ich hab nichts zu schreiben.«

Sie hörte ihn herumkramen und nach einem Stück Papier und einem Stift suchen. Als er erneut den Hörer nahm, diktierte sie ihm alles, was sie über Tosscander wusste. Andersson klang hochzufrieden, begann aber zu meutern, als sie nicht erzählen wollte, woher die Informationen stammten.

»Warum kannst du mir das nicht sagen? Ist der Informant glaubwürdig?«

Irene hatte keine Schwierigkeiten, sich die Reaktion ihres Chefs vorzustellen, falls sie ihm ihren Informanten beschreiben würde: homosexueller ehemaliger Sumo-Ringer, der einen schwarzen Seidenpyjama trägt und Kopenhagens größten Gayshop besitzt.

»Der Informant ist überaus glaubwürdig. Du musst dich auf mich verlassen, wenn ich sage, dass die ganze Sache äußerst kompliziert ist. Bei den Ermittlungen im Mordfall der Prostituierten hier in Kopenhagen vor zwei Jahren tauchten ein Polizist und ein Arzt auf. Das Merkwürdige ist, dass es laut unserem Informanten vor dem Verschwinden von Marcus Tosscander in seinem Umfeld ebenfalls einen Polizisten und einen Arzt gegeben hat. Niemand weiß, ob sie wirklich existieren, aber ein bemerkenswerter Zufall ist das schon. Der Polizist scheint etwas mit dem Revier Vesterbro zu tun zu haben. Es könnte also einer von den Kollegen sein, mit denen ich im Augenblick zusammenarbeite. Ich muss mich also etwas bedeckt halten.«

»Ein Polizist! Das glaub ich keine Sekunde!«

Andersson unterbrach sich, und am anderen Ende der Leitung wurde es still. Er räusperte sich ein paar Mal und sagte dann:

»Irene. Du … du bist doch vorsichtig. Geh keine Risiken ein. Wenn es wirklich so ist, wie du sagst, kann es gefährlich werden.«

Seine Stimme klang beunruhigt.

»Ich pass schon auf mich auf. Heute kopiere ich nur die Ermittlungsprotokolle im Mordfall Carmen Østergaard. Dann fahre ich direkt nach Hause.«

«Gut. Lass von dir hören, falls noch was sein sollte.«
»Mach ich. Bis dann.«

Sie zog die Vorhänge beiseite und freute sich, dass die Sonne hervorgekommen war – schwach zwar, aber immerhin – und auf die Fassade gegenüber schien. Das hob ihre Laune beträchtlich. Sie ging in das Frühstückszimmer des Hotels hinunter und genoss ein herrliches dänisches Frühstück. Zufrieden stellte sie fest, dass der Kaffee recht anständig war. Der Käse wäre ihr beim Reinbeißen fast vom Brötchen gekrümelt: Dänischer Käse war offenbar gut abgelagert.

Satt und zufrieden fuhr sie mit dem Lift wieder nach oben auf ihr Zimmer und packte die letzten Sachen in ihre Tasche.

Peter Møller kam, als sie an der Rezeption gerade ihre Schlüssel abgab.

»Morrn, morrn! Wie geht's?«, sagte er und schenkte ihr ein sonniges Lächeln.

Er erinnerte Irene an Fredrik Stridh. Beide waren sie der Typ, der immer ausgeschlafen und frisch geduscht wirkte, auch wenn das überhaupt nicht sein konnte. Eine beneidenswerte Eigenschaft, die bei ihr leider nur mangelhaft entwickelt war. Wenn sie wie in dieser Nacht nur fünf Stunden geschlafen hatte, sah sie leider auch danach aus. Aber sie hatte große Sorgfalt auf ihr Make-up verwendet und bedachte Møller ebenfalls mit einem strahlenden Lächeln. Hoffentlich kaufte er es ihr ab. Wenn er fand, dass die Kollegin aus Schweden so früh am Morgen etwas mitgenommen aussah, dann sollte er gefälligst glauben, dass sie in ihrer Einsamkeit die Minibar in ihrem Hotelzimmer geplündert hatte. Keiner ihrer dänischen Kollegen durfte von ihren privaten mitternächtlichen Nachforschungen erfahren.

»Morrn. Alles in Ordnung«, erwiderte sie.

Møller nahm ihr die Tasche ab, ehe sie sich noch bücken konnte. Mit der anderen Hand hielt er ihr dann wie immer die Tür auf. Höflich und gesittet, aber schwer einzuschätzen, fand

Irene. War er möglicherweise *der* Polizist? Energisch wies sie diesen Gedanken von sich. Es roch nach Verfolgungswahn, wenn sie begann, in solchen Bahnen zu denken.

Es war zeitraubend, die Verhöre auf Dänisch zu lesen. Irene überflog die Texte und versuchte das herauszupicken, was ihr nützlich vorkam. Das Risiko bestand, dass sie dabei etwas Wichtiges übersah. Aber der Kopierer war neu und arbeitete schnell. Damit tröstete sie sich. Es gab ihr ein Gefühl des Triumphs, dass sie die Aussagen sowohl über den Polizisten als auch über den Arzt gefunden hatte. Leider hatten die Ermittler die Zeugen bei diesen Verhören nicht sonderlich in die Mangel genommen, deswegen war das Material ziemlich mager. Die beiden Prostituierten waren dem Polizisten beziehungsweise dem Arzt unabhängig voneinander begegnet.

Christine Ehlers, vierundzwanzig, drogensüchtig und seit sie ein Teenager war auf dem Strich, hatte zu Protokoll gegeben, dass sie etwa eine Woche vor der Ermordung von Carmen Østergaard von einem Mann bedroht worden war. Er hatte sie im Auto mitgenommen und hinter einem Abbruchhaus im Hof angehalten. An die Automarke konnte sie sich nicht erinnern. Das Auto sei groß und neu gewesen. Nachdem er gehalten hatte, habe er seinen dunklen Mantel ausgezogen. Darunter trug er eine Polizeiuniform. Fast sofort begann er sie ins Gesicht zu schlagen und sie als Hure, Nutte und so weiter zu beschimpfen. Dann begann er sie zu würgen, und sie bekam keine Luft mehr. In ihrer Verzweiflung gelang es ihr, ihm das Knie zwischen die Beine zu rammen. Offenbar landete sie einen Treffer, denn er ließ von ihr ab. Christine gelang es, davonzulaufen.

Da sie nach dem Vorfall unter Schock stand und auf Heroin war, konnte sie den Täter nicht beschreiben. Sie konnte sich nur daran erinnern, dass er jung wirkte und ziemlich groß und mager war. Er hatte akzentfrei Dänisch gesprochen. Stur hielt sie daran fest, dass er eine komplette Polizeiuniform einschließlich Mütze getragen habe.

Anne Sørensen war vierundzwanzig und ging erst seit einigen Monaten auf den Strich. Sie hatte vorher in einem Club gearbeitet, war aber gefeuert worden, als ihre Drogenabhängigkeit zu augenfällig geworden war. Kurz vor dem ersten Mai 1997 hatte sie ein Freier in seinem Auto mitgenommen. Auch sie kannte die Automarke nicht, konnte sich aber erinnern, dass der Wagen rot und sehr nobel gewesen war. Auch ihr Freier war hinter einem Abbruchhaus auf einen menschenleeren Hinterhof gefahren.

Irene unterbrach die Lektüre. Konnte es sich um denselben Hinterhof handeln? War es derselbe Mann? Als sie weiterlas, musste sie diesen Verdacht fallen lassen. Die Personenbeschreibung stimmte nicht überein. Anne Sørensen beschrieb den Mann als ziemlich jung, gut gekleidet, relativ groß und muskulös. Seine Frisur beschrieb sie als nass nach hinten gekämmt. Er sprach Schwedisch. Bereits im Auto hatte er davon geredet, dass er Arzt sei. Als sie hatte wissen wollen, was für eine Art Arzt, hatte er die Frage nicht beantwortet.

Nachdem er auf dem dunklen Hinterhof den Motor abgestellt hatte, hatte der Mann eine schwarze Tasche vom Rücksitz genommen. Aus dieser kramte er eine aufgezogene Spritze.

»Für dich, damit du auch richtig in Form kommst«, sagte er.

Anne wurde misstrauisch. Sie versuchte sich damit aus der Affäre zu ziehen, dass sie bereits am frühen Abend gefixt hätte und dass das zu viel würde. Da wurde der Mann rasend. Er schrie und drohte ihr:

»Wenn du die Spritze nicht nimmst, schlage ich dich tot!«

Das jagte ihr solche Angst ein, dass sie so klar im Kopf wurde wie schon lange nicht mehr. Sie hatte das Gefühl, dass der Mann vorhatte, sie umzubringen. Die Angst gab ihr die Kraft, ihm die Spritze aus der Hand zu schlagen. Irgendwie gelang es ihr dann, die Autotür zu öffnen und sich aus dem Wagen zu werfen. Dann rannte sie weg.

Beide Frauen wussten, wer Carmen Østergaard war, aber keine der beiden kannte sie näher.

Irene lehnte sich in dem Schreibtischstuhl zurück, den man ihr zur Verfügung gestellt hatte. Die Geschichten der Frauen hatten auffallende Ähnlichkeiten. Der Hinterhof konnte derselbe sein, allerdings waren Polizist und Arzt nicht ein und derselbe. Und außerdem hatte der Arzt Schwedisch gesprochen! Der Polizist schien Däne zu sein.

Marcus Tosscander wohnte bei einem dänischen Polizisten. Und er kannte einen Arzt. »Er ist fast noch schlimmer als mein Doktor in Göteborg«, hatte er zu Tom Tanaka gesagt, als sie sich über den Polizisten unterhalten hatten. Ein schwedischer Arzt, der in Göteborg wohnte.

Das Telefon auf dem Schreibtisch begann zu klingeln und riss sie aus ihren Überlegungen. Sie nahm den Hörer, da sich außer ihr niemand im Zimmer befand.

»Kriminalinspektorin Irene Huss«, sagte sie langsam.

Sie gab sich Mühe, extra deutlich zu sprechen, falls die Person am anderen Ende Mühe haben sollte, Schwedisch zu verstehen.

»Ausgezeichnet, dass ich Sie erwische! Hier ist Yvonne Stridner.«

Das Letztere hätte sie nicht zu sagen brauchen. Niemand außer ihr trompetete so in den Hörer.

»Ich habe eben mit Svend Blokk gesprochen. Es gibt bestimmte Details, die das Vorgehen beim Zerstückeln unserer Leiche betreffen, die ich gerne mit dem Kopenhagener Mord von vor zwei Jahren vergleichen würde. Er erwähnte, dass Sie ihn heute aufsuchen würden, um sich den detaillierten Obduktionsbericht abzuholen. Das brauchen Sie nicht. Ich spreche mit Svend direkt darüber. Aber eins kann ich Ihnen bereits jetzt sagen. Es ist derselbe Täter.«

Yvonne Stridners Tirade brachte Irene ganz durcheinander, und sie brachte nur ein knappes »Danke« über die Lippen.

Yvonne Stridner ließ sich davon nicht bremsen.

»Keine Ursache. Das bedeutet keine zusätzliche Arbeit. So ist es eigentlich auch natürlicher. Sie kümmern sich um die polizeilichen Ermittlungen und ich um die Obduktion. Aber es ist schon seltsam, dass ein solcher Mörder sowohl in Göteborg als auch in Kopenhagen am Werk sein soll. Zwischen den beiden Städten liegt immerhin ein ziemlicher Abstand. Mindestens dreihundert Kilometer. Und der Öresund.«

Irene begriff sofort, dass die Professorin Unrecht hatte. Das war überhaupt nicht bemerkenswert, da es sich wahrscheinlich um zwei Mörder handelte, einen dänischen Polizisten und einen schwedischen Arzt. Es konnte sich natürlich auch um eine Person handeln, die zwischen den beiden Städten hin- und herpendelte, aber die ungenauen Personenbeschreibungen, die sie hatte, ließen auf zwei Mörder schließen. Sie war so in Gedanken versunken, dass sie gar nicht merkte, dass Frau Stridner am anderen Ende weitergesprochen hatte. Um nicht zerstreut zu wirken, murmelte sie etwas Undeutliches, was wie eine Zustimmung klang.

»Sehr gut! Dann sind wir uns einig«, stellte Frau Stridner fest.

Ein deutliches Klicken verriet, dass die Professorin aufgelegt hatte. Irene tat das ebenfalls, und fragte sich, worin sie und Frau Stridner sich einig geworden waren.

Irene war bis gegen zwölf mit dem Kopieren beschäftigt. Dann öffnete Jens Metz die Tür ihres Zimmers und streckte sein rundes Gesicht durch den Spalt.

»Kommen Sie mit zum Mittagessen?«

»Ja, gern. Ich bin fertig.«

»Sie sind wirklich effektiv«, sagte Metz und lächelte freundlich.

Seinen Besuch bei den Scandinavian Models erwähnte er mit keinem Wort. Vielleicht würde er das ja beim Mittagessen nachholen. Irene beschloss, abzuwarten.

Sie suchte ihre Papiere zusammen und steckte sie in ihre Tasche. Sie konnte sie genauso gut gleich mitnehmen. Dann brauchte sie nach dem Mittagessen keinen Umweg mehr zu machen und konnte sofort nach Hause fahren.

Peter Møller schloss sich ihnen an. Es ging in ein ziemlich verqualmtes Lokal hinter dem Tivoli, in dem sie vorzüglich aßen. Alle drei nahmen Beefsteak mit Bratkartoffeln. Møller und Metz tranken Bier. Irene lehnte ab und wies darauf hin, dass sie noch Auto fahren müsse.

»Das verschwindet aus dem Blut, bis Sie in Helsingborg sind«, sagte Metz.

»Es ist das Risiko nicht wert.« Irene lächelte.

Um das Thema zu wechseln, sagte sie:

»Sie müssen Beate Bentsen von mir grüßen und ihr für ihr enormes Entgegenkommen danken. Und auch Sie beide waren mir eine große Hilfe. Vielen Dank.«

»Keine Ursache«, sagte Metz und hob sein Bierglas.

Mehr um überhaupt etwas zu sagen, fragte Irene:

»Nicht dass ich neugierig sein will, aber was macht eigentlich Herr Bentsen?«

Metz lachte.

»Einen Herrn Bentsen hat es nie gegeben.«

»Aber sie hat doch von einem Sohn erzählt«, erwiderte Irene etwas dumm.

»Ja, und dem sind Sie bereits begegnet.« Jens Metz grinste.

Irene bemerkte den warnenden Blick, den Peter Møller seinem Kollegen zuwarf, aber dieser schien ihn nicht zu registrieren. Er konzentrierte sich vollkommen auf sein Glas. Als er es endlich von den Lippen genommen hatte, hakte Irene nach:

»Bin ich dem Sohn von Beate Bentsen denn schon begegnet?«

»Klar! Das ist Emil, der bei Tom Tanaka herumhängt. Emil Bentsen. Peter sagte, sie hätten ihn gestern im Geschäft getroffen.

Irene war vollkommen verblüfft. Es war, als hätte ihr jemand eine Ohrfeige versetzt. Eine tiefe Falte wurde zwischen den Brauen von Jens Metz sichtbar, und er sah unsicher zu Peter Møller hinüber.

»Hast du ihr das gestern nicht erzählt?«, fragte er Møller gereizt.

Møller seufzte und antwortete dann:

»Das hatte schließlich nichts mit der Ermittlung zu tun.«

Womit er Recht hatte. Aber es war nicht unwichtig, wenn man wie Irene Informationen besaß, über die ihre beiden dänischen Kollegen nicht verfügten. Sie hatte das Gefühl, noch einmal mit Tom Tanaka sprechen zu müssen, bevor sie fuhr.

Ausgerechnet da erklang auffordernd die Marseillaise aus ihrer Manteltasche. Der Mantel hing über ihrem Stuhlrücken. Es dauerte ein paar Sekunden, bis sie ihr Handy hervorgekramt hatte.

»Irene Huss.«

Es war still in der Leitung, aber sie hörte, dass jemand atmete.

»Hallo?«, sagte sie.

»Hier… hier ist Petra. Von den Scandinavian Models. Bell… Isabell ist verschwunden.«

Irene merkte, dass ihr Herz einen Schlag aussetzte.

»Warte einen Moment«, sagte sie.

Sie nahm das Nokia-Handy vom Ohr und lächelte Metz und Møller entschuldigend an.

»Meine Tochter. Sie hat ein Problem.«

Gleichzeitig stand sie auf und nahm Kurs auf die Damentoilette. Dort drinnen presste sie wieder das Telefon ans Ohr.

»Hallo, Petra. Sind Sie noch dran?«

»Ja.«

»Sie sagten was darüber, dass Isabell verschwunden ist?«

»Ja. Sie ist von… einem Auftrag nicht zurückgekommen…«

»Wie lange ist sie schon weg?«

»Sie ist gestern Abend gegen elf gegangen.«

»Wohin?«

»Zum Hotel Aurora.«

»Das wissen Sie sicher?«

»Ja. Wir schreiben alle Bestellungen in ein Logbuch. Bell sollte vor halb zwölf im Aurora sein.«

»Wissen Sie, wer sie bestellt hat?«

»Ich habe diesen Auftrag nicht entgegengenommen, aber im Logbuch steht, dass der Kunde Simon Steiner hieß.«

»Die Bestellung erfolgte also telefonisch?«

»Ja.«

»Wissen Sie, wo das Hotel Aurora liegt?«

»Die Adresse steht hier. Colbjørnsensgade. Das ist...«

»Vesterbro. Ich weiß.«

Ungefähr zur gleichen Zeit, als Isabell im Hotel erwartet wurde, hatte Irene in Tanakas Wohnung hinter dem Gayshop gesessen. Wahrscheinlicher war, dass sie genau vor ihrer Schlägerei mit den Skinheads dort eingetroffen war. Ihr Herz klopfte wie verrückt, und es gelang ihr nicht, Ordnung in ihre Gedanken zu bringen. Zum Schluss fragte sie:

»Es kann nicht sein, dass Isabell über Nacht bei dem Kunden geblieben ist und verschlafen hat?«

»Nee. Wir übernachten nie bei den Kunden.«

»Haben Sie die Polizei verständigt?«

Nach einem langen Schweigen antwortete Petra:

»Nee. Es war ein Mann hier, der nach Bell gefragt hat. Er sagte, er sei von der Polizei, und zeigte seinen Ausweis... aber da war Isabell bereits weg, und dann kamen Sie. Aber Sie gaben mir schließlich eine Visitenkarte mit Ihrem Namen und Ihrer Handynummer, und deswegen dachte ich...«

»Petra. Ich bin Ihnen sehr dankbar, dass Sie mich angerufen und mir das gesagt haben. Aber ich habe nicht die Möglichkeit, etwas zu unternehmen. Weil ich von der Polizei in Schweden bin, besitze ich in Dänemark keinerlei Vollmachten. Ich schlage vor, dass sie die Wache in Vesterbro anrufen und zu Protokoll geben, dass Isabell von ihrem Treffen im Hotel Aurora nicht zurückgekehrt ist. Nur die dänische Polizei kann das Hotel durchsuchen.«

Nach einem langen Schweigen sagte Petra:

»Glauben Sie, dass die sich auf einen anonymen Tipp einlassen?«

»Ja. Sie könnten auch das Hotel anrufen. Haben Sie das schon versucht?«

»Nee. Aber vielleicht sollte ich das…«

»Es wäre ein Anfang. Übrigens, sagte Jens Metz wirklich, dass er von der Polizei ist?«

»Doch… das machen die manchmal… sie sagen, dass sie die Lokale inspizieren wollen… sozusagen…«

Alles für eine Gratisnummer, dachte Irene. Laut meinte sie:

»Hören Sie, ich muss jetzt aufhören. Ich rufe Sie in zwei Stunden wieder an. Vielleicht haben Sie bis dahin was rausgekriegt. Und falls Isabell auftaucht, können Sie mich ja unter dieser Nummer erreichen.«

»Okay. Bis dann.«

Als Irene das Telefon einsteckte, merkte sie erst, wie besorgt sie war. Was war geschehen? War es wirklich Zufall, dass Isabell und sie zum selben Zeitpunkt in derselben Straße dieser riesigen Großstadt gewesen waren?

Es lief ihr eiskalt den Rücken hinunter. Als würde eine unsichtbare Hand sie wie eine Marionette bewegen. Jemand trieb sein Spiel mit ihr. Sie hätte in diesem Augenblick alles dafür gegeben, ins Drehbuch schauen zu dürfen.

Konnte Tom Tanaka hinter Isabells Verschwinden stecken? Kaum, da sie mit ihm nicht über sie gesprochen hatte. Die Einzigen, mit denen sie gesprochen und denen sie auch das Foto gezeigt hatte, waren Beate Bentsen, Jens Metz und Peter Møller. Alle drei von der Polizei.

Tanaka hatte gesagt, er würde ihr vertrauen. Es hatte den Anschein, als sei er der Einzige, dem sie im Augenblick ebenfalls vertrauen konnte.

Sie zog Tanakas Visitenkarte mit seiner Handynummer aus der Tasche. Es klingelte nur einmal, da antwortete er bereits.

»Tom.«

»Hallo. Hier ist Irene Huss.«

»Hallo. Gibt's was Neues?«

Es dauerte eine Sekunde, bis Irene in ihrer Verwirrung die Bedeutung von »what's new« begriff. Stotternd begann sie zu erklären:

»Nein. Ich habe… keine Neuigkeiten. Aber ich muss Ihnen ein paar Fragen stellen. Ist das in Ordnung?«

»Das kommt auf die Fragen an.«

»Sind sie allein?«

»Ja.«

»Es geht um Emil. Wie lange arbeitet er schon bei Ihnen?«

Irene war erstaunt, dass Tanaka kurz lachte.

»Emil arbeitet nicht bei mir. Er ist mehr eine Art Volontär.«

»Volontär? Was meinen Sie damit?«

»Er hängt hier im Laden rum, seit ich ihn übernommen habe. Gelegentlich besorgt er was für mich. Aber meist ist er einfach nur da. Mit der Zeit sind wir uns näher gekommen. Irgendwie ergab es sich so, dass er ab und zu hier aushilft.«

»Hat er noch eine andere Arbeit?«

»Er studiert Jura.«

»Wissen Sie was über Emils Eltern?«

»Nicht die Bohne. Interessiert mich nicht. Warum fragen Sie?«

»Seine Mutter heißt Beate Bentsen. Sie ist Kriminalkommissarin. Sie arbeitet in Vesterbro.«

Es wurde still. Irene konnte Tanakas schwere Atemzüge hören. Schließlich holte er noch einmal tief Luft, und dann gab es eine Explosion:

»Shit! Shit!«

Dann herrschte Schweigen. Anschließend sagte er mit normaler Stimme:

»Wann fahren Sie nach Hause?«

»Jetzt. Ich habe gerade mit meinen Kollegen Mittag gegessen. Es sind allerdings noch ein paar andere Sachen aufgetaucht, nach denen ich Sie gerne fragen würde.«

»Können Sie bei mir vorbeikommen?«

»Ich will's versuchen. Wir sind in einem Lokal hinter dem Tivoli. Zu Fuß ist es nicht sehr weit zu Ihnen. Ich rufe Sie auf dem Handy an, wenn ich da bin. Vermutlich wollen Sie, dass ich die Hintertür benutze?«

»Ja.«

Irene beendete das Gespräch. Eilig erneuerte sie ihren Lippenstift, ehe sie zu ihren beiden Kollegen zurückging.

Diese zahlten gerade. Irene lächelte entschuldigend.

»Man kann nicht mal einen Tag wegfahren, da geht schon alles drunter und drüber. Ich zahle natürlich selber.«

Sie zog ihre Brieftasche hervor, aber Metz winkte ab.

»Lassen Sie. Das geht auf uns. Sie können uns dann ja mal einladen, wenn wir nach Göteborg kommen.«

»Einverstanden. Vielen Dank.«

Vor dem Lokal verabschiedeten sie sich. Sie schüttelten sich wiederholte Male die Hände und versicherten sich gegenseitig, wie angenehm die Zusammenarbeit doch gewesen sei. Irene schlug eine Richtung ein, und die beiden Männer die entgegengesetzte. Sie ging die Bernstorffgade entlang. An der großen Kreuzung hätte sie nach rechts abbiegen müssen, um zu ihrem Auto in der Studiesræde zu gelangen, stattdessen zweigte sie nach links ab und lief etwa hundert Meter die Vesterbrogade entlang. Rasch passierte sie die Colbjørnsensgade und bog in die nächste Querstraße ein, die Helgolandsgade.

Irene merkte, dass sie die Schritte verlangsamte, je näher sie der Tordurchfahrt kam. Bei Tageslicht würde man sie kaum angreifen, aber die Erinnerung an den Überfall, der erst zwölf Stunden zurücklag, war auf einmal sehr deutlich. Vorsichtig schaute sie in das Halbdunkel der Durchfahrt, ehe sie sich hindurchwagte. Alles war friedlich. Sie zog ihr Handy aus der Tasche und rief die Nummer Tom Tanakas auf, die sie im Restaurant vor Verlassen der Damentoilette gespeichert hatte.

»Tom.«

»Hier ist Irene Huss. Ich stehe auf Ihrem Hof.«

»Okay. Ich komm runter und mach auf.«

Es war nicht zu überhören, wie Tanaka schlurfend und mit schweren Schritten die Treppe herunterging. Sein riesiger Oberkörper und sein Gesicht füllten die ganze Glasscheibe aus, als er zu ihr nach draußen schaute. Er begrüßte sie mit einem Lächeln und öffnete dann die Tür.

»Danke, dass Sie sich die Zeit genommen haben«, war seine erste Bemerkung.

»Gut, dass Sie Zeit hatten«, erwiderte Irene.

»Kein Problem. Heute fange ich erst um sechs an. Ole, mein richtiger Angestellter, arbeitet jetzt.«

Mühsam begann Tanaka die Treppe wieder hinaufzugehen. Seine schweren Atemzüge hallten im Treppenaufgang wider. Höflich hielt er Irene die schwere Tür auf. Sie betrat sein raffiniertes Schlafzimmer. Es sah immer noch aus wie bei ihrem letzten Besuch. Das Bett mit seinen schwarzen Seidenlaken war ordentlich gemacht. Tom trug einen dunkelblauen Seidenanzug mit demselben pyjamaähnlichen Schnitt wie am Vortag.

Er führte sie in sein Büro.

Der Raum glich mit seiner schlichten Einrichtung einer Oase. Irene setzte sich auf den bequemen Hocker, und Tom Tanaka ließ sich auf dem Spezialstuhl hinter dem Schreibtisch nieder. Ohne sie nach ihren Wünschen zu fragen, nahm er zwei kalte Carlsberg aus der Minibar. Wie beim vorigen Mal bekam Irene ein Glas. Er zog es wieder vor, aus der Flasche zu trinken.

»Marcus hat dieses Zimmer für mich eingerichtet. Die Küche auch. Vor einem Monat war alles fertig. Er hat es nie gesehen«, sagte er plötzlich.

»War er Innenarchitekt?«

»Unter anderem. Er entwarf fast alles. Schilder, Ladeneinrichtungen, Textilien, alles Mögliche. Der große Auftrag, der ihn nach Kopenhagen brachte, war die Inneneinrichtung einer Gaybar in einer Querstraße zur Fußgängerzone. Ein neues und sehr ordentliches Lokal. Es war ein enormer Erfolg, und er bekam schnell weitere Aufträge.«

»Ich habe meinen Kollegen in Göteborg den Namen genannt, ohne Sie als Quelle zu erwähnen. Dank Ihnen kommen wir endlich mit den Ermittlungen weiter.«

»Das war das Mindeste, was ich für Marcus tun konnte.«

Irene überlegte, was sie über Isabell sagen sollte. Schließlich entschloss sie sich, ganz einfach von vorne anzufangen, mit dem Anruf von Monika Lind. In schlechtem Schulenglisch versuchte sie so klar wie möglich zu erzählen. Tom Tanaka saß die ganze Zeit schweigend da und hörte zu. Manchmal und fast unmerklich nickte er.

Als sie zum Überfall der Skinheads kam, setzte sich Tom Tanaka kerzengerade auf und sah sie scharf an. Im nächsten Augenblick ließ er sich schon wieder zurücksinken und begann zu Irenes Erstaunen laut zu lachen. Das dröhnende Prusten nahm in seiner breiten Brust seinen Anfang.

«Sie! Sie waren das?«

Er schüttelte sich vor Lachen. Als er sich wieder beruhigt hatte, sagte er:

»Ich habe heute Morgen davon gehört. Die Polizei hat zwei übel zugerichtete Skinheads auf der Helgolandsgade aufgegriffen. Sie haben behauptet, ein Transvestit hätte sie ausgeraubt und misshandelt.«

Tom Tanaka prustete erneut los.

Transvestit! Irene konnte das nicht so lustig finden.

»Ich muss zugeben, dass ich nie an Sie gedacht habe, obwohl ich weiß, dass Sie Jiu-Jitsu beherrschen.« Er lachte immer noch.

»Es war auch nicht reiner Jiu-Jitsu«, erwiderte Irene.

Tom schüttelte seinen großen Kopf und kicherte.

»Es war eben auch … ein Transvestit …«

Irene fand, dass sie jetzt genug Zeit vergeudet hätten, und begann von Isabells Verschwinden aus dem Hotel Aurora zu berichten, das in derselben Straße wie das Geschäft von Tom Tanaka lag. Er wurde ernst und sah nachdenklich aus.

»Das ist wirklich ein merkwürdiger Zufall. Der Mord an Marcus und das Schreckliche, was ihm zugestoßen ist, kann aber nicht das Geringste mit dem Verschwinden des Mädchens zu tun haben.«

»Nein. Das finde ich auch. Aber dieser Zufall beunruhigt mich.«

Nachdenklich sah er sie an.

»Es gibt einen Zusammenhang«, sagte er schließlich.

»Welchen?«

»Sie.«

Damit sprach er aus, was sie bereits insgeheim befürchtet hatte. Wieder hatte sie das Gefühl, dass jemand hinter den Kulissen stand und sein Spiel mit ihr trieb.

Eine Weile saßen sie schweigend da und sahen sich an. Schließlich war es Tom, der das Schweigen brach.

»Ich kenne jemanden vom Hotel Aurora.«

Er zog ein Verzeichnis unter dem Telefon hervor und glitt mit seinem Zeigefinger den Index entlang. Erst jetzt bemerkte Irene, dass er blauen Nagellack trug. Am Vortag hatte er den ganz sicher noch nicht gehabt. Vielleicht hatte er ihn aufgetragen, weil er zu dem blauen Seidenanzug passte. Offenbar hatte er jetzt die Nummer gefunden, die er suchte. Sie war im Telefon gespeichert. Irene hörte, dass es mehrfach klingelte, ohne dass jemand an den Apparat ging.

»Hallo. Hier ist Tom.«

Die Stimme am anderen Ende begann mit einer langen Litanei, die sich Tom eine Weile geduldig anhörte. Schließlich fiel er dem anderen ins Wort:

»Ich weiß. Es ist eine Weile her. Ich rufe an, weil ich dich um eine Auskunft bitten will. Eine Freundin von mir macht sich Sorgen. Es gibt ein Gerücht, wonach eine junge Schwedin im Aurora verschwunden ist… gestern um Mitternacht… blond und groß… ja, eine Escort Agency… Sie heißt Bell.«

Er nahm den Hörer vom Ohr und fragte:

»Wie hieß der Besteller?«

»Simon Steiner.«

»Offenbar ein Deutscher. Simon Steiner«, sagte Tom.

Er saß schweigend da, während die Person am anderen Ende wieder zu sprechen begann. Tom Tanaka nickte einige Male und sagte: »Hm!« Irene meinte, aus seiner Stimme eine gewisse Verwunderung herauszuhören. Nachdem er dem anderen umständlich gedankt und versichert hatte, dass sie sich bald sehen würden, legte Tom Tanaka auf.

»Das ist seltsam. Meine Kontaktperson behauptet, dass es nie einen Simon Steiner im Hotel gegeben hat. Und es hat auch nicht den Anschein, als hätte jemand Isabell gesehen. Er will den Nachtportier fragen, wenn der heute Abend seinen Dienst antritt.«

»Ich kann nicht behaupten, dass mich das beruhigt. Jetzt werde ich erst recht nervös. Wo kann sie sein?«, sagte Irene.

»Keine Ahnung. Kann sie jemand in eine Falle gelockt haben?«

»Möglich. Aber warum?«

Tom sah sie nachdenklich an. Langsam sagte er:

»Wir sollten darauf zurückkommen, wo wir eben schon mal waren. Auf den Zusammenhang zwischen dem Mord an Marcus und dem Verschwinden des Mädchens: auf Sie.«

Irene bekam einen ganz trockenen Hals, obwohl sie gerade erst einen Schluck Bier getrunken hatte. Als sie endlich wieder etwas sagen konnte, hatte sie das Gefühl, ihre Zunge sei aus Sandpapier.

»Ich? Wie meinen Sie das?«

»Ich verstehe das so, dass die kleine Isabell sehr gut gelebt hat, bis Sie hier aufgetaucht sind und angefangen haben, sich nach ihr zu erkundigen. Jemand hat davon Wind bekommen und beschlossen, Ihnen eine Warnung zu geben. Sie zu kidnappen … oder auch was Schlimmeres. Aber ich glaube nicht, dass es etwas mit Isabell oder ihrem Beruf zu tun hat. Es geht um die Angelegenheit, wegen der Sie nach Kopenhagen gekommen sind. Um die beiden Morde.«

»Es gibt nur drei Personen hier in Kopenhagen, mit denen ich über Isabell gesprochen habe.«

»Drei Polizisten.«

Das war keine Frage, sondern eine Feststellung. Irene nickte. Tom Tanaka fischte ein kleines Notizbuch aus der Schreibtischschublade und sagte:

»Können Sie mir ihre Namen geben?«

Irene sagte sie ihm. Tom schrieb sie auf und betrachtete sie dann lange, ehe er erklärte:

»Nein. Diese Namen sagen mir nichts. Außer Bentsen natürlich. Der Mutter von Emil Bentsen!«

Er schnaubte verächtlich. Irene hatte den bestimmten Eindruck, dass Emil bei seiner nächsten Begegnung mit Tom nichts zu lachen haben würde.

Sie warf einen Blick auf die Uhr und sah, dass es höchste Zeit war, aufzubrechen. Mit Auto und Fähre lag eine Reise von fast fünf Stunden vor ihr. Sie erhoben sich gleichzeitig. Tom führte sie aus dem Arbeitszimmer, durch den kurzen Gang und ins Schlafzimmer. Vor der Tür mit den beruhigenden Schlössern blieb er stehen. Sie gaben sich die Hand, und Tom Tanaka sagte:

»Wir bleiben in Kontakt.«

»Ja. Das machen wir. Danke für Ihre Hilfe.«

»Keine Ursache. Wir hören voneinander.«

Das Auto stand immer noch dort, wo sie es abgestellt hatte. Vor dem Stripteaselokal. Auf ihrem vierundzwanzig Stunden geltenden Parkschein war noch eine knappe Viertelstunde übrig. War sie wirklich nicht länger in Kopenhagen gewesen? Eine intensive und ereignisreiche Zeit! Erschöpft ließ sie sich hinter das Lenkrad fallen. Jetzt wollte sie nur noch eins: nach Hause.

Aus Kopenhagen hinauszukommen war einfacher als hineinzukommen. Aber irgendwo vor Hellerup bog sie offenbar falsch ab, denn plötzlich wurde die Straße immer schmaler. Die großen schmutzigen Ziegelhäuser wurden von niedrigen, weiß verputzten Mietshäusern und vereinzelten schmucken Einfamilienhäusern abgelöst. Dann gab es keine Mietshäuser mehr, und aus den Einfamilienhäusern wurden, je weiter nördlich sie kam, Villen. Auf der rechten Seite sah sie plötzlich Wasser. Hohe Mauern und Hecken umschlossen parkähnliche Gärten.

Nach einigen Kilometern dämmerte es Irene, dass sie einen

Abgrund entlangfuhr. Finanziell gesehen jedenfalls. Die Häuser rechts von der Straße hatten Seegrundstücke und waren viel vornehmer als die auf der linken Seite. Irene hatte jedoch den deutlichen Eindruck, dass sie sich trotzdem nicht einmal einen Geräteschuppen auf der linken Seite des Strandvejen leisten könnten, wenn sie ihr Haus in Fiskebäck verkauften.

Sie fuhr langsamer und genoss das Meer und die Blumenpracht der Gärten. Durch das offene Seitenfenster strömte der Geruch von Tang gemischt mit dem Duft des ersten Flieders herein.

Die Überfahrt verlief schnell und ereignislos, und für Irene reichte die Zeit gerade aus, um zwei Tassen Kaffee zu trinken.

Ehe die Fähre in Helsingborg anlegte, rief Irene wie versprochen bei den Scandinavian Models an. Sie war erleichtert, als sie sofort Petra an den Apparat bekam.

»Hallo, Petra. Hier ist Irene Huss. Hat Isabell von sich hören lassen?«

»Nee. Aber das ist schon verdammt merkwürdig … Ich habe im Hotel angerufen, und die sagen, dass dort kein Simon Steiner gewohnt hat. Und Bell hat auch niemand gesehen. Aber so steht es schließlich bei uns im Logbuch … Wir nennen das so. Das Logbuch. Da steht Simon Steiner.«

Petra klang eher verärgert als beunruhigt. Wahrscheinlich war sie beleidigt, weil man ihre Angaben im Hotel Aurora angezweifelt hatte.

Irene versuchte freundlich und bestimmt zu klingen:

»Das klingt mysteriös. Vielleicht ist sie ja gekidnappt worden? Ich finde, dass Sie ihr Verschwinden bei der Polizei melden sollten. Oder haben Sie das bereits getan?«

»Nee.«

Einen Augenblick herrschte Stille.

»Ich finde, dass sie das tun sollten. Schon wegen Isabell.«

»Okay. Sonst lässt sich wohl nichts machen.« Petra seufzte und legte auf.

Irene spürte, wie sich ihr Magen vor Unruhe zusammenzog. War es wirklich möglich, dass Isabells Verschwinden mit ihrem Besuch in Kopenhagen zu tun hatte? Oder war Isabell untergetaucht, weil sie irgendwie erfahren hatte, dass Irene nach ihr gefragt hatte? Hoffentlich war das der Grund. Dann war es nur eine Frage der Zeit, bis Isabell wieder auftauchte.

Kurz vor acht parkte Irene vor ihrem Reihenhaus ein. Als sie aus dem Wagen stieg und sich reckte, knackte es in sämtlichen Gelenken.

Wie immer war Sammie der Erste, der sich auf sie warf, um sie zu begrüßen. Zu ihrer großen Enttäuschung war er auch der Einzige. Nachdem sie ihre Erinnerung mithilfe des Küchenkalenders aufgefrischt hatte, wusste sie wieder, dass Krister bis spät in die Nacht arbeiten musste und die Zwillinge bei einem Sondertraining der Basketballmannschaft waren. Aber die Mädchen würden bald nach Hause kommen. Wie konnte Katarina mit ihrem lädierten Nacken Basketball spielen? Ganz zu schweigen von der Juniorenweltmeisterschaft in Jiu-Jitsu.

Sie unterbrach ihre Überlegungen, als sie auf der Kühlschranktür einen Zettel entdeckte.

Hallo Liebste!

Im Kühlschrank steht eine vegetarische Lasagne. Wärm sie dir in der Mikrowelle! Erinnerst du dich an unsere ehemalige Nachbarin Monika Lind? Sie rief gegen 15 Uhr an und wollte mit dir reden. Sie sagt, dass du ihre Nummer hast.

Deine Strategie war erfolgreich! Tommy und Agneta (hauptsächlich Agneta) nehmen einen von den Welpen, eines der Weibchen. Lenny nimmt den anderen. Jetzt droht die Alte damit, das Männchen bei uns abzuladen, wenn wir nicht jemanden finden, der es nimmt.

Küsse!

Krister

Ein Seufzer und ein leises Knurren vor der Küchentür brachten Irene dazu, sich umzudrehen. In der Tür stand Sammie, den Kopf auf die Seite gelegt. Mit seinen braunen Augen sah er sie erwartungsvoll an. Frauchen hatte doch sicher ebenfalls Lust auf einen langen und erfrischenden Spaziergang?

KAPITEL 8

Isabell war weg. Wie vom Erdboden verschluckt. Irene hatte das ganze große Haus durchsucht. Sie war durch unendlich dunkle Korridore gegangen und hatte all die verfallenen Zimmer durchsucht. Bei jedem Schritt, den sie machte, wirbelte Staub auf. Spinnweben schlugen ihr ins Gesicht. Ihre Schritte wurden immer schwerer, aber die Kraft der Verzweiflung zwang sie vorwärts. Nur sie konnte Isabell finden, ehe es zu spät war. Denn es war ihre Schuld, dass Isabell weg war. Bell war nur ein kleines Kind, und jetzt hatte Irene sie verloren. In dem düsteren Haus wurde es immer wärmer. Die Zeit war fast abgelaufen. Irene merkte, dass ihre Panik immer größer wurde. Die Decke kam immer näher, und die Wände bogen sich nach innen. Bald würde das ganze Haus implodieren. Alle, die sich darin befanden, würden erdrückt werden. Verzweifelt versuchte Irene Isabells Namen zu rufen, aber sie bekam keinen Ton über die Lippen. Plötzlich merkte sie, dass sich der Boden unter ihr zu bewegen begann, und sah ein, dass es zu spät war.

Sammie war zu ihr ins Bett gesprungen und hatte es zum Schaukeln gebracht. Irene erwachte schweißgebadet und mit rasendem Herzklopfen. Die Leuchtanzeige des Weckers stand auf 03.37 Uhr. Krister lag neben ihr und schnarchte friedlich. Sammie hatte es sich bereits am Fußende des Bettes bequem gemacht. Er lag, mit den Pfoten in der Luft, auf dem Rücken und schlief schon wieder.

Irene ging ins Badezimmer, um einen Schluck Wasser zu trinken, und hoffte, dass sich ihr Herzklopfen legen würde. Der Angstschweiß klebte auf ihrer nackten Haut. Nach einer Weile begann sie zu frösteln. Sie kehrte ins Schlafzimmer zurück, um ihren Bademantel zu holen, und hüllte sich in das flauschige Frottee. Auf nackten Sohlen schlich sie sich hinunter in die Küche und setzte sich mit einem Glas kalter Milch an den Tisch.

Das Küchenfenster ging nach Osten. Am Horizont verfärbte die Sonne den Himmel bereits rosa und türkis. Die wenigen Wolken glänzten golden. Es würde ein schöner Tag werden.

Irene hatte Mühe, den Traum abzuschütteln, es fiel ihr jedoch nicht schwer, ihn zu deuten. Sie hatte Schuldgefühle, weil Isabell verschwunden war, und sie machte sich Sorgen, dass ihr etwas zugestoßen sein könnte.

Das Telefongespräch mit Monika Lind vor knapp sechs Stunden war nicht einfach gewesen. Zu erzählen, dass sie sie gefunden, jedoch nicht angetroffen hatte, war ihr nicht leicht gefallen. Das Schlimmste war jedoch gewesen, zu berichten, wie Isabell ihr Geld verdiente. Monika war am Boden zerstört gewesen, als ihr aufgegangen war, dass sich Isabell prostituierte. Auf diesen Gedanken war sie nicht gekommen. Dass ihre hübsche kleine Tochter sich abrackerte, um Fotomodell zu werden, hatte sie ihr ohne weiteres abgenommen, und dass die Wahrheit ganz anders aussah, wollte sie nicht akzeptieren. Vielleicht schämte sie sich auch. Am Ende des Telefongesprächs war sie fast aggressiv geworden und hatte begonnen, Irenes Auskünfte in Frage zu stellen. Vielleicht hatte diese sich ja bei dem Bild in der Touristenbroschüre getäuscht? Vielleicht war das ja gar nicht Bell! Auch wenn die Escort Agency Scandinavian Models hieß. Schließlich konnte es mehrere Agenturen geben, die so hießen. Schließlich hatte Irene sie jedoch so weit gebracht, sich der Realität zu stellen. Das verschwundene Mädchen war Isabell, sonst niemand.

Von dem Verdacht, den sie und Tom Tanaka hegten, hatte Irene nichts gesagt. Sie verstand immer noch nicht ganz, warum ihr Auftauchen in Kopenhagen mit dem Verschwinden von Isabell zusammenhängen sollte. Das wirkte weit hergeholt.

Am Küchentisch entschloss sie sich, die Identität Tom Tanakas niemandem gegenüber preiszugeben. Sie verließ sich voll und ganz auf ihn, aber das würden ihr Chef und ihre Kollegen nie tun. Sie würden sich nur über ihn lustig machen und seine Glaubwürdigkeit in Frage stellen. Aber Irene glaubte an ihn, denn er hatte Marcus Tosscander wirklich geliebt. Jetzt mussten sie nur noch herausfinden, wer Marcus gewesen war. Es hatte den Anschein, als hätte er einige gefährliche Bekannte gehabt.

An diesem Donnerstag leitete Irene die morgendliche Besprechung damit ein, dass sie ihren Kopenhagenbesuch referierte. Eine zensierte Version.

»Gute Arbeit. Es hat den Anschein, als hätten wirklich Teile von Marcus Tosscander in den Säcken gelegen«, meinte Kommissar Andersson.

Jonny unterbrach ihn:

»Was sind das für Dummheiten, nicht darüber sprechen zu wollen, wo du die Angaben herhast?«

Verärgert sah er Irene an. Sie hatte gewusst, dass diese Frage kommen würde, und sie war nicht direkt erstaunt darüber, wer sie ihr stellte.

»Ich habe meinem Informanten absolute Verschwiegenheit garantiert. Nur ich kenne seine Identität. Sonst hätte ich überhaupt nichts erfahren. Die Hauptsache ist doch wohl, dass wir jetzt endlich einen Namen haben, mit dem wir arbeiten können«, erwiderte sie ruhig.

Jonny sah aus, als wolle er noch etwas sagen, aber der Kommissar kam ihm zuvor.

»Genau. Hannu und Jonny haben gestern schon angefangen. Es spricht einiges dafür, dass es wirklich Tosscander ist, auf den wir uns konzentrieren sollten. Hannu kann beginnen.«

Hannu nickte leicht und las von seinem Block ab.

»Marcus Emanuel Tosscander wurde am 18. März 1968 in Askim geboren, ist also einunddreißig. Die Mutter starb vor zehn Jahren. Der Vater ist Oberarzt, pensioniert. Keine Geschwister. Fünfjähriges Studium an der Hochschule für Design und Kunsthandwerk. Gründete sofort nach dem Studium eine eigene Firma. Vor vier Jahren bezog er die Räumlichkeiten am Kungsportsplatsen. Nach seinen Steuererklärungen der letzten fünf Jahre zu urteilen, liefen die Geschäfte glänzend. Die Firma machte über eine Million Gewinn, und er selbst zahlte sich ein Jahresgehalt von einer halben Million. Er wohnt in der Jenny Lindsgatan in Lunden. Ledig. Keine Kinder. Fährt einen direkt aus den USA importierten Pontiac Cab, Modell 95.«

Hat er doch tatsächlich auch noch daran gedacht, bei der Zulassungsstelle nachzufragen, überlegte Irene. Aber mittlerweile kannte sie Hannu und glaubte so gut wie alles, was er sagte. Wo war der Wagen jetzt? Wahrscheinlich hatte ihn Marcus nach Kopenhagen mitgenommen.

»Jonny hat gestern mit dem Vater gesprochen«, sagte Andersson zu Irene.

Jonny bereitete sich darauf vor, das Wort zu übernehmen. Er setzte sich gerade hin und begann:

»Gestern nach dem Mittagessen bin ich zu Papa Tosscander gefahren. Vorher konnte er mich nämlich nicht empfangen, denn er wollte zum Golf. Obwohl ich dem Alten bei meinem Anruf am Morgen gesagt hatte, es ginge um seinen Sohn. Golf war also wichtiger. Er wohnt in einem riesigen Schuppen am Meer, direkt neben der Hovås Golfbahn. Offenbar haben der Alte und sein Sohn überhaupt keinen Kontakt. Er wollte über Marcus auch gar nichts wissen, hatte es den Anschein. ›Mein Sohn lebt sein Leben, und ich lebe meins‹, sagte er mehrmals.«

»Hat er in den letzten Monaten von Marcus gehört?«, fragte Irene.

»Ich habe ihn so verstanden, dass sie nicht mehr miteinander gesprochen haben, seit Marcus nach Kopenhagen gezogen ist.«

»Aber das war doch schon zu Neujahr!«, rief Irene.

»Tja. Aber offenbar ist es so.«

»Merkwürdig. Mit seinem einzigen Kind fünf Monate lang nicht zu sprechen…«

Irene unterbrach sich. Marcus hatte zu Tom Tanaka gesagt, dass er überlege, ganz nach Kopenhagen überzusiedeln. War diesem Entschluss ein Bruch mit dem Vater vorausgegangen? Ihr kam ein weiterer Gedanke. Der Vater war Arzt. In Göteborg. Sie beschloss, bei Gelegenheit selbst mit ihm zu sprechen.

»Hat niemand Marcus als vermisst gemeldet?«, fragte Birgitta.

»Nein«, erwiderte Hannu.

»Vielleicht wussten die meisten Leute nichts von seiner Tätowierung. Marcus Tosscander hat sie in Kopenhagen machen lassen. Sie war erst eine Woche vor seinem Verschwinden fertig. Wahrscheinlich hatte noch niemand hier in der Stadt Marcus' neuen Körperschmuck gesehen«, schlug Irene vor.

»Du meinst, auch wenn Leute angefangen haben, Marcus zu vermissen, so gibt es doch niemanden, der sein Verschwinden mit den Leichenteilen aus Killevik in Zusammenhang bringt. Aber wo glauben die Leute dann, dass er sich aufhält? Er kann schließlich seit Ende Februar oder Anfang März bei niemandem mehr angerufen haben«, meinte Birgitta.

Der Kommissar räusperte sich und hob die Hand, zum Zeichen, dass er auch etwas sagen wollte.

»Auch wenn wir uns fast sicher sind, dass es sich bei dem Toten aus Killevik um Marcus Tosscander handelt, würde ich doch noch damit warten, den Zeitungen seine Identität bekannt zu geben. Wir sollten in den nächsten Tagen noch so viele Informationen wie möglich sammeln und erst danach mit seinem Namen an die Öffentlichkeit gehen. Vielleicht nach dem Wochenende.«

»Es ist ein langes Wochenende. Pfingsten. Das wäre dann erst am Dienstag. In fünf Tagen«, sagte Hannu.

Irene stimmte ihm zu. Fünf Tage erschienen ihr ebenfalls als zu lange. Obwohl sie verstehen konnte, dass der Kommissar nichts überstürzen wollte. Es gab eine winzige Möglichkeit, dass es sich bei dem Opfer nicht um Marcus handelte. Ein solcher Fehler wäre fatal. Sie mussten einen überzeugenden Beweis auftreiben, dass es sich wirklich um ihn handelte.

»Ist jemand in seinem Büro oder in seiner Wohnung gewesen?«, fragte sie.

»Nein. Ich dachte, dass ihr das übernehmen könntet«, sagte Andersson.

Irene verbrachte einige Stunden damit, einen Bericht über ihren Aufenthalt auf der anderen Seite des Öresunds zu schreiben. Das war schwer, da sie die ganze Zeit darauf achten musste, nicht allzu viel preiszugeben. Währenddessen kümmerten sich Jonny und Hannu um eine Genehmigung, damit sie Tosscanders Wohnung und Büro betreten konnten.

Gegen Mittag war es so weit.

»Wir sehen uns zuerst das Büro an. Das liegt näher, und dann können wir zu Mittag essen, bevor wir nach Lunden rausfahren«, meinte Jonny.

Hannu und Irene nickten.

Die Räume von Toscas Design lagen im zweiten Stock eines Hauses zwischen Kopparmärra und dem Kanal. Eine Gegensprechanlage sollte unerwünschte Besucher fern halten, aber da sie einen Schlüssel hatten, bereitete es ihnen keine Mühe, das Haus zu betreten. Eine breite Marmortreppe mit kräftigen Balustraden führte in einem hellgelb gestrichenen Treppenhaus nach oben. Es gab keinen Aufzug. Offenbar hatte Marcus Tosscander keine Kunden mit Gehbeschwerden, oder diese benutzten Telefon oder Internet.

Toscas Design stand in zierlicher, dunkelblauer Schrift auf einem weißen Emailschild.

Der muffige Geruch ungelüfteter, staubiger Räume schlug ihnen entgegen, nachdem sie die Tür geöffnet hatten. Es wirkte tatsächlich so, als sei fast ein halbes Jahr lang niemand mehr in dem Büro gewesen. Hannu knipste in dem langen, fensterlosen Korridor das Licht an.

Die Tür rechts führte in ein kleines Zimmer mit einer Glaswand zum Gang. Ursprünglich war dieser Raum sicher für den Empfang oder die Telefonistin bestimmt gewesen. Tosscander hatte es in einen gemütlichen Warteraum für Besucher umgestaltet. Das Fenster war groß und hatte keine Vorhänge, offenbar damit die großartige Aussicht auf den Kanal nicht gestört würde. Fast den ganzen Fußboden bedeckte ein großes braunes Büffelfell. Die beiden Stahlrohrsessel waren halbkreisförmig und hatten Polster aus hellbraunem Leder. Die Wand an der einen Schmalseite war ganz mit Büchern und Design-Magazinen bedeckt.

An der gegenüberliegenden Wand hing ein Aquarell in düsteren Farben, ein paar Häuser, die sich an den Fuß eines steilen Berges kauerten. Ein Sturmwind peitschte Schnee über das Meer davor und gegen die Häuser, aber aus den kleinen Fenstern strahlte ein warmes Licht. Irene war von dem Bild gefesselt und trat näher heran, um die Signatur lesen zu können. Den Namen des Künstlers entzifferte sie als Lars Lerin. Das sagte ihr nichts.

Die Tür gegenüber führte auf eine Toilette. Es stank aus dem Ablauf, das Wasser war schon längst verdunstet. Die Tür daneben ging in eine kleine Küche. Irene zuckte zusammen. Die Küche war eine kleinere Ausgabe von Tom Tanakas Küche in Kopenhagen. Alles war vorhanden: der Fußboden aus Kirschbaumholz, die schwarz und weiß gestrichenen Schränke und Arbeitsflächen sowie die Küchengeräte aus rostfreiem Stahl. Die Aussicht aus der Küche war nicht so ansprechend wie die aus dem Besucherzimmer. Der Blick fiel auf die Häuser gegenüber.

Hinter den anderen Türen auf der linken Seite des Korridors verbargen sich eine Besenkammer, eine Garderobe und ein kleiner Lagerraum für Büromaterial und Aktenordner.

Die einzige noch übrige Tür auf der rechten Seite führte in Marcus' großen Arbeitsraum. Drei hohe Fenster ohne Vorhänge ließen das strahlende Sonnenlicht herein. Im Zimmer war es heiß und stickig. Irene trat vor und öffnete die Fenster. Sie bewunderte die Aussicht auf das glitzernde Wasser des Kanals. Die Kastanien auf der anderen Seite schlugen gerade aus. Unter ihnen streckten Unmengen von bunten Frühlingsblumen ihre Köpfe heraus. Man musste ihre Pracht genießen, solange sie blühten. Bald war ihre Zeit vorbei.

Sie drehte sich um und betrachtete eingehend das Zimmer. Der Fußboden war abgeschliffen und lackiert. Wände und Decke waren weiß. Vor dem einen Fenster stand ein PC-Tisch mit Telefon und Schreibzeug. Die Wand hinter diesem Tisch nahm ein großes Bücherregal ein, in dessen Fächern Ordner standen und Rollen mit Zeichnungen lagen.

Vor dem anderen Fenster stand ein riesiger Tisch. Er war leer, aber offenbar handelte es sich um Marcus Tosscanders Arbeitsplatte. Auf einem schmalen Sideboard standen und lagen dicht an dicht Pinsel, Stifte, Wasserfarben und Kreiden.

An allen Wänden hingen Zeichnungen von Interieurs, Entwürfe für große Schaufenster sowie Stoff- und Farbmuster. Es schien, als habe in diesem Zimmer eine sehr kreative Person gearbeitet.

Sie streiften sich Baumwollhandschuhe über und begannen, das Zimmer systematisch zu durchsuchen. Als sie alle Schubladen geöffnet und Ordner gesichtet hatten, sagte Hannu:

»Er hat kein Kundenverzeichnis.«

Alle drei sahen auf den Computer. Wahrscheinlich mussten sie auf der Festplatte suchen. Hannu machte ihn an. Nach wenigen Sekunden forderte die Maschine ein Passwort.

»Wir brauchen sein Passwort«, stellte Irene fest.

»Wie wär's mit ›Schwuchtel‹ oder ›Stricher‹?«, meinte Jonny.

Er war der Einzige, der diesen Scherz lustig fand. Hannu versuchte es mit »Toscas«, »Toscas Design«, »Design« und Ähnlichem, hatte aber keinen Erfolg.

»Lasst uns essen gehen. Vielleicht haben wir in seiner Wohnung mehr Glück«, sagte Irene.

Die Aussicht war phantastisch. Sie sahen über Olskroken und Stampen hinweg bis nach Heden mit Ullevi im Vordergrund. Als sie sich an dem Ausblick satt gesehen hatten, drehten sie sich zu dem Gebäude um, das eines der im späten 19. Jahrhundert gegen die Wohnungsnot gebauten Landhövdinge-Häuser war. Im obersten Stockwerk hatte Marcus Tosscander eine Eckwohnung.

»Der Bursche hatte wirklich was für klasse Aussichten übrig«, sagte Jonny.

Dem konnten sie nur zustimmen.

Sie gingen die schmale Treppe hinauf. Die altrosa Wände waren frisch gestrichen. Treppenstufen, Türen und Geländer waren hellgrau. Das machte einen nüchternen, aber auch freundlichen Eindruck. Vermutlich hatte Marcus bei der Wahl der Farben seine Hand im Spiel gehabt.

Auf dem obersten Treppenabsatz stand an der einen Tür M. Tosscander, an der anderen B. Svensson.

Sie betraten Marcus' Wohnung. Irenes Verdacht bestätigte sich. In der kleinen Diele hatten die Wände denselben rosa Farbton wie im Treppenhaus. Die vier Türen waren hellgrau.

Rechts von der Wohnungstür lag die Küche. Hier gab es ebenfalls sehr viel Schwarz und Stahl, aber statt Weiß hatte Marcus Tosscander hier ein helles Holz gewählt. Der Fußboden war aus demselben Holz.

Plötzlich fiel Irene etwas auf.

»Schaut euch mal die Blumen an. Alle frisch gegossen. Außerdem riecht es hier nicht so muffig und staubig wie im Büro«, sagte sie.

»Jemand kümmert sich um die Wohnung«, stellte Jonny fest.

Vor dem Fenster hing kein Vorhang. Stattdessen hatte Marcus auf der einen Seite ein Klettergewächs an ein paar Fäden hochranken lassen. Auf der gegenüberliegenden Seite wuchs eine Wachsblume. Irene trat vor und schaute nach draußen. Die Küche ging auf einen sehr grünen Garten mit einer von Flieder umgebenen Laube.

Sie schauten in ein kleines Badezimmer mit einer großen

Wanne auf Löwenfüßen. Fußboden und Wände waren dunkelblau gefliest. Auf einigen Kacheln waren ein Voll- oder Halbmond beziehungsweise Sterne gemalt. Auch die Decke war dunkelblau. Auf diese hatte Marcus verschiedene Sternbilder gepinselt. Irene erkannte sie wieder, wusste aber nur den Namen von einem von ihnen: Großer Wagen. Bei Kerzenschein in der Wanne liegen und in den Sternenhimmel schauen …

Niemand von ihnen hatte gehört, wie sich die Tür geöffnet hatte. Plötzlich ertönte hinter ihnen eine scharfe Stimme:

»Wer sind Sie? Was wollen Sie hier?«

Die drei Beamten drehten sich um. Sie stand mitten in der Diele. Ihr weißes Haar warf den schwachen Schein der Deckenlampe zurück. Die kleine Dame schien nur aus Haut und Knochen zu bestehen, aber ihr wütender Gesichtsausdruck zeigte, wie streitlustig sie war.

»Wir sind von der Polizei«, sagte Jonny.

Sie zeigten ihr die Ausweise, woraufhin sie etwas besänftigt wirkte, jedoch nicht ganz.

»Ach so. Aber was haben Sie in Marcus' Wohnung zu suchen?«, fragte sie streng.

Irene versuchte sich vorsichtig auszudrücken. Sie antwortete:

»Wir haben den Verdacht, dass Marcus verschwunden ist. Wer sind Sie?«

»Der kleine Marcus verschwunden! Diese Befürchtung hatte ich in den letzten Wochen auch schon. Er hat jetzt schon seit zwei Monaten nichts mehr von sich hören lassen.«

»Kümmern Sie sich um seine Wohnung?«

»Ja. Ich wohne nebenan. Ich heiße Britta Svensson.«

»Wir sind von der Kriminalpolizei. Irene Huss, Jonny Blom und Hannu Rauhala.«

Irene stellte sie nacheinander vor. Aus dem Gesicht der alten Dame war alle Feindseligkeit verschwunden. Stattdessen war eine deutliche Unruhe aufgetaucht.

»Was ist dem kleinen Marcus bloß zugestoßen?«, fragte sie.

»Wir können momentan nur Vermutungen anstellen. Aber ein Bekannter von ihm in Kopenhagen ist genauso beunruhigt wie Sie. Marcus hat seit zwei Monaten nichts mehr von sich hören lassen. Wann sagte er, wollte er zurück sein?«

»Er hat keinen bestimmten Zeitpunkt genannt, denn alles hing davon ab, wie er in Kopenhagen zurechtkommen würde. Bei Erfolg wollte er bleiben. Bei Misserfolg wollte er sofort zurückkommen. Als er mich anrief, hatte ich den Eindruck, dass er in Kopenhagen reüssierte. Deswegen dachte ich auch, dass er eben eine Menge zu tun hat, er ist schließlich unglaublich begabt.«

»Hat er Ihnen irgendwelche Postkarten geschickt?«

»Nein. Marcus ruft immer an. Er ist so nett und einfühlsam. Es wird ihm doch nichts zugestoßen sein?«

»Das wissen wir im Augenblick noch nicht. Der Verdacht besteht allerdings immer, wenn jemand einfach so verschwindet.«

Es hatte keinen Sinn, Britta Svensson irgendwelche falschen Hoffnungen zu machen. In fünf Tagen würde sie es aus der Zeitung ohnehin erfahren.

»Frau Svensson…«, begann Irene, wurde aber rasch von ihr unterbrochen:

»Fräulein.«

»Fräulein Svensson. Sind Sie die nächsten Stunden zu Hause?«

»Ja.«

»Dürfen wir kurz bei Ihnen vorbeischauen, wenn wir uns hier in der Wohnung umgesehen haben?«

»Natürlich.«

»Gut. Dann tun wir das. Bis dann.«

Vorsichtig, aber resolut schob Irene Fräulein Svensson aus Marcus Tosscanders Wohnung. Sie winkte ihr freundlich zu, bevor sie die Tür hinter ihr schloss.

Jonny und Hannu waren bereits in Marcus' Schlafzimmer gegangen. Vor dem gardinenlosen Fenster standen eine Menge üppiger Topfpflanzen. Die Aussicht über die Stadt war atemberaubend. Die Wände waren in einem warmen Terrakottaton gestrichen. Unter der Decke verlief eine gemalte Borte mit einem Muster in Schwarz, Weiß und Braun. Der Holzfußboden war dunkelbraun lasiert. Im ganzen Zimmer stand nur ein Möbelstück. Das runde Bett hatte sicher einen Durchmesser von zweieinhalb Metern. Die Tagesdecke war aus schwarzer Seide, und Irene hätte darauf gewettet, dass die gleichfarbigen Laken ebenfalls aus Seide waren. Die Wände waren mit phantasievollen afrikanischen Masken geschmückt. Dazwischen hingen kunstvoll angeordnet Speere und Schilde.

»Hallo Afrika!«, sagte Jonny mit dunkler Bassstimme.

Da hatte er Recht. Auf Irene wirkten die grotesken Masken und die Speere bedrohlich. Auf einmal hatte sie das lächerliche Gefühl, beobachtet zu werden.

Das helle Wohnzimmer bildete einen schlagenden Kontrast zu dem Ganzen. Die Wände waren weiß, und der Fußboden war aus demselben hellen Holz wie in der Küche. Die Aussicht durch die großen Eckfenster war berauschend. Die Sonne flutete herein, und wahrscheinlich hatte Fräulein Svensson die Jalousien aus Holz herabgelassen, um die Blumen vor der sengenden Sonne zu schützen.

»Dieser Mann hat wirklich die Gardinen wegrationalisiert. Das finde ich sympathisch«, sagte Irene.

Die fensterlose Wand an der Schmalseite des Zimmers wurde ganz von einem überquellenden Bücherregal eingenommen. In der Mitte des Raums standen sich auf einer schwarz-weißen Kuhhaut zwei weiße Ledersofas gegenüber. Der Couchtisch bestand aus zwei freistehenden Marmordreiecken, einem weißen und einem schwarzen. Sie ließen sich zusammenschieben. Die einzigen anderen Möbel waren eine riesige Stereoanlage und ein Großbildfernseher. An den Wänden hingen nur zwei Ölgemälde. Sie waren groß und stammten offenbar von demselben Künstler, der das Aquarell im Büro gemalt hatte.

»Hübsch«, meinte Hannu.

Irene staunte. Hannu äußerte nur selten eine Meinung. Meist behielt er diese für sich.

Sie durchsuchten die Wohnung, ohne außer drei Fotoalben im Regal etwas Interessantes zu finden. Das eine enthielt Bilder eines einzigen Mannes in verschiedenen Posen und Kleidern. Oben auf der ersten Seite stand der Name Marcus Tosscander. Wahrscheinlich handelte es sich um Bilder für eine Setkarte. Interessiert stellte Irene fest, dass er auf den letzten beiden Seiten ohne Kleider posiert hatte.

Er war sehr gut aussehend gewesen, volles, dunkelbraunes Haar, ebenmäßige Gesichtszüge, große dunkelblaue Augen und ein einnehmendes Lächeln. Irene hatte irgendwie erwartet, dass er feminin wirken würde, aber sein Aussehen war durch und durch maskulin. An den Nacktaufnahmen ersah man, dass er sehr fit war. Er hatte einen Waschbrettbauch und stramme Muskeln. Sie stellte fest, dass er unglaublich sexy war.

Die beiden anderen Alben enthielten Bilder von Festen und verschiedenen Reisen. Da ein Teil der Fotos mit Kommentaren versehen war, beschlossen sie, die Alben ins Präsidium mitzunehmen.

Hannu machte eine Bemerkung darüber, dass auch hier kein Adressbuch zu finden sei.

»Wir müssen die Spurensicherung bitten, herzukommen und sich umzusehen. Ich vermute, dass sich die große Badewanne dazu eignet, eine Leiche zu zerstückeln«, meinte Irene.

Im Badezimmer hatten sie keine Spuren gefunden, die auf so etwas schließen ließen, aber es war immer das Beste, methodisch vorzugehen und nichts von vornherein auszuschließen.

In der Kleiderkammer im Schlafzimmer waren nur wenige Kleider. Irene stellte fest, dass Marcus sowohl Winter- als auch Sommersachen mitgenommen zu haben schien. Was merkwürdig war, da er mitten im Winter umgezogen war. Aber vielleicht hatte er ja damit gerechnet, dass er bis zum Sommer bleiben würde. Andererseits war es nicht weit von Kopenhagen nach

Göteborg. Vermutlich hatte er auch Freunde, die er hin und wieder besuchen wollte. Und wenn ihm das nicht wichtig war, musste er sich doch wohl immerhin um sein Büro und seine Wohnung kümmern. Hatte er wirklich nicht vorgehabt, vor dem Sommer wieder nach Göteborg zu fahren? Aber genau das musste er doch getan haben: Er musste nach Hause gefahren sein, nur um sich ermorden und zerstückeln zu lassen.

In der schönen Wohnung schauderte es Irene.

»Es reicht doch wohl, wenn einer von uns mit der Alten redet«, meinte Jonny.

»Okay. Ich übernehm das«, sagte Irene.

Hannu und Jonny hatten in der hohen Kommode, die in der Diele stand, zwei Schlüssel gefunden. An dem einen hing ein Zettel »Keller«, an dem anderen ein Zettel »Speicher«. Jeder nahm einen. Auf dem Treppenabsatz trennten sie sich. Jonny schloss die Tür zum Speicher auf, Hannu ging die Treppe hinunter, und Irene klingelte an der Tür gegenüber. Sie wurde geöffnet, noch ehe der Klingelton ganz verklungen war.

»Haben Sie was gefunden?«, fragte Britta Svensson.

Ihre Stimme klang nicht neugierig, sondern nur besorgt.

»Nichts, was uns einen Anhaltspunkt geben könnte, wo er wohl steckt«, antwortete Irene wahrheitsgemäß.

Sie trat ein. Die Diele sah genauso aus wie in Marcus' Wohnung, die Farben waren jedoch ganz andere. Die bordeauxroten Samttapeten verrieten, dass die letzte Renovierung irgendwann in den Sechzigerjahren stattgefunden hatte. Die Türen waren dunkelbraun lackiert. Britta Svensson führte Irene in ein Wohnzimmer, das ebenso groß war wie das von Marcus Tosscander. Da es sich bei ihr jedoch nicht um eine Eckwohnung handelte, gab es nur ein Fenster, und deswegen war es erheblich dunkler. Dunkle Eichenmöbel und IKEA-Sessel bildeten die Einrichtung. Das Fenster wurde von einer schweren rosengemusterten Cretonnegardine umrahmt. Der Gesamteindruck war düster und überladen.

»Bitte nehmen Sie doch Platz, ich hole nur schnell den Kaffee«, sagte Fräulein Svensson.

Irene hatte keine Einwände, da sie einen Kaffee gut vertragen konnte. Sie ließ sich auf das rosa Sofa sinken. Erst jetzt bemerkte sie, dass die Tassen bereits auf dem Tisch standen. Sie hätte den Kaffee gar nicht ablehnen können.

Die kleine Dame eilte wieder aus der Küche herbei, in der einen Hand eine Glaskanne, in der anderen eine Schale mit Keksen.

»Ich habe leider nichts anderes. Ihr Besuch kommt schließlich etwas unerwartet«, entschuldigte sich Britta Svensson.

Irene nickte verständnisvoll und sog das schwere Kaffeearoma ein. Aus Keksen machte sie sich nicht viel, Hauptsache, sie bekam einen Kaffee.

»Ich wäre froh, wenn Sie mir erst ein paar Routinefragen beantworten könnten, die wir bei solchen Gelegenheiten immer stellen«, begann Irene.

»Aber natürlich. Machen Sie nur.«

»Wie heißen Sie mit vollem Namen?«

»Anna Britta Svensson.«

»Wann sind Sie geboren?«

»Am 19. Oktober 1921.«

Rasch rechnete Irene nach, dass sie fast achtundsiebzig Jahre alt war. Ehe sie noch eine weitere Frage stellen konnte, fuhr Britta Svensson bereits fort:

»Ich bin ein paar Häuser weiter in derselben Straße zur Welt gekommen, aber mein Geburtshaus ist schon vor vielen Jahren abgerissen worden. Damals gab es dieses hier noch gar nicht. Papa war Bäcker, und Mama half manchmal in der Bäckerei aus, in der er arbeitete. Meine Eltern und wir sechs Geschwister wohnten zusammen in einer Zweizimmerwohnung. Von den Geschwistern lebe nur noch ich. Ich war, was man einen Nachzügler nennt.«

»Haben Sie immer hier in der Straße gewohnt?«

»Mein ganzes Leben. In dieser Wohnung lebe ich jetzt schon

seit zweiunddreißig Jahren, denn hier gefällt es mir. Vorher hatte ich am anderen Aufgang viele Jahre eine Einzimmerwohnung.«

»Was für einen Beruf hatten Sie?«

Das hatte zwar nicht das Geringste mit der Ermittlung zu tun, aber Irene war neugierig geworden.

»Ich war Näherin. Die letzten Jahre habe ich bei Gillblads gearbeitet.«

Britta saß kerzengerade in ihrem kleinen cretonnebezogenen Lehnsessel und fixierte Irene mit ihren hellblauen Augen. Langsam strich sie sich eine dicke weiße Strähne aus dem Gesicht und hinters Ohr.

»Aber hier geht es nicht um mich. Wo steckt Marcus?«, sagte sie leise.

»Wenn wir das nur wüssten«, erwiderte Irene ausweichend.

Britta Svensson schien sich zu einer neuen Frage durchringen zu wollen, aber Irene kam ihr rasch zuvor:

»Wie lange war Marcus Ihr Nachbar?«

»Zehneinhalb Jahre. Beim Luciafest im Dezember haben wir auch sein zehnjähriges Jubiläum gefeiert. Er brachte eine Flasche Wein mit, und ich hatte belegte Brote vorbereitet. Wir saßen lange beisammen und haben uns unterhalten. Es war wirklich sehr nett. Bei dieser Gelegenheit hat er mir auch von Kopenhagen erzählt, und ich habe ihm versprochen, in seiner Abwesenheit nach dem Rechten zu sehen.«

»Saßen Sie oft bei einer Flasche Wein zusammen?«

»Manchmal. Er kommt manchmal vorbei, wenn er das Gefühl hat, dass ich einsam bin. Er ist so ein Mensch. Sehr lieb und einfühlsam.«

Britta lächelte leicht, wenn sie über Marcus sprach, ohne es selbst zu merken.

»Ich habe gehört, dass Marcus Neujahr umgezogen ist. Wie oft hat er Sie aus Kopenhagen angerufen?«

»Nicht so oft. Er hatte so viel zu tun. Er bekam die ganze Zeit neue Aufträge und …«

Sie unterbrach sich und presste die Lippen aufeinander. Schließlich sagte sie tonlos:

»Er hat mich zweimal angerufen.«

»Wann war das letzte Mal?«

»Warten Sie.«

Erstaunlich flink stand Britta Svensson auf und verschwand im Schlafzimmer. Nach einer Weile kam sie mit einem kleinen blauen Taschenkalender zurück. Nervös blätterte sie darin herum. Dann sagte sie triumphierend:

»Hier. Am 18. Februar.«

Sie hielt Irene die aufgeschlagene Seite des Kalenders hin. »Anruf Marcus«, stand da. Bei den übrigen Tagen stand nichts.

»Wichtige Sachen schreibe ich mir immer auf.«

»Wissen Sie noch, was er gesagt hat?«

Britta Svensson runzelte die Stirn, weil sie sich konzentrieren musste.

»Er sagte, dass es ihm sehr gut in Kopenhagen gefalle und dass er vielleicht Anfang März nach Hause käme, aber dass er mich vorher anrufen würde. Das hat er aber nicht getan. Er könnte jedoch angerufen haben, als ich im Krankenhaus lag.«

»Wann lagen Sie denn im Krankenhaus?«

»In der Nacht auf den 28. Februar wurde ich eingeliefert und am 5. März wieder entlassen. Eine Darmblutung. Gott sei Dank hat sich herausgestellt, dass es nur ein großer Polyp war, den sie direkt entfernen konnten. Aber eine Menge Blut hatte ich verloren und bekam deswegen Transfusionen. Stellen Sie sich vor, sieben Blutkonserven! Dann machten sie noch eine Menge Untersuchungen mit ...«

»Könnte Marcus in diesen Tagen zu Hause gewesen sein?«, unterbrach Irene brüsk die Krankengeschichte.

»Ja. Da war nämlich eine Sache ...«

Britta verstummte und sah unsicher aus.

»Ich wurde schließlich Sonntagabend eingeliefert. Akut. Davor war ich zu Hause gewesen, und die Blumen von Marcus hatte ich Freitag gegossen. Sobald ich wieder daheim war, ging ich in seine Wohnung, weil ich erwartete, dass seine Blumen welk sein würden, aber das waren sie nicht. Denen fehlte nichts. Als hätte sie jemand gegossen.«

»Hatten Sie den Eindruck, als seien sie gerade erst gegossen worden? War noch Wasser in den Untersetzern? War die Erde noch feucht?«

»Es war schon etwas her, dass sie gegossen worden waren. Vielleicht drei oder vier Tage.«

Das war sehr interessant. Wenn sich beweisen ließe, dass Marcus in der ersten Märzwoche zu Hause gewesen war, dann würde sich der Zeitpunkt seines Todes auch genauer bestimmen lassen. Dann würden sie leichter ermitteln können, wo er gewesen war und mit wem er sich getroffen hatte.

Irene versuchte die nächste Frage sehr vorsichtig zu formulieren: »Wissen Sie, ob Marcus eine Freundin hatte oder mit was für Leuten er sich traf?«

»Marcus war so ein aktiver Mensch. Da gab es keinen Platz für irgendwelche Freundinnen. Er sagte immer, er bräuchte niemanden, er hätte ja mich.«

Was für eine Wirkung hatte dieser Mann auf seine Mitmenschen gehabt? Tom Tanaka und Britta Svensson schienen beide das Gefühl zu haben, dass Marcus gerade sie auserwählt hatte.

»Hatte er viele männliche Bekannte?«

»Ja. Oder vielleicht doch nicht so viele. Manchmal veranstaltete er kleine Feste in seiner Wohnung. Aber nie irgendwelche Gelage! Das waren alles ganz höfliche und adrette Jungen.«

»Kennen Sie irgendeinen von ihnen mit Namen?«

»Nein.«

Irene fielen im Augenblick keine weiteren Fragen ein. Sie stand auf und sagte:

»Dann bedanke ich mich für Ihre Hilfsbereitschaft. Darf ich wiederkommen, falls mir noch etwas einfällt?«

»Das dürfen Sie sehr gerne.«

Die kleine Dame begleitete sie in die Diele. Als die Tür hinter ihr zufiel, hörte Irene, wie hinter ihr abgeschlossen wurde.

Jonny hatte auf dem Speicher einen Karton gefunden. »Zeitschriften und Videos. Schwulenpornos«, sagte er triumphierend.

Hannu hatte weniger Glück gehabt. Im Keller stand nur ein altes Fahrrad. Er war in die Wohnung zurückgegangen und blätterte jetzt in den Alben.

»Schaut mal«, sagte Hannu und deutete auf den Text unter einem Foto.

Auf einer Seite war ganz oben die Einladung zu einer Hochzeit eingeklebt. Es handelte sich um eine Doppelkarte mit zwei Goldringen auf der Außenseite. In der Karte stand:

Marcus Tosscander wird hiermit zur Hochzeit von Anders Gunnarsson und Hans Pahliss am 29.5.1998 um 12.30 Uhr im Rathaus von Göteborg eingeladen. Hochzeitslunch im Fiskekrogen um 13.30 Uhr.

Fest abends bei uns.

Herzlich willkommen!

»Pahliss. Ungewöhnlicher Name. Der müsste sich leicht finden lassen«, sagte Irene.

»Hochzeit. Das sind doch verdammt noch mal zwei Kerle«, sagte Jonny mit deutlichem Abscheu in der Stimme.

Neben der Einladungskarte klebten mehrere Fotos, die offenbar bei der Partnerschaftszeremonie und dem anschließenden Festmahl aufgenommen worden waren.

Die beiden Männer schienen Anfang dreißig zu sein. Der eine war groß und blond, der andere kleiner und dunkelhaarig. Möglicherweise war er etwas älter als sein blonder Partner. Beide trugen einen dunklen Anzug und eine knallrote Fliege. Die Rosen im Knopfloch waren ebenfalls rot. Auf dem ersten Bild schienen sie mit ernster Miene dem Standesbeamten zuzuhören. Hinter dem blonden Mann konnte man das hübsche Gesicht von Marcus ausmachen.

Das nächste Foto war von der Seite aufgenommen. Hier war

Marcus von hinten im Bild. Sein heller Leinenanzug saß perfekt.

Das letzte Foto von der Trauung zeigte das Paar auf der Rathaustreppe. Es wurde von einer Menge Leute mit Reis beworfen. Irene zählte einschließlich Fotografen dreiundvierzig Hochzeitsgäste. In der Menge leuchtete Marcus' heller Anzug.

Die nächsten Bilder waren beim Essen gemacht worden. Fröhliche Menschen prosteten einander zu und lachten. Das frisch gebackene Ehepaar strahlte sich und seine Gäste an. Es sah wie ein gelungenes Fest aus. Irene stellte fest, dass auf den Bildern fast ebenso viele Frauen wie Männer zu sehen waren. Von abends gab es keine Fotos.

»Wir sehen uns die Alben im Büro noch mal genauer an. Und du könntest vielleicht versuchen, Gunnarsson und Pahliss ausfindig zu machen«, sagte Irene.

Letzteres war an Hannu gerichtet. Er nickte.

»Ich glaube, es ist langsam Zeit, Papa Tosscander zu besuchen«, sagte Irene.

Sie stand gegen den Schreibtisch von Kommissar Andersson gelehnt. Jonny saß mit saurer Miene auf dem Besucherstuhl.

»Ich hab mit dem Alten doch schon geredet. Und außerdem habe ich keine Lust, mir die ganzen Schwulenpornos allein anzusehen.«

Mit angewiderter Miene schaute er auf den Karton neben der Tür.

»Niemand zwingt dich, die Zeitschriften auswendig zu lernen, und bei den Videos reicht eine flüchtige Kontrolle«, meinte Irene.

Sie wollte sich nicht eingestehen, dass sie ebenfalls keine Lust hatte, die Videos anzusehen. Deswegen fuhr sie schnell fort:

»Wir müssen nachprüfen, ob Marcus in der ersten Märzwoche wirklich in der Stadt war. Vielleicht hat er seinen Vater ja angerufen. Danach müssen wir ihn fragen. Vielleicht hat er es vergessen oder will sich nicht daran erinnern.«

»Hat Hannu die beiden Männer aus dem Album ausfindig gemacht?«, wollte Kommissar Andersson wissen.

»Nein, aber er sucht weiter. Und er wird sie finden«, sagte Irene zuversichtlich.

»Es ist schon nach fünf. Es wird langsam Zeit, Schluss zu machen«, meinte Jonny.

In diesem Augenblick klingelte das Telefon auf Anderssons Schreibtisch. Er hob den Hörer ab und warf dann sofort einen entsetzten Blick in Irenes Richtung.

»Einen Augenblick. Sie steht neben mir«, sagte er.

Er reichte ihr den Hörer und zischte:

»Da ist ein Däne, der dich sprechen will.«

Erstaunt nahm Irene den Hörer.

»Hier Irene Huss.«

»Jens Metz. Wir haben Isabell Lind gefunden. Tot.«

Irene bekam keinen Ton heraus. Ihre Kollegen sahen erstaunt, wie sie bleich wurde und sich am Schreibtisch abstützen musste.

»Hallo! Sind Sie noch dran?«, war die Stimme von Jens Metz zu vernehmen.

Mit größter Selbstüberwindung gelang es Irene zu antworten:

»Ich bin noch dran.«

»Gut. Sie wurde ermordet im Hotel Aurora aufgefunden. Das Obergeschoss ist für Gäste gesperrt, weil dort gerade renoviert wird. Die Maler haben sie in einem der Zimmer entdeckt. Es gibt Spuren, die auf unseren Mörder hindeuten.«

Irene merkte plötzlich erstaunt, wie ihre Knie anfingen zu zittern. Sie stützte sich schwer am Schreibtisch des Kommissars ab, und schließlich schaffte sie es, sich auf die Kante zu setzen. Sie hatte das Gefühl, als würden ihre Beine sie nicht mehr tragen.

»Wurde sie ... zerstückelt?«, gelang es ihr endlich zu fragen.

»Nein. Aber die Vorgehensweise beim Mord trägt die Signatur unseres Täters. Sie wurde auf dieselbe Weise erdrosselt und misshandelt wie Carmen Østergaard und der Bursche, den Sie gefunden haben. Der Bauch ist aufgeschlitzt, aber von den Eingeweiden fehlt laut Svend Blokk nichts. Blokk ist für die Obduktion verantwortlich.«

»Meine Güte!«, war das Einzige, was Irene über die Lippen brachte.

»Wir wollen, dass Sie wieder herkommen. Sie wissen mehr als wir über die Ermordete und über die Ermittlungen in Göteborg. Außerdem wollte ich Sie noch um einen Gefallen bitten.«

»Welchen?«

»Dass Sie die Eltern benachrichtigen. Es wäre vermutlich nicht so gut, wenn wir die Nachricht telefonisch durchgeben.«

Irene sah ein, dass er Recht hatte, aber alles in ihr sträubte sich dagegen. Sie wollte sich der Verzweiflung von Monika Lind nicht stellen. Aber sie wusste, dass kein Weg daran vorbeiführte.

»Okay. Ich mach das. Aber ich muss erst noch mit meinem Chef reden, ob es in Ordnung geht, dass ich wieder nach Kopenhagen fahre.«

Ein Blick in Anderssons Gesicht verriet ihr, dass ihr Chef seinerseits einiges hatte, worüber er mit ihr reden wollte. Sein Gesicht war Unheil verkündend gerötet und seine Miene sehr grimmig.

Als sie aufgelegt hatte, explodierte er.

»Was zum Teufel ist jetzt schon wieder los!?«

Irene musste die ganze Geschichte von Isabell Lind erzählen, angefangen beim ersten Anruf von Monika. Sie holte den Touristenführer von Kopenhagen aus ihrem Büro und zeigte das Bild der Mädchen her, die bei den Scandinavian Models arbeiteten.

Sven Andersson schaute Irene grimmig an, ehe er das Wort ergriff:

»Und du hast dieses Bild also nur den drei Polizisten, mit denen du wegen des Mordes zu tun hattest, gezeigt?«

Für den Bruchteil einer Sekunde sah Irene Tom Tanaka vor sich, aber sie entschied sich intuitiv, ihn da rauszuhalten.

»Ja«, sagte sie, ohne Anderssons durchdringendem Blick auszuweichen.

Der Kommissar sah ihr lange in die Augen. Vielleicht spürte er, dass sie etwas zurückhielt.

»Okay. Morgen fährst du nach Kopenhagen. Aber Hannu nimmst du mit.«

»Geht nicht«, sagte Hannu.

»Ach was. Ihr braucht schließlich nicht das gesamte Pfingstwochenende dort zu bleiben«, meinte Andersson.

»Ich heirate aber morgen.«

Die anderen starrten ihn an, als hätte er gerade zugegeben, selbst der Mörder zu sein, und ihnen anschließend genau referiert, wie er vorgegangen war.

Irene erholte sich als Erste.

»Oh. Ich meine… gratuliere.«

»Danke.«

»Wen willst du um Gottes willen heiraten?«, wollte Andersson wissen.

»Birgitta.«

Natürlich. Endlich begannen Irenes graue Zellen wieder zu arbeiten. Schließlich hatte sie Hannu dabei beobachtet, wie er in Birgittas Auto gestiegen war. Aber dass sie bereits so weit waren zu heiraten, übertraf ihre wildesten Erwartungen.

Andersson schnappte nach Luft und versuchte ein paar Mal tief durchzuatmen. Als es ihm gelungen war, wieder ein wenig Sauerstoff in seinen Blutkreislauf zu pumpen, rief er:

»Birgitta Moberg von unserem Dezernat? Seid ihr verrückt geworden? Ein Ehepaar kann doch nicht im selben Team arbeiten!«

Hannu begegnete dem Ausbruch seines Chefs gelassen.

»Es ist ja auch nur noch für ein halbes Jahr. Dann ist sie im Mutterschutz, und danach sehen wir weiter.«

Das Schweigen war wie eine solide Masse. Irene war froh, dass sie bereits saß.

Andersson sah aus, als würden ihm gleich die Augen aus dem

Kopf fallen. Irene machte sich Sorgen um seinen Blutdruck, da sie wusste, dass er gelegentlich vergaß, seine Medikamente zu nehmen.

»Soso. Eine schöne Bescherung, muss ich sagen! Alle meine Inspektoren haben vor mir Geheimnisse. Irene betreibt in Kopenhagen private Nachforschungen, und Hannu und Birgitta wollen heiraten …«

Er machte eine kurze Pause, ehe er fortfuhr:

»… obwohl das wohl nichts mit der Arbeit zu tun hat, abgesehen davon, dass es Auswirkungen auf die Arbeit haben muss, wenn zwei Inspektoren ein Verhältnis haben. So was ist unter jeder Kritik!«

»Hast du an meiner und an Birgittas Arbeit irgendwas auszusetzen?«, fragte ihn Hannu.

In seiner Stimme lag eine gewisse Schärfe. Andersson bemerkte es ebenfalls und antwortete nicht, sondern sah den anderen nur säuerlich an. Nach einer Weile drehte er sich in seinem Bürostuhl zu Jonny um und sagte:

»Und? Was für ein Geheimnis hast du?«

Jonny sah aus, als sei er vollkommen durcheinander.

»Überhaupt keins. Ich wüsste jedenfalls nicht, was für eins. Nichts«, antwortete er stotternd.

Nein, dafür bist du auch zu phantasielos, dachte Irene.

»Gut. Dann fährst eben du morgen früh mit Irene nach Kopenhagen. Schließlich können wir sie nicht allein irgendwohin lassen, denn dann sterben die Leute wie die Fliegen!«

Das war kindisch und ungerecht von Andersson, fand Irene. Aber sie konnte verstehen, dass er ganz schön aus dem Gleichgewicht war.

»Ich kann aber morgen auch nicht. Du erinnerst dich vielleicht, dass ich mir für morgen freigenommen habe. Wir wollen nach Stockholm. Die Nichte meiner Frau heiratet am Pfingstsamstag. Eine große Hochzeit mit hundert Gästen und …«

»Jetzt reicht's!«, brüllte Andersson, beherrschte sich dann aber.

Er suchte seinen Terminkalender hervor und blätterte mit dem Zeigefinger bis zum Pfingstwochenende. Mit gerunzelter Stirn sah er aufs Datum. Schließlich sah er so aus, als hätte er einen Entschluss gefasst.

»Okay. Dann fährst du halt erst Pfingstmontag mit Irene nach Kopenhagen. Am Dienstagmorgen seid ihr zur Stelle, um unseren dänischen Kollegen beizustehen.«

»Aber wir wollten doch erst am Pfingstmontag…«

»Ist mir scheißegal! Ihr könnt nach Hause torkeln, wann ihr wollt! Aber Dienstagmorgen bist du in Kopenhagen!«

Die Begegnung mit Monika Lind war so traumatisch, wie Irene befürchtet hatte. Monika hatte es Irene vermutlich schon angesehen, dass sie schlechte Neuigkeiten hatte. Vielleicht war es auch nur der Umstand, dass sie persönlich kam, der darauf schließen ließ, dass was Schlimmes passiert war.

Irene erzählte, ohne auf Details einzugehen. Es war für Monika schon furchtbar genug, einsehen zu müssen, dass ihre Tochter ermordet worden war.

Abschließend sagte Irene:

»Die Informationen, die wir haben, sind bisher spärlich. Am Montag fahre ich aber mit einem Kollegen nach Kopenhagen und versuche, mehr herauszufinden.«

Monikas Mann war zu Hause und konnte Irene helfen, Monika zu trösten. Leider war die fünfjährige Tochter Elin ebenfalls zugegen. Mit großen Augen sah sie, wie ihre Mama weinte. Ziemlich bald begann sie ebenfalls zu heulen, hauptsächlich weil Mama so traurig war.

Ehe Irene Familie Lind verließ, rief sie noch die Seelsorgerin der Gemeinde an. Sie hieß Eva Persson, und ihre Stimme klang jung. Ohne zu zögern versprach sie, sofort zu kommen.

Nach einer Viertelstunde klingelte es an der Tür. Irene öffnete und ließ eine große blonde Frau mit Levi's und weißem Stehkragen ins Haus. Sie entschuldigte sich für ihre saloppe Kleidung, aber sie habe alles stehen und liegen gelassen und sei einfach losgefahren. Mit leiser Stimme berichtete ihr Irene, was vorgefallen war.

Auf dem Weg nach Hause schien sich in Irene ein Abgrund aufzutun. Die Trauer und Verzweiflung, die sie ausgelöst hatte. Nicht direkt, sondern indirekt. Niemand würde ihr je an Isabells Tod die Schuld geben, außer sie selbst. Wenn sie nicht in Kopenhagen herumgelaufen wäre und nach Isabell gefragt hätte, während sie einen grauenvollen Mörder gejagt hatte, dann wäre Isabell jetzt noch am Leben. Wie hatte der Mörder nur von ihren privaten Nachforschungen erfahren? Nur ihre drei dänischen Kollegen hatten davon gewusst. War sie ihm so dicht auf den Fersen gewesen, dass er in Panik geraten war?

Arme Isabell. Wie hatten wohl ihre letzten Augenblicke im Leben ausgesehen? Der Gedanke daran quälte Irene. Es grenzte an ein Wunder, dass sie unbeschadet nach Hause kam.

Während der Fahrt beschloss sie, den Zwillingen und Krister reinen Wein einzuschenken. Bald würde es ohnehin in den Zeitungen stehen.

Es war kurz nach zehn, als sie den Schlüssel in die Haustür steckte. Der himmlische Duft von Janssons Frestelse, Kartoffelauflauf mit Anchovis, schlug ihr entgegen, als sie die Tür öffnete. Sammie stürmte ihr entgegen und begrüßte sie. Der Rest der Familie saß in der Küche.

»Hallo. Das riecht aber gut«, sagte sie.

Erstaunt merkte sie, dass sie Hunger hatte. Seit dem Mittag hatte sie nichts mehr gegessen. Dann erst sah sie die ernsten Gesichter der Zwillinge und das von Krister.

»Wir wissen, was passiert ist«, sagte das von Krister.

»Wer hat…? Wie habt ihr davon erfahren?«

»Jonny Blom hat angerufen und wollte mit dir sprechen. Er wollte mit dir für Pfingstmontag einen Zeitpunkt ausmachen, an dem ihr euch trefft, um nach Kopenhagen zu fahren. Als ich ihn fragte, warum, sagte er, dass ihr bei den Ermittlungen im

Mordfall Isabell Lind mitwirken sollt. Da war mir dann klar, was du in Vänersborg zu tun hattest. Du hast mit Monika geredet.«

Irenes Augen füllten sich mit Tränen. Sie konnte nur nicken. Krister stand auf und nahm sie in die Arme. So hielt er sie eine ganze Weile. Vorsichtig machte sie sich schließlich aus seinen Armen los und holte sich ein großes Stück Küchenrolle. Sie trocknete sich die Tränen und putzte sich die Nase. Durch den Tränenschleier sah sie die bleichen und ernsten Gesichter ihrer Töchter.

»Ich will versuchen, genau zu erzählen, was sich zugetragen hat. Aber es ist eine lange Geschichte«, sagte sie.

KAPITEL 9

Janssons Frestelse sollte man keinesfalls direkt vor dem Zubettgehen essen. Besonders dann nicht, wenn man bereits andere Sorgen hat, die den Nachtschlaf beeinflussen können. Irene lag wach und quälte sich bis in die frühen Morgenstunden mit angsterfüllten Gedanken und Janssons Frestelse herum. Als es dämmerte, fiel sie in einen unruhigen Schlummer.

Punkt halb sieben summte der Wecker. Irene hatte das Gefühl, die Nacht in einem Wäschetrockner verbracht zu haben. Ihre Glieder waren steif, sie kam kaum aus dem Bett.

Entschlossen ging sie nach unten in die Waschküche und zog sich ihren Jogginganzug an. Die Joggingschuhe schnürte sie auf dem Weg nach draußen zu.

Die Morgenkühle lag noch in der Luft. Der Himmel war von dünnen grauen Wolkenschleiern bedeckt, die aussahen, als würde der Wind sie im Verlauf des Tages fortblasen. Sie lief ziemlich schnell los, um den Puls rasch auf Touren zu bringen. Wie immer nahm sie die Strecke zur Marina von Fiskebäck und dann die kleinen Straßen Richtung Långedrag. Heute musste die kurze Runde von fünf Kilometern genügen. Da sie beim Kommissar in Ungnade gefallen war, war es besser, wenn sie zur morgendlichen Besprechung nicht zu spät kam.

Die anderen hatten sich bereits gesetzt, als Irene ins Zimmer eilte. Zur Entschuldigung murmelte sie, dass der Wagen nicht angesprungen sei. Alle kannten Irenes bald dreizehn Jahre alten

Saab, es wäre also niemandem eingefallen, ihre Aussage in Frage zu stellen.

»Jetzt, wo wir alle hier sind, können wir anfangen. Jonny hat Urlaub, aber er hat schon alles erfahren, ehe er aufgebrochen ist. Wahrscheinlich haben also nur Tommy und Fredrik die große Neuigkeit noch nicht vernommen.«

Andersson machte eine Kunstpause.

»Birgitta und Hannu heiraten morgen.«

An Fredriks und Tommys Miene ließ sich deutlich ablesen, dass das beiden neu war. Ehe sie ihre Fassung wieder gewinnen konnten, fuhr der Kommissar schon fort:

»Die Kopenhagener haben von sich hören lassen. Eine junge schwedische Prostituierte ist ermordet aufgefunden worden. Offenbar weist die Tat die Handschrift unseres Mörders auf. Das Opfer ist jedoch nicht zerstückelt worden. Oder nur ansatzweise. Jedenfalls fahren Irene und Jonny am Montag nach Kopenhagen und versuchen, Näheres in Erfahrung zu bringen. Heute machen Hannu und Irene damit weiter, diejenigen zu vernehmen, die im Umfeld der Mordsache Marcus Tosscander aufgetaucht sind. Nach den Feiertagen geben wir der Presse seinen Namen bekannt.«

Hannu bat um das Wort:

»Ich habe Hans Pahliss und Anders Gunnarsson ausfindig gemacht. Sie wohnen in Alingsås.«

»Versuch sie zu erreichen. Fredrik und Birgitta, wie kommt ihr mit Robert Larsson weiter?«

Fredrik hatte sich noch nicht ganz von der großen Neuigkeit erholt, und deswegen trug Birgitta die bisherigen Ergebnisse vor.

»Er versucht offensichtlich, Geld zu waschen. Wir lassen die Wonder Bar jetzt seit drei Tagen überwachen. Wenn die Angaben, die Robert Larsson der Steuerbehörde gegenüber gemacht hat, stimmen, dann hat der Club am Tag im Schnitt zweihundert Gäste. So viele können es aber gar nicht sein. Wir kamen auf einen Schnitt von 63. Wir sehen uns das noch ein paar Tage an und holen ihn dann wieder zur Vernehmung.«

»Sprecht erst mit dem Staatsanwalt«, riet ihnen Andersson.

»Machen wir.«

»Wie steht es mit Jack the Ripper?«, fragte Andersson dann Tommy.

»Immer noch nichts Neues. Wir wollen heute sein letztes Opfer ein weiteres Mal vernehmen. Sie war zu aufgewühlt, als ich das erste Mal mit ihr gesprochen habe. Ein dummes Gefühl, dass wir keine Tipps von der Öffentlichkeit bekommen. Vorgestern standen große Artikel sowohl in der GP als auch in der GT, aber niemand hat von sich hören lassen. Und jetzt geht es schon wieder aufs Wochenende zu.«

»Er schlägt nur am Wochenende zu und nur in der Innenstadt. Hauptsächlich in der Gegend der Vasagatan«, stellte Andersson fest.

»Lässt das auf irgendwas schließen?«, warf Irene ein.

Tommy nickte, zuckte aber gleichzeitig mit den Achseln. Das konnte sowohl ja als auch vielleicht bedeuten.

Hannu und Irene gingen in Irenes Büro, um ihr weiteres Vorgehen zu besprechen. »Was meinst du, soll ich heute Vormittag zu Papa Tosscander fahren, und du versuchst Pahliss und Gunnarsson zu erreichen?«, schlug Irene vor.

»Klingt gut. Dann können wir uns heute Nachmittag mit ihnen unterhalten.«

Irene rief bei Emanuel Tosscander an. Im Telefonbuch stand hinter seinem Namen immer noch »Oberarzt«.

Laut Jonny war er bereits seit einigen Jahren in Pension.

»Tosscander«, meldete sich eine tiefe Männerstimme.

Hätte Irene nicht gewusst, was für einen Beruf er gehabt hatte, hätte sie auf einen höheren Dienstgrad beim Militär getippt.

»Guten Morgen. Mein Name ist Irene Huss. Ich bin Kriminalinspektorin …«

»Ich habe bereits mit der Polizei gesprochen. Marcus ist in Kopenhagen. Sie müssen ihn dort suchen.«

Die Stimme war eiskalt und abweisend.

»Wir haben gute Gründe anzunehmen, dass Marcus Opfer eines Verbrechens geworden ist«, erwiderte Irene ruhig.

Für den Bruchteil einer Sekunde wurde es am anderen Ende still, dann kam es wie aus der Pistole geschossen:

»Was für ein Verbrechen?«

»Darüber will ich eben mit Ihnen sprechen. Ich bin in einer halben Stunde bei Ihnen. Auf Wiedersehen.«

Ehe Tosscander noch protestieren konnte, hatte Irene bereits aufgelegt. Auf dem Weg zu ihrem Wagen stärkte sie sich noch mit einer Tasse Kaffee.

Das große Haus aus braunen Ziegeln lag einen Normalschlag mit einem Fünfereisen von der Hovås Golfbahn entfernt. Die Hecke aus Maulbeerbäumen, die das Haus umgab, war mehrere Meter hoch. Vom Weg aus war nur das flache Dach zu sehen. Irene bog in die Öffnung der Hecke ein und fuhr durch die Schlaglöcher der vernachlässigten Garagenauffahrt. Der Garten und das Haus verfielen.

Die Haustür wurde geöffnet, noch ehe sie die Hand nach dem schweren Bronzeklopfer in Form eines Löwenkopfs ausstrecken konnte.

»Irene Huss von der Kriminalpolizei.«

Irene streckte die Hand aus. Emanuel Tosscander schenkte ihr einen kurzen und festen Händedruck.

Er war ebenso groß wie Irene, schlank und durchtrainiert. Das Haar war dicht und silberweiß. Marcus hatte seine schönen Augen vom Vater geerbt. Das Gesicht war stark sonnengebräunt und erstaunlich faltenlos. Emanuel Tosscander war ein sehr gut aussehender Mann.

»Oberar… Emanuel Tosscander«, erwiderte er.

Er trat zur Seite und machte eine halbherzige Handbewegung, dass sie eintreten dürfe.

Die Diele mit Klinkerfußboden und moosgrünen Textiltapeten war dunkel. Irene folgte Tosscanders aufrechtem Rücken durch die Diele in ein riesiges Wohnzimmer. Große Panoramafenster bildeten die eine Längswand. Der Sonne gelang es nicht, die üppige Vegetation des Gartens zu durchdringen. Der große Raum lag im Dämmerlicht. Die Sitzgruppe war groß und wuchtig, aus dunklem Holz, und hatte dunkelbraune Lederpolster. Den Boden bedeckten riesige echte Teppiche in gedämpften rotbraunen Farbtönen. Nicht einmal die Gemälde an den Wänden konnten die Stimmung aufhellen. Es handelte sich um karge Landschaften und Porträts. Keine einzige Topfpflanze stand auf den Fensterbänken.

»Bitte setzen Sie sich«, sagte Tosscander fast mechanisch.

Selbst blieb er stehen. Irene ließ sich in einen unbequemen, steinharten Ledersessel sinken.

»Danke. Ich wäre froh, wenn Sie sich ebenfalls setzen könnten«, sagte Irene.

Erst hatte es den Anschein, als wolle er protestieren, aber etwas in Irenes Stimme ließ ihn gehorchen. Er setzte sich auf die äußere Kante des Sofas und beobachtete sie kalt und abwartend. Hinter der frostigen Fassade konnte Irene eine leichte Unruhe spüren.

Sie konnte ihn genauso gut gleich darüber informieren, was Marcus zugestoßen war, da es ohnehin in ein paar Tagen in den Zeitungen stehen würde. Deswegen machte Irene keine weiteren Umschweife:

»Es ist sehr freundlich von Ihnen, mich zu empfangen. Ich muss Ihnen von einer sehr ernsten Angelegenheit Mitteilung machen. Aber erst möchte ich Ihnen noch eine Frage stellen. Hat Marcus in der ersten Märzwoche mit Ihnen Kontakt aufgenommen?«

»Nein.«

»Sind Sie sich da ganz sicher?«

»Ja.«

»Wann haben Sie zuletzt miteinander gesprochen?«

»Das geht Sie nichts an!«

»Doch. Wir sind mit der Ermittlung eines Verbrechens beschäftigt.«

»Was für ein Verbrechen?«

»Mord.«

Irene sah ihm gerade in die Augen. Er war es, der als Erster auswich. Lange schaute er in seinen verwilderten Garten, ehe er sich ihr wieder zuwandte.

»Wir haben seit Anfang Dezember nicht mehr miteinander gesprochen.«

»Wieso das?«

»Wir… bekamen Streit.«

»Weswegen?«

»Das geht Sie aber jetzt wirklich nichts an!«

»Doch. Ich möchte Sie noch einmal daran erinnern, dass wir es hier mit einem Mordfall zu tun haben.«

»Und wer wurde ermordet?«

»Es tut mir Leid. Marcus.«

Langsam verschwand alle Farbe aus seinen ebenmäßigen Gesichtszügen. Seine gleichmäßige Sonnenbräune bekam auf einmal einen Stich ins Kränkliche, Gelbliche. Emanuel Tosscander alterte vor Irenes Augen in zehn Sekunden um zehn Jahre. Er ließ sich ins Sofa zurücksinken, ohne sie aus den Augen zu lassen. Schließlich stieß er flüsternd hervor:

»Das… kann nicht… wahr sein.«

»Leider ist es so. Marcus ließ sich in Kopenhagen eine sehr ungewöhnliche Tätowierung machen. Die Leiche, die wir vor ein paar Wochen bei Killevik gefunden haben, hatte dieselbe. Es gibt auch andere Dinge, die passen.«

»Nein! Nicht zerstückelt!«

Das Entsetzen, das in seiner Stimme zu hören war, stand ihm deutlich ins Gesicht geschrieben. Langsam setzte er sich auf. Mit fast normaler Stimme sagte er dann:

»Wird Marcus' Name in der Zeitung veröffentlicht?«

»Ja. Das müssen wir, um weitere Zeugenaussagen zu bekommen.«

»Mein Name…! Was sollen die Leute hier draußen denken? Ich verbiete, dass sein Name in den Zeitungen gedruckt wird!«

Außer sich stand er auf und richtete einen anklagenden Finger auf Irene. Sie merkte, wie sie wütend wurde. Scharf sagte sie:

»Setzen!«

Das Kommando funktionierte bei Sammie, und bei dem überrumpelten Tosscander funktionierte es jetzt auch.

»Marcus ist wahrscheinlich in der ersten Märzwoche nach Hause gekommen. Da ist er auch seinem Mörder begegnet. Wir haben allen Grund zur Annahme, dass es nicht sein erster Mord ist. Es besteht die Gefahr, dass er weitere Morde verübt. Deswegen müssen wir ihn finden. Es sollte auch in Ihrem Interesse sein, dass wir den Mörder Ihres Sohnes fassen.«

Tosscander sah aus, als habe er eine Ohrfeige bekommen.

»Weswegen haben Sie sich zerstritten?«, wiederholte Irene ihre Frage.

Er antwortete nicht.

»Ich vermute, dass er Ihnen erzählt hat, dass er homosexuell ist. War es das?«

Die gelbliche Färbung in Tosscanders Gesicht wich einer Rötung, die sich vom Hals her nach oben ausbreitete.

»Das ist nicht wahr! Das war eine fixe Idee von ihm. Ich weiß nicht, wie viele Freundinnen er über die Jahre mit nach Hause gebracht hat! Er ist nicht homosexuell!«

»Wie viele Freundinnen hat er denn mit nach Hause gebracht?«

»Was die Frauen betrifft … ich erinnere mich nicht.«

»Versuchen Sie nachzurechnen.«

Tosscander sah Irene finster an, erweckte aber den Anschein, als würde er wirklich nachdenken. Schließlich sagte er:

»Vier oder fünf.«

»Vier oder fünf Freundinnen in dreißig Jahren. Können Sie sich noch an die Namen erinnern?«

»Nein. Nur an eine. Die anderen habe ich nur ein- oder zweimal getroffen. Mit Angelica Sandberg hier aus der Nachbarschaft war er aber mehrere Jahre zusammen.«

»Wann war das?«

»Tja ... das ist jetzt wohl schon zehn Jahre her. Sie ist inzwischen verheiratet und wohnt in den USA.«

»Aber ihre Eltern leben immer noch hier?«

»Ja.«

Irene notierte sich den Namen auf ihrem Block. Es konnte nicht schaden, mit Angelica zu sprechen.

»Seine männlichen Freunde hat er nie mit hierher gebracht?«

Tosscander erstarrte. Beherrscht sagte er:

»Nein. Nicht in den letzten Jahren. Als er jünger war, kam es wohl vor ... aber nicht, seit er von zu Hause ausgezogen ist.«

»Kam er immer allein, wenn er Sie besuchte?«

»Ja.«

»Über einen Freund hat er nie mit Ihnen gesprochen?«

»Nein.«

»Irgendein Name ist nie aufgetaucht?«

»Nein.«

Zusammengesunken saß Tosscander auf dem Sofa und erweckte den Anschein, als habe er den Kampf aufgegeben. Offenbar wich er der Wahrheit jetzt nicht mehr aus.

»Herr Tosscander. Ich muss Ihnen einige Routinefragen stellen. Geht das?«

Er nickte schwach.

»Wie alt sind Sie?«

»Neunundsechzig.«

Das hätte Irene nie gedacht. Er sah bedeutend jünger aus.

»Wo waren Sie Oberarzt, ehe Sie pensioniert wurden?«

»Auf der HNO-Abteilung des Sahlgrenska-Krankenhauses.«

Ein Facharzt für HNO kannte sich vermutlich nicht sonderlich gut mit Obduktionstechniken aus.

»Hat Marcus irgendwelche Geschwister oder Halbgeschwister?«

»Nein.«

»Ich weiß, dass Ihre Frau verstorben ist ...«

»Vor zehn Jahren. Brustkrebs.«

Plötzlich stand er auf und sah Irene scharf an.

»Ich bin froh, dass sie tot ist und diese … Schande nicht mehr erleben muss!«

So erlebte er den Tod seines einzigen Sohnes. Als Schande für sich selbst.

Der Besuch bei Emanuel Tosscander deprimierte Irene. Da Hovås nicht sonderlich weit von Fiskebäck entfernt war, beschloss sie zum Mittagessen nach Hause zu fahren.

Es war ein ungewohntes Gefühl, mitten am Tag in ein leeres Haus zu kommen. Der Briefkasten quoll über: Reklame. Fast hätte sie die Ansichtskarte auch weggeworfen. Ehe sie den ganzen Packen in die Tüte mit dem Altpapier fallen ließ, sah sie jedoch die Preisliste von Hemglass, des beliebten Heimservice für Eis, und entdeckte auch die bunte Ansichtskarte. Neugierig nahm sie sie mit ins Haus. Sie war erstaunt, als sie erkannte, was auf ihr abgebildet war: das weltbekannte Bild der Kleinen Meerjungfrau mit der glitzernden blauen Wasserfläche dahinter. Der Text war mit schwarzem Filzstift geschrieben, Irenes Name und Adresse ebenfalls. Hausnummer und Postleitzahl waren korrekt.

The little mermaid is dead.

Das war alles. Die Karte war vor zwei Tagen in Kopenhagen abgestempelt worden. Hastig ließ Irene sie auf den Tisch fallen. Briefträger und Postsortierer hatten sicher ihre Fingerabdrücke hinterlassen, aber vielleicht war trotzdem noch ein brauchbarer übrig. Was sollte das bedeuten? War das eine Warnung oder eine Drohung? »The little mermaid« musste sich auf Isabell Lind beziehen.

Wer hatte ihr die Karte geschickt? Die Antwort war sonnenklar: Isabells Mörder. Niemand anders konnte an einer solchen Mitteilung Interesse haben.

Aber warum? Es waren schließlich noch andere an dieser Ermittlung beteiligt, sowohl hier als auch in Kopenhagen. Aus irgendeinem Grund schien der Mörder sie ausgesucht zu haben.

Sie ging einen Umschlag holen und schob die Karte vorsichtig hinein.

Plötzlich kam ihr ein Gedanke. Die Mitteilung war auf Englisch. Konnte es sein, dass Tom Tanaka versuchte, mit ihr Kontakt aufzunehmen? Das wirkte zwar gesucht, aber sie beschloss, dem lieber nachzugehen. Als sie sich die Handschrift ansah, fand sie jedoch, dass sie nicht die geringste Ähnlichkeit mit Toms zierlicher Schrift aufwies, die sie auf der Mitteilung gesehen hatte, die er ihr im Hotel Alex hatte zukommen lassen. Auf der Postkarte waren kräftige Druckbuchstaben.

Sie holte ihr Handy und wählte Toms Nummer. Er antwortete fast sofort.

»Hallo, Tom. Hier ist Irene Huss.«

»Hallo. Ich vermute, dass Sie wegen dieser Isabell anrufen.«

»Ja. Aber erst muss ich Sie noch etwas fragen. Haben Sie mir eine Ansichtskarte geschickt?«

»Wirklich nicht. Ich verschicke nie Ansichtskarten.«

»Das dachte ich mir, aber überprüfen musste ich es trotzdem. Ich habe eine Ansichtskarte aus Kopenhagen bekommen mit … mit der Kleinen Meerjungfrau. Auf der Rückseite steht: ›Die Kleine Meerjungfrau ist tot‹. Sonst nichts. Ich weiß nicht, wie ich diese Karte deuten soll.«

Tom schwieg lange. Sie konnte seine keuchenden Atemzüge hören. Schließlich sagte er:

»Das ist eine Warnung. Der Mörder weiß genau, wo Sie sind. Ehrlich gesagt glaube ich, dass der Mord an Isabell ebenfalls eine Warnung an Sie war.«

»Weiß die Polizei, dass Sie sich im Hotel Aurora nach Isabell erkundigt haben?«

»Nein. Nachdem die Leiche gefunden worden war, kam mein Freund vollkommen hysterisch bei mir vorbei. Aber es gelang mir, ihn zu beruhigen. Wir hatten Glück, denn unmittelbar nach meinem Anruf hat sich noch ein Mädchen im Hotel telefonisch nach Isabell erkundigt. Die Polizei weiß nur, dass eines der Mädchen von der Escort Agency im Hotel angerufen hat, weil Isabell von einem Treffen mit einem Kunden nicht zurückgekommen ist.«

»Ich glaube, dass es wichtig ist, dass die Polizei in Kopenhagen nichts von Ihrer Rolle erfährt, was Marcus angeht. Ich habe Ihre Identität auch meinen schwedischen Kollegen gegenüber nicht preisgegeben.«

»Gut.«

»Niemand scheint zu ahnen… wie nahe Sie sich standen, Sie und Marcus.«

»Nein. Wir waren sehr diskret.«

»Und Sie haben wirklich niemandem davon erzählt?«

»Nein. Nur Ihnen.«

»Montagabend komme ich nach Kopenhagen. Ich habe im Hotel Alex wieder ein Zimmer bestellt. Leider begleitet mich ein Kollege. Das bedeutet, dass ich mich nicht so frei bewegen kann wie beim letzten Mal.«

»Ich verstehe.«

»Bis dann.«

»Passen Sie auf sich auf! Ciao.«

Nach dem Gespräch überkam Irene eine vage Unruhe. Bestand die Gefahr, dass auch Tom bedroht war? Auszuschließen war es nicht.

Der Chef der Spurensicherung Svante Malm nahm die beiden Schriftstücke entgegen und versprach so schnell wie möglich einen graphologischen Vergleich anzustellen und nach Fingerabdrücken zu suchen.

Oben in seinem Büro wartete Hannu auf sie. Irene erzählte ihm von der Ansichtskarte. Hannu schwieg lange und sagte dann:

»Willst du wirklich nach Kopenhagen fahren?«

»Meinst du, es ist gefährlich?«

»Vielleicht.«

»Er kennt meine Adresse, also kann er mich auch hier erwischen, wenn er will. Soweit wir wissen, kann sich unser Mörder genauso gut in Göteborg wie in Kopenhagen aufhalten.«

Sie holte tief Luft und fragte dann:

»Was hast du über Pahliss und Gunnarsson herausgefunden?«

»Hans Pahliss ist Arzt. Arbeitet in der Forschung. Als Virologe. Im Augenblick ist er in Frankreich auf irgendeiner Konferenz. Anders Gunnarsson habe ich jedoch erreicht. Ein Zahnarzt. Er hat nichts dagegen, uns zu treffen. Er betreibt eine Praxis am Vasaplatsen. Freitags hört er früher auf. Um drei hat er Zeit für uns.«

»Perfekt. Da können wir vorher Kaffee trinken.«

Es herrschte bereits dichter Verkehr. Seit Einführung der flexiblen Arbeitszeit begann für viele bereits freitags nach dem Mittagessen die Freiheit.

Irene fand einen freien Parkplatz auf der Storgatan.

»Das sollten wir als gutes Omen nehmen. Das können wir brauchen, so chaotisch, wie die Ermittlung ist«, meinte Irene seufzend.

Ohne Probleme fanden sie das Haus, in dem Anders Gunnarsson seine Praxis hatte. Offenbar teilte er sie sich mit zwei Kollegen. Da auf dem glänzenden Messingschild »Rut und Henry Raadmo« stand, konnte man davon ausgehen, dass es sich um ein Ehepaar handelte.

Irene klingelte. Sofort knackte es in der Gegensprechanlage, und eine Männerstimme war zu vernehmen:

»Zu wem wollen Sie bitte?«

»Zu Doktor Anders Gunnarsson. Wir haben um drei Uhr einen Termin«, antwortete Hannu.

»Kommen Sie rein. Zweiter Stock.«

Der Türöffner summte, und Hannu drückte gegen die schwere Tür. Eine kleine Treppe aus rotem Marmor führte in eine Eingangshalle. Dort konnte, wer mutig genug war, in einen klapprigen Aufzug steigen, der fast schon antik zu nennen war. Da Irene und Hannu nicht riskieren wollten, den Rest des Nachmittags in einem Fahrstuhl zu verbringen, nahmen sie die Treppe.

Anders Gunnarsson hatte die Tür der Praxis geöffnet und wartete bereits auf sie. Irene erkannte ihn vom Foto als den langen Blonden wieder. Sein Haar war länger als auf den Bildern. Er streckte ihnen die Hand entgegen und lächelte ein blendendes Lächeln. Sein Händedruck war fest. Anschließend führte er sie in die Praxis.

Sie gingen durch ein kahles Wartezimmer in Hellgrau und Altrosa, von dem Irene sofort annahm, dass Marcus Tosscander es gestaltet hatte. Als sie in den Aufenthaltsraum für das Personal kamen, wurde aus dem Verdacht Gewissheit. Eine Kochnische stahlglänzend und schwarz, Fußboden aus geschliffenen Kirschbaumholzdielen und eine Essecke im selben Stil wie die von Tom Tanaka. Alles wirkte neu und unbenutzt. Die gesamte Praxis wirkte frisch renoviert.

»Setzen Sie sich bitte. Ich mache uns Kaffee. Wir sind allein in der Praxis. Alle anderen gehen freitags schon um zwei«, sagte Anders Gunnarsson.

Irene setzte sich auf die knarrenden Lederpolster. Das Leder roch noch.

Gunnarsson füllte mit einem Maß Kaffee in einen Filter, hielt dann aber plötzlich inne und sah Hannu an:

»Worüber wollen Sie eigentlich mit mir sprechen?«, fragte er.

»Über Marcus Tosscander«, entgegnete Hannu knapp.

»Ist ihm was zugestoßen?«

In der Stimme des Zahnarztes klang eine deutliche Unruhe mit. Forschend sah er mit seinen blauen Augen von Hannu auf Irene. Irene antwortete:

»Wir haben allen Grund, das anzunehmen.«

Gunnarsson stieß einen tiefen Seufzer aus.

»Ich habe letzte Woche mit Hans über Marcus gesprochen. Wir fanden es beide seltsam, dass er nichts von sich hören lässt.

Wir haben Witze darüber gemacht, dass er sich jetzt vielleicht für immer in Thailand niedergelassen hat.«

»Thailand? Er war doch in Kopenhagen…«

»Schon. Aber er hat vor einiger Zeit bei mir angerufen und gesagt, er sei kurz nach Hause gekommen, um ein paar Sommersachen in eine Reisetasche zu packen. Er sei unverhofft auf eine Reise nach Thailand eingeladen worden. Offenbar war sein Fotoapparat kaputtgegangen, denn er wollte von mir wissen, ob ich ihm einen leihen könnte. Aber als er hörte, dass ich meinen zu Hause in Alingsås habe, verlor er das Interesse. Er sagte, dass er nicht die Zeit hätte, abends noch zu uns rauszukommen. Ich schlug ihm vor, er solle sich was Billiges im Dutyfreeshop kaufen.«

Irene spürte, wie sich ihr Puls beschleunigte. Endlich einmal etwas Greifbares!

»Wann hat er Sie angerufen?«

Gunnarsson runzelte die Stirn und dachte nach. Endlich sagte er bestimmt:

»Das muss Anfang März gewesen sein. Ja, genau. Wir haben über die Renovierung hier gesprochen. Sie war fast fertig.«

»Hat Marcus Tosscander die Praxis neu eingerichtet?«

Irene stellte die Frage, obwohl sie die Antwort bereits kannte.

»Ja. Sie ahnen nicht, wie nötig die Erneuerung war…«

Er brach ab und sah Irene scharf an.

»Was ist Marcus eigentlich zugestoßen?«

Ausweichend erwiderte Irene:

»Wir sind uns da noch nicht ganz sicher. Wir hoffen, dass wir nach diesem Gespräch mit Ihnen ein etwas vollständigeres Bild haben.«

Jetzt mischte sich Hannu ein:

»Wo haben Sie Marcus Tosscander kennen gelernt?«

»Wir sind schon seit vielen Jahren befreundet.«

»Wie lange?«

Gunnarsson dachte nach und sagte dann:

»Seit sechs Jahren.«

»Nur befreundet?«

Gunnarsson lächelte.

»Es fing mit einer Affäre an. Eine intensive Woche. Ich sah aber bald ein, dass man mit Marcus keine Beziehung führen kann. Er ist sehr… unbeständig. Ich war auf der Suche nach was Dauerhaftem. Marcus war da nicht der Richtige für mich. Kurz darauf begegnete ich Hans, und mit dem bin ich immer noch zusammen.«

»Aber Sie haben den Kontakt zu Marcus aufrechterhalten«, konstatierte Hannu.

»Aber natürlich! Wir sehen uns oft und haben eine Menge gemeinsamer Freunde. Er ist wirklich ein ungewöhnlich netter Mensch. Einen besseren Kumpel kann man sich nicht vorstellen.«

Gunnarsson unterbrach sich. Er schien nach Worten zu suchen, um das näher zu erklären. Zögernd sagte er dann:

»Marcus ist ein sehr warmer und herzlicher Mensch. Er ist charmant und einfühlsam. Aber was Beziehungen angeht, ist er… oberflächlich. Er kann einfach nicht treu sein und verliebt sich immer wieder Hals über Kopf in neue Männer. Die längste Beziehung war die mit Hassan. Der stammte aus Ägypten und war Gastdozent an der Uni Göteborg. Ich glaube, das Ganze hielt drei Monate, der absolute Rekord bei Marcus.«

»Ist das lange her?«

»Vier Jahre. Ich erinnere mich daran, weil sie beide auf der Verlobung von Hans und mir waren.«

»Es stört Hans nicht, dass Sie einmal mit Marcus zusammen waren?«

Anders Gunnarsson betrachtete Hannu mit einem forschenden Blick und lächelte dann:

»Wenn man wie Hans und ich eine Partnerschaft eingegangen ist, dann muss man sich natürlich darüber einig sein, was man von Untreue hält. Für Hans und mich steht Treue an erster Stelle. Aber Hans ist nie eifersüchtig auf Marcus gewesen, weil diese Beziehung bereits beendet war, bevor aus Hans und mir ein Paar wurde.«

Irene unterbrach ihn mit einer Frage:

»Mit wem war Marcus zusammen, bevor er nach Kopenhagen umgezogen ist?«

Zur Antwort bekam sie nur ein Achselzucken.

»Keine Ahnung. Zu Lucia hatte er eine Einladung zum Glögg, zum Glühwein. Da habe ich ihn zuletzt gesehen.«

»Und mit keinem der Anwesenden war er offiziell zusammen?«

»Nein. Es hätte jeder sein können. Was Marcus angeht, ist nichts selbstverständlich. Und manchmal hat er wirklich ziemliches Pech gehabt.«

»Wie meinen Sie das?«

Wieder hatte es den Anschein, als müsse Gunnarsson nach Worten suchen. Schließlich fuhr er fort:

»Er fühlt sich immer zu Männern hingezogen, die … gefährlich sind. Er bringt sich selbst in Gefahr. Zum Beispiel dieser Hassan, ein ziemlich übler Bursche. Das ging ganz klar in die sadistische Richtung. Einmal besuchte mich Marcus zu Hause mit einem Rollkragenpullover, obwohl es über zwanzig Grad war! Marcus legt immer so viel Wert auf sein Äußeres. Ich frage ihn also, warum er mit Rollkragen herumläuft. Zur Antwort zieht er nur den Kragen runter. Auf seinem Hals waren kräftige Abdrücke eines Seils. Irgendwie … war er auch noch stolz darauf.«

»Ist Hassan noch in Schweden?«

»Nein. Er ist tot. Er wurde vor zwei Jahren von einem Verrückten in einem Gayclub in San Francisco ermordet. Es gab neun Tote. Hassan war einer davon.«

»Ich erinnere mich daran. Die Schüsse wurden von einem Stricher abgefeuert. Er war offenbar Dingen ausgesetzt gewesen in diesem Club, die ihn hatten durchdrehen lassen«, sagte Irene.

Gunnarsson zog die Brauen hoch und nickte.

»Stimmt. In genauso einem Club war Hassan, und das sagt alles.«

»Auch über Marcus?«, fragte Hannu.

»Er frequentiert diese Clubs zwar nicht, fühlt sich aber zu solchen Männern hingezogen. Ich glaube, zutreffender lässt sich das nicht ausdrücken.«

Vor Irenes innerem Auge tauchten die Konturen eines riesigen Sumo-Ringers auf. Absonderlich, vielleicht gefährlich.

Der Zahnarzt holte tief Luft und sah Irene durchdringend an.

»Jetzt müssen Sie mir aber erzählen, was Marcus zugestoßen ist!«

Irene nickte.

»Ja. Aber erst muss ich noch eine letzte Frage stellen: Haben Sie Marcus' Adresse in Kopenhagen?«

»Nein. Er sagte, er würde mich anrufen, wenn er endgültig was gefunden hätte.«

»Aber er hat nie angerufen, um seine neue Adresse durchzugeben?«

»Nein.«

»Es wirkt merkwürdig, dass Sie sich nie gewundert haben, dass er sich so lange nicht meldet. Wieso haben Sie erst jetzt angefangen, Marcus zu vermissen, obwohl er doch angeblich schon Anfang März nach Thailand gefahren ist? Das ist immerhin zweieinhalb Monate her.«

»Die letzten Wochen haben wir, wie gesagt, angefangen, uns Sorgen zu machen. Aber so ist das eben mit Marcus. Es vergehen Wochen, und man hört überhaupt nichts von ihm. Besonders wenn er viele Aufträge hat oder neue Beziehungen ausprobiert. Es ist schon oft passiert, dass er mit einer neuen Flamme verschwunden und dann wieder aufgetaucht ist, als sei gar nichts gewesen.«

»Wie lange haben diese Episoden normalerweise gedauert?«

»Von einem Tag bis zu zwei Monaten.«

»Aber nie länger als zwei Monate?«

»Nein. Aber als er Anfang März hier angerufen hat, sagte er, dass er nicht wüsste, wie lange sie in Thailand bleiben würden.«

»Mit wem ist er gefahren?«

»Das wollte er nicht sagen. Er lachte nur, als ich ihn danach gefragt habe, und sagte, das würde ich nie erraten.«

»Nie erraten… das lässt darauf schließen, dass Sie die Person kennen.«

»Vielleicht. Aber ich habe trotzdem keine Ahnung.«

»Was genau hat Marcus gesagt, als er Sie Anfang März angerufen hat?«

»Wir begannen über die Renovierung zu sprechen und darüber, welche Fortschritte sie gemacht hat. Dann lud ich ihn für den nächsten Tag zum Abendessen ein, aber er lehnte dankend ab. Er wolle mit einem Freund nach Thailand fahren. Dann fragte er mich nach der Kamera. Anschließend brach er das Gespräch ziemlich abrupt ab, weil er noch für die Reise packen musste.«

»Sagte er, von wo aus sie fliegen wollten?«

»Nein. Aber ich vermute von Landvetter, weil er ja nach Göteborg gekommen war. Aber vielleicht war er auch nur nach Hause gekommen, um seine Sommersachen einzupacken.«

»Es kann nicht sein, dass er mit einer Frau verreisen wollte?«

»Als er viel jünger war, kam es vor… um den Eltern gegenüber den Schein zu wahren… dass er mit Mädchen ausging. Das hat er mir erzählt. Und ich habe selbst gesehen, wie Frauen von ihm angezogen werden. Aber in den letzten Jahren hat er damit aufgehört. Er braucht keine Frauen mehr als Alibi.«

»Kam es vor, dass er Sex mit Frauen hatte?«

Gunnarsson schüttelte den Kopf.

»Nein. Nie. Er ist wirklich durch und durch schwul. Das sind seine eigenen Worte.«

Irene fand, dass es jetzt an der Zeit war, Anders Gunnarsson die Wahrheit zu sagen. Sie begann mit einer Frage:

»Hat Marcus von der Tätowierung erzählt, die er sich in Kopenhagen hat machen lassen?«

»Nein.«

Der Zahnarzt schüttelte den Kopf, als ihm plötzlich etwas einfiel.

»Übrigens… vielleicht. Ich fragte ihn, wie es denn in Kopenhagen gewesen sei. Da sagte er, dass er was hätte, was beweisen würde, dass die Stadt einen unauslöschlichen Eindruck auf ihn gemacht habe. Dann lachte er geheimnisvoll. Unauslöschlich könnte auf eine Tätowierung hindeuten.«

»Wir wissen, dass sich Marcus in Kopenhagen eine einzigartige Tätowierung hat machen lassen…«

Irene erzählte von der Drachentätowierung und von dem zerstückelten Mordopfer in Killevik. Vor Verzweiflung brach Anders Gunnarsson in Tränen aus. Seine Trauer wirkte tief empfunden und echt. Weder Irene noch Hannu wussten, wie sie ihn trösten sollten, und ließen ihn weinen. Nach einer Weile wurde sein Schluchzen schwächer. Er stand auf, griff sich ein Taschentuch und trocknete sich die Augen.

Mit gesenktem Kopf und geschlossenen Augen holte er ein paar Mal tief Luft. Als er sich wieder beruhigt hatte, sagte Irene vorsichtig:

»Ich verstehe, dass das ein fürchterlicher Schock für Sie sein muss.«

Gunnarsson nickte. Seine tränennassen Augen spiegelten aufrichtige Trauer und Schmerz wider.

»Wann kommt Hans Pahliss aus Frankreich zurück?«, fuhr Irene fort.

»Am Donnerstag. Am siebenundzwanzigsten.«

»Ist er in Paris?«

»Ja.«

»Wären Sie so freundlich, ihm auszurichten, dass er am Freitag ins Polizeipräsidium kommen soll? Er soll vorher anrufen und nach mir oder Hannu Rauhala fragen, um einen Termin zu vereinbaren.«

Sie erhoben sich und dankten für den Kaffee und die Auskünfte. Gunnarsson begleitete sie bis zur Tür. Er gab ihnen die Hand und verabschiedete sich. Irene spürte ein leichtes Zittern, das noch nicht da gewesen war, als sie ihn begrüßt hatte. Spontan umschloss sie seine Hand und sagte:

»Kommen Sie zurecht? Wollen Sie, dass wir jemanden anrufen oder Sie irgendwohin fahren?«

Gunnarsson schüttelte leicht den Kopf.

»Nein, danke. Das ist sehr freundlich, aber … nein danke.«

Irene zog eine Visitenkarte aus der Tasche.

»Sie können mich gerne auch zu Hause anrufen, wenn Ihnen noch was einfällt, was wichtig sein könnte. Ich bin das ganze Wochenende erreichbar.«

Gunnarsson steckte die Karte in seine Brusttasche, ohne sie anzusehen.

»Könnte eine Sexorgie ausgeartet sein?«

Diese Frage kam von Hannu, als sie auf dem Weg zurück ins Präsidium waren.

»Möglich. Aber wieso ihn dann zerstückeln und ausweiden? Und gewisse Muskeln entfernen? Das wirkt alles sehr … sorgfältig geplant.«

»Sorgfältig geplant?«

»Ja. Der Mörder muss sich vorher schon einen geeigneten Ort ausgesucht haben, wo er all das mit der Leiche tun kann.«

»Und er muss sich vorher schon entschlossen haben, sein Opfer zu töten.«

Als Hannu das so sachlich feststellte, verspürte Irene einen Eishauch im Nacken, und es schauderte sie. Das war eben das Furchtbare. Carmen Østergaard, Marcus Tosscander und Isabell Lind hatten nie eine Chance gehabt. Der Mörder hatte genau gewusst, was er wollte. Schon lange vorher.

KAPITEL 10

Ausnahmsweise hatte Krister das ganze Wochenende frei. Am Samstag vor Pfingsten hatten sie Irenes Mutter und ihren Lebensgefährten, mit dem sie allerdings nicht zusammenwohnte, eingeladen, die von ihrer Reise an die Mosel erzählen wollten. Krister war schon ganz gespannt, denn natürlich hoffte er auf ein paar richtig aufregende Weine aus dieser Region.

Irenes Mutter Gerd überreichte ihrem Schwiegersohn freudestrahlend zwei Flaschen. Irene bemerkte, dass er etwas enttäuscht aussah. Er fing sich jedoch schnell, dankte seiner Schwiegermutter herzlich und umarmte sie. Vorsichtig drehte er die Flaschen etwas herum, damit Irene die Etiketten sehen konnte. Ockfener Schwarzberg. Sogar sie wusste, dass man die beim Systembolaget, dem staatlichen Weinhandel, kaufen konnte. Aber davon hatte ihre Mutter offenbar keine Ahnung.

Sture war ebenfalls nicht sonderlich bewandert, was Weine anging. Das begriff Irene, als er schmunzelnd sagte:

»Gerd und ich haben ein Schnäppchen gemacht. Wir haben einen ganzen Karton davon in einem Lebensmittelgeschäft gekauft. Für fünfundzwanzig Mark! Spottbillig!«

»Aber seid ihr nicht bei verschiedenen Kellereien gewesen, zum Verkosten und so …?«

»Natürlich. Aber dort waren die Weine so teuer«, zwitscherte Mama Gerd.

Irene tat so, als hätte sie das leise Stöhnen ihres Mannes nicht bemerkt.

Sie saßen zu siebt am Tisch, da Katarina noch Micke eingeladen hatte. Wie diese war er nach dem Unfall noch nicht ganz wiederhergestellt. Deswegen hatten sie sich auch dazu entschlossen, zu Hause zu bleiben, statt mit ihren Freunden eine große Party zu besuchen. Vielleicht wollten sie aber auch für sich sein. Irenes Mutterauge bemerkte die innigen Blicke, die sie sich zuwarfen, und die verstohlenen Berührungen. Dieses Mal schien es tatsächlich ernst zu sein. Sie waren jetzt fast zwei Monate zusammen, und für Katarina war das ein Rekord.

Jenny wollte erst später ausgehen. Ihre neue Band sollte in einem gerade eröffneten Lokal spielen. Mit ihr als Sängerin! Ihre Tochter war im siebten Himmel und saß etwas abwesend am Esstisch. Vor reiner Zerstreutheit hätte sie sich fast ein Stück vom Rinderfilet auf den Teller gelegt. Im letzten Moment bemerkte sie jedoch ihren Fehler und beförderte das Fleisch zurück auf die Platte.

Krister hatte ein wunderbares Pfingstmenü zubereitet. Es war vielleicht etwas zu schwer, um wirklich zum Pfingstwochenende zu passen, aber Irene und Katarina hatten sich ihr Lieblingsessen wünschen dürfen. Als Vorspeise gab es Krabbe Thermidor, Krebsfleisch, das in einer herrlich würzigen Weinsauce gratiniert war und in den Panzern serviert wurde.

Jenny aß Sellerie, den sie in einen scharfen Tomatendip tauchte.

Ohne mit einer Miene zu verraten, was er dachte, schenkte Krister zur Vorspeise den Wein ein, den seine Schwiegermutter mitgebracht hatte.

Das Rinderfilet war in Scheiben gebraten und mit einer dunklen Sauce aus Bratensaft bedeckt. Dazu wurden gekochter Blumenkohl, Spargelspitzen, leicht gegarte Zuckererbsen, abgezogene Tomaten und Kartoffeln à la Hasselbacken gereicht.

Krister hatte zum Hauptgericht einen Clos Malvern ausgesucht. Er war der Meinung, dass man bei diesem Wein die Lagerzeit in Eichenfässern, eine deutliche Note Feuer und Rauch sowie Schokolade und sonnengereifte Beeren herausschmecken könnte. Die Winde und die heiße Sonne Südafrikas verliehen dem kräftigen, dunkelroten Wein seiner Ansicht nach seinen unverwechselbaren Charakter.

»Diese Weine werden so füllig und haben so einen ausgeprägten Geschmack, weil die Weinberge mit Elefantenmist gedüngt werden«, behauptete Krister ernsthaft.

Seine Schwiegermutter und Sture rissen die Augen auf und sagten fast gleichzeitig:

»Ach! Das muss man sich mal vorstellen!«

Aber Irene kannte ihren Mann und drohte ihm mit dem Finger. Dieser zog jedoch nur unschuldig die Brauen hoch und prostete seiner Frau lächelnd zu.

Irene hatte den Bus in die Stadt gekommen. Da Pfingstmontag war, fuhren die Busse nach dem Sonntagsfahrplan. Daran hatte sie nicht gedacht, als sie sich mit Jonny verabredet hatte. Jetzt kam sie fast zwanzig Minuten zu spät.

Frierend wartete Jonny Blom im schneidenden Wind vor dem Präsidium. Nach seiner sauren Miene zu urteilen, stand er schon ziemlich lange dort.

»Hallo. Entschuldigung, aber die Busse…«

»Du weißt doch, dass Feiertag ist. Frauen und Pünktlichkeit!«

Mann, ist der sauer, dachte Irene. Natürlich war er verstimmt, dass er einen Tag früher als geplant von Stockholm hatte nach Hause fahren müssen. Klar, dass sie das auszubaden hatte. Gewiss, sie war zu spät gekommen, aber sie hatte dafür um Entschuldigung gebeten. Wenn sie doch nur hätte allein fahren dürfen!

»Wir sind sicher spätestens um acht dort. Genau richtig für ein spätes Abendessen und ein großes Bier«, sagte sie rasch.

»Wenn du meinst.«

Das war die ganze Unterhaltung, während sie die Küste von Halland entlangfuhren. Da Irene Jonnys Fahrstil kannte, hatte sie darauf bestanden, das Steuer des Dienstwagens zu übernehmen. Jonny döste die meiste Zeit. Er wurde jedoch wieder munter, als sie in Helsingborg an Bord einer HH-Ferry fuhr, und war der Erste in der Schlange der Cafeteria. Ein großes Bier in einem beschlagenen Glas und ein Brot mit deftiger Leberpastete und Pickles ließen ihn erheblich auftauen. Irene nahm einen Kaffee und ein Brot mit einem Berg Krabben. Für die Brotscheibe zuunterst reichte ihr Appetit dann nicht mehr.

Nach zwanzig Minuten saßen sie wieder im Auto. Es war Zeit, an Land zu fahren. Irene steuerte mit demselben mulmigen Gefühl in der Magengrube die wacklige Rampe herunter wie das erste Mal.

Da sie die Strecke jetzt kannte, fand sie den Weg zur Autobahn nach Kopenhagen ohne Mühe.

»Könntest du mir noch mal erzählen, was du über Isabell Lind weißt? Eine Auffrischung kann vermutlich nicht schaden«, sagte Jonny.

Irene referierte noch einmal alles.

»Über den eigentlichen Mord weiß ich noch nicht so viel. Darüber erfahren wir morgen Näheres. Aber Metz sagte, dass der Mord die Handschrift unseres Täters trägt, obwohl sie nicht zerstückelt worden ist. Das klingt merkwürdig«, meinte Irene.

Jonny nickte. Rasch wechselte er das Thema.

»Wie ist das Hotel?«

»Sehr gut. Ich habe über Internet gebucht. Es ist dasselbe Hotel, in dem ich schon vor ein paar Tagen gewohnt habe. Das Frühstück ist bombig.«

»Gibt es in der Nähe ein paar nette Lokale?«

»Das kommt darauf an, was du unter netten Lokalen verstehst. Das Hotel liegt zentral. Du kannst es dir aussuchen.«

Jonny nickte. Irene bemerkte, dass er seiner Umgebung größere Aufmerksamkeit schenkte, je näher sie Kopenhagen kamen.

Sie bekamen beide ihr Einzelzimmer zugewiesen. Irene ließ sich ihre Freude nicht anmerken, dass die Zimmer nicht auf demselben Stockwerk lagen. Sie nahm das in der zweiten Etage und Jonny das in der dritten. Das würde ihr eine größere Bewegungsfreiheit bescheren. Sie hatte den Verdacht, dass Jonny in ähnlichen Bahnen dachte, aber aus ganz anderen Gründen.

Sie einigten sich darauf, sich in einer Viertelstunde an der Rezeption zu treffen. Obwohl Irene nach dem Berg Krabben auf der Fähre nicht besonders hungrig war, merkte sie, dass es höchste Zeit zum Abendessen war. Sonst würde es noch zu spät, und sie würde nicht schlafen können.

Das Zimmer war ebenso schön und sauber wie beim vorigen Mal. Sie machte sich kurz frisch und zog den Lippenstift nach. Nicht wegen Jonny, sagte sie zu ihrem Spiegelbild, sondern für ihr eigenes Wohlbefinden.

Als sei er in der großen Welt zu Hause, lotste sie Jonny über den breiten H. C. Andersens Boulevard. Das Vesuvius of Copenhagen wirkte ungemein einladend. Wärme und Zigarettenrauch schlugen ihnen entgegen, als sie durch die Glastüren traten. Sie bekamen einen kleinen Tisch am Fenster.

»Verdammt. Die Karte ist in einer Fremdsprache«, murmelte Jonny.

»Wieso. Da steht doch alles auf Italienisch, Englisch und Dänisch«, erwiderte Irene.

»Das ist genau, was ich meine.«

Er bestellte eine Calzone, »da weiß man, was man bekommt«. Irene nahm Passera mira mare, bei dem es sich um Scholle mit Muscheln in Weißweinsauce handelte. Jonny brauchte zwei große Bier, um seine Pizza hinunterzuspülen, und Irene begnügte sich mit einer kleinen Flasche Carlsberg Hof. Schließlich war morgen auch noch ein Tag.

Als sie ins Hotel zurückkamen, war in der Hotelbar die Hölle los. Eine große Gruppe Schweden stand an der Theke und lärmte. An der Wand hing ein Schild, auf dem einem ein »Jellyshot Evening« versprochen wurde. Mit großer Begeisterung probierten die Gäste einen süßen Drink nach dem anderen aus.

Am Alkoholgehalt war offenbar, nach dem raschen Konsum zu urteilen, nichts auszusetzen. Ein Mann war auf einem Barhocker mit dem Kopf auf dem Tresen eingeschlafen. Niemand kümmerte sich um ihn, und der Lärmpegel stieg, je mehr Drinks getrunken wurden.

»Nicht schlecht«, sagte Jonny.

Irene ging in Richtung Rezeption weiter. Als sie ihren Schlüssel von der lächelnden Dame hinter dem Tresen in Empfang genommen hatte, drehte sie sich zu Jonny um und sagte:

»Wir sollen um acht in Vesterbro sein. Ich habe vor, um Viertel nach sieben zu frühstücken. Soll ich dich vorher wecken …«

Sie verstummte, als sie Jonny im Gewimmel der Bar verschwinden sah.

Auf ihrem Zimmer zog sie ihr Handy aus der Tasche und rief Tom Tanaka an. Er antwortete sofort.

»Tom.«

»Hallo. Hier ist Irene. Ich bin jetzt in meinem Hotel. Hotel Alex.«

»Dasselbe wie beim letzten Mal«, stellte Tom fest.

»Ja. Gibt es etwas Neues?«

»Nein. In den Zeitungen standen keine Einzelheiten über den Mord an Isabell. Nur, dass sie erdrosselt worden ist und dass man sie mit Handschellen ans Bett gefesselt hatte.«

Das mit den Handschellen war Irene neu, aber davon sagte sie Tom Tanaka nichts. Stattdessen meinte sie:

»Hat Marcus Ihnen gesagt, dass er mit einem … Freund nach Thailand fahren wollte? Oder sprach er nur von Göteborg?«

Es war lange still. Toms Stimme klang bitter, als er schließlich antwortete.

»Von Thailand hat er nichts gesagt, nur dass er nach Hause wollte.«

»Kein Wort von einer Reise nach Thailand?«

»Nein. Wer hat das mit Thailand gesagt?«

»Als er Anfang März nach Göteborg kam, hat er einen Bekannten angerufen. Zu dem hat er gesagt, dass er mit einem Freund auf dem Weg nach Thailand sei.«

»Offenbar hatte der gute Marcus einige Freunde, von denen er mir nichts erzählt hat.«

Die Bitterkeit war jetzt deutlich aus Tom Tanakas Stimme herauszuhören.

»Ja. Leider«, erwiderte Irene.

Es graute ihr davor, die nächste Frage zu stellen, aber sie musste.

»Tom … dieser Freund in Göteborg, er erzählte uns, dass Marcus … harten Sex mochte.«

Sie wusste nicht, ob man das harten Sex nennen konnte, aber es fiel ihr kein besserer Ausdruck ein. Tom schien sie aber verstanden zu haben.

»Ich habe nicht die Absicht, Ihnen etwas über das Sexleben von mir und Marcus zu erzählen. Aber doch … er hatte durchaus Sinn für gewisse Varianten.«

»Auch gefährliche … Varianten?«

»Nicht in dem Sinne, dass er sich ernsthaft verletzen würde. Das nicht. Eher … Prügel.«

Irene verstand das Wort »spank« nicht gleich, aber Tom Tanakas fast amüsiertem Tonfall entnahm sie, dass es sich um eine harmlosere Form der Gewalt handeln musste. Nicht ernst gemeint.

»Es tut mir Leid, dass ich Ihnen diese Fragen stellen muss. Aber es bleibt mir nichts anderes übrig, wenn ich herausfinden will, was Marcus zugestoßen ist.«

»Schon okay. Ich will immer noch, dass sein Mörder gefasst und bestraft wird. Schade, dass ihr hier in Skandinavien keine Todesstrafe habt.«

Irene schauderte es unwillkürlich. Der liebe Tom hatte auch so seine morbiden Seiten. Zu Beginn ihrer Bekanntschaft war ihr das nicht aufgefallen, aber langsam dämmerte es ihr, dass er verborgene Seiten hatte, die er ihr gar nicht erst präsentieren wollte. Warum sollte er auch? Außerdem hatten sie es immer noch ihm zu verdanken, dass sie endlich wussten, wer die zerstückelte Leiche aus Killevik war.

Es kam ihr ein Gedanke. Vielleicht konnte sie durch Tom Tanaka auch Marcus' Mörder näher kommen. Vorsichtig sagte sie:

»Tom… Sie kennen doch Kopenhagen… gibt es irgendein Lokal für Sadonekrophile.«

»Sadonekrophile?«

Sie hörte deutlich, wie sehr ihn diese Frage erstaunte. Aber nachdem er eine Weile nachgedacht hatte, sagte er:

»Es gibt mehrere Lokale für Sadomasochisten. Aber Nekrophile? Nein! Aber…«

Er unterbrach sich und schien erneut nachzudenken.

»Es gibt Videos. Die sich um Nekrophilie drehen. Und verbotene Filme. Mit echten Morden. Wer die sehen will, treibt sie natürlich irgendwo auf.«

»Hat Marcus jemals Interesse an solchen…«

»An Nekrophilie? Ganz und gar nicht! Er sprühte vor Leben und interessierte sich absolut nicht für den Tod!«

»Danke, dass ich Ihnen diese Fragen stellen durfte«, sagte Irene.

»Keine Ursache.«

Sie wünschten sich eine gute Nacht und unterbrachen die Verbindung.

In der zunehmenden Dunkelheit ihres Zimmers blieb sie lange sitzen und dachte nach. Irgendwo musste eine Verbindung zwischen den drei Mordopfern bestehen. Ein gemeinsamer Nenner. Die Polizei? Der Arzt? Oder beide?

Sex. Alle drei waren sexuell sehr aktiv gewesen. Für Carmen Østergaard war Sex lange Jahre der Lebensunterhalt gewesen, Isabell hatte erst kürzlich begonnen, sich zu prostituieren. Aber beide hatten beruflich mit Sex zu tun gehabt.

Marcus hatte laut Anders Gunnarsson nie etwas gegen Sex einzuwenden gehabt. Er hatte sich von dem Gefährlichen angezogen gefühlt. Hatte er es für Geld gemacht? Weshalb sollte er? Die Geschäfte liefen gut. Geld stellte für ihn kein Problem dar.

Trat er selbst als Freier auf? Auch nicht wahrscheinlich. Bei seinem Aussehen brauchte er für Sex nicht zu bezahlen.

Wie sie die Sache auch drehte und wendete, konnte sie keinen plausiblen Zusammenhang zwischen den Opfern entdecken. Sie schaute aus dem Sprossenfenster ihres Zimmers. Das Licht der Großstadt war hart und künstlich. Die Schatten zwischen den Lichtern waren tief und schwer. Perfekt für einen Mörder.

Nach acht Stunden tiefen Schlafs war Irene munter und ausgeruht. Viertel nach sieben ließ sie das Telefon in Jonnys Zimmer läuten. Nach zehnmaligem Klingeln wurde der Hörer abgenommen. Mit einem Krachen fiel er zu Boden, und sie hörte Jonnys halblautes »Verdammt!«. Schließlich gelang es ihm, den Hörer ans Ohr zu bekommen.

»Jonny… Jonny Blom«, ließ sich seine belegte Stimme vernehmen.

»Zeit fürs Frühstück«, zwitscherte Irene.

»Frühst… pfui Teufel…«

Am anderen Ende wurde der Hörer auf die Gabel geknallt. Irene war wütend und verstimmt. Jonny war in Kopenhagen ohnehin nur ein Klotz am Bein. Verkatert war er eine Katastrophe. Nüchtern hatte er manchmal lichte Augenblicke und konnte sogar richtig nützlich sein. Wenn es ihm nur halb so schlecht ging, wie er am Telefon geklungen hatte, war er vollkommen unbrauchbar.

Irene ging nach unten und genoss ein herrliches Frühstück. Sie ließ sich Zeit und freute sich, zurück in Kopenhagen zu sein.

Draußen schien die Sonne. Es würde ein schöner Tag werden.

Von Jonny keine Spur.

Wieder zurück in ihrem Zimmer zog sie sich eine hellblaue Leinenbluse mit kurzem Arm an. Ihre dunkelblaue Hose behielt sie an, ersetzte die Halbschuhe aber durch blaue Wildledersandalen. In einem Anfall sommerlicher Gefühle zog sie die

Strümpfe aus. Das dunkelblaue Leinenjackett musste bei diesen Temperaturen genügen. Mit der großen Stofftasche über der Schulter sah sie eher aus wie eine Touristin auf dem Weg zum Einkaufen als wie eine Polizistin auf der Jagd nach einem Mörder.

Ehe sie das Zimmer verließ, rief sie noch einmal bei Jonny an. Nachdem es eine Ewigkeit geklingelt hatte, ging er endlich dran. Irene hörte nur ein unartikuliertes Murmeln, und im nächsten Augenblick knallte der Hörer schon wieder auf die Gabel.

Seufzend beschloss Irene, ihn weiterschlafen zu lassen.

Sie ging zu Fuß zur Wache Vesterbro. Es war noch keine Woche her, seit sie das letzte Mal da gewesen war, und doch hatte sie das Gefühl, als liege eine ganze Jahreszeit dazwischen. Vielleicht lag es auch nur daran, dass das Wetter so mild geworden war. In der Woche davor hatte sie ständig gefroren, jetzt genoss sie die lauen Winde, die Sommer verhießen.

Beate Bentsen, Peter Møller und Jens Metz saßen bereits in Frau Bentsens Büro. Die Luft war verqualmt. Irene blieb in der Tür stehen, bevor sie ganz eintrat. Møller schien zu ahnen, warum. Er stand auf und öffnete ein Fenster. Ob die Luft draußen so viel sauberer war, darüber ließ sich streiten, aber sie wirkte sich auf jeden Fall positiv auf die Nikotinkonzentration aus.

Alle begrüßten sie herzlich und hießen sie in Kopenhagen willkommen, auch wenn der Anlass hätte erfreulicher sein können.

»Wollten Sie nicht zu zweit kommen?«, wollte Beate Bentsen wissen.

Genau diese Frage hätte Irene gerne vermieden, wusste aber, dass dies reines Wunschdenken war.

»Doch … sind wir auch. Aber meinem Kollegen ging es heute Morgen nicht gut. Ich hielt es für besser, ihn ausschlafen zu lassen.«

»Braucht er einen Arzt?«

Die Kommissarin klang besorgt. Irene räusperte sich verlegen, ehe sie antwortete.

»Nein. Es geht vermutlich vorbei. Allmählich jedenfalls.«

»Der hat einen Kater«, sagte Jens Metz halblaut.

Er blinzelte Irene viel sagend zu. Diese schämte sich für Jonny. Vermutlich hat der Kerl nicht einmal genug Grips, sich selbst zu schämen, dachte sie zunehmend verärgert.

»Dann legen wir ohne Ihren Kollegen los. Sie müssen später eben versuchen, alles für ihn zu rekapitulieren. Sowohl Jens als auch Peter waren im Hotel Aurora dabei, als Isabell Lind gefunden wurde.«

Beate Bentsen sah über den Rand ihrer französischen Brille hinweg auf die beiden Inspektoren.

Jens Metz lehnte sich im Stuhl zurück und faltete seine Wurstfinger über dem Bauch. Die Lehne knarrte Besorgnis erregend, aber Metz schien es nicht zu hören.

»Donnerstagnachmittag, also am 20. Mai, wurden wir alarmiert, dass eine tote Frau im Hotel Aurora gefunden worden sei. Ein paar Anstreicher hatten sie entdeckt. Peter und ich kamen um kurz nach halb fünf an den Tatort. Da war der Pathologe bereits zur Stelle und untersuchte die Leiche. Folgendes Bild bot sich unseren Augen. Hier haben Sie die Aufnahmen.«

Ächzend beugte Metz sich vor und schüttelte aus einem dicken Hauspostumschlag ein paar Fotos heraus.

Irene begann mit dem Bild, das den ganzen Raum zeigte. Es war von weit oben aufgenommen. Der Fotograf hatte entweder auf einem hohen Stuhl oder auf einer Leiter gestanden.

Unter dem vorhanglosen Fenster lag ein umgeworfener Nachttisch, daneben eine Stehlampe mit kaputtem Plastikschirm. Ganz hinten ließ sich ein Bett erahnen, das parallel zur Wand stand. Im Zimmer gab es ein weiteres Bett, das offenbar mitten im Raum platziert war. Auf diesem lag Isabell.

Irene nahm das nächste Bild. Es handelte sich um eine Vergrößerung des Betts, auf dem Isabells aufgeschlitzte Leiche lag.

Die Hände waren mit Handschellen an die hohen Bettpfosten

gefesselt. Sie war vollkommen nackt und lag mit gespreizten Beinen auf dem Rücken. Von der Oberkante des Schlüsselbeins bis hinunter zum Schambein verlief ein tiefer Schnitt. Fast mechanisch registrierte Irene, dass der Schnitt nicht sonderlich geblutet hatte. Dagegen gab es große Mengen Blut unter der Leiche.

Irene griff zum nächsten Bild: eine Nahaufnahme der Kopf- und Halspartie. Auf dem Hals war deutlich der Abdruck einer Schlinge zu erkennen. Isabells Augen waren weit aufgerissen, und die Zunge hing dunkel und geschwollen aus ihrem Mund.

Es erwischte Irene vollkommen unvorbereitet. Mit knapper Not gelang es ihr, sich neben dem Papierkorb auf die Knie zu werfen und sich in diesen zu übergeben. Das ganze gute dänische Frühstück.

Dann stand sie mit zitternden Beinen auf und stammelte:

»Entschuldigung… aber mit diesem Mädchen hat meine Tochter jahrelang gespielt… sie wohnte im Nachbarhaus… hat bei uns übernachtet, saß mit uns beim Essen…«

»Wir verstehen. Es ist immer schwer, wenn man das Mordopfer kennt«, sagte Beate Bentsen beruhigend.

Rasch griff sich Irene den Papierkorb und verschwand auf dem Korridor. Sie wusste, wo die Toilette lag.

Sorgfältig reinigte sie den Papierkorb. Im Stillen dankte sie für den Umstand, dass er aus Plastik war. Korbgeflecht wäre unangenehmer gewesen. Sie hielt ihr Gesicht unter das eiskalte Wasser und spülte den Mund aus. Im Spiegel sah sie ihr bleiches Gesicht und murmelte halblaut:

»Nicht nur, dass ich dich gekannt habe. Es ist auch meine Schuld, dass du tot bist. Ich habe den Mörder zu dir geführt. O Bell!«

Ihr kamen die Tränen. Aber jetzt war keine Zeit für Trauer. Sie war es Bell schuldig, dass sie versuchte, objektiv und professionell zu sein. Was würden die Dänen sonst denken? Der eine Schwede verkatert im Hotel, und die andere kotzt, wenn sie Fotos vom Tatort sieht.

Die dänischen Kollegen saßen da wie gehabt und hatten sich in der Zwischenzeit alle drei eine neue Zigarette angezündet. Vom Rauch wurde ihr erneut übel, aber sie versuchte sich zusammenzunehmen.

»Tut mir Leid. Jetzt geht's wieder«, sagte Irene und setzte sich.

Sie ignorierte die Nahaufnahme von Bell und wandte sich stattdessen an Jens Metz:

»Was sagt der Pathologe?«

»Dass sie nicht weniger als zwölf und nicht mehr als zwanzig Stunden tot war, als sie gefunden wurde. Er glaubt, dass er mit fünfzehn bis siebzehn Stunden der Sache ziemlich nahe kommt. Das passt auch zu dem Zeitpunkt ihres Verschwindens. Als Erstes wurde sie erwürgt. Das ist die Todesursache.«

»Sie war also tot, als die Misshandlung des Unterleibs begann?«

»Ja.«

Gott sei Dank, dachte Irene.

Metz nahm die Vergrößerung hoch, die Isabell auf dem Bett zeigte. Langsam sagte er:

»Der Pathologe glaubt, dass sie zuerst mit den Handschellen gefesselt wurde. Abdrücke an den Handgelenken lassen darauf schließen, dass sie versucht hat, sich freizukämpfen. Anschließend wurde sie erdrosselt. Als sie tot war, hat ihr der Mörder mit einem schweren Gegenstand das Schambein zertrümmert. Der Knochen war vollständig zerstört. Wie bei Carmen Østergaard und bei Ihrem Burschen in Göteborg… wie hieß er noch gleich?«

»Marcus Tosscander«, ergänzte Irene.

»Marcus. Sowohl er als auch Carmen haben genau die gleichen Verletzungen. Außerdem ist ein Gegenstand in ihre Scheide und ihren Anus gestoßen worden. Beide waren sehr mitgenommen. Als Krönung seines Werks hat er sie dann aufgeschlitzt. Laut Professor Blokk ist es derselbe Schnitt, den Østergaard und das schwedische Opfer aufweisen. Sehen Sie, wie elegant er es vermieden hat, den Nabel zu durchtrennen. So hat Blokk das ausgedrückt. Das sind nicht meine Worte.«

Metz verzog das Gesicht.

»Dieser Gegenstand, lag er noch im Zimmer?«, fragte Irene.

»Nein. Blokk vermutet, dass es sich um was kurzes Keulenähnliches handelt.«

»Könnte es sich um einen Gummiknüppel handeln?«

Irene hörte selbst, dass ihre Stimme nicht ganz trug, als sie diese Frage stellte.

Metz sah erstaunt aus, als er antwortete:

»Das ist genau der Verdacht, den Blokk auch äußerte. Aber wir wissen es nicht sicher.«

Ein Gummiknüppel. Der Polizist, dachte sie. Und sie saß hier in einem Zimmer mit drei Polizisten, die alle von ihren privaten Nachforschungen nach Isabell gewusst hatten.

Metz nahm das Bild in die Hand, das Isabell auf dem Bett zeigte. Nachdenklich musterte er die Szene und sagte dann:

»Das verwendete Messer ist sehr kräftig. Ein Jagdmesser oder ein Obduktionsmesser. Laut Blokk hätte der Mörder bei dem Brustbein gewaltige Mühe bekommen, auch mit einem stabilen Messer. Bei den anderen beiden Opfern wurde das Brustbein mit einer Kreissäge aufgesägt. Aber hier hat er den Brustkorb nicht geöffnet.«

»Warum nicht? Es wäre doch kein Problem gewesen, eine Kreissäge mitzunehmen?«, meinte Irene.

Zum ersten Mal meldete sich Peter Møller zu Wort:

»Vielleicht hatte er die Säge in dieser Nacht nicht zur Hand. Aber wahrscheinlich hätte eine Kreissäge auch zu viel Lärm verursacht. Sogar in einem Hotel wie dem Hotel Aurora würde man sich Gedanken machen, wenn mitten in der Nacht eine Kreissäge anfängt zu kreischen.«

Das war eine gute Erklärung. Metz nickte, räusperte sich und fuhr fort:

»Ziemlich bald erfuhren wir vom Hotelpersonal, dass sich eine Frau telefonisch nach Isabell erkundigt hätte. Erst hatte sie nach einem Gast namens Simon Steiner gefragt, aber als ihr der Portier mitteilte, es gebe keinen Gast diesen Namens, ist sie offensichtlich unruhig geworden. Da hat sie dann nach Isabell gefragt.«

»Hat jemand vom Personal Isabell im Hotel gesehen?«

»Nein. Aber wir wissen, warum. Das oberste Stockwerk war wegen Renovierung geschlossen. Das Zimmer, in dem Isabell gefunden wurde, war das letzte, das instand gesetzt werden sollte. Die anderen Zimmer standen immer noch leer, da der Teppichboden mit einem Kleber verlegt worden war, der wirklich ekelhaft stinkt. Die Zimmer sind noch eine ganze Weile unbenutzbar. Wir haben an der Tür der Feuertreppe Spuren gefunden. Die befindet sich auf dem Hinterhof des Hotels. Jemand hat das Schloss aufgebrochen. Das Zimmerschloss war ebenfalls aufgebrochen. Unsere Theorie ist, dass der Mörder Isabell vor dem Hotel traf und sie über die Feuertreppe mit ins oberste Stockwerk nahm. Die Schlösser hatte er schon vorher geknackt.«

Eine Weile wurde es still im Zimmer, und sie überlegten, wie wahrscheinlich diese Hypothese war. Irene fand, dass das Ganze sehr glaubwürdig klang.

Metz holte ächzend Luft und fuhr fort:

»Das Gespräch von der jungen Frau haben wir zu einem Unternehmen namens Scandinavian Models zurückverfolgt, einer Escort Agency.«

Irene wartete auf eine Fortsetzung. Sie kam nie. Jetzt hätte Metz von seinem Besuch bei den Scandinavian Models berichten müssen. Er hätte ihn zum Beispiel als »eigene Ermittlung, um Irene Huss zu helfen« bezeichnen können. Aber kein Laut kam über seine Lippen.

»Die Vernehmungen dort haben einiges ergeben. Die Firma existiert erst seit ein paar Monaten. Alle vier Mädchen waren von Anfang an dabei. Sie teilen sich eine große Wohnung im selben Haus, in dem auch das Bordell liegt.«

»Was ist mit der Adresse, die Isabells Mutter hatte?«, warf Irene ein.

»Nun. Sie haben die ganze Zeit dort gewohnt.«

Bell hatte Monika also absichtlich eine falsche Adresse gegeben. Es hatte auch zu merkwürdig geklungen, dass die Mädchen kein Telefon hatten.

Irene erinnerte sich, wie Bell als Kind immer weggelaufen war. Ihre Mutter hatte sich Sorgen machen sollen. Hatte Bell unerreichbar sein wollen? Vielleicht hatte ihr das das Gefühl gegeben, erwachsen, frei und selbstständig zu sein. Für diese Freiheit hatte sie einen hohen Preis zahlen müssen.

»Wer ist der Eigentümer von den Scandinavian Models?«, fragte Irene.

»Ein Amerikaner. Robin Hillman. Ein Krimineller. Das ist schon sein drittes Bordell. Er geht immer von Anfang an in die Vollen. Die Mädchen werden relativ gut bezahlt, müssen sich aber auch reinhängen.«

Beim letzten Satz lächelte Metz viel sagend. Irene fand ihn schmierig. Warum sagte er nichts über seinen Besuch bei den Scandinavian Models?

Peter Møller ergriff das Wort:

»Wenn er findet, dass er genug Geld verdient hat, macht er den Laden wieder dicht. Konkurs oder Verkauf. Selbstverständlich ist das Unternehmen dann immer pleite. Der Kollege, mit dem ich geredet habe, meint, dass es um Steuerhinterziehung in der Größenordnung von zwanzig Millionen geht. Aber es könnte sich auch um weitaus höhere Summen handeln. Niemand weiß Genaueres. Einer der besten Steueranwälte des Landes arbeitet für ihn.«

»Haben Sie Hillman verhört?«, wollte Irene wissen.

Møller schüttelte den Kopf.

»Nein. Er ist in den USA. Hat sich Freitagmorgen abgesetzt, nachdem wir Isabell entdeckt hatten. Jemand hatte ihm einen Tipp gegeben. Wahrscheinlich wurde ihm der Boden zu heiß.«

»Wann kommt er zurück?«

»Das konnte uns seine Frau nicht sagen.«

»Seine Frau?«

»Ja. Jytte Hillman. Dänin. Sie haben zwei kleine Kinder und wohnen nobel in Charlottenlund.«

»Wo liegt das?«

»Nördlich von Kopenhagen. Am Strandvejen.«

Irene erinnerte sich an den schicken Vorort, durch den sie in der vergangenen Woche nach Hause gefahren war.

Sie betrachtete Møllers blondes, sonnengebleichtes Haar, sein hellgraues, kurzärmliges Hemd aus dünner Seide und seine erstklassig gebügelten Hosen, deren Grau etwas dunkler war. Seine Sonnenbräune stand ihm gut. Wo war er eigentlich gewesen im Urlaub? Unter welcher Sonne hatte er gelegen? Thailand? Diese Frage musste noch gestellt werden. Aber nicht jetzt, das sollte sie sich für später aufheben. Stattdessen lächelte sie und sagte unbeschwert:

»Liegt das Haus auf der richtigen Seite der Straße?«

Møller zog die Brauen hoch und meinte ironisch:

»Selbstverständlich. Eigener Strand und eigene Brücke. Hillman hat neun Millionen für den Kasten bezahlt. Im Telefonbuch ist er als Geschäftsmann verzeichnet. Die Geschäfte scheinen glänzend zu laufen.«

Die Sexindustrie hat in den USA größere Umsätze als der Drogenhandel, hatte Birgitta Moberg gesagt. Man nennt es *Industrie*. Die Industrie produziert für den Verbrauch. Frauen, Männer, Kinder und Tiere… Alles wird in diese Industrie hineingezogen, versklavt, zu Geld gemacht, kaputtgemacht und weggeworfen.

Um auf andere Gedanken zu kommen, fragte Irene:

»Was haben die Verhöre der anderen Mädchen von Scandinavian Models ergeben?«

»Isabell wurde telefonisch von einem Mann angefordert, der sich Simon Steiner nannte. Er rief Mittwochabend gegen neun an. Er wollte, dass Isabell sofort zu ihm kommen sollte. Sie hatte jedoch erst um elf Zeit. Petra, die das Gespräch entgegennahm, sagte, dass Isabell kurz vor elf mit einem Taxi weggefahren sei. Wir haben den Taxifahrer ausfindig gemacht. Die

Zeit stimmt. Er setzte sie um fünf nach elf vor dem Hotel Aurora ab. Der Fahrer kann sich an keinen Mann vor dem Hotel erinnern.«

»Haben Sie jemanden mit dem Namen Simon Steiner ausfindig gemacht?«

»Nein.«

Plötzlich räusperte sich Beate Bentsen und sagte:

»Ich hab mal einen Simon Steiner gekannt. Er hat hier in Kopenhagen gewohnt und ist vor vier Jahren gestorben. An Lungenkrebs.«

Sie machte eine angeekelte Miene und drückte ihre halbgerauchte Zigarette aus.

Metz sah plötzlich interessiert aus und fragte:

»Könnte es noch einen Verwandten von ihm mit demselben Namen geben?«

Beate Bentsen schüttelte den Kopf und sagte:

»Soweit ich weiß, nein. Er war Makler, pensioniert. Witwer.«

»Keine Kinder?«

»Nein.«

Irene meinte, ein leichtes Zögern aus Beate Bentsens Stimme herauszuhören, war sich aber nicht ganz sicher. Das Gesicht der Kommissarin verriet nichts. Da es nicht den Anschein hatte, als ob einer der anderen Inspektoren noch eine Frage stellen wollte, beschloss Irene, das zu tun:

»Wo haben Sie Simon Steiner kennen gelernt?«

»Er war ein guter Freund meines Vaters. Sie kannten sich aus der Kindheit.«

Eine einfache Erklärung, die Irene irgendwie unbefriedigend vorkam. Das war ein zu großer Zufall, dass die Kommissarin einen Mann mit genau diesem Namen gekannt hatte. Gleichzeitig klang die Erklärung aber auch glaubwürdig. Ein Toter konnte unmöglich der Mörder sein, den sie suchten, aber jemand konnte sich durchaus seines Namens bedient haben. Aber warum ausgerechnet dieses Namens?

Irene wurde aus ihren Gedanken gerissen, als Metz sagte:

»Jetzt wollen wir alles hören, was Sie über Isabell Lind wissen.«

Irene rekapitulierte, was sie wusste: wie Isabell nach Kopenhagen geraten war und dass sie selbst ungefähr zur gleichen Zeit bei den Scandinavian Models gewesen war, zu der der Mord an Isabell verübt worden sein musste. Jens Metz zuckte zusammen und warf ihr einen scharfen Blick zu. Gelassen erwiderte sie ihn. Seine Augen waren klein und hellblau. Seine Wimpern fast weiß. Fast konnte man glauben, er hätte gar keine.

Jetzt musste er doch von seinem Besuch erzählen! Aber nein, er wandte nur rasch den Blick ab. Natürlich vermied sie es ebenfalls, ihren eigenen Besuch bei Tom Tanaka zu erwähnen. Seine Rolle bei der Ermittlung verschwieg sie lieber.

Sie schloss ihre Ausführungen, indem sie von der mysteriösen Ansichtskarte erzählte.

»Die Kleine Meerjungfrau ist tot«, wiederholte Metz nachdenklich ihre Worte.

Ihre drei dänischen Kollegen sahen sie ernst an. Schließlich meinte Møller:

»Er schickt es Ihnen nach Hause. Nach dem Mord an einem Mädchen, das Sie kannten, hier in Kopenhagen. Das auf dieselbe Art getötet wurde, wie wir es bereits von zwei anderen Morden kennen. Deutlicher kann eine Warnung nicht ausfallen.«

»Aber warum ausgerechnet ich? Sowohl in Göteborg als auch hier in Kopenhagen sind doch auch noch andere mit dieser Ermittlung betraut«, meinte Irene.

Sie konnte die Angst aus ihrer eigenen Stimme heraushören. Metz sah sie ausdruckslos an und sagte dann:

»Sie müssen etwas wissen, wodurch sich der Mörder bedroht fühlt.«

Irene hatte das Gefühl, einen Eisklumpen im Magen zu haben. Das, was Metz ihr da gerade sagte, konnte man in gewisser Weise ebenfalls als Drohung auffassen. Natürlich klang es erst einmal wie eine gut gemeinte Warnung, es konnte aber genauso gut …

Irene ermahnte sich streng, nichts überzuinterpretieren. Das Risiko, sich in einen Anfall von Verfolgungswahn hineinzusteigern, war groß. Dennoch musste sie sich genau überlegen, was sie im Beisein dieser drei Menschen sagte. Es galt, auf der Hut zu sein.

Plötzlich hörte sie eilige Schritte auf dem Korridor. Dann wurde die Tür lautstark aufgerissen. Jonny Blom stand schwankend auf der Schwelle. Mit rot unterlaufenen Augen sah er einen nach dem anderen an und sagte dann:

»'tschuldigung. Hab verschlafen. Mir wurde gesagt, dass Sie hier sind …«

Irene betete inständig darum, dass er den Mund schließen würde. Der Geruch von Knoblauch und der Fahne vom Vorabend mischte sich mit dem Zigarettenrauch im Zimmer.

»Das hier ist mein Kollege Jonny Blom«, sagte sie eisig.

Jonny trat ins Zimmer und gab allen wohlerzogen die Hand. Metz klopfte ihm auf die Schulter und sagte:

»Mein Lieber, Sie sehen so aus, als könnten Sie erst mal einen anständigen Kaffee gebrauchen. Wie wär's? Gehen wir alle ins Adler?«

Alle im Zimmer standen auf. Metz hatte Jonny einen Arm um die Schultern gelegt und schob ihn freundlich, aber bestimmt Richtung Korridor.

Das Café Adler lag um die Ecke. Die Wände waren dunkel getäfelt, die Spiegel zierten Jugendstilornamente. Die Glasvitrine am Eingang war mit leckeren Backwaren gefüllt. Irene nahm ein Plundergebäck mit Schokoguss und ein Kännchen Kaffee. Ihr Koffeinpegel war bereits wieder stark gesunken. Ein Blick auf Jonny Blom hätte sie fast dazu veranlasst, die freundliche Dame an der Kasse zu fragen, ob es den Kaffee auch intravenös gäbe. Er hätte es gut gebrauchen können.

Jens Metz fragte Jonny, ob er auch einen Kurzen mittrinke.

Dieser hatte gegen einen Gammeldansk um zehn Uhr vormittags nichts einzuwenden. Als der dunkle Schnaps kam, prostete ihm Jens Metz mit seiner Kaffeetasse zu. Jonny hob sein beschlagenes Glas. Es sah so aus, als würden sie sich schon ewig kennen.

Wie wohl die Reaktion ausgefallen wäre, wenn sie vollkommen verkatert zwei Stunden zu spät gekommen wäre? Niemand hätte ihr auf die Schulter geklopft und sie mit »meine Liebe« angesprochen. Man hätte ihr ganz sicher auch nicht vorgeschlagen, noch einen Kurzen zu kippen, um wieder klar in der Birne zu werden. Die dänischen Kollegen hätten eine noch halb trunkene Kollegin einfach abscheulich gefunden. Man hätte sie sicher für eine Alkoholikerin und außerdem für eine lausige Polizistin gehalten.

Jonny vertilgte einen Windbeutel und ein Plundergebäck. Nach dem Gammeldansk hellte sich seine Miene auf. In dem verqualmten Lokal schien es ihm sichtlich zu gefallen. Er grinste und hob sein Glas in Irenes Richtung.

»Solche Kaffeepausen sollten wir zu Hause in Göteborg auch einführen«, sagte er.

Irene lächelte etwas gezwungen.

Plötzlich bemerkte sie, dass sich Beate Bentsen nicht an der Unterhaltung beteiligte. Die Kommissarin saß das Kinn in die Hand gestützt da und starrte mit leerem Blick auf das schmutzige Fenster des Cafés. Sie schien sehr weit weg zu sein. Irene beschloss, ihr die Frage zu stellen, die ihr auf den Lippen brannte.

»Haben Sie jemandem erzählt, dass ich Isabell suche?«

Beate Bentsen zuckte zusammen und schien die Frage erst gar nicht zu verstehen. Irene stellte sie noch einmal. Die Kommissarin sah zu Boden und sagte dann:

»Kurz nachdem Sie gegangen waren, kam Emil ins Restaurant. Ich hatte ihm gegenüber erwähnt, dass wir dort wären. Ich wollte ihn zum Essen einladen, aber er wollte nur ein Bier, da er bereits zum Essen verabredet war.«

Emil hatte an einem Baguette gekaut, als Irene ihn an diesem Abend gegen zehn bei Tom Tanaka gesehen hatte. Es war ganz klar, dass er nicht zum Essen eingeladen gewesen war.

Betreten räusperte sich Beate Bentsen, warf Irene einen raschen Blick von der Seite zu und fuhr dann fort:

»Er fragte mich, worüber wir geredet hätten, und ich erzählte es ihm. Von dem Mord in Göteborg, der eine so frappierende Ähnlichkeit mit dem Mord an Carmen aufweist. Emil ist ja im Nachtleben von Kopenhagen zu Hause. Also habe ich ihn gefragt, ob ihm die Scandinavian Models was sagen, aber das war nicht der Fall.«

»Sie haben ihm also erzählt, dass ich nach einem Mädchen suche, das Isabell Lind heißt und bei den Scandinavian Models arbeitet?«

Die Kommissarin nickte.

Irene dachte fieberhaft nach. Emil, Emil.

Emil, der über ihre Kontakte mit Tom Tanaka Bescheid wusste.

Emil, der Sohn von Beate Bentsen, hatte erfahren, dass Irene Isabell in Kopenhagen suchte.

»Vielleicht sollte ich mit Emil sprechen. Er könnte andere nach Isabell und den Scandinavian Models gefragt haben. Könnte ich seine Adresse und Telefonnummer bekommen?«, fragte Irene bewusst zwanglos.

Zum ersten Mal während ihres Gesprächs sah die Kommissarin Irene direkt an. Ihr Blick war eindeutig feindselig, aber ihre Stimme verriet nichts.

»Warum wollen Sie mit Emil sprechen? Das kann ich machen. Ich muss sowieso mit ihm reden. Er hat jetzt schon seit einer Woche nichts mehr von sich hören lassen.«

Irene nickte. In dieser Frage würde sie nicht weiterkommen.

Plötzlich wurde ihr bewusst, dass Peter Møller sie beobachtete. Sie drehte etwas den Kopf zur Seite, und ihre Augen begegneten sich. Er lächelte sie offen und anerkennend an. Irene wurde sich bewusst, dass er ihre Unterhaltung mit der Kommissarin mit angehört hatte. Fand er, dass sie clever war und die richtigen Fragen stellte? Oder galt der Blick ihr als Frau? Verärgert stellte sie fest, dass sie rot wurde. Peter Møller richtete den Blick seiner blauen Augen auf Jens Metz, der sich gerade an die ganze Gesellschaft wandte.

»Jetzt finde ich, dass wir uns den Tatort ansehen sollten.«

Schwer atmend stand er auf und half auch Jonny auf die Füße. Lachend verließen sie das Café. Jonny klopfte Jens auf die Schulter. Niemand, der sie gesehen hätte, wäre auf die Idee gekommen, dass sie sich erst seit einer Stunde kannten.

Die Kommissarin hatte sie nicht zurück zum Hotel Aurora begleitet, sondern war in ihr Büro zurückgegangen. Peter Møller fuhr, und Irene saß auf dem Beifahrersitz. Während der zwei Minuten, die die Fahrt dauerte, wechselten sie kein Wort. Dafür plapperten Jonny und Jens Metz auf dem Rücksitz um so mehr.

Die Anstreicher im Hotel hatten gemeutert. Sie wollten in das Zimmer, da dieses das letzte war, das renoviert werden sollte. Angeblich hatten sie sonst nichts mehr zu tun. Die Polizei war jedoch unnachgiebig gewesen. Solange sie Zugang zum Tatort benötigten, durften keine Arbeiten in dem Zimmer ausgeführt werden. Verärgert hatten die Maler daraufhin mit dem Korridor angefangen. Die Beamten mussten über Farbeimer steigen und sich einen Weg zwischen Leitern hindurchbahnen, um zu dem Zimmer zu gelangen, das ganz am Gangende lag.

Abgesehen von der Leiche, die sich nicht mehr auf dem Bett befand, sah alles so aus wie auf den Fotos. Die blutige Matratze war noch da. Der Nachttisch und die Stehlampe lagen immer noch umgekippt vor dem Fenster. Das Zimmer war klein und die Nasszelle winzig. Bei dieser schien es sich um einen größeren Einbauschrank zu handeln, in den man Dusche und Toilette eingepasst hatte.

»Es fragt sich, ob man hier in die Dusche pinkeln oder in der Toilette duschen soll«, stellte Irene fest.

Møller lachte, aber die beiden anderen waren hinten beim Bett ganz in ihr Gespräch vertieft.

Irene hörte, wie Jonny eine Frage stellte, verstand diese allerdings nicht. Dagegen hörte sie Metz' Antwort:

»Kein Einziger. Wahrscheinlich hat er die ganze Zeit Handschuhe getragen. Wir haben auch nicht die Schlüssel für die Handschellen gefunden oder den Gegenstand, den er zum Massakrieren des Unterleibs verwendet hat. Das Messer, mit dem er sie aufgeschlitzt hat, auch nicht.«

»Also keinerlei Fingerabdrücke oder Tatwerkzeuge am Tatort«, konstatierte Jonny.

Er runzelte die Stirn und versuchte nachdenklich und intelligent auszusehen. Irene konnte seinen Anblick kaum noch ertragen.

Beim Anblick des rostroten Fleckens auf der Matratze schauderte es Irene. Unter dem Bett war ebenfalls eine große Blutlache, die geronnen war. Am Rand war ein deutlicher Fußabdruck zu sehen. Offenbar war einer der Polizisten oder der Männer von der Spurensicherung versehentlich hineingetreten. Dieses ganze Blut war aus Isabells Adern geflossen. Kein Wunder, dass der Schnitt nicht mehr sonderlich geblutet hatte. Es war nicht mehr viel Blut übrig gewesen und kein Blutdruck, der die letzten Tropfen hätte herauspressen können.

Irene wurde es plötzlich ganz unbehaglich zu Mute. Sie wollte das Zimmer nur noch so schnell wie möglich verlassen. Sie fand, dass dieser Besuch die Ermittlung auch nicht weitergebracht hatte.

Die ganze Zeit hallte ein Name in ihrem Kopf wider. Wie konnte sie nur seine Adresse herausfinden? Vielleicht stand sie im Telefonbuch? Sie hatte den Verdacht, dass das Kopenhagener Telefonbuch ein ziemlicher Wälzer war. Da konnte sie sich genauso gut bis morgen gedulden und abwarten, ob Beate Bentsen ihren Sohn erreicht hatte.

Im nächsten Moment kam ihr eine Idee: Natürlich hatte Tom Emils Adresse und Telefonnummer. Es begann in ihrem ganzen

Körper zu kribbeln. Am liebsten hätte sie ihn sofort angerufen. Aber es half nichts. Sie musste abwarten, bis sich eine passende Gelegenheit bot.

Beim Mittagessen war es endlich soweit. Sie gingen ins selbe Restaurant wie beim letzten Mal. Offenbar war es Peters und Jens Stammlokal. Sie bestellten gebratene Scholle mit Krabben. Dann entschuldigte sie sich und ging auf die Damentoilette. Nachdem sie sich davon überzeugt hatte, dass niemand in der Nachbarkabine war, wählte sie Toms Nummer.

»Tom.«

»Hallo. Hier ist Irene Huss.«

»Hallo! Meine Lieblingspolizistin! Wollen Sie bei mir vorbeischauen?«

»Das würde ich gern. Aber es geht nicht. Mein Kollege …«

»Ich verstehe. Was haben Sie auf dem Herzen?«

»Beate Bentsen … Emils Mutter … hat ihm erzählt, dass ich nach den Scandinavian Models und Isabell Lind suche. Ich muss mit ihm sprechen.«

»Warum?«

»Um ihn zu fragen, ob er die Sache weitererzählt hat.«

Ein langes Schweigen war Tom Tanakas einzige Antwort. Als er schließlich wieder etwas sagte, hatte seine Stimme einen kühlen Unterton:

»Der gute Emil überrascht uns immer wieder. Glauben Sie, dass er etwas ausgeplaudert hat?«

»Ausgeplaudert … ich habe schließlich nie gesagt, dass es ein Geheimnis ist, dass ich nach Isabell suche. Ich hätte nie geahnt, dass ihr das gefährlich werden könnte.«

»Ich habe Emil jetzt schon seit einer Woche nicht mehr gesehen. Seit dem Abend nicht, an dem Sie hier waren.«

»Das ist jetzt genau eine Woche her. Kommt es oft vor, dass er sich so lange nicht blicken lässt?«

Tom schwieg erneut. Schließlich sagte er:

»Es ist schon vorgekommen. Aber meist taucht er alle paar

Tage auf. Gelegentlich habe ich ihn auch schon gebeten zu kommen, wenn ich Hilfe im Geschäft brauchte. Da er nicht fest angestellt ist, kommt und geht er, wie es ihm gefällt.«

»Haben Sie seine Adresse und Telefonnummer?«

»Ja. Einen Augenblick.«

Irene hörte, wie er eine Schublade öffnete. Offensichtlich kramte er nach seinem Telefonverzeichnis. Schließlich hatte er gefunden, was er suchte.

»Er wohnt in der Gothersgade in der Nähe des Botanisk Have.«

Es klang witzig, wie Tom Tanaka botanischer Garten auf Dänisch sagte. Aber Irene lachte nicht. Er sagte ihr die Hausnummer und gab ihr die Telefonnummer. Abschließend fragte Irene:

»Was wissen Sie über Emil?«

»Er studiert Jura. Behauptet er jedenfalls. Er wohnt in einer großen Wohnung, die er von seinem Vater geerbt hat. Sie ist so groß, dass er einen Teil untervermieten kann. Ich habe den Verdacht, dass er von dem Geld, das er damit verdient, lebt. Er ist zweiundzwanzig. Netter Bursche, ziemlich schüchtern. Unauffällig.«

Irene hätte fast gefragt, ob Tom ein Verhältnis mit Emil gehabt hatte, ließ es dann aber bleiben. Gewisse Fragen konnten jedes Vertrauensverhältnis zerstören.

Nachdem sie das Gespräch mit Tom beendet hatte, wählte sie sofort Emils Nummer. Nach zehnmaligem Klingeln gab sie auf. Er war nicht zu Hause.

Als sie zurück an ihren Tisch kam, wurde gerade das Essen serviert. Die Scholle war riesig und hing über den Tellerrand. Die Panade war der Länge nach aufgeschnitten. In dem Einschnitt lag ein Berg Krabben. Das Ganze wurde von einem ordentlichen Klumpen Remoulade gekrönt, der mit Dill und Zitronenscheiben dekoriert war. Das Bier wurde in beschlagenen Krügen serviert und war perfekt gekühlt. Gewisse dänische Sitten sollte man wirklich zu Hause übernehmen, dachte Irene.

Jonny hatte die dänischen Essgewohnheiten bereits mit großer Begeisterung angenommen. Die junge Serviererin stellte ein bis zum Rand gefülltes Schnapsglas vor ihn hin. Jens Metz gab ihr einen Klaps auf den Po und blinzelte schelmisch, als sie ihn wütend anfunkelte.

»Was soll die saure Miene. Ein Klaps ist ein Kompliment«, sagte er lachend.

Schlagfertig erwiderte die Kellnerin:

»Kommt drauf an, von wem er kommt!«

Irene hätte Beifall klatschen wollen, konnte sich aber gerade noch beherrschen. Jens sah verstimmt aus, aber nachdem er einen großen Schluck Bier getrunken hatte, heiterte sich seine Miene wieder auf.

Nach dem Mittagessen liefen sie zurück zur Wache. Es gelang Irene, Svend Blokk ans Telefon zu bekommen. Der Professor in Gerichtsmedizin war sich absolut sicher, dass sie es mit demselben Mörder zu tun hatten. Der Bauchschnitt der zwei ersten Opfer stimmte hundertprozentig mit dem von Isabell überein. Die Verletzungen des Unterleibs waren ebenfalls dieselben. Blokk hob hervor, wie interessant es sei, dieses letztes Opfer zu obduzieren, da bei diesem alle inneren Organe noch vorhanden seien.

Irene hätte sich beinahe über den Telefonhörer erbrochen. Nie zuvor hatte sie bei einem Mordfall so stark reagiert. Nicht einmal als Anfängerin, wenn sie es mit einer stark verwesten Leiche zu tun hatte… Nein. Nicht einmal da.

In dem emotionalen Chaos, das sich nach dem Mord an Isabell bei ihr eingestellt hatte, machte sich ein immer stärkeres Gefühl breit. Dieses Gefühl hatte sie schon eine ganze Weile gehabt, aber jetzt wurde es immer deutlicher und verlangte, ernst genommen zu werden.

Rache.

Sie wollte sich rächen. Sie wollte sich dafür rächen, dass der Mörder sie benutzt hatte. Sie wollte sich dafür rächen, dass er ihr die Verantwortung für Bells Tod zugeschoben hatte. Sie wollte das Leid rächen, das über Monika Linds Familie hereingebrochen war. Sie wollte die Todesangst rächen, die Bell ausgestanden haben musste, als ihr klar geworden war, dass sie sterben würde. Sie wollte rächen, dass Bells Leiche geschändet worden war.

Sie würde sich rächen!

Das Verhör der drei anderen Mädchen von den Scandinavian Models ergab für die Ermittlung nichts Neues. Sie hatten das Etablissement ein paar Stunden geschlossen, um mit den Beamten aus Schweden sprechen zu können. Offenbar wurden dort vierzehn Stunden am Tag, sieben Tage die Woche Kunden empfangen. Die Mädchen arbeiteten jeweils sieben Stunden am Stück.

»Robin ... Mister Hillman ... sagt, dass das besonders am Anfang ganz wichtig ist. Die Kunden sollen sich darauf verlassen können, dass sie uns erreichen. Wir wollen einen Kreis von Stammkunden etablieren«, hatte Petra gesagt.

Das hatte etwas altklug geklungen. Als wäre es um eine Kette von Reformhäusern gegangen.

Irene hätte sie gerne wachgerüttelt und ihr bedeutet, sie solle doch bitte mit der nächsten Fähre nach Hause nach Malmö fahren.

Aber sie sagte nichts. Wie sie den Busen vorstreckte und Peter Møller den Hintern – sie trug nur einen String – entgegenreckte, ließ das wenig aussichtsreich erscheinen.

Abends aßen sie im Copenhagen Corner. Die drei dänischen Kollegen hatten den beiden Schweden das Restaurant vorgeschlagen. Irene hatte sofort das Gefühl, dass das eine gute Wahl war.

Sie bekamen einen Tisch am Fenster der riesigen, verglasten Veranda. Die Atmosphäre war entspannt, es gab viel Grün, und das Personal war freundlich.

Jens Metz und Jonny Blom orderten sofort einen Gammeldansk. Peter Møller und Irene begnügten sich mit einem großen Bier, und Beate Bentsen bestellte ein Glas Weißwein.

Irene hatte am Nachmittag mehrmals versucht, Emil Bentsen telefonisch zu erreichen, aber ohne Erfolg. Jonny hatte fast zwei Stunden im Hotel geschlafen, bis Irene ihn mit einem Anruf geweckt hatte. Jetzt trank er Jens kumpelhaft zu und schien ganz in seinem Element zu sein.

»Wann fahren Sie morgen?«, fragte Jens.

»Nach dem Mittagessen. Wir wollen noch die Verhörprotokolle kopieren. Natürlich handelt es sich um Ihre Ermittlung, aber es schadet ja nicht, wenn wir diese Unterlagen auch haben. Niemand weiß schließlich, was der Mörder sich als Nächstes einfallen lässt«, antwortete Irene.

Ein betretenes Schweigen breitete sich am Tisch aus, wurde aber rasch von Jonnys Kommentar gebrochen:

»Ist mir egal, was er sich einfallen lässt, Hauptsache in Kopenhagen. Dann können wir wieder herkommen.«

Darauf tranken Jonny und Jens. Ihr Lachen hallte von den Glaswänden wider.

Irene bemerkte, dass Beate Bentsen recht geistesabwesend wirkte. Langsam ließ sie ihr Weinglas kreisen und schaute in den Strudel, der sich bildete. Sie schien in Gedanken ganz weit weg zu sein. Plötzlich sah sie sehr müde aus und hatte tiefe Falten um die Mundwinkel.

»Haben Sie Emil erreicht?«, fragte Irene vorsichtig.

Die Kommissarin zuckte zusammen und sah Irene entgeistert an.

»Was? Emil? Nein.«

Beim letzten Wort sank sie vor ihrem Weinglas wieder in sich zusammen.

Irene hatte das deutliche Gefühl, dass etwas nicht so war, wie es sein sollte. Aber was?

»Glauben Sie, dass wir ihn bis morgen Vormittag erreichen?«, fragte sie.

Beate Bentsen sah verärgert aus, als sie entgegnete:

»Weiß ich nicht. Er lebt sein eigenes Leben.«

»Das versteht sich. Aber für die Ermittlung ist es wichtig, wer davon wusste, dass ich Isabell suche. Wir müssen wissen, wem er davon erzählt hat.«

Irene versuchte ihre Stimme ruhig und vernünftig klingen zu lassen.

Beate sah sie scharf an. Dann nickte sie und wich mit dem Blick aus.

»Ich erreiche ihn nicht. Ich war heute bei seiner Wohnung, aber er war nicht zu Hause«, murmelte sie leise.

Aus ihrer Stimme war deutlich Unruhe herauszuhören. Irene dachte rasch nach und sagte dann:

»Hat er keine Nachricht in der Wohnung hinterlassen? Einen Zettel?«

»Ich habe keinen Schlüssel.«

In diesem Augenblick hätte sich Irene fast verplappert. Sie hatte bereits den Satz, »aber er hat doch einen Untermieter, der Ihnen aufmachen kann?«, auf der Zunge, als ihr aufging, was sie da beinahe gesagt hätte. Sofort schluckte sie den Satz hinunter und verstummte entsetzt. Beinahe hätte sie Tom Tanaka verraten! Sie merkte, wie ihr der Schweiß ausbrach. Beate schien nichts davon zu merken. Fast flüsternd fuhr sie fort:

»Er sagt, dass ich mich nicht in seinem Leben breit machen soll, wie es mir gefällt. Deswegen habe ich auch keinen Schlüssel.«

Irene konnte sich viele Gründe vorstellen, warum Emil nicht wollte, dass seine Mutter, die Kommissarin, plötzlich in seiner Wohnung auftauchte. Aber sie sagte nichts, sondern nickte nur.

»Es ist so merkwürdig! Er scheint verschwunden zu sein!«, platzte Beate Bentsen auf einmal in normaler Lautstärke heraus.

Die drei Männer drehten gleichzeitig den Kopf zu ihr herum und sahen sie an. Jens blinzelte sie über seine Hamsterbäckchen hinweg an und sagte:

»Wer ist verschwunden?«

Beate Bentsen holte tief Luft und sah wieder mürrisch und verärgert aus.

»Emil. Ich habe seit einer Woche nichts mehr von ihm gehört.«

Beate machte sich eindeutig Sorgen. Irene hatte das Gefühl, dass sie allen Grund dazu hatte. Spontan legte sie ihrer Kollegin die Hand auf den rauen Ärmel ihres Leinenkostüms und sagte:

»Wenn wir gegessen haben, nehmen wir ein Taxi zu Emils Wohnung. Ich komme mit. Vielleicht ist er ja zu Hause, dann kann ich ihm meine Fragen direkt stellen. Dann ist das geklärt.«

Beate Bentsen zuckte erst mit den Schultern. Dann nickte sie.

KAPITEL 11

Das Essen war außerordentlich gut gewesen. Jens Metz hatte sie mit Geschichten über die Arbeit der Polizei in Kopenhagen unterhalten, und Johnny hatte mit absurden Vorfällen aus dem Alltag der Kollegen in Göteborg gekontert. Sie hatten viel gelacht und sich mehrere Stunden lang ausgezeichnet amüsiert.

Es war kurz vor elf, als Beate Bentsen Irene eine Hand auf den Arm legte und leise sagte:

»Wollen wir?«

Irene nickte. Sie standen auf und entschuldigten sich. Peter Møller wollte wissen, ob er die Damen nicht eskortieren sollte, aber sie versicherten ihm einmütig, dass das nicht nötig sei.

Nach dem Restaurant, in dem es immer wärmer und rauchiger geworden war, kam ihnen die Luft auf dem Rathausplatz angenehm kühl vor. Sie fanden ein freies Taxi, und Irene beherrschte sich gerade noch rechtzeitig und ließ die Kommissarin das Fahrtziel nennen.

In der Gothersgade zahlten sie und baten den Fahrer, fünf Minuten zu warten. Falls sie dann nicht zurück seien, könne er fahren.

Emil wohnte in einem schönen alten Haus aus dem frühen 20. Jahrhundert. Es war aus rot-braunen Ziegeln, und die Fassade war reich verziert. Durch das Dunkel sahen von einem Fries Gesichter auf die beiden Frauen herab.

Sie hatten Glück. Ein Mann kam die Treppe herunter und öffnete die Haustür. Freundlich nickte er Beate Bentsen zu. Wahrscheinlich kennt er sie vom Sehen, dachte Irene.

Eine breite Marmortreppe führte in ein hohes Entree. Ganz hinten leuchtete ein Aufzugfenster. Der Lift war bedeutend neueren Datums als das Haus. Mit einem leisen Surren ging es hinauf in den vierten Stock. Schaukelnd kam die Kabine zum Stehen.

Das Treppenhaus war behutsam renoviert. An den Wänden und um die Bleiglasfenster herum war das Jugendstildekor restauriert. Wenn die Sonne durch diese bunten Fenster scheint, sieht das sicher unglaublich aus, dachte Irene. Das Licht der Straßenlaternen war zu schwach, um die Fenster hier oben zu illuminieren. Sie waren schwarz. Die Wände waren hellgelb, und ein geschickter Malermeister hatte die Wohnungstüren mit einer kastanienbraunen Farbe marmoriert.

Energisch trat Beate Bentsen auf eine der beiden Türen des Treppenabsatzes zu. Auf einem Schild aus blau glasiertem Ton stand »Emil Bentsen«. Es bildete einen deutlichen Kontrast zur Eleganz des Treppenhauses. Wenn man die Keramikplatte näher in Augenschein nahm, sah man, dass die rosa Borte unter dem Namen aus Schweinen bestand. Das erste stand auf allen vieren, das nächste hinter ihm mit den Vorderpfoten auf seinem Rücken, und so ging es immer weiter: zehn kopulierende Schweine.

Beate beachtete die Schweine nicht weiter, sondern klingelte lange und eindringlich. Es hallte hinter der soliden Tür wider. Es rührte sich jedoch nichts. Irene legte das Ohr gegen das Holz der Tür. Alles war still, nichts regte sich. Sie kniete sich hin und spähte durch den Briefschlitz. Auf dem Fußboden konnte sie Zeitungen, Reklame und einige Umschläge ausmachen.

»Er ist schon seit mehreren Tagen nicht mehr zu Hause gewesen«, sagte Irene.

Gerade als sie wieder aufstehen wollte, bemerkte sie durch den offenen Briefschlitz den Geruch. Er war so schwach, dass sie ihn zuerst gar nicht richtig wahrgenommen hatte. Doch genau dieser Geruch, mochte er noch so schwach sein, war allen erfahrenen Ermittlern der Mordkommission wohlvertraut.

Erst wusste sie nicht, wie sie mit Beate im Rücken reagieren sollte. Um Zeit zu gewinnen, fragte sie:

»Haben Sie in den Briefkasten geschaut, als Sie vorhin hier waren?«

»Ja. Den Berg mit Briefen habe ich gesehen. Deswegen habe ich auch angefangen, mir Sorgen zu machen.«

Irene schluckte, ehe sie die nächste Frage stellte:

»Sonst ist Ihnen nichts Ungewöhnliches aufgefallen?«

»Nein. Was?«

Irene sah rasch zu Beate Bentsen hinüber. Es war sehr gut möglich, dass der Kommissarin der Geruch nicht aufgefallen war, schließlich rauchte sie Kette. Sicher war ihr Geruchssinn stark beeinträchtigt. Das war der von Irene jedoch nicht. Durch den Briefschlitz drang ein schwacher, aber dennoch deutlicher Leichengeruch.

Dank Irenes Handy gelang es Beate Bentsen, den Hausverwalter zu erreichen. Sie schienen alte Bekannte zu sein. Er war noch nicht im Bett, und da die Damen keinen Wagen hatten, versprach er ihnen den Schlüssel selbst vorbeizubringen.

Die Kommissarin war grünlich bleich im Gesicht, als sie das Gespräch beendete. Mit einer resignierten Miene reichte sie Irene das Mobiltelefon.

»Er wohnt ganz in der Nähe. Mit dem Auto dauert es nur ein paar Minuten.«

Dann hatte sie wieder diesen abwesenden Gesichtsausdruck. Irene hielt es für besser, sie nicht zu stören. Schweigend standen sie vor der schönen Wohnungstür mit dem pikanten Schild.

Bei Irene blinkten sämtliche Warnlampen: Hier hatte nicht nur jemand vergessen, den Müll runterzubringen. Hier lag etwas in der Wohnung und verweste.

Der Aufzug sauste leise bis zum obersten Stockwerk, und der Hausverwalter trat heraus. Irene war überrascht, als sie sah, dass er schwarz wie Ebenholz war. Er schenkte ihr ein strahlendes Lächeln und stellte sich als Bill Faraday vor. Er war groß und drahtig. Wenn Irene seinen Beruf hätte erraten sollen, hätte sie vermutlich auf Tänzer getippt. Immobilienverwaltung wäre ihr sicher als Allerletztes eingefallen. Alle werden wir zu Opfern unserer Vorurteile.

Bill Faraday zog einen riesigen Schlüsselbund aus der Tasche seines eleganten Ledermantels. Er musste lange suchen, bis er mit einem triumphierenden Ausruf einen davon hochhielt. Der Schlüssel verschwand im Schloss. Mit einem Klicken ging die Tür auf.

Beate hielt die halb offene Tür fest und stellte sich vor Faraday. Fast brüsk sagte sie:

»Danke, Bill. Wir gehen allein rein. Können wir den Schlüssel vorläufig behalten?«

Falls er erstaunt war, so abgespeist zu werden, ließ er es sich nicht anmerken. Mit einem erneuten blendenden Lächeln drehte er sich auf dem Absatz um und verschwand im Fahrstuhl. Beate Bentsen wartete, bis dieser sich in Bewegung gesetzt hatte, ehe sie die Tür ganz öffnete und Irene mit einer Handbewegung bedeutete, einzutreten.

In der Diele war der Geruch ganz deutlich. Irene machte Licht und sah sich um. Der Flur war geräumig und hoch. Unter dem Haufen Post und Zeitungen lag ein schmutziger, gewebter Teppich in Rottönen. Die einzigen Möbel waren ein Kleiderständer und ein großer Spiegel mit vergoldetem Rahmen. Von der Decke hing eine nackte Glühbirne herab.

Irene öffnete auf gut Glück die erste Tür auf der linken Seite. Sie führte in ein großes, schmutziges und muffiges Badezimmer. Ein nasses Frotteehandtuch lag zwischen leeren Shampooflaschen und Klopapierrollen auf dem Fußboden.

Durch die nächste Tür ging es in eine gleichfalls unordentliche Küche. Schmutziges Geschirr und stinkende Pizzakartons türmten sich in der dreckigen Spüle. Aber es war nicht dieser Gestank, der die Wohnung beherrschte.

Irene merkte plötzlich, dass sich Beate Bentsen an ihre Fersen geheftet hatte. Irene konnte sie verstehen. Die Kommissarin fürchtete den Gestank und wollte lieber gar nicht wissen, wo er herkam. Sie wollte ihm jedenfalls nicht allein gegenübertreten.

Als hätte sie Irenes Gedanken erraten, machte sie einen Schritt auf eine geschlossene Tür zu und sagte:

»Da geht es in Emils Musikzimmer. Die Tür daneben ist die zum Wohnzimmer, und da drüben liegt das Schlafzimmer.«

Irene hielt direkt auf die Schlafzimmertür zu. Sie war nicht ganz geschlossen, sondern stand einen Spalt offen.

Der Geruch schlug ihr entgegen, als sie sie ganz öffnete.

Hastig drehte Irene sich um und versuchte, Beate Bentsen zurückzuschieben. Aber diese hatte bereits genug gesehen und drängte sich an ihr vorbei. Neben dem Bett blieb sie vollkommen erstarrt stehen. Sie sagte kein Wort. Irene trat eilig neben sie.

Emil war an Händen und Füßen gefesselt. Dieses Mal keine Handschellen, sondern ein Seil, stellte Irene automatisch fest. Er war nackt. Der Mörder hatte ihn der Länge nach aufgeschlitzt: seine Signatur. Plötzlich begann Beate Bentsen leise zu jammern. Kurz darauf ging das Jammern in einen hysterischen Schrei über:

»Er ist weg! Er hat… Er ist weg…«

Irene sah ebenfalls, dass Körperteile fehlten. Dieses Mal hatte der Mörder sein Opfer verstümmelt.

Es wurde eine lange Nacht. Kurz vor vier war Irene wieder im Hotel Alex.

Sicher kann ich nicht einschlafen, dachte sie.

Dann erinnerte sie sich an nichts mehr, bis sie um halb neun vom Telefon geweckt wurde. Noch im Halbschlaf griff sie nach dem Hörer. Sie war sofort hellwach, als ihr Kommissar Anderssons Stimme ins Ohr brüllte:

»Ich will mit euch reden, und da rufe ich natürlich bei der Dienststelle an. Dort solltet ihr schließlich sein und arbeiten. Aber dort seid ihr nicht, sondern ich muss mich wieder mit diesem unverständlichen Dänisch herumärgern. Aber so viel habe ich doch verstanden, dass ihr die nächste zerstückelte Leiche am Hals habt! Was zum Teufel stellst du eigentlich an?«

Irene war beleidigt und versuchte zu protestieren:

»Ich bring die Leute schließlich nicht um!«

Andersson schien ihren Einwand nicht gehört zu haben. Er fuhr fort:

»Und wo seid ihr, Jonny und du? Ihr liegt im Hotel auf der faulen Haut!«

Endlich war Irene wach genug, um wütend zu werden.

»Ich war dabei, als heute Nacht das letzte Opfer gefunden wurde, und bin erst um fünf ins Bett gekommen!«, fauchte sie.

Sie übertrieb um eine Stunde, weil das besser klang. Überprüfen würde Andersson es sowieso nicht können. Es wurde kurz still, ehe der Kommissar wieder etwas sagte. Bedeutend ruhiger meinte er dann:

»Du warst also dabei?«

»Ja.«

»Wer ist das Opfer?«

»Der Sohn von Kommissarin Beate Bentsen.«

Das Schweigen, das auf diese Information folgte, war sehr lang. Aber Irene kannte ihren Chef und war auf seinen nächsten Ausbruch vorbereitet.

»Was zum Teufel erzählst du mir da?! Bentsens Sohn! Das kann…«

Hastig fiel sie ihm ins Wort:

»Dieser Mord trägt ganz klar die Signatur unseres Mörders. Gefesselt, aufgeschlitzt, geschändet, verstümmelt.«

Als die Stimme des Kommissars erneut zu vernehmen war, klang er ernst und gesammelt.

»Irene. Er schlägt immer zu, wenn du in der Nähe bist. Ganz sicher ist er jetzt in Kopenhagen.«

Irene unterbrach ihn:

»Das ist nicht sicher. Der Gerichtsmediziner meint, dass Emil Bentsen wahrscheinlich schon seit einer Woche tot ist. Der

Mörder kann also genauso gut wieder zurück in Göteborg sein oder wo immer er sonst wohnt.«

»Dann wurde dieses Opfer also ungefähr zur selben Zeit wie Isabell ermordet?«

»Ja. Diese Morde haben einen Zusammenhang. Jonny und ich bleiben noch einen Tag länger.«

»Warum das? Die Dänen können uns doch Bericht erstatten?«

»Ich habe in Emil Bentsens Schlafzimmer an der Pinnwand eine Visitenkarte gefunden. Sie hing dort unter anderen Zetteln, und nur ein Ecke schaute hervor. Aber diese Ecke habe ich wieder erkannt. Weiß und blaue Schrift. Es war Marcus Tosscanders Visitenkarte. Du weißt schon, die, auf der ›Toscas Design‹ steht.«

Es war deutlich zu hören, wie Andersson am anderen Ende nach Luft schnappte. Wahrscheinlich war er nahe am Herzinfarkt, befürchtete Irene. Aber dann klang er wieder normal und gesammelt:

»Okay. Ihr sucht heute noch nach weiteren Spuren, die auf Marcus Tosscander hindeuten. Aber morgen kommt ihr nach Hause! Das hier wird sonst zu teuer. Zwei Beamte in Kopenhagen können wir uns nicht leisten …«

Er brach ab. Irene wusste, dass ihm auf einmal ein Gedanke gekommen war.

»War Jonny dabei, als du Bentsens Sohn gefunden hast?«

»Nein.«

»Wo war er?«

Irene zögerte, ob sie ihm die Wahrheit sagen sollte, die lautete: Er hat mit dem Kollegen Jens Metz gesoffen. Sie entschied sich dagegen.

»Keine Ahnung. Ich habe Beate Bentsen begleitet. Sie machte sich Sorgen, weil sie von Emil so lange nichts gehört hatte.«

»Also war Jonny nicht dabei, als ihr den Mord entdeckt habt. Was für einen Grund hat er dann, nicht bei der Arbeit zu sein?«

Erneut war Irene zu feige.

»Keine Ahnung.«

»Ich rufe bei ihm auf dem Zimmer an und frage ihn selbst. Und Irene… sei vorsichtig.«

»Na klar. Heute Abend weiß ich vielleicht schon mehr.«

Verkatert und mit gerötetem Gesicht stiefelte Jonny Blom ins Frühstückszimmer, als Irene schon fast fertig war. Er ließ sich ihr gegenüber auf den Stuhl sinken und seufzte:

»Andersson hat bei mir angerufen. Er war stinksauer. Was wollte er eigentlich damit, warum ich dich gestern Abend nicht begleitet habe? Und was war das für eine Leiche, mit der er mir in den Ohren lag?«

»Hol dir was zu essen, dann erzähl ich's dir.«

Langsam und in pädagogischen Häppchen erklärte ihm Irene, was in der Nacht vorgefallen war.

Als sie erzählte, wie und in welchem Zustand sie Emils Leiche gefunden hatten, setzte sich Jonny kerzengerade hin und schien plötzlich stocknüchtern zu sein. Er schaute Irene entgeistert an.

»Ist das wahr? Beate Bentsens Sohn?«

Irene nickte nur.

»Das ist wirklich übel! Wie geht's ihr?«

»Sie mussten sie ins Krankenhaus bringen. Sie ist vollkommen zusammengebrochen. Kein schöner Anblick, kann ich dir sagen. Der Mörder hatte seinen Penis abgeschnitten, den einen Brustmuskel und die eine Pobacke.«

Jonny sah angewidert auf den Rest seines Schinkenbrötchens. Er schob seinen Teller beiseite.

»Vollkommen gestört!«, sagte er dann.

Ausnahmsweise waren sie sich da mal einig.

»Ich habe eine Nacht verlängert. Wir können unsere Zimmer behalten. Und Jonny…«

Sie beugte sich vor und sagte ernst:

»… ich wäre dir unerhört dankbar, wenn du heute nüchtern bleiben könntest. Andersson hatte Recht, als er sagte, dass der

Mörder seine Taten in meiner Nähe verübt. Und du befindest dich ebenfalls in meiner Nähe. Im Interesse deiner eigenen Sicherheit solltest du also…«

Jonny wurde feuerrot im Gesicht und stand so hastig auf, dass er seine halb volle Kaffeetasse über den Tisch kippte.

»Du bist nicht meine verdammte Mama oder Chefin! Es geht dich einen Scheißdreck an, was ich mache!«

Wütend stürzte er aus dem Frühstücksraum. Irene seufzte. Es hatte den Anschein, als würde auch dieser Tag ganz im Zeichen von Gammeldansk stehen.

Es sah wirklich sehr hübsch aus, wenn die Sonne durch das bunte Fenster im Treppenhaus schien. Genau so, wie Irene sich das vorgestellt hatte, als sie es in der Nacht bemerkte hatte. Aber als sie mit ihren drei Kollegen aus dem Fahrstuhl stieg und auf Emils Wohnungstür zuging, konnte sie das Spiel der Farben auf den Wänden nicht recht genießen. Erstaunt blickte Jonny auf das blaue Keramikschild und beugte sich vor, um die Schweine besser erkennen zu können. Er murmelte etwas Unverständliches vor sich hin, kommentierte das Schild aber weiter nicht.

Auf der Fahrt zu Emils Wohnung hatte er Irene ignoriert und sie wie Luft behandelt. Die Bitte, doch weniger zu trinken, war nicht gut angekommen.

Als sie in der Nacht den Tatort näher untersucht hatten, war Irene aufgefallen, dass die zweite Tür auf dem Treppenabsatz zu den vermieteten Zimmern führte, die mit Emils Wohnung zusammenhingen. Die Einliegerwohnung bestand aus zwei großen Zimmern, zu denen eine Küche, eine Diele und ein Bad gehörten. Beide schienen im Augenblick leer zu stehen. In der Küche war eine verschlossene Tür, die in Emils Schlafzimmer führte.

Die Zimmer waren fast identisch möbliert, breites Bett, große Kommode mit passendem Spiegel darüber, Ledersessel mit Stehlampe daneben und schönen, allerdings stark verschlissenen gewebten Teppichen auf dem Boden. Die Einbauschränke waren leer, die Schubladen der Kommoden ebenfalls. Auf allem lag eine dicke Staubschicht, die darauf schließen ließ, dass die Zimmer schon seit Wochen, vielleicht auch schon seit Monaten nicht mehr bewohnt worden waren. Einzig in den Farben unterschieden sich die Zimmer. In dem einen herrschten Blau-, in dem anderen Grüntöne vor. Von beiden bot sich eine erstklassige Aussicht auf den botanischen Garten.

Küche und Bad waren staubig und schmutzig, aber nicht ganz so ekelhaft wie Emils. Hier war eine gewisse unpersönliche Ordnung zu erkennen.

Jens Metz drehte sich zu Irene um. Er hatte vom Vorabend immer noch eine Fahne.

»Wir lassen die Jungs von der Spurensicherung in beiden Zimmern nach Haaren und dergleichen suchen. Im Hotel Aurora haben wir eine ganze Menge davon gesichert. Na ja, immerhin lag sie in einem alten Hotelzimmer. Emils Wohnung müssen wir uns dann auch noch vornehmen. Das wird verdammt lange dauern. Mit etwas Glück finden wir aber zwei Haare, die übereinstimmen«, meinte er.

Irene nickte. Sie konnte nicht sprechen, da es ihr den Atem verschlug. Es fragte sich, wer die schlimmere Fahne hatte, Jonny oder Jens.

Sie verließen die Einliegerwohnung und gingen zu Emil hinüber. Der Leichengeruch hing immer noch in der Luft, obwohl der Tote in die Pathologie gebracht worden war. Irene öffnete das Fenster in der Küche. Im Schlafzimmer waren die Männer von der Spurensicherung am Werk. Ein kleiner, ziemlich dicker Mann schaute zu den Polizisten, die in der offenen Tür standen, hoch.

»Das wird dauern. Wahnsinnig viel Staub und Dreck. Hat nicht den Anschein, als hätte der Bursche je geputzt.«

»Fingerabdrücke?«, fragte Peter Møller.

»Unzählige.«

»Was von Interesse?«

»Auf der Matratze und der Bettwäsche ist offenbar eine

Menge Sperma. Scheint aber älteren Datums zu sein. Unter dem Bett haben wir jedoch einen frischen Spermafleck gefunden. Winzig, aber für eine DNA-Analyse wahrscheinlich ausreichend. Jemand scheint außerdem neben dem Bett etwas mit einem Lappen aufgewischt zu haben. Das sieht man bei starker Beleuchtung deutlich.«

»Habt ihr den Lappen gefunden?«

»Nein. Der Mörder wird schon nicht so dumm gewesen sein, ihn liegen zu lassen.«

»Wo ist die Stelle, die aufgewischt wurde?«

»Hier.«

Der Mann von der Spurensicherung deutete direkt unter dem Kopfende des Betts auf den Fußboden.

Peter Møller nickte und wandte sich an Irene:

»Vielleicht haben wir diesmal Glück. Vielleicht hat der Mörder einen Fehler gemacht und eine Spur hinterlassen. Vielleicht hat Emil sich auch einen runtergeholt, ehe er ermordet wurde.«

Das grelle Sonnenlicht fiel auf das einzige Bild des Zimmers, eine große, gerahmte Schwarzweißfotografie. Ein nackter Mann in einer unerhört exponierten Stellung. Er saß halb in ein paar großen Kissen. Einzig sein kräftig erigierter Penis war scharf gestellt. Obwohl Gesicht und Oberkörper etwas verschwommen waren, erkannte Irene den Mann. Das hatte sie nach dem Schock und im Chaos der Nacht nicht getan. Jetzt sah sie, dass es sich bei dem Modell um Marcus Tosscander handelte. Schlimmer war, dass sie die Art des Bildes wieder erkannte. Tom Tanaka hatte davon zwei Stück im Schlafzimmer hängen.

Diese Erkenntnis bereitete ihr Kopfschmerzen. Sie musste so schnell wie möglich mit Tom Tanaka reden. Er würde sicher verhört werden, da die Polizei wusste, dass Emil immer in seinem Geschäft herumgehangen hatte. Aber von Tom würden sie nichts erfahren. Der Mord an Emil würde seinen Verdacht gegen die Polizei im Allgemeinen und das Revier Vesterbro im Besonderen nur bestätigen.

Die vier Kriminalbeamten gingen zurück in die Diele. Das Schlafzimmer überließen sie bis auf weiteres besser den Leuten von der Spurensicherung.

»Da wir zu viert sind, schlage ich vor, dass sich jeder von uns ein Zimmer vornimmt, Jonny das Bad, Peter die Küche, Irene das zweite Zimmer… ach so, das Musikzimmer… und ich das Wohnzimmer«, sagte Metz.

Niemand hatte einen besseren Vorschlag, und alle verschwanden in einem anderen Zimmer.

Irene öffnete die geschlossene Tür und blieb abrupt auf der Schwelle stehen. Diesen Geruch kannte sie: Haschisch. Auch das hatte sie in der Nacht nicht bemerkt. Zu ihrer Verteidigung konnte sie nur vorbringen, dass die Untersuchung der vergangenen Nacht recht oberflächlich gewesen war. Sie hatten weder Zeit noch Leute gehabt, die Wohnung gründlicher zu durchsuchen.

Sie trat ins Zimmer und machte die Tür hinter sich zu. Der Duft von Joints mischte sich mit dem Gestank eines ungeputzten und ungelüfteten Zimmers. Es war groß und fast nicht möbliert. Durch das schmutzige und vorhanglose Fenster flutete die Vormittagssonne. Auf der Fensterbank aus Marmor stand eine vertrocknete Pflanze in einem kleinen Eimer aus Plastik. Sie nahm ein Blatt, zerkrümelte es auf der Handfläche und roch daran. Die Form des Blatts und der Duft bestätigten ihren Verdacht: Cannabis.

Der Teppichboden war irgendwann einmal hellgelb gewesen. Jetzt war die dominierende Farbe Nikotinbraun. Vermutlich war dieses Zimmer einmal die Bibliothek gewesen. Die eine Wand nahm ein Regal aus dunklem Holz ein. Nachlässig hatte Emil ein paar Bretter weggerissen, um Platz für riesige Lautsprecher und eine imposante Stereoanlage zu schaffen. Neben den Lautsprechern lagen Unmengen von CDs aufgestapelt. Davor stapelten sich Langspielplatten und Plattencover in einem wilden Durcheinander.

Da in dem Zimmer keine Sitzmöbel waren, ging Irene davon

aus, dass Emil mitsamt seinen Freunden beim Musikhören auf dem Boden gelegen hatte. Den Blick konnten sie auf den Plakaten ruhen lassen, die an den Wänden hingen. Irene schauderte es, als sie diese näher betrachtete. Es handelte sich um Rockgruppen mit Namen wie »Warriors of Satan«, »Deathlovers« und »Nekrophilia«. Merkwürdigerweise waren die Musiker in unterschiedlichen Stadien der Verwesung abgebildet. Würmer krochen aus ihren Augenhöhlen und den halb verwesten Muskeln. Trotzdem waren sie in der Lage, ihre Instrumente zu traktieren und ihre Lieder zu brüllen. Lebende Tote.

Im Hinblick darauf, wie sie Emil gefunden hatten, mausetot und verwest, erschienen ihr die Bilder an den Wänden wie der nackte Hohn.

Auch der größte Teil der Plattencover sah aus wie die Poster an den Wänden.

Irene überlegte lange, welche Phantasien einen jungen Mann wohl dazu veranlassen konnten, sich solche Bilder aufzuhängen und diese Musik zu hören.

Sie zuckte zusammen, als die Tür hinter ihr aufgerissen wurde.

»Warum hast du die Tür zugemacht?«, fragte Jonny.

»Komm rein und mach hinter dir zu«, erwiderte Irene.

Zögernd tat Jonny, worum sie ihn gebeten hatte.

»Riechst du was?«, fragte sie.

Er holte ein paar Mal tief Luft.

»Hasch«, stellte er fest.

»Ja. Im Topf am Fenster ist Cannabis, aber der Geruch hängt im Teppichboden. Hier ist sicher einiges geraucht worden.«

Erstaunt betrachtete Jonny aus blutunterlaufenen Augen die Bilder an den Wänden.

»Pfui Teufel«, lautete sein Urteil.

»Stimmt. Aber es zeigt, dass er sich zur Nekrophilie hingezogen fühlte.«

»Pfui Teufel.«

»Stimmt auch. Aber genau in diesen Kreisen suchen wir unseren Mörder.«

In Jonnys benebelten Hirn begannen sich die Rädchen in Bewegung zu setzen. Mit einem gewitzten Grinsen meinte er:

»Aber da werden wir kaum noch Emil hinterherjagen.«

»Nein. Aber das heißt, dass er seinen Mörder mit großer Wahrscheinlichkeit kannte.«

Jonny erinnerte sich plötzlich daran, warum er zu Irene gegangen war.

»Møller will dir was zeigen«, sagte er.

Sie verließen das so genannte Musikzimmer und stießen fast sofort auf Peter Møller. Er stand in der Diele und schaute in einen Einbauschrank. Irene und Jonny stellten sich neben ihn.

In dem großen Schrank hingen eine abgetragene Lederjacke, ein schwarzer Trench sowie zwei Polizeiuniformen.

»Die Kleider sollten wir besser nicht berühren. Vielleicht finden sich an ihnen ja Spuren«, sagte Møller.

Seine Stimme klang angespannt. Irene war klar, dass er an »den Polizisten« dachte, der in der Peripherie der Ermittlungen im Mordfall Carmen Østergaard aufgetaucht war. Ihr wurde es ganz heiß. Ein Gedanke jagte den anderen.

War das möglich? Konnte Emil dieser »Polizist« gewesen sein? Natürlich war seine Mutter Polizistin. Das Bild an der Wand und die Visitenkarte bewiesen, dass Emil Marcus gekannt hatte. Auf Emil passte auch die Beschreibung des Polizisten, die die Prostituierte geliefert hatte, als wegen des Mordes an Carmen ermittelt worden war. Hatte Marcus in seiner Zeit in Kopenhagen etwa hier gewohnt? Nicht unwahrscheinlich. Wo waren seine Sachen? Sein Auto? Warum hatte Emil seine Zimmer nicht wieder vermietet? Warum war Emil selbst ermordet worden?

Die Antwort auf diese letzte Frage lautete vermutlich, dass Emil für den Mörder allmählich zur Bedrohung geworden war. Vielleicht war auch das Verlangen zu groß geworden, und Emil war zufällig als Einziger in der Nähe gewesen. Der Gedanke verursachte ihr Übelkeit, aber Irene beschloss, bei Gelegenheit diese Hypothese mit Yvonne Stridner zu besprechen.

Jens Metz hatte sich zu den anderen in der Diele gesellt. Seine schweren Atemzüge waren in der Stille deutlich zu hören. Schließlich sagte er mit aufrichtigem Mitgefühl:

»Die Kommissarin tut mir verdammt Leid!«

Irene war klar, dass sie möglichst schnell mit Beate Bentsen sprechen musste. Zögernd sagte sie:

»Dürfte ich ins Krankenhaus mitkommen, um mit ihr zu reden?«

»Warum das?«, fragte Jonny säuerlich.

»Weil Emil und Marcus miteinander bekannt waren. Der Mann auf dem Bild, das über dem Bett von Emil hängt, ist Marcus Tosscander. Wahrscheinlich hat Marcus hier auch gewohnt. Was wusste Beate Bentsen über Emils Leben? Seine sexuellen Kontakte? Es gibt eine ganze Menge, was ich sie fragen will«, sagte Irene.

Jonny sah sie verärgert an, sagte aber nichts.

»Natürlich können Sie mitkommen. Ich rufe nachher gleich im Krankenhaus an und frage, ob wir mit ihr sprechen können. Dann fahren wir direkt, nachdem wir gegessen haben«, meinte Peter Møller.

»Ich versuche Blokk zu erreichen. Habt ihr übrigens daran gedacht, dass sich die beiden ersten Morde von den zwei letzten unterscheiden?«, wollte Metz wissen.

»Dass er Isabell und Emil nicht ausgeweidet hat?«, erwiderte Jonny.

»Genau. Außerdem hat er den Brustkorb nicht geöffnet. Das lässt sich vielleicht damit erklären, dass er keine Kreissäge zur Hand hatte. Das ist sicher auch der Grund dafür, dass er Kopf und Extremitäten nicht abgetrennt hat. Wir sollten uns jedoch fragen, ob wir es mit einem Nachahmungstäter zu tun haben«, meinte Metz.

Diese Möglichkeit bestand, aber Irene spürte intuitiv, dass es sich um denselben Mörder handelte. Niemand kannte schließlich die Details, was das Vorgehen beim Zerstückeln und Schänden der ersten beiden Opfer anging, da die Medien aus

»ermittlungstechnischen Gründen« nicht alle Fakten erfahren hatten. Aber auch sie musste zugeben, dass es zwischen den ersten beiden und den letzten beiden Morden auffällige Unterschiede gab. Die beiden letzten Taten waren gewissermaßen unvollendet geblieben.

Irene erschrak selbst, als ihr dieses Wort in den Sinn kam. Unvollendet. Sie wollte es in Erinnerung behalten und darauf zurückkommen, wenn sie mehr über die neuen Morde wusste.

Peter steckte die Hand in die Jackentasche und zog eine zusammengeknüllte Plastiktüte hervor.

»Ganz hinten in der Speisekammer habe ich das hier gefunden. Einen Klumpen Haschisch. Eine ganze Menge sogar.«

»Das passt zum Haschischgeruch im Musikzimmer. Die Plakate und CDs dokumentieren im Übrigen fast überdeutlich Emils nekrophiles Interesse«, sagte Irene.

Møller und Metz gingen ins Musikzimmer. Schweigend betrachteten sie die Dekoration der Wände. Møller beugte sich vor und drehte vorsichtig die Platten und Plattencover um. Als sie sich wieder zur Tür wandten, sagte Møller zu Irene:

»Das meiste ist Death Metal und Black Metal. Nur weil er diese Musik gehört hat, muss er noch nicht nekrophil gewesen sein. Ziemlich viele jungen Leute finden diese Art von Musik klasse. Aber ich stimme Ihnen zu, dass er eine Fixierung hatte, was den Tod betrifft.«

Er deutete auf das Poster neben der Tür. Ein Gitarrist, der den Betrachter aus seinem Totenschädel angrinste, auf dem Würmer herumkrabbelten. Unter der elektrischen Gitarre quollen halb verweste Därme hervor. Über dem Bild stand: »There is no death!«

Es war ein befreiendes Gefühl, wieder auf der Straße zu stehen.

»Vielleicht sollten wir gleich essen gehen«, meinte Jens Metz.

Irene war zwar nicht übertrieben hungrig, realisierte aber, dass ihr das die Möglichkeit geben würde, Tom Tanaka anzurufen. Dass es getrennte Toiletten für Damen und Herren gab, hatte Vorteile.

Sie beschlossen, dass Jonny nach dem Essen die Ermittlungsakten kopieren sollte, die es im Mordfall Isabell Lind gab. Natürlich meuterte er, aber insgeheim war er ganz froh, dass ihn jemand zur Dienststelle zurückfahren würde. Wo er dann in Ruhe und Frieden mit einem Stapel Akten sitzen konnte. Noch immer hatte er einen schweren Kopf. Vielleicht konnte er irgendwo eine Kopfschmerztablette und ein paar Tassen Kaffee auftreiben. Im Übrigen würden sicher ein Kurzer und was Festes im Magen Wunder wirken.

Peter Møller rief im Krankenhaus an, ob sie Beate Bentsen schon am Nachmittag vernehmen könnten. Nach einigem Hin und Her mit der Schwester bekamen sie endlich gnädig eine Besuchserlaubnis für nach drei Uhr.

Jetzt war es Viertel vor zwölf. Wenn Irene sich mit dem Essen beeilte, würde sie Tom Tanaka noch vor drei Uhr einen Besuch abstatten können. Plötzlich hatte es Irene sehr eilig, essen zu gehen.

Sie ließen den Wagen stehen und gingen zu Fuß zum Gråbrødretorv, zu dem rustikalen Gasthaus Peder Oxe, das für seine guten Fleischgerichte und großen Weingläser bekannt war. Alle bestellten Rindsrouladen in einer wunderbaren Sahnesauce. Dazu gab es schwarzes Johannisbeergelee und große Mengen junges Gemüse. Alle tranken Bier. Jonny war enttäuscht, dass niemand außer ihm einen Schnaps wollte. Er konnte unmöglich als Einziger einen bestellen. Er wirkte wie ein Welpe, dem man sein Leckerchen weggenommen hatte.

Vor dem Kaffee entschuldigte sich Irene und verschwand auf der Damentoilette. Sie schloss sich in einer Kabine ein. Rasch erschien Tom Tanakas Nummer auf dem Display ihres Handys, und sie stellte die Verbindung her.

»Tom.«

»Hallo, Tom. Hier ist Irene Huss. Wir müssen uns sofort treffen.«

»Ist was passiert?«

»Ja. Ich muss Sie sprechen.«

»Was ist mit Ihrem Kollegen?«

»Das kriege ich hin, wenn ich Sie in einer halben Stunde treffen kann.«

Tom dachte einen Augenblick nach und sagte dann:

»Geht es nicht in einer Stunde?«

»Nein. Dann wird's zu knapp. Es ist wichtig! Sonst hätte ich Sie auch nicht angerufen!«

Offenbar hörte er ihrer Stimme an, wie dringlich ihr Anliegen war.

»Okay. Ich habe zwar Besuch, aber… Kommen Sie halt in einer halben Stunde. Läuten Sie, wenn Sie vor der Tür stehen, dann mache ich Ihnen auf.«

Irene zog den Kamm durch ihr kurzes Haar und rückte es etwas zurecht. Erstaunlicherweise fühlte sie sich mit der Kurzhaarfrisur immer wohler. Der Ordnung halber erneuerte sie ihren Lippenstift. Versuchsweise lächelte sie ihr Spiegelbild an. Es war wichtig, dass sie unbeschwert aussah, wenn sie ihren Kollegen eine faule Ausrede vorsetzte.

Sie setzte sich vor ihre dampfende Kaffeetasse und sagte:

»Ich glaube, ich unterhalte mich noch mal mit den Mädchen von den Scandinavian Models. Vor allem will ich ein weiteres Mal mit Petra sprechen. Jetzt, wo sich der erste Schock vermutlich gelegt hat, erinnert sie sich vielleicht noch an mehr von dem Abend, an dem Isabell verschwunden ist.«

»Glauben Sie, dass das was ergibt? Wir haben die Mädchen schließlich mehrmals vernommen«, wandte Peter Møller ein.

»Ich weiß, aber ich will noch einen letzten Versuch unternehmen.«

Peter Møller zuckte nur mit den Achseln. Es war klar, was er von der Idee hielt. Irene war erleichtert, als die drei Männer anfingen, über Fußball zu reden. Sie saß schweigend daneben und tat so, als hätte sie keine Ahnung von der Europameisterschaft.

Als sie ihren Kaffee getrunken hatte, lächelte sie entschuldigend und meinte:

»Dann mache ich mich mal auf den Weg. Bis nachher.«

»Ich treffe Sie dann um Viertel vor drei am Eingang der Frauenkirche«, erwiderte Peter Møller.

»Perfekt.«

Irene rief Tom bereits aus dem Taxi an, um ihre Ankunft anzukündigen. Der Fahrer hielt in der Helgolandsgade, und Irene zahlte. Ohne Eile ging sie durch die Einfahrt. Obwohl helllichter Tag war, sah sie sich genauestens um. Die Konfrontation mit den Skinheads hatte sie in zu guter Erinnerung.

Tom hielt bereits nach ihr Ausschau. Er öffnete die Tür und begrüßte sie. Wie immer schlurfte er als Erster die Treppe hoch. Es schauderte Irene, als sie seine angestrengten Atemzüge vernahm. Er klang wie ein Bergsteiger, der ohne Sauerstoffflaschen auf dem Mount Everest unterwegs war. Er trug einen silberfarbenen Seidenanzug. Um die kleinen Knoten im Haar hatte er dünne silberne Fäden gewickelt.

Mit einer höflichen Handbewegung hielt er ihr die Tür zu seinem Schlafzimmer auf und forderte sie auf, einzutreten.

Das Zimmer sah genauso aus wie beim letzten Mal. Falls Tom einen Besucher in seinem Schlafzimmer gehabt hatte, hatte er jedenfalls noch schnell aufgeräumt. Als er auf die Tür zur Diele zuging, sagte Irene:

»Tom. Wären Sie so freundlich, hier im Schlafzimmer zu bleiben?«

Tom Tanaka drehte sich langsam und schwerfällig zu ihr um und hob ironisch die Brauen.

»Im Schlafzimmer?«

Als er Irenes ernsten Gesichtsausdruck bemerkte, beeilte er sich zu sagen:

»Entschuldigen Sie. Schlechter Scherz.«

»Kein Problem. Setzen Sie sich bitte.«

Ohne lange zu widersprechen, ließ sich Tom schwer auf die Bettkante sinken.

»Tom. Ich habe fürchterliche Neuigkeiten. Heute Nacht wurde Emil Bentsen tot in seiner Wohnung aufgefunden. Ermordet. Alles spricht dafür, dass er bereits vor einer Woche getötet wurde. Seine Leiche trägt die Signatur unseres Mörders. Des Mannes, der auch Marcus und Isabell auf dem Gewissen hat.«

Sie verstummte, um Toms Reaktion abzuwarten. Erst geschah gar nichts, er saß reglos da wie ein riesiger Felsblock. Plötzlich begann ein dumpfes Jammern hochzusteigen. Obwohl Irene durchaus eine Reaktion erwartet hatte, war sie doch überrascht. Ihre Nackenhaare stellten sich auf. Plötzlich hallte Toms verzweifelte Klage durch das Zimmer. Langsam wiegte er sich hin und her. Allmählich wurde seine Klage leiser und verstummte schließlich ganz. Aber immer noch wiegte er sich hin und her.

Irene wollte gerade weitersprechen, als er fauchte:

»Dieses Schwein! Sie müssen ihn fassen!«

»Ich will's versuchen. Aber ich brauche Ihre Hilfe.«

Tom nickte und sah ihr gerade in die Augen. Irene wandte sich den beiden gerahmten Fotografien an der Wand zu. Sie deutete darauf und fragte:

»Warum haben Sie mir nicht gesagt, dass das Marcus auf den Bildern ist?«

Tom Tanaka sah erstaunt aus.

»Daran habe ich überhaupt nicht gedacht. Außerdem ist er nur auf einem der beiden Fotos. Auf dem anderen ist ein Freund von ihm.«

Irene sah sich die beiden Bilder näher an. Tom hatte Recht.

Marcus saß am Strand, gerade noch im Wasser. Die Sonne glitzerte in den Tropfen auf seiner sonnengebräunten Haut. Er lächelte wegen der Sonne blinzelnd in die Kamera. Der Wind wehte ihm das Haar in die Stirn. Er saß mit angezogenen, gespreizten Knien da. Seine Erektion war wirklich imponierend. Das Bild war vom Wasser aus aufgenommen. Es atmete eine alles umfassende Lebensfreude aus, eine Bejahung der eigenen Sexualität. Für Irene war es eines der erregendsten Bilder eines nackten Menschen, das sie je gesehen hatte.

Das andere Modell stand im Profil, gegen eine unverputzte

Mauer aus Feldsteinen gelehnt. Er war muskulös und gut aussehend. Es handelte sich um eine Gegenlichtaufnahme, sodass sein Gesicht nicht zu erkennen war. Irene sah jedoch, dass sein langes Haar zurückgekämmt und zu einem dicken Pferdeschwanz zusammengebunden war. Dem Fotografen war es gelungen, die Illusion entstehen zu lassen, die Sonnenstrahlen würden von der Spitze seines erigierten Penis ausgehen.

Irene musste zugeben, dass der Fotograf sehr begabt war.

Plötzlich hatte sie das deutliche Gefühl, diesen Mann zu kennen. Sie trat näher heran, aber ihr Gedächtnis ließ sie im Stich. Das Gegenlicht ließ das Gesicht im Dunkeln verschwinden.

»Wissen Sie, wer dieser Freund ist?«

»Nein. Das hat er mir nie gesagt.«

»Und Sie sind ihm auch nie begegnet?«

»Nein.«

»Hat Marcus Ihnen diese Fotos geschenkt?«

»Ja. Bevor er fuhr. Gerahmt und alles. Ich musste sie nur noch aufhängen.«

»Wissen Sie, wer sie gemacht hat?«

»Ein Fotograf aus Göteborg. Ich weiß aber nicht, wie er heißt.«

»Wussten Sie, dass Emil auch so ein Bild von Marcus über seinem Bett hängen hatte? Nicht dasselbe, aber in jedem Fall von Marcus.«

Sie sah deutlich, wie Tom zusammenzuckte.

»Nein. Ich wusste nicht, dass sie sich so gut kannten.«

»Aber Sie wussten, dass sie sich kannten?«

»Ja. Als ich Marcus zum ersten Mal sah, kam er zusammen mit Emil ins Geschäft. Marcus trat sofort auf mich zu und begann mit mir zu reden. Emil kaufte ein paar Sachen und mischte sich nicht weiter in unsere Unterhaltung ein. Ich hatte nie das Gefühl, dass sie… was miteinander hatten. Sie wirkten mehr wie Freunde. Es war auch das einzige Mal, dass ich sie zusammen gesehen habe.«

»Und Marcus hat nie über Emil gesprochen?«

»Nein.«

»Und Sie haben auch nie nach ihm gefragt?«

»Nein.«

»Hat Emil jemals über Marcus gesprochen?«

»Nein. Nie.«

»Sie scheinen kaum etwas Persönliches über Emil oder Marcus zu wissen. Fragen Sie nie?«

Zum ersten Mal hatte sie das Gefühl, dass Tom Tanaka etwas abweisend war. Sein Tonfall war eiskalt und sachlich, als er erwiderte:

»Nein.«

»Warum nicht?«

»Wenn man keine Fragen stellt, dann muss man auch keine beantworten.«

Näher konnte sie der Wahrheit sicher nicht kommen. Irene sah ein, dass sie keine persönlicheren Informationen von Tom erhalten würde.

»Aber Marcus hat doch von ›meinem Polizisten‹ gesprochen und darüber, dass er bei einem wohnte. Oder?«

»Ja.«

»Zu Hause bei Emil haben wir zwei Polizeiuniformen gefunden. Und zu Emils Wohnung gehören zwei Zimmer, die sich separat vermieten lassen. Glauben Sie, dass Emil der Polizist gewesen sein könnte, bei dem Marcus gewohnt hat?«

Tom schwieg lange und antwortete dann seufzend:

»Meine Güte … Emil! Es könnte wirklich Emil gewesen sein. Ich habe ihm selbst vor ein paar Jahren eine Polizeiuniform verkauft.«

»Erinnern Sie sich, wann genau das war?«

»Ganz zu Anfang. Ich hatte das Geschäft gerade erst übernommen. Vor knapp zwei Jahren. Da sind wir uns auch zum ersten Mal begegnet.«

»Er hat nur eine gekauft? Nicht zwei?«

»Nur eine.«

Irene dachte angestrengt nach und fragte dann zögernd:

»Emil hatte von seiner Mutter erfahren, dass ich auf der Suche nach Isabell Lind war. Als ich mich von Beate Bentsen im Restaurant verabschiedet habe, war es halb neun. Gegen zehn habe ich ihn hier bei Ihnen im Geschäft gesehen. Ungefähr zur gleichen Zeit rief dieser Simon Steiner bei den Scandinavian Models an und bestellte Isabell ins Hotel Aurora, das nur ein paar Schritte von Ihrem Geschäft entfernt liegt. Wem könnte Emil wohl erzählt haben, dass ich nach Isabell suche?«

Eine gespannte Stille trat ein. Schließlich antwortete Tom:

»Er muss den Mörder von seinem Handy aus angerufen haben. Diese Gespräche werden doch wohl alle registriert?«

»Ich weiß nicht, ob sich das so lange zurückverfolgen lässt. Ich weiß nicht mal, ob man sein Handy gefunden hat. Haben Sie die Nummer?«

Tom schüttelte den Kopf.

»Nein.«

Irene kam ein Gedanke.

»Hatte Emil Ihre Nummer?«

»Nein.«

»Und Marcus?«

Die Andeutung eines Lächelns lag auf Toms Gesicht, als er antwortete:

»Natürlich.«

»Und ich habe sie auch bekommen.«

Tom hob seinen schweren Kopf und sah ihr direkt in die Augen.

»Ja. Ihnen vertraue ich.«

Eine unausgesprochene Frage lag in der Luft: Vertrauen Sie auch mir?

Irene betrachtete die riesige Gestalt auf der Bettkante. Er hatte sowohl Marcus als auch Emil gekannt. Dieser Umstand allein hätte genügen müssen, um sie als Polizistin misstrauisch zu machen. Vielen Menschen erschien Tom Tanaka vermutlich grotesk, Furcht erregend und gleichzeitig lächerlich. Aber Irene registrierte seine Würde und seine aufrichtige Trauer über den Mord an Marcus. Sie wusste allerdings auch, wie sehr er auf Rache aus war, und begriff durchaus, dass er nicht ungefährlich war.

»Ich vertraue Ihnen auch. Ohne Sie wären wir nie so schnell auf Marcus gekommen. Und dann haben Sie meine hin und wieder… indiskreten Fragen auch immer wahrheitsgemäß beantwortet.«

»Ich tue alles, um Ihnen zu helfen«, sagte er.

Irene schaute auf die Uhr. Höchste Zeit, aufzubrechen.

»Können Sie mir ein Taxi rufen?«

»Natürlich.«

Tom streckte die Hand nach dem Telefon auf dem Nachttisch aus und drückte auf eine der Kurzwahltasten.

Schwerfällig stand er dann vom Bett auf und ging auf die Tür zum Treppenhaus zu. Ehe er sie öffnete, drehte er sich zu Irene um und sagte:

»Wir bleiben wie bisher in Kontakt. Aber seien Sie vorsichtig.«

»Das gilt auch für Sie.«

Tom nickte.

»Mit Sicherheit.«

Vom Taxi aus rief sie bei den Scandinavian Models an. Dieses Mal hatte sie nicht Petra am Apparat. Eine heisere, sexy Stimme stellte sich auf Dänisch als Heidi vor. Irene nannte ihren Namen und fragte nach Petra, erhielt jedoch zur Antwort, diese sei nicht zu sprechen. Irene überlegte eine Sekunde und beschloss, etwas zu riskieren. Mit offizieller, neutraler Stimme sagte sie dann:

»Petra hat mir den genauen Zeitpunkt genannt, an dem am Mittwoch, dem 19., Jens Metz bei Ihnen vorbeigekommen ist. Ich habe undeutlich geschrieben und kann jetzt nicht mehr lesen, ob da 23.30 Uhr oder 23.40 Uhr steht.«

Irene hörte, wie Heidi im Logbuch blätterte. Dann ließ sich die dunkle weiche Stimme erneut vernehmen:

»23.30 Uhr.«

Irene jubelte innerlich. Erwischt!

Irene sah Peter Møller schon vor dem Portal der Kirche, ehe er sie bemerkte. Er stand auf der obersten Stufe der Freitreppe und betrachtete aufmerksam die Passanten. Sie wusste, dass sie zu spät kam, und beschleunigte ihre Schritte. Als Peter Møller sie entdeckte, hob er die Hand und winkte ihr zu. Dann schlenderte er gemächlich die Treppe hinunter auf sie zu.

»Sorry, aber ich war noch in ein paar Läden und habe vergessen, auf die Uhr zu schauen.«

Irene lächelte entschuldigend. Peter nickte, aber sie fand, dass er nicht ganz überzeugt wirkte. Ohne noch weitere Worte zu verlieren, lotste er sie zu seinem BMW. Wie immer öffnete er ihr die Beifahrertür.

Mühelos fädelte er sich in den dichten Verkehr ein.

»Haben Sie was Neues erfahren?«, fragte er plötzlich.

»Petra habe ich nicht erwischt. Sie war nicht da. Aber ich habe mir etwas bestätigen lassen, was mich schon die ganze Zeit beschäftigt hat.«

Sie erzählte, dass sie sich zu dem Zeitpunkt, als Isabell ermordet worden war, vor dem Haus der Scandinavian Models aufgehalten hatte, und dass sie einen Mann, der Jens Metz aufs Haar geglichen hatte, in das Bordell hatte gehen sehen. Nach einer Dreiviertelstunde hatte er das Haus immer noch nicht verlassen. Und Heidi hatte jetzt zugegeben, dass es wirklich Jens Metz gewesen war.

»Wie sollen wir mit dieser Information umgehen?«, fragte sie zum Schluss.

Peter schwieg lange. Dann meinte er:

»Sagen Sie nichts zu Jens. Sein Besuch bei den Mädchen hat nichts mit dem Mord an Isabell zu tun.«

»Aber ein merkwürdiger Zufall ist es doch?«

»Das muss nicht sein. Jens war vielleicht nur neugierig geworden, nachdem Sie ihm von dem Bordell erzählt hatten. Er wollte möglicherweise nur mal nachsehen, und als er dann schon mal da war...«

»Sie finden das also überhaupt nicht verdächtig?«, beharrte Irene.

Peter sah sie amüsiert von der Seite her an und sagte:

»Wie ich die Sache sehe, hat er ein perfektes Alibi. Sie standen schließlich vor der Haustür und haben ihn bewacht.«

Und damit hatte er vollkommen Recht.

Sie bogen in eine breite Allee ein, die von imposanten Buchen gesäumt wurde. Das Laub der Bäume stieß zusammen, und die Äste bildeten ein mächtiges Gewölbe. Das Halbdunkel der Allee bildete einen starken Kontrast zu der übrigen sonnenüberfluteten Welt.

Ein Schild wies den Weg zum Parkplatz. Peter folgte ihm und stellte den Wagen ab.

Hohe Eichen spendeten den gepflegten Blumenbeeten des Krankenhausparks Schatten. Das Krankenhaus war gelb verputzt. Es wirkte auf den ersten Blick idyllisch und auf altmodische Art romantisch, aber dann bemerkte man die Gitter vor den Fenstern im Erdgeschoss.

Ein diskretes Messingschild neben dem Eingang klärte die Besucher darüber auf, dass sie zum Königin Anne Hospital gekommen waren.

»Das hier ist eine psychiatrische Klinik«, sagte Peter Møller.

»Das dachte ich mir schon.«

Nur mit Mühe konnte Irene den Sarkasmus in ihrer Stimme unterdrücken.

Das schwere Portal aus besserem, dunklem Holz stand offen. Sie betraten ein großzügiges Entree mit einer pfeilergestützten Decke. Alles sehr sauber und frisch renoviert.

»Sie liegt auf Station drei«, sagte Peter.

Links an der Tür stand eine Eins, rechts eine Zwei. Offenbar befand sich Beate Bentsen im ersten Stock.

Im Obergeschoss gab es keine Gitter vor den Fenstern, aber

die Tür zur Station war abgeschlossen. Sie mussten klingeln und warten.

Einer der riesigsten Männer, denen sie je begegnet war – und Tom Tanaka hatte sie schließlich bereits kennen gelernt – öffnete und füllte die gesamte Türöffnung aus. Er hatte einen blonden, lockigen Bart und eine verfilzte Mähne. Mit tiefer Stimme fragte er:

»Hallo. Zu wem wollen Sie bitte?«

Weder Peter noch Irene wussten, was sie sagen sollten. Diese Reaktion war der Riese natürlich gewohnt.

»Ich heiße Thomas. Hundertsechzig Kilo, zwei Meter zehn. Früher habe ich Basketball gespielt, aber seither habe ich ein paar Kilo zugenommen.«

Seine Bassstimme klang belustigt. Peter hatte sich jetzt endlich gefasst und sagte:

»Kriminalpolizei. Wir haben die Erlaubnis, Beate Bentsen zu besuchen.«

Die Kommissarin saß in einem Krankenhausbett, dessen Kopfteil hochgestellt war. Ihr Haar breitete sich wie kupferrote Stahlwolle ungekämmt auf dem Kissen aus. Als sie eintraten, lag sie mit geschlossenen Augen da, merkte jedoch, dass sich in der Tür etwas bewegte. Sie drehte den Kopf zur Seite und öffnete einen Spalt weit die Augen.

In den letzten vierundzwanzig Stunden war Beate Bentsen um viele Jahre gealtert. Ihre Haut schimmerte grau, und ihr ungeschminktes Gesicht erinnerte an einen Totenschädel. Hätte sie es nicht besser gewusst, hätte Irene geglaubt, dass sie schwer krank war und im Sterben lag. Aber es ist schlimmer, dachte Irene, ihre Seele hat tödlichen Schaden genommen. Kein Elternteil sollte jemals sein Kind in dem Zustand sehen müssen, in dem sie Emil gefunden hatten.

Beates Blick wurde wach und aufmerksam, als sie erkannte, wer da in ihr Zimmer getreten war. Mit Mühe richtete sie sich auf dem Ellbogen auf und nickte ihnen zu.

»Hallo. Gut, dass ihr da seid. Ich wollte schon anrufen.«

Ihre Lippen waren trocken und rissig, und ihre Hand zitterte, als sie nach dem Wasserglas auf dem Nachttisch griff. Sie trank mit gierigen Schlucken. Hustend stellte sie dann das Glas wieder ab.

»Wir hätten Blumen mitbringen sollen«, sagte Irene entschuldigend.

Die Kommissarin machte eine abwehrende Handbewegung und hustete noch immer. Dann sagte sie:

»Nicht nötig. Ich komme morgen wieder nach Hause.«

War das ihr Ernst? Sie sah nicht danach aus, als würde man sie entlassen. Als hätte sie ihre Gedanken gelesen, fuhr Beate Bentsen fort:

»Ich hatte eine akute, reaktive psychische Krise. Mein Arzt war nach dem Mittagessen hier. Er meint, sie sei vorüber. Ich nehme noch eine Weile Medikamente, aber krank bin ich nicht mehr, und ich muss auch nicht mehr im Krankenhaus bleiben. Aber krankschreiben werden sie mich wohl noch ein paar Wochen.«

Diese lange Rede schien alle ihre Kräfte gekostet zu haben, denn sie ließ sich schwer in die Kissen zurücksinken.

Peter holte Luft, um etwas zu sagen, aber Beate kam ihm zuvor.

»Ich wollte euch anrufen, weil es etwas Wichtiges gibt, was ich euch noch nicht berichtet habe.«

Sie drehte den Kopf zur Seite und sah Peter in die Augen.

»Ihr erinnert euch vielleicht, dass ich euch von diesem Simon Steiner erzählt habe. Er war der beste Freund meines Vaters und ist vor vier Jahren an Lungenkrebs gestorben. All das stimmt. Aber da ist noch etwas. Er war Emils Vater.«

Einen Augenblick herrschte Schweigen. Die Überraschung war gelungen. Der Mörder muss gewusst haben, wer Emils Vater ist, dachte Irene.

»Wer weiß sonst noch, dass Simon Steiner Emils Vater ist?«, fragte sie.

»Niemand. In seiner Geburtsurkunde steht: Vater unbekannt. Nicht einmal meinen Eltern habe ich erzählt, dass es Simon war.«

»Wusste Emil, wer sein Vater war?«

»Ja. Er erbte die Wohnung und eine größere Geldsumme, als Simon starb.«

Beate seufzte tief, ehe sie fortfuhr:

»Ich kann die Sache genauso gut ganz erzählen. Ich kannte Simon mein ganzes Leben. Er war ein paar Jahre jünger als mein Vater, und sie waren seit der Kindheit die besten Freunde. Mein Vater begegnete meiner Mutter und heiratete sie. Simon heiratete einige Jahre später ihre Schwester Susanne. Bereits ein Jahr nach der Hochzeit erkrankte Susanne an MS. Sie hatten noch keine Kinder und beschlossen, auch keine zu bekommen. Meine Tante war phasenweise sehr krank.«

Beate unterbrach sich, um wieder einen Schluck zu trinken.

»Der Altersunterschied zwischen Simon und mir betrug einundzwanzig Jahre. Ich war zwanzig, als unsere Affäre begann, und zweiundzwanzig, als Emil zur Welt kam. Aber da wusste ich bereits, dass Simon Susanne nie verlassen würde. Die Ärmste war schließlich gelähmt und an den Rollstuhl gefesselt ...«

Sie brach ab. Vielleicht bemerkte sie ihre Bitterkeit selbst. Beherrschter fuhr sie dann fort:

»Er hat sich jedoch sehr gut um Emil und mich gekümmert. Er hat die Wohnung gekauft, in der ich immer noch wohne. Sie ist heute einiges wert. Und bis zu seinem Tod bezahlte er Unterhalt.«

»Wie konnte man ihn zu Unterhaltszahlungen verpflichten, wenn er die Vaterschaft nicht einmal anerkannt hatte?«, wollte Irene wissen.

»Das geschah freiwillig, er war sehr großzügig. Aber ich habe mir mehr als einmal gewünscht, dass er seine Wohnung und sein Geld nie Emil vererbt hätte.«

»Wussten Sie denn vorher nichts davon?«

»Nein.«

»Hat ihn denn seine Frau nicht beerbt?«

»Susanne starb drei Jahre vor ihm. Sie war trotzdem zäher, als alle gedacht hatten.«

»Aber warum wünschten Sie, dass Emil nicht geerbt hätte?«

»Weil er da erfuhr, wer sein Vater war. Er geriet vollkommen außer sich! Er fand, dass ich ihn um den Kontakt mit seinem Vater betrogen hätte. Das Argument, dass sein Vater nie auch nur den Versuch unternommen hatte, sich zu outen, obwohl sie sich mehrere Male im Jahr getroffen hatten, ließ Emil nicht gelten. Er war der Meinung, ich hätte das verhindert. Ich konnte jedenfalls nicht verhindern, dass er in seine Wohnung zog. Er war schließlich achtzehn Jahre alt.«

»Ihr Verhältnis war also nicht das beste?«

»Nein. Jedenfalls nicht in den ersten zwei Jahren nach seinem Umzug. In letzter Zeit hatten wir wieder mehr Kontakt. Er hat mich jedoch nur einmal in seine Wohnung gelassen. Sie können sich schon denken, warum... Wir trafen uns also meist zu Hause bei mir oder in einem Lokal. Aber unser Verhältnis wurde besser. Und darum bin ich jetzt auch sehr froh... jetzt, wo alles vorbei ist.«

Beates Stimme brach, und große Tränen liefen ihr die Wangen herab.

Würde sie die Fragen verkraften, die sie ihr stellen mussten? Irene war erleichtert, dass Peter das Thema anschnitt, indem er plötzlich sagte:

»Kanntest du Emils ungewöhnlichen Musikgeschmack?«

Beate streckte die Hand nach einem Paket Papiertaschentücher aus. Sie fischte eines heraus und trocknete sich die Augen.

»Ich habe sein so genanntes Musikzimmer gesehen... das war ausgesprochen unangenehm. Aber wir haben nie darüber geredet. Er wäre nur böse geworden.«

»Wir haben zwei Polizeiuniformen in seinem Kleiderschrank in der Diele gefunden. Wusstest du, dass er die hatte?«

Die Antwort ließ auf sich warten. Als sie wieder etwas sagte, klang ihre Stimme sehr müde.

»Ich wusste nicht, dass er zwei hatte. Die eine ist meine alte. Er wollte sie sich für einen Maskenball ausleihen. Ich habe sie nie zurückbekommen.«

»Wann war das?«

»Vor etwa zwei Jahren. Es war das erste Mal, dass er nach seinem Umzug wieder bei mir anrief. Deswegen habe ich ihn vermutlich auch nie gebeten, mir die Uniform zurückzugeben. Ich wollte es nicht riskieren, dass er wütend wurde und den Kontakt wieder abbrach.«

Irene beschloss, die Frage zu stellen, die ihr auf der Zunge brannte.

»Ich hatte den Eindruck, dass Sie Bill Faraday gut kennen. Er kam damals sofort ...«

»Er ist mein Lover.«

Die Antwort kam so direkt, dass weder Peter noch Irene eine nächste Frage einfiel. Irene war erleichtert, als Beate lächelte.

»Ihr solltet euch mal sehen. Da ist euch jetzt glatt die Spucke weggeblieben! Ich habe Bill kennen gelernt, als Emil Simons Wohnung erbte. Da Bill das Gebäude verwaltet, war ich gezwungen, mit ihm Kontakt aufzunehmen. Emil war schließlich sehr jung, als er die Wohnung bekam, aber das war kein größeres Problem. Der Verein der Wohnungsbesitzer ist sehr alt und hat altertümliche und komplizierte Statuten. Bill besitzt und verwaltet das Gebäude, aber die Mieter besitzen ihre Wohnungen. Dafür dass der Besitzer das Haus verwaltet, bezahlen die Mieter eine Gebühr. Damit verdient Bill sein Geld.«

»Eine Art privates und trotzdem genossenschaftliches Wohnungsunternehmen«, stellte Irene fest.

»Ja. Bill besitzt mehrere Häuser.«

Peter räusperte sich. Er wollte eine weitere Frage stellen.

»Du wusstest doch, dass Emil ... schwul ... war ... Hast du jemals einen von seinen Partnern kennen gelernt? Hatte er in letzter Zeit einen festen Freund?«

Müde schüttelte Beate den Kopf.

»Nein. Er hat mir nie was erzählt. Ich hatte das Gefühl, dass er ziemlich einsam war. Wenn er einen festen… Freund gehabt hätte, irgendein festes Verhältnis, dann wäre er vermutlich nicht so rastlos gewesen.«

Vielleicht hat er ja für seine Vorlieben keine Gleichgesinnten gefunden. Aber jemanden muss er gefunden haben. Und der hat ihn dann umgebracht, dachte Irene.

»Wusstest du, an wen Emil vermietet?«, fragte Peter.

»Nein. Darum kümmerte er sich selbst. Ich hatte das Gefühl, dass er nur gelegentlich vermietet. Dann hatte er natürlich mehr Geld. Aber er konnte eigentlich von den Zinsen leben. Glücklicherweise ist das Geld so angelegt, dass er an das Kapital nicht herankommt… ich meine, herankam. Die Zinsen wurden einmal im Monat ausgezahlt.«

»Ich habe gehört, dass er Jura studiert hat«, sagte Irene.

»Damit lief es nicht so gut«, erwiderte Beate knapp.

»Wussten Sie, dass Emil sich oft in einem Gayshop in Vesterbro aufhielt, der einem gewissen Tom Tanaka gehört?«, fuhr Irene fort.

Plötzlich sah Beate ungeheuer müde aus. Vergeblich versuchte sie ihre Lippen mit der Zungenspitze anzufeuchten. Nur ein unangenehmes, leise knisterndes Geräusch war zu hören.

»Ich weiß, dass er oft in Schwulenläden oder -lokale ging. Aber dass er besonders oft bei Tanaka gewesen sein soll, davon weiß ich nichts.«

Es war deutlich zu sehen, dass sie nicht die Kraft hatte, weiterzusprechen. Peter bemerkte das auch.

»Gute Besserung, Chefin! Wir reden wieder miteinander, wenn du dich besser fühlst.«

»Danke. Ich ruf an, falls mir noch was einfällt. Gerade jetzt kommt es mir so vor, als sei mein Gehirn vollkommen leer«, flüsterte sie.

Irene empfand großes Mitleid mit Beate. Eine Sekunde lang sah sie das Bild der toten Isabell vor sich. Dadurch, dass der Mörder seine Taten vor ihrer Nase verübte, machte er sie mitschuldig, und das war sicher auch seine Absicht. Jetzt war es ihr fast schon ein persönliches Anliegen, den Mörder zu fassen. Das war sie seinen geschändeten Opfern schuldig.

»Von Emils sexuellen Neigungen scheint sie nichts gewusst zu haben«, meinte Irene.

»Das ist vielleicht auch besser so«, erwiderte Peter.

Sie saßen in seinem bequemen BMW und sausten auf das Zentrum von Kopenhagen zu. Mühelos rangierte Peter in eine enge Parklücke vor dem Hotel Alex.

»Wann wollen Sie essen gehen?«, fragte er.

Irene sah auf die Uhr. Es war erst halb sechs.

»In einer Stunde. Ich gehe nur kurz über die Straße. Da kochen sie sehr gut«, meinte sie.

»Ich hole Sie ab.«

»Sie müssen sich wirklich nicht verpflichtet fühlen…«

»Ich habe heute Abend sowieso keine Lust zu kochen.«

Er stieg aus dem Wagen und ging um ihn herum, um ihr die Beifahrertür aufzumachen. Irene genierte sich fast, dass ihr jemand die Tür aufhielt. Wahrscheinlich bin ich das nur nicht mehr gewohnt, dachte sie.

Erst duschte sie lange heiß, dann kurz kalt, und fühlte sich anschließend wie ein neuer Mensch. Es war eine Wohltat, sich in das frische Badetuch zu wickeln, ein Handtuch um das nasse Haar. Eine Weile saß sie so in dem einzigen Sessel des Zimmers und kühlte die Finger an der Flasche, die sie gerade aus der Minibar genommen hatte. Mit langsamen Schlucken trank sie ein Carlsberg Hof.

In den letzten vierundzwanzig Stunden hatten sich die Ereignisse überstürzt, und ihr Gehirn arbeitete nur noch langsam. Im Verlauf des Tages musste der Mörder irgendwo aufgetaucht sein. Wo? Wann? Aus ihren ungeordneten Eindrücken tauchte kein Gesicht auf. Aber sie wusste, dass er ihr auf irgendeine Art nahe gewesen war. Plötzlich sehnte sie sich fürchterlich nach Krister und den Mädchen. Sie holte ihr Handy und rief zu Hause an.

Kurz vor halb sieben ging Irene ins Vestibül. In der Hotelbar stand wieder das Schild »Jellyshot Evening«. In der Bar saß Jonny an einem Tisch zusammen mit zwei Männern und einer Frau. Er hob ein kleines Glas mit einer rosa Flüssigkeit in ihre Richtung.

»Solchen Himbeersaft mag ich wirklich!«, rief er ihr fröhlich zu.

Sie machte sich nicht mal die Mühe, einen Umweg in die Bar einzulegen. Eigentlich war sie ganz froh. Es würde keine Diskussionen darüber geben, wer am nächsten Tag nach Hause fahren würde.

Rasch trat sie durch die Schwingtür und winkte Peter zu, der ihr auf dem breiten Bürgersteig entgegenkam.

Sie gingen ins Vesuvius of Copenhagen. Der Oberkellner, ein älterer Mann mit grauem Haar, führte sie in das Nebenzimmer mit den Kinobildern an den Wänden an einen Tisch für zwei. Zwei jüngere Frauen am Fenstertisch sahen Irene unverhohlen neidisch an, und sie wurde sich schlagartig bewusst, dass sie sich in Gesellschaft eines äußerst attraktiven Mannes befand. Als Peter sich neben sie stellte, um ihr den Stuhl zurechtzurücken, bemerkte sie den Duft seines guten Aftershaves. Unauffällig, maskulin und sinnlich, möglicherweise Armani.

Er schob ihr den Stuhl zurecht. Als er sich vorbeugte, spürte sie die warme Berührung seines Atems im Nacken.

»Das war wirklich eine anstrengende Zeit für dich. Jetzt solltest du dich erholen«, sagte er leise.

Aufmunternd lächelte er ihr zu und setzte sich auf die andere Seite des Tischs.

»Trinkst du Wein?«, fragte er.

Sie zögerte den Bruchteil einer Sekunde. Dann trug ihre Vernunft den Sieg davon.

»Nein, danke. Ich muss morgen fahren. Jonny sitzt bereits seit einiger Zeit in der Hotelbar. Er trinkt mit irgendwelchen Leuten Jellyshots. Gut möglich, dass er die ganze Heimfahrt verschläft.«

Peter lachte. Nicht nur mit dem Mund, sondern auch mit seinen blauen Augen. Sie waren genauso blau wie sein kurzärmliges Hemd der Marke Sand. Die beiden oberen Knöpfe standen auf, und einige blonde Haare waren zu sehen. Eine dünne Goldkette funkelte auf seiner goldbraunen Haut. Sein helles Leinenjackett hatte er über die Rückenlehne seines Stuhls gehängt. Seine Hosen waren schon leicht zerknittert, aber auch nur so, wie das bei Leinen immer der Fall ist.

Sie selbst trug immer noch ihre dunkelblaue Leinenhose, die inzwischen sehr zerknittert war. Sie hatte sie mit der Hosenpresse auf ihrem Hotelzimmer wieder einigermaßen in Schuss gebracht, aber so richtig glatt war sie nicht geworden. Ihre Leinenjacke dagegen sah immer noch recht passabel aus. Darunter trug sie ein silbergraues Leinentop. Das war ganz neu, und sie hatte es noch nie getragen. Ihre Füße in den blauen Wildledersandalen waren nackt, da der Abend mild war.

»Also Bier. Was willst du essen?«

»Was Scharfes. Damit ich wieder zu mir komme.«

»Wie wäre es mit Gamberoni sole mio? Garnelen in Hummersauce mit Cayennepfeffer?«

»Klingt genau wie das, was ich jetzt brauche.«

»Gut. Das nehme ich auch. Wie wäre es mit einem Aperitif?«

»Okay. Einen Martini. Trocken.«

Die Drinks standen im Handumdrehen auf ihrem Tisch. Sie prosteten sich mit dem leicht gelblichen Getränk, in dem eine einsame Olive schwamm, zu. Dann sahen sie sich in die Augen, und Irene merkte, dass ihre Wangen heiß wurden. Peter war wirklich verdammt gut aussehend!

Plötzlich hatte sie das Gefühl, als würde ihr ein eiskalter Wind in den Nacken wehen. Ihre Gedanken waren wieder ganz klar. Der Polizist. Wenn nun doch nicht Emil der Polizist gewesen war? Der, der in Vesterbro Dienst tat.

Fast mechanisch trank sie einen kleinen Schluck und dachte gleichzeitig fieberhaft nach. Dann stellte sie das Glas ab und gab sich alle Mühe, unbeschwert zu klingen, während sie sagte:

»Du bist nie dazu gekommen, mir zu erzählen, wo du so braun geworden bist.«

Sie lächelte, aber ihr Lächeln wurde nicht erwidert. Düster starrte Peter in sein Glas. Schließlich sagte er:

»Ich habe dir das auch nie erzählen wollen. Ich war in Südafrika.«

»Wie aufregend! Wie lange?«

»Drei Wochen. Rundreise und Safari.«

»Herrlich, dem scheußlichen Wetter im März entkommen zu können …«

»Es war nicht im März. Wir … Ich bin am ersten April gefahren.«

Ein Monat, nachdem Marcus angeblich nach Thailand aufgebrochen war.

Sie musste überprüfen, ob das stimmte.

Peter schien wenig Lust zu haben, über seine Reise zu sprechen. Plötzlich verlief die Unterhaltung stockend. Irene beschloss, das Thema zu wechseln. Sie kam auf Kopenhagen als Touristenstadt zu sprechen. Peter taute wieder auf, aber die vertrauliche Stimmung war wie weggeblasen. Obwohl das Essen wunderbar war, hatte Irene das Gefühl, als hätte sich etwas zwischen sie geschoben.

Was war auf der Südafrikareise geschehen? War er wirklich in Südafrika gewesen?

Um zehn brachen sie auf. Er ging mit ihr zurück zum Hotel, machte aber nicht die geringsten Anstalten, sie hineinzubegleiten.

KAPITEL 12

Jonny war bereits eingeschlafen, ehe sie noch die Stadtgrenze von Kopenhagen hinter sich gelassen hatten. Er erwachte, als sie über die scheppernde Rampe auf die Fähre fuhren. Mürrisch stiefelte er ins Süßwarengeschäft auf der Fähre und zog eine knittrige Einkaufsliste aus der Jackentasche. Geistesabwesend legte er Tüten mit Lakritz, mit Dumle, schokoladeüberzogenem Karamell, und mit Weingummi für seine vier Kinder in den Einkaufskorb. Irene bemerkte, dass er nichts für seine Frau kaufte. Falls mehrere Flaschen Black Velvet Whisky aus dem Spirituosengeschäft neben dem Hotel nicht für sie bestimmt waren.

Nach einem großen Bier in der Cafeteria taute Jonny auf. Irene trank zwei Tassen Kaffee. Er schlief sofort wieder ein, nachdem er sich in den Wagen gesetzt hatte, und rührte sich auch nicht, als sie die Rampe hinunterratterten.

Die Heimfahrt auf der neuen Autobahn die Küste von Halland entlang ging schnell und verlief ereignislos. Jonny schlief, bis sie nach Kungsbacka kamen. Dort legten sie eine kurze Pinkelpause an einer Statoil-Tankstelle ein. Irene nutzte die Gelegenheit, um zu tanken.

Sie setzte Jonny vor seinem Reihenhaus in Mölndal ab und fuhr weiter nach Fiskebäck. Es war fast zwei Uhr, und sie war hungrig. Sie wollte zu Hause ihre Sachen abladen und eine Kleinigkeit essen. Dann würde sie ins Präsidium fahren und mit Andersson sprechen.

Um halb vier betrat sie das Büro des Kommissars. Er sah von einem Stapel Papiere auf, die vor ihm auf dem Schreibtisch lagen.

»Hallo«, sagte Irene.

»Hallo. Gut, dass du da bist. Wo ist Jonny?«

Irene versuchte erstaunt auszusehen.

»Ist er noch nicht hier?«

Sie hatte keine sonderliche Lust, mit ihrem Chef über ihre Vermutungen zu sprechen. Wahrscheinlich war Jonny sofort ins Bett gefallen und schlief jetzt tief und fest.

»Nein. Wann seid ihr zurückgekommen?«

»Gegen ... halb drei. Ich habe ihn zu Hause abgesetzt. Damit er seine Reisetasche nicht mit sich rumschleppen muss und seinen Wagen holen kann. Ist er noch nicht hier?«

»Nein.«

»Vielleicht ist sein Auto nicht angesprungen ...«

»Möglich. Apropos Auto. Dieser Mats aus Kopenhagen hat angerufen. Er war sehr schlecht zu verstehen, aber so viel habe ich dann doch begriffen, dass sie Marcus Tosscanders Wagen gefunden haben.«

»Marcus' Wagen! Wo?«

»In einer Garage. Er sagte, ich soll dir ausrichten, dass es Emils Garage gewesen sei.«

Emils Garage? Hatte Emil eine Garage? Wo?

»Dieser Mats will, dass du zurückrufst. Er sagte so eine verdammte Nummer auf Dänisch, aber die habe ich nicht verstanden. Du weißt ja, Zahlen auf Dänisch ... vollkommen unbegreiflich.«

Irene lächelte.

»Ich habe vor, für diese Reisen eine Sprachhärtezulage zu verlangen.«

Da sie die Durchwahl von Jens Metz und Peter Møller hatte, sagte sie:

»Ich geh schnell in mein Büro und ruf ihn an. Dann berichte ich dir. Es kann aber etwas dauern. Du könntest ja schon mal Kaffee aufsetzen.«

Sie nickte in Richtung der alten Kaffeemaschine, die ganz oben im Regal des Kommissars stand. In den letzten Jahren hatten sie meist Kaffee aus dem Automaten auf dem Gang getrunken, aber Andersson hatte seine Kaffeemaschine behalten. Irene wusste, dass immer ein Paket Kaffee in seiner untersten Schreibtischschublade lag.

»Ja. Hier Inspektor Metz.«

»Hallo. Irene Huss. Noch mal danke für die Unterstützung und Betreuung.«

»Keine Ursache. Seit Sie weg sind, ist in Kopenhagen überhaupt nichts mehr los. Es passiert rein gar nichts.«

Metz lachte, und Irene lachte aus Höflichkeit mit und unterbrach ihn dann:

»Aber das eine oder andere muss doch passiert sein. Sie haben offenbar mit meinem Chef gesprochen und ihm gesagt, man hätte Marcus' Wagen in Emils Garage gefunden.«

»Stimmt. Unter dem Haus gibt's eine Garage. Einige Mieter haben einen Parkplatz auf dem Hof, aber Emil hatte einen Stellplatz in der Tiefgarage. Wir haben die Garage routinemäßig überprüft, und dort stand ein Pontiac Cab mit schwedischem Nummernschild. Der Besitzer heißt Marcus Tosscander.«

Irene dachte angestrengt nach und sagte dann:

»Das Bild über Emils Bett … das ist Marcus Tosscander. Ich war mir nicht sicher, als ich es das erste Mal gesehen habe, denn das Gesicht ist nur undeutlich zu erkennen. Aber ich habe ähnliche Bilder von Marcus gesehen. Das Bild im Schlafzimmer und die Visitenkarte an Emils Pinnwand deuten darauf hin, dass sie sich kannten. Das Auto auf Emils Parkplatz beweist es. Ich glaube auch, dass wir davon ausgehen können, dass Marcus in Kopenhagen bei Emil gewohnt hat.«

»Das wirkt wahrscheinlich.«

»Beide sind demselben Mörder zum Opfer gefallen. Das bedeutet, dass sie ihn kannten.«

»Das glauben wir auch. Aber es stellt sich die Frage, warum

Emil Marcus nicht als vermisst gemeldet hat? Warum hat er das schöne Auto einfach in der Garage stehen lassen?«

»Vielleicht hatte er keinen Führerschein?«

»Möglich. Ich überprüfe das.«

»Haben Sie inzwischen den Bericht des Gerichtsmediziners bekommen?«

»Ja. Wie wir angenommen hatten, war Emil bereits seit einer Woche tot. Der genaue Zeitpunkt lässt sich nicht mehr feststellen, aber Blokk vermutet, dass Emil in der Nacht auf den Donnerstag oder am Donnerstag selbst ermordet wurde. Er wurde mit einer Schlinge erdrosselt. Nach den Würgemalen auf dem Hals zu urteilen mit einem ziemlich kräftigen Seil. Isabell Lind hatte identische Würgemale.«

»Haben Sie das Seil gefunden?«

»Nein. Weder im Hotel Aurora noch in Emils Wohnung. Keine Spur auch von dem Folterinstrument, das der Mörder verwendet hat, um den Unterleib zu massakrieren. Blokk glaubt, dass es sich um einen Gummiknüppel handelt. In seinem vorläufigen Bericht schreibt er: ›ein Gummiknüppel, wie ihn die Polizei verwendet, eventuell etwas größer.‹«

Der Polizist. Irene wurde nervös. Das veranlasste sie zu folgender Frage:

»Ehe ich es vergesse: Wann war Peter Møller in Südafrika?«

»Im April. Drei Wochen. Warum?«

Jens klang erstaunt.

»Entschuldigen Sie. Das war nur so eine Idee. Ich habe ihn gestern aus kollegialem Interesse nach seinem Urlaub gefragt, aber er hatte so überhaupt keine Lust, mir etwas darüber zu erzählen. Ich hatte das Gefühl, in ein Fettnäpfchen getreten zu sein.«

Irene hoffte aus ganzer Seele, dass sich Jens mit ihrer halben Lüge zufrieden geben und die Sache auf sich beruhen lassen würde.

»Das war gar nicht so merkwürdig, dass er Ihnen davon nichts erzählen wollte«, erwiderte Jens trocken.

Beide schwiegen einen Augenblick. Schließlich brach Jens das Schweigen:

»Wir lassen beide Uniformen, die wir bei Emil gefunden haben, näher untersuchen. Auf der einen waren mehrere dunkle Flecken, die sehr verdächtig wirkten.«

»Blut?«

»Möglich.«

Irene kam ein Gedanke.

»Merkwürdig, dass alle Sachen von Marcus verschwunden sind. Als wolle jemand alle seine Spuren auslöschen. Und wo sind seine Kleider? Er ist schließlich Anfang März nach Göteborg gefahren, um Sommersachen für seine Thailandreise zu holen. Warum liegen seine Wintersachen nicht in den Schränken von Emil? Und wo hat er seine Arbeitssachen? Die hatte er schließlich in Kopenhagen dabei, weil er dort diverse Aufträge hatte.«

»Wir sind immer noch damit beschäftigt, das Haus zu durchsuchen, in dem Emil gewohnt hat. Den Speicher und den Keller. Vielleicht finden wir die Sachen ja irgendwo dort versteckt.«

»Melden Sie sich, wenn etwas Interessantes auftaucht?«

»Versprochen. Bis dann.«

Sie legten auf.

Irene ging in Anderssons Büro. Es duftete bereits verführerisch nach frisch aufgegossenem Kaffee. Hannu Rauhala war ebenfalls anwesend. Irene begrüßte ihn und gratulierte ihm zum neuen Lebensabschnitt.

»Ihr seid also nicht direkt in die Flitterwochen aufgebrochen?«

»Nein.«

Wäre es jemand anderes gewesen, hätte Irene sicher nachgehakt. Aber sie wusste, dass sich das bei Hannu nicht lohnte. Wollte er nichts erzählen, dann tat er es auch nicht. Bei Gelegenheit würde sie eben Birgitta fragen.

»Ich habe eben mit Hans Pahliss gesprochen. Er kommt morgen gegen vier«, sagte Hannu.

Irene nahm sich vor, bei dieser Vernehmung dabei zu sein. Es war sicher äußerst interessant, was der Virologe zu sagen hatte. Gerade auch im Hinblick darauf, dass er Arzt war.

Sie gossen sich jeder einen Kaffee ein, ehe Irene mit ihrem langen Bericht begann.

Weder der Kommissar noch Hannu unterbrachen sie ein einziges Mal. Trotzdem dauerte ihr Referat fast zwei Stunden. Andersson saß da, presste die Fingerspitzen zusammen und brummte gelegentlich zustimmend. Hannu fixierte konzentriert einen Punkt neben Irenes linkem Ohr. Beide schienen ganz bei der Sache zu sein.

Schließlich sagte der Kommissar:

»Da sich Emil und Marcus kannten, muss man davon ausgehen, dass sie auch den Mörder kannten. Die Frage ist, ob wir ihn in Göteborg oder in Kopenhagen suchen müssen.«

»Sowohl als auch«, meinte Hannu.

»Er hat nachweislich in beiden Städten gemordet, aber ich meinte, wo er wohl wohnt«, versuchte Andersson seine Frage zu präzisieren.

»Sowohl als auch«, sagte Hannu wieder.

Wollte er sich über den Kommissar lustig machen? Irene sah Hannu erstaunt an, ehe ihr ein Licht aufging.

»Du meinst, dass der Mörder an beiden Orten wohnen könnte?«, fragte sie.

»In jedem Fall hat er starke Bezüge zu beiden.«

»Marcus sprach von ›seinem Arzt‹ in Göteborg. Er deutete an, dass es mit diesem Arzt gefährlich werden könnte. Der Polizist in Kopenhagen könnte fast so gefährlich werden wie der Arzt, hat er bei einer anderen Gelegenheit gesagt.«

Der Kommissar unterbrach sie verärgert:

»Das ist das, was dein Zeuge behauptet, dessen Identität du nicht preisgibst. Was sind das für Dummheiten! Die Polizeiuniformen sind doch bei diesem Emil gefunden worden, und du hast schließlich selbst gesagt, dass vieles dafür spricht, dass er der besagte Polizist war.«

»Aber das wissen wir nicht sicher. Deswegen muss ich die Identität dieses Zeugen weiter verschweigen. Besonders auch im Hinblick darauf, was Isabell und Emil zugestoßen ist«, erwiderte Irene stur.

Andersson sagte verächtlich:

»Was würde das schon für eine Rolle spielen, wenn du uns in Göteborg sagst, von wem du das Ganze hast! Glaubst du, dass einer von deinen Kollegen hier…«

Er wurde von einem lauten Klopfen an der Tür unterbrochen. Jonny öffnete und trat ein. Er sah frisch rasiert aus und roch nach einem maskulinen Duschgel. Gegen seine blutunterlaufenen Augen hatte er allerdings nichts unternehmen können.

»Hallo. Ich habe noch eben die Fotokopien der Ermittlungsakten im Mordfall Isabell Lind sortiert. Jens schickt den endgültigen Obduktionsbericht, sobald er fertig ist.«

Unbeschwert ging er auf Anderssons Schreibtisch zu und legte den Stapel Papiere auf die fleckige Schreibtischunterlage.

Andersson sah Jonny grimmig an. Dann seufzte er deutlich und drehte sich zu Irene um.

»Okay. Ich kann deine Bedenken verstehen.«

Es war wunderbar, an diesem Abend nach Hause zu kommen. Krister war in der Markthalle gewesen und hatte eingekauft. Am nächsten Tag hatte er frei und fing erst Samstagnachmittag wieder an zu arbeiten. Als Irene ins Haus trat, rieb er gerade ein Rippenstück mit Knoblauch und Gewürzen ein. Jenny stand verstimmt daneben. Sie kommentierte die Wahl ihres Vaters jedoch nicht weiter, sondern füllte eine gefettete, feuerfeste Form mit Tomaten- und Zucchinischeiben. Katarina schnitt Eisbergsalat in Streifen und legte ihn zusammen mit Mais und Gurke in eine Schüssel.

Sammie war wie immer der Erste, der Irene seine hemmungslose Zuneigung schenkte. Gleich hinter ihm kamen ihr Mann und ihre Kinder.

Katarina war niedergeschlagen. An diesem Tag hatte ihr der

Arzt gesagt, dass sie noch mindestens zwei Monate lang nicht trainieren durfte. Auf dem Röntgenbild waren keine Knochenschäden zu erkennen, aber sie hatte immer noch Schmerzen im Nacken und im Kreuz und konnte gewisse Bewegungen nicht ausführen.

»Wenn ich nicht aufpasse, kann es chronisch werden«, sagte sie.

»Was hat er für eine Behandlung vorgeschlagen?«, fragte Irene besorgt.

»Akupunktur und Krankengymnastik, aber das mache ich ja bereits.«

»Sie hat eine Überweisung an einen Orthopäden, der auf Schleudertraumen spezialisiert ist«, meinte Krister.

»Stell dir vor, wenn ich nie mehr an Wettkämpfen teilnehmen kann! So wie es jetzt aussieht, kann ich nicht mal trainieren«, sagte Katarina. Sie war den Tränen nahe.

»Du kannst ja mit dem Hund spazieren gehen. Ein Hund ist ausgezeichnet, wenn man Bewegung braucht, und es deutet ja einiges darauf hin, dass wir demnächst Sammies Sohn im Haus haben«, tröstete sie Krister.

»Was? Nein! Zwei Hunde verkrafte ich nicht!« Irene stöhnte.

»Von wegen! Du bist doch sowieso nie zu Hause«, meinte Jenny.

Das versetzte Irene einen Stich. Etwas lahm erwiderte sie:

»Nie zu Hause … so oft fahre ich nun auch wieder nicht nach Kopenhagen oder woandershin. Es ist doch nur dieser Fall, der …«

Jenny unterbrach sie:

»Du bist trotzdem nie zu Hause. Immer ist es die Arbeit! Aber wir anderen hätten gerne einen kleinen Welpen. Er ist so süß!«

»Ich habe nie gesagt, dass ich gerne einen Welpen hätte«, protestierte Krister.

Beide Töchter sahen ihn viel sagend an. Dann meinte Jenny ironisch:

»Und wer konnte sich gar nicht mehr einkriegen, als wir ihn gestern angeschaut haben?«

»Wart ihr gestern den Welpen ansehen?«, fragte Irene.

»Die Alte rief an. Sie will ihn Ende nächster Woche loswerden. Dann ist er acht Wochen alt. Weder sie noch wir haben bisher Interessenten gefunden… und deswegen bin ich mit den Mädchen rübergegangen, um ihn mir anzuschauen«, sagte Krister entschuldigend.

»Und er war natürlich wahnsinnig süß«, meinte Irene seufzend.

»Wirklich!«, erwiderte ihre Familie einstimmig.

»Manchmal werden einem die eigenen Tricks zum Verhängnis«, meinte Tommy Persson.

Er versuchte nicht einmal, seine Schadenfreude zu verbergen. Sie saßen in ihrem gemeinsamen Büro und tranken noch einen weiteren Becher Kaffee, um diesen Freitag zu beginnen. Irene hatte gerade in Kurzfassung erzählt, was in Kopenhagen vorgefallen war, und ihren Bericht damit beendet, dass Familie Huss wahrscheinlich auch einen der Welpen würde aufnehmen müssen.

»Bei uns dreht sich alles nur noch um den Welpen, den wir bekommen sollen. Sara hat Fressnäpfe, Gummiknochen, einen Korb und was weiß ich nicht alles gekauft«, meinte Tommy schicksalsergeben.

»Ich hatte nicht vor, mich noch einmal mit einem Welpen abzuplagen. Diese Tierarztbesuche und dann das Abrichten. Oje! Als hätte man noch mal ein Baby.«

Um das Thema zu wechseln, fragte sie:

»Wie steht's mit Jack the Ripper?«

»Es geht. Ich habe eine bestimmte Theorie. Zwei seiner Opfer haben von einem eigenartigen Geruch gesprochen, den er gehabt haben soll. Jetzt ist dem letzten Mädchen eingefallen, was es war.«

Tommy machte eine Kunstpause, ehe er langsam sagte:

»Essen.«

»Essen?«

»Ja. Essensdünste. Der Geruch scheint in seinen Kleidern zu sitzen und vielleicht auch in seinen Haaren. Meine Theorie ist, dass er in einer Restaurantküche arbeitet. Meist schließt die Küche gegen zwölf. Dann dauert das Aufräumen mindestens ein, manchmal sogar zwei Stunden. Das weißt du, du bist schließlich mit jemandem aus der Branche verheiratet.«

Irene nickt. Krister war nur selten vor zwei zu Hause, wenn er Spätschicht hatte.

»Alle vier Male hat Jack zwischen zwei und drei Uhr nachts zugeschlagen. Immer in Vasastan. Ich habe vor, mich in den Lokalen in der Gegend umzusehen, besonders beim Küchenpersonal.«

»Krister kannst du sofort ausschließen. Er ist zu groß und zu dick. Die Täterbeschreibung passt auf ihn also nicht. Außerdem ist er zu alt. Jack the Ripper ist doch um die dreißig, wenn ich mich richtig erinnere.«

»Es gibt noch ein paar, die mir verdächtiger vorkommen als Krister«, meinte Tommy trocken.

Den Rest des Tages verbrachte Irene am Computer. Die einzige Unterbrechung war das Mittagessen in der Kantine der staatlichen Krankenversicherung. Das Hühnerragout war gar nicht so übel, aber Irene dachte trotzdem sehnsuchtsvoll an das Essen in Kopenhagen. Jens und Peter saßen sicher gerade mit einem eiskalten Bier in einer netten Kneipe. Ihr fast alkoholfreies Bier kam ihr plötzlich fürchterlich dünn und wässrig vor.

Der Bericht über die Ereignisse in Kopenhagen wurde sehr lang. Nach schweren Bedenken erwähnte sie auch Marcus' Bild über Emils Bett. Diese Information war zu wichtig, als dass sie sie einfach hätte weglassen können. Sie servierte aber auch hier die kleine Lüge, die sie dem Kommissar und Hannu bereits mündlich aufgetischt hatte, wonach sie Marcus von den Bildern seines Fotoalbums, das sie in seiner Wohnung gefunden hatten, wieder erkannt hätte. Es hatte zwar auch hier einige Nacktaufnahmen gegeben, aber die waren längst nicht von der Qualität gewesen wie die gerahmten Bilder. Vielleicht würde es sich lohnen, den Fotografen ausfindig zu machen? Er müsste eigentlich namhaft sein. Irene beschloss, einen ernsthaften Versuch zu unternehmen. Aber dazu brauchte sie Kopien der Bilder in Kopenhagen.

Sie rief Jens Metz an. Glücklicherweise war er in seinem Büro. Er versprach, eine Kopie des Bildes über Emils Bett anfertigen zu lassen.

»Brauchen Sie es in voller Größe?«, wollte er wissen.

»Nicht unbedingt. Aber auch nicht zu klein.«

»Okay. Ich kümmer mich drum.«

Irene dankte noch einmal dafür, dass sie in Kopenhagen so zuvorkommend behandelt worden waren, und Jens konterte höflich, dass sie jederzeit wieder willkommen seien. Dann legten sie auf.

Irene zögerte, zog dann ihr Handy aus der Tasche und rief Tom Tanaka an. Es klingelte einige Male, bevor er antwortete. Als sie seine Stimme hörte, war ihr klar, dass sie ihn geweckt hatte. Seine Stimme klang rau.

»Hier Tom.«

»Hallo. Irene Huss. Entschuldigen Sie, dass ich Sie geweckt habe.«

Tom murmelte etwas Undeutliches. Irene beschloss, das Gespräch kurz zu halten und gleich zur Sache zu kommen.

»Könnten Sie mir Kopien der Bilder machen lassen, die Sie an der Wand hängen haben?«, fragte sie.

Es herrschte ein langes Schweigen. Irene vermutete, dass Tom erst wach werden musste. Schließlich hörte sie wieder seine undeutliche Stimme:

»Ich habe eine Polaroidkamera. Reicht das, wenn ich die Bilder mit der mache?«

»Ich weiß nicht. Vielleicht. Wir können sie dann ja immer noch vergrößern lassen.«

»Man sagt nicht ›doing bigger the pictures‹, sondern ›enlarge the pictures‹.«

Das war das erste Mal, dass Tom ihr holpriges Englisch korrigierte. Sie war auch nicht gerade ein Morgenmensch und hatte ein gewisses Verständnis dafür, dass er sauer war, weil sie ihn geweckt hatte. Aber schließlich war es bereits halb zwei am Nachmittag. Als hätte er bemerkt, wie unfreundlich er geklungen hatte, beeilte er sich zu sagen:

»Obwohl ich jemanden kenne, der richtige Kopien von den Bildern machen kann. Aber das dauert länger. Dann können Sie sie auch gleich vergrößert haben.«

»Das wäre wirklich nett von Ihnen. Darf ich vorschlagen, dass Sie die Polaroidbilder gleich machen und heute noch losschicken. Die Vergrößerungen können Sie dann ja später nachsenden.«

»Wird gemacht.«

Irene beschloss, noch eine letzte Frage zu stellen:

»Ihnen ist nicht zufällig in der Zwischenzeit der Name des Fotografen oder der des anderen Modells eingefallen?«

»Nein. Marcus hat nie irgendwelche Namen genannt. Die Bilder hatte er bei seinem letzten Besuch dabei. Sie waren bereits gerahmt. Er nahm die beiden Bilder, die ich an der Wand hängen hatte, einfach herunter und ersetzte sie durch seine. Er sagte, dass sie dort hängen sollten, solange er weg sei. Damit ich ihn nicht vergessen würde.«

Sie war erstaunt, plötzlich eine Männerstimme im Hintergrund zu hören. Sie bekam mit, wie Tom verärgert »soon« flüsterte. Wen hatte er bei sich? Ein vages Gefühl der Unruhe ergriff sie. Vielleicht schwang dies auch in ihrer Stimme mit, als sie sagte:

»Sie sind doch vorsichtig?«

»Natürlich. Sie doch auch?«

Sie verabschiedeten sich voneinander und versicherten sich erneut, dass sie den Kontakt halten würden. Als sie ihr Handy weggesteckt hatte, gelang es ihr nicht mehr, ihre vage Unruhe abzuschütteln.

Die Zeit bis vier verbrachte sie damit, ihren Bericht fertig zu tippen. Mit einem Gefühl der Befreiung stellte sie dann den Computer ab. Stillsitzen war sie nicht gewohnt; inzwischen war sie ganz steif. Es knackte im Hals und in den Achseln, als sie ein paar Stretchingübungen machte. Sie nahm sich eine richtig ausgedehnte Joggingrunde vor, um sich wieder ein wenig in Schwung zu bringen. Auch die gute Kost in Kopenhagen machte sich bemerkbar. Sie hatte zugenommen. Ihre Jeans am Morgen richtig eng. In zwei Tagen würde sie ihre Tage bekommen, vielleicht war es auch das. Ungeachtet der Ursachen musste sie am Wochenende wieder mal intensiv trainieren.

Auf dem Weg in Hannus Zimmer holte sie noch zwei Tassen Kaffee. Als sie die Tür mit dem Fuß öffnete, sah sie einen Mann am Schreibtisch sitzen. Aber es war nicht Hannu, sondern Hans Pahliss. Irene erkannte ihn von den Fotos in Marcus' Album wieder. Er sah von den Papieren auf, in denen er gelesen hatte.

Mit seinen braunen Augen sah er sie über seine Lesebrille hinweg forschend an. Das etwas zu lange Haar hing ihm zerzaust in die Stirn, als wäre er sich immer wieder mit der Hand hindurchgefahren. Sein Gesicht war bleich, mit scharfen Gesichtszügen und deutlichen blau-schwarzen Bartstoppeln. Er war schmächtig. Irene hatte den Eindruck, dass er einige Jahre älter und bedeutend kleiner war als sein Partner Anders Gunnarsson.

Irene lächelte und sagte:

»Hallo. Inspektorin Irene Huss. Ich habe Kaffee mitgebracht. Wollen Sie Milch oder Zucker?«

»Milch, danke.«

»Dann gehe ich noch einen mit Milch holen. Hannu kann den hier trinken.«

Der Virologe packte gerade seine Papiere in einen großen Aktenkoffer, als sie mit dem Kaffee zurückkam. Irene merkte, dass er mit den langen Fingern seiner schmalen Hände nervös alle Schlösser zuschnappen ließ und die Kombinationen der Zahlenschlösser veränderte. Hätte sie nicht gewusst, welchen Beruf er ausübte, hätte sie auf Pianist getippt. Umständlich klappte er seine randlose Brille zusammen und steckte sie in die Brusttasche seines Sakkos. Dann faltete er vor sich auf dem Tisch seine hübschen Hände und sah Irene auffordernd an.

»Und?«, fragte Hans Pahliss.

Sein Tonfall hatte jedoch nichts Fragendes. Es war eher eine Aufforderung, das Gespräch zu beginnen.

»Anders Gunnarsson hat Ihnen sicher erzählt, was passiert ist«, begann Irene.

Hans Pahliss nickte.

»Wie gut haben Sie Marcus gekannt?«

»Wir waren eng befreundet.«

»Haben Sie mit Marcus gesprochen, als er Anfang März anrief?«

»Nein.«

»Warum nicht?«

»Ich war nicht zu Hause.«

»Hat Ihnen Anders erzählt, dass er angerufen hatte?«

»Ja.«

»Was genau hat Anders zu Ihnen gesagt?«

»Was er gesagt hat? Dass Marcus angerufen hätte. Dass er in Eile gewesen sei, weil er noch für eine Thailandreise hätte packen müssen.«

»Erzählte Marcus auch, mit wem er wegfahren wollte?«

»Nein. Wir haben uns so unsere Gedanken gemacht.«

»Hatten Sie eine Idee?«

»Nein. Es hätte jeder sein können.«

»Wussten Sie, dass Anders und Marcus einmal eine Affäre hatten?«

»Ja.«

»Hatte das irgendeinen Einfluss auf Ihre Gefühle Marcus gegenüber?«

»Nicht im Geringsten.«

»Nicht?«

»Nein.«

Pahliss saß reglos da, ohne seinen Becher anzufassen. Unbeirrt sah er Irene mit seinen braunen Augen an. Irene dachte plötzlich, wie ungerecht die Natur doch war. Ein Mann brauchte so lange Wimpern doch gar nicht. Ihr nächster Gedanke war, wie unterschiedlich Anders Gunnarsson und Hans Pahliss doch waren. Der Zahnarzt war offen und gesprächig gewesen, und der Virologe schien sein genaues Gegenteil zu sein.

Hannu hatte während der einleitenden Fragen geschwiegen, aber jetzt lehnte er sich plötzlich vor und fragte:

»Waren Sie schon mal in Kopenhagen?«

Pahliss sah erstaunt und verärgert aus, als er antwortete:

»Natürlich.«

»Nur als Tourist oder auch schon mal länger?«

»Ich war zwei Monate lang Gastdozent am Rigshospital.«

Irene ertappte sich dabei, dass sie den Atem anhielt. Hannu fuhr scheinbar gleichmütig fort:

»Wann war das?«

»Februar und März '97.«

»Wo haben Sie gewohnt?«

»Spielt das eine Rolle? Was hat das mit Marcus ...«

Er unterbrach sich, als sei ihm plötzlich ein Gedanke gekommen.

»Natürlich. Ich verstehe. Marcus wohnte natürlich auch bei Emil«, sagte er knapp.

Irenes Herz pochte auf einmal so wild, dass es in ihren Ohren rauschte. Hatte sie auch die Veranlagung für zu hohen Blutdruck wie der Kommissar? Ihre Stimme trug kaum, als sie fragte:

»Haben Sie bei Emil Bentsen gewohnt, als Sie in Kopenhagen waren?«

»Ja. Ich hatte von einem Bekannten hier in Göteborg seine Adresse bekommen. Zentral, billig und gut. Und ich gab Marcus die Adresse, als er mich fragte, wo man in Kopenhagen unterkommen könnte.«

»Sie haben ihm Emils Adresse gegeben?«

»Ja.«

»Aber dann haben Sie ja gewusst, wo Marcus wohnte?«

Zum ersten Mal tauchte so etwas wie ein Lächeln in Pahliss' Gesicht auf.

»Ganz so war es nicht. Marcus ist hier rumgelaufen und hat jeden danach gefragt, wo man in Kopenhagen wohnen kann. Als er abfuhr, hatte er einen ganzen Packen Adressen. Die ersten Tage wollte er im Hotel wohnen, und dann wollte er von sich hören lassen, wenn er was auf Dauer gefunden hätte.«

Plötzlich schien Hans Pahliss seinen Becher auf dem Schreibtisch zu entdecken und trank einen großen Schluck von dem mittlerweile nur noch lauwarmen Kaffee.

»Aber das hat er nie getan?«

»Nein.«

Endlich hatten sie ihre Erklärung, wie Marcus bei Emil gelandet war. Irenes Überlegungen wurden davon gestört, dass Hannu fragte:

»Wer hat Ihnen Emils Adresse gegeben?«

Zum ersten Mal schien Pahliss zu zögern. Aber als er bemerkte, dass die Beamten sein Zögern bemerkt hatten, sagte er fest:

»Einer meiner Ehemaligen. Ehe Sie mir diese Frage stellen: Die Antwort lautet: Ja. Anders kennt ihn, und wir pflegen freundschaftlichen Umgang.«

Der Tonfall war zum Schluss richtig scharf.

»Wer?«, wiederholte Hannu seine Frage.

»Pontus Zander.«

»Woher kannte er Emil Bentsen?«

»Keine Ahnung!«

»Wo erreichen wir Pontus Zander?«

»Auf der Notaufnahme des Sahlgrenska-Krankenhauses. Er arbeitet dort als Pfleger. Im Übrigen wohnt er in Kungshöjd.«

Pahliss gab ihnen Adresse und Telefonnummer.

Rasch stellte Irene die nächste Frage:

»Sie waren also im Februar und März '97 in Kopenhagen. Waren Sie dann im Mai dieses Jahres noch mal dort?«

Nachdrücklich schüttelte Pahliss den Kopf.

»Nein. Ich war erst kurz vor Weihnachten '97 wieder dort.«

»Wohnten Sie da auch bei Emil Bentsen?«

»Nein. Es war nur für vier Tage. Anders begleitete mich. Wir wohnten im Hotel.«

»Hatten Sie noch Kontakt zu Emil, nachdem Sie bei ihm ausgezogen waren?«

Wieder schien Pahliss zu zögern.

»Nein. Ich habe ihm in diesem Jahr eine Weihnachtskarte geschickt. Das war alles.«

»Hatten Sie mit Emil zu tun, als Sie bei ihm wohnten?«

Jetzt war Pahliss ganz eindeutig verärgert:

»Ich habe nicht bei ihm gewohnt. Ich habe ein Zimmer von ihm gemietet. Wir sind uns kaum einmal begegnet. In den zwei Monaten, in denen ich dort wohnte, war ich selten vor zehn Uhr abends zu Hause. Und dann bin ich immer todmüde ins Bett gefallen. Forschung hat mit Vierzigstundenwoche nicht das Geringste zu tun.«

»Was hielten Sie von Emil?«

»Keine Ahnung. Wie gesagt, hatten wir überhaupt nichts miteinander zu tun.«

Er unterbrach sich und sah Hannu scharf an.

»Wieso fragen Sie so viel nach Emil Bentsen?«, wollte er wissen.

Irene übernahm es, vom Mord an Emil zu erzählen. Hans Pahliss saß die ganze Zeit reglos da und unterbrach sie kein einziges Mal. Als sie fertig war, schwieg er lange. Schließlich flüsterte er:

»Was ist da eigentlich los? Erst Marcus und jetzt Emil …«

Irene versuchte sich vorsichtig auszudrücken:

»Es sind zwei weitere Morde verübt worden, die die Signatur unseres Mörders tragen. Aber da handelt es sich um Frauen. Das Vorgehen beim Zerstückeln und … ein paar andere Details sprechen aber dafür, dass es sich um ein und denselben Mörder handelt. Unsere Gerichtsmediziner sagen, dass die Vorgehensweise des Mörders darauf schließen lässt, dass er große Übung im Obduzieren hat«, sagte sie.

Irene machte eine Pause, um zu sehen, wie Pahliss auf diese Information reagieren würde. Fehlanzeige. Der Mann vor ihr zeigte nicht das geringste Zeichen von Unruhe. Sie fuhr fort:

»Wir glauben, dass sowohl Marcus als auch Emil ihren Mörder kannten. Es besteht die Möglichkeit, dass auch Sie und Anders… Ich meine, Sie als Arzt kennen vielleicht andere, die…«

»Nein! Keiner von den Ärzten, die ich kenne, wäre zu so einer Tat fähig! Ärzte tun so was nicht!«

»Sie kennen keine Gerüchte, dass irgendeiner Ihrer Kollegen spezielle Neigungen hat?«, fragte Irene ruhig.

Pahliss war immer noch ganz aufgebracht. Offenbar verbarg sich unter seinem beherrschten Äußeren ein ziemliches Temperament. Seine Stimme überschlug sich fast vor Wut, als er antwortete:

»Nein! Wirklich nicht!«

Er presste die Hände so fest zusammen, dass seine Knöchel hervortraten.

Mit ausdrucksloser Stimme sagte Hannu:

»Wir suchen nach einem furchtbaren Mörder. Er wird wieder zuschlagen. Und sicher befindet er sich in Ihrer Nähe.«

Es war, als hätte Hannu einen Eimer eiskaltes Wasser über ihm ausgegossen. Erst saß er vollkommen erstarrt da, dann entspannte er sich langsam. Er sank auf seinem Stuhl in sich zusammen und legte die Hände vors Gesicht. Weder Irene noch Hannu sagten etwas. Nach ziemlich langer Zeit nahm er die Hände wieder weg und sah die beiden Beamten an. In seinen Augen standen Tränen. Langsam sagte er:

»Gut möglich, dass er in meiner Nähe ist. Ich habe nur nicht den leisesten Schimmer, wer es sein könnte. Marcus fühlte sich von Männern mit, sagen wir mal, besonderen Neigungen angezogen. Er hatte auch andere Männer. Normalere, könnte man vielleicht sagen. Aber das war nie von Dauer. Die Suche nach dem … Speziellen machte ihn rastlos. Wenn er sich längere Zeit mit einem Mann zusammentat, dann war das immer einer dieser Speziellen.«

»Hatten Sie je den Eindruck, dass sich Marcus von Nekrophilie angezogen fühlte?«

Pahliss zuckte zusammen. Sein Entsetzen war nicht gespielt.

»Nein. Nie!«

»Könnten Sie dann genauer erklären, was für Vorlieben er hatte?«

»Ungewöhnliche Männer. Das ging in Richtung Sadomasochismus. Aber mit Anders und mir sprach er nie über seine sexuellen Abenteuer. Für uns war er einfach nur ein sehr guter Freund.«

Für Anders Gunnarsson war er mehr als nur ein guter Freund gewesen. Obwohl diese Affäre laut Gunnarsson schon nach einer Woche vorbei gewesen war. Jedenfalls hatte er das gesagt. Irene beschloss, ein weiteres Mal mit dem Zahnarzt zu sprechen.

»Wissen Sie, ob Marcus mal mit einem Arzt zusammen war?«, fragte sie.

Der Virologe dachte nach. Dann schüttelte er den Kopf.

»Nicht dass ich wüsste.«

Aber dann erstarrte er plötzlich. Er schaute über Irenes Kopf hinweg ins Leere. Mit angespannter Stimme sagte er:

»Vergangenen Sommer … Wir hatten ein Picknick in Marstrand organisiert. Wir waren ungefähr zehn Leute und tranken Wein. Ich erinnere mich, dass Marcus ziemlich betrunken war und von einem Typen erzählte, den er gerade kennen gelernt hatte. ›Er ist wunderbar. Er ist mein neuer Leibarzt.‹ So oder ähnlich hat er sich damals ausgedrückt. Danach fing er laut an zu lachen, als hätte er gerade etwas furchtbar Lustiges gesagt.«

»Und er hat diesen Typen nie wieder erwähnt?«

»Nein.«

Irene war sich jetzt immer sicherer. Es gab den Arzt. Und er lebte in Göteborg.

Hans Pahliss war gegangen. Auf ihrem Stockwerk merkte man langsam, dass sich das Wochenende näherte. Fast alle waren schon nach Hause aufgebrochen, und nur die, die Bereitschaft hatten, waren noch da. Nach einigen Stunden der Ruhe würde es dann aber drunter und drüber gehen. Je dunkler es in der Stadt wurde, umso häufiger würde man die Sirenen der Streifenwagen hören. Ganz dunkel würde es jetzt Ende Mai gar nicht mehr werden. Dazu kam noch, dass der Abend ziemlich lau war. Die Jugendlichen spürten, dass sich das Ende des Schuljahres näherte. Sie würden feiern und trinken und versuchen die Frustration eines ganzen Schuljahres rauszulassen. Die Erwachsenen würden versuchen, sich so zu fühlen wie die Europäer südlicher Breitengrade und sich in den Straßencafés betrinken. Dazu kam dann noch das, was ohnehin jedes Wochenende an Misshandlungen und Raubüberfällen angesagt war. Für die Polizei von Göteborg würde es eine anstrengende Nacht werden.

»Wieso hast du Pahliss gefragt, ob er in Kopenhagen war?«, wollte Irene neugierig wissen.

Hannu zuckte mit den Achseln.

»Nur so. Ich dachte an die Konferenz in Paris. Wenn er in Paris war, dann kann er auch mal in Kopenhagen gewesen sein«, erwiderte er.

»Vielleicht sollten wir mit Pontus Zander so schnell wie möglich sprechen.« Irene dachte laut nach.

Hannu nickte.

»Ich versuche ihn ausfindig zu machen.«

Irene konnte sich nicht beherrschen und sagte spöttisch:

»Hast du es nicht eilig, nach Hause zu deiner neuen Frau zu kommen?«

Hannu sah sie mit seiner unergründlichen Miene von der Seite an und antwortete dann:

»Sie observiert bis um zehn diesen Stripclub.«

Um von ihrem dummen Kommentar abzulenken, sagte Irene:

»Wie läuft es damit? Können sie Robert Larsson damit drankriegen, dass er sein Geld mithilfe des Clubs wäscht?«

»Vielleicht.«

Wann kapierte sie endlich, dass es nicht ging, Hannu zu irgendwelchen persönlichen Kommentaren zu veranlassen? Im Vergleich zu ihm war Greta Garbo eine Plaudertasche ersten Ranges gewesen.

Um das Thema zu wechseln, fragte sie:

»Hast du dieses Wochenende Bereitschaft?«

»Nein.«

»Aber ich. Falls du Pontus Zander erreichst, kannst du ja einen Gesprächstermin mit ihm vereinbaren. Leg mir einfach einen Zettel auf den Schreibtisch, dann übernehm ich das.«

»Wenn ich ihn nicht heute Abend schon auftreibe. Dann mache ich das noch selbst«, meinte Hannu.

»Okay. Schönes Wochenende.«

»Dir auch.«

KAPITEL 13

Der Zettel lag mitten auf ihrem Schreibtisch. Irene sah ihn als Erstes, als sie Samstagmorgen ihr Büro betrat. Gähnend stellte sie die Kaffeetasse auf den Tisch und las:

Pontus Zander kommt um 11 Uhr. Er hatte gestern Spätschicht. Ich hatte nicht die Gelegenheit, ihn am Telefon irgendwas zu fragen. P. Z. scheint unsere Verbindung zwischen Marcus und Emil zu sein.
Hannu

Für Hannu war das ungewöhnlich weitschweifig. Irene hoffte, dass er Recht behalten würde. Zander konnte den Durchbruch bringen, auf den sie gewartet hatten. Vielleicht konnte er ihnen erklären, wie die Fäden zwischen Göteborg und Kopenhagen zusammenliefen.

Irene saß in Routinearbeiten vertieft, die liegen geblieben waren, als die Gegensprechanlage summte und ihr mitgeteilt wurde, Pontus Zander warte auf sie. Sie stellte den Computer ab und zog ihre Zugangskarte raus.

Als sie aus dem Aufzug stieg und durch die Glaswand Richtung Empfang schaute, wusste sie sofort, wer Pontus war. Er war groß und blond und erinnerte in vielem an Anders Gunnarsson. Pahliss schien sich offenbar von einem bestimmten Typ angezogen zu fühlen. Der Unterschied bestand darin, dass

Pontus längeres Haar hatte, das er ordentlich zu einem Pferdeschwanz zusammengebunden hatte.

Pontus unterhielt sich mit zwei Polizisten in Uniform. Sie lachten und schienen sich zu kennen. Das war nicht weiter bemerkenswert, da Pontus auf der Notaufnahme arbeitete. Irene öffnete die Tür und räusperte sich leicht, ehe sie sagte:

»Pontus Zander?«

Dieser unterbrach sich mitten im Satz und lächelte Irene an.

»Ja. Und Sie sind vermutlich Irene Hysén?«

»Huss.«

Sie gingen aufeinander zu und gaben sich die Hand. Sein Händedruck war warm und fest. Die beiden Streifenbeamten verabschiedeten sich und gingen wieder nach draußen.

Als sie in die vierte Etage kamen, versorgte sich Irene eben noch am Kaffeeautomaten mit zwei dampfenden Bechern und verschwand dann mit Pontus Zander in ihrem Büro. Den einen Becher stellte sie vor sich auf den Schreibtisch, den anderen vor den Besucherstuhl.

»Bitte, setzen Sie sich doch«, sagte sie und deutete auf den Stuhl.

Pontus Zander setzte sich. Die Sonne funkelte in seinem blonden Haar. Ein Sonnenstrahl wurde von seinen stahlblauen Augen zurückgeworfen, die von dunklen Wimpern umrahmt wurden.

»Ich weiß nicht, ob Ihnen mein Kollege gesagt hat, worum es geht?«, begann Irene.

Absichtlich fuhr sie nicht gleich fort. Pontus antwortete direkt:

»Nein. Ich war so wahnsinnig gestresst, als er anrief. Es war gerade ein Bursche mit stark blutenden Ösophagusvarizen eingeliefert worden und gleichzeitig die Verletzten eines Minibusunfalls. Außerdem saßen da noch die üblichen akuten Fälle, die bereits mehrere Stunden Warterei hinter sich hatten. Wirklich horrend alles gestern. Meine Güte!«

Er verdrehte die Augen und seufzte. Irene hatte keine Ahnung, was diese blutenden Varizen waren, von denen Pontus da gesprochen hatte, beschloss aber, es lieber auf sich beruhen zu lassen.

»Wie Sie wissen, ermitteln wir im Mordfall Marcus Tosscander. Kannten Sie ihn?«, fragte sie stattdessen.

»Nicht sonderlich gut. Wir sind uns gelegentlich bei Festen von Anders und Hans begegnet. Und natürlich auf ihrer Hochzeit. Aber sonst hatte ich nichts mit Marcus zu tun.«

»Sie hatten nie eine Affäre mit ihm?«

Pontus sah eindeutig erstaunt aus.

»Nein. Wie gesagt, kannten wir uns nicht näher …«

»Marcus nahm es damit nicht immer so genau …. Sind Sie sich ganz sicher, dass Sie nie etwas miteinander hatten?«

Pontus sah sie etwas frech an. Als er antwortete, lächelte er:

»Ehrlich gesagt, habe ich auf der Hochzeit versucht mit ihm zu flirten. Aber er war nicht interessiert. Er hatte nur Augen für einen großen, dunkelhäutigen Amerikaner, der Leon hieß. Ein richtiger Motorrad- und Lederfreak.«

»Wohnt Leon in Göteborg?«

»Nein. In Los Angeles. Er ist Arzt. Virologe genau wie Hans. So sind sie sich auch begegnet und haben sich angefreundet. Leon erforscht die verschiedenen HIV-Viren, und Hans ist in der Herpesvirusforschung.«

»Wissen Sie, ob Hans und Leon mehr als nur Freunde waren?«

»Ich glaube nicht, dass sie je zusammen waren. Der eine ist nicht der Typ des anderen und umgekehrt.«

»Aber bei Marcus und Leon war das anders?«

Pontus spitzte etwas die Lippen und dachte nach, ehe er antwortete:

»Leon war Marcus' Typ. So viel kann ich sagen.«

»Aber Sie nicht.«

»Nein.« Pontus seufzte.

Jetzt war es langsam an der Zeit, auf Kopenhagen zu sprechen zu kommen. In neutralem Tonfall sagte Irene:

»Wann genau haben Sie in Kopenhagen gewohnt?«
Er sah erstaunt aus.
»Woher wissen Sie... vor fast drei Jahren.«
»Wann genau?«
»Oktober '96.«
»Was haben Sie dort gemacht?«
»Wir hatten einen Austausch über die Gewerkschaft. Man tauscht den Arbeitsplatz und die Wohnung mit einem Kollegen in einem anderen nordischen Land. Super!«
»Wie lange waren Sie in Kopenhagen?«
»Einen Monat. Aber was hat das mit Marcus...«
»Wie sind Sie an Emil Bentsen geraten?«
Jetzt sah Pontus vollkommen ratlos aus.
»Was spielt das für eine Rolle, dass ich bei Emil Bentsen gewohnt habe? Ist nicht Marc...«
»Darauf komme ich noch zurück. Wären Sie bitte so freundlich, meine Frage zu beantworten?«
»Okay. Meine Kollegin, mit der ich tauschen wollte, hieß Lise. Zwei Wochen bevor ich nach Kopenhagen umziehen sollte, rief mich Lise vollkommen verzweifelt an! In ihrem Haus hatte es gebrannt und ihre Wohnung war wegen Rauch- und Wasserschäden unbewohnbar. Aber sie versprach, mir was zum Schlafen zu besorgen, und das tat sie dann auch. Ich weiß, dass sie eine Anzeige aufgab und einige Angebote bekam. Sie entschied sich für die Wohnung von Emil Bentsen, und dort bin ich dann auch für die ganze Zeit untergekommen.«
»Ich habe Hans Pahliss so verstanden, dass Sie auch anderen empfohlen haben, sich bei Emil einzumieten, wenn sie in Kopenhagen eine Unterkunft brauchten.«
»Ja. Lage und Miete waren einfach Spitze.«
»Was hielten Sie von Emil?«
»Er war... etwas seltsam. Ich habe nicht viel von ihm gesehen. Wenn ich nicht gearbeitet habe, bin ich meist ausgegangen. Aber er war wirklich ein Sonderling.«
»Sonderling? Wie meinen Sie das?«

Pontus saß eine Weile da und suchte nach Worten. Schließlich sagte er:

»Er hatte einen etwas seltsamen Musikgeschmack und spielte das Zeug immer in voller Lautstärke. Dann schlich er immer so herum, oder wie ich das nennen soll. Ein paar Mal hatte ich das Gefühl, dass er in meiner Abwesenheit in meinem Zimmer gewesen war, und manchmal hörte ich auch, wie sich jemand auf der anderen Seite der Tür in der Küche bewegte. Durch die kam man in Emils Wohnung. Und einmal hörte und sah ich auch ganz deutlich, wie diese Tür zugezogen wurde, als ich frühmorgens in die Küche kam. Meine Güte! Mich hätte fast der Schlag getroffen!«

»Wohnte außer Ihnen noch jemand in der Einliegerwohnung?«

»Nein. Aber ich habe nur für ein Zimmer bezahlt.«

»Waren Sie je in Emils Wohnung?«

»Nein. Ich blieb auf Distanz. Ich weiß nicht genau, warum, aber irgendwie mochte ich ihn nicht.«

»Und doch haben Sie anderen empfohlen, sich bei ihm einzumieten?«

»Natürlich. Ein billigeres und zentraleres Zimmer findet man nicht. Und mit Emil muss man sich schließlich nicht abgeben, wenn man nicht will. Er machte jedenfalls keine Vorstöße in dieser Richtung. Er schlich einfach nur so komisch herum.«

»Wem haben Sie denn empfohlen, sich bei Emil einzumieten?«

»Hans Pahliss und einem Arbeitskollegen, der Lennart heißt. Emil hatte mich gebeten, einen Aushang zu machen. Einen Zettel habe ich in der Arbeit aufgehängt, den anderen im Gewerkschaftsbüro. Den dritten in einem Club. Kennen Sie den ›Sodom and Gomorra Club‹?«

Natürlich kannte Irene den größten Gayclub Göteborgs. Wenn Pontus dort vor drei Jahren einen Zettel aufgehängt hatte, dann würden sie nie herausfinden, wer sich die Adresse und Telefonnummer alles aufgeschrieben hatte.

»Wären Sie bitte so freundlich, mir zu sagen, warum Sie sich so für Emil und Kopenhagen interessieren?«, bat Pontus.

Irene berichtete ihm, wie der Mord an Marcus mit Emil Bentsen zusammenhing. Pontus war sichtlich schockiert, als sie ihm vom Mord an Emil erzählte. In den schwedischen Zeitungen war darüber nur ganz kurz und ohne Nennung eines Namens berichtet worden.

Pontus schwieg lange, nachdem Irene ihren Bericht beendet hatte. Schließlich sagte er:

»Das ist ein furchtbarer Gedanke, dass zwei Menschen ermordet worden sind und ich Hans empfohlen habe, sich bei Emil einzumieten, und dieser es seinerseits Marcus empfohlen hat… Ich weiß, dass es dumm klingt, aber ich fühle mich schuldig.«

Nun, da haben wir etwas gemeinsam, dachte Irene. Sie wurde nach Isabells Tod ihre Schuldgefühle ebenfalls nicht los.

Sie lehnte sich im Stuhl zurück und sah Pontus in sein schönes Gesicht, in dem jetzt nur noch Trauer und größter Ernst lagen. Bisher hatte er sehr aufrichtig gewirkt. Konnte er ein so durchtriebener Lügner sein, der geschickt die Wahrheit verschleierte? Hatte er Marcus näher gestanden, als er zugeben wollte? Mit diesen Überlegungen im Hinterkopf stellte sie ihre letzten Fragen:

»Zum Schluss würde ich gerne noch eine Sache wissen wollen, da Sie in der Krankenpflege arbeiten. Haben Sie eine Ahnung, ob Marcus im Sommer und Herbst des vergangenen Jahres mit einem Arzt zusammen war?«

Pontus schüttelte den Kopf.

»Wie gesagt, kannten wir uns nicht sehr gut. Ich habe Marcus nicht öfter getroffen als bei den wenigen Gelegenheiten, von denen ich bereits erzählt habe.«

»Sie haben nie von einem Arzt gehört, der etwas spezielle Interessen hat?«

»Spezielle Interessen?«

Zum ersten Mal sah Pontus Zander misstrauisch aus. Vorsichtig sagte Irene:

»Diese Dinge, von denen sich Marcus angezogen fühlte. Sadomasochismus. Vielleicht sogar Nekrophilie?«

»Nekro… Keinesfalls!«

Er sah entrüstet aus. Beschwichtigend meinte Irene:

»Dass ich danach frage, beruht auf der Art und Weise, wie Marcus zerstückelt wurde. Unsere Gerichtsmedizinerin glaubt, dass Marcus' Mörder ein sadistischer Nekrophiler ist. Das Vorgehen beim Zerstückeln deutet auf Obduktionsroutine hin. Marcus soll einen Arzt erwähnt haben, den er kannte. Angeblich war dieser gefährlich. Hans Pahliss hat ihn von seinem ›Leibarzt‹ sprechen hören.«

Eine schwache Rötung war auf Pontus Zanders Wangen auszumachen. Er war immer noch sehr erbost, was seiner Stimme auch anzuhören war.

»Bloß weil jemand homosexuell ist, glauben alle immer gleich, er sei auch pervers! Ich kenne keine Schwulen, die sich mit diesen Sachen befassen, von denen Sie sprechen!«

»Sie haben doch Marcus gekannt.«

Pontus atmete ein paar Mal tief durch, um sich zu beruhigen, und sagte dann:

»Ich habe Ihnen doch erzählt, dass ich Marcus kaum kannte. Es gibt natürlich einen Grund, warum er sich kaum um mich kümmerte, sondern sich von Leon angezogen fühlte.«

Er verstummte und holte noch ein paar Mal tief Luft, ehe er fortfuhr:

»Natürlich gibt es Männer und Frauen, die etwas andere Sachen mögen, aber ich kenne niemanden, bei dem es auch nur in die Richtung von Nekrophilie geht. Ich weiß nicht mal genau, was das heißen soll, aber in Hinblick auf das Grauenvolle, was Marcus zugestoßen ist…«

Er beendete den Satz nicht, sondern schüttelte nur erneut den Kopf.

»Sie haben also nie gerüchteweise von einem Arzt gehört, dem das gefiel?«

»Nein. Natürlich gibt es Schwule unter den Ärzten, und den

einen oder anderen, der … aber ich habe nie was gehört, und das hätte ich. Wir haben nämlich eine Vereinigung für Schwule in Pflegeberufen, und da bin ich schon seit einigen Jahren aktiv und kenne die meisten. Wenn es ein derartiges Gerücht gegeben hätte, dann wäre mir das zu Ohren gekommen.«

»Wie oft trifft sich diese Vereinigung für Schwule in Pflegeberufen?«, fragte sie.

»Jeden ersten Freitag im Monat.«

Irene beugte sich vor und sah auf ihren Terminkalender.

»Das nächste Treffen ist also jetzt am Freitag, dem 3. Juni«, stellte sie fest.

»Genau.«

Irene sah vom Kalender hoch auf Pontus Zander.

»Ich wäre Ihnen sehr dankbar, wenn Sie bei diesem Treffen die Fragen stellen könnten, die ich Ihnen heute gestellt habe. Dass Marcus eventuell mit einem Mann zusammen war, der Arzt ist. Sie können auch sagen, wie wütend Sie waren, als ich nach sadomasochistischen Neigungen, die in Richtung Nekrophilie gingen, gefragt hätte. Erzählen Sie ruhig, dass Sie mir eine Rüge erteilt hätten, was meine Vorurteile angeht.«

Pontus schien nicht zu verstehen, was sie wollte. Schließlich nahm er sich zusammen und stammelte:

»Aber … aber … meine Güte … warum?«

»Um eine Diskussion in Gang zu bringen. Halten Sie die Ohren offen. Vielleicht ist ja jemand schon mal einem Arzt begegnet, der irgendwie gefährlich war. Einen Versuch ist es wert.«

Irene war sich bewusst, dass ihre Stimme flehend klang. Aber wenn sie das der Identität des Arztes näher bringen konnte, war es ihr das wert. Alles hing davon ab, ob Pontus auf den Vorschlag eingehen würde.

Dieser saß mit gerunzelter Stirn da und schaute durch Irenes schmutziges Panzerglasfenster. Nervös strich er sich über sein tadellos gekämmtes Haar. Plötzlich nahm er seine Hand vom Kopf, und sein Blick glitt vom düsteren Ziegelbraun der staatlichen Versicherung auf Irene.

»Okay. Für Marcus und Emil bin ich bereit, einen Versuch zu wagen«, sagte er entschlossen.

Irene fiel ein Stein vom Herzen. Sie lächelte ihn jedoch nur an und sagte:

»Das ist wirklich sehr nett von Ihnen. Ich gebe Ihnen die Telefonnummern, unter denen Sie mich immer erreichen können.«

»Sollten wir nicht weitere Details über den Mord an Marcus an die Presse geben?«, fragte Irene.

Kommissar Andersson murmelte nur:

»Pah! Die Geier wissen schon genug.«

Andersson hatte um die Mittagszeit bei ihr hereingeschaut, nicht etwa, weil er Wochenendbereitschaft hatte, sondern weil er nichts Besseres zu tun hatte. Dies jedenfalls war Irenes Verdacht. Vielleicht war er ja einsamer, als seine Untergebenen ahnten. Heute sah er noch zerknautschter aus als sonst. Er trug eine verschlissene braune Cordhose und ein verwaschenes, ungebügeltes Polohemd. Wahrscheinlich war es einmal moosgrün gewesen, aber mit der Zeit hatte es einen trüben gelb-grünen Farbton angenommen.

Geduldig und vorsichtig fuhr Irene fort:

»Ich denke an die Information, wonach Marcus sich Anfang März einen oder ein paar Tage in Göteborg aufgehalten hat. Das wissen wir, weil er bei Anders Gunnarsson angerufen hat. Und die Alte aus der Nachbarwohnung hat auch gesagt, dass er in der Zeit, in der sie im Krankenhaus lag, nach Hause gekommen sein muss, weil die Blumen gegossen waren. Ich frage mich, ob er nicht auch noch irgendwo anders in der Stadt aufgetaucht sein könnte? Vielleicht in einem Club oder so.«

Andersson dachte angestrengt nach. Schließlich sagte er:

»Hat er nicht zu diesem Zahnarzt gesagt, er hätte keine Zeit, nach Alingsås zu fahren, um sich dessen Fotoapparat auszuleihen?«

»Doch.«

»Scheint, als hätte er es ziemlich eilig gehabt.«

»Du meinst, dass er nur eben nach Göteborg gekommen ist, um ein paar Sachen für die Thailandreise zu packen, und sofort weitergefahren ist? Vielleicht hat er in seiner Wohnung nicht einmal übernachtet?«

»Genau. Auf dem Bett waren keine Laken. Wir haben alle Flüge nach Thailand in der ersten Märzwoche überprüft und zwar von Schweden, Norwegen und Dänemark aus. Marcus Tosscander steht auf keiner Passagierliste. Wenn er gebucht hätte, müsste er irgendwo auftauchen.«

Bei dem letzten Satz bekam Irene eine Gänsehaut.

»Das bedeutet, dass Marcus in eine Falle gelockt wurde. Der Mörder hatte nie die Absicht, ihn nach Thailand mitzunehmen. Er hatte von Anfang an vor, ihn zu ermorden.« Sie versuchte ihre Stimme unberührt klingen zu lassen.

Andersson nickte düster.

»Es hat ganz den Anschein.«

Irene zwang sich, fortzufahren:

»Dann bleibt noch die große Frage, wo er ermordet wurde. Und wo wurde seine Leiche zerstückelt? Das muss nicht notwendigerweise ein und derselbe Ort gewesen sein.«

»Nein. Die Jungs von der Spurensicherung haben die Badewanne und den Ablauf in seiner Wohnung untersucht, ohne Ergebnis. Nirgendwo Reste von Körpergewebe oder Blut.«

»Hat die Analyse der Müllsäcke und des Klebebands etwas ergeben?«

»Es handelt sich um die am meisten verbreitete Sorte schwarzer Müllsäcke überhaupt. Die kann man in jedem Warenhaus kaufen und an allen Tankstellen. Bei dem Klebeband handelt es sich um normales Abdeckband, wie es alle beim Anstreichen verwenden. Das kann man ebenfalls überall erwerben. Das einzig Interessante, was die Spurensicherung gefunden hat, waren Spuren von Reismehl am Klebeband und in den Säcken.«

Irene nickte.

»Tja. Das dachten wir uns ja schon. Der Mörder trug OP-

Handschuhe. Ist das heute üblich, bei OP-Handschuhen Reismehl statt gewöhnlichem Talkpuder zu verwenden?«

»Keine Ahnung. Wir fragen am besten die Spurensicherung. Aber etwas hat der Mörder in der Tat zurückgelassen. Oder genauer gesagt mehr als etwas.«

Das überraschte Irene. Das hatte sie nicht erwartet. Sie merkte, wie sich ihr Puls erwartungsvoll beschleunigte, während sie sich über den Schreibtisch vorbeugte und den Kommissar ansah.

»Was waren das für Spuren?«

Andersson lächelte zufrieden, als er ihre innere Erregung bemerkte.

»Haare. Zwei Stück. Sie lagen im Sack mit dem Unterleib. Und von Marcus Tosscander waren sie nicht. Sie sind blond. Svante hat eines davon seinem Kollegen in Kopenhagen geschickt. Wenn ein Haar derselben Person an einem der Tatorte gefunden wird, dann haben wir ihn.«

»Weißt du eigentlich, ob sie in Kopenhagen ebenfalls Reismehl gefunden haben?«, wollte Irene wissen.

»Nein. Da musst du Svante fragen. Er hält den Kontakt zur Spurensicherung in Kopenhagen.«

Irene beschloss, direkt nach dem Essen genau das zu tun.

Irene fand Svante Malm in der Kaffeeküche der Spurensicherung. Er saß mit geschlossenen Augen und an die Wand gelehnt da. Erst glaubte Irene, er würde schlafen, aber als sie sich ihm zögernd näherte, öffnete er die Augen einen Spalt weit. Sein sommersprossiges Pferdegesicht überzog sich mit einem Lächeln. Hastig fuhr er sich mit den Fingern durch sein karottenrotes Haar, der vergebliche Versuch, etwas vorzeigbarer zu erscheinen. Die Haare standen ihm in alle Richtungen ab, und er wirkte so, als habe er einen ausgiebigen Mittagsschlaf hinter sich.

»Jetzt hast du mich erwischt«, sagte er.

»Tut mir Leid, falls ich dich geweckt habe.«

»Hast du nicht. Ich habe meditiert.«

Er lächelte wieder und stand auf, um Kaffee von der Warmhalteplatte zu holen. Irene hatte bereits nach dem Essen drei Tassen getrunken und lehnte deswegen ab, was wirklich nicht oft vorkam. Als er sich mit seiner aromatisch duftenden Tasse an den Tisch setzte, bat ihn Irene darum, ihr alle relevanten Informationen über die Parallelen in den verschiedenen Mordfällen zu geben.

»Was den Mord an Carmen angeht, hat man damals ebenfalls festgestellt, dass der Mörder OP-Handschuhe verwendete. Talkpuder wurde sowohl auf den Leichenteilen als auch in den Säcken gefunden.«

»Talkpuder? Kein Reismehl?«

»Nein. Gewöhnliches Talkpuder. Wegen des Allergierisikos ist man in letzter Zeit dazu übergegangen, statt des Talkpuders Reismehl bei Schutz- und OP-Handschuhen zu verwenden.«

»Was ist mit den Säcken?«

»Carmens und Marcus' Leichenteile lagen in schwarzen Müllsäcken desselben Typs. Sie unterschieden sich nur dadurch, wie sie verschlossen waren. Marcus' Säcke waren mit Abdeckband zugeklebt, Carmens mit einer Nylonschnur zugebunden. Eine kräftige Schnur, wie man sie im Haushalt verwendet, sagen meine dänischen Kollegen. Leider ist diese Art Schnur sowohl in Schweden als auch in Dänemark weit verbreitet.«

»Aber Andersson sagte, dass du in einem von Marcus' Säcken zwei Haare gefunden hast?«

»Ja. Das eine habe ich nach Kopenhagen geschickt. Aber von dort habe ich noch keine Antwort.«

»Das kann dauern. Isabell Lind wurde in einem heruntergekommenen Hotelzimmer ermordet. Da gab es sicher Unmengen Haare.«

»Oje! Da können wir nur auf den anderen Tatort hoffen, wo dieser Junge gefunden wurde.«

»Dort war es auch ziemlich dreckig.«

»Warst du da?«

»Ja. Ich war dabei, als er gefunden wurde.«

Plötzlich sah Irene Emils geschändete Leiche vor sich. Ganz deutlich. Sie schüttelte sich, um dieses entsetzliche Bild loszuwerden, und begann vom Mord an Emil und Isabell zu erzählen. Nachdem sie geendet hatte, saß Svante Malm eine Weile da und dachte nach. Schließlich sagte er:

»Merkwürdig. Die Morde an Carmen und Marcus sind fast identisch. Die Morde an Isabell und Emil ebenfalls. Und doch sind sich die Gerichtsmediziner einig, dass es sich nur um einen Mörder handeln kann. Was hat den Mörder daran gehindert, das Ganze zu Ende zu führen? Ich meine, die Opfer auszuweiden und zu zerstückeln?«

Malm stellte genau die Frage, mit der sich Irene ebenfalls die ganze Zeit das Hirn zermarterte. Warum hatte er die Sache nicht zu Ende geführt? Unvollendet. Irene erinnerte sich an das Wort. Es war ihr schon früher in den Sinn gekommen, als sie über diese Frage nachgedacht hatte.

»Eine Theorie ist, dass er bei den beiden letzten Morden aus irgendeinem Grund keine Kreissäge zur Hand hatte. Als weiterer Grund käme Zeitmangel in Frage«, meinte sie.

»Vielleicht. Ein dritter Grund könnte sein, dass kein vernünftiger Platz zum Zerstückeln der Leichen verfügbar war. Denk dran, dass es eine ziemlich blutige Prozedur ist.«

Er verstummte und dachte angestrengt nach.

»Die Eingeweide und Köpfe der zerstückelten Opfer sind nie gefunden worden. Was hat er damit gemacht? Und bestimmte Muskeln fehlen schließlich auch.«

Es schauderte Irene, als sie erwiderte:

»Yvonne Stridner glaubt, dass er Kannibale ist. Er hat die Muskeln gegessen. Offenbar kommt das bei Sadonekrophilie vor. Ist dir schon mal so was untergekommen?«

Malm schüttelte den Kopf.

»Nein. Am nächsten kommt der Sache wohl diese Frau mit der postnatalen Depression, die ihr Neugeborenes im Ofen gebraten hat. Aber sie hat es nicht gegessen. Verdammte Scheiße! Das war wirklich das Fürchterlichste, was ich je gesehen habe.«

Irene war froh, dass sie bereits gegessen hatte. Nach so vielen Jahren im Beruf sollte sie eigentlich abgebrühter sein, aber es gab Sachen, gegen die war man einfach nicht immun. Kannibalismus. Eines der ekelhaftesten Dinge überhaupt. Ein Tabu, das trotzdem hin und wieder gebrochen wurde.

Schnell wechselte sie das Thema.

»Eigentlich bin ich hier, um dich etwas ganz anderes zu fragen. Kann man einigermaßen anständige Vergrößerungen von Polaroidbildern machen?«

»Das musst du einen der Fotografen fragen. Aber ich glaube nicht, dass das ein Problem darstellt, solange das Bild scharf genug ist.«

War zu hoffen, dass Tom Tanaka ein guter Fotograf war. Abgesehen davon sollte sie anfangen, nach demjenigen zu suchen, der die Bilder von Marcus und seinem Freund geschossen hatte.

Irene blätterte im Branchenverzeichnis. Dort waren unzählige Fotografen und Fotoateliers aufgeführt. Wer hatte die Bilder von Marcus und seinem Freund wohl aufgenommen? Mit einem Seufzer schob sie das Branchenverzeichnis zur Seite und beschloss, mit den weiteren Nachforschungen zu warten, bis sie die Fotos von Tom erhalten hatte. Wenn sie Glück hatte, kamen sie Montag mit der Morgenpost und landeten direkt auf ihrem Schreibtisch.

Es war fünf Uhr und Zeit, nach Hause zu gehen. Da Krister freihatte, freute sie sich auf ein gemütliches Abendessen zu zweit.

Ihre Töchter waren nicht zu Hause. Katarina wollte mit Micke ausgehen, und Jenny hatte einen Auftritt mit ihrer Band in einem Studentenlokal. Die Band hieß Polo. Seltsamer Name für eine Popband. Aber sie hatten Erfolg. Der Auftritt an diesem Abend war der wichtigste bisher. Jenny war die ganze Woche wie durch den Wind gewesen und hatte nur noch von diesem bevorstehenden Konzert gesprochen. Als Krister taktvoll danach gefragt hatte, ob auch Eltern zugelassen seien, hatte sie einen hysterischen Anfall bekommen. Das sei das Blödeste, was sie je gehört hätte! Wenn ihre Eltern kämen, dann würde das Durchschnittsalter gleich um Jahre steigen! Wie sehr man sich eigentlich blamieren wolle!

Dann würden sie es sich halt zu zweit hinterm Herd gemütlich machen. Sie konnten schließlich den Hund streicheln, falls ihnen langweilig wurde.

Bei diesem Gedanken musste Irene lächeln. Die Wahrheit war, dass sie sich für diesen Samstagabend nichts mehr wünschte, als etwas Gutes zu essen. Aber anschließend wollte sie etwas ganz anderes streicheln als den Hund.

KAPITEL 14

Der Montagmorgen begann wie jeder andere auch, aber nachdem die morgendliche Besprechung bereits eine Weile gedauert hatte, überschlugen sich die Ereignisse plötzlich. Die Tür wurde geöffnet, und ein Inspektor streckte seinen Kopf herein und sagte:

»Da ist so ein Däne am Telefon. Er will unbedingt mit Irene Huss sprechen.«

Irene stand auf und entschuldigte sich. Ihr Kollege heftete sich an ihre Fersen und meinte aufgebracht:

»Ich hab ihm gesagt, dass ihr beim Rapport seid, und ihn gebeten, später wieder anzurufen. Da hat er gesagt, ich könnte ihn mal!«

»Das klingt ganz nach einem bestimmten dänischen Kollegen«, erwiderte Irene lächelnd.

Sie machte die Tür hinter sich zu und ging zum Schreibtisch. Das Gespräch war bereits zu ihr durchgestellt, sie brauchte also nur noch den Hörer abzunehmen.

»Hallo, Herr Metz«, sagte sie.

»Hallo. Ich hoffe, Sie haben Zeit.«

»Zeit?«, fragte Irene erstaunt.

»Sie haben eine Menge zu erklären!«, brüllte Metz in den Hörer. Erst jetzt bemerkte Irene, wie wütend er war. Aus irgendeinem Grund war er vollkommen außer sich. Warum? Sie hatte das unangenehme Gefühl, dass die Wut gegen sie gerichtet war.

»Hier in Kopenhagen ist eine Menge passiert. Obwohl Sie gar

nicht mehr hier sind! Aber Sie haben Ihre Spuren hinterlassen. Überall!«

Irene merkte, dass er eine kurze Pause einlegte, um nicht noch lauter zu werden. Dann fuhr er fort:

»Ich habe Tom Tanakas Handy vor mir liegen. Er hatte etwa zwanzig Telefonnummern gespeichert. Eine Nummer gehört zu einem Handy, dessen Besitzer Marcus Tosscander war. Eine andere ist die Ihres Handys. Wie erklären Sie sich das?«

Irene merkte, dass ihr Herz vor Angst wie wild klopfte.

»Was ist mit Tom?«

Sie merkte selbst, dass sich ihre Stimme überschlug, aber das war ihr egal. Nicht Tom! Nicht auch noch Tom!

»Er liegt bewusstlos im Krankenhaus. Er ist heute Nacht überfallen und mit einem Messer schwer verletzt worden.«

»Aber er verlässt seine Wohnung doch nie!«, rief Irene.

»Der Überfall fand in seiner Wohnung statt«, erwiderte Metz trocken.

Wie war das möglich? Irene erinnerte sich an seine Codeschlösser und die massiven Türen. Hatte er den Täter selbst eingelassen? Sie merkte, dass Jens wieder zu sprechen begonnen hatte, und konzentrierte sich.

»Peter ist auf dem Weg zu Ihnen. Er hat zwei Videos dabei, die er in Emils Wohnung gefunden hat. Die sind … sehr interessant. Für uns und für euch. Und ich kann Sie darüber informieren, dass wir den Besitzer des Haares identifiziert haben, das in einem der Säcke mit den Leichenteilen von Marcus Tosscander gefunden wurde.«

Er machte eine Kunstpause, und Irene merkte, dass sie den Atem anhielt.

»Das Haar stammt von Emil Bentsen.«

»Emil?«, wiederholte Irene verblüfft.

In ihrem Kopf stand einen Augenblick lang alles still. Sie konnte keinen klaren Gedanken fassen. Langsam setzten sich die Zahnräder jedoch wieder in Bewegung, und es gelang ihr zu sagen:

»Aber Emil wurde doch selbst ermordet!«

»Wenn Sie die Filme sehen, werden Sie verstehen. Die Flecken auf der einen Polizeiuniform waren Blut. Wir vergleichen es gerade mit dem von Carmen Østergaard und Marcus Toscander. Das Ergebnis bekommen wir jedoch frühestens morgen. Peter ist wahrscheinlich zwischen elf und zwölf bei euch in Göteborg. Bestellen Sie schon mal was Gutes zum Essen. Die Sache könnte sich in die Länge ziehen.«

Nach einem ziemlich unterkühlten Abschied legte Irene auf. In ihrem Kopf wirbelte es wild durcheinander. Was sollte sie tun? Ihr Versuch, Tom aus der Sache rauszuhalten, war missglückt. Er lebte noch, war aber schwer verletzt. Das war ihre Schuld.

Nachdem sie einige Minuten lang intensiv nachgedacht und ohne etwas zu sehen aus dem Fenster gestarrt hatte, fasste sie einen Entschluss. Sie stand auf und ging schweren Herzens zu den Kollegen.

Als sie die Tür öffnete, wandten sich ihr mehrere fragende Gesichter gleichzeitig zu.

»In Kopenhagen sind dramatische Dinge vorgefallen, die es mir angezeigt erscheinen lassen, meinen Bericht zu vervollständigen«, verkündete sie bereits in der Tür.

Kommissar Andersson war natürlich explodiert. Irene kannte das schon, aber dieser Anfall hatte länger gedauert als sonst. Als er mit seiner Schimpftirade fertig war, war klar, dass Irene einiges wieder gutzumachen hatte, falls das überhaupt möglich war.

Auch die meisten anderen Kollegen verurteilten ihr Vorgehen. Nur Tommy lächelte und blinzelte ihr aufmunternd zu.

Als sich die erregten Gemüter beruhigt hatten, verfügte der Kommissar, dass Hannu und Jonny an Irene und Peters Gespräch teilnehmen sollten.

»Damit wir sicher sein können, dass der Däne hier auch wieder lebend wegkommt«, meinte Andersson und warf Irene einen finsteren Blick zu.

Sie biss die Zähne zusammen und sagte nichts. Möglich, dass sie etwas falsch gemacht hatte, als sie bewusst Informationen verschwiegen hatte. Trotzdem würde sie es das nächste Mal wieder genauso machen. Ihre Bemühungen, Tom zu schützen, waren missglückt, aber sie hatte es immerhin versucht.

Das Ganze wurde auch dadurch nicht besser, dass Jonny eine fürchterliche Laune hatte. Seine Augen waren blutunterlaufen, und sein Atem roch nach Pfefferminz. Irene hatte den Verdacht, dass er einen ziemlich schweren Kopf hatte. Hatte er nach seiner Rückkehr aus Kopenhagen weitergesoffen? Nach der morgendlichen Besprechung beklagte er sich mehrmals darüber, wie unkollegial Irene sich in Kopenhagen verhalten habe. Zum Schluss gewann ihr Ärger die Überhand. Sie stieß ihn in ihr Büro und knallte Hannu die Tür vor der Nase zu. Sie konnte ihre Wut nur mit Mühe zügeln und flüsterte:

»Gut möglich, dass ich in dieser Sache einen Fehler gemacht habe. Der Chef hat mich deswegen auch nach Strich und Faden heruntergeputzt. Aber zumindest habe ich versucht, meine Arbeit so gut wie möglich zu machen. Das ist mehr, als man von dir behaupten kann! Von der Minute an, in der du deinen Fuß auf dänischen Boden gesetzt hast, bis zu der, als wir nach Hause gefahren sind, warst du betrunken. Nennst du das kollegial?«

Jonny war immer noch schockiert, dass sie ihn ohne Vorwarnung in ihr Büro gezerrt hatte. Jetzt fiel ihm nichts ein, was er zu seiner Verteidigung hätte vorbringen können. Aber Irene sah, wie er wütend wurde. Nach einer Weile angespannten Schweigens hatte sich seine Wut endgültig in glühenden Hass verwandelt. Ohne ein Wort zu sagen, drehte er sich auf dem Absatz um und riss die Tür auf. Fast wäre er mit Hannu zusammengestoßen, der immer noch vor der Tür stand. Nachdenklich sah Hannu Jonny den Korridor entlang verschwinden. Danach schaute er Irene an.

»Das musste ihm mal gesagt werden«, meinte er.

Irenes Zorn verschwand so schnell, wie er gekommen war. Sie fühlte sich plötzlich vollkommen entkräftet, sowohl psychisch als auch physisch. Ermattet ließ sie sich auf ihren Stuhl sinken. Hannu trat ein und schloss die Tür hinter sich.

»Weißt du das mit Jonnys Alkoholproblemen schon lange?«, fragte sie.

»Den Verdacht habe ich schon seit einigen Jahren.«

»Mir fiel es erst auf der Reise nach Kopenhagen auf. Wie bist du drauf gekommen?«

»Er ist oft montags krank. Oder er kommt zu spät. Manchmal hat er auch eine Fahne vom Vortag. Außerdem verschwindet er freitags oft früh genug, um noch rechtzeitig im Systembolaget einkaufen zu können. Außerdem verwendet er sehr viel Mundspray und lutscht andauernd Halstabletten. Auf Betriebsfesten ist er immer derjenige, der sich am meisten betrinkt.«

Irene ließ sich durch den Kopf gehen, was Hannu sagte. Es stimmte alles.

»Er braucht Hilfe. Was sollen wir tun?«, fragte sie.

Hannu zuckte nur mit den Achseln. Irene sah ein, dass er Recht hatte. Was soll man schon tun, wenn ein Arbeitskollege Alkoholprobleme hat, aber sich weigert, es einzusehen? Jonny würde außer sich geraten, wenn sie versuchten, Hilfe bei Außenstehenden zu suchen. Mit dem Chef reden ging auch nicht. Andersson hasste Personalprobleme. Gewäsch, brummte er dann immer und tat so, als würden sie nicht existieren.

Seufzend entschloss sich Irene, Jonnys Probleme auf sich beruhen zu lassen. Sie hatte schon genug mit ihren eigenen zu tun. Wahrscheinlich würde Peter Møller bercits in zwei Stunden vor ihrer Türe stehen.

Peter meldete sich Punkt halb zwölf am Empfang. Mit einem flauen Gefühl im Magen fuhr Irene mit dem Lift nach unten, um ihn auf ihr Dezernat zu begleiten. Genau wie sie sich das vorgestellt hatte, war die Begrüßung steif und förmlich. Die Intimität ihres letzten Restaurantbesuchs war wie weggeblasen. Hatte es sie je gegeben, oder hatte sie sie sich nur eingebildet? Irene wurde unsicher, als sie im Aufzug neben ihm stand und den Duft seines teuren Aftershaves einatmete. Seine Miene war neutral und ließ keine Gefühle erkennen. Er trug ein leichtes, hellgraues Jackett, dunkelgraue Hosen und ein kalkweißes Hemd ohne Schlips. Er wirkte wie ein Banker im Freizeitlook und überhaupt nicht wie ein Polizist.

In der rechten Hand hielt er einen Aktenkoffer aus cognacfarbenem Leder. Teuer und sicher sein eigener, dachte Irene.

Als sie in ihrem Büro ankamen, begrüßte er Hannu. Jonny war noch nicht da. Irene forderte ihre Kollegen auf, sich zu setzen. Peter behielt seinen Aktenkoffer auf den Knien. Er eröffnete das Gespräch mit der Bemerkung:

»Wir brauchen einen Videorekorder.«

»Kein Problem. Wir haben einen im Kaffeezimmer«, antwortete Irene.

Peter schüttelte den Kopf.

»Das Kaffeezimmer kommt nicht in Frage. Wir müssen ungestört sein.«

»Das kann ich einrichten«, meinte Hannu.

Er stand auf und verschwand auf dem Gang. Als er die Tür hinter sich geschlossen hatte, sagte Irene:

»Erzähl mir doch, was Tom zugestoßen ist.«

Ihr flehender Tonfall entging Peter nicht. Er sah sie einen Augenblick scharf an und sagte dann:

»Wenn ich nur begreifen könnte, was ihr zwei miteinander habt.«

Die Andeutung eines Lächelns war in seinem Gesicht auszumachen, und Irene wurde es leichter ums Herz.

Peter zog sich sein Baumwolljackett aus und hängte es über die Rückenlehne seines Stuhls. Den Aktenkoffer behielt er immer noch auf den Knien.

»Tanaka schließt sein Geschäft Samstagabend immer um elf. Sein Angestellter Ole Hansen arbeitete letzten Samstag ebenfalls. Kurz vor halb elf befand sich Hansen im Personalzimmer. Wie du weißt, liegt das zwischen dem Geschäft und Tanakas Wohnung.«

Er unterbrach sich, als Hannu mit Jonny im Schlepptau eintraf. Jonny begrüßte Peter fröhlich, vermied es aber sorgfältig, Irene anzusehen. Falls Peter die Spannungen bemerkte, ließ er es sich nicht anmerken. Er griff den Faden wieder auf.

»Plötzlich hörte Hansen ein lautes Krachen aus Tanakas Wohnung.«

»Einen Schuss?«, fragte Jonny.

»Nein. Das Bersten einer Fensterscheibe. Hansen lief hinter Tanaka her, der sofort in seine Wohnung stürmte. Hansen stand in der Tür zur Küche und sah Tanaka noch im Schlafzimmer verschwinden. Fast sofort hörte er einen gewaltigen Lärm. Er meinte, es hätte sich um einen lauten Schrei und um Leute gehandelt, die sich prügeln.«

Der Schrei war sicher von Tom gekommen. Sumo-Ringer jagen ihren Gegnern durch laute Schreie Schrecken ein und schöpfen aus ihnen Kraft.

»Hansen wählte auf seinem Handy den Notruf, während er zum Schlafzimmer lief. Als er dort eintraf, sah er Tanaka in einer Blutlache liegen, die schnell größer wurde. Das ganze Zimmer war voller Blut. Ein größeres Blutgefäß am Hals war durchtrennt worden.«

Irene wurde es ganz anders.

»Hansen sah, wie ein schwarz gekleideter Mann mit Kapuze durchs Fenster verschwand. Wahrscheinlich trug er eine schwarze Kapuzenjacke und schwarze Jeans. Hansen sah nur seinen Rücken. Aber er hatte den Eindruck, dass er sehr groß war und eher schlank.«

»Hat er was gestohlen?«, fragte Irene.

»Ja. Ein Bild. Offenbar eine gerahmte Fotografie. Ursprünglich hingen dort laut Hansen zwei. Jetzt hängt dort nur noch eine.«

»Was ist auf dem Bild zu sehen, das immer noch dort hängt?«

»Ein nackter Mann, der im Wasser sitzt.«

Der Täter hatte das Gegenlichtbild mit dem Mann im Profil mitgenommen. Das Bild von Marcus hatte er zurückgelassen.

Plötzlich fuhr sie von ihrem Stuhl auf und rief:

»Die Post!«

Ohne sich um die fragenden Blicke ihrer Kollegen zu kümmern, ging sie die Post holen. Sie hörte, wie Jonny sagte:

»Sie ist vollkommen aus dem Gleichgewicht. Diese Ermittlung ist einfach zu viel für sie. Frauen kennen ihre Grenzen eben nicht.«

Sie freute sich, als sie hörte, wie Peter erwiderte:

»Den Eindruck hatte ich bisher nicht. Eigenmächtig ist sie schon, aber aus dem Gleichgewicht wohl kaum.«

Mit zitternden Fingern sah sie ihre Post durch. Da! Sie erkannte den festen, teuren Umschlag sofort. Triumphierend ging sie mit ihm zurück in ihr Büro. Ungeduldig riss sie ihn mit einem Bleistift auf.

Auf den Schreibtisch fielen zwei Fotografien. Wortlos schob Irene Peter und Hannu, die ihr Treiben erstaunt verfolgten, die Bilder hin. Jonnys Neugier gewann die Oberhand, und er trat näher, um auch etwas sehen zu können.

»Wo hast du die her?«, fragte Peter verblüfft.

Irene lehnte sich auf ihrem Stuhl zurück und sagte:

»Gleich, erst möchte ich wissen, ob Tom durchkommt.«

Peter lächelte.

»Doch, ja. Er hat unzählige Bluttransfusionen erhalten und wird vollkommen wiederhergestellt werden.«

Sein Lächeln wurde etwas schwächer, als er fortfuhr:

»Das Problem ist, dass er so viel Blut verloren hat, dass dies Auswirkungen auf sein Gehirn gehabt haben könnte. Welche, wissen die Ärzte noch nicht.«

Das fand Irene nicht sonderlich beruhigend. Aber zumindest würde Tom nicht an seinen Verletzungen sterben. Damit musste sie sich trösten.

Es dauerte nicht lange, Peter zu erklären, was sie mit Tom zu tun gehabt hatte. Hannu und Jonny betrachteten derweil die Fotografien. Genau als Irene ihre Ausführungen beendet hatte, schaute Hannu von dem Bild auf, das er in Händen hielt.

»Den Typen kenne ich. Ich komme nur nicht drauf, woher.«

Er drehte das Foto um. Es war die Gegenlichtaufnahme. Irene nickte.

»Genau das habe ich auch schon gedacht. Kennst du ihn?«

Diese Frage stellte sie an Jonny, aber dieser schüttelte nur den Kopf, ohne sie auch nur eines Blickes zu würdigen. Peter nahm das Bild und sah es lange an.

»Nein. Ich kann auch nicht behaupten, dass ich ihn kennen würde«, sagte er endlich.

Irene nahm das Bild zurück und betrachtete es eingehend, so als wollte sie den Mann zwingen, sein Gesicht der Sonne zuzuwenden. Das tat er aber nicht, und sie legte das Foto mit einem Seufzer weg.

»Zeit fürs Kino«, sagte Jonny und grinste.

Sie standen auf und gingen in ein freies Verhörzimmer. Dort standen ein Fernseher und ein Videorekorder.

»Hier nehmen wir Verhöre mit Kindern auf, bei denen der Verdacht auf sexuellen Missbrauch besteht«, erklärte Irene.

Peter nickte und legte eine Videokassette ein.

Als Erstes sahen sie einen nackten Körper, der auf einem langen Tisch lag. Der Tisch war mit kräftiger, durchsichtiger Plastikfolie bedeckt. Um den Tisch herum waren Gerümpel und Baugerüste auszumachen. Im Hintergrund hing ein solider Flaschenzug an einer Kette von der Decke. Es schien sich um eine große Werkstatthalle zu handeln. Über dem Tisch verbreitete eine starke Glühlampe ohne Schirm ein hartes und schonungsloses Licht.

Dass der Mensch auf dem Tisch tot war, war offensichtlich. Die Videokamera holte mit dem Zoom den langen Schnitt näher heran, der auf der Vorderseite des Rumpfs verlief. Es war deutlich zu erkennen, dass die Leiche ausgeweidet war. Erst war kaum zu sehen, ob es sich um die Leiche eines Mannes oder einer Frau handelte, aber aus den Rundungen der Hüften und Schenkel schloss Irene, dass es sich um die Leiche einer Frau handelte.

Peter fror das Bild ein und begann zu sprechen.

»Diese beiden Videos haben wir in einem Geheimfach in Emils Bücherregal gefunden. Bei beiden handelt es sich um Kopien, die Sie behalten können. Beide Filme sind ohne Ton. Das hier ist die Leiche von Carmen Østergaard. Der eigentliche Mord wurde nicht aufgezeichnet. Das, was jetzt folgt, ist das eigentliche Zerstückeln, und das ist Emils Sache.«

Peter ließ das Band weiterlaufen. Mit einer großen Kreissäge in der rechten Hand trat Emil ins Bild. Er trug eine Polizeiuniform und sah vollkommen durchgedreht aus. Unter dem Schirm der Mütze hervor blickte er in die Kamera. Seine ganze Erscheinung wirkte fast komisch, wäre da nicht sein Gesichtsausdruck gewesen. Sein hageres Gesicht war vollkommen verzerrt, und seine Augen hatten einen wilden Ausdruck. Jetzt lächelte er breit und fuchtelte in Richtung Kamera.

Wieder zoomte der Kameramann auf die Leiche, dieses Mal auf den Kopf. Irene sah Carmens aufgesperrte Augen und die geschwollene Zunge, die ihr aus dem Mund hing. Das sprach dafür, dass sie ebenfalls erwürgt worden war. Anschließend kam Emil der Kamera in die Quere, und der Monitor wurde dunkel.

Die nächste Szene zeigte Emil beim Absägen von Carmens Kopf. Er hatte sich jetzt auf die andere Seite der Leiche gestellt, wahrscheinlich um die Aufnahme nicht zu behindern. Triumphierend hob er die Kreissäge in einer Art Siegergeste in die Luft. Gleichzeitig rollte der Kopf zur Seite und fiel zu Boden. Eilig beugte er sich vor und hob ihn hoch. Er hielt ihn an den Haaren fest und schwenkte ihn stolz wie eine Trophäe. Die Kreissäge mit ihrer roten Klinge rotierte weiter. Plötzlich stellte Emil sie ab, legte sie auf den mit Folie abgedeckten Tisch und trat auf die Kameralinse zu. Carmens abgesägter Kopf schaukelte unter seiner vorgestreckten Hand. Im Hintergrund konnte Irene sehen, dass sich seine Lippen bewegten. Er schien die ganze Zeit zu reden. Das Kinn und sein kleiner Spitzbart waren mit Geifer bedeckt.

»Stopp!«, schrie Hannu.

Im selben Augenblick war die Szene zu Ende, und die nächste begann. Emil stand wieder über die Leiche gebeugt und wollte anfangen zu sägen. Peter Møller hielt den Film an.

»Rückwärts«, befahl Hannu.

Ohne weiteren Kommentar tat Peter, worum er gebeten worden war.

»Stopp«, sagte Hannu wieder.

Sie sahen wieder, wie sich Emil mit dem abgesägten Kopf auf sie zu bewegte.

»Zeitlupe«, bat Hannu.

In Slow Motion sahen sie jetzt die Wiederholung dieser furchtbaren Szene.

»Anhalten!«

Peter fror das Bild sofort ein.

»Vergrößern Sie die linke untere Ecke«, sagte Hannu leise und deutete auf eine undeutliche, helle Rundung.

Peter tat, worum er gebeten worden war. Langsam wurde die kleine Rundung größer und wirkte auf einmal länglich. Immer noch war sie an der unteren Kante kaum auszumachen und verschwand auch schnell wieder.

Peter spulte das Band zurück und spielte die Sequenz noch einmal.

»Das ist ganz sicher eine Fingerkuppe. Derjenige, der filmt, will dem Kopf nicht zu nahe kommen«, sagte Hannu.

»Sie haben ganz Recht. Das ist die Spitze des Zeigefingers einer linken Hand. In der Vergrößerung kann man den ganzen Nagel erkennen«, sagte Peter.

Er ließ das Band weiterlaufen.

Jetzt bekamen sie zu sehen, wie Emil Carmen Arme und Beine absägte. Als er damit fertig war, hielt er beide Arme triumphierend über den Kopf. Sein Gesicht strahlte verklärt.

Dann war der Film zu Ende.

»Zusammen dreizehn Minuten«, informierte Peter.

»Zeigt das andere Video das Zerstückeln von Marcus?«, fragte Irene.

»Ja. Es ist ganz ähnlich«, entgegnete Peter.

Der nächste Film begann ebenfalls mit einer Gesamtansicht der Leiche. Sie war in genau demselben Zustand wie die von Carmen, als Emil im Bild auftauchte. Marcus lag auf einer kräftigen Spanplatte, die ebenfalls mit durchsichtiger Folie bedeckt war. Die Platte schien auf zwei Böcken zu liegen. Im Hintergrund waren ungestrichene Betonwände zu sehen. Die Räumlichkeit war bedeutend kleiner als die im ersten Film. Irene vermutete, dass es sich um einen Keller oder eine Garage handelte.

Auch dieses Mal trug Emil eine Polizeiuniform und hielt die Kreissäge von Anfang an in der Hand. Jetzt hatte er aber mehr Kameraroutine und versperrte nicht die Sicht beim Kopfabsägen. Ohne auf die Kamera zuzugehen, hielt er den Kopf hoch und lachte aus vollem Hals. Dann sägte er Arme und Beine ab. Zum Abschluss nahm er eines von Marcus' Beinen und hielt es mit ausgestreckten Armen über den Kopf: das Schlussbild.

»Zehn Minuten«, stellte Peter trocken fest.

»Pfui Teufel, das ist wirklich widerlich!«, rief Jonny.

Irene verspürte eine leichte Übelkeit. Gleichzeitig verstand sie den Wert dieser Videos.

»Habt ihr herausgefunden, wo die Zerstückelungen stattgefunden haben?«, fragte sie mit gepresster Stimme.

»Was Carmen angeht, haben wir die Theorie, dass es sich um die stillgelegte Montagehalle einer Werft handeln könnte. In Richtung Freihafen gibt es davon einige. Und es ist nur ein paar Kilometer von Hellerup entfernt. Dort wurden die Säcke gefunden. Wir haben Leute darauf angesetzt, alle leer stehenden Montagehallen genauestens zu durchsuchen. Wenn wir keinen Treffer landen, kommen als Nächstes alle Industriehallen dran. Das ist eine Riesenaufgabe, aber es hilft ja nichts.«

»Und die Lokalität, in der Marcus zerstückelt wurde?«

»Schon schwerer. Es scheint sich um einen Kellerraum zu

handeln. Wahrscheinlich hier in Göteborg. Davon gehen wir jedenfalls aus, da er hier in der Nähe gefunden wurde.«

Irene nickte und sagte:

»Ich glaube, diese Annahme ist korrekt. Es gab keinen Anlass, Marcus' zerstückelte Leiche nach Göteborg zu schaffen. Es besteht schließlich immer das Risiko, in eine Zollkontrolle zu geraten.«

»Außerdem wissen wir, dass er noch lebte, als er Anfang März nach Göteborg kam«, meinte Jonny.

Hannu hatte schon geraume Zeit reglos dagesessen, aber jetzt wandte er sich an Peter und sagte:

»Das bedeutet, dass ihn Emil und sein Kumpan hierher nach Göteborg begleitet haben.«

»Ich glaube, dass der Kumpan bereits hier war. Er wartete hier auf Marcus und Emil«, erwiderte Irene rasch.

Jonny war nach dem zweiten Film immer noch auffallend bleich, aber jetzt räusperte er sich und fragte:

»Warum ist Marcus nicht mit seinem Wagen gefahren, wenn er nach Hause wollte, um zu packen?«

»Gute Frage. Aber das ist natürlich auch der Grund, warum wir nie eine Antwort bekommen haben, als wir bei den verschiedenen Fährgesellschaften nach seinem Wagen gefragt haben. Dieser rote amerikanische Schlitten ist schließlich sehr auffällig«, meinte Irene.

»Das war vermutlich auch der Grund«, sagte Hannu.

Die anderen sahen ihn fragend an. Da Peter Hannu nicht kannte, hakte er nach:

»Wie meinen Sie das?«

»Er war zu auffällig«, antwortete Hannu.

Irene dachte angestrengt nach, verstand aber nicht, was Hannu meinte.

»Sie wollten von Landvetter aus fliegen«, fuhr Hannu fort.

Jonnys bleiche Gesichtsfarbe wurde von einer verärgerten Röte abgelöst.

»Wie willst du das wissen?«, zischte er wütend.

»Sie wollten schließlich eine lange Reise nach Thailand unternehmen. Da wäre es nicht gut gewesen, das Auto unbeaufsichtigt irgendwo stehen zu lassen. Marcus hatte keine Garage, aber Emil. Also stellten sie Marcus' Auto in Emils Garage und fuhren mit Emils Wagen nach Göteborg. Oder möglicherweise mit dem seines Freundes.«

Peter sah ihn voller Hochachtung an. Er nickte und sagte:

»Wir werden das vor diesem Hintergrund noch einmal überprüfen. Dieses Mal werden wir nach Emils Wagen fahnden. Ich glaube, dass Sie das ganz richtig sehen.«

»Wollten sie zu dritt nach Thailand fahren? Oder glaubte Marcus das?«, fragte Irene nachdenklich.

»Gut möglich«, meinte Hannu.

»Haben Sie bemerkt, dass in den Filmen keine Eingeweide oder abgetrennte Muskeln auftauchen?«, wollte Peter wissen.

Ohne auf eine Antwort zu warten, fuhr er fort:

»Wir haben die Theorie, dass sie in verschiedene Behälter gelegt worden sind. Im ersten Film, in dem Carmen zerstückelt wird, sieht man den Rand eines großen Plastikeimers. Und zwar unmittelbar neben dem Tisch, auf dem sie liegt. Wir denken, dass der Kopf zusammen mit den Eingeweiden in diesem Eimer mit Zement eingegossen wurde. Der Eimer ist dann draußen auf dem Meer versenkt worden. Die Säcke schwammen, wie wir wissen.«

Seine schwedischen Kollegen dachten über diese Theorie nach.

»Dasselbe, glauben Sie, ist mit Marcus' Kopf und Eingeweiden auch passiert?«, fragte Hannu schließlich.

»Ja.«

»Und die Pobacken und die Brüste haben diese perversen Schweine aufgegessen!«, rief Jonny.

In neutralem Ton erwiderte Peter:

»Wahrscheinlich.«

Er nahm die Kassette aus dem Videorekorder, steckte sie zurück in ihre Hülle und fuhr dann fort:

»Blokk hat sich beide Filme gestern Abend angesehen. Er sagt, dass Carmen wahrscheinlich seit mindestens acht Stunden tot war, als Emil damit begann, sie zu zerstückeln. Im Film sieht man, dass die Leichenstarre bereits vollständig eingesetzt hat.«

»Und bei Marcus?«, fragte Irene.

»Er war wahrscheinlich noch nicht so lange tot. Blokk tippte auf fünf Stunden. Wie Sie gesehen haben, beugt sich das Bein etwas im Knie, wenn Emil es hochhebt. Das Kinn und die Arme waren ganz starr. Blokk meinte, dass er den Film Bild für Bild analysieren wird. Da kann er dann auch Leichenflecken und so etwas sehen.«

Irene merkte plötzlich, dass die Zeit fürs Mittagessen lange vorbei war, vermutete aber, dass die anderen drei auch keinen sonderlichen Appetit hatten.

»Diese beiden Filme erklären, warum Isabell und Emil nicht zerstückelt waren. Es war Emils Aufgabe, den Kopf und die Extremitäten abzusägen. Beim Mord an Isabell war er nicht dabei. Natürlich war er bei seinem eigenen Mord dabei, konnte sich dann aber kaum selbst zerstückeln«, meinte Peter sachlich.

»Indirekt war er am Mord an Isabell beteiligt. Er hat dem Mörder den Tipp gegeben, dass ich nach ihr suche, und er muss ihm auch den Namen Simon Steiner genannt haben«, sagte Irene.

»Emil kann ihm bereits früher erzählt haben, wie sein Vater hieß. Aber der Mörder und Emil müssen miteinander gesprochen haben, direkt nachdem Emil mit seiner Mutter zusammengetroffen war«, sagte Peter.

»Vorher kann er nicht gewusst haben, dass ich Isabell suche.« Irene seufzte.

»Warum sollte er eine unbedeutende Hure ermorden, nach der du suchst?«, fragte Jonny.

Ehe Irene noch antworten konnte, sagte Hannu bereits:

»Eine Art schlechter Scherz.«

Das klang vollkommen idiotisch, aber je länger Irene darüber nachdachte, umso weniger an den Haaren herbeigezogen erschien es ihr.

»Aber Emils Freund wurde plötzlich gewaltig aktiv. Erst vergehen zwei Jahre zwischen den Morden an Carmen und Marcus. Dann ermordet er Isabell und Emil im Abstand von nur wenigen Stunden. Und anderthalb Wochen später verletzt er Tom mit Messerstichen!«, rief sie.

»Wir wissen nicht, ob das Emils Partner war, der Tanaka mit Messerstichen verletzt hat. Es kann sich auch um einen ganz gewöhnlichen Einbrecher gehandelt haben. Aber im Hinblick darauf, dass er das Foto aus dem Schlafzimmer mitgenommen hat, drängt sich natürlich der Verdacht auf, dass der Einbruch mit allem anderen zu tun hat«, wandte Peter ein.

»Und wir können vermutlich weiterhin annehmen, dass Marcus Emil meinte, wenn er von seinem Polizisten sprach. Es stellt sich die Frage, wer dann der Arzt ist?«, sagte Irene.

Sie erzählte von Pontus Zander, der ihr versprochen hatte, bei dem Treffen der Schwulen in Pflegeberufen am nächsten Tag die Ohren offen zu halten.

»Schwule in Pflegeberufen! Die sollen verdammt noch mal sehen, dass sie sich ihre Hämorriden behandeln lassen!«, sagte Jonny verächtlich.

Sie beschlossen, essen zu gehen, ehe sie sich die Filme ein weiteres Mal ansahen. Peter brauchte etwas in den Magen, da er direkt anschließend wieder nach Hause fahren wollte.

»Willst du wirklich nicht in Göteborg übernachten?«, fragte ihn Irene.

»Nein. Wir sind unterbesetzt. Jens vertritt Beate. Er hat die Leitung. Sie bleibt noch ein paar Wochen krankgeschrieben.«

Er war nicht zu überreden. Schließlich gab Irene auf. Da sie wollte, dass er einen positiven Eindruck von der Gastronomie in Göteborg mit nach Hause nahm, beschloss sie, im Glady's Corner essen zu gehen. Sie griff zum Telefon, um einen Tisch zu reservieren. Es musste ja auch Vorteile haben, mit einem Küchenchef verheiratet zu sein.

Sie bekamen einen Tisch, aber sie mussten bis zwei Uhr warten. Jonny wollte nicht mitkommen. Er entschuldigte sich mit Arbeit, die ihm liegen geblieben sei, aber Irene hatte den Verdacht, dass er keine Lust hatte, selbst zahlen zu müssen. Glady's war nicht gerade eines von Göteborgs billigen Lokalen, aber dafür eines der besten mit einem Stern im Guide Michelin.

Irene bemerkte schnell, dass sie nicht richtig gekleidet waren. Möglicherweise konnte Peters Aufzug noch als eleganter Freizeitdress durchgehen. Bei ihr griff keine Ausrede. Aber da der größte Andrang bereits vorbei war und es noch viel zu früh fürs Abendessen war, würde es schon gehen. Der Oberkellner war einer der arrogantesten, denen Irene je begegnet war. Sie hatten sich noch nie verstanden. Nicht etwa, weil sie sonderlich viel miteinander zu tun gehabt hätten, aber manchmal konnte es Irene eben nicht vermeiden, mit ihrem Mann sprechen zu müssen. Wenn sie dann den Oberkellner am Apparat hatte, schlug ihr sofort Eiseskälte entgegen. Irene wusste nicht recht, warum, aber sie hatte den Verdacht, dass sie als Frau des Küchenchefs eines Luxusrestaurants nicht schick genug war.

Jetzt empfing sie der Oberkellner an der Tür. Er trug einen schwarzen Anzug und ein weißes Hemd. Steif verbeugte er sich. Sie folgten seiner diskreten und exklusiven Parfümwolke zu einem Tisch in einer der ruhigen Nischen. Irene lächelte ihr verbindlichstes Lächeln: »Nein, danke. Wir wollen an einem der freien Tische am Fenster sitzen.«

Er öffnete den Mund, um etwas zu entgegnen, aber als er ihren Blick bemerkte, ließ er ihn wieder zuschnappen. Wortlos ging er auf einen der Fenstertische zu.

Das Tagesgericht war gegrillter Dorsch mit Gemüse aus dem Wok und Weißweinsauce. Sie bestellten es alle drei, schon allein weil es billiger war als alles andere. Wenn sie noch einmal einhundertdreißig Kronen draufgelegt hätten, hätten sie auch Vorspeise und Dessert bekommen, aber so hungrig waren sie nicht. Die Videos waren noch in zu frischer Erinnerung.

Während sie auf das Essen warteten, wurden bereits das Bier und frisch aufgebackenes Brot serviert. Das Brot duftete verführerisch und war noch so warm, dass die Butter schmolz.

Es war ein chaotischer Tag gewesen. Jetzt war es wichtig, alle neuen Informationen auch zu verarbeiten. Irene merkte, dass Peter und Hannu es vermieden, darüber zu sprechen, was sie in den letzten Stunden gesehen hatten.

Irene entspannte sich allmählich. Wahrscheinlich lag das an der Kombination Bier und Glady's. Dort war es immer gemütlich. Das Lokal lag in einem ehemaligen Großhandel für Kartoffeln im Erdgeschoss eines imposanten Gebäudes an der Prachtstraße Avenyn. Es war groß, aber der Innenarchitekt hatte die vielen Zwischenwände und Verschläge belassen. Das verlieh dem Restaurant seine intime Atmosphäre. Die nackten Ziegelwände waren nur gereinigt worden, und dort, wo eine Vertiefung war, waren Lampen montiert oder standen Kerzen. Die Möbel, schwedisches Rokoko, waren hellgrau und mit einem blau-weißen Leinenstoff bezogen. Weiße Damasttischdecken und -servietten trugen ebenfalls zu dem lichten Eindruck bei. Die Gardinen an dem Fenster, am dem die Beamten saßen, waren sehr durchsichtig. Durch sie konnte Irene die Menschen auf der Straße beobachten, ohne selbst gesehen zu werden. Ein idealer Platz, um jemanden zu observieren, dachte sie und merkte im nächsten Augenblick, wie sehr sie von ihrer Arbeit beschädigt war. Mit aller Kraftanstrengung konzentrierte sie sich auf die Unterhaltung und das gute Essen.

Gemeinsam mit Peter und Jonny sah sie sich die Filme dann noch einmal an.

Dieses Mal war es leichter, da sie wussten, was sie erwartete. Nachdem das letzte qualvolle Bild über die Mattscheibe geflimmert war, sagte Irene:

»Warum hat Emil nicht alles aufgenommen? Schließlich ist es kein Problem, ein Video zu kopieren. Dann hätten Emil und sein Komplize jeder was gehabt.«

Eine Weile lang dachten sie über diese Frage nach. Schließlich sagte Hannu:

»Das andere hat ihn gar nicht interessiert. Das war nicht das, worauf er aus war.«

Peter nickte.

»Blokk hat auch etwas in dieser Richtung gesagt. Er sagte, dass die Szenen mit der Säge Emils Angst dämpften und dass er sich durch sie befriedigen konnte.«

»Ich frage mich trotzdem, ob sie den eigentlichen Mord ebenfalls gefilmt haben?«, sagte Irene.

»Gut möglich. Aber nicht sicher. Das Primäre ist nicht das Töten, sondern was anschließend mit der Leiche geschieht«, antwortete Peter.

Das klang genau wie das, was Yvonne Stridner zu Beginn der Ermittlungen gesagt hatte.

»Der andere Bursche ist also Arzt, wenn ich die Sache richtig verstanden habe?«, meldete sich Jonny zu Wort.

»Ja. Wir glauben das, weil Marcus …«, begann Irene.

»Stell dir vor, wenn er genauso ein Fake wäre wie der Polizist!«, sagte Jonny triumphierend.

»Ein Fake?«

»Emil war schließlich auch kein richtiger Polizist. Nur verkleidet. Vielleicht ist der Arzt ja auch kein richtiger Arzt, sondern er spielt diese Rolle nur. Er läuft mit einem weißen Kittel, Stethoskop und so herum.«

Verblüfft starrte Irene Jonny an. Das war bisher das Intelligenteste, was er zur gesamten Ermittlung beigetragen hatte. Er konnte durchaus Recht haben. Irene nickte und sagte:

»Sehr gut möglich. Ich habe über das Bild nachgedacht, das Tom gestohlen wurde. Der Mann auf dem Foto könnte mit dieser Angelegenheit zu tun haben. Vielleicht ist er ja der Arzt. Ich überlege mir, wie wir den Fotografen ermitteln können, der die Aufnahmen gemacht hat. Er müsste wissen, wer der Mann im Gegenlicht ist.«

»Hast du Tanaka gefragt?«, wollte Peter wissen.

»Ja. Er weiß nicht, wer der Fotograf ist. Die Bilder sind von ausgezeichneter Qualität …«

Jonnys lautes Kichern unterbrach sie einen Moment, aber sie ließ sich nicht weiter stören:

»... es kann eigentlich nicht so viele Fotografen geben, die sie gemacht haben können. Die Frage ist nur, wo wir mit der Suche anfangen sollen.«

»Bei den Fotografen«, antwortete Hannu.

Manchmal konnte er einem wirklich auf die Nerven gehen. Irene ermahnte sich, geduldig zu sein, und wartete auf seine weiteren Ausführungen.

»Er arbeitet frei«, sagte Hannu.

Jonny zog erstaunt die Brauen hoch und begann: »Wie willst du ...«, unterbrach sich dann aber wieder.

Etwas hat er doch gelernt, dachte Irene.

Freier Fotograf? Wahrscheinlich. Ein Fotograf von diesem Kaliber war sicher selbstständig. Vielleicht hatte er aber ein Atelier und Angestellte. Irene war sich klar darüber, dass es dauern würde, den Fotografen aufzustöbern, aber es würde ihnen gelingen.

Peter Møller fuhr kurz vor fünf. Er rechnete damit, wenn alles reibungslos lief, gegen zehn zu Hause zu sein. Hannu, Jonny und Irene gingen zu Kommissar Andersson, um ihm von der überraschenden Entwicklung des Falles zu berichten.

Andersson lehnte dankend ab, sich die Videos anzusehen. Er verließ sich voll und ganz auf sie, was ihre Authentizität anging. Sie einigten sich darauf, am nächsten Tag mit der Suche nach dem Fotografen zu beginnen.

KAPITEL 15

Das Mädchen im Fotolabor war eine Perle. Um neun hatte sie Tom Tanakas Polaroidbilder bereits fünfmal kopiert sowie beide Bilder vergrößert. Irene hatte mit dem Bild des Mannes mit dem Pferdeschwanz bei ihren Kollegen die Runde gemacht. Aber niemand kannte ihn. Nur Hannu und sie schienen das Gefühl zu haben, ihn schon einmal irgendwo gesehen zu haben. Oder war das Einbildung?

Irene konzentrierte sich auf das Bild und versuchte objektiv zu sein. Die hohen Wangenknochen und die Form des Ohrs kamen ihr irgendwie bekannt vor. Der Brustkorb und die Arme… Sie starrte auf das Bild, bis ihr die Augen brannten.

Dann gab sie auf. Irgendwo in ihrem Hinterkopf hatte sie die Information, wer er war, da war sie sich sicher. Irgendwann würde sie schon noch darauf kommen. Hauptsache, es dauerte nicht zu lange. Sie arbeiteten unter Zeitdruck, da das Risiko ständig wuchs, dass der Mörder einen weiteren Mord begehen würde. Es war ganz klar, dass der Mann im Gegenlicht Marcus Tosscander gekannt hatte. Es bestand die Möglichkeit, dass er einiges über Emil und Marcus wusste. Es war sogar denkbar, dass er in die Morde verwickelt war. Irene hatte das Gefühl, dass es sehr wichtig war, diesen Mann ausfindig zu machen.

Hannu wollte versuchen, Anders Gunnarsson aufzutreiben, und Birgitta wollte mit Hans Pahliss reden. Irene übernahm Pontus Zander, da sie ohnehin mit ihm sprechen musste. Es bestand die Möglichkeit, dass einer von ihnen den Mann auf dem Bild kannte. Vielleicht hatte er denselben Freundeskreis wie sie.

Ziemlich schnell merkte Irene, dass es unmöglich war, Fotografen nach ihren Betätigungsfeldern zu ordnen. Sie teilten also sämtliche Fotografen aus den Gelben Seiten durch vier. Es würde ihnen nichts anderes übrig bleiben, als einen nach dem anderen abzuklappern…

Irene begann damit, die Adresse der Fotografen auf einem Stadtplan einzuzeichnen, um möglichst keine Umwege zu machen. Falls sie nicht sofort einen Treffer landete, würde sie mindestens anderthalb Tage brauchen, um sich mit allen zu unterhalten. Aber das war es wert, wenn sie dadurch den Namen des Mannes im Gegenlicht erfuhren.

Es war halb vier, und Irene verlor langsam ihre Zuversicht. Von all den Männern und Frauen, die ihr bei ihren Besuchen in den verschiedenen Fotoateliers begegnet waren, hatte ihr niemand auch nur einen Tipp geben können, wer der Fotograf sein könnte. Dagegen hatten mehrere Personen Marcus wieder erkannt. Offenbar hatte er ziemlich häufig als Modell gearbeitet, bevor er mit seiner Designfirma Erfolg hatte. Niemand kannte den Mann im Gegenlicht.

Jetzt war sie verschwitzt und durstig. Die Wärme des Frühsommers war um die Mittagszeit noch ganz behaglich gewesen, während des Nachmittags aber drückend geworden. Es war der erste lang ersehnte, richtige Sommertag des Jahres; was Irene anging, hätte er aber gut und gerne noch etwas auf sich warten lassen können. Im Auto war es glühend heiß, und die Kleider klebten ihr am Körper. Das Deo hielt auch keine vierundzwanzig Stunden, wie die Reklame versprach, und das war ihr die letzten Stunden unangenehm bewusst geworden. Sie sehnte sich heftig danach, lauwarm zu duschen.

Ohne sich viel davon zu versprechen, ging sie die ausgetretenen Treppenstufen zu E. Bolins Reklamefoto AG in der Kastellgatan hinauf. Aktiengesellschaft klang immer gut, aber die Fassade des Gebäudes war alles andere als imponierend. Von der schlichten Haustür war überall die Farbe abgeblättert. Die Klingel funktionierte nicht, und Irene musste klopfen.

Der Mann, der ihr die Tür öffnete, überraschte sie. Ihr erster Gedanke war, er müsse ein Fotomodell sein. Er war etwas größer als der Durchschnitt, schlank und durchtrainiert. Seine Augen waren bernsteinfarben und hatten denselben Farbton wie sein kurz geschnittenes Haar. Vorne war das Haar länger und stand vermutlich mithilfe von Haarwachs hoch. Das sah nonchalant und sportlich aus und hatte ihn sicher eine halbe Stunde gekostet. Bei näherem Hinschauen bemerkte sie jedoch, dass er älter war. Eher über dreißig als unter.

Er lächelte charmant und sagte:

»Hallo. Womit kann ich dienen?«

»Hallo. Irene Huss. Kriminalpolizei.«

Sie hatte ihren Ausweis bereits in Bereitschaft gehalten und zog ihn jetzt aus der Tasche.

Der Mann hob etwas die Brauen, bewegte sich aber nicht aus der Tür.

»Was Sie nicht sagen«, entgegnete er.

»Ich suche Fotograf Erik Bolin«, sagte Irene.

»Zu Ihren Diensten«, erwiderte der Mann in der Tür.

Er deutete eine Verbeugung an und machte einen Schritt zurück in die Diele, damit sie an ihm vorbeikam. Irene trat ein.

Wenn das Haus auch nicht weiter beeindruckend war, so war es die Einrichtung des Ateliers. Die Räumlichkeiten waren gerade erst renoviert worden.

Die Wände in der Diele waren in einem hellen Perlgrau gestrichen, das Parkett hatte den warmen Rotton von Kirschbaumholz. Vor ihnen lag ein großer heller Raum, das eigentliche Atelier. Dort waren die Wände weiß, der Fußboden war jedoch derselbe wie in der Diele. Rechts ging es in eine ziemlich große und hohe Küche. Schwarzer Lack und Stahl und Kirschbaumholz auf dem Fußboden.

»Wann hat Marcus Tosscander diese Einrichtung entworfen?«, fragte Irene.

Jetzt zog Bolin die Brauen ganz hoch.

»Wussten Sie das, oder haben Sie das gesehen?«, fragte er.

»Das habe ich gesehen.«

»Bravo. Er hat oder hatte einen sehr eigenen Stil. Wahnsinnig schön. Es gefällt mir sehr gut.«

»Wann hat er das hier entworfen?«

»Vor etwas über einem Jahr. Die eigentliche Renovierung wurde dann letzten Sommer durchgeführt. Wollen Sie einen Kaffee?«

»Ja, gern.«

Sie traten in die superästhetische Küche. Irene setzte sich auf einen Küchenstuhl, der sicher kein gewöhnlicher Küchenstuhl war. Das geschweißte Stahlrohr und der Sitz aus geflochtenem, kräftigem Hanf wirkten auf sie wie eine Spezialanfertigung. Erik Bolin stellte eine Espressomaschine an und war eine Ewigkeit damit beschäftigt, der zischenden und ächzenden Apparatur eine winzige Tasse Kaffee abzuringen. Irene waren große Mengen schwedischer Kaffee lieber, aber da es nichts anderes gab, musste sie mit Espresso vorlieb nehmen. Koffein war schließlich Koffein.

Offenbar produzierte die Maschine zwei Tassen gleichzeitig, denn Bolin stellte zwei Minitassen auf die Schieferplatte des Küchentischs. Dazwischen stellte er einen Teller Reiswaffeln. Hielt der Typ etwa Diät? Das hatte er doch wohl nicht nötig. Vielleicht war er auch nur deswegen so schlank?

Sie wurde aus ihren Gedanken gerissen, als Bolin fragte:

»Geht es um Marcus?«

»Gewissermaßen. Kannten Sie ihn gut?«

Bolin lächelte traurig.

»Ja. Wir waren sehr gut befreundet.«

»Wie lange kannten Sie ihn?«

Bolin dachte nach.

»Vier Jahre.«

»Waren sie zusammen?«

»Zusammen… nun ja, in gewisser Weise schon ab und zu… aber die letzten zwei Jahre waren wir nur noch Freunde.«

»Haben Sie Bilder von Marcus aufgenommen?«

Die Bernsteinaugen funkelten.

»Unmengen! Er liebte es, vor der Kamera zu stehen, und die Kamera liebte ihn. Es gibt solche Menschen.«

Irene zog den Umschlag mit den Polaroidfotos aus der Tasche.

»Haben Sie diese Bilder gemacht?«

Er nahm die Bilder und warf einen flüchtigen Blick darauf.

»Natürlich.«

Da hätte Irene beinahe »Bingo« gerufen, aber sie konnte sich gerade noch bremsen. Sie bat Erik Bolin, sie einen Augenblick zu entschuldigen, dann rief sie ihre Kollegen auf ihrem Handy an, sie hätte den Fotografen gefunden.

»Wissen Sie, wer der andere Mann ist?«, fragte sie, nachdem sie diese Gespräche erledigt hatte.

»Ich weiß nur, dass Marcus ihn Basta nannte.«

»Basta? Für welchen Namen könnte das die Kurzform sein?«

»Keine Ahnung.«

»Wann sind die Bilder gemacht worden?«

»Anfang August letzten Sommer.«

»Vor knapp einem Jahr. Wo haben Sie sie aufgenommen?«

»In Løkken.«

Løkken lag in Dänemark. Allerdings an der Westküste von Jütland und ziemlich weit von Kopenhagen entfernt. Aber trotzdem: in Dänemark! Irene musste sich konzentrieren, um auch die richtige Folgefrage zu stellen.

»Warum haben Sie sich ausgerechnet Dänemark ausgesucht? Und Løkken? Das ist doch ziemlich weit weg.«

»Wegen der wunderbaren Dünen. Ich habe eine Menge herrlicher Aufnahmen dort gemacht!«

»Auf diesen beiden Bildern sind nicht sonderlich viele Dünen zu sehen«, meinte Irene.

»Nein. Marcus durfte sich die Bilder selbst aussuchen. Er interessierte sich nicht für Sand«, erwiderte Bolin zweideutig.

»Ich habe noch ein weiteres Bild von Marcus gesehen. Da

liegt er zurückgelehnt in ein paar großen Kissen. Er selbst ist etwas unscharf, aber sein …«

»Ach so, dieses alte Bild. Das haben wir hier im Atelier gemacht. Es war eine der ersten Aktstudien, die ich von Marcus geschossen habe. Ich mochte es nicht, aber Marcus liebte es. Ich habe ihm eine Vergrößerung davon zu Weihnachten geschenkt. Das Bild habe ich zu Anfang unserer Bekanntschaft gemacht.«

»Wozu wurden die Fotos benutzt?«

»Wie meinen Sie das?«

»Sollten sie in Zeitschriften veröffentlicht oder für Plakate verwendet werden …«

»Kommen Sie«, sagte Bolin.

Hastig stand er auf und ging in die Diele und von dort weiter in das große Atelier. Er deutete auf die Wände.

Sie waren mit gerahmten Schwarzweißfotos bedeckt. Auf einigen waren nackte Menschen, sowohl Männer als auch Frauen, aber das meiste waren Porträtstudien. Sämtliche Bilder bewiesen Irenes ersten Eindruck, den sie gewonnen hatte, als sie die Bilder bei Tom gesehen hatte: Sie waren von einem wirklichen Künstler aufgenommen worden.

»Ich mache viele Auftragsbilder, da ich in der Werbung arbeite. Deswegen ist es ein enormes Privileg, gelegentlich künstlerisch arbeiten zu können. Ich hatte einige Ausstellungen, die gut besprochen worden sind. Die Bilder aus Løkken habe ich bei meiner letzten Ausstellung vor einem halben Jahr gezeigt. Sie hieß »Bejahung« und fand in der Galerie Pic Ture statt.

Irene fühlte sich wie ein absoluter Kulturbanause.

»Kommen Sie«, sagte Erik Bolin wieder.

Er ging zu einer weißen Tür, die fast in der weißen Wand verschwand. Als er sie öffnete, sah Irene in einer Abstellkammer eine Menge Rahmen. Er begann, sie durchzusehen. Manchmal hielt er mit einem triumphierenden Ausruf inne und zog ein Bild hervor, das er gegen die Wand lehnte. Als er sechs Stück beisammen hatte, schien er zufrieden zu sein.

»Diese hier und die fünf, die hinter Ihnen an der Wand hängen, bildeten die Ausstellung«, sagte er.

Irene hörte den Stolz in seiner Stimme und stellte fest, dass er berechtigt war. Alle Bilder waren sehr sinnlich.

Das Bild von Marcus unterschied sich etwas von dem, das Tom an der Wand hängen hatte. Hier saß er etwas mehr nach vorne gebeugt, die Arme auf die Knie gestützt. Mit der linken Hand umfasste er das rechte Handgelenk. Die rechte Hand hing herunter und verdeckte weitgehend sein Geschlecht. Er lächelte selbstbewusst und sexy und sah mit seinen spöttisch funkelnden Augen direkt in die Kamera. Der Wind fuhr durch sein feuchtes Haar, und die Sonne funkelte in den Wassertropfen auf seiner Haut. Ein perfekter Körper, dachte Irene. Der Körper eines griechischen Gottes, den Emil und sein Partner in einen Torso verwandelt hatten.

Auf einem Bild saß eine Frau mit zwei kleinen Kindern auf einem Stuhl. Das kleinere Kind wirkte neu geboren und schlummerte gegen ihre Brust gelehnt. Das größere Kind stand den Kopf gegen ihr Knie gelehnt und schaute gerade in die Kamera. Es war höchstens zwei Jahre alt. Alle drei waren nackt. Die Frau war eine Schönheit mit asiatischen Gesichtszügen. Ihr langes schwarzes Haar wogte um sie und ihre Kinder. Es war so lang, dass sie mühelos darauf sitzen konnte. Das ganze Bild strahlte Liebe und Wärme aus.

»Meine Familie«, sagte Erik stolz.

Irene blieb die Spucke weg. Sie hatte Bolin für schwul gehalten. Jetzt behauptete er, Frau und Kinder zu haben! Nachdem sie sich gefasst hatte, fragte sie zögernd:

»Sind das Ihre Frau und Ihre Kinder?«

»Ja.«

»Weiß sie von … Ihnen und Marcus?«

Erik Bolin sah mit einem Mal ernst aus.

»Sie wusste, dass ich bisexuell bin, als wir geheiratet haben. Die Geschichte mit Marcus war kurz und leidenschaftlich. Wir haben den Kontakt nachher allerdings aufrecht erhalten.«

Irene hätte gerne noch weiter nach ihrem Verhältnis gefragt, hatte aber den Verdacht, dass sie keine sonderlich wahrheitsgemäßen Antworten bekommen würde. Stattdessen konzentrierte sie sich auf das Bild des Mannes im Gegenlicht. Es war dasselbe Bild, das an der Wand bei Tom gehangen hatte.

»Haben Sie noch weitere Bilder dieses Mannes gemacht?«, fragte Irene.

»Ja. Aber die Zeit war knapp. Das hier war das beste Bild. Es ist ein Bild, von dem man nur träumen kann. Die Sonnenstrahlen, die von der Spitze seines Penis ausgehen. Wahnsinnig! ›Die Kraft des Schwanzes‹ habe ich es genannt, aber die Galerie fand, dass es so nicht heißen könnte, und deswegen wurde es in ›Manpower‹ umgetauft.«

»Erzählen Sie mir von Ihrer Begegnung mit Basta.«

Bolin schien in seiner Erinnerung zu kramen, ehe er wieder zu sprechen begann:

»Marcus' Handy klingelte. Er ging dran und freute sich wahnsinnig, als ihm aufging, dass Basta ihn treffen wollte. Marcus erklärte ihm, wo wir waren. Es war leicht zu finden, da neben unserem Lagerplatz ein still gelegter Leuchtturm stand. Nach etwa einer Stunde kam ein Jeep den Strand entlang. Das war Basta.«

»Waren da nicht eine Menge Schaulustige, als Sie Ihre Bilder machten? Marcus war schließlich nackt.«

»Wir waren im Norden von Løkken, und da sind kaum Leute. Außerdem war es schon ziemlich spät am Nachmittag. Ich begann etwa um fünf die ersten Bilder von Marcus zu machen.«

»Und Basta kam später?«

»Ja. Gegen sieben. Ich war mit dem letzten Film gerade fertig, da sagte Marcus plötzlich, er fände, ich solle auch noch ein paar Aufnahmen von Basta machen. Nun ja, der sah schließlich auch sehr gut aus. Ich willigte also ein. Es war Basta, der auf die Idee kam, sich mit seinem Steifen mit dem Rücken gegen den Leuchtturm zu lehnen. Es wurde wirklich ein sehr gutes Bild.«

»Wie lang blieb Basta?«

»Höchstens zwei Stunden. Er sah zu, wie ich die Bilder von

Marcus machte, und dann schoss ich die Bilder von ihm. Dann verschwand er wieder.«

»Hatten Sie den Eindruck, die beiden hätten ein Verhältnis?«

Erst schien Bolin zu zögern, aber dann zuckte er mit den Achseln, als hätte er einen Beschluss gefasst. Seine Stimme klang angestrengt, als er sagte:

»Ehe Basta fuhr, verschwanden sie noch auf einen Fick hinter dem Leuchtturm.«

Wieder hatte Irene große Lust, ihn nach seinem Verhältnis zu Marcus zu fragen, ließ es dann aber. Das war im Augenblick schließlich nicht das Wichtigste. Sie mussten so schnell wie möglich Bastas Identität ermitteln.

»Marcus hat ihn immer nur mit Basta angesprochen?«

»Ja.«

»Beschreiben Sie Basta.«

»Im Alter von Marcus und mir. Groß. Über ein Meter fünfundachtzig. Durchtrainiert. Betreibt sicher Bodybuilding. Achsellanges, ziemlich blondes Haar. Helles Mittelblond würde man es vermutlich nennen. Er hatte es zu einem Pferdeschwanz zusammengebunden.«

»Sprach er Schwedisch oder Dänisch?«

»Schwedisch.«

»Dialekt?«

»Daran erinnere ich mich nicht mehr so genau… aber ich glaube, er war aus Göteborg. Er sprach aber keinen ganz breiten Göteborger Dialekt, daran würde ich mich erinnern.«

»Hatte sein Wagen schwedische oder dänische Nummernschilder?«

»Keine Ahnung. Er hatte den Jeep am Strand geparkt. Sicher hundert Meter weit weg.«

»Augenfarbe?«

»Blau. Glaube ich.«

»Kann ich mir das hier von Ihnen ausleihen?«, sagte Irene und hob ›Manpower‹ hoch.

»Natürlich.«

»Haben Sie auch noch die anderen Bilder, die Sie von ihm geschossen haben?«

Vielleicht war Bastas Gesicht ja auf einem der anderen Bilder besser zu sehen.

»Ja… irgendwo. Aber ich habe nur einen Film von ihm geschossen.«

»Wie viele Bilder hat so ein Film?«

»Zwölf.«

»Können Sie versuchen, diese Bilder für mich zu finden?«

»Natürlich. Aber gleich kommt einer meiner wichtigeren Kunden. Sobald er wieder weg ist, kümmere ich mich darum.«

»Wenn Sie sie gefunden haben, können Sie sie ja im Polizeipräsidium beim Empfang abgeben. Legen Sie sie einfach in einen Umschlag und schreiben Sie meinen Namen drauf.«

Irene gab ihm ihre Visitenkarte. Erik Bolin nahm sie und steckte sie in die Tasche seiner Jeans.

»Ein ganzer Tag zum Teufel! Hättest du ihn nicht früher finden können?«, murrte Jonny.

War das sein Ernst? Irene sah ihn scharf an und musste feststellen, dass das der Fall war. Es war spät, ihr Blutzuckerwert war sicher miserabel, und sie war müde. Bissig sagte sie:

»Sei froh, dass ich ihn gefunden habe. Sonst hättest du morgen auch noch durch die Stadt laufen müssen!«

»Apropos morgen. Wie sollen wir morgen weitermachen?«, unterbrach sie Birgitta, um die Spannung zu lösen.

Komisch, sonst war immer sie es, die sich am meisten über Jonny und seine Kommentare aufregte. Vielleicht lagen die Dinge ja anders, seit sie Frau Rauhala geworden war? Ihren Nachnamen wollte sie jedoch behalten und würde deswegen weiterhin Moberg heißen. Von ihrer Schwangerschaft war noch nichts zu sehen, obwohl sie Hosen gekauft hatte, die etwas weiter waren als die Jeans, die sie sonst immer trug.

»Wirst du die anderen Bilder von diesem Basta auch noch bekommen, oder was hat der Fotograf gesagt?«, fragte Andersson.

»Ja. Bolin gibt sie morgen beim Empfang ab.«

»Dann müssen wir sehen, dass wir diesen Basta irgendwie ausfindig machen. Merkwürdiger Name«, murmelte der Kommissar.

»Ist es inzwischen geglückt, die Festplatte von Marcus' Computer zu knacken?«, wollte Birgitta wissen.

»Nein. Wir haben noch niemanden aufgetrieben, der sich gut genug mit Computern auskennt«, antwortete Andersson.

»Ich kann's ja mal versuchen«, erbot sich Birgitta.

Irene nahm sich vor, Pontus Zander anzurufen. Vielleicht hatten seine Erkundigungen beim Treffen Schwuler in Pflegeberufen ja was ergeben.

Kurz nach elf, ehe sie sich hinlegen wollte, unternahm Irene einen letzten Versuch. Und tatsächlich nahm Pontus bei sich zu Hause den Hörer ab.

»Haben Sie was rausgekriegt?«, fragte Irene ohne Umschweife.

»Nein. Aber meine Güte, was für eine Diskussion das war!«, rief er.

»Erzählen Sie.«

»Okay. Ich tat so, als hätte mich die Vernehmung bei Ihnen ziemlich abgenervt. ›Als würde es Schwule in Pflegeberufen geben, die so perverse Neigungen wie Sadonekrophilie haben‹, sagte ich mit ziemlich lauter Stimme. Genau wie Sie gehofft hatten, gab es eine ziemliche Diskussion. Das hätten Sie hören sollen! Aber es ging weder um Nekrophilie noch um sonstige Abartigkeiten. Alle waren sich einig, dass das nur mal wieder die allgemeine Schwulenfeindlichkeit der Polizei zeigt«, sagte er belustigt.

Irene fand sich nicht besonders schwulenfeindlich und konnte deshalb nur bedingt mitlachen, wollte ihn aber nicht verärgern.

»Die Versammlungen sind immer gegen zehn zu Ende. Niemand wusste irgendeinen interessanten Klatsch. Jedenfalls habe ich nichts gehört. Aber jetzt ist der Köder ausgelegt. Vielleicht beißt ja doch noch jemand an. Meine Güte! Das hier ist richtig spannend!«

Spannend war nicht ganz das richtige Wort, fand Irene, wenn man an den Mörder und seine Opfer dachte. Sie dankte Pontus für seine Hilfe und bat ihn, von sich hören zu lassen, falls er etwas von Interesse aufschnappen würde.

Dann legte sie sich ins Bett. Ein irritierender Gedanke machte ihr zu schaffen.

Sie hatte etwas übersehen. Sie hätte im Verlauf des Tages an etwas denken sollen. Aber es fiel ihr einfach nicht ein, was es war.

Gegen halb eins schlief sie vor Erschöpfung ein.

»Irgendwas für mich abgegeben worden?«, fragte Irene.

Sie lehnte sich zum Schalter des Empfangs vor und war so eingestellt auf eine positive Antwort, dass sie bereits die Hand ausstreckte, um den Umschlag entgegenzunehmen.

»Mal sehen … Huss … Irene Huss … Nein. Hier liegt nichts.«

Die freundliche Brünette hinter der Glasscheibe lächelte bedauernd. Irene war fassungslos.

»Sind Sie sich sicher? Ein Fotograf namens Bolin wollte heute Morgen hier einen Umschlag für mich abgeben.«

»Tja, tut mir Leid.«

Irene war enttäuscht und musste mit leeren Händen abziehen. Vielleicht hatte Bolin den Film ja doch nicht gefunden? In ihrem Büro beschloss sie, den Fotografen anzurufen, um zu hören, was geschehen war. Bis zur morgendlichen Besprechung waren es noch fünf Minuten, das würde reichen.

Während sie die Nummer wählte, ließ sie den Blick auf dem gerahmten Mann im Gegenlicht ruhen. Ein nagendes Gefühl sagte ihr, dass sie ihn wieder erkennen müsste. Wenn er nur etwas mehr von seinem Gesicht gezeigt und die Aufnahme außerdem nicht bei Gegenlicht aufgenommen worden wäre, dann … Sie seufzte und gab auf. Das Bild stand an die Wand gelehnt und hatte bereits Anlass zu derben Kommentaren gegeben.

Irene ließ es mehr als zehnmal klingeln, ehe sie auflegte. Halb acht war wahrscheinlich in der Werbebranche noch zu früh. Es blieb ihr nichts anderes übrig, als bis nach der Morgenbesprechung zu warten.

Kommissar Andersson fasste kurz die Ergebnisse zusammen. Die Morgensonne strahlte bereits warm ins Zimmer. Eine Vorahnung der bevorstehenden Sommerferien lag in der Luft. Der Kommissar schien das schöne Wetter vor seinem Fenster nicht zu bemerken, sondern war in Papiere, die vor ihm auf dem Tisch lagen, versunken. Er sah auf und blickte sich suchend um. Schließlich blieben seine zusammengekniffenen Augen, mit denen er über seine Lesebrille hinwegschaute, an Irene hängen.

»Die Spurensicherung lässt dir ausrichten, dass die Untersuchung der Ansichtskarte aus Kopenhagen nichts ergeben hat. Abgesehen davon, dass sie einen möglicherweise interessanten Daumenabdruck auf der Briefmarke gefunden haben. Die anderen Fingerabdrücke stammen vermutlich vom Briefträger und von dir. Sie behalten die Karte jedoch noch, falls wir weitere Fingerabdrücke finden oder weitere schriftliche Mitteilungen erhalten sollten, die wir vergleichen wollen. Die Kollegen aus Kopenhagen durchsuchen gerade das Auto von diesem Emil. Sie lassen von sich hören, falls sie etwas von Interesse finden.«

»Haben sie gesagt, wie es Tom Tanaka geht?«, wollte Irene wissen.

»Nein«, entgegnete der Kommissar knapp.

Tom war für Andersson offenbar immer noch ein rotes Tuch. Irene beschloss, in Kopenhagen anzurufen, um sich nach Toms Zustand zu erkundigen.

»Heute will Birgitta versuchen, Tosscanders Computer zu knacken. Irene hält den Kontakt zu dem Fotografen Bolin und versucht weitere Bilder von diesem Burschen, der seinen … ihr wisst schon, in die Luft streckt, aufzutreiben. Jonny sieht sich auch noch die letzten Videos von Marcus Tosscander an ...«

Der Kommissar wurde von Jonnys erregtem Gemurmel unterbrochen.

»Was ist?«, wollte Andersson verärgert wissen.

»Diese Filme sind wirklich anstrengend! Eine Menge Schwule, die es miteinander treiben! Scheiße!«

»Mir ist klar, dass du sie nicht so wahnsinnig lustig findest. Aber es muss sein. Wir dürfen nichts auslassen. Denk nur an die Filme, die in Kopenhagen gefunden wurden!«

»Ja. Aber alle Filme, die Tosscander besaß, waren gekauft. Nichts davon ist selbst aufgenommen«, versuchte Jonny zu widersprechen.

»Schau sie dir an. Alle!«, beendete Andersson die Diskussion.

Jonny brummelte weiterhin missvergnügt vor sich hin, aber etwas leiser.

»Hannu soll Irene helfen, diesen Basta-Burschen zu finden. Und Tommy hat mir mitgeteilt, dass sich bei der Fahndung nach Jack the Ripper was bewegt«, fuhr Andersson fort.

Irene warf Tommy einen fragenden Blick zu, der triumphierend den Daumen in die Luft streckte. Es wäre wirklich gut, wenn sie diesen Verrückten endlich zu fassen kriegten. Das vergangene Wochenende hatte er nicht wieder zugeschlagen. Vielleicht waren die jungen Frauen in Vasastan ja vorsichtiger gewesen, als sie am Wochenende nachts unterwegs waren. Vielleicht gab es aber auch etwas, was ihn zurückgehalten hatte.

»Fredrik ist bei der Steuerfahndung. Offenbar besteht die Möglichkeit, Robert Larsson wegen Steuerhinterziehung dranzukriegen«, informierte sie Andersson, ehe sie die morgendliche Besprechung beendeten.

Als Irene zurück in ihr Zimmer kam, wählte sie als Erstes die Nummer von Erik Bolin. Immer noch keine Antwort. Plötzlich fiel ihr ein, dass er ja eine Familie hatte. Vielleicht war er ja

Langschläfer und noch zu Hause. Nachdem sie eine Weile im Telefonbuch gesucht hatte, fand sie einen Fotografen Erik und eine Zahntechnikerin Sara Bolin. Sie wohnten ganz in der Nähe von ihr.

Es klingelte nur einmal, ehe der Hörer abgehoben wurde.

»Sara Bolin«, ließ sich eine nervöse Frauenstimme vernehmen, die gepflegten Göteborger Dialekt sprach.

»Guten Morgen. Mein Name ist Irene Huss. Ich würde gerne mit Erik Bolin sprechen.«

»Wer sind Sie?«

Irene war erstaunt über die Frage, antwortete aber:

»Ich bin Inspektorin der Kriminalpolizei und hatte mit Erik wegen eines Falls gesprochen…«

»Meine Güte! Seien Sie nicht so umständlich! Haben Sie ihn gefunden?«

Irene war sprachlos, und ihr fiel keine intelligentere Erwiderung ein als: »Wen?«

»Erik natürlich! Ich habe doch heute früh bei Ihnen angerufen!«

»Warten Sie. Ist Erik Bolin verschwunden?«

Einen Augenblick wurde es still, dann war Sara Bolins zitternde Stimme erneut zu hören:

»Ja. Wissen Sie das denn nicht?«

»Nein. Ich suche ihn wegen eines Falls… wegen einer Person, die er kannte.«

Jetzt klang Saras Stimme deutlich reserviert.

»Ich verstehe. Marcus.«

»Genau. Kannten Sie ihn?«

»Nein. Ich habe ihn nie getroffen. Er war… Eriks…«

Einen Augenblick wurde es still. Irene dachte angestrengt nach.

»Habe ich Sie recht verstanden? Sie haben Erik als vermisst gemeldet?«, fragte sie vorsichtig.

»Ja. Als ich heute Morgen aufgewacht bin, war sein Bett unbenutzt. Er ist heute Nacht nicht nach Hause gekommen.«

»Kommt es vor, dass er die Nacht über wegbleibt?«

»Ja. Aber er ruft dann immer an. Und er ruft auch immer an, wenn es spät wird. Das passiert bei seinem Beruf oft.«

»Warum haben Sie dann nicht schon gestern Abend etwas unternommen?«

»Weil er gestern anrief und sagte, dass es spät werden würde. Ich war also nicht weiter beunruhigt, als er um neun noch nicht nach Hause gekommen war. Ich war nur etwas sauer und rief im Atelier an, aber er ging nicht an den Apparat. Da ich ihn nicht erreichte, habe ich mich hingelegt. Ich war wahnsinnig müde und bin vermutlich schon in dem Augenblick eingeschlafen, als ich den Kopf auf das Kissen legte.«

Irene war ganz ihrer Meinung. Es war beunruhigend, dass Erik Bolin verschwunden war. Sie dachte einen Augenblick nach und fragte dann:

»Haben Sie einen Schlüssel zum Atelier?«

»Nein. Den hat nur Erik.«

Irene hätte sie beinahe gefragt, warum sie keinen Reserveschlüssel zu Hause hatten, sah aber ein, dass sie Erik diese Frage stellen sollte und nicht seiner Frau.

In dem Moment, in dem sie den Beschluss gefasst hatte, sagte sie auch schon:

»Ich fahre zum Atelier und versuche irgendwie reinzukommen.«

»Danke.«

Auf dem Weg nach draußen stieß sie fast mit Hannu zusammen.

»Komm mit. Erik Bolin ist verschwunden«, sagte sie hastig.

Wortlos ging Hannu seine Jacke holen.

Während der Fahrt zur Kastellgatan erzählte ihm Irene kurz, was sie über Bolins Verschwinden wusste. Das war nicht sonderlich viel.

»Gestern Abend ist er ganz einfach nicht nach Hause gekommen«, schloss sie.

»Laut seiner Frau kommt er also oft spät, aber er ruft immer an«, konstatierte Hannu.

»Genau.«

Hannu saß eine Weile schweigend da und sagte dann:

»Er hat also Zeit, seine Freunde zu treffen.«

»Meinst du abends? Ehe er zu seinem Reihenhaus zu seiner Familie fährt?«

»Ja.«

Hannu hatte Recht. Bereits am Vortag hatte Irene das deutliche Gefühl gehabt, dass sie dem Verhältnis von Erik Bolin zu Marcus und Basta hätte genauer auf den Grund gehen sollen. Aber da war ihr das noch nicht so wichtig erschienen. Jetzt bereute sie es.

»Könnte es sich um eine Dreiecksgeschichte und einen Mord aus Eifersucht handeln?«, fragte sie.

Ungewöhnlicherweise konnte Hannu ihrem Gedanken nicht folgen, sondern fragte:

»Wie das?«

»Wenn Marcus Basta liebte und Erik Marcus und Basta Erik…«

Sie machte eine kurze Pause und überlegte sich, ob sie die Namen auch richtig aufgezählt hatte. Das hatte sie. Energisch fuhr sie fort:

»…dann hat Basta vielleicht Marcus ermordet. Um Erik zu bekommen.«

Hannu dachte eine Weile nach und sagte dann:

»Unwahrscheinlich. Denk an Carmen Østergaard. Und an Isabell und Emil. Das passt nicht.«

Bei genauerem Nachdenken musste Irene ihm Recht geben. Aber da war ein Gedanke, der sie nicht losließ. Hatten Erik und Marcus ihre Beziehung jahrelang als platonische Freundschaft fortgeführt?

Die Bilder von Marcus hatte jemand gemacht, der in ihn verliebt war. Würde dieser Verliebte es zulassen, dass sein Angebeteter Sex mit einem anderen Mann hinter einem alten Leuchtturm hatte? Nie im Leben. Auch wenn homosexuelle Männer zumindest laut Anders Gunnarsson das mit der Treue häufig nicht so eng sahen, so litten sie auf jeden Fall an Eifersucht.

Etwas an Erik Bolins Geschichte stimmte nicht. Sie hatte das schon gestern geahnt, verstand es aber erst jetzt. Diese Einsicht machte sie nur noch nervöser, und unbewusst fuhr sie schneller, obwohl starker Verkehr war.

»Fünfzig«, meinte Hannu.

Ein Blick auf den Tacho zeigte, dass sie fünfundsechzig fuhr. Beschämt nahm sie den Fuß vom Gaspedal.

Die Tür zum Atelier sah aus wie am Vortag. Irene klopfte lange und laut, ohne dass von innen auch nur irgendeine Reaktion zu hören gewesen wäre. Hannu öffnete den Briefschlitz und schaute hinein. Eine ganze Weile stand er vornübergebeugt da, ohne etwas zu sagen. Als er sich Irene wieder zuwandte, war er sehr ernst.

»Wir müssen den Schlüsseldienst kommen lassen«, sagte er.

Ohne zu fragen, warum, zog Irene ihr Handy aus der Tasche. Der Mann vom Schlüsseldienst wollte in einer halben Stunde da sein. Sie beendete das Gespräch und beugte sich zum Briefschlitz vor, um zu sehen, was Hannu gesehen hatte.

Direkt hinter der Tür lagen Zeitungen und Post. Fast am Rand ihres Gesichtsfeldes waren Glassplitter und ein Stück von einem zerbrochenen, silbernen Holzbilderrahmen auszumachen. Auf dem hellen, rosa schimmernden Holzfußboden waren außerdem mehrere große rostbraune Flecken.

»Das sieht nicht gut aus. Getrocknete Blutflecken auf dem Fußboden. Außerdem waren da noch keine Glassplitter oder kaputte Bilderrahmen, als ich gestern gegen halb fünf gegangen bin«, sagte Irene.

Hannu nickte. Sein Gesicht war ausdruckslos, ein untrügliches Zeichen dafür, dass er sich Sorgen machte.

Während sie auf den Mann vom Schlüsseldienst warteten, überprüften sie, wer sonst noch im Haus wohnte. Es hatte fünf

Stockwerke, und auf jedem waren zwei Wohnungen. Sie beschlossen, mit der Vernehmung der Nachbarn zu warten, bis sie genauer wussten, was im Atelier vorgefallen war.

Der Schlüsseldienst kam vorbildlich schnell. Mit wenigen raschen Handgriffen hatte der Mann die Tür geöffnet und verschwand ebenso schnell wieder, wie er gekommen war.

In der Diele brannte Licht. Irene und Hannu stellten sich in die Tür, um sich einen Überblick zu verschaffen. Auf dem Boden lag eines von Bolins Ausstellungsfotos, total zerstört. Das Glas war zersplittert, der Rahmen in kleine Stücke gebrochen und das Foto in schmale Streifen geschnitten. Diese waren jedoch immer noch so breit, dass Irene die Konturen eines Säuglingkopfs, der gegen die Brust einer Frau lehnte, ausmachen konnte: das Bild von Erik Bolins Familie.

Von einer Tür links in der Diele aus, die geschlossen gewesen war, als Irene am Vortag im Atelier gewesen war, verlief eine deutliche Spur rostroter Flecken zur Wohnungstür.

Hannu sah es zuerst. Irene merkte, wie er zusammenzuckte, und als sie ihn fragend anschaute, sah sie, dass sein Blick auf einen Punkt über ihrer rechten Achsel gerichtet war. Sie drehte den Kopf zur Seite, um seinem Blick zu folgen. Ein Schrei drang ungewollt über ihre Lippen. Einen Augenblick schwankte der Boden unter ihr. Auf der Hutablage lag Erik Bolins abgeschlagener Kopf und sah sie mit halb geschlossenen Augen an.

»Bleib, wo du bist«, sagte Hannu.

Er zog sein Handy aus der Tasche und rief Verstärkung.

»So, so. Jetzt ist Irene wieder zu Hause, und in Göteborg sterben sie wieder wie die Fliegen«, meinte Jonny.

Er lachte laut, um ihnen zu zeigen: Das war ein Witz, aber keiner der anderen verzog auch nur den Mundwinkel. Andersson warf ihm einen düsteren Blick zu. Der Kommissar wandte sich an Irene und sagte:

»Kannst du noch mal erzählen, was gestern und heute passiert ist?«

Irene referierte ihren Besuch in Bolins Atelier. Sie ging dann das Bild »Manpower« holen, das Fredrik Stridh und Birgitta Moberg noch nicht gesehen hatten. Danach erzählte sie von ihrem Gespräch mit Sara Bolin am Morgen. Kurz erwähnte sie auch, dass sie zusammen mit Hannu in Björnkulla gewesen war, um ihr mitzuteilen, dass ihr Ehemann tot war.

»Sie ist total zusammengebrochen. Ein Pfarrer und Angehörige sind jetzt bei ihr. Wir müssen bis zur Vernehmung wohl ein paar Tage warten.«

Irene verstummte, um Kraft für das zu sammeln, was jetzt kommen würde. Das Bild, das sich ihnen im Atelier geboten hatte, hatte sie ziemlich mitgenommen.

Vorsichtig waren sie auf die geschlossene Tür zugegangen. Hannu hatte sie mit der Schuhspitze aufgestoßen. Dahinter befand sich ein geräumiges Badezimmer. In der großen Badewanne lag Erik Bolins nackte, geköpfte Leiche. Hannu machte einige Schritte ins Bad und achtete sorgfältig darauf, wo er hintrat. Auf dem Boden war eine Menge Blut.

»Aufgeschlitzt. Gewalteinwirkung im Bereich des Unterleibs. Geschlechtsteil und Brustmuskeln entfernt«, stellte er fest.

»Kannst du sehen, ob die Gesäßmuskeln fehlen?«, fragte Irene.

»Nein. Da ist zu viel Blut und …«

Er unterbrach sich und schüttelte den Kopf. Langsam zog er sich zurück.

»Wir können nicht viel tun, bevor die Jungs von der Spurensicherung hier waren«, meinte er.

Irene war froh, dass sie die verstümmelte Leiche nicht sehen musste. Der Anblick wäre wie eine gegen sie gerichtete Anklage gewesen. Ihr hätte klar sein müssen, dass Erik Bolin in Gefahr schwebte. Er hatte das Foto von Basta aufgenommen, und dieses Bild hatte beinahe schon Tom Tanaka das Leben gekostet. Außerdem war »Manpower« die Verbindung zwischen Tom und Erik Bolin.

Im Atelier sah alles aus wie immer, außer dass dort, wo die zerstörte Fotografie gehangen hatte, eine Lücke klaffte. Eine Streifenwagenbesatzung traf ein, und kurz darauf kamen die Männer von der Spurensicherung.

Hannu stand lange vor der Studie von Marcus mit den Wassertropfen. Schließlich drehte er sich zu Irene um und sagte:

»Du hast Recht. Bolin war in Marcus verliebt.«

Vor der Wohnungstür brach plötzlich ein Tumult aus. Irene und Hannu drehten sich um und sahen Yvonne Stridner höchstpersönlich in die Diele schreiten. Es war wirklich sehr ungewöhnlich, dass sie an einem Tatort erschien.

»Wo ist die Leiche?«, fragte sie mit lauter Stimme, ohne jedoch jemanden direkt anzusprechen.

Sie erwartete nur, dass einer der Beamten antworten würde. Svante Malm von der Spurensicherung deutete stumm auf die Badezimmertür und ging dann daran, die Blutspuren unter der Hutablage zu sichern. Frau Stridner hatte es so eilig, dass sie den Kopf auf der Ablage gar nicht bemerkte, aber niemand hielt sie auf und machte sie darauf aufmerksam.

Nach einer Minute streckte die Professorin ihren Kopf durch die Tür und fragte mit lauter Stimme:

»Habt ihr den Kopf gefunden?«

Ohne den Blick von seinen Blutflecken zu heben, deutete Svante Malm nach oben auf die alltägliche Hutablage aus Drahtgeflecht und ihren makabren Schmuck. Danach verschlug es sogar Frau Stridner die Sprache.

»Die Stridner glaubt, dass Bolin ebenfalls erwürgt wurde, aber sie war sich nicht ganz sicher. Sie lässt von sich hören, sobald sie sich die Leiche genauer angesehen hat«, schloss Irene.

Niemand hatte sie bei ihrem Bericht unterbrochen, aber jetzt sagte der Kommissar seufzend:

»Den Kopf abschneiden! Wirklich ein perverser Einfall!«

»Ein neuer Aspekt«, meinte Hannu.

»Schließlich war es Emils Sache, den Kopf und die Glieder

abzusägen. Das war auf dem Video zu sehen. Dem Täter war das bei den Morden an Emil und Isabell herzlich gleichgültig«, pflichtete ihm Irene bei.

»Warum fängt er dann plötzlich jetzt damit an?«, fragte Andersson.

Irene erinnerte sich daran, was Yvonne Stridner gesagt hatte, als sie sie auf der Pathologie besucht hatte. Zögernd versuchte sie es zu erklären.

»Seine Phantasien und inneren Bilder haben sich verändert. Er sieht Dinge, die er ausleben muss. Laut Stridner ist das wie ein Zwang. Offenbar hat er das mit dem Kopf seinen Phantasien hinzugefügt.«

Andersson nickte und versuchte so auszusehen, als könne er ihr folgen.

Jonny meldete sich zu Wort:

»Apropos Bilder. Eines von Marcus' Videos ist irgendwie anders als die anderen. Es könnte eher Emil gehört haben. Blut und Gemetzel. Merkwürdigerweise Frauen und nicht Unmengen von Schwulen. Trotzdem verdammt pervers.«

»Wie hieß der Film?«

»Das fällt mir gerade nicht ein«, antwortete Jonny.

»Geh ihn holen«, sagte Andersson.

Widerwillig stand Jonny auf und trottete davon. Nach einer Weile kam er mit einem Video in der Hand zurück. Hannu streckte seine Hand danach aus.

»Auf der Hülle steht nichts«, stellte er fest.

»Es handelt sich um einen kopierten Spielfilm. Der Titel kommt ganz am Anfang«, informierte sie Jonny.

Hannu stand auf und verschwand im Zimmer mit der Videoausrüstung.

In der Zwischenzeit teilte ihnen Birgitta triumphierend mit, dass sie Marcus' Passwort gefunden hätte.

»Er hatte es sich bei den Netscape Bookmarks notiert. Ratet mal, wie es heißt?«

Sie machte eine Pause und sah sich die neugierigen Gesichter an. Langsam drehte sie den Spiralblock, den sie auf den Knien hatte, in Richtung der anderen. Mit schwarzem Filzstift stand da: »69 Hotnights«.

»Hotnights? Heiße Nächte? Wie blöde!«, rief Irene.

»Ich habe jetzt eine Kunden- und Adressenliste, verschiedene Offerten und so weiter. Was mir interessant vorkam, habe ich ausgedruckt«, fuhr Birgitta fort.

»Hast du irgendwelche Namen gefunden, die wir bereits kennen?«, fragte Irene.

»Noch nicht. Aber ich hatte bisher auch noch keine Zeit, mir die Liste genauer anzusehen.«

Hannu trat mit dem Video wieder ein. Er hatte die Kassette wieder in ihre Hülle gelegt.

»Es ist ›The New York Ripper‹«, sagte er.

Alle sahen ihn fragend an, und schließlich begriff er, dass er das näher erklären musste.

»Der ist verboten. Das sind echte Morde.«

»Ein snuff movie?«, fragte Fredrik.

»Ja.«

»Aber ist das nicht nur ein Mythos? Ich habe noch im Kopf, dass es sich nie beweisen ließ, dass in diesen Filmen wirklich echte Morde zu sehen sind«, sagte Birgitta.

»Es gibt drei, von denen ich die Titel weiß. Einer davon ist ›The New York Ripper‹«, sagte Hannu stur.

Irene wandte sich an Jonny.

»War das der einzige Film diesen Inhalts?«, fragte sie.

Jonny nickte mürrisch.

»Gab es in einem der anderen Filme sadistischen Sex?«

»Ja. So perverse Sachen mit Peitschen und mehrere, die gleichzeitig an einem rummachen und so. Eklig!«

»Unterscheidet sich auch nicht von normalen heterosexuellen Pornofilmen«, meinte Irene trocken.

»Und die kennst du natürlich in- und auswendig«, meinte Jonny fies.

»Ja. Bekanntermaßen war ich in Vesterbro. Da braucht man

sich die Filme dann gar nicht mehr anzusehen. Die Schaufenster reichen schon«, erwiderte sie kalt.

Jonny verzog nur das Gesicht, setzte die Diskussion aber nicht fort.

»Ich bring das hier rüber in die Spurensicherung«, sagte Hannu und ging, die Hülle des Videofilms vorsichtig in zwei Fingern haltend, nach draußen.

»Soll ich in Kopenhagen anrufen? Es wäre interessant zu erfahren, ob Emil ›The New York Ripper‹ ebenfalls besessen hat«, sagte Irene.

Der Kommissar nickte.

»Tu das. Und informiere sie über den neuesten Mord.«

Er wandte sich an Fredrik Stridh.

»Du nimmst ein paar Leute mit und gehst so bald wie möglich von Tür zu Tür. Unser Mörder hat mehr Glück als Verstand, aber irgendwann wird es damit auch ein Ende haben. Dieses Mal sind die Spuren noch frisch, und das sollten wir uns zu Nutze machen.«

Irene nickte und sagte:

»Er hat wirklich Spuren hinterlassen. Er muss die Selbstkontrolle verloren haben, als er das Foto von Bolins Familie auseinander nahm. Warum? Weil das Bild, das er haben wollte, nicht mehr im Atelier war. Das steht nämlich dort.«

Sie deutete auf »Manpower«, das neben der Tür gegen die Wand lehnte.

»Glaubst du, dieses Bild ist so wichtig, dass er bereit ist, dafür zu morden?«, wandte Andersson skeptisch ein.

»Ja. Denk nur daran, was Tom Tanaka zugestoßen ist. Wahrscheinlich gibt es von ›Manpower‹ nur zwei Vergrößerungen. Die eine bekam Marcus. Diese deponierte er zusammen mit dem Bild von sich bei Tom Tanaka, ehe er wegfuhr, um, wie er meinte, Ferien zu machen. Aus irgendeinem Grund ließ er das Bild, auf dem er sich gegen die Kissen lehnt, in Emils Wohnung hängen. Wahrscheinlich schenkte er es Emil, oder Emil hat es nach Marcus' Tod an sich genommen. Aber Basta erfuhr, wo sich ›Manpower‹ befand, möglicherweise von Emil. Und er wusste auch, dass Erik Bolin die andere Vergrößerung hatte plus einige kleine Bilder und die Negative. Aber mit Bolin war es nicht so eilig. Basta glaubte wohl nicht, dass wir herausfinden würden, wer die Bilder aufgenommen hatte.«

»Laut erster Stellungnahme von Frau Stridner war Bolin bereits mehr als zwölf Stunden tot. Das bedeutet, dass der Mörder am frühen Abend zugeschlagen hat. Jemand müsste gesehen haben, wie er ins Haus gekommen ist«, meinte Birgitta.

Irene war sich da nicht so sicher. Die Kastellgatan war ein ziemlich stilles Pflaster. Hier gab es kaum Läden. Aber die Möglichkeit bestand natürlich trotzdem.

Obwohl es bereits kurz nach sechs war, ging Peter Møller noch ans Telefon. Aus seiner Stimme konnte sie keine Reserviertheit heraushören, er klang so, als würde er sich wirklich freuen, dass sie anrief. Sie begann damit, ihn zu fragen, ob Emil das Video »The New York Ripper« besessen hatte. Peter versprach, es überprüfen zu lassen. Als sie ihm von dem neuesten Mord erzählte, wurde er sehr ernst.

»Er verfolgt dich«, sagte er.

Das war nicht das, was Irene hören wollte. Trotz der Sommerwärme im Zimmer schauderte es sie. Peter war nicht der Erste, der das gesagt hatte. Ihr selbst war dieser Gedanke in der letzten Zeit auch schon sehr oft gekommen. Der Mörder war in ihrer Nähe.

»Wie geht es Tom?«, fragte sie, um das Thema zu wechseln.

»Er ist bei Bewusstsein, aber ziemlich mitgenommen. Der Arzt sagte, sie hätten die Verletzungen mit über hundert Stichen nähen müssen. Dein Freund Tom ist jetzt hübsch bestickt.«

Irene wurde es schwer ums Herz. Armer Tom. Und das, wo er so eitel war. Sie erinnerte sich an die silbernen Fäden, die er sich um die Knoten in den Haaren gewickelt hatte, und an den blauen Nagellack.

»Würdest du so nett sein, ihn von mir zu grüßen? Kannst du

ihm nicht auch einen Blumenstrauß kaufen? Ich schick dir dann das Geld.«

»Blumen! Wenn ich nur verstehen würde, was du und dieser… Okay. Ich mach's.«

Sie schwiegen einen Augenblick, und Irene wollte das Gespräch gerade beenden, da sagte Peter:

»Jens hat mir erzählt, dass du ihn nach meiner Südafrikareise gefragt hast. Dass du gefunden hättest, ich hätte mich nach dieser Frage so seltsam verhalten.«

»Ja… das war aber nur, weil Marcus von einem Polizisten aus Vesterbro gesprochen hatte und dann unter Vorspiegelung einer Thailandreise nach Göteborg gelockt wurde… und du hattest eine solche Urlaubsbräune«, versuchte sie zu erklären.

Sie war heilfroh, dass die Polizei in Göteborg keine Videokonferenz schalten konnte. Denn jetzt war sie knallrot. Und Peters Antwort machte die Sache nicht besser.

»Die Südafrikareise war der Versuch, meine Ehe zu retten. Leider ging es in die Hose. Die Reise war eine einzige Katastrophe.«

Er machte eine kurze Pause und fügte hinzu:

»Schade, dass du damals von der Reise angefangen hast. Ich wurde… das hat mich aus dem Konzept gebracht. Sonst wäre es vielleicht ein sehr schöner Abend… und eine sehr schöne Nacht geworden. Für uns beide.«

Irene war vollkommen sprachlos. Gleichzeitig wurde sie sich bewusst, dass sich zwischen ihren Beinen eine kribbelnde Wärme ausbreitete. Peter war ein schöner Mann. Seine Augen waren so blau, und er war so muskulös und gelenkig. Er hatte einen angenehmen Geruch und bewegte sich so sexy. Sie hörte selbst, wie sich ihr Atem beschleunigte. Meine Güte! Hier saßen zwei Polizisten und hatten beinahe Telefonsex, während sie sich über bestialische Morde unterhielten!

Sie musste lachen. Halb im Scherz sagte sie:

»Vielleicht sollte ich ja nach Kopenhagen kommen und meinen guten Freund Tom besuchen?«

»Tu das. Ich verspreche dir, dass ich mich sehr gut um dich kümmern werde.«

Sie einigten sich darauf, umgehend wieder von sich hören zu lassen, und legten dann auf.

Irene musste eine Weile in ihrem Zimmer bleiben, um das pochende Gefühl in ihrem Unterleib abebben zu lassen.

»Offenbar handelt es sich beim ersten Teil der Adressenliste um Kunden, aber dann kommen mehrere Seiten mit Namen und Adressen von Männern. Dort habe ich auch Anders Gunnarsson und Hans Pahliss gefunden. Sie standen zusammen. Dann ist da Erik Bolin, und eine Menge Namen kenne ich nicht, da ich an dieser Ermittlung nicht beteiligt bin«, sagte Birgitta.

Sie ließ einen Packen Papier auf Irenes Schreibtisch fallen.

»Danke. Ich nehme alles mit nach Hause und lese es heute Abend. Krister hat Dienst, und die Mädchen sind auch nicht da. Perfekt, um ein paar Stunden zu arbeiten«, meinte Irene.

Aber sie hatte den Verdacht, dass sie nicht so recht bei der Sache sein würde. Wahrscheinlich würden sich dauernd Phantasien dazwischendrängen, was in der einen Nacht in Kopenhagen alles hätte passieren können.

KAPITEL 16

Svante Malm klopfte an den Türrahmen, bevor er durch die offene Tür trat. Irene sah von dem Stapel mit Ausdrucken aus Marcus' Computer auf. Vorsichtig stellte sie den Kaffeebecher ab, um keine Flecken auf die Papiere zu machen. Es war der vierte Becher an diesem Morgen, und allmählich wurde sie munter.

»Hallo«, sagte sie.

»Hallo. Ich wollte nur kurz vorbeischauen und dich über die neuesten Entwicklungen informieren. Ich habe die Besprechung heute früh verpasst. Vielleicht kannst du das ja alles bei Gelegenheit an die anderen weitergeben.«

Svante setzte sich auf Irenes Besucherstuhl. Einen Becher Kaffee schlug er aus. Irene nahm einen Stift und einen Block und machte sich bereit zum Mitschreiben.

»Mein Kollege in Kopenhagen und ich haben in den letzten Wochen ständig Informationen ausgetauscht. Dort haben sie mehr Möglichkeiten als wir und bekommen auch viel schneller ihre Ergebnisse. Jetzt glauben wir, dass wir ausreichend viele Spuren haben, um ein DNA-Profil des Mörders anfertigen zu können. Außerdem gibt es Fingerabdrücke.«

»Phantastisch! Aber was sind das für Spuren? Und wo waren die Fingerabdrücke? Er trug doch immer Handschuhe.«

»Meistens. Aber hin und wieder hat er auch Fehler gemacht.« Svante hob die rechte Hand und zählte die Fehler auf:

»Eins: der Spermafleck, gefunden in Kopenhagen unter dem

Bett des Ermordeten. Zwei: Spucke an der Briefmarke auf der Karte, die du bekommen hast. Drei: Mitten auf der Briefmarke ist ein deutlicher Daumenabdruck! Wer eine Briefmarke aufklebt, drückt sie meist mit dem Daumen fest. Aus irgendeinem Grund trug er bei dieser Gelegenheit keine Handschuhe. Das Risiko besteht natürlich, dass es sich um den Fingerabdruck des Briefträgers handelt, aber wir haben ja noch mehr ...«

Er machte eine Kunstpause. Irene merkte auf einmal, dass sie bis an die Stuhlkante vorgerutscht war und sich ganz über den Schreibtisch vorbeugte, als höre sie schlecht.

»Das Video, mit dem Hannu gestern ankam. Natürlich konnten wir Jonnys und Hannus Fingerabdrücke direkt eliminieren. Auf der Hülle fanden wir die Fingerabdrücke von Marcus und Emil. Auf dem eigentlichen Film waren dann nur zwei Abdrücke. Emils und der eines Unbekannten. Und der passt perfekt zu dem Daumen auf der Briefmarke!«

Irene starrte Svante an und rief:

»Gib mir Kraft und Stärke! Er ist schlau und hatte außerdem unglaubliches Glück. Aber er weiß nicht, wie schwerwiegend diese Spuren zusammengenommen sind!«

»Er ist zu arrogant und selbstsicher geworden. Schlampig in Kleinigkeiten. Wenn ihr ihn festnehmt, dann nageln wir ihn fest, auch wenn er leugnet.« Svantes Stimme klang hochzufrieden.

»Von Erik Bolin habt ihr noch nichts?«

»Nein. Heute kommen einige Gewebeproben von der Obduktion. Die Assistentin der Stridner rief an. Dieses junge Ding, wie heißt sie noch gleich? Britt! Britt Nilsson rief von der Gerichtsmedizin an und sagte, sie hätten Hautabschürfungen unter Bolins Nägeln gefunden. Offenbar hat der Tote Verletzungen, die auf einen richtigen Kampf hindeuten.«

Irgendetwas regte sich in Irenes Hinterkopf, aber ehe sie es noch richtig zu fassen bekam, tat sie es bereits als Einbildung ab und fragte stattdessen:

»Hat sich Erik Bolin mit seinem Mörder geprügelt?«

»Es gibt Spuren, die darauf hindeuten. Die Blutflecken auf der Polizeiuniform in Kopenhagen stammen übrigens von Marcus Tosscander, aber das Blut am Gummiknüppel war bedeutend älteren Datums. Das stammte von einer Prostituierten, die vor zwei Jahren ermordet wurde.«

»Carmen Østergaard! Klebte etwa noch ihr Blut an diesem Gummiknüppel?«

»Offenbar. Wir haben Blut von ihr am Leder gefunden und im Schlitz, durch den die Lederschlaufe gezogen wird. Es war nicht viel, aber es reichte, um einen zuverlässigen Test machen zu können. Die Kollegen in Kopenhagen meinen, dass der Gummiknüppel nach diesem Mord wahrscheinlich nicht mehr verwendet wurde.«

»Gehörte nicht auch ein Gummiknüppel zu der anderen Uniform?«

»Nein.«

»Und nichts deutet darauf hin, dass diese Uniform Blutflecken hatte?«

»Nein.«

»Weißt du, ob die mit den Blutflecken die echte Uniform war oder die, die er im Schwulenladen gekauft hatte?«

»Die aus dem Laden.«

Emil hatte es offenbar nicht gewagt, die Uniform seiner Mutter beim Zerstückeln der Leiche zu tragen. Vielleicht hatte er Angst gehabt, dass sie sie zurückverlangen würde. Irene kam eine Idee:

»Von Carmen war also kein Blut an der Uniform?«

»Nein. Sie war im Übrigen auch nie gewaschen worden.«

Irene dachte intensiv nach.

»Im Film trug Emil beim Zersägen von Carmen eine Uniform. Das muss bedeuten, dass er damals noch eine andere Uniform besaß«, sagte sie.

»Gut möglich.«

Svante stand auf und war schon halb auf dem Korridor, als Irene seine Abschiedsworte hörte:

»Tschüss. Wir sprechen uns wieder, wenn wir mehr über Bolin wissen.«

Irene dachte lange darüber nach, warum auf der Uniform, die Emil beim Zerstückeln von Carmens Leiche getragen hatte, kein Blut von ihr war. Das konnte nur bedeuten, dass er noch eine weitere Uniform besaß. Wo war sie? Hatte er sie anschließend verbrannt, weil sie blutdurchtränkt gewesen war? Und sich dann eine neue gekauft?

Irene schauderte es. Das bedeutete, dass der Mord an Marcus schon lange vorher geplant gewesen war. Waren die merkwürdigen Überfälle auf die Prostituierten in Kopenhagen, kurz vor dem Mord an Carmen, die ersten stümperhaften Versuche, einer Leiche habhaft zu werden? Beim dritten Mal hatte es dann geklappt.

Die Beschreibung in den Akten passte auf Emil, und die Beschreibung des Arztes passte auf Basta. Und was hatte sich da eigentlich in ihrem Hinterkopf geregt, als Svante Malm von der Stridner angefangen hatte? Irgendetwas, was Frau Stridner gesagt hatte? Britt Nilsson hatte Irene bisher nur selten gesehen, und das letzte Mal lag auch schon eine Weile zurück. Nein, es hatte keinen Sinn. Es führte zu nichts. Aber irgendwas hatte sich in ihrem Hinterkopf geregt.

Sie ging alle Namen von der Liste aus Marcus' Computer durch. Auch die Namen, die nur im Zusammenhang mit Aufträgen auftauchten. Alle würden überprüft werden. Das war eine Riesenarbeit, aber Irene war überzeugt, dass sich hinter einem dieser Namen Basta verbarg. Und in einem war sie sich inzwischen ganz sicher: Er war der Mörder, den sie suchten.

»Ich glaube, wir haben ihn!«

Tommy stürmte in ihr gemeinsames Büro. Er war ganz aus dem Häuschen, was sehr ungewöhnlich war. Normalerweise war Tommy die Ruhe in Person.

»Ich komme direkt von der Staatsanwaltschaft. Wir gehen ihn holen. Er ist auf der Arbeit.«

»Wer?«, fragte Irene verwirrt.

Tommy verstummte und starrte sie an, als hätte sie einen Kurzschluss. Dann polterte er:

»Jack the Ripper natürlich!«

»›The New York Ripper‹ und Jack the Ripper … Das ist etwas viel auf einmal«, sagte Irene in einem lahmen Versuch, von ihrem Fehler abzulenken.

Tommy warf ihr einen scharfen Blick zu und fuhr dann fort:

»Ich bin alle Personallisten aller Lokale in Vasastan und Umgebung durchgegangen. Ich habe alle Männer zwischen zwanzig und vierzig kontrolliert. Eine Heidenarbeit! Hat sich aber gelohnt. Gestern habe ich Rickard ›Zorro‹ Karlsson gefunden. Zweiunddreißig, Spüler in einer Pizzeria in der Molinsgatan.«

Irene spitzte die Lippen zu einem lautlosen Pfiff. Der Spüler einer Pizzeria nur einen Steinwurf von dem Restaurant entfernt, in dem ihr Mann Küchenchef war.

»Den Spitznamen Zorro haben ihm seine Mithäftlinge verpasst. Er hat eine Kellnerin vergewaltigt, die in demselben Lokal arbeitete wie er selbst. Nach der Vergewaltigung ritzte er ihr mit einem Messer zwei tiefe Z in die Oberschenkel. Anschließend konnte er nicht erklären, warum. Das Gericht sah das Ganze als schwere Vergewaltigung, und er bekam sieben Jahre.«

»Lass mich raten: Das war vor etwa vier Jahren?«, meinte Irene ironisch.

»Fast richtig geraten. Vor viereinhalb Jahren. Das Verbrechen wurde in Gävle verübt. Nach der Zeit im Knast ist er hierher nach Göteborg gezogen. Sein Bruder arbeitet als Koch in einem anderen Restaurant hier in der Stadt, aber dort bekam Rickard keinen Job, sondern in der Pizzeria.«

»Wann hat er angefangen?«

»Im Februar.«

»Und Ende März begann Jack the Ripper dann seine Taten zu verüben«, stellte Irene fest.

»Yes. Und jetzt habe ich seinen Dienstplan mit den genauen Zeiten der Vergewaltigungen verglichen. Alle wurden an Tagen verübt, an denen Zorro Spätschicht hatte!«

»Und die Staatsanwaltschaft hat gestattet, ihn sofort aufzuklauben?«

»Yes. Fredrik kommt mit. Bis nachher!«

Seine Abschiedsworte hallten im Korridor wider. Erstaunlich, wie eilig es heute alle hatten, aus ihrem Zimmer zu kommen.

Sie selbst saß mit den Namen da. Ihre Intuition hatte ihr auch nicht weitergeholfen, als sie die Listen durchgegangen war, aber sie hatte trotzdem das Gefühl, dass der Name des Mörders dabei war.

Zwei Namen aus dem Umfeld von Marcus Tosscander fanden sich nicht auf den Listen: Pontus Zander und Tom Tanaka. Das bedeutete, dass Marcus sicher noch weitere Leute kannte, die auf keiner Liste auftauchten. Dass Pontus nicht dabei war, war sicher nicht so bemerkenswert wie der Umstand, dass Toms Name fehlte. Laut Pontus hatte er Marcus nie näher gestanden. Tom und Marcus hingegen waren sehr intim gewesen.

Irene seufzte. Es kam ihr mühsam und hoffnungslos vor, aber sie konnte genauso gut gleich mit den Telefonanrufen anfangen. Gerade als sie die Hand ausstreckte, um mit der trostlosen Aufgabe zu beginnen, klingelte das Telefon. Schnell hob sie ab und sagte ihren Namen.

Erst war es still am anderen Ende, aber sie konnte rasche und nervöse Atemzüge hören.

»Hier ist Angelica Hendersen«, sagte eine zarte Frauenstimme.

Der Name sagte Irene nichts. Abwartend, aber freundlich sagte sie:

»Was kann ich für Sie tun?«

»Marcus… ich habe Marcus Tosscander gekannt. Haben Sie den Mörder gefasst?«

»Nein. Noch nicht.«

»Das ist so schrecklich! Ich kann es nicht fassen… Marcus!«

Zu Irenes Entsetzen begann die Frau am anderen Ende laut zu schluchzen. Es hatte keinen Sinn, zu versuchen, sie zu trösten. Geduldig saß Irene mit dem Hörer am Ohr da und wartete darauf, dass der Heulkrampf vorübergehen würde. Das dauerte, aber schließlich beruhigte sich die Frau wieder. Schniefend sagte sie:

»Entschuldigen Sie. Aber das ist so ein Schock für mich.«

Sie verstummte erneut, und Irene hörte, wie sie sich die Nase putzte. Ihre Stimme klang fester, als sie wieder zu sprechen begann:

»Ich wohne in Los Angeles. Gestern bin ich nach Hause gekommen, um meine Eltern zu besuchen. Da haben sie mir erzählt, was Marcus zugestoßen ist. Es ist so ... abscheulich!«

»Woher kannten Sie Marcus?«

»Wir sind zusammen aufgewachsen.«

»In Hovås?«

»Ja. Damals hieß ich noch Sandberg.«

Jetzt fiel bei Irene der Groschen. Das war die Freundin, von der Marcus' Vater erzählt hatte, als er verzweifelt hatte beweisen wollen, dass sein Sohn doch heterosexuell gewesen war. Irene hatte gar nicht mehr an sie gedacht.

»Ich habe heute Emanuel Tosscander besucht, aber er wollte mit mir nicht über den Mord sprechen. Er sagte, ich solle mich an Inspektorin Huss im Polizeipräsidium wenden, wenn ich was wissen wolle. Seien Sie doch so nett, und erzählen Sie mir alles«, bat Angelica Hendersen.

»Gut. Wenn ich Ihnen dann anschließend ein paar Fragen stellen darf.«

»Kein Problem.«

»Auch wenn die Fragen vielleicht persönlicher Art sind?«

»Doch. Ich verspreche zu antworten«, antwortete Angelica nach einer kurzen Pause mit fester Stimme.

Irene begann von der Ermittlung zu erzählen, ohne sich in Details zu verlieren. Sie referierte auch den Zusammenhang mit den Morden an Carmen Østergaard, Isabell Lind, Emil Bentsen und Erik Bolin.

Kein einziges Mal unterbrach Angelica ihre Ausführungen.

Anschließend schwieg sie lange. Ihre folgende Bemerkung überraschte Irene.

»Ich bin trotzdem nicht vollkommen erstaunt, dass Marcus so etwas zugestoßen ist. Der Zusammenhang mit den anderen Opfern und das mit der Gewalt, das kann ebenfalls stimmen.«

Angelicas Stimme klang atemlos und heiser. Irene hatte sich von ihrer ersten Überraschung erholt und fragte nun:

»Warum sind Sie nicht erstaunt?«

»Er suchte Spannung und Gefahr. In Kombination mit Sex. Falls Sie verstehen, was ich meine.«

Das hatten bereits mehrere andere in ähnlichen Worten ausgedrückt. Dennoch meinte Irene:

»Erklären Sie mir das doch bitte näher. Oder warum erzählen Sie mir nicht, was Sie für ein Verhältnis zu Marcus hatten?«

»Vielleicht ist das das Beste. Wir kannten uns unser ganzes Leben. Er war ein Jahr älter als ich. Unsere Eltern waren Nachbarn und pflegten einen regen Umgang. Wir waren beste Freunde, spielten dauernd miteinander und waren überhaupt immer zusammen. Als wir Teenager waren… haben wir auch geschmust. Im Nachhinein habe ich begriffen, dass die Initiative immer von mir ausging. Aber ich hatte keine Erfahrungen mit anderen Jungs und glaubte, dass Marcus und ich sehr verliebt seien. Denn ich liebte ihn wirklich. In meiner ganzen Kindheit und Jugend gab es nie einen anderen. Er war immer zum Schmusen bereit, aber zum Sex kam es nie. Ich war naiv und romantisch und dachte, dass sich das in der Hochzeitsnacht alles einrenken würde. Dass er bis dann warten wolle.«

Angelica unterbrach sich.

»Sie hatten nie den Verdacht, dass Marcus homosexuell sein könnte?«, fragte Irene.

»Nein. Nie. Ich war, wie gesagt, sehr naiv und außerdem sehr behütet aufgewachsen. Daher war das Erwachen auch so traumatisch.«

Ehe sie fortfuhr, hörte Irene, wie sie sich diskret schnäuzte.

»In dem Sommer, in dem ich achtzehn wurde, fragte Marcus, ob ich mit ihm nach Kreta fahren wolle. Ich war überglücklich. Und voller Optimismus. Die griechische Sonne und die Wärme würden Marcus' Hormone schon in Wallung bringen, und wir würden endlich miteinander schlafen. Ich hatte wirklich das Gefühl, dass es langsam Zeit dafür sei. Wir landeten am späten Nachmittag in Chania, bezogen im Hotel unser Zimmer und machten uns frisch fürs Abendessen. Unser Hotel war in Platanias, direkt am Strand, romantischer hätte es nicht sein können. Ich kann mich noch genau an diesen Abend erinnern. Wir saßen in einer Taverne am Strand und sahen die Sonne im Mittelmeer untergehen. Das Essen war phantastisch, und wir hatten zusammen eine Flasche Wein geleert. Außerdem hatten wir auf dem Hotelzimmer schon Whisky getrunken. Ich war das nicht gewohnt und etwas angeheitert. Plötzlich stand Marcus vom Tisch auf und murmelte eine Entschuldigung. Ich glaubte, er wolle auf die Toilette. Aber er kam nie zurück. Ich wartete über eine Stunde auf ihn, aber er kam nicht. Als die Bedienung anfing, mich schief anzusehen, zahlte ich und ging aufs Zimmer. Er kam die ganze Nacht nicht zurück.«

Angelica verstummte, um Atem zu holen.

»Haben Sie damals nicht das Hotelpersonal verständigt? Oder die Polizei?«

»Das kam später. In den frühen Morgenstunden fiel ich in einen unruhigen Schlummer und schlief bis um neun. Als ich erwachte, erinnerte ich mich ganz deutlich an etwas. Genau als Marcus aufgestanden und davongeeilt war, hatte ein Mann in Militäruniform dasselbe getan. Ich hatte den Eindruck, dass die beiden sich leicht zugenickt hätten. Als würden sie sich kennen. Aber das war unmöglich. Marcus war vorher noch nie auf Kreta gewesen. Es gelang mir, mir einzureden, dass ich mich falsch erinnern würde und dass ich etwas unternehmen müsse, aber ich wusste nicht, was. Vielleicht war Marcus ja etwas zugestoßen. Ich ging auf die Straße und lief ziellos herum, ohne zu wissen, was ich unternehmen sollte. Da sah ich den Jeep.«

Angelica holte tief Luft.

»Ein Militärjeep kam die Hauptstraße entlanggerast. Der Fahrer war gezwungen, zu bremsen, weil ein paar Meter von mir entfernt ein Auto abbog. Ein Soldat saß am Steuer. Auf der Rückbank hockte Marcus zusammen mit dem Mann, den ich am Vorabend im Restaurant gesehen hatte. Er trug immer noch Uniform. Mit quietschenden Reifen verschwand der Jeep aus meiner Sicht. Da geriet ich vollkommen in Panik. Ich rannte ins Telegrafenamt, das ein paar hundert Meter weiter an der Straße lag, und bestellte ein Gespräch nach Hause zu meinen Eltern. Als Papa am Apparat war, begann ich ihm heulend zu erklären, Marcus sei vom Militär festgenommen worden und würde sicher gerade in ein furchtbares griechisches Gefängnis transportiert. Da mein Vater über gute internationale Kontakte verfügte, versprach er mir, sofort herauszufinden, was mit Marcus passiert sei. Er rief das Konsulat in Athen an, und von dort kontaktierten sie Heraklion auf Kreta, und dann war die Sache nicht mehr aufzuhalten. Papa hatte mir gesagt, ich solle auf mein Hotelzimmer gehen, er würde mich dort zwei Stunden später anrufen. Das tat er auch wie versprochen, er hatte aber noch keine Neuigkeiten. Ich erinnere mich, dass er zu mir sagte, ich solle essen und baden gehen, dann würde er um vier wieder von sich hören lassen. Natürlich brachte ich es weder fertig zu essen noch zu baden, sondern saß wie angewachsen vor dem Telefon. Um vier rief Papa an, und ich hörte schon an seiner Stimme, dass es ihm schwer fiel, mir zu erklären, was vorgefallen war. Schließlich verstand ich, was er sagte. Sie hatten Marcus ausfindig gemacht. Er war zusammen mit einem höheren Offizier im Militärstützpunkt in Maleme. Sie befanden sich jedoch nicht auf dem eigentlichen Stützpunkt, sondern im Haus des Offiziers, und Marcus war freiwillig dort. Ich erinnere mich immer noch an Vaters mitleidige Stimme, als er fragte, ob ich direkt nach Hause fliegen oder wie geplant noch eine Woche bleiben wolle. Sie werden es nicht glauben, aber ich beschloss, die Woche zu bleiben. Irgendwie hatte ich nicht recht begriffen, was

Papa gesagt hatte. Ich bildete mir ein, dass ich da sein müsse, wenn Marcus zurückkam. Alles sei sicher nur ein Missverständnis. Nicht einmal da begriff ich, dass Marcus schwul war. Nicht einmal da ... ich wollte es einfach nicht wahrhaben.«

Sie unterbrach sich wieder. Dieses Mal war das Schweigen lang.

»Wann haben Sie es denn begriffen?«, fragte Irene.

»Nach drei Tagen, als er wieder auftauchte. Genauso sonnig und fröhlich wie immer. Ich war vollkommen am Boden zerstört. Ich war genauso bleich wie an dem Tag, an dem ich auf Kreta gelandet war. Es machte keinen Spaß, allein am Strand zu liegen, und ich hatte auch nicht die Ruhe dazu. Marcus war nahtlos braun. Als ich ihn fragte, was das für Abdrücke an seinen Handgelenken und um seinen Hals seien, lachte er nur und umarmte mich. Aber die Abdrücke waren ziemlich übel, die Haut war abgeschürft und vereitert. Sogar ich begriff, dass er gefesselt worden war. Aber er war lieb zu mir und den ganzen Nachmittag in anschmiegsamer Laune. Am Abend zog er sich fein an und lud mich zum Abendessen ein. Anschließend gingen wir in eine Disko. Es dauerte keine Viertelstunde, da war er wieder verschwunden. Aber dieses Mal verstand ich, was passiert war. Er hatte wieder einen Mann kennen gelernt.«

»Wann kam er zurück?«

»Am nächsten Vormittag, aber da hatte ich genug. Auf demselben Gang wie wir wohnten zwei nette Norweger, und bei denen zog ich mehr oder weniger ein.«

Bei dem letzten Satz lachte sie. Offenbar waren die Erinnerungen an die Kretareise nicht nur unangenehm.

»Haben Sie mit Marcus anschließend über das, was passiert ist, gesprochen?«

»Nein. Das war das Merkwürdige. Als wir nach Hause flogen, verloren wir über sein Verschwinden kein Wort. Wir lachten und schäkerten wie immer. Wer uns sah, musste uns für ein Liebespaar halten, das nach einem richtig geglückten Urlaub nach Hause fährt. Auch später sprachen wir nie darüber. Aber unser

Verhältnis veränderte sich natürlich. Das Rumgemache und Geschäker hörte auf, aber seltsamerweise blieben wir die besten Freunde. Wir haben die ganzen Jahre Kontakt gehalten. Ich schreibe ihm ein paar Mal im Jahr, und er ruft mich an. Die letzten Jahre haben wir uns meist E-Mails geschickt.«

»Haben Sie sich nicht gewundert, als er die letzten Monate nichts von sich hören ließ?«

»Doch. Ostern. Da schickt er mir immer einen Gruß oder lässt von sich hören. Dieses Jahr aber nicht. Ich war etwas sauer, aber so war das eben mit Marcus. Es konnte manchmal sehr viel Zeit zwischen seinen Anrufen vergehen, aber wenn er wieder von sich hören ließ, war es so, als sei überhaupt keine Zeit vergangen.«

»Wann haben Sie zuletzt von Marcus gehört?«

Angelica dachte nach und antwortete dann:

»Zu Stans Vierzigstem hat er eine E-Mail geschickt. Stan ist mein Mann. Ich hatte Marcus daran erinnert, als wir Silvester miteinander telefonierten, aber ich hätte nie gedacht, dass er wirklich daran denkt. Aber das tat er.«

Plötzlich kam Irene eine Idee. Sie sah auf den Stapel mit Adressenlisten, der vor ihr auf dem Schreibtisch lag, und fragte:

»Wissen Sie, ob Marcus in Kopenhagen Zugang zu einem Computer hatte?«

»Aber natürlich! Ohne seinen Computer konnte er nicht arbeiten. Ehe er nach Kopenhagen umzog, kaufte er sich ein Notebook. Ich erinnere mich nicht, welche Marke, aber er war hochzufrieden damit.«

Natürlich hatten sie Tom Tanaka deswegen nicht auf den Adressenlisten gefunden. Alle neuen Namen und Aufträge waren auf der Festplatte des neuen Notebooks. Das war spurlos verschwunden wie alle anderen Sachen auch, die er in Kopenhagen dabeigehabt hatte.

Irene gab Angelica ihre Durchwahlnummer und bekam die Telefonnummer von Angelicas Eltern. Sie würde zwei Wochen in Schweden bleiben. Irene bedankte sich für ihre Hilfsbereitschaft.

Nachdem sie aufgelegt hatte, saß sie lange da und dachte nach. Dunkle Regenwolken türmten sich über der Stadt und verhießen einen kräftigen Nachmittagsguss. Irene hatte keinen Blick dafür, sondern grübelte weiter.

Marcus' Kleider, Notebook, Handy, Stifte, Zeichenblock und Toilettenbeutel – alles war weg. Alles außer seinem Wagen und den drei Fotografien, die Erik Bolin geschossen hatte.

Ein Opfer hatte Bilder eines anderen Opfers aufgenommen. Eines der Bilder hatte über dem Bett – das gleichzeitig auch der Tatort war – eines dritten Opfers gehangen. Dieses war erwiesenermaßen daran beteiligt gewesen, das Opfer auf dem Bild zu zerstückeln! Auf irgendeine perverse und merkwürdige Art hing alles zusammen.

Die Bilder. Da Bolin ermordet und Tanaka schwer verletzt worden war, als sich der Mörder »Manpower« bemächtigen wollte, konnte man mit Recht davon ausgehen, dass das Bild wichtig war. Wahrscheinlich handelte es sich bei dem abgebildeten Mann um den Mörder. Ein anderer Grund fiel Irene nicht ein.

Das Auto. Warum hatten sie sich nicht Marcus' auffallenden Wagens entledigt? Was für ein Auto hatte Emil eigentlich?

Irene entschloss sich, Peter Møller anzurufen, um ihn zu fragen. Ihr Herz klopfte schneller, als sie seine Nummer wählte.

Sie war enttäuscht, als Jens Metz an den Apparat kam. Er klang jedoch weniger steif als beim letzten Mal. Irene stellte ihre Fragen, und Jens antwortete:

»Die Untersuchung von Tosscanders Auto hat nichts ergeben. Es scheint unberührt in der Garage gestanden zu haben, seit sein Besitzer verschwunden ist.«

»Was hatte Emil für einen Wagen?«

»Die Marke? Einen richtigen Range Rover.«

Einen Range Rover. Einen Jeep. Erik Bolin hatte erzählt, Basta sei in einem Jeep gekommen, damals am Strand. Hatte sich Basta Emils Jeep geliehen?

»Wo steht der jetzt?«

»Er stand draußen auf dem Hof. Wir haben ihn abschleppen lassen, um ihn näher zu untersuchen. Was den Überfall auf Ihren Freund Tanaka angeht, stecken wir übrigens fest. Zeugen haben einen großen, dunkel gekleideten Mann in einen weißen, geparkten Personenwagen springen sehen, der vor der Einfahrt in den Hinterhof stand. Er hatte die Kapuze seiner Jacke über den Kopf gezogen. Ehe er den Wagen anließ, warf er ein großes Bild auf den Rücksitz. Die Zeugen sagen, dass er allein im Wagen saß. Was die Automarke anging, waren sie sich nicht einig. Wahrscheinlich ein älterer Jetta oder was Ähnliches. Aber von Emils Nachbarn haben wir interessante Tipps bekommen. Sie sagen, dass ein großer Mann mit Pferdeschwanz periodenweise bei Emil gewohnt hätte. Und die Nachbarin, die unter Emil wohnt, sagt, er sei Schwede gewesen. Sie hat sie miteinander reden hören. Der andere Nachbar hat den Mann ein paar Mal im Aufzug getroffen.«

»Haben sie eine genauere Personenbeschreibung geben können?«

»Nicht mehr als das, was wir bereits wissen. Groß, gut gebaut, etwa fünfundzwanzig, schulterlanges, dunkelblondes, zu einem Pferdeschwanz zusammengebundenes Haar. Der Mann, der mit ihm im Fahrstuhl gefahren ist, meinte, er sei Künstler, weil er Farbe an den Händen und einen großen Block unterm Arm hatte.«

Künstler? So viel zum Arzt und zu Marcus' Gerede von einem »Leibarzt«. Die Personenbeschreibung passte auf Basta. Aber beim besten Willen konnte Marcus doch einen Künstler nicht in einen Arzt verwandelt haben?

Jens Metz erkundigte sich nach dem neuen Mord in Göteborg. Irene erzählte ihm das Wenige, was sie wusste.

»Im Augenblick ist es hier ruhig, denn jetzt treibt er in Göteborg sein Unwesen. Aber ich habe das Gefühl, dass er bald wieder hier auftauchen wird«, schloss Jens Unheil verkündend.

Nachdem sie aufgelegt hatten, dachte Irene über diesen letzten Satz nach. Warum Göteborg und nicht Kopenhagen? Hatte irgendeiner auf ihrer Liste einen Bezug zu beiden Städten? Die Gefahr bestand, dass sein Name in Marcus' verschwundenem Notebook stand, aber das Einzige, was sie tun konnten, war, sämtliche Namen zu überprüfen und auf ihr Glück zu hoffen.

Wie vom Himmel gesandt stand plötzlich Birgitta Moberg in der Tür und sagte:

»Hallo! Hast du schon was gefunden? Nicht? Dann kann ich dir ja helfen, herumzutelefonieren. Wir teilen uns den Packen.«

»Das ist nett. Sag Bescheid, wenn ich mich mal revanchieren kann.«

»Tja … Vielleicht babysitten in ein paar Jahren?«

Die Töchter waren in der Küche und in voller Fahrt, als Irene nach Hause kam. Krister hatte Spätschicht und würde erst lange nach Mitternacht nach Hause kommen.

Jenny goss dampfende Gemüsebouillon über Gemüse, das in dünne Scheiben geschnitten war: Tomaten, Möhren, Zucchini und Zwiebeln. Ein schwacher Knoblauchduft hing in der Luft, im Gratin das Tüpfelchen auf dem i.

Katarina würzte ein paar große Beefsteaks mit schwarzem, weißem und grünem Pfeffer. Waren sie in der Pfanne erst einmal lecker goldbraun geworden, dann würden sie noch etwas in Sahne und Sojasauce schmoren. Wer einen Magen aus Gusseisen hatte, konnte dann noch wie Irene mit Pfeffer nachwürzen.

Jenny öffnete den Ofen und schob die feuerfeste Form mit Kartoffeln zur Seite, um Platz für ihr Gemüsegratin zu machen. Irene wusste, was von ihr erwartet wurde. Sie suchte alle Zutaten für einen Salat zusammen. Das war zwar langweilig, aber alle anderen Familienmitglieder waren der Meinung, dass sie das noch am besten konnte.

»Wir müssen erst um elf in Borås sein. Mattias und Tobbe fahren voraus und bauen alles auf. Dann ist alles fertig, wenn wir kommen«, sagte Jenny.

»Ich wusste gar nicht, dass du nach Borås fährst?«, sagte Irene.

Jenny seufzte laut und verdrehte die Augen.

»Du bist noch vergesslicher als Großmutter! Wenn man dir Anfang der Woche was sagt, dann hast du es Ende der Woche bestimmt vergessen.«

Vage begann sich Irene an ein Gespräch mit Jenny zu erinnern, das ein paar Tage zurücklag. Da hatte sie davon erzählt, dass ihre Band in Borås spielen würde. Aber war das wirklich schon dieses Wochenende?

»Wir mussten für die Wawa Boys einspringen. Das sind Megastars. Das ist eine super Chance! Außerdem kriegen wir massig Kohle.«

Ihre Wangen waren gerötet, und ihre Augen leuchteten vor Aufregung und Glück. Davon hatte Jenny die letzten Jahre geträumt. Irene verspürte eine traurige Zärtlichkeit in sich aufsteigen. Trauer darüber, dass die Zeit so schnell verging. Bald waren die Mädchen erwachsen. Bei Jennys nächster Bemerkung war sie jedoch schnell wieder zurück in der Wirklichkeit und alles andere als bereit, anzuerkennen, dass ihre Tochter erwachsen war.

»Und im Hotel wohnen wir auch. Klasse!«

»Hotel? Wollt ihr im Hotel wohnen?«

»Das Konzert ist irgendwann nach eins zu Ende. Und bis wir alles eingepackt haben, ist die halbe Nacht rum. Wir haben die Zimmer der Wawa Boys gekriegt, die waren schon bestellt und alles.«

Irene starrte ihre Tochter an. Natürlich war sie bald siebzehn, aber sie war noch lange nicht volljährig. Und jetzt wollte sie mit irgendwelchen Burschen, von denen Irene nicht einmal die Namen kannte, in Borås im Hotel wohnen. Mit aller Kraft versuchte sie die Nervosität in ihrer Stimme zu verbergen, als sie fragte:

»Kriegst du ein eigenes Zimmer?«

Jenny zuckte mit den Achseln und sagte desinteressiert:

»Weiß nicht. Glaub schon.«

Widersprüchliche Gedanken fuhren Irene durch den Kopf,

aber ehe sie noch einen Beschluss fassen konnte, sagte Katarina bereits:

»Polo kommt noch groß raus! Du musst das verstehen, Mama. Jenny wird vielleicht so berühmt wie Nina von den Cardigans!«

Jenny wurde bei dem Lob ihrer Schwester ganz rot. Irene hatte sie lange nicht mehr so glücklich gesehen. Der größte Traum ihrer Tochter schien in Erfüllung zu gehen.

Es half nichts, sie musste ihre Tochter nach Borås fahren lassen.

Enthusiastisch fuhr Katarina fort:

»Micke und ich gehen auch hin. Dann übernachten wir bei Micke. Das ist nicht so weit.«

Irene hätte sie darüber aufklären können, dass es von Micke in Önnered bis zu ihr nach Bratthammar Luftlinie einen knappen Kilometer weit war und nur unwesentlich weiter, wenn man die asphaltierten Straßen benutzte. Aber sie spürte, dass sie nicht die Kraft für Diskussionen hatte. Das Gefühl, etwas verloren zu haben, beschlich sie. Und sie wusste auch, was. Die Kindheit ihrer Töchter war vorbei.

Mehr um etwas zu sagen, fragte sie:

»Geht es Micke jetzt wieder gut? Und wie fühlt sich dein Hals an?«

»Viel besser. Nach Mittsommer darf ich auch wieder anfangen, etwas zu trainieren. Also so richtig. Nicht nur diese langweiligen Übungen der Krankengymnastin, mit denen ich im Augenblick rummache. Dann werde ich verdammt noch mal aufholen! Diese Ida Bäck soll nur nicht glauben, dass sie nächstes Jahr ihre Goldmedaille behält!«

Irene war plötzlich sehr stolz auf ihre Töchter. Sie waren beide auf ihre Weise Kämpferinnen.

Himmlische Düfte kamen aus dem Ofen. Irene spürte auf einmal, wie hungrig sie war. Rasch deckte sie den Tisch und stellte eine Kanne Eiswasser dazu.

Ein leises Winseln in Kniehöhe erinnerte sie daran, dass es

auch für Sammie Zeit zum Abendessen war. Zwei Becher Trockenfutter gemischt mit den Resten der Fleischwurst vom Vortag stellten für ihn einen kulinarischen Höhepunkt dar. Irene schauderte es, als sie die trockenen braunen Kügelchen sah, die verdächtig nach Hasenkötteln aussahen. Obwohl sie es verabscheute zu kochen, würde sie garantiert nie in Versuchung geraten, Trockenfutter zu essen. Auch nicht, wenn es in heißem Wasser eingeweicht war.

Es war kurz nach Mitternacht, als der Krimi zu Ende war. Irene machte den Fernseher aus und reckte sich gähnend. Meine Güte, was die Polizisten in den USA doch um die Ohren hatten. Großraumbüros mit Schreibtischen dicht an dicht, in denen jeder Versuch, ein vertrauliches Gespräch zu führen, zum Scheitern verurteilt war. Zwischen den Schreibtischen kreuzten sich die Wege von festgenommenen Nutten, Dealern und Mördern. Dazwischen standen die Beamten und trugen ihre Privatfehden aus. Und alle auf dem Revier waren bewaffnet. Bei dem allgemeinen Durcheinander wäre es für einen Verdächtigen ein Leichtes gewesen, jemandem seinen Revolver aus dem Holster zu reißen.

Sah die Wirklichkeit so aus? Wenn ja, dann taten Irene ihre Kollegen auf der anderen Seite des Atlantiks aufrichtig Leid.

Sie trug ihre Kaffeetasse in die Küche. Genau wie sie erwartet hatte, schlich Sammie hinter ihr her. Höchste Zeit, ein letztes Mal Gassi zu gehen.

Der Regen vom frühen Abend war in ein leichtes Nieseln übergegangen. Die Luft war ganz sauber und immer noch mild, und die warme Erde duftete. Das zarte Grün der Bäume ließ bereits den Sommer erahnen.

Ein paar Häuser weiter war offenbar eine Abiturfeier in vollem Gange. Die Haustür wurde von zwei kleinen, mit Ballons geschmückten Birken flankiert. Ein junger Mann mit weißem Hemd und dunklen Hosen stolperte durch die offene Tür. Sein Schluchzen war bis zu Irene und Sammie zu hören. Der junge

Mann tastete sich bis zur nächsten Birke, um sich abzustützen, und fiel dann zusammen mit der Birke in sein Erbrochenes.

Ankunft im Alltag, dachte Irene ironisch.

Sammie wurde unruhig und jaulte, als er den Jungen mit der Birke ringen sah. Es wurde auch nicht davon besser, dass dieser anfing lautstark zu fluchen und sich schwankend aufrichtete. Er hielt die Birke in der Hand und warf sie um. Sammie begann heiser zu bellen. Das war wirklich die Krönung, was absonderliches Benehmen anging! Er liebte Bäume und wäre wirklich nie auf den Gedanken gekommen, sich mit ihnen zu prügeln! Er verwendete sie für das, wofür sie vorgesehen waren. Aufgebracht demonstrierte er das auch, indem er an einem Fliederbusch sein Bein hob.

Irene zerrte ihren wütend kläffenden Hund an der Leine hinter sich her. Er beruhigte sich erst, als sie auf dem Gehweg waren. Eine Runde um den Fußballplatz musste genügen. Ein nasser Hund im Bett ist nicht sonderlich angenehm. Irene wusste, dass er es sich dort sofort bequem machen würde, sobald sie eingeschlafen war. Das hätte sie ihm abgewöhnen müssen, als er noch ein Welpe war, aber sie hatte es nicht übers Herz gebracht. Es war so süß gewesen, wie sich der kleine, flauschige Welpe seinen Weg in die Betten erkämpft hatte.

Als sie auf der Seite des Fußballplatzes waren, der an den Wald grenzte, fühlte sich Irene plötzlich beobachtet. Rasch sah sie sich um, konnte aber niemanden entdecken. Sie wurde das Gefühl jedoch nicht mehr los.

Sammie schlug jedoch nicht an, sondern schnupperte nur wie immer konzentriert am Boden. Sein eifriges Schwanzwedeln verriet, dass hier gerade erst eine ungewöhnlich attraktive Hündin vorbeigekommen sein musste.

Irene wurde immer nervöser. Der Hund weigerte sich, nach Hause zu gehen, und jemand stand zwischen den Bäumen und beobachtete sie. Unter der schweren Regenjacke aus Nylon brach ihr der Schweiß aus. Sie hatte solche Angst, dass sie Sammie anbrüllte:

»Komm jetzt, du dummer Kläffer!«

Er war so entgeistert, dass er aufs Wort gehorchte. Sie hatte sich nichts eingebildet. Als sie weitergingen, hörte sie deutlich einen Zweig knacken. Jemand war auf einen Zweig getreten.

Blitzschnell fasste sie einen Entschluss. Mit gespielt unbeschwerter Stimme sagte sie zu Sammie:

»Jetzt laufen wir nach Hause zu Herrchen!«

Verwirrt, weil die Laune seines Frauchens so schnell umgeschlagen war, begann Sammie erst etwas zögernd loszulaufen, wurde aber rasch schneller. Bald war die Leine hinter ihm gespannt wie ein Drahtseil.

Während sie rannten, suchte Irene schon den Hausschlüssel hervor. Sie hielt ihn in einem festen Griff in der Jackentasche in Bereitschaft. Glücklicherweise hatte sie die Außenbeleuchtung angemacht, ehe sie losgegangen waren. Obwohl ihre Hand zitterte, bekam sie den Schlüssel ins Schloss und öffnete.

Ohne sich die Schuhe auszuziehen, eilte sie durchs Haus und kontrollierte, ob die Terrassentür abgeschlossen war. Dann machte sie auch im Garten die Außenbeleuchtung an. Anschließend löschte sie alle Lampen im Erdgeschoss. Sicherheitshalber kontrollierte sie auch noch alle Fenster, obwohl sie wusste, dass sie verriegelt waren. Sie schlich herum und kroch unter den Fenstern entlang, damit man sie von außen nicht sehen konnte. Dann schaute sie vorsichtig nach draußen, ohne eine Menschenseele entdecken zu können. Nur der Nieselregen und der Wind brachten das Laub der Bäume in Bewegung.

Ihr kam ein Gedanke: das Obergeschoss! Wenn die Mädchen ein Fenster einen Spalt weit aufgelassen hatten! Mit klopfendem Herzen rannte sie die Treppe hoch. Aber sie hätte sich keine Sorgen zu machen brauchen, alle Fenster waren zu, auch das Dachfenster in der Diele, die als Fernsehzimmer diente.

Von dem Fenster in Jennys Zimmer aus konnte sie die erleuchtete Rückseite des Hauses einsehen. Keiner ihrer Nachbarn hatte die Außenbeleuchtung an. Es war trotzdem kein Problem, zu sehen, ob jemand versuchen würde, von dieser

Seite her ins Haus einzudringen, da der Garten winzig war und von der Lampe über der Terrasse und von der Straßenbeleuchtung auf der anderen Seite des Gehsteigs erhellt wurde.

Langsam beruhigte sich ihr Puls wieder, und sie dachte nach. Hatte da im Wäldchen wirklich ein Mensch gestanden und sie angesehen? Sie hatte einen Zweig knacken hören, aber das konnte auch ein Reh oder ein anderes Tier gewesen sein, das sich zwischen den Bäumen versteckte.

Irene verließ sich immer auf ihre Intuition, und die hatte sie noch nie im Stich gelassen. Und Angst im Dunkeln hatte sie überhaupt keine. Es stellte sich die Frage, ob sie nicht dieses Mal einem Hirngespinst aufgesessen war. All das Gerede von einem Mörder, der sich in ihrer Nähe befand, hatte sie natürlich beeinflusst. Der Mord an Isabell und die Postkarte, die sie direkt anschließend erhalten hatte, hatten mit ihr persönlich zu tun. Ein sinnloser Mord, aber nicht für den Mörder. Er hatte wohl den Eindruck gehabt, dass sie sich der Lösung des Mords an Marcus Tosscander zu schnell nähern würde. Der Mord an Isabell war also eine Warnung gewesen. Vielleicht hatte er aber auch nur einen Rauchschleier legen wollen, um die Ermittlungen in den Mordfällen Carmen Østergaard und Marcus Tosscander zu erschweren.

Aber warum musste er Emil Bentsen töten? Sie waren Partner gewesen und hatten beide Morde gemeinsam verübt. Aber für den Mord an Isabell war Basta allein verantwortlich. Hatte Emil Angst bekommen, als Basta von dem Mord erzählt hatte? Offenbar hatten sie sich kurz danach getroffen.

Emil war von seiner Mutter gefragt worden, ob er Isabell oder die Scandinavian Models kennen würde. Nur wenige Stunden später war Isabell ins Hotel Aurora gelockt worden. Von wem? Nicht von Emil. Der hatte in Toms Laden gesessen, was Irene mit eigenen Augen gesehen hatte. Bell wurde von der Person ermordet, mit der Emil unmittelbar nach seinem Gespräch mit seiner Mutter geredet hatte. Diese Person konnte nur Basta sein.

Das Bild über Emils Bett hatte Basta vielleicht an die Fotos erinnert, die Erik Bolin im Sommer davor aufgenommen hatte. »Manpower« war der Beweis dafür, dass eine Verbindung zwischen Marcus und Basta bestand. Es hatte gedauert, bis er in den Besitz von Toms Abzug des Fotos gekommen war, aber zum Schluss war ihm das gelungen. Wenn Tom nicht ins Zimmer gekommen wäre, dann wäre er auch nie verletzt worden. Es war nicht wichtig gewesen, Tom zu töten, sondern sich des Bildes zu bemächtigen.

Es war aber seine Absicht gewesen, Emil Bentsen und Erik Bolin zu töten. Die Leichen waren auf rituelle Weise zerstückelt worden. Es hätte doch genügt, bei Bolin einzubrechen, um die Bilder zu stehlen? Warum hatte auch er getötet werden müssen?

Bei der Antwort gefror Irene das Blut in den Adern: weil der Mörder Spaß am Töten hatte. Es würde ihm nichts ausmachen, wieder zu töten. Ganz im Gegenteil, es war ihm ein Bedürfnis. Und er würde nichts dagegen haben, dass das nächste Opfer eine gewisse Kriminalinspektorin war. Damit würde er zwei Fliegen mit einer Klappe schlagen.

Bei dieser Einsicht schlug ihr Herz schneller. Draußen regte sich immer noch nichts. Irene sah auf die Uhr. Es war fast eine halbe Stunde vergangen, seit sie sich im Haus eingeschlossen hatte. Krister konnte jede Minute kommen. Als sie das dachte, hörte sie Kristers vertraute Schritte auf den Zementplatten vor der Haustür.

Plötzlich begriff sie Bastas Taktik. Sie sprang von dem Bett auf, auf dem sie gesessen hatte, und stürzte zur Treppe. Unterhalb von ihr wurde die Haustür geöffnet, und das Licht der Außenbeleuchtung verbreitete sich fächerförmig in der dunklen Diele. Krister zeichnete sich wie ein großer Schatten in der Tür ab. Er streckte die Hand aus, um Licht zu machen.

Mit einem lauten Schrei stürzte Irene die Treppe hinunter. Krister zuckte zusammen, und vermutlich rettete ihn das davor, den schweren Gummiknüppel auf den Kopf zu bekommen. Stattdessen wurde er davon seitlich am Hals getroffen, woraufhin er mit einem dumpfen Stöhnen zusammensank.

Irene hatte ziemliches Tempo und warf sich mit ihrem ganzen Gewicht auf den kräftigen, schwarz gekleideten Mann, der hinter Krister hervorgeschlichen war. Mit gesenktem Kopf und vorgestreckter rechter Schulter stieß sie ihn wie ein Rugbyspieler in den Brustkorb. Er hatte nach seinem Schlag auf Krister sein Gleichgewicht noch nicht wiedergewonnen, sondern taumelte rückwärts durch die Tür und setzte sich. Im Fallen verlor er den Gummiknüppel, der krachend auf die Betonplatten schlug.

Irene fing sich am Türrahmen ab. Der Mann kam schnell wieder auf die Füße und griff mit der rechten Hand in die Innentasche seiner Jacke. Irene sah eine Messerklinge blitzen. Sie tat das in dieser Situation einzig Mögliche und knallte ihm die Tür vor der Nase zu. Mit zitternden Fingern schloss sie ab.

KAPITEL 17

Er hatte die Kapuze seiner Jacke weit ins Gesicht gezogen. Ich habe also nicht viel von ihm sehen können, aber ich bin mir vollkommen sicher, dass ich ihn wieder erkennen würde«, sagte Irene.

Andersson schaute sie nachdenklich an. Schließlich nickte er und sagte:

»Ich habe mir dieses verdammte Pornobild mehrere Male angesehen und weiß nicht, ob ich mir da was einbilde, aber auch mir kommt er bekannt vor.«

»Mir auch«, pflichtete ihm Hannu bei.

Die anderen, die bei der morgendlichen Besprechung an diesem Montag dabei waren, schüttelten bedauernd den Kopf.

In der Nacht von Freitag auf Samstag hatte der Überfall zu Hause bei Irene stattgefunden. Während des Wochenendes hatten ihre Kollegen und die Männer von der Spurensicherung das Haus und dessen Umgebung durchsucht. In der Nacht hatte es begonnen, stärker zu regnen, was die Sicherung eventueller Spuren erschwert hatte. Einziger Fund war der Abdruck eines Nike-Turnschuhs, Größe 45, in einem Blumenbeet neben dem Geräteschuppen. Diese Schuppen waren schmale Anbauten, die die einzelnen Reihenhäuser voneinander trennten. Wahrscheinlich hatte sich Basta hinter diesem Schuppen versteckt und darauf gewartet, dass Krister nach Hause kommen würde.

Krister war nur benommen gewesen und nicht ohnmächtig geworden. Ein Streifenwagen hatte ihn zur Untersuchung ins

Sahlgrenska-Krankenhaus gebracht. Dort wurde eine massive Muskelzerrung mit kräftiger Blutung und Schwellung diagnostiziert. Er würde ein paar Tage pausieren müssen und durfte sich eine Weile nicht überanstrengen.

Widerwillig nahm Krister die Diagnose entgegen. Irene hörte deutlich, wie er sagte, von einem verrückten Mörder hinterrücks niedergeschlagen zu werden, sei nichts im Vergleich damit, die Tür seines Zuhauses zu öffnen und sich einem Ungeheuer gegenüberzusehen, das heulend auf einen zukomme! Er sei einem Herzinfarkt in seinem Leben noch nie so nahe gewesen.

Und doch war Irene unerhört dankbar, dass sie ihre Begegnung mit Basta so glimpflich überstanden hatten. Sie hatte inzwischen schon zu viele andere gesehen, die dieses Glück nicht gehabt hatten.

»Er hatte keinen gewöhnlichen Gummiknüppel. Seiner war dunkelbraun oder schwarz. Außerdem war er nicht aus Gummi. Als er zu Boden fiel, klang es, als würde er einen Baseballschläger verlieren. Und dann war er auch länger als unsere Gummiknüppel«, fuhr Irene bei der morgendlichen Besprechung fort.

»Wahrscheinlich Hickoryholz oder Mahagoni. Die Polizei in den USA und in gewissen Ländern in Asien und Afrika verwendet solche Schlagstöcke«, sagte Hannu.

»War der Schlagstock, der in Emils Kleiderschrank gefunden wurde, ein normaler Gummiknüppel?«, wollte Andersson wissen.

»Ja«, antwortete Irene.

»Und dann klebte da noch das Blut von dieser Nutte dran«, stellte der Kommissar fest.

»Ja. Carmen Østergaard. Und dieser Mord wurde vor zwei Jahren begangen. Die Folgerung lautet demnach, dass es sich bei der Waffe, die bei den späteren Morden verwendet wurde, um diesen Schlagstock aus Holz handeln muss«, sagte Irene.

Mit diesem Schlagstock war ihr Mann niedergeschlagen worden. Eiskalt lief es ihr den Rücken hinunter. Sie hatte keine Einwände gehabt, als der Kommissar über das Wochenende einen Beamten vor ihrem Haus postiert hatte, und würde auch nicht widersprechen, falls die Bewachung bis zur Festnahme Bastas fortgesetzt werden würde. Als hätte er ihre Gedanken gelesen, sagte Andersson zu Irene:

»Wir lassen weiter jemanden vor eurem Haus stehen. Dieser Verrückte hat es schließlich ganz klar auf dich abgesehen. Und du gehst nirgendwo mehr allein hin! Keine privaten Ermittlungen mehr in nächster Zeit! Vermutlich wartet er ab und hofft auf eine günstige Gelegenheit.«

Irene wurde es ganz mulmig. Nicht weil der Kommissar wieder ihre privaten Ermittlungen in Kopenhagen aufs Tapet gebracht hatte, sondern weil sie wusste, wie Recht er hatte. Basta hatte ganz offen seine Absichten demonstriert. Er schreckte auch nicht davor zurück, ihre Familie anzugreifen. Ihre Töchter hatten strengste Anweisung erhalten, die Haustür nicht für Fremde zu öffnen und abends und nachts nicht allein wegzugehen. »Du hast wirklich einen Scheißjob!«, hatte Jenny seufzend gesagt. Zum ersten Mal in ihrem Leben hätte ihr Irene beinahe Recht gegeben.

»Kommen wir irgendwie weiter, was die Identität dieses Mannes angeht?«, fragte Andersson.

Birgitta meldete sich zu Wort.

»Ich habe bei allen angerufen, die auf den Listen aus Marcus' Computer stehen. Die meisten konnte ich sofort streichen. Das waren Geschäftskontakte. Aber in seinem Telefonverzeichnis finden sich auch ein paar andere Personen. Einige habe ich nicht erreicht. Von denen, mit denen ich gesprochen habe, haben einige recht interessant reagiert. Beispielsweise sagte einer: ›Taucht mein Name etwa in seinem Telefonverzeichnis auf? Wir sind uns doch nur einmal begegnet.‹ Und ein anderer hat gemeint: ›Stehe ich immer noch in seinem Telefonverzeichnis? Wir haben uns seit Jahren nicht mehr gesehen.‹ Das scheint mir darauf hinzudeuten, dass Marcus über seine Partner sorgfältig Buch führte, auch wenn es sich nur um kurze Affären handelte.

Deswegen halte ich es für sehr wahrscheinlich, dass Basta auf der Liste steht.«

Irene hatte es bewusst vermieden, sich ausführlicher mit den langweiligen Adressenlisten auseinander zu setzen, sah jetzt aber ein, wie wichtig es war, es endlich in Angriff zu nehmen. Birgitta hatte Recht. Bastas Name fand sich dort irgendwo zwischen den anderen. Weiß man den Namen eines Trolls, hat man Macht über ihn, wusste ein schwedisches Sprichwort. Laut sagte sie:

»Für welchen Namen könnte der Spitzname Basta stehen?«

»Basta, wie Bastu, Sauna!«, meinte Jonny grinsend.

»Vielleicht ist er sehr streng. Man sagt schließlich, ›und damit basta‹«, schlug Birgitta vor.

»Da könnte was dran sein. Offenbar war Marcus Masochist. Basta könnte für jemanden stehen, der strenge Strafen austeilt«, pflichtete ihr Irene bei.

Hannu meldete sich zu Wort.

»Ich habe über die Lokalität nachgedacht, in der sie Marcus zerstückelt haben. Auf dem Video erkennt man oben an der Wand ein Fenster. Zweimal ist dort ein blinkendes Licht zu sehen, das sich bewegt. Draußen ist es dunkel. Ich habe mit einem Freund gesprochen, der Fluglotse ist. Er sagt, dass es sich bei dem ersten Licht um einen Hubschrauber handelt, der abhebt, und bei dem zweiten um ein Flugzeug, das landet.«

»Das ist ein Anhaltspunkt. Aber welcher Flugplatz könnte es sein? Landvetter?«, meinte Andersson.

»Nein. Es handelt sich um eine kleine Maschine. Ich glaube, Säve. Das ist der einzige Flugplatz, wo genug Betrieb herrscht, dass man zwei Maschinen innerhalb von zehn Minuten sieht. Ich schau mich dort mal um. Vielleicht gibt es in der Umgebung ja irgendwelche interessanten Lokalitäten«, sagte Hannu.

Irene fand, dass das vernünftig klang. Irgendwo mussten sie schließlich anfangen, nach der besagten Räumlichkeit zu suchen. Alle anderen hatten sich ganz auf die makabren Bilder konzentriert, die auf dem Bildschirm zu sehen gewesen waren. Hannu hatte wie immer seine eigene Spur verfolgt.

»Wir machen uns dann mal wieder an die Listen«, meinte Irene und blinzelte Birgitta viel sagend an.

»Dann bist du wenigstens unter Aufsicht«, murmelte der Kommissar.

Irene machte einen roten Strich vor die Personen, die sie nicht erreichte, und vor die, bei denen es ihr interessant erschien, sie persönlich zu treffen. Bisher hatte sie über zwanzig Namen abgehakt und fünf davon rot angestrichen. Falls Basta nicht unter diesen fünf war, musste sie die Liste ein weiteres Mal durchgehen und sich auch die vornehmen, die nicht rot angestrichen waren. Die Arbeit war langweilig und zeitraubend. Sie hatte nichts von der Dramatik, dem Glamour und der Action der Krimis im Fernsehen. Aber nur so ließen sich Morde lösen. Kein Hinweis wurde beiseite gelegt, ehe er nicht gründlich und erschöpfend bearbeitet war.

Gerade als sie die Hand ausstreckte, um ihren fünfundzwanzigsten Anruf zu tätigen, klingelte das Telefon.

»Inspektorin Irene Huss«, antwortete sie sofort.

»Mein Name ist Hen... Henning Oppdal«, sagte eine helle Männerstimme.

Irene war sich nicht sicher, ob er stotterte, weil er einen Sprachfehler hatte, oder ob er einfach nur nervös war. Sie meinte, aus seiner Stimme einen schwachen norwegischen Akzent herauszuhören. Sein Name sagte ihr nichts.

»Womit kann ich Ihnen helfen?«, fragte sie freundlich.

»Ich kenne Pontus. Er sagte, ich solle... Sie anrufen.«

Pontus? Irene musste nachdenken, bis sie darauf kam, wer das war. »Ah, Sie meinen Pontus Zander. Arbeiten Sie auch im Krankenhaus?«

»Ja. Ich bin Röntgenassistent.«

Schweigen machte sich breit, und beide warteten, dass der andere fortfahren würde.

»Warum fand Pontus, dass Sie mich anrufen sollten?«, fragte Irene, um mit der Unterhaltung weiterzukommen.

»Ich habe ihm etwas erzählt. Etwas Schreckliches, das ich letzten Winter erlebt hatte. Pontus hat offenbar mit Ihnen über den Mor… Mord an Marcus Tosscander gesprochen. Und Sie hatten etwas von so perversen Sachen erzählt wie Nek… Nekrophilie und so.«

»Das stimmt. Wir wissen, dass der Mörder von Marcus solche Vorlieben hat. Kannten Sie Marcus?«

»Nein. Nie begegnet.«

»Aber Sie haben was erlebt, was mit Nekrophilie zu tun haben könnte? Habe ich das richtig verstanden?«

»Ja. Ende Januar traf ich einen Typen in einem Lokal in der Nähe des Hauptbahnhofs. Es funkte sofort. Nach einer Weile wollte er, dass wir aufbrechen. Wir liefen die Stampgatan entlang. Ich dachte, es ginge zu ihm nach Hause, aber so war es nicht.«

»Entschuldigen Sie, dass ich unterbreche, aber wie sah er aus? Nannte er seinen Namen?«

»Er war groß und athletisch. Schulterlanges Haar, in einem Pferdeschwanz. Ich weiß nicht, wie er wirklich hieß. Er sagte nur, er heiße B… Basta.«

Irene spürte, wie sich ihr Puls beschleunigte, aber sie beherrschte sich und ließ Henning weitersprechen.

»An dem Friedhof, der an der Sta… Stampgatan liegt, sagte er: ›Hier gehn wir rein. Hier hab ich ein gemütliches Plätzchen.‹ Ich fand, dass das verdächtig klang. Außerdem war es an diesem Tag mehrere Grade unter null. Trotzdem ging ich mit. Es war dunkel und schrecklich! Er lief zu einem großen Grab mit einer Eisentür. Und dann zog er einen Schlüssel aus der Tasche und schloss auf. Da bekam ich auf einmal eine Heidenangst. Ich drehte mich auf dem Absatz um und lief zum T… Tor. Glücklicherweise war es offen.«

»Ist er hinter Ihnen her?«

»Ich weiß nicht. Ich bin Langstreckenläufer. Ich laufe du… dutzende von Kilometern in der Woche. Er hatte keine Chance, falls er versucht haben sollte, mich einzuholen.«

Da kannst du deinem Schutzengel danken. So nahe bist du dem Tod in deinem Leben vermutlich noch nie gewesen, dachte Irene. Laut sagte sie:

»Wo war das Grab? Ich meine, auf dem Friedhof.«

»Vielleicht hundert Meter vom Eingang entfernt.«

Sie hatten allen Grund, sich dieses Grab einmal näher anzuschauen. Dieser Friedhof war für seine prächtigen Gräber und Mausoleen bekannt. Im letzten Augenblick erinnerte sich Irene daran, dass sie besser nicht allein dorthin gehen sollte. Es war besser, einen der Kollegen zu bitten, sie zu begleiten.

»Haben Sie eine Möglichkeit, mich hier im Präsidium aufzusuchen? Ich habe ein Foto, von dem ich gerne hätte, dass Sie es sich ansehen«, sagte sie abschließend.

»Das kann … kann ich schon. Morgen hab ich frei.«

»Können Sie um neun hier sein?«

»Kein Problem.«

Irene dankte, dass er sie angerufen hatte, und legte auf.

Sieh da! Basta war bereits im Januar allein auf Jagd gewesen, ohne Emil. Oder hatte er etwa vorgehabt, Henning nicht zu töten? War der Friedhof etwa nur ein Platz für morbiden Sex, der Basta gefiel? Glücklicherweise würden sie das nie erfahren, da Henning davongekommen war. Aber vielleicht gab es Spuren von jemandem, der nicht davongekommen war?

Irene nahm sich vor, sich das Grab direkt nach dem Mittagessen anzusehen.

Birgitta und Irene hatten im Restaurant des Hauptbahnhofs gut zu Mittag gegessen. Das Gedränge der Menschen draußen bildete einen Kontrast zur altmodischen Einrichtung des Lokals. Die dunkle Wandtäfelung hatte etwas Friedvolles, obwohl das Restaurant sehr gut besucht war. Das Tagesgericht, Pasta marinara, war hervorragend. Während des Essens erzählte Irene von Hennings Anruf. Birgitta hörte ihr zu, ohne sie zu unterbrechen. Als Irene geendet hatte, sagte sie:

»Wir sollten uns das Grab vornehmen. Wenn wir das richtige

überhaupt finden. Wahrscheinlich müssen wir mehrere unter die Lupe nehmen.«

Irene nickte. Birgitta hatte Recht.

»Wie sollen wir das anstellen?«, fragte sie.

Resolut zog Birgitta ihr Handy aus der Tasche und sagte:

»Wir rufen Hannu an. Er weiß, was zu tun ist.«

Sie hatte seine Nummer gespeichert, und es dauerte nicht lange, bis sie ihren Ehemann am Apparat hatte.

»Hallo, Liebling. Wo steckst du?«

Dann hörte sie aufmerksam zu. Irene fand es merkwürdig, dass Birgitta Hannu »Liebling« nannte. Aber vielleicht würde sie sich ja daran gewöhnen.

»Natürlich kannst du mit Irene sprechen. Aber erst musst du uns bei einer Sache helfen. Wir müssen uns ein paar Gräber auf dem Alten Friedhof Stampen ansehen. Nein, keine Exhumierung. So Mausoleen mit Türen. Den Tipp hat Irene heute bekommen. Es geht um Basta. Weißt du, an wen man sich wendet, um sich die Tür eines Mausoleums aufschließen zu lassen?«

Sie hörte zu, nickte und sagte schließlich:

»Okay. Dann bis gleich!«

Birgitta reichte Irene das Handy.

»Hallo, Irene. Ich wollte dich eigentlich fragen, ob du zur Vernehmung von Sara Bolin mitkommen kannst. Aber jetzt ist nicht mehr genug Zeit. Passt es dir morgen Vormittag?«

»Nein. Da will ich den Zeugen treffen, der mir den Tipp mit dem Grab gegeben hat. Aber nach elf ist es kein Problem«, antwortete Irene.

»Dann rufe ich Sara Bolin an und mache mit ihr einen entsprechenden Termin aus.«

Irene beendete das Gespräch und gab Birgitta ihr Handy zurück, die es in ihrer Tasche verstaute.

»Hannu kennt jemanden, der bei der Friedhofsverwaltung arbeitet. Er wollte sich zuerst bei ihm erkundigen. Sobald er was weiß, ruft er zurück«, sagte Birgitta.

Wenn es jemanden in Irenes Umfeld gab, der Gräber öffnen

konnte, dann war das Hannu, da war sie sich vollkommen sicher. Deswegen war es auch keine Überraschung, als Hannu zwanzig Minuten später anrief, dass ein Verwalter sie um drei Uhr am Eingang des Friedhofs erwarten würde.

Nach dem Regen am Wochenende war es immer noch ziemlich wolkig, aber ein mildes Lüftchen wehte durch die Stadt und trocknete die Straßen. Birgitta und Irene gingen zu Fuß zum Alten Friedhof Stampen.

»Genau diesen Weg sind Henning Oppdal und Basta an einem Januarabend gegangen, sehr spät, vermutlich gegen Mitternacht. Der Röntgenassistent glaubt, dass er auf dem Weg zu einem guten Fick ist, aber stattdessen lotst ihn Basta auf den Friedhof und schließt ein Mausoleum auf. Kein Wunder, dass er in Panik geriet«, sagte Irene.

»Glück gehabt«, meinte Birgitta.

Das stimmte wahrscheinlich.

An einem milden Juninachmittag sah der parkähnliche Friedhof friedlich und einladend aus. Ideal für einen kontemplativen Spaziergang. Es war der letzte Platz, der einem als Ort für makabre, nekrophile Rituale einfallen würde.

Vor dem Tor stand ein korpulenter älterer Mann. Er trug einen braunen, abgetragenen Tweedanzug und schwitzte stark, obwohl es nicht sonderlich warm war. Unaufhörlich trocknete er sich Stirn und Glatze mit einem großen blau karierten Taschentuch.

Die beiden Beamtinnen traten auf ihn zu, zeigten ihre Ausweise und stellten sich vor. Er gab ihnen seine erstaunlich kleine, schweißnasse Hand.

»Gösta Olsson. Ich arbeite bei der Friedhofsverwaltung. Das hier ist zwar nicht ganz korrekt, aber mein Chef meinte, dass ein Unterschied zur Öffnung von Gräbern bestehen würde, für die bräuchten wir nämlich einen Gerichtsbeschluss. Wir schauen schließlich nur nach, was diese verdammten Satanisten jetzt wieder angestellt haben. Es ist mir schleierhaft, wo die immer einen Zweitschlüssel herhaben! Nur wir haben Schlüssel zu diesen alten Gräbern. Viele der Familien haben schon lange keine Nachkommen mehr, aber ihre Gräber stehen unter Denkmalschutz. Sie sind einzigartig, weil …«

Der rundliche Mann sprach unaufhörlich und wild gestikulierend weiter, bis sie die großen Mausoleen erreicht hatten. Sie standen dicht gedrängt in der Mitte des Friedhofs, auf der einen Seite des Kieswegs zwei, auf der anderen drei. Wie ein Manhattan der Toten erhoben sie sich über die anderen Gräber.

Es handelte sich wirklich um imposante Bauwerke. Sie waren etwa zehn Quadratmeter groß. Zwei waren mit weißem Marmor verkleidet, eines mit Schiefer und die anderen beiden mit rotem Granit. Die Türen waren aus Eisen oder mit kräftigem Kupferblech verkleidet.

»Wissen Sie, um welches von den Gräbern es sich handelt?«, fragte Gösta Olsson.

»Leider nicht. Unser Zeuge geriet in Panik und kann sich nicht mehr richtig erinnern«, antwortete Irene bedauernd.

Offenbar hatte Hannu behauptet, dass sie einem Verdacht nachgingen, dass hier Satanismus praktiziert würde. Irene sah keine Veranlassung, dieses Missverständnis aufzuklären.

Olsson seufzte schwer und trocknete sich ein weiteres Mal seine Glatze.

»Dann können wir uns genauso gut alle fünf ansehen. Wenn Sie wüssten, was diese Satanisten alles anrichten! Sie werfen Grabsteine um und verschmieren alles mit Wachs und Stearin. Einmal haben sie sogar versucht, ein Grab zu öffnen! Dort lag ein Bischof begraben, der Ende des 19. Jahrhunderts gestorben ist. Aber die Leute auf der anderen Straßenseite merkten, dass da eine Teufelei im Gange war, und riefen die Polizei.«

Er sah sich gezwungen, Luft zu holen, und Irene nutzte die Gelegenheit, eine Frage einzuwerfen:

»Vielleicht sollten wir mit diesem Grab anfangen?«

Sie deutete auf die kupferbeschlagene Tür eines der Marmorgräber.

»Natürlich, natürlich«, erwiderte der Verwalter nervös.

Er war eine ganze Weile beschäftigt, ehe sich der Schlüssel widerstrebend umdrehen ließ. Die Tür öffnete sich, und die Scharniere kreischten. Hier ist seit Jahren niemand mehr gewesen, dachte Irene.

Es roch muffig nach Keller. Irene knipste ihre starke Taschenlampe an und ließ den Lichtstrahl auf die Särge fallen, die an den Wänden übereinander gestapelt waren. Sie zählte neunzehn. Es war so voll, dass kein Sarg mehr Platz gefunden hätte. Der Staub auf dem Boden wirkte unberührt. Sie schüttelte den Kopf und wandte sich an den Verwalter:

»Nein. Hier ist seit Jahren keiner mehr gewesen.«

»Das dachte ich mir schon, denn das letzte Mitglied dieser Familie ist in den Vierzigerjahren gestorben. Aber im Nachbargrab gab es in den letzten Jahren zwei Beisetzungen. Außerordentlich tragisch, Vater und Sohn, aber ich glaube, die Frau des Sohns war gerade schwanger, also lebt die Familie noch, aber irgendwie war die Frau in den Mord am Vater verwickelt…«

Irene hörte den Rest von Olssons Litanei nicht mehr. Wie verhext sah sie auf von Grünspan überzogenen Kupfertafeln zwei neu eingravierte Namen leuchten: »Richard von Knecht« und »Henrik von Knecht«, verstorben im November und Dezember 1996.

Das war einer der kompliziertesten Fälle gewesen, mit denen das Dezernat für Gewaltverbrechen jemals konfrontiert war. Zum Schluss hatten sie ihn gelöst, aber der Preis waren etliche Tote gewesen. Das Motiv der Taten: Verrat, Hass, Eifersucht und Habgier.

Das Motiv für die Mordfälle, die sie gerade lösen wollten, ließ sich wohl nicht unter diesen weit verbreiteten, »normalen« menschlichen Regungen finden.

Irene schauderte es, obwohl es relativ warm war.

Gösta Olsson steckte den nächsten Schlüssel ins Schloss und drehte ihn ohne Probleme um. Die Tür öffnete sich lautlos, die Scharniere waren geölt. Neben der Eisentür wachte ein bemooster fast lebensgroßer Engel. Irene schaute ihm in seine kalten Steinaugen und wünschte sich, Plastiken könnten sprechen. Diese hier hatte vermutlich einiges gesehen.

Der Verwalter trat zur Seite und ließ Irene als Erste in das Mausoleum treten. Sie ging die glatten Treppenstufen hinunter, knipste ihre Taschenlampe an und leuchtete in der Grabkammer herum. Auf dem staubigen Steinfußboden waren deutliche Fußabdrücke.

»Frische Fußabdrücke. Die könnten natürlich auch von den Beerdigungen vor zweieinhalb Jahren stammen, aber ich finde, dass sie dafür zu deutlich sind«, sagte Irene.

Etwa zehn Särge aus Holz und Metall standen die Wände entlang. Die direkt bei der Tür glänzten mehr als die anderen, und Irene las die Namensschilder. Richard von Knecht lag in dem unteren Sarg und Henrik von Knecht über ihm. Vorsichtig trat Irene näher heran und untersuchte den Sarg von Henrik von Knecht. Es dauerte nur eine Minute, bis sie den ersten Kratzer im Metall entdeckte. Er war neu und leuchtete wie eine frische Narbe direkt an der Kante unterhalb des Sargdeckels. Beim genaueren Hinschauen entdeckte sie weitere ähnliche Kratzer. Wie sie dorthin gekommen waren, war leicht zu verstehen: Der Deckel war schwer, und derjenige, der ihn geöffnet hatte, hatte etwas zwischen Sarg und Deckel legen müssen, um sich nicht die Finger zu klemmen.

Irene gingen eine Menge Dinge gleichzeitig durch den Kopf. Wie sollten sie vor den neugierigen Augen des Verwalters jetzt nur weitermachen? Nach einer Weile wusste sie, was zu tun war. Vorsichtig, um nicht selbst Spuren zu hinterlassen, trat sie wieder hinaus in den Sonnenschein.

»Dort unten sind deutliche Spuren der Satanisten. Wenn wir reingehen, zerstören wir sie nur. Ich rufe die Spurensicherung. Können wir den Schlüssel solange behalten?«, fragte sie ernst.

Gösta Olsson war ganz durcheinander. Nervös strich er sich über seine mittlerweile glänzende Glatze. Zögernd erwiderte er:

»Tja … Ich weiß nicht, ob ich das darf. Aber Sie sind schließlich von der Polizei und wollen dieses Problem mit den Satanisten angehen. Da kann es wohl kein Fehler sein, wenn ich Ihnen den Schlüssel überlasse, aber das Reglement verbietet es uns eigentlich…«

So ruhig und professionell wie möglich sagte Irene:

»Wir leihen uns den Schlüssel nur, damit die Männer von der Spurensicherung reinkommen. In der Zwischenzeit können Sie mit ihrem Chef reden. Falls er den Schlüssel sofort zurückwill, rufen Sie mich einfach auf meinem Handy an. Dann fahren wir mit dem Schlüssel zu Ihrem Büro. Falls es Probleme gibt, übernimmt die Polizei die gesamte Verantwortung.«

Irene reichte Olsson eine ihrer Visitenkarten. Dann klopfte sie ihm auf die Schulter. Gleichzeitig schob sie ihn Richtung Friedhofstor. Widerwillig setzte er sich in Bewegung.

Erst als er durchs Tor verschwunden war, drehte sich Irene zu Birgitta um und sagte:

»Es ist das hier. Jemand hat sich an Henrik von Knechts Sarg zu schaffen gemacht. Wir müssen den Deckel öffnen und nachsehen.«

Birgitta verzog angewidert das Gesicht. Aber sie hatte schon schlimmere Sachen gesehen als eine zweieinhalb Jahre alte Leiche. Zusammen gingen sie wieder in das Mausoleum. Irene legte ihre leuchtende Taschenlampe auf den Deckel des Nachbarsargs, damit sie etwas sehen würden.

»Schau dir die Kratzer an. Die sind ganz neu«, sagte Irene.

Birgitta nickte. Sie stellten sich neben dem Sarg auf und packten den Deckel.

»Eins, zwei und drei«, zählte Irene.

Bei drei drückten sie mit aller Kraft, und es gelang ihnen wirklich, den Deckel anzuheben.

Im Sarg lag eingehüllt die Leiche von Henrik von Knecht. Aber nicht die ließ Irene und Birgitta zurückfahren. Neben der Leiche lag ein Kopf, der bereits stark verwest war.

»Wir haben also den Kopf von Marcus Tosscander gefunden. Hingegen lagen seine Arme und Unterschenkel nicht in der Krypta oder wie das schon wieder heißt«, sagte Kommissar Andersson.

»Mausoleum«, berichtigte ihn Irene.

Andersson tat so, als hätte er ihre Bemerkung nicht gehört, und fuhr fort:

»Das darf keinesfalls an die Presse gelangen. Sonst begreift Basta, dass wir ihm auf der Spur sind.«

»Sollen wir das Grab bewachen lassen?«, wollte Fredrik Stridh wissen.

»Ich habe die Bewachung bereits angeordnet«, antwortete Andersson.

Die Männer von der Spurensicherung waren den ganzen Abend am Fundplatz gewesen. Svante Malm war zur morgendlichen Besprechung erschienen. Jetzt erhielt er das Wort:

»Frau Professor Stridner hat versprochen, von sich hören zu lassen, sobald der Kopf mithilfe der Zähne und Röntgenaufnahmen zuverlässig identifiziert ist. Der Gerichtsodontologe wird ebenfalls zugezogen. Aber Irene und Birgitta haben bereits festgestellt, dass es sich bei den sterblichen Überresten mit größter Wahrscheinlichkeit um den Kopf von Marcus Tosscander handelt.«

Das Bild des verwesenden Kopfes tauchte kurz vor Irenes innerem Auge auf. Marcus' schöne Gesichtszüge für immer dahin. Sie dachte an die Vergänglichkeit alles Schönen, musste diesen philosophischen Gedanken aber fahren lassen, um sich auf das zu konzentrieren, was Svante Malm sagte:

»Nichts deutet darauf hin, dass in der Grabkammer ein Mord begangen worden ist. Wir haben jedoch Fußspuren gesichert. Wenn wir einmal von denen absehen, die Irene und Birgitta hinterlassen haben, als sie den Sarg geöffnet haben, bleiben noch zwei Paar. Ein Paar Springerstiefel Größe 45 und ein Paar Turnschuhe, ebenfalls Größe 45. Im Augenblick vergleichen wir diese Abdrücke mit denen, die wir am Wochenende im Blumenbeet vor Irenes Haus gesichert haben. Wir haben die Abdrücke und Bilder auch nach Kopenhagen geschickt, falls sie dort ebenfalls Fußabdrücke an den Tatorten gesichert haben.«

Wo hatte es noch gleich eine Fußspur gegeben? Irene strengte ihr Gehirn an und kam schließlich darauf: Am Rand der großen Blutlache in dem Hotelzimmer, in dem Isabell aufgefunden worden war. Da hatte sie noch gedacht, dass einer der Beamten sich ungeschickt angestellt habe und in die Blutlache getreten sei. Aber wenn das nun nicht der Fall war und der Abdruck von einem Nike-Turnschuh Größe 45 stammte! Das wäre dann das erste sichere Indiz, das Basta mit dem Mord an Isabell in Verbindung brachte.

»Wir haben auch ein paar lange blonde Haare gefunden, die sehr hell sind und zur Personenbeschreibung von Basta passen«, meinte Svante Malm.

Irene wandte ein:

»Das könnten auch Haare der älteren Frau von Knecht sein. Sie ist sehr blond.«

»Gut möglich. Sie waren im Sarg, dort wo der Kopf lag.«

Svante Malm beugte sich vor und wühlte in seiner großen dunkelblauen Tasche. Als er sich wieder aufrichtete, hatte er ein Papier in der Hand und wedelte damit herum.

»Ein Fax aus Kopenhagen. Sie glauben, dass sie den Ort gefunden haben, wo die erste Zerstückelung stattfand. Offenbar stimmt das Interieur mit dem Video überein. Es handelt sich um eine kleine Werft nördlich von Kopenhagen, die seit einigen Jahren stillgelegt ist. Jetzt im Sommer soll sie abgerissen werden. Die Kollegen aus Dänemark haben unsere Fingerabdrücke angefordert. Wir warten mit Interesse darauf, ob die Abdrücke, von denen wir glauben, dass es Bastas sind, mit welchen von den dänischen Tatorten übereinstimmen«, meinte er.

Irene bezweifelte das, aber Basta hatte jetzt bereits einige Fehler gemacht. Jeder für sich minimal, aber zusammengenommen sehr belastend. Jetzt mussten sie nur noch herausfinden, wer er war, und ihn verhaften.

Irene schielte auf ihre Uhr und sah, dass es fast neun war. Jeden Moment konnte Henning Oppdal auftauchen. Sie entschuldigte sich und stand auf.

Er sah überhaupt nicht so aus, wie sie sich ihn vorgestellt hatte. Der Besitzer der hellen Stimme war ein ziemlich kräftiger und durchtrainierter Mann, aber alles andere als korpulent. Er war durchschnittlich groß und etwa fünfundzwanzig. Das dicke, schwarz gefärbte Haar war struppig. Er richtete den freundlichen Blick seiner blauen Augen auf Irene. Er trug eine Nickelbrille mit dicken Gläsern.

Irene hatte »Manpower« gegen die Wand gedreht. Sie wollte nicht, dass das Bild den Zeugen ablenken würde.

»Wunderbar, dass Sie kommen konnten, Henning. Ich habe ein Bild, das ich Ihnen gerne etwas später zeigen würde. Aber erst will ich Ihnen noch ein paar ergänzende Fragen stellen. Geht das?«

»Natürlich«, erwiderte Henning.

»Haben Sie Basta schon mal bei einem Treffen der Schwulen in Pflegeberufen getroffen?«

»Nein. Nie«, antwortete er bestimmt.

»Hatten Sie ihn schon mal gesehen, bevor Sie ihm im Januar auf dem Hauptbahnhof begegnet sind?«

»Nein.«

»In keinem Gayclub oder sonst wo?«

»Nein.«

»Sind Sie oft in Gayclubs oder anderen Schwulenlokalen?«

»Ja. Wenn ich ausgehe, dann sind das meist … solche Lokale.«

»Und dort sind Sie Basta nie begegnet?«

»Nein.«

»Haben Sie eine Vorstellung, wer er sein oder wo er vielleicht zu finden sein könnte?«

Nachdrücklich schüttelte Henning den Kopf. Dann sagte er: »Nein. Ich habe auch nicht vor, ihn zu su … huchen.«

»Und Sie kennen auch niemanden, der etwas Ähnliches erlebt hat wie Sie?«

»Nein. Aber wer weiss, ob man so etwas herumerzählt. Ich habe es auch nur Pontus und jetzt Ihnen gesagt. Und das auch nur, weil Pontus von seiner Unterhaltung mit Ihnen berichtet hatte. Über Nekrophi… Nekrophilie und so. Da konnte ich nicht länger schweigen.«

Irene nickte. Sie stand auf und ging zu dem Bild. Langsam drehte sie es um, damit er es sehen konnte.

»Kennen Sie diesen Mann?«, frage sie.

Henning saß lange da und starrte »Manpower« an.

»Man kann das Gesicht nicht erkennen, aber das könnte durch… durchaus Basta sein«, sagte er zum Schluss.

Er lächelte frech und fragte:

»Wo kann man dieses Plakat denn kaufen?«

»Das kann man nicht. Es stammt aus einer Ausstellung.«

»Ist Basta Fotomodell?«, fragte Henning neugierig.

Irene beschloss, ihm zu erzählen, wer der Fotograf war. Die Zeitungen hatten den blutigen Mord an Erik Bolin bereits ausgeschlachtet. Niemand außerhalb des Präsidiums kannte das Bild von Basta. Dieser durfte auch nicht erfahren, dass die Polizei den Überfall auf Tom bereits mit dem Mord an dem Fotografen in Verbindung brachte. Er konnte auch nicht wissen, wo sich »Manpower« im Augenblick befand, falls es ihm Erik Bolin nicht erzählt hatte, ehe er ermordet worden war.

»Wir wissen nichts über Basta. Wir sind uns nicht mal sicher, ob das auf dem Bild überhaupt Basta ist. Vorläufig ist das nur ein Verdacht. Eine von vielen Theorien, die wir überprüfen. Ich wäre Ihnen sehr dankbar, wenn Sie mit Ihren Freunden nicht über dieses Bild sprechen würden. Es könnte sehr wichtig sein oder aber auch eine falsche Fährte«, sagte Irene.

Es gelang Henning endlich, seinen Blick von »Manpower« abzuwenden. Er sah Irene an. Er erinnerte sie an eine freundliche, blauäugige Eule, als er sie durch seine dicken Brillengläser anblinzelte.

»Okay. Ich werde nichts sagen. Aber ein solches Bi… Bild!«

Irene verstand seine Reaktion, aber ihre eigene Einstellung war zwiespältig. Die dunkle Silhouette erschien ihr immer bedrohlicher, immer verderbter.

Irene war inzwischen beim fünften Becher Kaffee und hatte den Bericht über die Vernehmung von Henning Oppdal fast fertig geschrieben, als Hannu seinen Kopf durch die Tür steckte und fragte, ob sie jetzt Zeit hätte, mit zu Sara Bolin zu kommen. Sie schrieb noch rasch die letzten Zeilen und loggte aus. Ehe sie aufstand, trank sie den letzten Schluck aus ihrem Becher.

Hannu saß am Steuer und Irene ließ sich gegen die Kopfstütze sinken. Sie versuchte sich zu entspannen.

»Hat er wissen wollen, ob wir was im Mausoleum gefunden haben?«, fragte Hannu.

»Nein, ›Manpower‹ nahm seine ganze Aufmerksamkeit gefangen.«

Hannu lachte.

»Das verstehe ich. Hat er Basta erkannt?«

»Er meinte, dass es durchaus Basta sein könnte. Schwer zu sagen, sein Gesicht ist wegen des Gegenlichts schließlich nicht zu erkennen.«

Hannu sah nachdenklich aus. Nach einer Weile sagte er:

»Genau. Warum ist es Basta dann so wichtig, das Bild in die Hände zu kriegen? Die anderen Bilder, die Bolin von ihm gemacht hatte, haben wir nie gefunden. Wahrscheinlich ist es ihm gelungen, sie zu vernichten.«

»Nun ja, er weiß, dass die Bilder, die Bolin aufgenommen hat, die Verbindung zwischen ihm und Marcus darstellen. Aber ich glaube nicht, dass er so funktioniert wie wir anderen. Könnte ›Manpower‹ so etwas wie eine fixe Idee von ihm sein?«

»Vielleicht. Aber ich glaube an deine erste Theorie. Er ist kalt. Eiskalt.«

Irene spürte plötzlich, wie sich trotz der Wärme draußen etwas von dieser Kälte im Auto verbreitete.

Sara Bolin hatte offenbar direkt hinter der Haustür auf sie gewartet. Irene hatte noch nicht den Finger von der Klingel genommen, da flog die Tür bereits auf. Es war die Frau von der Fotografie, die Erik Bolin Irene stolz vor weniger als einer Woche gezeigt hatte. Sie war schwarz gekleidet und noch schöner als auf dem Bild. Ihr dickes schwarz-braunes Haar fiel ihr wie ein glänzender Wasserfall auf den Rücken und umrahmte ihre zarten Gesichtszüge. Die Augen waren groß und leicht mandelförmig, die Nase klein und gerade. Sie hatte einen großen Mund mit sinnlichen Lippen. Ihre zwei Schwangerschaften waren ihr nicht im Geringsten anzusehen. Die Frau in der Tür reichte Irene kaum bis zur Brust.

Irene und Hannu sagten ihre Namen, und Sara Bolin ließ sie in das schuhkartongroße Reihenhaus. Sie hielt die Arme verschränkt und an sich gepresst, als würde sie frieren. In dem schwarzen Baumwollpullover und den schwarzen Hosen wirkte sie sehr zerbrechlich.

»Kristian schläft, und Johannes ist zum Spielen bei den Nachbarkindern. Er ist erst drei und versteht nicht, was passiert ist. Manchmal fragt er nach Papa, aber er ist es gewohnt, dass Papa viel arbeitet und oft nicht zu Hause ist.«

Saras Stimme brach, Tränen glänzten in ihren dunklen Augen. Rasch wandte sie ihr Gesicht ab und sagte dann mit trauriger Stimme:

»Bitte, treten Sie doch ein.«

Sie deutete auf eine offen stehende Glastür am Ende der Diele. Die Beamten traten in das kleine Wohnzimmer und nahmen in der bequemen Couchgarnitur aus Leder Platz. Das Leder war hellbraun und der Teppich unter dem gläsernen Couchtisch hellbeige. Alles war staubfrei und fleckenlos. Irene hatte den Eindruck, dass sich die beiden kleinen Jungen in diesem Raum nicht aufhalten durften.

»Vielleicht sollte ich ja Kaffee aufsetzen?«, sagte Sara Bolin.

Ehe Irene noch einwilligen konnte, erklärte Hannu bereits:

»Nein, danke. Wir bleiben nicht lange.«

Sara bestand nicht darauf, sondern ließ sich gegenüber von Irene und Hannu auf das Sofa sinken. Sie hatte die Hände auf dem Schoß gefaltet, und Irene sah, wie ihre Knöchel weiß wurden.

»Haben Sie ihn erwischt?«, flüsterte sie kaum hörbar.

Ruhig fragte Hannu:

»Wen?«

Sie zuckte zusammen und warf Hannu einen fast entrüsteten Blick zu.

»Den, der … das … mit Erik gemacht hat.«

»Nein. Wir verfolgen verschiedene Spuren. Haben Sie vielleicht jemanden im Verdacht?«, fragte Irene.

Sara sah Irene mit ihren schönen Augen an und schüttelte traurig den Kopf.

»Nein. Ich verstehe nicht, wie jemand das tun konnte … Warum?«

»Erik wurde nie bedroht? Oder sagte er vielleicht mal, dass er sich bedroht fühlte?«

»Nein. Nie! Er war der liebste Mensch der Welt. Alle mochten ihn«, sagte Sara entschieden.

Irene schaute sie an und nickte nachdenklich.

»Natürlich. Erik sagte zu mir, dass Sie wussten, dass er bisexuell ist, als Sie heirateten. Stimmt das?«

Die zerbrechliche, schwarz gekleidete Gestalt sank vollkommen in sich zusammen. Nach einer Weile richtete sich Sara jedoch wieder auf und sagte trotzig:

»Ja. Ich wusste davon. Aber er liebte nur mich. Keine Frau kann sich einen besseren Mann wünschen als Erik. Wieso fragen Sie?«

»Gewisse Anzeichen deuten auf sexuelle Aktivitäten vor dem Mord hin«, sagte Irene.

Es widerstrebte ihr, der trauernden Witwe ausgerechnet das mitteilen zu müssen, aber Frau Professor Stridner hatte auf der Leiche von Erik Bolin Sperma gefunden. Merkwürdigerweise im Haar und nicht im Enddarm oder irgendwo sonst. Die Untersuchung war noch nicht abgeschlossen, und deswegen wussten sie auch nicht, von wem die Samenflüssigkeit stammte.

Falls sie nicht von Erik Bolin war, würde die Spurensicherung die DNA-Analyse nach Kopenhagen schicken, um sie mit den Spermaflecken zu vergleichen, die unter Emils Bett gefunden worden waren.

Saras Stimme klang angestrengt, als sie antwortete:

»Wir liebten uns sehr, von Anfang an. Es war Liebe auf den ersten Blick! Natürlich war erst alles sehr leidenschaftlich, aber wir fühlten, dass wir zusammengehörten. Ehe wir zusammenzogen, erzählte er mir, er sei bisexuell. Ich kann nicht behaupten, dass er mich reingelegt hätte. Er war ganz offen. Aber ich hatte keine Wahl, da ich so in ihn verliebt war. Entweder ich fand mich damit ab, oder ich verzichtete auf ihn. Letzteres war irgendwie nie eine Alternative.«

»Sie waren also bereit, ihn mit einem Mann zu teilen?«, wollte Irene wissen.

Sara wickelte eine Haarsträhne um den Finger. Es dauerte eine Weile, bis sie antwortete:

»Nein. Ich wollte ihn nicht teilen. Ich habe geglaubt, dass seine Liebe zu mir so stark sein würde, dass er darüber hinwegkommen würde…«

Sie verstummte und machte geistesabwesend einen Knoten in ihre Haare. Um sie dazu zu bringen fortzufahren, sagte Irene:

»Offenbar sind Sie nicht darüber hinweggekommen.«

Sara zuckte zusammen, als hätte sie jemand mit einer Nadel gestochen. Resigniert erwiderte sie:

»Nein. Als ich mit Johannes schwanger war, ging mir auf, dass er wieder jemanden getroffen hatte. Später stellte sich heraus, dass es Marcus Tosscander war. Wir hatten einen fürchterlichen Streit. Da sagte Erik, dass er sich manchmal nur wie ein halber Mensch fühlen würde. Mit mir würde ihm etwas fehlen. Das war… furchtbar.«

»Wie haben Sie reagiert?«

»Ich habe ihn verlassen. Bin ausgezogen. Aber ohne Erik

konnte ich nicht sein. Ehe Johannes zur Welt kam, zog ich wieder bei ihm ein. Erik versprach mir hoch und heilig zu versuchen, seiner … anderen Lust zu widerstehen. Ich weiß, dass ihm das nicht immer gelungen ist. Aber seine Affären hatten nie irgendwelche Folgen für uns. Er war ein unglaublich guter Vater und Ehemann.«

»Deutete in letzter Zeit etwas darauf hin, dass Erik einen neuen Mann getroffen hatte?«

»Nein. Manchmal …«

Sie unterbrach sich und biss sich auf die Unterlippe. Trotzig warf sie den Kopf zurück, hob das Kinn und sah Irene direkt in die Augen.

»Manchmal arbeitete er bis spät. Und manchmal arbeitete er auch weit weg von zu Hause. Ich konnte nicht kontrollieren, was er in jeder Minute tat. Ich musste mich einfach auf ihn verlassen.«

Irene dachte an die alte Weisheit: Man sieht, was man sehen will. Sie beschloss, das Thema zu wechseln, und griff in die Innentasche ihrer Jacke. Mit den Fingerspitzen berührte sie den Umschlag, in dem die Fotos der beiden Bilder lagen, die bei Tom Tanaka an der Wand gehangen hatten. Wortlos legte sie die Bilder von Marcus und Basta auf den Couchtisch. Sara Bolin beugte sich vor und sah sich die beiden Fotografien genau an. Als sie das Bild von Marcus eingehender betrachtete, zuckte sie zurück. Als sie begriff, dass die beiden Beamten ihre Reaktion bemerkt hatten, sagte sie mit zitternder Stimme:

»So sah das Bild von Marcus aber nicht aus. Ich meine das, das Erik auf der Ausstellung hatte.«

»Wie das? Ist das das falsche Bild?«, fragte Hannu unschuldig.

»Nein, nicht direkt das falsche … aber so … so sah es nicht aus!«

Mit zitterndem Finger deutete Sara auf Marcus' prachtvoll erigierten Penis. Auf dem Ausstellungsbild hatte Marcus' hängende Hand sein Geschlechtsteil verhüllt. Irene verstand Saras

Gefühle. Das Bild auf dem Tisch strahlte Lust und Begehren aus. Marcus, gesehen mit den Augen seines Liebhabers.

Wie verhext starrte Sara auf das Bild und flüsterte schließlich leise: »Er hat geschworen, dass alles vorbei ist. Er hat es geschworen!«

Irene sah, dass sie kurz davor war, in Tränen auszubrechen. Um sie abzulenken, legte sie das Bild von »Manpower« über das Foto von Marcus.

»Kennen Sie diesen Mann?«, fragte sie.

Sara Bolin sah einen Augenblick etwas verwirrt aus. Zögernd nahm sie das Bild von Basta und betrachtete es genau. Anschließend ließ sie es sinken und sah Irene an.

»Ich kenne das Bild natürlich. Es war bei der Ausstellung dabei. Aber wer der Mann ist, das weiß ich nicht.«

»Erik hat nie was über diesen Mann erzählt oder seinen Namen genannt …?«

»Nein.«

Irene bemerkte auf einmal, dass mehrere schöne Bilder an der Wand hingen, die Erik Bolin aufgenommen hatte. Ihr kam eine Idee. Sie deutete auf das Foto auf dem Tisch und sagte:

»Ich sehe, dass hier viele von Eriks Fotos an den Wänden hängen. Es ist nicht möglich, dass Sie Vergrößerungen dieser Bilder hier im Haus haben?«

Sara warf den Kopf zurück. Ihre Stimme klang sehr schroff, als sie antwortete:

»Nein. Hier bestimme ich, was aufgehängt wird!«

Sie wurden vom Schreien eines Babys unterbrochen. Hastig stand Sara Bolin auf und sagte entschuldigend:

»Kristian ist aufgewacht. Er schreit, weil ich ihm jetzt die Windeln wechseln soll. Er pinkelt immer in die Windel, nachdem er geschlafen hat, und …«

Der Schluss des Satzes verschwand mit ihr auf der Diele. Irene wandte sich an Hannu und sagte spöttisch:

»Die Eltern von Kleinkindern haben immer so merkwürdige Gesprächsthemen.«

Hannu zog die Brauen den Bruchteil eines Millimeters hoch und entgegnete:

»Ist das so?«

Sie hätte fast gesagt: »Du wirst das schon früh genug merken«, aber es gelang ihr noch rechtzeitig, sich zu bremsen. Hannu würde bestimmt nie darüber sprechen, ob die Windel seines Nachwuchses nass war.

Sie standen beide gleichzeitig auf und gingen auf die Glastür zu. Sara Bolin kam gerade wieder aus einer anderen Tür. Auf dem Arm hatte sie einen schlaftrunkenen Einjährigen, der ihr seine knubbeligen Arme um den Hals gelegt hatte und seinen dunklen Wuschelkopf unter ihrem Kinn versteckte.

»Wir bedanken uns, dass wir Sie stören durften«, sagte Irene.

Sara Bolin versuchte tapfer zu lächeln.

»Ich bin natürlich interessiert daran, dass der Mörder gefunden wird. Natürlich bin ich bereit, alle Fragen zu beantworten.«

Der Kleine auf ihrem Arm bemerkte plötzlich, dass Fremde im Haus waren. Vorsichtig drehte er den Kopf herum und sah Irene an. Ihre Kehle schnürte sich zusammen, als sie Erik Bolins Bernsteinaugen begegnete.

Hannu rief Birgitta auf ihrem Handy an und verabredete sich mit ihr vor dem Präsidium. Eine Viertelstunde später holten sie sie mit dem zivilen Dienstwagen ab. Während der Fahrt hatten Irene und Hannu beschlossen, im Stadtmuseum von Göteborg Mittag zu essen. Birgitta hatte ihr schon mehrmals von dem gemütlichen Restaurant erzählt, aber Irene war trotzdem noch nie dort gewesen.

Nachdem sie einige Male im Kreis gefahren waren, gelang es ihnen, eine Parklücke am Packhuskajen zu finden. Von dort war es ein Stück zu gehen, bei diesem herrlichen Wetter war das aber eher ein Bonus.

Hannu hielt den Damen die Tür auf, und sie tauchten ohne Umwege direkt ins 18. Jahrhundert ein. Irene hatte Mühe, im Halbdunkel der Gewölbe etwas zu sehen. Die Kleider der Bedienungen erinnerten an vergangene Zeiten: gewebte Röcke und gestärkte weiße Schürzen.

»Es würde mich nicht erstaunen, wenn das Tagesgericht Salzhering mit Kohlrübenpüree wäre«, flüsterte Irene Birgitta zu.

Es gelang ihnen, einen freien Tisch zu ergattern. Drei Tagesgerichte standen zur Auswahl. Irene nahm einen kreolischen Grillspieß mit Kartoffeln aus dem Ofen und ein alkoholarmes Bier. Birgitta und Hannu wählten Schellfisch in Weißweinsauce mit Kartoffelpüree. Typisch frisch verheiratet, dasselbe zu bestellen, dachte Irene.

Während des Essens sprachen sie über alles Mögliche, nur nicht über die laufende Ermittlung. Die große Neuigkeit, von der bisher niemand auf dem Dezernat – auch nicht Irene – etwas gehört hatte, war, dass Birgitta und Hannu gerade ein älteres Haus in Västra Bodarna renovierten. Nachdem Irene ihre etwas konfusen geografischen Vorstellungen sortiert hatte, war ihr endlich klar, dass Västra Bodarna einige Kilometer südwestlich von Alingsås lag und nicht in Dalsland, wie sie zuerst angenommen hatte.

»Anfang August ziehen wir ein«, zwitscherte Birgitta.

Ihr Glück war offenkundig. Sie strahlte förmlich.

Hatte sich Irene auch so gefühlt, als sie vor zwölf Jahren mit Krister in ihr Reihenhaus eingezogen war? Vielleicht, wenn auch nicht ganz so euphorisch. Die Zwillinge waren damals gerade vier geworden und außerordentlich lebhaft gewesen. Irene hatte es wunderbar gefunden, dass sie sich nicht mehr in den zwei Zimmern in der Smörslottsgatan drängen mussten. Draußen in Fiskebäck hatten die Zwillinge auf den Wiesen und Spielplätzen herumtoben können. Die beiden Fräulein Huss waren sehr abenteuerlustig gewesen und hatten sich oft auf Entdeckungsreise begeben.

»Und das Grundstück ist dreitausend Quadratmeter groß«, sagte Birgitta enthusiastisch.

Irene zog die Brauen hoch und wandte sich an Hannu:

»Rasentraktor?«, fragte sie.

Dieser lächelte jedoch nur leicht und zuckte mit den Achseln. Das konnte alles bedeuten, angefangen von »wahrscheinlich« bis hin zu »das geht dich einen feuchten Kehricht an!«.

Beim Kaffee wechselte Birgitta das Thema und sagte:

»Svante Malm und ein paar Leute von der Spurensicherung in Kopenhagen haben sich geeinigt, jetzt noch enger zusammenzuarbeiten. Das erspart ihnen eine Menge doppelte Arbeit. Svante schickt einige der Proben direkt zur Analyse nach Kopenhagen. Offenbar zieht sich jetzt die Schlinge um Basta zusammen.«

»Wenn das nur wirklich der Fall wäre. Und wenn wir nur endlich darauf kämen, wer er ist«, sagte Irene seufzend.

»Er hat inzwischen zu oft getötet und zu viele Spuren hinterlassen. Wir kriegen ihn«, meinte Hannu.

Als Irene gegen sechs bei sich zu Hause aufschloss, lag nicht die geringste Andeutung von Essensgeruch in der Luft. Trotzdem schien die ganze Familie in der Küche versammelt zu sein. Gelächter und so etwas wie das Jauchzen eines Kindes drang von dort nach draußen. Irene stellte sich in die Tür, ohne dass sie jemand bemerkt hätte. Nicht einmal Sammie fiel auf, dass sie gekommen war. Die Aufmerksamkeit aller war auf ein flauschiges Etwas gerichtet, das Sammie hinterherjagte und versuchte, sich in dem Fell seiner Beine und in seinem gewaltigen Schnurrbart zu verbeißen. Das Ergebnis seiner Romanze mit der preisgekrönten Pudelhündin war eingetroffen.

Vater Sammie fühlte sich sehr gestört. Ein würdiger Mann bereits fortgeschrittenen Alters sollte sich so etwas wirklich nicht mehr bieten lassen müssen. Sehr irritiert über die Unarten seines aufdringlichen Sohns knurrte er und legte den Welpen platt auf den Boden. Sofort jaulte das Wollknäuel und hielt ihm seinen haarlosen, runden Bauch hin.

»Gott, wie süß er ist!«, jauchzte Katarina.

»Wie lange ist er schon hier?«, fragte Irene.

Da erst entdeckte ihre Familie, dass sie nach Hause gekommen war.

»Die Alte ist mit ihm angerückt, direkt nachdem Jenny und ich aus der Schule zurück waren. Sie muss auf der Lauer gelegen haben«, meinte Katarina.

»Immerhin haben wir sogar eine Leine von ihr bekommen«, meinte Jenny entschuldigend.

»Und er hat alle Impfungen, die er braucht«, ergänzte Krister noch.

Er wedelte eifrig mit einem Impfpass, um seine Behauptung zu untermauern.

»Und? Ihr glaubt also, dass das mit Sammie funktioniert? Er ist es gewohnt, dass er bei allen nur im Mittelpunkt steht. Ich glaube, er ist zu alt, um sich noch an einen Welpen zu gewöhnen«, sagte Irene und seufzte.

Krister wischte ihre Proteste vom Tisch:

»Ach was, du bist einfach zu pessimistisch. Irgendwann kapiert er das schon. Es ist doch nur gut für ihn, dass er nicht mehr allein zu sein braucht.«

»Wie soll er denn heißen?«, fragte Katarina.

Irene sah den Kleinen an und sagte dann säuerlich:

»Wie wäre es mit Pinkelmaxe – wenn man sich ansieht, was er da gerade unter dem Tisch anstellt?!«

KAPITEL 18

Nach der ersten Nacht war Familie Huss klar, dass es dauern würde, bis Pinkelmaxe stubenrein war und sich an seine neue Umgebung gewöhnt hatte. Sammie ließ seinen Widerwillen gegen das ungezogene Bürschchen deutlich erkennen. Pinkelmaxe betete seinen Vater an, wenn man überhaupt davon ausgehen mochte, dass sich die Hunde über ihre Verwandtschaft im Klaren waren. Jedenfalls versuchte Sammie verzweifelt, sich unter Betten oder auf Sesseln zu verstecken, während Pinkelmaxe das für ein wahnsinnig lustiges Spiel hielt und ihm energisch auf den Fersen blieb. Wenn Sammie schließlich genug hatte, bellte er seinen Sohn energisch aus. Der Kleine geriet außer sich vor Angst und war zu Tode betrübt. Jaulend verkroch er sich dann in eine dunkle Ecke. Niemand von der Familie Huss schlief in dieser Nacht sonderlich viel.

»Morgen fangen die Sommerferien an. Dann können wir uns um ihn kümmern«, sagte Jenny.

»Hattest du nicht einen Sommerjob bei Domus?«, fragte Irene müde.

»Da fange ich erst am Montag an.«

Irene wandte sich an Katarina.

»Wann fängt das mit der Schwimmschule an?«

»Am fünfzehnten. Und es ist auch schon klar, dass ich beide Kurse leiten werde«, antwortete Katarina.

»Wie lange dauern die?«

»Sechs Wochen.«

»Das bedeutet also, dass ich mich darum kümmern muss, dass sich jemand ab dem fünfzehnten um Maxe kümmert. Papa und ich fahren dann dreieinhalb Wochen später in Urlaub. Was machen wir also zwischen dem 15. Juni und dem 18. Juli?«, wollte Irene wissen.

»Die Frau, die Sammie tagsüber nimmt …«, begann Katarina.

»Geht nicht! Sie kann sich nicht um einen Welpen kümmern. Wir müssen schon jetzt dankbar sein, dass ihr Sammie nicht zu viel wird. Und nach Mittsommer nimmt sie frei und fängt erst am 1. August wieder an.«

Das kleine Problem, über das gerade gesprochen wurde, kam angewetzt und forderte Aufmerksamkeit. Katarina hob ihn hoch und vergrub ihre Nase in seinem weichen Pelz. Maxe zappelte wild und wollte Katarinas Brot mit Leberpastete probieren. Mit seiner Hinterpfote trat er gegen ihre volle Teetasse und verteilte ihren Inhalt über den ganzen Tisch.

»Meine Examenskleider!«, jammerte Katarina.

Sie sprang auf und setzte den Welpen unsanft auf dem Fußboden ab. Das war zu viel für den armen Kerl, jedenfalls begann er sofort jämmerlich zu jaulen. Katarina stand mit Tränen in den Augen da und sah auf ihre verdorbenen weißen Hosen und ihre weiße Bluse. Beides zierten große Teeflecken.

»Scheißköter!«, schrie sie.

Der Tumult weckte Krister, der schlaftrunken in die Küche kam. Als er sich darüber klar wurde, worin das Problem bestand, versuchte er alle dadurch zu beruhigen, dass er verkündete, er werde sich den Tag freinehmen.

»Wie geht es mit dem Welpen?«, fragte Irene.

Sie schaute Tommy über ihren Becher Kaffee hinweg an.

»Gut. Der Kleine ist tatsächlich sehr süß. Seit wir ihn am Sonntag bekommen haben, war Agneta mit ihm zu Hause. Aber jetzt haben die Kinder bald Ferien, dann können sie sich um den Hund kümmern«, sagte er.

»Wie heißt der Kleine?«

»Nelly.«

Sie schwiegen einen Augenblick, und Irene trank den Rest aus ihrem Becher. Seltsam, aber der Kaffee machte sie nicht im Mindesten munter. Hatten sie etwa koffeinfreien in den Automaten gefüllt?

»Gestern haben wir bei Rickard ›Zorro‹ Karlsson eine Hausdurchsuchung veranstaltet. Und jetzt haben wir ihn! Er hatte Trophäen gesammelt: In einem Karton im Kleiderschrank lagen drei Slips und ein Schuh. Die Opfer haben die Gegenstände bereits identifiziert.«

Tommy klang sehr zufrieden, und er hatte auch allen Grund dazu. Die Spur, die er verfolgt hatte, war sehr vage gewesen. Aber sie hatte ihn zum Täter geführt, und die Gegenstände, die er gesammelt hatte, würden zu seiner Verurteilung führen.

Irene stieß es sauer auf, als sie daran dachte, welche Trophäen Basta mitgenommen hatte. Wo hatte er nur ... Irene hatte nicht den Nerv, diesen Gedanken weiterzuverfolgen.

Svante Malm schaute ins Zimmer und sagte:

»Hallöchen. Ich habe bei der Morgenbesprechung ein paar Sachen bekannt zu geben. Ist es dafür nicht höchste Zeit?«

Bei seinem fröhlichen Pferdegesicht mit den munteren Sommersprossen und dem roten, schon etwas ergrauten Haar musste Irene immer an gesunden Karottensaft denken. Schlaf acht Stunden und komm mit Karottensaft in Form, dachte sie säuerlich und müde. Im nächsten Moment bereute sie es schon wieder. Sie wusste ja, wie viel Mühe sich Svante mit der Ermittlung gab. Er hatte unzählige Überstunden gemacht. Nur mithilfe der unermüdlichen Spurensicherung konnten sie Basta letztendlich überführen.

»Die Samenflüssigkeit in Erik Bolins Haar scheint jemand reingeschmiert zu haben. Merkwürdig. Eine Theorie lautet, dass der Mörder den Kopf abschnitt und zur Hutablage trug. Dabei vergaß er, dass er Sperma an den Händen hatte. Wahrscheinlich hielt er den Kopf an den Haaren und unter dem Kinn, denn dort haben wir ebenfalls Sperma gefunden. Und die Samenflüssigkeit stammt nicht von Bolin. Wir haben ein DNA-Profil anfertigen lassen und es nach Kopenhagen geschickt. Es stimmt mit dem Sperma überein, das sie an einem ihrer Tatorte gefunden haben. Unter dem Bett von einem Typen, der… «

Svante schaute in seine Papiere, aber um Zeit zu sparen sagte Irene:

»Emil Bentsen.«

»Genau. Danke. Apropos, Irene: Der Schuhabdruck in deinem Blumenbeet stimmt genau mit dem in der Blutlache in dem Hotelzimmer überein, in dem Isabell Lind gefunden wurde. Außerdem passt er aller Wahrscheinlichkeit zu denen, die wir in dem Mausoleum entdeckt haben. Da ist es etwas unsicherer, da es sich um Abdrücke in Staub handelt. Der Check der Fingerabdrücke hat nichts ergeben. Wir können wohl davon ausgehen, dass Basta nicht vorbestraft ist.«

Svante unterbrach sich und sah Irene an.

»Habt ihr inzwischen rausgekriegt, wer er ist?«, fragte er.

»Nein. Wir wissen, wie er aussieht und dass er sich Basta nennt. Er hält sich sowohl in Göteborg als auch in Kopenhagen auf. Und laut verschiedenen Zeugenaussagen ist er entweder Arzt oder Künstler.« Irene seufzte.

»Warum lasst ihr nicht nach ihm fahnden?«, wollte Malm wissen.

»Das ist eine schwierige Entscheidung. Einerseits wollen wir so schnell wie möglich herausfinden, wer er ist. Anderer seits wollen wir nicht, dass er erfährt, wie nahe wir ihm bereits sind. Wir hoffen, dass er sich für clever hält und ihn sein Hochmut zu Fall bringt. Aber ich weiß nicht… vielleicht müssen wir ihn ja wirklich demnächst in Dänemark und Schweden zur Fahndung ausschreiben. Das Problem ist nur, den richtigen Zeitpunkt zu erwischen. Sind wir zu früh dran, macht er sich aus dem Staub; kommen wir zu spät, verübt er vielleicht noch einen weiteren Mord«, meinte Irene.

Svante Malm nickte. Er verstand ihr Dilemma. Nach einem Blick in seine Papiere fuhr er fort:

»Wir haben die Fingerspitze vergrößert, die auf dem Video kurz im Bild erscheint. Es handelt sich um den Zeigefinger der linken Hand. Der Fingernagel ist stark deformiert. Bitte schön. Hier sind fünf Vergrößerungen.«

Er zog die Fotos aus einem braunen Umschlag und reichte sie herum. Der Kommissar, Irene, Hannu und Jonny nahmen sich je eines. Die Fingerspitze war nicht rund, sondern flach, und wirkte gekappt. Der Nagel bedeckte nur die Hälfte des Nagelbetts und war wellig. Während die Beamten die Vergrößerung betrachteten, fuhr Svante fort:

»Auf dem Boden des Mausoleums haben wir Flecken gefunden, bei denen es sich durchaus um Samenflüssigkeit handeln könnte. Sie sind jedoch leider zu alt und außerdem zu sehr in den Schmutz eingetrocknet, um noch verwertbar zu sein. Aber auf dem Leichentuch in dem Sarg, in dem Tosscanders Kopf gefunden wurde, waren besser erhaltene Flecken. Die versuchen wir gerade zu analysieren.«

Wenn die Flecken jetzt von demselben Mann stammten, der auch das Sperma auf dem Fußboden von Emil und im Haar von Bolin zurückgelassen hatte? Dann hatten sie endlich ihre Indizien, dachte Irene hoffnungsvoll.

»Ich möchte wirklich mal wissen, was im Kopf von diesem perversen Schwein vorgegangen ist?!«, rief Kommissar Andersson.

Das willst du lieber nicht, lag es Irene auf der Zunge, aber sie konnte sich noch rechtzeitig bremsen.

Lustlos betrachtete Irene »Manpower«. Die schwarze Silhouette auf dem Bild verursachte einen immer größeren Hass bei ihr. Gleichzeitig dachte sie darüber nach, was einen Menschen nekrophil werden ließ.

Mit einem Knall flog die Tür auf, und sie wurde aus ihren Überlegungen gerissen. Frau Professor Stridner eilte mit klappernden Absätzen herein. Sie trug ein hellgrünes Kleid aus einem glänzenden Stoff und wurde von einer Duftwolke eingehüllt: Joy. Obwohl sie weder groß noch schlank war, trug sie das Kleid mit dem größten Selbstverständnis. Irene wurde sich fast qualvoll bewusst, dass sie nur eine abgetragene Jeans und ein kurzärmliges Jeanshemd anhatte. Zumindest waren ihre Sandalen sehr hübsch und neu.

Frau Stridner blieb vor Irenes Schreibtisch stehen.

»Wo sind denn alle? Sind etwa nur Sie im Dienst?«, fragte sie.

»Der Kommissar sitzt in einer Konferenz, und die anderen…«, begann Irene.

»Ich bin hier, weil ich ohnehin ins Präsidium musste. Heute Nachmittag fliege ich nach New York, aber vorher wollte ich noch den vorläufigen Obduktionsbericht für Erik Bolin abgeben. Der Gerichtsodontologe hat außerdem festgestellt, dass der Kopf aus der Grabkammer der von Marcus Tosscander ist.«

Während sie sprach, zog sie einige Papiere aus ihrer eleganten Ledermappe.

»Erik Bolin«, sagte sie kurz und warf sie vor Irene auf den Tisch.

Ohne sich die Papiere anzusehen, fragte Irene:

»Dasselbe Vorgehen beim Zerstückeln wie bei den vorherigen Opfern?«

»Ja. Die Brustmuskeln, die eine Gesäßhälfte und der Penis. Die inneren Organe wurden nicht entfernt, dafür fehlte aber der Kopf. Der ist mit einem unerhört kräftigen und scharfen Messer einfach abgeschnitten worden. Ich tippe auf eines der Messer, wie wir sie zur Obduktion verwenden.«

»Warum tun Nekrophile das?«, fragte Irene.

Frau Stridner runzelte die Stirn und sagte:

»Die Frage ist falsch gestellt. Nekrophile tun das nicht. Nekrophile lieben buchstäblich tote Menschen, aber sie töten sie nicht selbst. Glücklicherweise hat sich nur eine verschwindende Minderheit aller Nekrophilen der Sadonekrophilie verschrieben. Wie ich Ihnen bereits erzählt habe, ist diese Art von Mörder, mit der wir es hier zu tun haben, äußerst selten. Aber gelegentlich treten sie doch in Erscheinung, und dann sind wir im Allgemeinen fassungslos. Wir betrachten das Ganze als unmenschliche Grausamkeit. Aber eigentlich ist ein Sadonekrophiler auch nicht grausamer als jeder andere Mörder. Das Ergebnis ist dasselbe: Ein toter Mensch und ein Leben, das für immer vorbei ist. Was uns so entsetzt, ist das regelrechte Massakrieren der Leichen nach dem Mord. Das erscheint uns pervers.«

Während sie ihren kleinen Vortrag hielt, war Frau Stridner auf ihren Pumps mit den hohen Absätzen im Zimmer hin und her gegangen. Noch während sie sprach, blieb sie wie angewurzelt vor »Manpower« stehen. Auch nachdem sie verstummt war, betrachtete sie das Bild weiterhin eingehend.

»Einen Augenblick lang hatte ich das Gefühl, diesen Mann zu kennen. Aber ich weiß nicht… Ich kenne niemanden, der Pornobilder von sich machen lässt«, sagte sie schließlich.

Irene stand auf und stellte sich neben Frau Stridner.

»Interessant. Hannu Rauhala und ich haben auch das Gefühl, dass wir diesen Mann kennen. Die anderen sind sich nicht sicher.«

Die Professorin lehnte sich vor, um das Bild eingehender zu studieren. Plötzlich richtete sie sich auf und rief:

»Jetzt weiß ich es! Er arbeitet bei uns.«

Irene merkte, wie sie den Atem anhielt. Dann holte sie tief Luft und fragte:

»Auf der Pathologie?«

»Ja. Aber nicht fest. Er ist Student.«

Studierte er etwa Medizin? Es war relativ üblich, dass Medizinstudenten aushilfsweise als Obduktionsassistenten arbeiteten.

Irene hörte selbst, dass ihre Stimme vor Spannung vibrierte, als sie ihre nächste Frage stellte:

»Wie heißt er, und was studiert er?«

Frau Stridner runzelte nachdenklich die Stirn und betrachtete weiterhin eingehend »Manpower«.

»Ich erinnere mich nicht, wie er heißt, aber er studiert Kunst. Er hat Marcus Tosscanders Tätowierung abgezeichnet.«

Basta hatte also mehrere Stunden neben dem verstümmelten Oberkörper seines Opfers gesessen und eine genaue Kopie der Drachentätowierung angefertigt. Bei dem Gedanken konnte es einem übel werden.

»Erik Bolin hat dieses Bild aufgenommen. Der Mann auf dem Foto nennt sich Basta und ist wahrscheinlich der Mörder von Erik Bolin und Marcus Tosscander«, sagte Irene.

Lange verharrte Frau Stridner vor dem Bild.

»Ich kann kaum glauben, dass jemand von der Gerichtsmedizin zu so was fähig ist. Aber ich fahre jetzt sofort dorthin und versuche, seinen Namen herauszufinden. Und sei es nur, um ihn aus dem Kreis der Verdächtigen auszuschließen«, sagte sie schließlich.

Da Wort und Tat bei Yvonne Stridner stets eins waren, war ihr grünes Kleid bereits auf dem Korridor verschwunden.

Frau Stridner stürzte ins Personalbüro, Irene im Schlepptau. Dort befanden sich nur zwei Personen. Der Mann hatte sehr dunkle Haare und eine sehr dunkle Haut. Irene vermutete, dass er Inder war. Von der Frau wusste Irene, dass sie Britt Nilsson hieß und eine junge, gerade erst angestellte Pathologin war. Nicht bei ihrem Namen war bei Irene der Groschen gefallen, sondern als Svante Malm von ihr als »Stridners Assistentin« gesprochen hatte. Sie hatte auf die Verbindung zu Frau Stridner und die Gerichtsmedizin reagiert.

Eine andere Person im Umfeld von Frau Stridner arbeitete nicht als Assistent, sondern als Hausmeister und wurde Basta genannt. Auf der Gerichtsmedizin hatte Irene den Mann schon einmal gesehen.

Als damals von Frau Stridners Assistentin die Rede gewesen war, hatte sie sich nicht auf dieses Erinnerungsfragment konzentrieren können, da ihre Aufmerksamkeit sofort von etwas anderem in Anspruch genommen worden war. Jetzt erinnerte sie sich ganz deutlich an ihre letzte Begegnung mit Basta. Sie hatte nach Frau Stridner gefragt, und Basta hatte Richtung Obduktionssaal gezeigt, in dem die Professorin gerade die Leichenteile von Marcus obduzierte. Als er den Arm ausgestreckt hatte, waren seine Muskeln unter der gebräunten Haut deutlich zu sehen gewesen.

Anschließend war ihnen Basta mit einer wunderbaren und detaillierten Kopie von Marcus' Tätowierung behilflich gewesen. Hatte er in seiner Hybris nicht daran gedacht, dass sie den Ursprung der Tätowierung zurückverfolgen könnten? Oder hatte er Frau Professor Stridner ihre Bitte nicht abschlagen können? Das waren nur zwei der Fragen, die Irene ihm stellen wollte, wenn sie ihn endlich zu fassen kriegten.

Frau Stridner beschrieb den anderen beiden im Personalzimmer rasch Bastas Aussehen. Noch ehe sie fertig war, nickte der Dunkelhäutige:

»Ich weiß … wie er heißt … hm … Sebastian. Aber er heißt auch Basta. Nachnamen kenne ich nicht.«

Er breitete die Arme aus, sodass die helle Haut seiner Handflächen zu sehen war, und lächelte bedauernd.

Britt Nilsson meinte zögernd:

»Es gibt einen Hausmeister, der manchmal hier arbeitet und auf den die Beschreibung passt. Aber ich weiß nicht, wie er heißt.«

Energisch drehte sich Frau Stridner um und sagte:

»Ich habe eine Personalliste in meinem Büro. Jetzt kennen wir immerhin schon seinen Vornamen.«

Irene spürte den Luftzug, als die Professorin an ihr vorbeirauschte.

Yvonne Stridner zog Aktenordner mit gelbem Stoffrücken aus dem Regal. Aufmerksam blätterte sie dann in dem mit der Aufschrift »Personal 1998–1999«. Rasch ging sie mit ihrem Zeigefinger die Listen durch. Plötzlich hielt sie in ihrer Bewegung inne und rief:

»Hier! Sebastian Martinsson. Geboren am 7. März 1970. Wohnt in Gamla Björlandavägen. Hier steht auch die Telefonnummer.«

Triumphierend reichte sie Irene den Ordner, damit diese sich selbst davon überzeugen konnte. Irene schrieb sich alle Angaben auf ihren Block und dankte Frau Stridner für ihre Hilfe. Diese winkte ab.

»Keine Ursache. Sehen Sie nur zu, dass Sie ihn so schnell wie möglich schnappen. Er wird nicht aufhören zu morden. Früher oder später tut er es wieder. Er wartet nur auf eine günstige Gelegenheit«, sagte sie.

Hastig schaute sie auf ihre elegante Armbanduhr. Irene hatte den Eindruck, dass sie ihre Rolex nicht auf einem Hinterhof in Bangkok gekauft hatte. Da sie Yvonne Stridners Handgelenk zierte, war davon auszugehen, dass alles echt war, einschließlich der funkelnden Diamanten auf dem Zifferblatt.

»Jetzt muss ich aber los! Die Maschine nach New York wartet nicht mal auf mich!«

Irene rief Hannu und Birgitta auf ihren Handys an. Jonny war nicht zu erreichen. Eine Maschinenstimme bat darum, eine Nachricht auf Band zu sprechen, da der Teilnehmer momentan nicht verfügbar sei. Das konnte nur bedeuten, dass er sein Telefon abgestellt hatte. Typisch Jonny, aber vielleicht war es besser so. Hannu, Birgitta und sie konnten dann in Ruhe überlegen, wie sie weiter vorgehen wollten, auch was eine eventuelle Festnahme betraf. Sie war sich mit Hannu darin einig, sofort die Staatsanwaltschaft einzuschalten. Da Hannu immer noch in Säve war und nach dem Ort suchte, an dem Marcus Tosscander zerstückelt worden war, war es das Einfachste, wenn Birgitta, die sich im Präsidium aufhielt, mit dem Staatsanwalt redete.

Sie verständigten sich darauf, sich um drei im Büro von Kommissar Andersson zu treffen. Er musste umfassend informiert werden, ehe sie weitere Schritte unternahmen.

Irene beschloss, herauszufinden, ob sich Basta zufällig gerade in der Gerichtsmedizin aufhielt. Nach dem 4. Juni wies sein Dienstplan keine Einträge mehr auf. Hatte er etwa den Sommer über frei? Irene kontrollierte die Liste. Basta hatte vom 4. bis zum 12. März gearbeitet. Er hatte sich zu dem Zeitpunkt, an dem Marcus wahrscheinlich zerstückelt worden war, in Göteborg aufgehalten. Weiterhin hatte er vom 31. Mai bis zum 4. Juni Dienst gehabt. Er war in der Stadt gewesen, als Erik Bolin ermordet worden war. Zwischen den Perioden, in denen Basta gearbeitet hatte, lagen ziemlich lange Pausen von bis zu drei Wochen. War er immer dann in Kopenhagen gewesen? Sie verglich die Zeiträume mit den Tagen, an denen Isabell Lind und Emil Bentsen ermordet worden waren. Dort war tatsächlich eine Lücke. Der Überfall auf Tom Tanaka hatte ebenfalls stattgefunden, als er freigehabt hatte.

Irene trat auf den leeren Korridor. Dort war keine Menschenseele, die sie nach Basta hätte fragen können. Mit schweren Schritten ging sie die Treppe hinunter. Zögernd blieb sie vor der Tür zum Obduktionssaal stehen. Das unangenehme Kreischen einer Knochensäge war zu hören. Energisch streckte sie die Hand aus und öffnete die Tür.

Zwei Obduktionen fanden gleichzeitig statt. An dem einen Tisch war Britt Nilsson damit beschäftigt, innere Organe aus einem Brustkorb zu entfernen. Es klang wie ein Rülpser, als beim Anheben des Herz-Lungen-Pakets Luft durch die Luftröhre gepresst wurde.

Obduktionen können ekelhaft wirken, aber Irene war sich durchaus bewusst, wie wichtig sie waren. Nur die Leiche gibt die Wahrheit preis. Sie ist das Zeugnis der stummen Toten. Aufmerksame und geschickte Obduzenten sind erforderlich, um das zu deuten, was die Toten zu erzählen haben, damit diesen Gerechtigkeit widerfahren und man ihnen Genugtuung verschaffen kann.

An dem anderen Tisch war ein Assistent dabei, einem Toten den Schädel aufzusägen. Irene wandte sich ihm zu. Er sah auf, als er sie bemerkte. Sofort stellte er die Säge ab und schaute sie an.

»Wer sind Sie denn?«, fragte er unhöflich.

»Irene Huss von der Kriminalpolizei. Ich suche Sebastian Martinsson.«

»Richtig, jetzt erkenne ich sie. Sebastian hat den ganzen Sommer über frei. Er wollte im Ausland studieren. Was wollen Sie von ihm?«

Er machte nicht einmal den Versuch, seine Neugier zu verbergen. Irene tat so, als hätte sie seine Frage nicht gehört.

»Danke. Dann rufe ich bei ihm zu Hause an. Vielleicht ist er ja noch in der Stadt.«

Sie lächelte freundlich und verließ den Saal. Sie versuchte nicht zu rennen. Es musste nicht jeder sehen, wie eilig sie es hatte.

»Ich habe Sven auf dem Gang getroffen, und wir sind gemeinsam zur Staatsanwaltschaft gegangen. Inez Collin bearbeitet den Fall«, begann Birgitta.

Sven Andersson verdrehte die Augen, aber Irene war erleichtert. Es war beruhigend, dass sie es mit Inez Collin zu tun hatten. Sie war hochintelligent und wusste immer, was sie tat.

»Deswegen ist Sven bereits informiert, und das spart uns Zeit«, fuhr Birgitta fort.

Hannu, Birgitta, Sven Andersson und Irene saßen im Zimmer des Kommissars. Alle hatten Kaffee vor sich, und auf dem Tisch lag eine Tüte Gebäck mit Zuckerguss.

»Frau Collin stellt uns gerade die Erlaubnis zur Hausdurchsuchung aus«, meinte Andersson.

»Gut. Dann müssen wir nur noch nach Björlanda fahren und ihn festnehmen«, sagte Birgitta.

»Falls er noch in der Stadt ist. Einer aus der Gerichtsmedizin sagte, dass Basta den ganzen Sommer frei hätte, um im Ausland zu studieren«, wandte Irene ein.

»Im Ausland? Er wird sich doch nicht aus dem Staub gemacht haben, jetzt wo wir ihn festnehmen wollen!«, wütete der Kommissar.

»Hoffentlich nicht. Aber das Risiko besteht. Ich schlage vor, dass wir gleich den Schlüsseldienst anfordern, um Zeit zu sparen.«

»Ich kümmer mich drum«, sagte Hannu.

»Ich komme mit«, murmelte Andersson.

Irene konnte verstehen, dass er nicht die Nerven hatte, im Präsidium zu warten, bis sie zurück waren, mit oder ohne Basta.

Das graue dreistöckige Haus aus Beton stammte aus der Zeit, in der man in Schweden versucht hatte, mit hässlichen Vororten die Wohnungsnot zu beseitigen. In den Achtzigerjahren waren alle Balkons knallrot angestrichen worden, um den düsteren Eindruck aufzuhellen. Die Abgase des stark befahrenen Björlandavägen hatten aus dem Knallrot inzwischen ein Braun-Rot gemacht. Da waren die bunten Graffiti schon mehr dazu angetan, die Umgebung freundlicher erscheinen zu lassen, aber wegen ihrer sehr unterschiedlichen künstlerischen Qualität war der Eindruck, milde gesagt, eher gemischt.

Das Haustürschloss war kaputt, sodass sie das schmutzige Treppenhaus ungehindert betreten konnten. Auch hier beschmierte Wände. Das meiste war obszöner Natur. Bilder waren nur spärlich vertreten. An der einen Tür im zweiten Stock stand »S. Martinsson«. Die vier Beamten stellten sich davor auf, und Irene klingelte. Sie merkte, dass ihr Herz schneller schlug. Endlich würden sie Basta in die Augen sehen. Nachdem sie fünfmal geklingelt hatte, war ihr klar, dass er nicht zu Hause war. Falls doch, hatte er zumindest nicht die Absicht zu öffnen. Irene hob die Klappe des Briefkastenschlitzes einen Spalt weit und spähte in die Wohnung. Sie sah einen Reklamezettel auf dem Boden und die Ecke eines gelben Flickenteppichs. Die Wohnung machte einen leeren Eindruck. Hinter sich hörte Irene Hannus Stimme:

»Okay. Sie können jetzt hochkommen.«

Als sie sich umdrehte, stellte er gerade sein Handy ab und steckte es in die Innentasche seiner Jacke. Bis der Mann vom Schlüsseldienst kam, vergingen knapp fünf Minuten. Ein großer, fröhlicher Finne, der ein singendes Finnlandschwedisch sprach, obwohl er merkte, dass der Kommissar vor Ungeduld von einem Fuß auf den anderen trat, was er geflissentlich ignorierte.

Plötzlich klickte es im Schloss, und er machte die Tür sperrangelweit auf. Dann streckte er die Hand aus.

»Hereinspaziert!«

Andersson trat als Erster über die Schwelle. Nachdem sie sich vergewissert hatten, dass Basta tatsächlich ausgeflogen war, nahmen sie die Wohnung genauer in Augenschein. Die kleine Einzimmerwohnung war schnell durchsucht. Die Diele war sehr eng. Hier gab es zwei Schränke. In dem einen hingen Drahtkörbe, das andere war der Besenschrank. Die Körbe waren fast leer, abgesehen von ein paar Skihandschuhen, zwei dicken Pullovern und einem langen, grobmaschigen Schal. Auf dem Boden standen zwei tadellos geputzte Lederstiefel, Größe 45.

Im Besenschrank fanden sich ein alter Staubsauger, ein grüner Teppichklopfer aus Plastik und ein Bügelbrett.

Die Tür gegenüber, billiges Furnier, führte in ein winziges Badezimmer. Es war so klein, dass die Toilette fast mit der Sitzbadewanne zusammenstieß. Das Waschbecken war unter das Fenster an der Schmalseite geklemmt. Die Wände waren lindgrün gestrichen. Die grauen Klinker auf dem Fußboden teilweise gesprungen. Irene öffnete den Spiegelschrank und stellte fest, dass er abgesehen von einer Haarbürste und einer restlos ausgedrückten Zahnpastatube leer war. Das ganze Bad war peinlich sauber.

In der Diele lag ein kleiner sonnengelber Flickenteppich. Die Lampe an der Decke war kaputt, aber durch die Tür des einen Zimmers fiel Licht. Es kam durch das hohe Kippfenster. Irene achtete normalerweise nicht darauf, wie gründlich Leute bei sich zu Hause sauber machten, aber sogar sie musste zugeben, dass sie kaum jemals so gründlich geputzte Fenster gesehen hatte. Vor dem Fenster hingen Gardinen, in die ein Muster aus fliegenden Möwen eingewebt war. Als Irene näher trat, sah sie, dass die Gardinen sorgfältig gestärkt waren.

Links von der Wohnungstür war eine kleine Kochnische. Dort drängten sich ein winziger Herd, ein Kühl- und Gefrierschrank sowie ein paar beige gestrichene Küchenschränke. Die kleine Spüle blinkte, als solle mit ihr für ein Wunder wirkendes Glanzputzmittel geworben werden.

Dass das eine Zimmer so geräumig wirkte, lag daran, dass es kaum Möbel gab. Die milde Apricotfarbe der Wände war mit dem Schwamm aufgetragen worden. Den Fußboden bedeckte ein alter, aber tadellos sauberer grüner und gelber Knüpfteppich. Ein Bett mit einem grün-weiß gestreiften Baumwollüberwurf stand an der einen Wand. Vor dem Fenster hatten ein alter Küchentisch aus Kiefernholz und zwei nicht zusammenpassende Küchenstühle Platz gefunden. Ein billiges Kellerregal von IKEA nahm die gesamte gegenüberliegende Wand ein. In der Mitte standen ein kleiner Fernseher und ein Videorekorder. Im Regal gab es keine Bücher, aber dafür eine Menge Videofilme und Blöcke in verschiedenen Größen, die ordentlich aufgestellt waren. Im untersten Fach waren Rahmen, über die man eine Leinwand spannen konnte.

»Meine Güte, wie sauber und ordentlich!«, meinte Birgitta beeindruckt.

Über dem Bett hingen zwei Bilder, im Übrigen der einzige Wandschmuck des Zimmers. Als Irene sie näher betrachtete, verschlug es ihr die Sprache. Sie packte Birgitta am Arm und deutete auf die beiden Gemälde.

»Au, du tust mir weh«, jammerte Birgitta.

Dann folgte sie mit dem Blick Irenes Zeigefinger und verstummte.

Es handelte sich um zwei Porträts, ein Mann und eine Frau. Ihre Köpfe schienen in der Luft zu schweben, da ihre Hälse nicht mit einem Oberkörper zusammenhingen.

»Carmen Østergaard und Marcus Tosscander«, sagte Irene mit schwacher Stimme.

Andersson trat auf die Gemälde zu und betrachtete sie eingehend.

»Bist du sicher? Ich meine bei der Frau. Tosscander erkenne ich auch«, sagte er.

»Ich bin mir ganz sicher. Das ist Carmen.«

Der Hintergrund von Carmen war purpurlila. Ihr lockiges rot-braunes Haar umrahmte ihr graues Gesicht. Ihre Augen waren weit aufgerissen, matt und ausdruckslos.

Marcus' Hintergrund war in Goldocker gehalten, was gut zu seinem dunklen Haar passte. Die warme Farbe kontrastierte mit seiner grünlich bleichen Haut. Auch er hatte die Augen aufgerissen, und sein Blick war leer.

»Gib mir Kraft und Stärke! Er hat ihre abgehackten Köpfe gemalt!«, rief Irene.

Andersson machte einen Schritt zurück, um die Gemälde als Ganzes auf sich wirken zu lassen.

»Glaubst du?«, fragte er.

»Ich bin mir sicher. Du siehst doch, dass die Köpfe nicht mit dem Körper zusammenhängen.«

»Dieser Eindruck entsteht tatsächlich«, stimmte ihr der Kommissar zu.

Hannu stand vor dem Regal und blätterte in den Blöcken.

»Schaut euch das mal an«, sagte er plötzlich.

Die anderen drei traten auf ihn zu. Wortlos hielt er ihnen einen großen Block hin und zeigte ihnen die Skizzen auf dem ersten Blatt. Carmens Kopf, von Basta von verschiedenen Seiten gezeichnet. Auf ein paar Skizzen sah man die Schnittfläche an der Unterseite des Halses. Es war nicht daran zu zweifeln, dass der Kopf wirklich abgetrennt war.

»Blättert weiter«, forderte sie Hannu auf.

Irene blätterte um und sah auf der nächsten Seite eine Skizze des Bildes, das an der Wand hing.

Die folgenden fünf Blätter waren mit Skizzen von Eingeweiden bedeckt. Irene konnte ein Herz und unterschiedliche Därme erkennen. Es lag auf der Hand, aber als es jetzt kam, machte es ihr doch sehr zu schaffen: Erst kam das Bild einer abgeschnittenen Frauenbrust, dann eine detaillierte Studie des weiblichen Geschlechts.

Irene merkte, dass ihr übel wurde. Ihre Hände zitterten, als sie weiterblätterte.

Auch die Skizzen von Marcus begannen mit Studien des Kopfes von allen Seiten. Auf dem nächsten Blatt fand sich eine Skizze des Gemäldes. Aber als Irene wiederum umblätterte, bekam sie einen Schock. Hier waren keine Stillleben irgendwelcher Eingeweide. Das wäre fast noch besser gewesen als das, was ihnen jetzt geboten wurde. Auf jeder Seite war ein Porträt von Marcus in derselben Position und von derselben Seite. Und doch waren die Porträts unterschiedlich, da der Kopf in den verschiedenen Stadien der Verwesung abgebildet war.

»Wirklich pervers!«, rief Andersson.

»Vermutlich hat er deswegen den Kopf in der Grabkammer aufgehoben«, meinte Birgitta.

Hannu kam aus der Kochnische und sagte:

»Kühl- und Gefrierschrank sind leer. Ausgeräumt. Sieht nicht so aus, als wolle er im Sommer noch mal zurück kommen.«

Er rasselte mit einem kleinen Schlüsselbund und meinte noch:

»Ich hab die hier gefunden und seh mir jetzt mal den Speicher an.«

Im nächsten Augenblick fiel die Tür schon hinter ihm ins Schloss, und seine Schritte verschwanden die Treppe hinauf.

»Wenn er sich jetzt im Ausland befindet, dann liegt der Verdacht nahe, dass er sich in Kopenhagen aufhält«, sagte Irene.

»Das ist ja nicht mal richtiges Ausland«, wandte Birgitta ein.

»Nein. Aber dort kennt er schließlich Leute.«

»Warum hat er seinen Kollegen nicht gesagt, dass er nach Kopenhagen fährt?«

»Er will vielleicht nicht, dass jemand erfährt, dass er dort ist«, meinte Irene.

»Meinst du, dass er jahrelang immer mal wieder in Kopenhagen gewesen ist, ohne dass seine Arbeitskollegen das erfahren haben?«

»Durchaus möglich, falls er mit ihnen privat nichts zu tun hat. Schließlich hat er nur stundenweise auf der Gerichtsmedizin gearbeitet.«

»Seit wann war er dort tätig?«

»Seit fast fünf Jahren, immer mal wieder, laut Frau Stridner.«

Sie wurden von Andersson unterbrochen:

»Schaut euch das mal an!«

Er sah gerade in die beiden Kleiderschränke am Fußende des Betts. Irene und Birgitta stellten sich neben ihn. In einem Schrank hingen eine stabile Lederjacke mit Pelzkragen, ein schwarzer Anzug, ein weißes Hemd und ein schwarzer Schlips. Auf dem Boden standen ein Paar ordentliche schwarze Halbschuhe. In dem anderen Schrank hingen ein weißer Arztkittel sowie grüne OP-Kleidung. Hosen mit Bündchen an den Hosenbeinen und ein kurzärmliges Hemd, das hinten zugebunden werden konnte. Auf dem Boden des Schranks standen ein Paar grüne Holzschuhe, auf die jemand auf die Seite der Sohle »OP 1« geschrieben hatte. Neben den Schuhen lagen ein Paket Operationsmundschutz und einige Schachteln Operationshandschuhe.

»Gib mir Kraft und Stärke! Mein Leibarzt!«, rief Irene.

»Was erzählst du da für Dummheiten?«, fauchte Andersson verärgert.

»Marcus hat vor fast einem Jahr seinen Freunden von einem Mann erzählt. Er nannte ihn seinen ›Leibarzt‹. Und hier hängen die ganzen Arztklamotten! Genauso, wie Emil von Marcus ›mein Polizist‹ genannt wurde, obwohl auch er nur ein Kostüm trug.«

Die Wohnungstür wurde geöffnet, und Hannu trat ein. In jeder Hand trug er zwei Domustüten. Über seiner Brust hing eine Umhängetasche aus schwarzem Leder. Wortlos kam er auf sie zu und stellte die Tüten ab.

Irene sah, dass sie voller Kleider waren, unter anderem weiße Jeans und rote Badehosen.

Hannu stellte jetzt auch die Umhängetasche auf den Boden und suchte etwas darin.

»Das sind nicht seine, sondern Marcus' Kleider. Oben ist noch mehr«, antwortete er.

Jetzt zog er einen roten EU-Pass hervor und schlug ihn auf. Auf dem Bild schenkte Marcus Tosscander den drei Beamten sein schönstes Lächeln.

»Hier ist auch Geld«, fuhr Hannu fort.

Er zog eine schmale Plastiktüte aus der Tasche, in der ein dickes Bündel Geldscheine steckte.

»Thailändische Bath«, stellte Hannu fest.

Irene hatte einen Kloß im Hals. Bis zuletzt hatte Marcus geglaubt, dass er nach Thailand fahren würde.

Plötzlich klatschte Andersson in die Hände und sagte:

»Jetzt kriegen wir ihn! Wir müssen versuchen, seine Angehörigen zu ermitteln. Irgendeiner von denen muss doch verdammt noch mal wissen, wo er steckt! Wir müssen kontrollieren, ob er einen Nachsendeauftrag hat … diese Sachen kannst du doch so gut, Hannu.«

Es war fast acht, als sie sich im Konferenzzimmer wieder sahen, um ihre Pizzen zu essen. Um den Tisch saßen Kommissar Andersson, Tommy, Irene, Birgitta und Jonny. Irene dachte darüber nach, wie es Andersson nur gelungen war, Jonny aufzutreiben. Als Letzter kam Hannu.

Der Kommissar begann damit, die Ereignisse des Nachmittags zu referieren. Abschließend wandte er sich an Jonny und sagte:

»Da du dich bereits mit der Welt der Videos vertraut gemacht hast, fällt dir auch die Aufgabe zu, dir Sebastian Martinssons Filme anzusehen.«

Trotz Jonnys lautstarker Proteste wurde beschlossen, dass er für diese Aufgabe wie gemacht war. Anschließend wandte sich Andersson an Hannu und fragte:

»Hast du was rausgekriegt?«

Hannu nickte und schaute in seine Papiere:

»Sebastian Martinsson wurde vor neunundzwanzig Jahren in Trollhättan geboren. Sein Vater war Lehrer. Die Eltern ließen sich kurz nach der Geburt des Sohnes scheiden. Der Vater starb an Krebs, als sein Sohn dreizehn war. Die Mutter wohnt immer noch in Trollhättan. Offenbar ist sie Künstlerin.«

»Hast du sie erreicht?«, fragte Andersson.

»Nein. Unter der Telefonnummer antwortet niemand.«

Andersson sah etwas verärgert aus, fasste sich aber rasch wieder.

»Wir rufen die Kollegen in Trollhättan an, dann können die sie zur Vernehmung holen oder zumindest feststellen, wo sie sich aufhält.«

Trollhättan lag nur knapp zwanzig Kilometer von Vänersborg entfernt. Irene zuckte zusammen, als sie an Vänersborg und Monika Lind dachte. Sie entschloss sich, bei ihr anzurufen und sie zu fragen, wie es ihr ging. Vielleicht konnte sie dann auch etwas darüber fallen lassen, dass sie den Mörder bald fassen würden. Das war sicher ein Trost.

Monika Lind klang erst etwas erstaunt, als sie Irenes Stimme hörte. Sie freute sich, dass sich Irene nach ihr erkundigte.

»Es ist, als wäre ich in ein schwarzes Loch gefallen. Glücklicherweise ist das Schuljahr jetzt zu Ende, aber vielleicht ist es ja gar nicht gut, zu viel Zeit zum Nachdenken zu haben. Ich mache mir Vorwürfe wegen dem, was Bell zugestoßen ist. Warum habe ich sie nur nach Kopenhagen fahren lassen? Aber vermutlich hätte ich sie nicht daran hindern können. Ich habe nie begriffen, dass sie sich … Wie konnte ich nur so blauäugig sein?«, sagte sie.

»Wie geht es dem Rest der Familie?«, fragte Irene.

»Janne trägt's mit Fassung. Manchmal finde ich, mit zu großer Fassung. Aber er hat Elin und mir sehr viel Halt gegeben, obwohl Elin noch so klein ist, dass sie gar nicht so richtig begreift, was passiert ist. Aber sie liegt mir mit einem Hund in den Ohren. Janne will auch gerne einen. Vielleicht bringt uns das auf andere Gedanken… Was glaubst du? Ihr habt doch immer einen Hund gehabt. Ist Elin noch zu klein?«

»Nicht, wenn Janne und du euch darüber klar seid, dass ihr die ganze Verantwortung für den Hund habt. Aber ein Hund würde euch sicher auf andere Gedanken bringen, und dann hättet ihr auch ein gemeinsames Interesse. Ein kleiner Welpe braucht viel Aufmerksamkeit und Pflege, man muss ihn abrichten und…«

Irene unterbrach sich und dachte angestrengt nach. Vorsichtig sagte sie dann:

»Zufälligerweise ist Sammie gerade Papa geworden. Wir haben einen seiner Welpen bei uns zu Hause. Er ist fast zehn Wochen alt und wahnsinnig süß. Aber er ist uns eigentlich zu viel. Sammie ist zu alt und akzeptiert den Konkurrenten nicht. Die Frau, die Sammie tagsüber betreut, ist schon siebzig, und wir wissen nicht, wie lange sie das noch machen kann. Alle sind wenig zu Hause. Job, Schule, eine Menge Freizeitaktivitäten… du weißt ja, wie das ist. Es ist ein Mischling, eine Kreuzung aus einem schwarzen, mittelgroßen Pudel und einem Irish Softcoated Wheaten Terrier. Wenn ihr wollt, könnt ihr ihn haben. Er ist so süß, einfach goldig.«

Nach langem Nachdenken sagte Monika:

»Doch, das müsste gehen, gerade wenn man daran denkt, dass ich den ganzen Sommer frei habe. Wie viel kostet er?«

»Ich schenke ihn Elin. Ihr tut uns einen großen Gefallen damit, wenn wir wissen, dass er ein gutes Zuhause bekommt.«

»Aber das können wir doch nicht annehmen! Wie heißt er denn?«

Fast hätte ihr Irene die Wahrheit gesagt, sie konnte sich aber noch rechtzeitig beherrschen. Pinkelmaxe klang wirklich nicht sonderlich vertrauenserweckend. Deswegen sagte sie nur:

»Wir haben uns noch nicht entscheiden können. Meist nennen wir ihn nur den Kleinen.«

»Ich spreche mit Janne. Dann lasse ich morgen wieder von mir hören.«

Irene fand, dass Monikas Stimme, ehe sie aufgelegt hatte, schon etwas fröhlicher geklungen hatte. Sie hoffte wirklich, dass sich Familie Lind um den Kleinen kümmern würde.

Jetzt stand ihr noch das Schwerste bevor: ihre eigene Familie davon zu überzeugen, dass sie das Richtige getan hatte.

KAPITEL 19

Es war genauso mühsam, die Familie zu überzeugen, wie Irene erwartet hatte. Nach einigem Hin und Her mussten die anderen zugeben, dass es schwer war, den vollen Terminkalender, den sie alle hatten, mit den Bedürfnissen des jungen Pinkelmaxe in Einklang zu bringen. Das entscheidende Argument war jedoch Sammies offenbarer Widerwille. Er war Ruhe und Frieden gewohnt, außerdem lange Spaziergänge und dass ihm niemand sein Futter streitig machte. Sein Sohn stellte sein gesamtes geruhsames Dasein auf den Kopf. Sammie schlich nur noch mit gesenktem Schwanz herum und sah unglücklich aus.

»Eventuell fahre ich morgen nach Trollhättan. Wenn Linds ihn haben wollen, nehme ich Pinkelmaxe mit und schaue mit ihm in Vänersborg vorbei«, sagte Irene entschieden.

Die anderen drei nickten düster. Jenny hatte Tränen in den Augen, als sie das süße Pelzknäuel auf den Schoß hob. Pinkelmaxe war überglücklich und versuchte ihr das Gesicht zu lecken.

Sammie lag unter Irenes Stuhl und seufzte schwer.

Monika Lind rief an, noch ehe sich Irene auf den Weg zum Polizeipräsidium gemacht hatte.

»Wir hätten den Kleinen gerne!«, sagte sie und klang richtig froh. Es dauerte einige Sekunden, bis Irene, verschlafen wie sie war, darauf kam, dass sie den Welpen am Vortag selbst so genannt hatte. Sie überwand ihre Ratlosigkeit jedoch schnell und erzählte, dass sie wahrscheinlich noch im Verlauf des Tages nach Trollhättan fahren würde. Falls es aber doch nicht dazu käme, müsse Familie Lind den Kleinen eben am nächsten Tag selbst abholen.

»Wir haben Sebastian Martinssons Mutter ausfindig gemacht. Sie heißt Sabine, ist Jahrgang '50. Heute kommt sie aus der Klinik. Dort lag sie wegen akuten Deliriums. Offenbar hat sie ein ernstes Alkoholproblem«, begann Birgitta.

Andersson nickte und unterbrach sie dann:

»Ich habe mit den Kollegen in Trollhättan gesprochen. Wir nehmen sie uns selbst vor. Hannu und Irene machen sich gleich auf den Weg. Hier ist die Adresse.«

Er gab Hannu einen Zettel. Irene war zufrieden. Jetzt würde Pinkelmaxe zum ersten Mal in seinem Leben Auto fahren und seine neue Familie treffen.

Der Kommissar fuhr fort:

»Svante Malm hatte keine Zeit, heute Morgen selbst zu erscheinen, hat mich aber gerade angerufen. Offenbar können sie die DNA der Haare, die in der Bürste im Badezimmerschrank gefunden wurden, ermitteln. Er sagte, dass an einigen von ihnen noch der Haarbalg hängt. Diesen wollen sie mit der DNA der Spermaflecken vom Tatort vergleichen. Dann bat er mich noch, dir, Irene, auszurichten, dass die Handschrift auf der Ansichtskarte, die du damals bekommen hast, auf den ersten Blick große Ähnlichkeit mit der von Martinsson aufweist. Er hatte einiges in seinen Skizzenblöcken aufgeschrieben.«

»Hat er was gesagt, ob sie Marcus' Notebook gefunden haben?«, warf Birgitta ein.

»Nein. Da waren nur Kleider und Sonnencreme und Sachen, die jeder in die Ferien mitnimmt. Alles in Plastiktüten. Merkwürdigerweise haben sie keine Reisetasche gefunden«, sagte Andersson.

Birgitta sah enttäuscht aus. Mithilfe von Marcus' Notebook hätten sich sicher viele offene Fragen beantworten lassen.

»Irene, ehe ihr fahrt, will ich, dass du die Kollegen in Kopenhagen informierst. Du bist die Einzige, die Dänisch kann. Erzähle ihnen alles, was wir über Martinsson wissen, und dass wir glauben, dass er eine Kunstschule in Kopenhagen besucht«, sagte Andersson.

Das Letzte war eine Folgerung, die Irene beim späten Pizzaessen des Vortags präsentiert hatte. Ihre Hypothese lautete, dass Sebastian in Göteborg arbeitete und in Kopenhagen Malerei studierte. Als Andersson etwas zweifelnd gefragt hatte, warum Sebastian dann nicht ganz nach Kopenhagen umgezogen sei und sich dort einen Aushilfsjob gesucht habe, statt zu pendeln, hatte Hannu trocken entgegnet: »Hier in Göteborg hat er eben seinen Traumjob.«

Irene nickte. Sie würde die Informationen nach Kopenhagen weitergeben.

Es war Jens Metz, der in der Dienststelle in Vesterbro ans Telefon ging. Irene trug ihm alles vor, was sie über Sebastian Martinsson herausgefunden hatten. Metz war beeindruckt.

»Nicht schlecht. Er kommt wirklich für alle Morde in Frage. Habt ihr seine Videosammlung überprüft? Es würde mich nicht wundern, wenn ihr dort die Sequenzen finden würdet, in denen er die Hauptrolle spielt«, meinte Jens scherzhaft.

Irene wurde es schon fast wieder schlecht, als sie sich vorstellte, wie diese Szenen vermutlich aussahen.

Zum Abschluss frage sie noch nach Beate Bentsen. Jens' Stimme klang ernst, als er antwortete:

»Sie ist weiterhin krankgeschrieben. Die Ermordung von Emil hat sie ziemlich mitgenommen. Aber dass er dann auch noch zerstückelt wurde, hat sie total fertig gemacht. Wahrscheinlich fällt sie den ganzen Sommer aus.«

Irene empfand großes Mitleid mit der dänischen Kommissarin. Sie hatte einen klugen und freundlichen Eindruck bei ihr hinterlassen. Dass sie die Mutter eines nekrophilen Mörders war, war nicht zu fassen. Wie hatte Emil nur so werden können?

Irene dachte an die Poster, die Videos und die CDs in seiner Wohnung. Ihre Theorie war, dass der Auslöser die Bilder waren, die Emil in großen Mengen konsumiert hatte. Die Bilder, um die er seine Phantasien gesponnen hatte und die einen immer größeren Teil seines Lebens eingenommen hatten.

Irene versprach Jens Metz, von sich hören zu lassen, sollte sich im Verlauf des Tages etwas Neues ergeben. Im umgekehrten Fall wollte auch ihr dänischer Kollege sich melden.

»Ihre Handynummer habe ich ja bereits«, sagte er und lachte gehässig.

Als sie aufgelegt hatte, dachte Irene an seine letzten Worte. Sie hatte die Anspielung auf Tom Tanaka begriffen, es aber nicht gewagt, Jens zu fragen, wie es Tom ging. Das war immer noch zu heikel.

Als Nächstes rief sie zu Hause bei Katarina an. Irene bat ihre schlaftrunkene Tochter, Pinkelmaxes weltliche Habe in eine Tüte zu packen: das Welpenfutter, die beiden rostfreien Fressnäpfe, die Leine und den Kauknochen. Auf die quietschende Ente konnten sie verzichten, da er vor ihr eine Heidenangst hatte. Dagegen konnte es vermutlich nicht schaden, wenn Katarina irgendwo noch ein Buch über das Abrichten von jungen Hunden finden würde. Da die Linds keinerlei Erfahrung mit Welpen hatten, konnte es durchaus nützlich sein. Und da Pinkelmaxe Sammies Sohn war, war sich Irene ziemlich sicher, dass sie es bald brauchen würden.

Als dieses Gespräch erledigt war, suchte sie Hannu. Zusammen gingen sie dann nach draußen zu ihrem Dienstwagen, einem diskreten dunkelblauen Saab 900.

Pinkelmaxe war gerade Gassi gewesen und sehr munter. Es war zu spüren, dass er es wahnsinnig aufregend fand, Auto zu fahren. Ehe Hannu noch den Motor angelassen hatte, stand er schon in Irenes Schoß auf, drückte die Pfoten gegen die Windschutzscheibe und versuchte nach draußen zu schauen. Als er Katarina entdeckte, die ihnen, mit Sammie an der Leine, von den Garagen aus zuwinkte, bellte er seinen alten Herrn, der nicht mitkommen durfte, triumphierend an. Er war wirklich das Ebenbild seines Vaters, abgesehen davon, dass er einen dunkleren Pelz hatte. Nach einer knappen halben Stunde wurden dem Welpen die Eindrücke dann zu viel, er ließ sich ermattet in Irenes Schoß sinken und schlief sofort ein.

Die Übergabe von Pinkelmaxe an die überglückliche Elin verlief ohne größere Probleme. Irene gelang es allerdings gerade noch, sie daran zu hindern, den jungen Hund in ihren Puppenwagen zu legen. Elin hatte die Mitteilung, der Hund, den sie bekommen würden, sei noch ein Baby, auf ihre Art verstanden.

»Ruft mich an, falls es irgendwelche Probleme gibt«, waren Irenes Abschiedsworte.

Als sie außer Sichtweite waren, atmete sie auf.

»So viel dazu«, sagte sie.

»Mühsam mit Welpen«, stellte Hannu fest.

»Nicht schlimmer als bei Kleinkindern«, erwiderte Irene.

In Hannus Mundwinkel schlich sich ein leises Lächeln.

Das Viertel, in dem Sabine Martinsson wohnte, lag etwas außerhalb von Trollhättan. Sie hatten Mühe, die Adresse zu finden, aber nachdem sie ein paar Mal im Kreis gefahren waren, gelang es ihnen schließlich.

Das Haus war aus den Fünfzigerjahren, und seither war nichts mehr daran gemacht worden. Die ganze Siedlung wirkte ziemlich heruntergekommen. Das Fenster in der Haustür war nachlässig durch eine Platte aus Pressspan ersetzt worden. Auf diese hatte jemand ein schwarzes Hakenkreuz gemalt. Irene öffnete die schwere Tür und trat in den mit Schmierereien übersäten und nach Urin stinkenden Treppenaufgang.

Das Gelage war deutlich bis nach unten zu hören. Irene sah auf die Uhr. Viertel vor zwölf. Ein paar Leute nahmen offenbar ein flüssiges Mittagessen zu sich. Sie folgten dem Gelächter und den lauten Stimmen und kamen in den zweiten Stock. An der Tür hing ein gesprungenes Emailschild mit dem Text: »Willkommen bei Sabine und Sebastian«. Darunter hatte jemand das Wort »Fotze« eingeritzt.

Die Klingel war defekt. Hannu klopfte laut. In der Wohnung war es zu laut, als dass es jemand hätte hören können. Als niemand reagierte, drückte Hannu resolut die Klinke herunter und trat ein.

Ein Mann lag quer auf dem schmutzigen Fußboden der Diele. Da er lautstark schnarchte, war er offensichtlich noch am Leben, und so stiegen sie einfach über ihn hinweg.

In der Küche war das Gelage in vollem Gange. In der Luft stand Zigarettenqualm, aber trotzdem stank es nach Müll und ungewaschenen Menschen. An einem voll gestellten Küchentisch saßen eine Frau und zwei Männer. Im Fenster stand ein Gettoblaster. Elvis sang in voller Lautstärke: »Are you lonesome tonight?« Auf dem Tisch war ein einziges Durcheinander: ungespülte Gläser, ein Brotlaib, von dem Stücke abgerissen waren, eine Wurstpelle, ein großer Karton mit Keksen und leere Chipstüten. In der Mitte thronte ein Fünfliter-Plastikkanister. Wenn man davon ausging, dass dieser voll gewesen war, konnte das nur bedeuten, dass vier Personen beinahe zwei Liter selbst gebrannten Schnaps getrunken hatten. Die Anwesenden benahmen sich danach.

»Glaubst du, dass wir ein vernünftiges Wort aus ihr herausbekommen?«, fragte Irene.

»Wenn wir schon mal hier sind, können wir es wenigstens versuchen.«

Im selben Augenblick entdeckte einer der Männer, dass sie unerwünschten Besuch bekommen hatten. Er war untersetzt und kräftig. Sein dichtes blondes Haar stand in alle Richtungen. Seine blutunterlaufenen, hellblauen Augen bewegten sich träge. Ungeschickt versuchte er aufzustehen, fiel aber sofort wieder auf seinen Küchenstuhl zurück. Stattdessen begann er zu brüllen:

»Wer verdammt …! Verdammt …!«

Trotz der wenigen Worte war deutlich sein finnischer Akzent

zu hören. Schnell sagte Hannu etwas auf Finnisch. Der Mann verstummte sofort, und seiner versteinerten Miene sah Irene an, dass er so bald nicht wieder etwas sagen würde. Sie versuchte, gelassen zu klingen, als sie erklärte:

»Wir sind von der Polizei in Göteborg. Wir suchen Sabine Martinsson.«

Die Frau drehte ihren mageren Kopf herum und sah Irene zum ersten Mal an. Ihr dünnes, mit Henna gefärbtes Haar hatte sie oben auf dem Kopf schlampig zu einem Pferdeschwanz zusammengebunden. Ihrem Gesicht war der jahrelange Alkoholmissbrauch anzusehen. Um die Augen und den Mund hatten sich tiefe Falten eingegraben. Aber ihre Wangenknochen und ihre großen grünen Augen ließen noch ihre frühere Schönheit erahnen. Diese Wangenknochen hatte Sebastian von seiner Mutter geerbt.

Langsam stand Sabine Martinsson auf die Tischplatte gestützt auf. Seine Größe hatte Sebastian ebenfalls von seiner Mutter geerbt. Sie war fast ebenso groß wie Irene und nicht nur schlank, sondern abgemagert und unterernährt. Nur der Bauch schien rund und etwas geschwollen zu sein. Sabine Martinsson machte einen schwer kranken Eindruck. Ihr gelbes T-Shirt hing auf ihren knochigen Achseln. Unter dem dünnen Stoff zeichneten sich hängende, eingesunkene Brüste mit großen Brustwarzen ab. Die zerlöcherte schwarze Strumpfhose schlotterte um ihre mageren Beine.

»Die Bullen aus… Göteborg?«, lallte sie.

Ihr fehlten ein Schneidezahn und mehrere Zähne im Unterkiefer.

»Wir würden uns gerne mit Ihnen unterhalten. Es geht um Sebastian.«

Als Irene den Namen ihres Sohnes nannte, kam plötzlich ein Leuchten in Sabines vorher so toten Blick. Sie richtete ihren krummen Rücken auf und sagte mit erstaunlich klarer Stimme:

»Ist Sebbe was zugestoßen?«

Irene trat einen Schritt auf die schwankende Gestalt zu und

legte ihr vorsichtig eine Hand auf den Arm. Unter der Haut waren keine Muskeln, nur Knochen.

»Das wissen wir nicht. Er ist von seinem Arbeitsplatz verschwunden. Wissen Sie, wo er ist?«

Jetzt wurde der ältere der beiden Männer auf einmal munter. Er hatte die beiden Beamten blinzelnd angestarrt und dabei seine zahnlosen Kiefer bewegt. Plötzlich begann er zu rufen:

»Sag verdammt noch mal nichts zu den Bullenschweinen! Diesen verdammten …«

Unbeholfen versuchte er aufzustehen, wurde aber schnell von dem Finnen wieder auf den Stuhl heruntergezogen. Irene verstand kein Finnisch, aber was Hannu auch immer gesagt hatte, seine Botschaft war auf jeden Fall durch den Alkoholnebel gedrungen.

»Keine Panik. Wir versuchen nur, ihren Sohn zu finden. Der ist verschwunden«, sagte Irene lächelnd.

Der Mann begriff das nicht recht und begann wieder, die Kiefer zu bewegen.

»Sebbe? Sebbe … verschwunden?«, fragte Sabine.

Sie sprach angestrengt, als koste sie jedes Wort unerhörte Mühen.

»Ja. Er war jetzt schon seit einer ganzen Weile nicht mehr bei seiner Arbeit, und in seiner Wohnung ist er auch nicht. Wissen Sie, wo er sein könnte?«

Sabine schüttelte Irenes Hand ab und ging auf unsicheren Beinen auf die Küchentür zu. Sie stützte sich am Türrahmen ab und holte ein paar Mal rasselnd Atem, ehe sie anfing zu husten. Nach einer Weile nahm sie Kurs auf die Toilette auf der anderen Seite der Diele. Natürlich stolperte sie über den schnarchenden Mann. Sie fiel kopfüber, aber glücklicherweise auf den Mann und deswegen relativ weich. Dieser hustete kurz und begann dann in einer anderen Tonart weiterzuschnarchen.

»Haben Sie sich wehgetan?«, fragte Irene.

Sie war Sabine sofort zur Hilfe geeilt. Jetzt zog sie sie wieder auf die Beine. Sabine murmelte nur abwehrend und machte sich dann aus Irenes vorsichtigem Griff frei. Stolpernd legte sie schließlich die letzten Schritte zur Toilette zurück. Mit einem Knall schloss sie die Tür hinter sich. Wenig später war kräftiges Würgen zu hören.

»Übergibt sie sich absichtlich?«, flüsterte Irene Hannu zu.

»Vermutlich. Sie versucht, klarer im Kopf zu werden.«

Als Sabine die Tür wieder öffnete, verbreitete sich der säuerliche Gestank von Erbrochenem. Sie hob mit einem Ruck den Kopf und sagte, ohne die Beamten anzusehen:

»Kommen Sie. Ins Wohnzimmer.«

Etwas schwankend ging sie vor ihnen her. Die einzigen Möbelstücke waren ein schmutziges Sofa, das einmal zu Anbeginn der Zeiten hellblau gewesen war, und ein schadhafter Rohrstuhl. In der Ecke stand eine leere Staffelei. Mitten im Zimmer glänzte ein nagelneuer Farbfernseher. Aber es waren nicht die Möbel, die man als Erstes bemerkte, wenn man das Zimmer betrat.

Kein einziger Quadratzentimeter der Tapete war zu sehen. An den Wänden hingen Sabines Gemälde. Sie waren groß und alle etwa in den gleichen Farben: helllila, rosa und weiß. Die eine oder andere eisblaue Schattierung fand sich ebenfalls. Aber kein einziger warmer Farbton war irgendwo auszumachen.

Bei den Bildern handelte es sich um Porträts. Ausnahmslos unerfreuliche Gesichter wie aus schrecklichen Albträumen starrten den Betrachter an. Verzerrte, bösartige Dämonen sahen von den Wänden herab. Einen Augenblick lang fand Irene, dass ein dicker, buddhaähnlicher Mann mit einem breiten Lächeln die einzige sympathische Gestalt war. Aber dann merkte sie, dass die Augen des Buddhas schwarz und leer waren. Mit ihrem Pinsel hatte Sabine ein kaltes Hohnlächeln eingefangen. Die eisigen Farben verstärkten die unbehaglichen Gefühle noch, die die Bilder in ihr auslösten. Irene hätte sich keines dieser Porträts aufgehängt, daran konnte auch das Talent der Malerin nichts ändern.

Sabine ließ sich krachend auf das Sofa fallen. Ihr Brustkorb hob sich, und sie atmete rasselnd. Dann hustete sie so sehr, dass Irene begann, sich ernsthaft Sorgen zu machen. Hatte Sabine eine Lungenentzündung? Aber sie war doch gerade erst aus dem Krankenhaus entlassen worden. Als habe sie Irenes Gedanken gelesen, sagte Sabine mit Mühe:

»Raucher… Raucherhusten. Ich sollte nicht rauchen.«

Irene setzte sich auf den knarrenden Korbstuhl. Sie sprach ein stilles Gebet, dass er nicht unter ihrem Gewicht zusammenbrechen möge. Hannu zog es vor zu stehen.

»Was wollen Sie von Sebbe?«, fragte Sabine mit ihrer rauen Stimme.

Vertraulich lehnte sich Irene vor und sagte:

»Sebastians Kollegen fragen sich, wo er steckt. Er ist seit mehreren Tagen nicht mehr bei der Arbeit erschienen. Wissen Sie, wo er ist?«

Sabine schüttelte den Kopf.

»Nein… er hatte nette… Kollegen beim Institut.«

»Institut?«, fragte Irene erstaunt.

»Ein gutes Institut. Das Beste in Gö… teborg. Cyhréns.«

Sie verstummte und sah träge auf einen lila Geist aus der Unterwelt mit weit offenem Mund, der in einem ewigen Angstschrei erstarrt war.

»Was meinen Sie damit, dass er bei einem Institut arbeitet?«, fragte Irene erneut.

Sabine warf ihr einen irritierten Blick zu.

»Beerdigungsinstitut. Ein guter Job. Braucht Geld… Teure Studien in Kopenhagen.«

Schnell ergriff Irene die Gelegenheit.

»Wie lange hat er in Kopenhagen studiert?«, fragte sie.

Sabine runzelte ihre schmale Stirn. Nach einer Weile strahlte sie plötzlich und sagte triumphierend:

»Mehrere Jahre.«

»Was studierte er dort?«

Irene versuchte, ihre Fragen nicht zu schroff klingen zu lassen, um das Vertrauen der Frau nicht zu verlieren.

Sabine richtete sich in dem dreckigen Sofa auf und warf den Kopf in den Nacken.

»Malerei. Kunst. Ich bin schließlich Künst… lerin.«

Bei den letzten Worten warf sie sich vor und erbrach gelbe Galle auf den Fußboden. Hannu zog ein Paket Papiertaschentücher hervor. Er legte mehrere übereinander und wischte den Fleck auf. Hastig verschwand er in der Diele. Irene hörte, wie auf der Toilette die Wasserspülung betätigt wurde.

Die dünne Frau auf dem Sofa presste die Hände auf den Bauch. Auf ihrer Stirn glänzten Schweißperlen.

Irene machte sich richtig Sorgen.

»Sollen wir Sie zurück ins Krankenhaus bringen?«

Sabine zuckte zusammen und sagte entsetzt:

»Nee! Das hat keinen Sinn! Die schicken mich sofort wieder nach Hause. Die Leber und Bauchspeicheldrüse sind kaputt. Hätt ich mir selbst zuzuschreiben… sagen sie.«

Irene merkte, welche Anstrengung es Sabine kostete, ihre Fragen zu beantworten. Verzweifelt kämpfte sie gegen den Alkohol und ihre Schmerzen. Ihr Sohn musste ihr einiges bedeuten.

»Wann haben Sie Basta zuletzt gesehen?«, fragte Irene.

Erst begriff sie nicht, was sie falsch gemacht hatte, aber als sie sah, dass Sabines Augen hasserfüllt funkelten, merkte sie, dass sie einen Fehler gemacht hatte. Wütend zischte Sabine:

»Sagen Sie nicht Basta! Wie können Sie wissen…? Nicht Basta! Sebbe! Sebbe!«

»Gefällt Ihnen nicht, dass er Basta genannt wird?«

»Nee! Nee!«, erwiderte Sabine entschieden.

»Dann bitte ich vielmals um Entschuldigung, aber das ist der Spitzname, mit dem er sich selbst mehrfach vorgestellt hat. Auch seine Arbeitskollegen nennen ihn Basta. Sebastian selbst wird schon nichts dagegen haben«, fuhr Irene fort.

Sabine sah Irene ungläubig an.

»Nennt er sich… so?«

»Ja. Basta.«

Sabine ließ ihre schmalen Schultern und ihren Hals noch mehr hängen. Bald liegt sie da wie ein Haufen Knochen, dachte Irene.

»Dieser ... Drecksack von seinem Vater hat ihn immer so genannt«, flüsterte Sabine.

Sebastian Martinsson verwendete also den Kosenamen, den sein Vater benutzt hatte. Aber er war gestorben, als er dreizehn gewesen war. Wahrscheinlich würden die Psychiater daraus ihre Schlüsse ziehen, wenn sie ihn später einmal untersuchen würden. Schade, dass er sich nicht »Sebbe« genannt hatte, dann wären sie schon viel früher auf ihn gekommen.

Irene beschloss, es noch mal zu versuchen:

»Wann haben Sie zuletzt mit Sebastian gesprochen?«

Sabine lehnte sich zurück. Sie presste immer noch die Hände auf den Bauch.

»Weiß nicht, vielleicht Weihnachten«, murmelte sie.

Offenbar kein näherer Kontakt, konstatierte Irene. Plötzlich erinnerte sie sich an etwas und fragte:

»Hat sich Sebastian mal die Kuppe seines linken Zeigefingers verletzt?«

Sabine versuchte Irene zu fixieren. Sie sah misstrauisch aus.

»Warum ... wollen Sie das wissen?«

»Einer seiner Arbeitskollegen sagte etwas von einer lädierten Fingerkuppe. So was ist immer gut, falls wir ihn nicht finden und nach ihm fahnden müssen«, sagte Irene unschuldig.

Sabine nickte seufzend:

»Er klemmte sich ... im Schulportal ... als er hier wohnte ... hier bei mir.«

Nach diesem langen Satz hob und senkte sich ihr Brustkorb hastig, und sie hustete rasselnd. Irene beschloss, die Sache direkt anzugehen.

»Wissen Sie, wo er in Kopenhagen wohnt?«, begann sie.

»Nee. Er wohnt da immer an verschiedenen ... Stellen.«

Sie schloss die Augen und lehnte den Kopf gegen die Rückenlehne. Irene befürchtete, sie würde einnicken. Eilig meinte sie:

»Wissen Sie, wie die Schule heißt, die er besucht?«

Sabine öffnete die Augen einen Spalt. Mühsam setzte sie sich auf. Dann wiegte sie langsam den Kopf und versuchte wohl, einen klaren Gedanken zu fassen. Zögernd sagte sie:

»Keine Schule … Krüger … Akademie … oder so …«

Krüger? War das nicht dieser Schwede? Der mit dem Streichholzimperium? Vielleicht hatte der ja auch eine Kunstakademie in Kopenhagen gegründet? Sie musste so schnell wie möglich ihre Kollegen in Kopenhagen anrufen.

Zum ersten Mal mischte sich Hannu in die Vernehmung ein und fragte:

»Sabine, gibt es irgendein Haus in Richtung Säve, zu dem Sebastian den Schlüssel hat?«

»Säve? Mein kleines Haus … das ich von meinen Eltern geerbt habe. Dort kann er nicht wohnen. Ist abgebrannt …«

»Besitzen Sie das Haus noch immer?«

Sabine nickte. Dann ließ sie den Kopf hängen. Ab und zu stöhnte sie leise. Da Sabine gerade aus dem Krankenhaus entlassen worden war, hatte es vermutlich keinen Sinn, zu versuchen, sie wieder einweisen zu lassen. Niemand würde Sabine auch nur mit der Zange anfassen außer ihren Kavalieren in der Küche.

Als Irene aufstand, um zu gehen, schoss plötzlich Sabines klauenähnliche Hand vor und packte den Saum ihrer Jacke.

»Finden Sie ihn … bitte«, sagte sie mit rasselnder Stimme.

In diesem Punkt konnte Irene sie beruhigen, gleichzeitig machte sie den Jackenstoff aus der Umklammerung los.

»Wir tun, was wir können.«

Sie stiegen über den Mann in der Diele, der immer noch friedlich schnarchte.

»Wovon sprach sie eigentlich, als sie sagte, er würde bei einem Beerdigungsinstitut arbeiten? Basta arbeitet doch auf der Gerichtsmedizin!«, sagte Irene.

Sie saß am Steuer, und sie sausten ein wenig über der erlaubten Höchstgeschwindigkeit auf Göteborg zu. Schweigend saß Hannu eine Weile da und sagte dann:

»Der Anzug.«

Der Mann ging einem manchmal wirklich auf die Nerven, aber Irene wusste, dass er oft Recht hatte und die richtigen Schlüsse zog. Das Irritierende war jedoch, dass manchmal nur er selbst verstand, was seiner Meinung nach auf der Hand lag. Er dachte fünfzehn Sätze und sprach den sechzehnten aus und das oft nur in Kurzform. Und alles um ihn herum schaute dumm aus der Wäsche. Im Augenblick saß nur Irene neben ihm, aber sie war da keine Ausnahme. Sie kam sich vor wie eine Idiotin.

»Was für ein verdammter Anzug?«

Das hatte nicht so scharf klingen sollen, aber das war jetzt auch nicht zu ändern. Wie immer zeigte sich Hannu unbeeindruckt.

»Der Anzug im Kleiderschrank«, sagte er ruhig.

In Bastas Kleiderschrank hatte ein schlichter schwarzer Anzug gehangen und außerdem ein weißes Hemd und ein schwarzer Schlips. Auf dem Boden hatte ein Paar schwarzer Schuhe gestanden. Das war die übliche Kleidung der Angestellten von Beerdigungsinstituten bei Begräbnissen.

»Du hast Recht. Den hatte ich vergessen. Die Arztsachen fand ich interessanter. Polizeiuniformen und OP-Kleidung... Meine Güte! Sie verkleiden sich bei ihren Spielen.«

»Emil und Basta wussten, was sie taten. Von einem Spiel konnte nie die Rede sein. Sie hatten die Morde an Carmen und Marcus geplant und vorbereitet«, meinte Hannu.

Schaudernd erinnerte sich Irene an das Video, das sie bei Emil gefunden hatten. Ehe sie Carmen getötet hatten, hatten sich Emil und Basta eine Videokamera und eine Kreissäge besorgt.

»Ich kriege raus, wo dieses Haus von Sabine liegt«, sagte Hannu.

Er zog sein Handy aus der Tasche und wählte eine Nummer aus seinem Adressbuch. Irene hörte, wie jemand antwortete. Eine Unterhaltung auf Finnisch begann. Das einzige Wort, das Irene verstand, war »Grundbuch«, aber sie war nicht ganz sicher, ob sie recht gehört hatte.

Hannu stellte sein Handy ab und sagte kurz:

»Ruft zurück.«

Hätte Irene Hannu nicht besser gekannt, hätte sie sicher gefragt: »Wer?« So zweifelte sie nicht daran, dass sein Mobiltelefon bald klingeln würde und sie dann die Adresse von Sabines Haus in Säve bekommen würden.

»Hast du mal was von dieser Krügerakademie gehört?«, fragte sie stattdessen.

»Nein.«

»Dann ruf ich in Kopenhagen an, wenn wir wieder im Präsidium sind.«

Am liebsten hätte Irene nach ihrem Besuch bei Sabine sofort geduscht. Der Geruch von Schmutz, Erniedrigung und Armut hatte die unangenehme Eigenschaft, an einem zu haften. Aber es war nicht das erste Mal, dass sie sich in diesem Milieu bewegte, und wohl auch nicht das letzte Mal. Sie schüttelte sich wie ein nasser Hund und beschloss, mit der Arbeit anzufangen.

Noch ehe sie die Nummer der Dienststelle Vesterbro wählen konnte, klingelte ihr Mobiltelefon.

»Irene Huss.«

»Hier Tom.«

Irenes Herz schlug vor Freude einen Schlag extra.

»Tom! Das ist aber schön, dass Sie anrufen! Das bedeutet, dass Sie wieder zu Hause sind. Wie geht es Ihnen?«

»Stimmt, ich bin wieder zu Hause. Es geht mir den Umständen entsprechend. Es ging mir aber auch schon besser. Ich rufe Sie jedoch nicht an, um mich zu beklagen. Ich wollte mich für die Blumen bedanken. Peter Møller hat sie mir vorbeigebracht. Wunderschöne Orchideen. Das sind meine Lieblingsblumen. Vielen Dank.«

Plötzlich schoss Irene ein Gedanke durch den Kopf: Wenn Basta jetzt in Kopenhagen war und auf die Idee kam, sein unvollendetes Werk zu vollenden? Tom war das einzige seiner Opfer, das überlebt hatte. Sollte sie Tom warnen? Zögernd sagte sie:

»Tom. Wir haben eine Spur. Wahrscheinlich wissen wir, wer der Mörder ist. Haben Emil oder Marcus jemals den Namen Basta erwähnt?«

Das Schweigen war lang und geladen. Schließlich erwiderte Tom knapp:

»Nein.«

»Kennen Sie eine Kunstschule, die Krügerakademie heißt?«

»Krüger…? Nein.«

Irene hatte sein Zögern bemerkt, aber als er weiter nichts sagte, fragte sie:

»Haben Emil oder Marcus jemals von einem Kunststudenten erzählt?«

»Ja. Emil hatte eine Weile an einen Typen vermietet, der Künstler werden wollte. Ich glaube, dass er Sebastian hieß. Ist das der, der Basta genannt wird?«

»Ja.«

Wieder diese konzentrierte Stille am anderen Ende der Leitung.

»Glaubt ihr, dass dieser Basta der Mörder ist?«, fragte Tom schließlich.

»Es spricht vieles dafür. Im Augenblick könnte er sich in Kopenhagen aufhalten. Sie müssen aufpassen. Wir wissen nicht, wie er denkt. Vielleicht hat er in Ihrem Fall versagt und muss die Sache noch zu Ende bringen. Schließlich haben Sie überlebt.«

»Verrückt! Aber er hatte es schließlich nicht auf mich abgesehen. Er wollte das Bild an der Wand. Warum eigentlich?«

»Er war selbst auf diesem Foto.«

»Aha.«

Sie beendeten das Gespräch damit, dass sie sich gegenseitig ein schönes Wochenende wünschten. Sie würden einander bald wieder anrufen und sich vielleicht auch besuchen. Irene war dankbar, dass Tom mit dem Leben davongekommen war.

Nach zwei Bechern Kaffee rief sie bei den Kollegen in Vesterbro an. Jens Metz war am Apparat, genau wie Irene das erwartet hatte. Schließlich war er der Stellvertreter von Beate Bentsen, solange diese krankgeschrieben war.

»Hallo. Hier ist Irene Huss. Wir haben uns vor einigen Stunden mit der Mutter von Sebastian Martinsson unterhalten. Es gibt gute Gründe, anzunehmen, dass sich Sebastian im Augenblick in Kopenhagen aufhält. Sie behauptet, dass er an einer gewissen Krügerakademie Kunst studiert.«

»Krügerakademie? Nie gehört, aber das kriegen wir schnell raus. Sonst noch was?«

»Wir fahren jetzt zu einem alten Haus, das Martinssons Mutter gehört. Mein Kollege glaubt, dass Marcus Tosscander dort zerstückelt wurde.«

»Wir sind uns jetzt fast vollkommen sicher, dass Carmen in dieser alten stillgelegten Werft zerstückelt wurde. Wir haben den Raum mit dem Video verglichen, und das meiste stimmt. Haben Sie irgendeine Adresse, unter der wir Sebastian suchen können?«

»Nein. Die Mutter ist Alkoholikerin und war bei der Vernehmung vollkommen betrunken. Sie hatte keine Ahnung, wo er in Kopenhagen wohnt.«

»Dann müssen wir versuchen, ihn über diese Akademie ausfindig zu machen. Aber da ist jetzt vermutlich niemand mehr. Kurz vor vier an einem Freitagnachmittag im Juni! Sicher ist die Schule den Sommer über geschlossen.«

»Sehr wahrscheinlich. Schönes Wochenende. Bis bald.«

Hannu saß über eine Karte gebeugt, als Irene sein Zimmer betrat. Er deutete mit dem Zeigefinger auf einen Punkt der Karte und sagte:

»Hier.«

Irene beugte sich vor und sah, dass er die Detailkarte des nördlichen und östlichen Hisingen herausgesucht hatte. Sein Zeigefinger befand sich fast an der Küste.

»Wir müssen am Schießplatz von Björlanda vorbei. Dann

geht es eine Menge schmaler Straßen entlang. Wir nehmen die Karte mit«, meinte Irene.

Hannu nickte und steckte sie in die Innentasche seiner Jacke.

Es war sonnig und klar, aber vom Meer kam ein kalter Wind. Falls man das überhaupt noch Meer nennen konnte, so nahe waren sie der Flussmündung. Irene fand, das Wasser habe eine braunere Färbung, aber das war vielleicht nur Einbildung.

Das letzte Stück waren sie auf einer Schotterstraße gefahren, die stark überwachsen war. Die einzigen Häuser am Weg erinnerten mehr an Lauben in Schrebergärten. Sie sahen alt und verfallen aus. Nur fünfzig Meter von den Klippen entfernt, dem Wasser am nächsten, lag das Haus von Sabine Martinsson. Oder das, was von ihm noch übrig war. Offenbar hatte es sich auch hier um ein kleines Sommerhaus gehandelt, aber jetzt war von diesem nur noch ein halb eingestürzter Schornstein übrig, der wie ein anklagender Finger in den Himmel zeigte.

»Vor zwanzig Jahren abgebrannt. Keine Versicherung«, sagte Hannu.

Sie parkten vor der Ruine und stiegen aus dem Auto.

»Da«, sagte Hannu.

Er deutete auf eine verfallene Garage, die weiter hinten auf dem Grundstück stand. Sie war ziemlich klein, aber solide aus Beton errichtet. Das Dach war aus Wellblech. Es war rostbraun, und durch ein Loch flog ein kleiner Vogel.

Das Holz der Tür hatte Risse, aber das Vorhängeschloss war neu und stabil. Hannu ging zurück zum Wagen und holte ein Brecheisen. Dieses schob er in den Spalt neben dem Schloss und machte einen kräftigen Ruck. Mit einem leisen Knirschen löste sich das Schloss von der Tür und fiel zu Boden. Die Scharniere kreischten widerwillig, als er die beiden Türhälften öffnete.

Ganz hinten oben an der Wand war ein Fenster. An den Wänden links und rechts stand Gerümpel. Direkt neben der Tür lagen zwei Holzblöcke. Gegenüber lehnte eine große Spanplatte gegen die Mauer.

Hannu stand genauso reglos wie Irene. Er sah sich nur um und betrat die Garage nicht. Plötzlich streckte er den Arm aus und deutete auf das Fenster:

»Schau.«

Obwohl der Junihimmel noch hell war, sah Irene durch das schmutzige Glas die blinkenden Lichter eines landenden Flugzeugs.

KAPITEL 20

Monika Lind rief am Wochenende einmal an und fragte, warum ihr Hund nachts nicht in dem Korb liegen wollte, den sie eigens für ihn angeschafft hatten. Er sei nur herumgetappst und hätte gejault. Erst als sie ihn zu sich ins Bett genommen hätten, wären alle vollkommen erschöpft eingeschlafen. Das kannte Irene. Sie beruhigte Monika damit, dass Sammie seinen Korb auch nie benutzt hätte, den hätten sie nach einem Jahr schließlich wieder verkauft. Monika dankte für die beruhigende Auskunft und erzählte noch, dass sie den Kleinen Frasse getauft hätten.

Irene verbrachte einen Teil des Sonntagnachmittags damit, in den Gelben Seiten zu blättern. Unter der Rubrik Beerdigungsinstitute fand sie das Institut Cyhrén.

Hatte Sebastian wirklich auch noch bei einem Beerdigungsinstitut gearbeitet? Wie fand er nur Zeit für zwei Jobs und ein Studium in Kopenhagen? Oder arbeitete er bei Cyhrén nur selten? Irene beschloss, dort am Montagmorgen als Allererstes anzurufen.

Später am Abend rief Jonny Blom an. Das war noch nie vorgekommen, obwohl sie jetzt beide zwölf Jahre beim Dezernat für Gewaltverbrechen arbeiteten. Katarina ging an den Apparat und rief: »Mama! Es ist Jonny!«, und Irene wusste erst gar nicht, von wem die Rede war.

»Hier Irene Huss«, sagte sie abwartend.

»Hallo. Hier ist Jonny. Ich habe die Filme gefunden. Dieser Irre schnippelt an den Leichen rum, dass es eine Freude ist. Und er ist dabei gekleidet wie ein Arzt. So einer, der … operiert.«

Mit dem letzten Wort hatte er etwas Mühe, aber Irene war sich bereits im Klaren darüber, dass er getrunken hatte. Einiges sogar. Im Hinblick auf die ersten Videos war das vielleicht sogar von Vorteil, beim Anschauen der Filme nicht ganz nüchtern zu sein. Vorsichtig fragte Irene:

»Wo siehst du dir die Filme denn an?«

Sofort brauste er auf.

»Verdammt! Glaubst du, dass ich zu Hause sitze und sie meiner Frau und den Kindern vorführe? Ich bin natürlich im Präsidium!«

Darüber hätte Irene sich lustig machen können, aber er wäre dann nur noch saurer geworden.

»Gut. Willst du, dass ich auch komme?«, fragte Irene.

»Sonst fällt mir niemand ein. Hannu ist nicht zu Hause. Da habe ich gerade angerufen.«

»Okay. Bist du im Verhörzimmer vier?«

Dort stand die beste Videoanlage.

»Ja.«

»Trink noch eine Tasse Kaffee. Ich bin in zwanzig Minuten da.«

»Kaffee! Du immer mit deinem Kaffee!«, schnaubte Jonny.

»Bin gleich da. Bis dann!«

Irene eilte zu ihrem Wagen. Sie war froh, dass das Abendessen schon einige Stunden zurücklag. Sie hatte das deutliche Gefühl, dass ihr bei den Filmen der Appetit vergehen würde.

Verhörzimmer vier war leer. Auf dem Tisch lagen zwei unbeschriftete Videos und eine angekaute Zimtschnecke. Das Licht der Deckenlampe ließ auf der Tischplatte Ringe von Flaschen und Gläsern aufscheinen. Rasch schaute Irene in den Papierkorb, aber der war leer. Jonny hatte aufgeräumt, bevor sie gekommen war.

Sie hörte Schritte auf dem Gang, und dann wurde die Tür aufgerissen. Jonny hatte sich das Haar mit einem nassen Kamm gekämmt und reichlich Aftershave verwendet: Der Effekt war nicht ohne, da er sich offenbar seit zwei Tagen nicht mehr rasiert hatte.

»Ich war noch eben auf dem Klo. Du kannst dir die Filme allein ansehen. Mir reicht's.«

Ehe Irene noch etwas sagen konnte, hatte er die Tür schon wieder geschlossen. Sie hörte seine Schritte den Korridor entlang verschwinden.

Irene wurde es ganz mulmig, als sie die schwarzen Plastikkassetten betrachtete. Plötzlich kamen sie ihr bedrohlich vor. Sie wusste, was sie enthielten. Waren das eigentlich die Originalkassetten, oder hatte Jonny Kopien anfertigen lassen? Nachdem sie das Zimmer rasch durchsucht hatte, kam sie zu dem Schluss, dass es sich um die Originale handeln musste. Da sie die Ausrüstung zur Hand hatte, beschloss sie, die Filme selbst zu kopieren. Es war wichtig, dass sie dabei nicht zu viele Fingerabdrücke hinterließ. Deswegen zog sie Baumwollhandschuhe über, die sie aus ihrem Büro holte. Nachdem sie mit dem Kopieren fertig war, steckte sie die Originalvideos in Plastiktüten, um sie später zur Spurensicherung zu bringen.

Die Videos waren so widerwärtig, wie sie es erwartet hatte. Vor allen Dingen waren sie quälend lang, beide dauerten über eine Stunde. Im Film, in dem es um Carmen Østergaard ging, trug Sebastian weder einen Mundschutz noch etwas auf dem Kopf. Hingegen hatte er sowohl einen grünen Mundschutz als auch eine Operationshaube, als er Marcus zerschnippelte. Im Übrigen war er in beiden Filmen identisch gekleidet: offener weißer Arztkittel, darunter ein grünes Hemd, das hinten zugebunden wurde, und OP-grüne Hosen.

Irene dachte über Sebastians Kleidung nach. Auf der Arztkleidung, die sie in seinem Kleiderschrank gefunden hatten, fanden sich nicht die geringsten Blutspuren. Die Kleider hatten frisch gewaschen gewirkt. Das legte einen Schluss nahe: Nach seinen Sektionen hatte Sebastian seine verfleckten Kleider einfach in der Arbeit zur übrigen Schmutzwäsche gelegt. Dass in seinem Kleiderschrank frische Kleider hingen, konnte nur eines bedeuten: Er war jederzeit bereit, ein weiteres Opfer aufzuschlitzen. Irene glaubte, dass nur Zeitmangel in Kombination mit dem Fehlen geeigneter Räumlichkeiten Sebastian daran gehindert hatten, Isabell Lind, Emil Bentsen und Erik Bolin ebenfalls so auszuweiden, wie er das bei Marcus Tosscander und Carmen Østergaard getan hatte.

Sehr sorgfältig schnitt Sebastian die Leichen auf und entfernte die inneren Organe und Eingeweide. Es war ekelhaft mit anzusehen, wie genau er jedes Organ begutachtete, das er entfernt hatte. Aber das Schlimmste waren die Nahaufnahmen seines Gesichts, die Emil mit dem Zoom gemacht hatte.

Die Augen waren fieberglänzend und weit aufgerissen. Irene merkte, dass er kaum blinzelte, während er über die Leiche gebeugt dastand. Die Lippen hatte er fest zusammengepresst, und er arbeitete konzentriert. Einige wenige Male hatte er auch das charmanteste Lächeln, das Irene je gesehen hatte. Wenn er lächelte, war er unglaublich attraktiv.

Irene sah, dass er die Eingeweide in große Plastikeimer warf, die neben den Sektionstischen auf dem Boden standen. Beide Male handelte es sich um dieselbe Art Eimer, der eine war gelb und der andere rot.

Die Geschlechtsorgane und Muskeln stopfte er in große, durchsichtige Plastiktüten. Schaudernd stellte Irene fest, dass es sich wahrscheinlich um Gefrierbeutel mit einem Fassungsvermögen von sechs Kilo handelte. Der Gedanke, was er dann mit den Körperteilen gemacht haben könnte, war so unbehaglich, dass sie ihn lieber nicht weiterverfolgte.

Als der zweite Film zu Ende war, marschierte Irene mit den Originalen und Kopien in ihr Büro. Ohne sich allzu große Hoffnungen zu machen, rief sie bei der Spurensicherung an. Sie war überrascht und erfreut, als dort jemand an den Apparat ging.

»Spurensicherung, Åhlén.

»Hallo. Hier ist Irene Huss. Kann ich mit zwei Videos runterkommen, damit Sie Fingerabdrücke sichern können?«

»Natürlich.«

»Es geht um die Leichenteile.«

»Okay. Also Vorrang.«

»Danke.«

Sie eilte mit den Filmen die Treppe hinunter. Entschuldigend meinte sie, dass sie sicher auch eine Menge Abdrücke von Jonny Blom finden würden.

»Wir wussten nicht recht, was wir in Händen hielten«, meinte Irene ausweichend.

»Natürlich nicht«, erwiderte Åhlén uninteressiert.

Als sie wieder in ihrem Büro war, saß sie lange einfach nur da und schaute in die Dämmerung. Ihr Fenster ging nach Osten, sodass sie den eigentlichen Sonnenuntergang nicht mitbekam, sie sah jedoch, wie sich die Wolken vor dem dunklen, saphirblauen Himmel purpurrot verfärbten. Allmählich verloren die Wolken an Glanz, und sie nahmen einen mattvioletten Farbton an.

Irene bekam von diesem prächtigen Spiel der Farben nicht sonderlich viel mit. Tief in Gedanken versunken saß sie da.

Kommissar Andersson begann die Morgenbesprechung damit, dass er berichtete, sie hätten die Filme gefunden. Andersson lobte Jonny, dass er am Wochenende Sebastians Videosammlung so eifrig durchgegangen sei. Jonny sah ungewöhnlich bleich und verschlossen aus. Irene wusste, dass Überarbeitung nicht der einzige Grund dafür war.

»Wir haben einen Steckbrief an Interpol gegeben. Wir wissen schließlich nicht, wo sich Sebastian Martinsson aufhält. Und Hannu hat bei der Zulassungsstelle in Erfahrung gebracht, was für ein Auto er fährt. Einen Volkswagen Jetta von 1989. Die Autonummer steht auch auf dem Steckbrief. Hannu war Samstag unterwegs und hat das überprüft: Auf Martinssons Parkplatz steht kein solcher Wagen. Mit größter Wahrscheinlichkeit ist er also damit auf Reisen. Sehr viel spricht für Kopenhagen, aber möglicherweise ahnt er langsam, dass wir ihm auf den Fersen sind. Vielleicht ist er auch weiter südlich in Europa unterwegs.«

Ein Jetta. Die Zeugen, die den Mann mit dem Messer nach dem Überfall auf Tom Tanaka gesehen hatten, hatten gemeint, er hätte das Bild in ein Auto, wahrscheinlich einen Jetta, geworfen und sei weggefahren.

Direkt nach der morgendlichen Besprechung ging Irene in ihr Büro und rief bei Cyhréns Beerdigungsinstitut an. Eine sanfte Frauenstimme meldete sich fast umgehend:

»Cyhréns Beerdigungsinstitut.«

»Guten Morgen. Hier ist Irene Huss von der Kriminalpolizei. Wir suchen Sebastian Martinsson und haben gehört, dass er gelegentlich bei Ihnen arbeitet.«

»Einen Augenblick, da müssen Sie mit Herrn Danielsson sprechen«, antwortete die Frau.

Nach einigem Rauschen und Knacken in der Leitung ließ sich eine energische Stimme vernehmen:

»Bo Danielsson. Womit kann ich dienen?«

Ein Gedanke fuhr Irene durch den Kopf: Ein Bestattungsunternehmer sollte doch wohl betroffen-teilnahmsvoll klingen und nicht wie ein Sportjournalist im Fernsehen? Aber vielleicht hatte seine energische Art den Effekt, dass die trauernden und geschockten Angehörigen sich zusammennahmen und ihre Wünsche für die Beerdigung einigermaßen rasch vorbrachten?

Sie behielt ihre Überlegungen für sich, nannte ihren Namen und sagte, was sie wollte.

»Sebastian Martinsson? Natürlich kenne ich diesen Namen. Einen Augenblick!«

Er knallte den Hörer auf die Tischplatte, und Irene hörte, wie er ein paar Schubläden herauszog. Umgehend war seine kraftvolle Stimme erneut zu hören:

»Aber sicher! Hier haben wir ihn! Er hat gelegentlich als Sargträger bei uns ausgeholfen. Starker Bursche!«

»Springt er oft ein?«, fragte Irene.

»Nein. Nur gelegentlich, wenn wir einen Mann extra brauchen.«

»Wann hat er bei Ihnen angefangen?«

»Mal sehen… ’94. Da hat er auch etwas öfter als in den letzten zwei Jahren ausgeholfen. Er hat nämlich angefangen in Kopenhagen zu studieren. Vorher hat er hier in Göteborg studiert, und da war es für ihn natürlich einfacher, kurzfristig einzuspringen.«

Irene konnte selbst hören, wie erstaunt ihre Stimme klang, als sie fragte:

»Hat er gesagt, dass er in Göteborg studiert hat?«

»Ja. Medizin. Jetzt lässt er sich in Kopenhagen zum Spezialisten ausbilden. Ich schreibe mir solche persönlichen Angaben über die Aushilfen immer auf. Man will schließlich wissen, mit wem man es zu tun hat.«

Medizinstudent wirkte Vertrauen erweckend. So Vertrauen erweckend, dass man ihm möglicherweise sogar die Schlüssel zu sehr speziellen Grabkammern anvertraute. Hatte er deswegen etwa behauptet, Medizin zu studieren? Oder war das nur sein geheimer Traum gewesen? Das war interessant, und darauf würden die Psychiater in ihren Gutachten später sicher näher eingehen. Irene beschloss, Sebastians Studien nicht weiter zu kommentieren und rasch das Thema zu wechseln.

»Dürfte ich Ihnen eine ganz andere Frage stellen?«

»Gewiss! Natürlich!«

»Hat Cyhréns Beerdigungsinstitut Schlüssel zu den Mausoleen auf dem Alten Friedhof Stampen?«

»Nein. Die hat die Friedhofsverwaltung. Wir leihen sie uns aus, wenn wir eines dieser Gräber öffnen müssen.«

»Waren Sie der Bestatter bei den beiden letzten Beerdigungen im von Knechtschen Mausoleum?«

»Ja. Wieso wollen Sie das wissen?«

»Das kann ich Ihnen im Augenblick leider nicht sagen.«

»Natürlich. Ich verstehe!«

Natürlich verstand er überhaupt nichts, aber nichts brachte die Leute so zum Reden, wie die Überzeugung, dass die Polizei ihnen ihr Vertrauen schenkte.

»Die Schlüssel werden also nur dann entliehen, wenn ein weiteres Mitglied der Familie begraben werden soll?«

»Genau!«

»Bedeutet das, dass eventuell einer der Sargträger das Vertrauen genießt, diese Schlüssel abzuholen?«

Zum ersten Mal zögerte er:

»Nun ja. Das kann schon mal vorkommen.«

»Könnten Sie in Ihren Papieren nachsehen, ob Sebastian Martinsson bei der Beerdigung von Richard von Knecht oder bei der von Henrik von Knecht im Dezember '95 Sargträger war?«

»Selbstverständlich.«

Wieder knallte der Hörer auf den Tisch. Dieses Mal genügte es nicht, dass Danielsson seine Schreibtischschubladen herauszog. Irene hörte, wie er durch das Zimmer tigerte. Wenig später zog er schwere Metallschubladen heraus. Dann näherten sich schnelle Schritte, und wieder hatte sie die energische Stimme des Bestattungsunternehmers im Ohr.

»Er steht bei beiden Begräbnissen als Sargträger. Es handelte sich um metallbeschlagene Eichensärge, und die sind sehr schwer. Da braucht man schon jemand sehr Starkes!«

Irene überlegte sich, wie sie die folgende Frage formulieren sollte, sah dann aber ein, dass es nur direkt ging.

»Besteht die Möglichkeit, dass Sebastian Martinsson den Schlüssel zum Mausoleum in seinen Besitz gebracht hat?«

Einen Augenblick war es still.

»Die Möglichkeit besteht durchaus. Aber nur für sehr kurze Zeit. Wir fordern die Schlüssel von den Verantwortlichen immer sofort zurück. Wir kontrollieren immer, dass sie auch zurückgegeben werden. Das Vertrauen unserer Kunden steht schließlich auf dem Spiel!«, unterstrich Danielsson.

»Wie lange könnte er den Schlüssel gehabt haben?«

»Höchstens vierundzwanzig Stunden! Am Tag danach muss

er zurück sein, damit wir ihn der Friedhofsverwaltung zurückgeben können. Wir sind ein großes Unternehmen mit vielen Angestellten und Kunden. Manchmal ist ungewöhnlich viel zu tun. Normalerweise öffne ich diese alten Gräber selbst oder mein nächster Mitarbeiter. Sie werden schließlich nur sehr selten in Anspruch genommen. Aber wenn es ein stressiger Tag mit vielen Beerdigungen war, kann es durchaus sein, dass einer der Träger die vertrauensvolle Aufgabe hatte, das Grab zu öffnen und wieder zu verschließen.«

Vierundzwanzig Stunden waren vermutlich mehr als ausreichend, um einen Nachschlüssel anfertigen zu lassen.

»Vielen Dank, dass ich Sie mit meinen Fragen behelligen durfte«, beendete Irene das Gespräch.

»Keine Ursache! Rufen Sie an, falls noch was sein sollte!«, erwiderte Danielsson.

Irene verbrachte einige Stunden damit, einen Bericht über die Vernehmung von Sabine Martinsson am vergangenen Freitag anzufertigen und über das Auffinden der Garage in Säve zu berichten, in der wahrscheinlich die Leiche von Marcus Tosscander zerstückelt worden war. Zum Schluss hielt sie dann auch noch das Gespräch mit dem Bestattungsunternehmer schriftlich fest, solange sie es noch frisch in Erinnerung hatte. Dass die Ermittler selbst Stunden damit zubrachten, auf der Tastatur herumzuhacken, um einen Bericht zu tippen, war idiotisch. Früher hatte die Polizei immer über Schreibkräfte verfügt, die diese Arbeiten mit Bravur erledigt hatten. Die Polizisten hatten sich damals ganz ihrem Beruf widmen können, der Aufklärung von Verbrechen.

Bei diesen Büroarbeiten bekam Irene immer schlechte Laune. Es wurde etwas besser, als Hannu seinen Kopf durch die Tür steckte und sagte, die Spurensicherung hätte Reste von menschlichem Gewebe im Abfluss der alten Garage in Säve gefunden. Die Proben seien nach Kopenhagen geschickt worden und würden dort mit Marcus Tosscanders DNA-Profil verglichen. Es bestehe allerdings das Risiko, dass das Material schon zu verwest sei, um damit noch etwas anfangen zu können.

»Es ist schon merkwürdig, dass die Dänen diese DNA-Tests in ein paar Tagen machen können und wir in Schweden dafür mehrere Wochen brauchen!«, brauste Irene auf.

»Sebastian Martinsson lässt sich seine Post an ein Schließfach in Kopenhagen nachsenden. Hast du schon was aus Kopenhagen gehört?«, fragte Hannu.

»Nein. Sie wollten heute versuchen, über diese Krügerakademie Sebastians Adresse herauszufinden.«

»Es ist sicher nicht leicht, in Kopenhagen eine Unterkunft zu finden.«

»Bestimmt nicht. Deswegen hat er sich vermutlich auch erst mal bei Emil Bentsen eingemietet. Meine Theorie ist, dass er es nicht ertrug, weil es dort so schmutzig war. Es war dort fast ebenso dreckig wie bei Sabine Martinsson.«

»Ich habe mit der Fürsorge in Trollhättan gesprochen. Sabine Martinsson ist schon Alkoholikerin, seit Sebastian ein Baby war.«

Da die Fürsorge auch der Polizei gegenüber zum Schweigen verpflichtet war, jedenfalls solange keine Anklage erhoben war, und dieses Schweigen auch nur dann brach, wenn die zu erwartende Strafe zwei Jahre überstieg, musste Hannu jemand auf dem Amt in Trollhättan kennen. Nicht, dass Irene verwundert darüber war. Sie sagte:

»Das kann kein Spaß sein, eine Mutter zu haben, die ständig betrunken ist. Vielleicht ist seine übertriebene Reinlichkeit eine Reaktion auf das Leben im Schmutz mit seiner Mutter. Ich denke da an seine pedantisch saubere Wohnung.«

Hannu nickte.

Sie gingen Birgitta holen und überquerten dann gemeinsam die Straße. In der Kantine der Staatlichen Krankenversicherung gab es panierten Fisch und dazu Mayonnaise mit Essiggurken und Kartoffeln. Das schmeckte immer.

»Es ist ein Zeuge aufgetaucht, der behauptet, er hätte einen großen, athletischen Mann in das Haus von Bolins Reklamefoto AB gehen sehen, und zwar um sechs Uhr an dem Abend, an dem Erik Bolin ermordet wurde. Der Zeuge ist ein älterer Mann, der ein paar Straßen weiter wohnt. Er war mit seinem Hund unterwegs, als er den Mann durch die Tür verschwinden sah. Ihm fiel der Pferdeschwanz auf. Offenbar hat er was gegen Männer, die einen Pferdeschwanz tragen«, sagte Birgitta.

»Erinnert er sich, wie der Mann gekleidet war?«, fragte Irene.

Sie sprachen leise, da nur die wenigsten in der Kantine Polizeibeamte waren.

»Schwarze Jacke, schwarze Jeans und eine kleine Tasche, die an einem Riemen über seiner Schulter hing. Ich habe noch einmal extra nach der Größe der Tasche gefragt. Wir haben uns darauf geeinigt, dass sie etwa DIN-A4-Format hatte oder etwas größer war«, meinte Birgitta.

»Ausreichend groß, um darin ein ordentliches Messer und ein Stück abgeschnittenes Fleisch zu verstauen. Zu klein für einen Kopf«, sagte Hannu trocken.

»Glaubst du, dass er den Kopf deswegen auf der Hutablage zurückgelassen hat?«, hakte Irene nach.

»Ja.«

Irene versuchte sofort, das Bild von Bolins totem Blick hinter den halb gesenkten Lidern loszuwerden, das vor ihrem inneren Auge auftauchte.

»Sah der Zeuge den Schwarzgekleideten aus einem Auto steigen?«, fuhr Irene mit ihren Fragen fort.

»Nein. Ich habe einige Male versucht, seiner Erinnerung auf die Sprünge zu helfen, aber vergeblich. Er erinnert sich an kein Auto. Nur an einen Mann, der zum fraglichen Zeitpunkt das Haus betrat. Und die Beschreibung passt schließlich auf Sebastian«, sagte Birgitta.

»Wahrscheinlich ist er mit dem Auto hin gefahren und einige Stunden später auch wieder weg, ohne dass es jemandem aufgefallen wäre«, meinte Irene.

»Wir haben Indizien, die Basta mit allen Morden in Verbindung bringen. Jetzt brauchen wir nur noch ihn selbst«, stellte Birgitta fest.

»Manchmal glaube ich, dass er hier in der Stadt ist und sich über uns kaputtlacht. Und manchmal bilde ich mir ein, dass er keine Ahnung davon hat, wie dicht wir ihm auf den Fersen sind, und unbekümmert in Kopenhagen oder sonstwo herumläuft.« Irene seufzte.

»Solange wir ihn nur erwischen, ehe er den nächsten Mord begeht«, sagte Birgitta.

Jens Metz hatte bei ihr angerufen, als sie beim Mittagessen gewesen waren. Irenes Hoffnung erwachte, als sie den Zettel sah. Hatten sie Sebastian etwa gefasst? Sie ließ sich auf ihren Stuhl fallen und wählte Jens' Durchwahl.

»Inspektor Metz.«

»Hallo. Hier ist Irene Huss. Sie wollten mich sprechen?«

»Ja. Wir haben Martinssons Adresse rausgekriegt. Leider haben wir Martinsson dort nicht angetroffen, aber ich habe gerade dafür gesorgt, dass die Wohnung überwacht wird.«

»Spitze! Wissen Sie, ob er sich derzeit in Kopenhagen aufhält?«

»Wahrscheinlich. Die Kunstschule heißt Krøyerakademie und nicht Krügerakademie. Sie ist den Sommer über geschlossen, aber es ist uns geglückt, die Sekretärin des Rektors ausfindig zu machen. Sie war noch nicht in die Ferien gefahren. Sie hat uns seine Adresse rausgesucht. Sie sagte auch, dass er für einen Ferienkurs, der in der Schule stattfindet, als Lehrer vorgesehen ist. Der Kurs beginnt heute und soll drei Wochen dauern.«

»Dann können Sie ihn doch in der Schule festnehmen?«

Metz blieb einen Augenblick stumm und meinte dann:

»Das ist das Merkwürdige. Er ist heute zum Kursbeginn nicht erschienen. Alle Lehrer sollten in der ersten Stunde heute Morgen sämtliche Schüler kennen lernen. Aber Martinsson erschien nicht. Die Sekretärin war sehr verärgert, aber auch erstaunt. Martinsson sei so froh gewesen, dass er diese Arbeit bekommen habe. Und dann verpasse er den ersten Tag!«

Irene dachte rasch nach und sagte dann:

»Vielleicht ist er ja getürmt. Vielleicht hatte er einen Verdacht und hat sich aus dem Staub gemacht.«

»Die Gefahr besteht. Aber wir überwachen seine gegenwärtige Adresse in Kopenhagen trotzdem. Seine Wohnung liegt in der Istedgade. Ich habe den Verdacht, dass er hier irgendwo in der Gegend ist. Und dann kriegen wir ihn auch.«

»Waren Sie in seiner Wohnung?«

»Noch nicht. Es ist besser, wenn er uns in die Falle geht, ohne dass er was ahnt. Aber wenn er heute Abend noch nicht aufgetaucht ist, dann gehen wir rein.«

»Klingt gut. Ich hoffe, Sie kriegen ihn.«

»Wenn er sich hier rumtreibt, dann tun wir das auch. Ich lasse morgen wieder von mir hören.«

»Danke.«

Irene spürte vor Aufregung ihren Puls in den Schläfen. Endlich waren sie in Sebastians Nähe!

KAPITEL 21

In dieser Nacht schlief Irene schlecht. Im Traum rannte sie einem fliehenden Schatten durch dunkle Gassen und menschenleere Straßen hinterher. Sie näherte sich ihm immer mehr und war überzeugt, dass sie die schwarze Silhouette schließlich fangen würde. Als sie mit ziemlichem Tempo um eine Hausecke bog, rannte sie in eine weiche, formlose Masse. Aus den Augenwinkeln sah sie eine kräftige Klinge aufblitzen und wusste, dass sie sterben würde. Ihre Arme waren bleischwer, und sie hatte nicht die Kraft, sie hochzuheben, um sich zu schützen. Das Messer schwebte vor ihrem Gesicht und beschrieb plötzlich einen blitzenden Bogen zu ihrem Herzen.

Krister weckte sie und fragte, warum sie daliegen und schreien würde. Als sich der Traum zum dritten Mal wiederholte, gab sie auf und ging in die Küche hinunter. Ein Becher warme Milch aus der Mikrowelle und eine Scheibe Knäckebrot mit Käse brachten sie auf andere Gedanken. Die Anzeige der Uhr zeigte 04.10 Uhr, als sie wieder unter ihre Decke kroch, aber einschlafen konnte sie nicht mehr.

»Irene! Hier ist Kopenhagen für dich!«, rief Tommy.

Irene wollte gerade das Zimmer verlassen, um ihren Kaffeebecher aufzufüllen, ging jetzt aber direkt zu ihrem Stuhl zurück. Erwartungsvoll riss sie den Hörer an sich.

»Irene hier. Habt ihr ihn gefunden?«

»Ja. Aber ich muss Ihnen erst ein paar Fragen stellen.«

Jens Metz klang äußerst formell. Irene wusste sofort, dass etwas nicht stimmte. Nein! Nicht auch noch Tom! Wie als Antwort auf ihre Gedanken wollte Metz wissen:

»Haben Sie in letzter Zeit mit Tom Tanaka zu tun gehabt?«

Etwas an seiner Stimme und der Art, wie er die Frage stellte, ließ Irene plötzlich Gefahr wittern. Sie wusste nicht, worin diese Gefahr bestand, beschloss aber, mit ihren Auskünften zurückhaltend zu sein.

»Letzten Freitag hat mich Tom angerufen, um sich für die Blumen zu bedanken, die ihm Peter Møller in meinem Auftrag ins Krankenhaus mitgebracht hatte«, antwortete sie.

Irene wusste, wie leicht sich ein Gespräch auf dem Handy zurückverfolgen ließ. Metz klang überrascht:

»Hat Peter diesem… diesem… wirklich Blumen mitgebracht?«

Dann schwieg er, aber Irene war klar, wie er über Tom dachte.

»Ja. Ich hatte ihn darum gebeten«, erwiderte sie ruhig.

»Hat er sich nur für die Blumen bedankt, oder hat er sonst noch was gesagt?«

Warum fragte Metz danach? Bei Irene klingelten alle Alarmglocken. Gespielt unbeschwert sagte sie:

»Ja. Offenbar liebt er Orchideen. Er war gerade nach Hause gekommen und meinte, er sei noch nicht ganz wieder auf den Beinen. Es sei ihm schon besser gegangen.«

Einen Moment war es still. Irene konnte Metz' Misstrauen, das ihr aus dem Hörer entgegenschlug, förmlich spüren. Schließlich fragte er:

»Den Namen Sebastian Martinsson und den Umstand, dass er sich in Kopenhagen befand, haben Sie nie erwähnt?«

»Nein.«

Irene versuchte erstaunt zu klingen, aber ihr Herz klopfte so sehr, dass sie schon meinte, man könne es durch ihre dünne Baumwollbluse hindurch sehen. Tommy schien nichts zu merken. Er war in einen Text auf seinem Bildschirm vertieft.

»Sind Sie sich da ganz sicher? Sie haben also Sebastian Martinsson mit keinem Wort erwähnt?«

Irene versuchte ihrer Stimme so viel Festigkeit wie möglich zu verleihen, als sie antwortete:

»Nein. Ich habe mit Tom nie über Sebastian Martinsson gesprochen.«

Tom würde diese Frage mit Sicherheit ebenfalls nicht wahrheitsgemäß beantworten. Sie konnte gut lügen, aber er war ein Meister im Schweigen. Aber warum stellte ihr Metz überhaupt alle diese Fragen? Als er wieder etwas sagte, erhielt sie die Antwort:

»Wir haben Sebastian Martinsson gefunden. Tot.«

»Tot?«, wiederholte Irene erstaunt.

»Ja. Wir sind gestern gegen neun in seine Wohnung gegangen. Er lag tot auf seinem Bett, geknebelt und an Händen und Füßen gefesselt. Sein Bauch war aufgeschlitzt, und seine Eingeweide hatte ihm jemand auf den Brustkorb getürmt. Laut Gerichtsmedizin war Martinsson mehrere Minuten lang bei vollem Bewusstsein und starrte seine Eingeweide an, bevor er starb.«

Bei Irene drehte sich alles im Kreis. Sie konnte sich kaum noch auf den Beinen halten. Mit trockenem Mund brachte sie gerade noch ein »Mein Gott!« über die Lippen.

»Das war wirklich das Fürchterlichste, was ich je gesehen habe«, stellte Metz fest.

In einem übertriebenen pädagogischen Tonfall fuhr er fort:

»Aber jetzt erzähle ich Ihnen noch etwas sehr Merkwürdiges. Die Pathologie hat den Zeitpunkt seines Todes mit irgendwann zwischen zwei und vier Uhr in der Nacht auf Sonntag angegeben. Es gibt einen Zeugen, der gegen drei von einem Gelage nach Hause wankte. Er stellte sich im Nachbarhaus von Martinsson in den Eingang, um zu pinkeln. Plötzlich hält vor dem Haus von Martinsson ein schwarzer Mercedes. Aus dem Wagen steigt ein riesiger und unglaublicher fetter Chinese! Das behauptet also unser Zeuge, der allerdings nicht mehr ganz nüchtern war. Aber die Frisur des Chinesen beschreibt er als kleine

Knoten auf dem Kopf. Und dann behauptet er noch, dass der Chinese eine fürchterliche Narbe im Gesicht hatte!«

Hier verstummte Metz. Irene kam es wie ein triumphierendes Schweigen vor. Weil ihr nichts Besseres einfiel, sagte sie:

»Mein Gott!«

Sie war sich durchaus bewusst, dass diese Unterhaltung sehr einseitig und von ihrer Seite aus sehr einsilbig war, aber es fiel ihr wirklich nichts Besseres ein.

»So sehen wir das auch. Aber Tanaka hat sechs Zeugen, die alle behaupten, dass er mit ihnen zusammen in seiner Wohnung gefeiert hat. Keiner von ihnen ist vor fünf Uhr nach Hause gegangen. Da ist nicht dran zu rütteln. Alle halten daran fest. Es wird nicht leicht sein, ihm das Gegenteil zu beweisen.

Irene wurde es eiskalt, obwohl draußen schönstes Sommerwetter war.

»Martinsson wohnte nur ein paar hundert Meter von Tanaka entfernt«, meinte Metz noch.

Wieder legte er eine Kunstpause ein, bevor er fortfuhr:

»Die Frage ist also, woher Tanaka von Sebastian Martinsson wusste und woher er seine Adresse hatte?«

Toms Freunde und sein Kontaktnetz. Sie hatte ihm die Namen Sebastian und Basta gegeben und gesagt, dass er an einer Kunstschule studierte, die Krügerakademie hieß. »Krüger… nein«, hatte Tom damals geantwortet, sich aber rasch unterbrochen. Mit größter Wahrscheinlichkeit kannte er die Krøyerakademie. Und er kannte ganz sicher auch jemanden, der herausfinden konnte, wer an der Akademie Sebastian hieß, aber Basta genannt wurde, und wo dieser Basta wohnte. Ihr gegenüber hatte Tom keinen Zweifel daran gelassen, dass er für die Todesstrafe war.

Irene versuchte so überzeugend zu klingen, wie es nur ging. Sie sagte:

»Ich habe Tom Tanaka keine Informationen über Martinsson gegeben und ihm auch nicht von unserem Verdacht erzählt, dass er sich in Kopenhagen aufhält. Tanaka verfügt über viele Kontakte.«

»Das wissen wir. Auch innerhalb der Polizei«, erwiderte Metz giftig.

Glücklicherweise hatte sich Tommy auf einen Besorgungsgang gemacht. Sie war allein. In der Hand hielt sie ihr schreiend gelbes Nokia-Handy. Sie ging ihre gespeicherten Nummern durch. Als sie bei Toms Namen und Nummer angekommen war, radierte sie beides entschlossen aus.

Tom Tanaka würde sie nie mehr anrufen.

Es würden sicher Jahre vergehen, bis sie Kopenhagen ein weiteres Mal besuchen würde.

EPILOG

Jonny strahlte stolz. Vor dem morgendlichen Kaffeetrinken hatte er ein schön geschriebenes Plakat an der Wand aufgehängt:

An diesem Arbeitsplatz genießen alle Frauen über 40 sexuelle Belästigungen als betriebliche Vergünstigung.

»Das ist doch ein lustiges Schild! Es hing in Vesterbro im Aufenthaltsraum. Ich habe es abgeschrieben, und meine älteste Tochter hat mir beim Übersetzen und Schönschreiben geholfen. Sie macht einen Kurs in Kalligrafie«, sagte er stolz.

Irene spürte den Ärger in sich aufsteigen. Ein lautes Keuchen ließ sie zur Tür schauen.

Birgitta Moberg war kreidebleich. Ihr Blick war auf das Schild gerichtet. Mit einem unterdrückten Schrei drehte sie sich auf dem Absatz um und verschwand auf dem Korridor.

»Was war das, zum Teufel?«, fragte Jonny und sah aufrichtig erstaunt aus.

Dabei wusste er sehr gut, dass Birgitta vor einigen Jahren von einem Kollegen belästigt worden war. Er hatte ihr pornografische Bilder per Hauspost geschickt. Der Hauptverdacht war damals auf Jonny gefallen. Da dieser Terror jahrelang gedauert hatte, war es Birgitta schließlich sehr schlecht gegangen.

Das wusste Jonny alles, und trotzdem hängte er dieses Schild an der Wand auf! Irenes Ärger verwandelte sich in Wut. Innerlich aufgewühlt, aber äußerlich ruhig sagte sie mit kalter, schneidender Stimme:

»Man kann sagen, was man will, aber man kann dir wirklich nicht vorwerfen, dass du dich gerade ins Fettnäpfchen gesetzt hast. Da befindest du dich nämlich ständig!«

Tod im Pfarrhaus

Aus dem Schwedischen
von Holger Wolandt

FÜR HILMER UND CECILIA

PROLOG

Alles hatte perfekt gewirkt. Vielleicht zu perfekt, das sah er jetzt ein. In Sicherheit hatte er sich gewiegt, geglaubt, dass es ihn nie einholen würde. Und so hatte es ja auch ausgesehen. Bis jetzt.

Es war ganz einfach verdammtes Pech. Nichts anderes.

In der Großstadt war er anonym. Da hatte er seine Ruhe. Und nichts wollte er mehr als das.

Die langen Spaziergänge in der umliegenden Natur hatten ihm geholfen, seine seelischen Verletzungen zu überwinden. Er hatte begonnen, wieder ins Fitnessstudio zu gehen. Den Abend hatte er ebenfalls dort verbracht und sich gründlich verausgabt. Es war ein gutes Gefühl gewesen. Er war auf dem Weg zu einem neuen Körper und zu einer neuen Existenz.

Alles war in die richtige Richtung gegangen, bis sie in sein Leben getreten war.

Sie hatte alles, wovon er geträumt hatte. Langes, dunkelbraunes Haar, braune Augen und ein fantastisches Lächeln. Ihr warmer, anschmiegsamer Körper, wenn er sie in den Armen hielt …

Die ganze Zeit hatten sie gewusst, dass sie es geheim halten mussten. Wenn ihre Familie von ihrer Beziehung erfuhr, konnte alles passieren. Ihr Vater und ihre Brüder würden mit Sicherheit das Gesetz in die eigenen Hände nehmen. Mehrmals hatte er sie gebeten, bloß vorsichtig zu sein und niemandem etwas zu erzählen.

Und jetzt war alles zerstört. Sie hatte nicht die Kraft gehabt, den Fragen ihrer Familie standzuhalten. Sie hatte geredet.

Es war am besten, für eine Weile unterzutauchen, bis sich die Wogen geglättet hätten. In der nächsten Zeit würde er wohl bei seinen Eltern wohnen müssen. Aber wirklich helfen würde es wahrscheinlich nichts. Ihre Familie würde sowieso kein Verständnis für ihre Beziehung aufbringen, wie sehr sie sich auch liebten. Das war so sicher wie das Amen in der Kirche.

Er bog in den schmalen Kiesweg ein, der zu der Hütte führte. Sicher zum tausendsten Mal verfluchte er, dass es hier keine Straßenlaternen gab. Die Gemeinde wollte kein Geld dafür ausgeben, weil es sich bei den drei anliegenden Häusern ebenfalls nur um Sommerhäuser handelte. Er parkte auf dem kleinen Kiesplatz vor dem Gartentor. Als er die Scheinwerfer ausmachte, umfing ihn undurchdringliches Dunkel. Es war bereits nach elf, ein kalter Abend Ende März. Schwarze Wolken hatten sich am Himmel zusammengeballt, und es sah so aus, als würde es im Laufe der Nacht schneien oder regnen. Hier im Wald mit den vielen hohen Bäumen konnte man kaum die Hand vor den Augen sehen. Über der Haustür hing eine Lampe, aber ihr Schein reichte nicht bis zum Parkplatz.

Er stieg aus dem Wagen und reckte sich. Wie immer holte er tief Luft und füllte die Lungen mit der sauberen Waldluft. Und wie immer hatte er das Gefühl, die Stille dröhne ihm in den Ohren. Wobei, so ganz vollkommen war die Stille nicht. Die Autos auf der großen Straße waren, wenn man sich anstrengte, als schwaches Brausen auszumachen. Weit in der Ferne war das Dröhnen eines Flugzeugs zu hören, das sich auf dem Landeanflug auf den Flugplatz Landvetter befand.

Die Gedanken, die er sich eben im Auto gemacht hatte, holten ihn ein, und er sah sich nervös um. Alles wirkte wie immer, still und friedlich. Er richtete seine Aufmerksamkeit auf das kleine, rot gestrichene Holzhaus.

Ein winterfestes Sommerhaus, das seinen Eltern gehörte. Hier hatte er sich immer sicher und geborgen gefühlt. Jetzt ließ er den Blick unruhig über die Hütte schweifen. Nichts wirkte anormal. Alles sah aus wie am Morgen, als er aufgebrochen war. Da hatte er noch nicht geahnt, wie sich dieser Tag entwickeln würde. Eine totale Katastrophe! Was niemals hätte geschehen dürfen, war eingetreten.

Er nahm die Tasche mit den Trainingssachen und die Tüte mit den Lebensmitteln vom Rücksitz, verriegelte den Wagen und ging zur Haustür. Dort zog er den Schlüsselbund aus der Jackentasche, schloss auf und trat in die winzige Diele. Im Licht der Außenleuchte zeichnete sich seine Silhouette in der Türöffnung ab.

Ich gebe keine schlechte Zielscheibe ab, dachte er noch. Dann bemerkte er eine schwache Bewegung in der tiefen Dunkelheit.

»Wer ist da? Nein! So nicht!«, versuchte er zu schreien.

Aber kein Wort kam über seine Lippen.

Das Einzige, was er in dem schwachen Licht, das in die Diele drang, sah, war die schwarze Hand, die das Gewehr hielt. Der Rest der Gestalt war im Dunkel verborgen. »Handschuhe«, dachte er noch und war eine Sekunde lang seltsam stolz auf seine Schlussfolgerung.

Wie hypnotisiert starrte er in das runde, schwarze Auge.

Es blitzte auf in einer Tausendstelsekunde.

Danach war nur noch Dunkelheit.

KAPITEL 1

Die Wechselsprechanlage auf dem Schreibtisch von Kriminalinspektorin Irene Huss piepste.

»Hier Sven. Ist Tommy bei dir?«

»Nein. Er verhört gerade den Festgenommenen im Speedy-Mord. Vor fünf ist er sicher nicht fertig.«

Kriminalkommissar Sven Andersson schnaubte frustriert:

»Wenn er Asko Pihlainen mürbe machen will, hat er bei Gott zu tun. Wahrscheinlich ist er dann morgen früh um fünf noch nicht fertig!«

Irene Huss nickte zustimmend, obwohl ihr Chef sie nicht sehen konnte.

»Kann ich dir irgendwie helfen?«, fragte sie.

Hoffnung keimte in ihr auf, dass sie den langweiligen Stapeln mit den Berichten doch noch würde entrinnen können. Unerklärlicherweise türmten sich die immer nur auf ihrem Schreibtisch. Möglicherweise hing das aber auch damit zusammen, dass sie Schreibtischarbeit verabscheute und sie vor sich herschob, wann immer es ging.

»Komm zu mir rüber, dann erzähl ich dir alles.«

Der Kommissar hatte den Satz noch nicht beendet und die Wechselsprechanlage noch nicht abgestellt, da war Irene bereits aufgesprungen. Von ihrem Chef ließ sie sich bei Gott nicht zweimal bitten. Dass dabei der eine oder andere Bericht auf der Strecke blieb, war bedauerlich, aber nicht zu vermeiden.

Andersson sah nachdenklich aus. Er hatte sich in seinen Stuhl zurückgelehnt, der unter seinem Gewicht bedenklich ächzte. Er nickte Irene zu und bedeutete ihr, auf dem Besucherstuhl Platz zu nehmen. Lange saß er schweigend da. Offensichtlich wusste er nicht, wie er beginnen sollte. Allmählich wurde die Stille bedrückend. Vielleicht hallten seine asthmatischen Atemzüge auch deswegen so im Zimmer wider. Grübelnd presste er die Handflächen gegeneinander. Seine Gelenke knackten. Dann legte er sein Doppelkinn auf den Fingerspitzen ab und schien einen Punkt über Irenes Kopf zu fixieren. Schließlich knallte er die Handflächen auf den Schreibtisch, erhob sich ächzend und sagte:

»Da müssen wir wohl oder übel rausfahren.«

Ohne weitere Erklärungen kam er hinter dem Schreibtisch hervor und nahm seinen Mantel vom Haken neben der Tür.

»Los geht's«, verkündete er über die Schulter.

Irene sprang auf und eilte in ihr Zimmer, um ihre Jacke zu holen.

Ich bin genau wie Sammie, dachte sie selbstironisch. Er muss nur mit der Leine schwenken und schon komme ich angehechelt, ohne auch nur zu fragen, wohin die Reise geht.

»Erst wollte ich eine Streife schicken, aber es ist ja heutzutage fast unmöglich, eine aufzutreiben. Und sie dann auch noch in die Wälder am Norssjön rauszuschicken … nein, da kümmere ich mich doch lieber gleich selber drum«, sagte Kommissar Andersson, als sie im Auto saßen und auf die Ausfallstraße Richtung Borås zufuhren.

Irene wollte ihn schon darauf hinweisen, dass sie ihm ja zur Seite stand, aber sie kannte ihren Chef nur zu gut und behielt die Bemerkung deswegen lieber für sich. Sie wollte ihn nicht unnötig reizen, denn sie mochte den Kommissar.

»Ich sollte das Ganze vielleicht erklären«, sagte Andersson plötzlich.

»Ja, bitte«, erwiderte Irene in der Hoffnung, nicht allzu ironisch geklungen zu haben.

Offensichtlich hatte es Andersson aber nicht so aufgefasst, denn er fuhr fort:

»Mein Cousin hat mich angerufen. Er ist hier in der Stadt Rektor an einer Privatschule.«

Es war eine Überraschung für Irene, dass Sven Andersson einen Cousin besaß. Fast fünfzehn Jahre lang waren sie nun schon Kollegen, und nie hatten sie über seine Verwandtschaft gesprochen. Sie hatte ihn immer für vollkommen allein stehend gehalten. Geschieden, ohne Kinder, ohne nähere Angehörige, ohne nennenswerte Freundschaften. Eigenbrötler, dieses Wort fiel ihr ein, wenn sie an ihren Chef dachte.

»Georg, also mein Cousin, ist sehr besorgt. Einer seiner Lehrer ist seit gestern nicht zur Arbeit erschienen. Ans Telefon geht er auch nicht. Bei seinen Eltern hebt auch niemand ab. Georg macht sich Sorgen, denn dieser Lehrer hat offensichtlich schwere Zeiten hinter sich und gelegentlich unter Depressionen gelitten. Ich weiß nicht, aber ich hatte den Eindruck, er befürchte, der Bursche könne Selbstmord begangen haben.«

»Aber das ist doch noch lange kein Grund, zwei Leute vom Dezernat für Gewaltverbrechen loszuschicken? Eine Funkstreife zu rufen, wäre irgendwie angebrachter gewesen«, meinte Irene.

Sie warf einen Seitenblick auf Andersson und sah, wie sich eine hastige Röte auf seinem Hals und seinen runden Wangen breit machte.

»Hier entscheide immer noch ich, was angebracht ist oder nicht«, bellte er gereizt.

Demonstrativ wandte er sich ab und schaute durchs Seitenfenster. Irene verfluchte innerlich ihr loses Mundwerk. Jetzt war er sauer und würde kein Wort mehr sagen.

Das Schweigen hielt an. Nur das leise Geräusch der Scheibenwischer war zu hören. Es sah nicht so aus, als wolle der Regen, der in der Nacht begonnen hatte, bald schwächer werden. Schließlich meinte Irene:

»Weißt du, wo wir hinmüssen?«

»Ja. Bieg Richtung Hällingsjö ab. Nach ein paar Kilometern steht auf einem Schild ›Norssjön‹. Da biegst du wieder ab, und dann zeige ich es dir.«

»Wieso kennst du den Weg so gut?«

»Ich war dort mal auf einem Krebsfest.«

»Bei dem Lehrer?«, fragte Irene erstaunt.

»Nein. Bei seinen Eltern.«

Sie hatte geahnt, dass irgendetwas nicht stimmte. Jetzt wusste sie es. Warum auch immer ihr Chef sich so seltsam benahm, eins war sicher: Er war selbst irgendwie in die Sache verstrickt.

Auf einem Krebsfest bei den Eltern ... Plötzlich tauchten sogar Freunde des Kommissars auf! Er hatte also ein Privatleben und besuchte sogar Feste. Alle Achtung! Falls es nicht sogar Verwandtschaft war. Irene beschloss, nachzuhaken.

»Dann kennst du den Lehrer also überhaupt nicht?«, fuhr sie fort.

»Nein. Den habe ich nie getroffen. Nur seine Schwester.«

»Ist sie ebenfalls Lehrerin?«

»Weiß ich nicht. Damals war sie noch ganz klein.«

Er holte tief Luft und sah Irene an.

»Ich weiß, worauf du hinauswillst. Das Ganze ist siebzehn Jahre her. Ich war frisch geschieden, und mein Cousin fand, dass ich etwas unter die Leute kommen müsse. So bin ich auf dieses Krebsfest geraten. Es sind Bekannte von Georg und Bettan.«

Sie schwiegen eine Weile, und Irene dachte nach. Dieser unerwartete Ausflug weckte ihre kriminalistischen Instinkte. Aber es war weniger die Sorge um das Schicksal des Lehrers, die sie wachriefen, sondern eher die Neugier auf das Privatleben des Kommissars. Jetzt kannten sie sich schon so lange, und sie hatte nicht einmal gewusst, dass er überhaupt über ein solches verfügte.

»Hast du sie jemals wiedergesehen?«, fragte sie.

»Nein.«

Offensichtlich war man sich nicht sonderlich sympathisch gewesen.

»Was machen die Eltern dieses Lehrers?«

»Der Vater ist Pfarrer. Sie ist wahrscheinlich Hausfrau. Pfarrfrauen haben wohl zu Hause mehr als genug zu tun. Nach dem Gottesdienst den Kaffee kochen und so«, antwortete Andersson vage.

Irene beschloss, weiterzubohren.

»Wie war das Fest? Ich meine ... bei einem Pfarrer! Auf Krebsfesten wird sonst schließlich immer eine ganze Menge getrunken.«

Zum ersten Mal während der ganzen Fahrt verzog der Kommissar den Mund zu einem Lächeln.

»Na, damals wurde auch eine ganze Menge gebechert! Es endete damit, dass der Pfarrer vollkommen betrunken in der Hollywoodschaukel lag. Seine Frau hatte schon Stunden vorher aufgegeben und sich im Haus schlafen gelegt. Sie schien überhaupt nichts zu vertragen. Wir anderen hatten auch ganz schön gebechert.«

»Waren viele Gäste da?«

»Neun, nein, zehn mit mir. Hier musst du abbiegen.«

Er deutete auf das Schild nach Hällingsjö. Irene bog ab, und Andersson lotste sie sofort nach links.

»Fahr etwa zwei Kilometer geradeaus, dann kommen wir zum Norssjön«, sagte er.

Irene war automatisch weitergefahren, während ihr Gehirn die Informationen, die sie bekommen hatte, zu verarbeiten suchte.

»Ist das Sommerhaus groß?«, fragte sie.

»Nein. Normaler Durchschnitt. Georg und Bettan hatten

ihren Wohnwagen dabei. In dem schliefen wir. Bettan ist Georgs Frau. Sie ist Lehrerin und unterrichtet an der Schule, an der Georg Rektor ist. Vermutlich war sie es, die fand, dass ich auf das Fest mitgehen sollte. Damals versuchte sie mich immer mit lauter langweiligen Kolleginnen zu verkuppeln.«

»Ist es ihr denn auf dem Fest geglückt?«, erkundigte sich Irene neugierig.

Andersson kicherte nur leise.

Sie schwiegen, bis die Abzweigung zum Norssjön auftauchte. Der Wald stand dicht zu beiden Seiten des schmalen asphaltierten Weges. Ab und zu tauchte eine kleine Lichtung mit einem einzelnen Haus auf, oder eine schmale Schotterstraße verschwand in der dichten Vegetation.

»Langsam. Hier muss es irgendwo sein«, sagte Andersson plötzlich.

Irene fand, dass das Gehölz um sie herum überall gleich aussah. Dass sich Andersson nach so vielen Jahren immer noch zurechtfand, war beeindruckend.

»Da. Bieg da ein«, sagte er.

Jetzt begriff sie, wie er wissen konnte, wo sie abbiegen mussten. Am Weg stand ein handgemaltes Schild. In blauen, verblichenen Buchstaben stand dort auf weißem Grund »Lyckan«, »Glück«. Die Blumengirlande, die den Namen umrankte, war kaum mehr zu erkennen.

Irene bog auf einen schmalen Kiesweg ein. Er war voller Schlaglöcher und in einem schlechten Zustand. Sie fuhren durch dichten Tannenwald. Nach einer Weile tauchten zwischen den Bäumen drei kleine Sommerhäuser auf. Irene bremste, aber der Kommissar sagte:

»Fahr weiter.«

Etwa hundert Meter weiter erreichten sie das Ende des Weges. Irene erblickte einen Zaun und eine dunkelrot gestrichene Hütte. Sie parkte den Dienstwagen vor dem Tor.

Dann stiegen sie aus und vertraten sich nach der langen

Autofahrt die Beine. Abgesehen vom Prasseln des Regens war es hier still und friedlich. Hinter dem offenen Holztor stand ein ziemlich neuer schwarzer Skoda. Er war auffallend schmutzig, und ein hochgeschleuderter Stein hatte die Windschutzscheibe an einer Stelle sternförmig splittern lassen.

Auf glatten, bemoosten Steinplatten gingen sie zur Hütte. Im Haus regte sich nichts. Kommissar Andersson drückte die Klinke, aber die Tür war verschlossen.

»Die Außenbeleuchtung brennt«, stellte er fest.

Irene begann, um das Haus herumzugehen, um durch die Sprossenfenster zu schauen.

Sie entdeckte ihn auf Anhieb, als sie durch das erste Fenster blickte.

»Sven!«, rief sie.

Mühsam kam der Kommissar die Treppe herunter und trottete auf sie zu. Wortlos deutete sie mit dem Finger.

Sie schauten in eine winzige Küche. Durch die offene Tür konnten sie einen Mann auf dem Rücken in der Diele liegen sehen. Seine Beine und sein Unterkörper waren verdeckt, seinen Oberkörper und Kopf oder das, was davon noch übrig war, sah man dafür umso besser. Ein einziger Blick genügte, um festzustellen, dass er tot war. Die Vorderseite seines hellen Pullovers war von rostrotem Blut getränkt. Die eine Hand lag auf der Schwelle zur Küche. Dahinter stand eine Plastiktüte mit Lebensmitteln, von denen einige auf den Küchenfußboden gefallen waren.

Andersson wandte sich mit finsterer Miene an Irene.

»Ruf die Truppe. Das hier ist kein Selbstmord.«

KAPITEL 2

Am Spätnachmittag informierten Irene und Kommissar Andersson die übrigen Inspektoren des Dezernats über den Mord im Sommerhaus. Irene begann:

»Mit größter Wahrscheinlichkeit handelt es sich bei der Leiche, die wir gefunden haben, um Jacob Schyttelius. Es ist uns noch nicht gelungen, seine Eltern aufzutreiben, um ihn eindeutig identifizieren zu können. Sein Chef hat uns jedoch eine Personenbeschreibung gegeben, die genau auf das Opfer passt. Er wurde einunddreißig Jahre alt. Heute um halb zwölf haben Sven und ich ihn erschossen in einem Sommerhaus gefunden. Der Schlüssel zur Haustür war unter einem großen Blumentopf auf der Außentreppe versteckt. Die Tür war also abgeschlossen. Die Leiche lag in der Diele und erweckte nicht den Anschein, als sei sie nach dem Mord noch bewegt worden. Er hatte eine Schusswunde in der Herzregion, die von einer großkalibrigen Waffe stammte. Außerdem eine im Kopfbereich, die gewaltige Zerstörungen anrichtete. Eine Waffe haben wir nicht gefunden. Während wir auf die Spurensicherung warteten, haben wir uns einen raschen Überblick verschafft. Das Haus verfügt über zwei kleine Schlafzimmer. Eines davon benutzte er offenbar als Arbeitszimmer. Dort stand ein Schreibtisch mit einem Computer. Auf den Monitor hat jemand ein Symbol gemalt. Dafür scheint Blut verwendet worden zu sein.«

»Was für ein Symbol?«, unterbrach sie Fredrik Stridh.

»Ein Stern von einem Ring umgeben. Svante behauptet, dass es sich um ein magisches Zeichen handelt. So eines, wie es Hexen und Satanisten bei ihren Ritualen verwenden. Er hat schon früher bei Ermittlungen mit solchen Symbolen zu tun gehabt, bei Brandstiftungen in Kirchen und Ähnlichem.«

»Satanisten! Dass ich nicht lache!«, schnaubte Jonny Blom.

Irene zuckte mit den Achseln und nickte Hannu Rauhala zu, der brav die Hand gehoben hatte.

»Warum hat er in einem Sommerhaus gewohnt?«, wollte er wissen.

»Laut dem Rektor der Schule, an der er unterrichtete, war er frisch geschieden und nach einigen Jahren im Norden eben erst wieder nach Göteborg gezogen. Es ist schließlich nicht leicht, eine Wohnung zu finden, also hat er sich das Sommerhaus seiner Eltern unter den Nagel gerissen und dort den ganzen Herbst und Winter gewohnt. Zuletzt wurde er gestern Nachmittag gesehen, als er gegen halb fünf von der Arbeit nach Hause fuhr. In einer Tasche lagen feuchte Trainingsklamotten. Möglicherweise war er also noch in einem Fitnessstudio. Wir haben in seiner Brieftasche einen entsprechenden Mitgliedsausweis gefunden und werden entsprechende Erkundigungen einziehen. Die Lebensmittel hatte er bei Hemköp am Mölndalsvägen gekauft. Er unterrichtete an einer Schule irgendwo in der Gegend von Heden. Seine Eltern wohnen nicht weit vom Sommerhaus entfernt, aber wie gesagt, wir haben sie noch nicht erreicht. Der Vater ist Pfarrer in einem kleinen Ort, der Kullahult heißt. Wir überlegen noch, wie wir es den Eltern schonend beibringen, dass ihr Sohn ermordet wurde. Normalerweise nehmen wir ja einen Pfarrer mit, wenn wir eine Trauernachricht überbringen. Aber was macht man, wenn der Empfänger selbst Pfarrer ist?«

Irene unterbrach ihr Referat und sah in die Runde. Es war kurz nach fünf, und Kommissar Andersson hatte alle verfügbaren Inspektoren zusammenrufen lassen.

Jonny Blom war wie immer dem Schlummer gefährlich nahe. Immer wenn sein Kopf nach vorne fiel, konnte Irene einen Blick auf die kahle Stelle an seinem Hinterkopf erhaschen. Sie war eindeutig größer geworden. Die Haare, die er am Morgen ordentlich mit Gel zurechtgekämmt hatte, waren verrutscht.

Neben ihm saß der Benjamin des Dezernats und sah umso wacher und außerdem vollhaarig aus. Fredrik Stridh war ebenso tüchtig wie energisch, und Irene hatte ihn in letzter Zeit zunehmend zu schätzen gelernt.

Hannu Rauhala saß schweigend rechts neben Irene, aber sie wusste, dass ihm nichts entging. Seine Frau Birgitta war die zweite Inspektorin des Dezernats. Sie befand sich noch im Mutterschutz und würde erst in zwei Monaten wiederkommen. Dann würde sich Hannu beurlauben lassen, um sich um den gemeinsamen Sohn zu kümmern. Das war vor einigen Tagen im Dezernat bekannt geworden, und Kommissar Andersson hatte richtiggehend schlechte Laune bekommen. Er hatte wütend vor sich hin gebrummelt. Sätze wie »Kleinkinder brauchen die Mutter« und »Männer taugen nicht als Kindermädchen« waren zu hören gewesen.

Auch Tommy Persson fehlte, konnte aber jederzeit wieder auftauchen. Er hatte den größten Teil des Tages damit verbracht, einen des Mordes Verdächtigen zu verhören. Es handelte sich um einen gewöhnlichen Junkiemord an einem Dealer. Das Opfer hieß Ronny »Speedy« Olofsson. Speedy hatte Geld unterschlagen, von dem sein Großhändler meinte, dass es ihm gehörte. Da es sich um eine beträchtliche Summe gehandelt hatte, war die Strafe entsprechend ausgefallen. Es hatte eher einer Hinrichtung als einem Mord geähnelt.

Speedy hatte an einem frühen Sonntagmorgen einen Kopfschuss erlitten. Die einzigen Zeugen waren ein paar Ornithologen in einem Auto gewesen. Zwei dieser Vogelliebhaber hatten das Gesicht des Mörders gesehen. Demzufolge hatte er eine große Narbe gehabt, die von der Nasenwurzel bis über die rechte Wange verlief. Als die Ermittler diese Beschreibung vernommen hatten, wussten sie sofort, nach wem sie zu suchen hatten.

Asko Pihlainen, der Tatverdächtige, war bereits mehrfach wegen schwerer Körperverletzung vorbestraft und hatte sich diverser Verstöße gegen das Betäubungsmittelgesetz, der Einschüchterung von Zeugen und Autodiebstählen schuldig gemacht. Jetzt tauchte sein Name zum ersten Mal im Zusammenhang mit einem Mord auf. Asko stritt jedoch alles ab. Er habe den Tatort nie betreten. Und im Übrigen habe er Zeugen dafür, dass er zum Zeitpunkt des Mordes beim Nachbarn gesessen und Poker gespielt habe.

Darin bestand das Problem. Der Nachbar und zwei Frauen bezeugten, dass Asko mit ihnen Sonntagmorgen um fünf Uhr Karten gespielt habe. Ihre Aussage war nicht zu erschüttern, und die Ermittlung somit festgefahren. Irene beneidete Tommy nicht um seine Aufgabe. Asko Pihlainen war berüchtigt dafür, dass er stets alles abstritt. Die Zeugen, die gegen ihn aussagten, zogen ihre Aussagen immer nach einiger Zeit wieder zurück. Noch konnte Asko nicht herausgefunden haben, wer die Ornithologen waren, aber das war nur eine Frage der Zeit.

Irene seufzte und beschloss, sich auf ihren eigenen Fall zu konzentrieren. Sie wiederholte ihre Frage:

»Findet ihr, dass wir einen Pfarrer zu den Eltern von Jacob Schyttelius mitnehmen sollten?«

»Ach was. Wenn er selbst Pfaffe ist, dann wird er schon allein damit fertig werden«, meinte Jonny Blom.

Hannu meldete sich zu Wort.

»Es ist eine Sache, professionell Beistand zu leisten. Wenn es um einen selbst geht, ist das etwas ganz anderes.«

Fredrik Stridh nickte zustimmend.

»Genau! Außerdem kann man wohl davon ausgehen, dass er als Pfarrer religiös ist.«

Er unterbrach sich, als die anderen zu lachen begannen, und fuhr dann erklärend fort:

»Ich meine, dass ein religiöser Mensch ein noch größeres Bedürfnis hat, sich mit einem Pfarrer zu unterhalten, als wir anderen.«

»Da hat Fredrik sicher Recht. Ich neige auch dazu, einen Pfarrer zum Ehepaar Schyttelius mitzunehmen«, sagte Irene.

Zum ersten Mal, seit sie ihr Referat begonnen hatte, ergriff Kommissar Andersson das Wort:

»Er heißt Sten. Sten Schyttelius. Wie sie heißt, daran erinnere ich mich nicht mehr.«

Fredrik Stridh zog die Augenbrauen hoch.

»Kennst du sie?«

»Eigentlich nicht. Bekannte von Bekannten.«

Sein Tonfall ließ keinen Zweifel daran, dass der Kommissar das Thema für beendet hielt. Fredrik nahm sich das zu Herzen und hakte nicht nach, aber der Blick, mit dem er seinen Chef musterte, war lang und nachdenklich.

Andersson räusperte sich und sagte:

»Irene, du kümmerst dich um einen Pfarrer und fährst dann zu den Schyttelius raus. Nimm noch jemanden mit.«

Fredrik meldete sich freiwillig. Mit einem spöttischen Blick auf Hannu sagte er:

»Schließlich springt man gern mal für einen Freund und Kollegen ein. Hannu muss nämlich heute Abend zum Training. Und wisst ihr auch, was für ein Training das ist?«

Seine Augen funkelten so frech, dass Irene neugierig wurde. Der weißblonde Finne mit den eisblauen Augen wirkte tatsächlich sehr durchtrainiert. Sie hatte aber nie darüber nachgedacht, ob er wohl irgendeinen Sport trieb. Die Kollegen am Tisch schlugen Krafttraining, Gewichtheben, Abhärtung vor der finnischen Meisterschaft im Saunabaden und Last-man-standing-Koskenkorva-vodka-Championship vor, aber nichts davon stimmte.

»Babyschwimmen!«, rief Fredrik fröhlich.

Eine schwache Röte legte sich auf Hannus Wangen. Seiner Stimme war jedoch nichts anzumerken, als er beiläufig fragte:

»Woher weißt du das?«

»Man ist schließlich nicht umsonst Ermittler! Scherz beiseite, Birgitta hat vorhin angerufen. Du warst nicht da, und sie hat mich gebeten, dich daran zu erinnern, dass ihr heute Abend zum Babyschwimmen wolltet. Ich muss gestehen, dass ich das vollkommen vergessen hatte, aber jetzt richte ich dir also hiermit ihre Grüße aus. Vergiss das Babyschwimmen nicht!« Fredrik lachte.

Der Kommissar unterbrach die Frotzelei:

»Okay. Bringt die Adresse in Erfahrung und fahrt zu den Eltern von Schyttelius raus. Ich bin hier im Präsidium. Wahrscheinlich hören wir bald von den Zeitungen.«

Irene hatte Glück. Der Pfarrer der Nachbargemeinde war zu Hause. Er hieß Jonas Burman, und seine Stimme klang angenehm. Als ihm klar wurde, worum es ging, erklärte er sich sofort bereit, sie zu begleiten, um ihnen beim Überbringen der Todesbotschaft moralischen Beistand zu leisten. Er beschrieb ihnen den Weg zu seinem Haus in Slättared. Von dort würde er ihnen dann zeigen, wie es zum Pfarrhaus von Kullahult, in dem Hauptpfarrer Schyttelius wohnte, ging.

Sie fanden das Haus in Slättared ohne Probleme. Vor dem Tor stand eine lange Gestalt frierend im Wind. Dieser hatte in den letzten Stunden an Stärke zugenommen und Schneeregen mit sich gebracht. Die Flocken schmolzen, sobald sie auf den nassen Boden trafen. Irene bremste und hielt an. Fredrik und sie stiegen aus, um Jonas Burman zu begrüßen.

Er war viel jünger, als seine Stimme am Telefon hätte vermuten lassen. Sein Haar war blond und blies ihm die ganze Zeit ins Gesicht. Als er Irene begrüßte, spürte sie, wie kalt seine Hand war, aber sein Handschlag war fest, und seine Finger waren schmalgliedrig und lang. Irene fühlte sich an einen Musiker erinnert. Seine blauen Augen blickten freundlich hinter einer rechteckigen, schmalen Brille hervor.

Im Wagen informierte Fredrik den Pfarrer darüber, was Jacob Schyttelius zugestoßen war. Jonas Burman hörte ihm schweigend zu. Als Fredrik fertig war, sagte der Pfarrer:

»Ich habe Jacob einige Male getroffen. Er ist … war … ein sehr netter Bursche. Es ist mir vollkommen unbegreiflich, wie so etwas geschehen konnte. Kann es sich um einen Raubüberfall gehandelt haben?«

»Keine Ahnung. Wir stehen ja erst am Anfang unserer Ermittlungen. Im Augenblick haben wir noch nicht den geringsten Hinweis. Vielleicht wissen ja seine Eltern mehr«, antwortete Fredrik.

»Sie haben doch nicht etwa vor, sie noch heute Abend zu verhören?«, wollte Jonas Burman besorgt wissen.

»Nein. Nur wenn sie dazu in der Verfassung sind. Sonst warten wir natürlich ab«, beruhigte ihn Fredrik.

Der Pfarrer deutete auf ein Schild und sagte:

»Da müssen wir abbiegen.«

Auf dem Schild stand: *Kullahult 2 km.*

Die angestrahlte Kirche war trotz zunehmender Dämmerung schon von ferne zu erkennen. Sie lag auf einer Anhöhe und thronte förmlich über der kleinen Ortschaft.

»Das Pfarrhaus liegt direkt neben der Kirche. Halten Sie einfach auf die Kirche zu«, sagte Jonas Burman.

Am Fuß der Anhöhe dirigierte er sie auf einen Schotterweg. Ein Stück oberhalb sah Irene die Friedhofsmauer. Sie verschwand bald aus ihrem Blickfeld, da der Weg geradeaus und nicht um den Hügel herumführte.

Ein großes weißes Haus, umgeben von einem parkähnlichen Garten, tauchte vor ihnen auf. Irene fuhr durch das offene Tor. Kies knirschte unter den Reifen.

»Merkwürdig …«, begann Jonas Burman, hielt dann aber inne.

Er sah sich um, nachdem sie auf dem runden Hofplatz geparkt hatten. Einzig das Rauschen des Windes und des Regens in den Baumkronen war zu vernehmen.

»Sten und Elsa machen sonst immer die Garten- und Außenbeleuchtung an, sobald es dunkel wird. Hier auf der Rückseite des Kirchhügels ist es schließlich sehr dunkel und einsam«, fuhr er fort.

Nasse Schneeflocken schlugen ihnen ins Gesicht, als sie aus dem Auto stiegen. Das Dunkel unter den großen Bäumen und den Büschen war bereits undurchdringlich. Eine hohe und düstere Tannenhecke umgab den Garten und schottete ihn ab. Die schwarzen Fenster des Hauses sahen sehr abweisend aus.

»Könnten sie weggefahren sein?«, fragte Fredrik.

»Nein. Wir Pfarrer im Bezirk teilen uns immer gegenseitig mit, wenn wir verreisen«, antwortete Jonas Burman.

»Auch wenn es nur für einen Tag ist?«

»Ja. Wir haben einen entsprechenden Dienstplan in unserem Pfarrbezirk. An Werktagen ist immer einer von uns für den Notfall erreichbar. Auch wenn wir nicht Bereitschaft haben, sagen wir, wo wir zu erreichen sind. Zwei weitere Kirchengemeinden sind Teil dieses Systems. Im Ganzen also vier Pfarrer. Das funktioniert ausgezeichnet.«

Irene steckte die Taschenlampe ein, die im Handschuhfach lag, ehe sie auf das protzige Portal zugingen. Vier Säulen aus Holz trugen ein Vordach, das Vortreppe und Tür vor Regen und Schnee schützte. Das Ganze hatte den Charme eines alten Herrenhauses. Die Flügeltüren waren mit Schnitzereien verziert. Irene streckte die Hand aus, um den schweren Gusseisenklopfer anzuheben, hielt jedoch mitten in der Bewegung inne. Der eine Türflügel war nur angelehnt. Sie knipste die Taschenlampe an, um zu sehen, ob er vielleicht beschädigt war. Doch es gab keine Hinweise darauf. Vorsichtig drückte sie die Tür mit der Taschenlampe auf. Ehe sie eintraten, sagte sie zu dem Pfarrer:

»Dass die Tür offen steht, muss nichts bedeuten. Genauso

wenig muss es etwas bedeuten, dass das Haus verlassen wirkt, weil überall kein Licht brennt. Aber vor dem Hintergrund dessen, was der Familie gerade zugestoßen ist, möchte ich nicht, dass Sie irgendetwas berühren. Keine Lichtschalter, Treppengeländer und so weiter. Bleiben Sie einfach dicht hinter uns.«

Jonas Burman antwortete nicht. Er stellte sich schräg hinter Irene und folgte ihr dann ins Innere des Hauses. Irene leuchtete mit der Taschenlampe die Innenseite des Türrahmens ab und fand den Lichtschalter. Sie drückte ihn mit dem Griff der Taschenlampe.

Aus einem kleinen Kronleuchter in der großen Eingangshalle strömte Licht. Auf dem Boden lag ein großer Flickenteppich in fröhlichen Farben. Neben der Tür stand eine Truhe mit gebogenem Deckel. Sie war mit so vielen Blumen und Schmetterlingen bemalt, dass die Jahreszahl 1796 kaum zu erkennen war. Ein schönes Stück. Soweit Irene das beurteilen konnte, war die Truhe wirklich so alt, wie die Jahreszahl vorgab. Der Spiegel darüber schien kaum neuer zu sein. Er hatte einen schweren Goldrahmen und zwei Scheiben. Die Standuhr daneben trieb schwerfällig tickend die Zeit voran.

Jonas Burman legte die Hände an den Mund und rief nach oben:

»Hallo! Sten und Elsa! Ich bin's, Jonas!«

Er ließ die Hände sinken, und sie lauschten alle drei. Durchdringende Stille beantwortete den Ruf. In der Diele war es nicht besonders warm, aber das konnte daran liegen, dass die Tür einen Spalt offen gestanden hatte.

Mit einem resignierten Seufzer stellte sich der Pfarrer in die Mitte des Entrées und begann zu erklären:

»Unter der Treppe ins Obergeschoss liegt eine Toilette. Oben sind Schlafzimmer und einige andere Zimmer. Ich meine, mich zu erinnern, dass sich oben auch ein Badezimmer und eine separate Toilette befinden. Hier unten sind rechts das Esszimmer und das Wohnzimmer. Hier auf dem Land nennen wir es etwas altmodisch Salon. Aber da dieses Haus alt ist, ist der Raum recht groß und wird dieser Bezeichnung gerecht.«

Er drehte sich halb um und deutete auf die gegenüberliegende Tür.

»Da ist die Küche. Die Tür neben der Treppe führt zum Arbeitszimmer. Dahinter liegt die Bibliothek.«

Sie entschieden sich dafür, sich zuerst die Küche anzusehen. Sie war groß und hoch. Beim ersten Anblick fühlte sich Irene hundert Jahre zurückversetzt. Herd und Kühlschrank waren allerdings neu. Dasselbe galt für die Spülmaschine. Im Übrigen waren die Schränke dunkel und im Bauernstil gehalten. Die Deckenbalken waren zu sehen, und ein großer Tisch stand in der Mitte des lackierten Holzfußbodens. Irene zählte zwölf Stühle. Alles wirkte alt und gediegen. Sie konnte es sich nicht verkneifen, den Pfarrer zu fragen:

»Und hier wohnen also nur zwei Personen?«

»Ja. Das ist das Problem mit diesen großen, alten Pfarrhäusern. Es kostet ein Vermögen, sie zu heizen, und eine normale Familie kann die vielen Zimmer gar nicht mit Leben füllen. Früher hatten die Pfarrer oft große Familien und viele Dienstboten. Die Pfarrhäuser dienten gleichzeitig als Gemeindeheim. Deswegen baute man sie so groß.«

Irene hatte nur eine äußerst vage Vorstellung davon, was für eine Funktion ein Gemeindeheim hatte, beschloss aber, nicht nachzuhaken. Sie öffneten die Türen am gegenüberliegenden Ende der Küche. In der winzigen Kammer hatte vermutlich einmal ein Dienstmädchen gewohnt. Hinter der zweiten Tür befand sich eine modern ausgerüstete Spülküche. In einer Ecke stand eine große Tiefkühltruhe und brummte monoton. Eine Tür nach draußen, zum Garten, existierte auch. Irene drückte die Klinke. Abgeschlossen. Vorsichtig öffnete sie den Deckel der Tiefkühltruhe einen Spaltweit. Sie war bis zur Hälfte mit ordentlichen Paketen und Plastikgefäßen gefüllt. Sie gingen durch die Küche zurück und ließen das Licht brennen.

Danach absolvierten sie eine schnelle Runde durch Schyttelius' Arbeitszimmer und Bibliothek. Auch diese waren groß und mit Antiquitäten möbliert. In den Regalen an den Wänden der Bibliothek standen alte Bücher. Es roch nach Staub und altem Leder.

Das Esszimmer und der so genannte Salon gingen ineinander über, zwei große, hohe Räume, aber auch sehr kalt. Irene begriff, warum die Tür zwischen dem Entrée und den Zimmern geschlossen gewesen war. Hier wurde wahrscheinlich fast gar nicht geheizt. Die beiden großen Kachelöfen auf beiden Seiten des Saals waren sicher schon lange nicht mehr benutzt worden. Die Möblierung war spärlich. Im Saal stand eine lange Bank mit einer Sprossenlehne. Es sah aus, als hätten bis zu zehn Personen darauf Platz. Bequem wirkte es allerdings nicht. Entlang den Wänden standen Stühle, die zu der Bank passten. Den Boden bedeckte ein großer Teppich. Er war abgetreten und verschossen, aber sicher einmal ein Prachtstück gewesen. Im Speisezimmer stand ein langer, weiß lackierter Tisch mit nur sechs Stühlen. Daraus schloss Irene, dass die Familie in der Küche saß, wenn Gäste kamen.

Die Eingangshalle kam ihnen im Gegenzug dazu warm und einladend vor. Sie gingen die Treppe hoch. Die Galerie oben war sehr geräumig. Sie war mit braunen Ledersofas und einem großen Fernseher an der einen Wand überraschend modern möbliert. Mit ausdruckslosen Augen starrten drei ausgestopfte Elchköpfe auf die Besucher herab.

»Das Fernsehzimmer«, stellte Jonas Burman unnötigerweise fest.

Sie trennten sich. Irene ging nach links, und die Männer übernahmen den rechten Teil des Obergeschosses. Der erste Raum, den Irene inspizierte, war erstaunlicherweise ein Billardzimmer, das von einem riesigen Billardtisch dominiert wurde. Auch hier hingen Jagdtrophäen an den Wänden. In der hinteren Ecke standen ein paar Stühle und ein Tisch. Die nächste

Überraschung war der reichlich gefüllte Barwagen neben dem Tisch. Irene betrachtete ihn näher. Die meisten Flaschen waren böhmische Dörfer für sie. Sie stammten aus dem Ausland, und die Etiketten waren in der Landessprache gehalten. Offensichtlich reiste das Ehepaar Schyttelius recht viel und brachte dann immer ein paar exotische Flaschen mit, vielleicht als Souvenir.

Irene ging auf die Tür auf der gegenüberliegenden Seite des Zimmers zu. Ein Schlüssel steckte im Schloss. Sie war jedoch nicht abgeschlossen und ließ sich durch einen Druck mit der Taschenlampe auf die Klinke öffnen. Auf gleiche Weise machte sie die Deckenlampe an. Die Glühbirne hinter der in die Decke eingelassenen, gesprungenen Milchglasscheibe leuchtete schwach.

Im Zimmer war es auffallend kalt. Es war nur mit ein paar modernen Aktenschränken und einem großen Schreibtisch möbliert, auf dem sich ein Computer befand. Irene trat hinter den Schreibtisch, um einen Blick auf Tastatur und Monitor zu werfen. Sie konnte kaum glauben, was sie sah.

Gut möglich, dass der Stern, der sich inmitten eines Kreises befand, mit Blut auf den Computer geschmiert worden war.

KAPITEL 3

Pfarrer Jonas Burman und ich fanden Sten und Elsa Schyttelius im Schlafzimmer vor. Ich wollte ihn noch davon abhalten, mir nachzukommen, aber leider ist er groß, und es gelang ihm, über meine Schulter zu schauen. Er erlitt einen Schock. Aber es war auch wirklich ein übles Blutbad«, sagte Fredrik Stridh.

Er sah über den Konferenztisch in die Runde. Außer ihm und Irene saßen dort noch Kommissar Andersson, Tommy Persson und Hannu Rauhala. Jonny Blom war bereits nach Hause gegangen, als wegen des Doppelmords im Pfarrhaus der Alarm im Präsidium eingegangen war. Hannu war gerade auf dem Sprung zum Babyschwimmen gewesen, hatte aber beschlossen zu bleiben, als er hörte, worum es ging.

»Ich hatte gerade Burman auf eines der Sofas gesetzt, da kam Irene. Sie hatte einen Computer entdeckt mit einem dieser Sternsymbole auf dem Monitor, wie Sven und ich es bei Jacob Schyttelius gesehen haben«, fuhr Fredrik fort.

»War es denn wirklich das gleiche Motiv?«, unterbrach ihn Andersson und sah Irene fragend an.

Diese nickte.

»Absolut.«

Fredrik räusperte sich.

»Sten und Elsa Schyttelius wurden mit einer großkalibrigen Waffe aus unmittelbarer Nähe erschossen. Sten Schyttelius war Jäger.«

»Woher weißt du das?«, unterbrach der Kommissar erneut.

»Von Jonas Burman. Außerdem hängen die Wände des Pfarrhauses voll mit ausgestopften Tierleichen. Burman ist schon seit zwei Jahren in der Gemeinde von Slättared tätig. Er wusste also einiges über seinen Chef und dessen Familie. Die Tochter heißt Rebecka und wohnt in London. Ihr ist er bisher erst einmal begegnet. Bei irgendeiner Weihnachtsfeier oder so.«

»Wir müssen sie sofort unter Polizeischutz stellen!«, rief Irene.

»Wieso denn das?«, wollte Andersson wissen.

»Im Hinblick darauf, was ihrer Familie zugestoßen ist. Sie ist die Einzige, die noch am Leben ist. Wir kennen das Motiv für die Morde noch nicht, aber es hat den Anschein, als versuche jemand, die Familie Schyttelius auszulöschen«, meinte Irene.

»Sie wohnt doch in England ...«, begann der Kommissar, wurde aber von Tommy Persson unterbrochen.

»Die Eheleute Schyttelius scheinen etwa zur gleichen Zeit wie der Sohn gestorben zu sein. Der Mörder hat über vierundzwanzig Stunden Vorsprung. Er könnte sich bereits in London aufhalten.«

Der Kommissar murmelte etwas vor sich hin und nickte dann.

»Okay. Dann müssen wir eben versuchen, ihre Adresse herauszukriegen, und die Kollegen in London informieren. Erledigst du das, Hannu?«

Letzteres war keine Frage, sondern eine Aufforderung.

Kommissar Andersson bedeutete Fredrik, fortzufahren.

»Im Schlafzimmer fanden sich keine Spuren eines Kampfes. Sowohl Irene als auch ich sind der Ansicht, dass sie im Schlaf erschossen wurden. Beide lagen im Bett, mit dem Kopf auf dem Kopfkissen, genauer gesagt mit dem, was davon noch übrig war. Und beide wurden von vorne erschossen.«

»Haben die Nachbarn irgendwas gehört?«, fragte der Kommissar.

»Wir stehen hier vor demselben Problem wie bei dem Sommerhaus. In der Nähe der Kirche gibt es keine Nachbarn. Das Pfarrhaus liegt abgeschieden hinter dem Hügel mit der Kirche«, antwortete Irene.

»Wir haben die mutmaßliche Mordwaffe gefunden«, warf Fredrik ein.

Das war dem Kommissar neu.

»Und das sagst du erst jetzt! Was für eine ist es?«

»Eine Husqvarna Neunzehnhundert. Lag unterm Bett.«

»Soso. Unsere geliebte, alte Husqvarna«, seufzte der Kommissar.

Irene konnte seinen Seufzer verstehen. Die verschiedenen Typen von Schrotflinten und Elchstutzen der Marke Husqvarna stellten das Gros der Waffen, die für Morde und vor allen Dingen Selbstmorde in Schweden verwendet wurden. Die Erklärung dafür war einfach. Es handelte sich dabei um eine der gängigsten Jagdwaffen. Und es war leicht, an sie heranzukommen.

»Svante Malm rief vorhin an. Sie haben einen nicht verschlossenen Waffenschrank der Marke Zugil im Arbeitszimmer des Pfarrers gefunden«, sagte Fredrik.

»Meinst du das Arbeitszimmer im Obergeschoss oder das unten?«, wollte Irene wissen.

»Das mit dem Computer im Obergeschoss. Svante will morgen früh zu unserer morgendlichen Runde erscheinen und berichten, was sie eventuell noch im Verlauf der Nacht herausfinden werden.«

»Wie alt war das Ehepaar Schyttelius?«, fragte Tommy.

»Er war vierundsechzig und sie dreiundsechzig. Er wollte sich im Sommer pensionieren lassen«, wusste Fredrik zu berichten.

Er schaute in seine Papiere und sagte zögernd:

»Ich habe Jonas Burman gefragt, wie alt Rebecka ist, aber er war sich nicht sicher. Er glaubt, um die fünfundzwanzig.«

»Was macht sie in London?«, fragte Irene.

»Sie arbeitet als Softwarespezialistin. Laut Burman.«

»Dieser Burman war wirklich gesprächig«, murmelte der Kommissar.

»Ja. Er stand zwar unter Schock, versuchte aber trotzdem, unsere Fragen zu beantworten. Netter Kerl.«

»Was hat er denn noch gesagt?«, fragte Tommy.

»Er fand, dass wir uns mit der Gemeindeschwester unterhalten sollten. Sie hat viele Jahre mit Schyttelius zusammengearbeitet. Sie heißt ...«

Er blätterte in seinem Block zurück.

»... Rut Börjesson. Dann sind da noch Leute auf dem Gemeindeamt, die wir befragen können.«

»Okay. Ich habe bereits vier Leute losgeschickt, die in Kullahult von Haus zu Haus gehen. Zwei weitere sind damit seit heute Nachmittag am Norssjön beschäftigt. Sie melden sich, falls sich etwas ergeben sollte. Morgen früh nach der Morgenbesprechung könnt ihr drei ja nach Kullahult rausfahren. Hannu und Jonny übernehmen den Norssjön«, beendete Kommissar Andersson die Besprechung.

Die Uhr auf dem Armaturenbrett des alten Saabs stand auf 22.41 Uhr, als Irene in ihre Garage einbog. Die Garagen befanden sich am Rande der Reihenhaussiedlung. Sie öffnete das schwere Garagentor und fuhr den Wagen hinein. Nicht, weil sie dachte, der dreizehn Jahre alte Wagen könnte gestohlen werden, sondern weil sie verhindern wollte, dass er eiskalt war, wenn sie am nächsten Morgen wieder startete. Als sie das Tor verriegelte, spürte sie ihren Rücken und ihre Schultern. Sie beschloss, am nächsten Tag ein wenig Fitness einzulegen, stellte aber beim näheren Nachdenken fest, dass die Zeit dafür kaum reichen würde. Die Verhöre würden sicherlich den ganzen Tag und einen Teil des Abends in Anspruch nehmen. Sie würde also früh am Morgen joggen gehen müssen.

Früh aufzustehen war nicht ihre starke Seite. Um die Wahrheit zu sagen, war sie morgens immer fürchterlich müde. Aber wenn das die einzige Möglichkeit war, sich fit zu halten, dann würde sie eben frühmorgens joggen gehen.

Wenn man die vierzig erst einmal überschritten hat, dann muss man in dieser Hinsicht wirklich eisern sein, lautete ihre Devise. Sie war stolz darauf, so fit zu sein, und trainierte, wann immer sie die Gelegenheit dazu hatte. Vor zwanzig Jahren hatte sie bei der Europameisterschaft die Goldmedaille in Jiu-Jitsu errungen. Damit hatte sie auf der Polizeihochschule in Ulriksdal punkten können. Wenig später war sie Krister begegnet und fast sofort schwanger geworden. Die Geburt der Zwillinge hatte sie einiges ihrer Kondition gekostet, aber recht bald hatte sie wieder begonnen zu trainieren. Inzwischen trieb sie einmal in der Woche Krafttraining, joggte zweimal und unterwies jeden Sonntag eine Gruppe Polizistinnen in Jiu-Jitsu.

Das reine Training fiel ihr jedoch von Jahr zu Jahr schwerer. Alte Verletzungen brachten sich in Erinnerung, beispielsweise benötigte sie beim Joggen immer einen Knieschützer. Andererseits fühlte sie sich psychisch und physisch schlecht, wenn sie nichts tat.

Als sie die Tür des Reihenhauses öffnete, wurde sie von Sammie begeistert begrüßt. Freudig sprang er an ihr hoch und versuchte, ihr das Gesicht zu lecken, während sie sich vorbeugte, um seinen goldenweichen Pelz zu streicheln. Das Beste an Hunden ist, dass sie sich freuen, egal, wann man nach Hause kommt, dachte Irene. Nie ein Vorwurf, weil man spät dran ist.

Auf dem Küchentisch lag ein Zettel von Krister, die vegetarische Lasagne stehe im Kühlschrank. Irene seufzte. Das Essen bei Familie Huss war ihrer Ansicht nach immer ausgezeichnet gewesen, bis Jenny vor einiger Zeit Veganerin geworden war. Etwa gleichzeitig hatte es sich Krister in den Kopf gesetzt, abnehmen zu müssen, und nach einer Weile die neuen Essgewohnheiten seiner Tochter mit großer Begeisterung übernommen. Inzwischen aß Familie Huss dreimal in der Woche vegan und nur die übrigen Tage Fleisch und Fisch. Dann machte sich Jenny die Reste warm oder kochte sich selbst etwas. Irene seufzte und dachte sehnsuchtsvoll an ein großes, blutiges Steak mit einem cremigen, nach Knoblauch duftenden Kartoffelgratin.

Sie erwärmte ein Stück Lasagne in der Mikrowelle und trank im Stehen ein Glas Milch. Nachdem sie rasch geduscht hatte, ging sie ins Obergeschoss. Dort öffnete sie die Tür zum Zimmer der Mädchen einen Spaltbreit und sah, dass beide bereits schliefen. Sie hatten noch etwas mehr als ein Jahr auf dem Gymnasium, dann würden sie wahrscheinlich so schnell wie möglich von zu Hause verschwinden wollen. Es gab Irene einen Stich, als sie daran dachte. Dann war sie mit Krister allein im Haus. Und mit Sammie.

Sie schlich sich ins Schlafzimmer und hörte Kristers schwere Atemzüge. Er würde bald zu schnarchen anfangen. Natürlich hatte sich Sammie mitten auf Irenes Bett gelegt. Die Pfoten in der Luft, lag er auf dem Rücken und tat so, als schliefe er. Irene war zu müde, um ihn vorsichtig wegzuschubsen, und setzte ihn resolut auf den Fußboden. Tief gekränkt trottete Sammie nach draußen und legte sich auf den Teppich vor den Fernseher.

Als sie die Augen schloss, sah sie abwechselnd die blutigen Bilder aus dem Sommerhaus und aus dem Pfarrhof vor sich. Wer wollte Familie Schyttelius auslöschen? Und warum? War auch Rebecka Schyttelius in Gefahr? Vielleicht war die Bedrohung aber auch örtlich begrenzt und betraf sie gar nicht, da sie in London wohnte? Warum hatte der Mörder diese seltsamen Symbole mit Blut auf die Computermonitore gemalt?

Die Gedanken wirbelten in Irenes Kopf herum, bis sie endlich in einen unruhigen Schlaf fiel.

KAPITEL 4

Svante Malm erweckte nicht den Eindruck, als hätte er in den letzten vierundzwanzig Stunden auch nur eine Minute geschlafen, und dem war auch nicht so. Sein sonst immer so fröhliches Pferdegesicht war aschgrau vor Müdigkeit. Sogar seine Sommersprossen schienen blasser als sonst. Er blinzelte und fuhr sich mit den Fingern wiederholte Male durch seine rotgraumelierten Haare.

Falls das ein Versuch war, Fasson in seine nichtvorhandene Frisur zu bringen, war dieser jedenfalls vergebens. Er sah nur noch mehr wie ein in die Jahre gekommener Punker aus. Wir werden alle müder und verbrauchter, dachte Irene. Ein Glück, dass wir Fredrik haben.

Sie schielte auf Fredrik Stridh. Kerzengerade saß er auf seinem Stuhl und sah geradezu unverschämt munter aus. Der dünne, hellblaue Baumwollpullover harmonierte mit seinen Augen, und er duftete gut nach Duschgel und Rasierwasser.

Svante Malm wurde ungeduldig. Er räusperte sich und sagte:

»Ich habe mit Åhlén gesprochen. Er kommt gleich vorbei, um uns zu berichten, was sich im Sommerhaus ergeben hat. Ich referiere jetzt, was wir bisher im Pfarrhaus gefunden haben. In der Tat war Frau Professor Stridner so nett, gestern Abend noch rauszukommen und sich die Leichen anzusehen. Sie meinte, dass sie wahrscheinlich noch keine vierundzwanzig Stunden tot waren. Im Schlafzimmer war es kalt, höchstens siebzehn Grad. Sie hat versprochen, gleich heute Morgen die Obduktionen vorzunehmen.«

Er unterbrach sich und trank einen Schluck Kaffee. Irene bemerkte, dass seine Hand leicht zitterte, als er den Becher an die Lippen führte. Die Spurensicherung hatte noch weniger Personal als sonst, da die gegenwärtige Grippewelle immer noch Opfer forderte. Zwei davon arbeiteten bei der Spurensicherung.

»Um mit den Opfern zu beginnen, so wurden diese aus nächster Nähe mit mindestens einem Schuss in die Stirn getötet. Wenn man jemandem mit einem Elchgewehr zwischen die Augen schießt, gibt es nicht nur ein kleines, sauberes Loch, sondern der ganze Hinterkopf wird förmlich weggeblasen. Sie waren sofort tot. Nichts deutet auf einen Kampf hin. Die Verletzungen lassen darauf schließen, dass das Gewehr, das wir unter dem Bett fanden, die Mordwaffe ist. Keine Fingerabdrücke. Jemand hat es sorgfältig abgewischt.«

»Wie ist der Mörder ins Haus gekommen?«, unterbrach ihn Kommissar Andersson.

»Die Tür stand offen, als Irene und Fredrik ankamen. Der Schlüssel steckte von außen.«

Tommy pfiff leise und sagte dann:

»Der Mörder hatte also einen Hausschlüssel.«

»Nicht unbedingt. Irene und ich haben den Schlüssel zum Sommerhaus unter einem Blumentopf auf der Treppe gefunden«, mischte sich Andersson ein. »Stand auf der Treppe des Pfarrhauses auch ein Blumentopf?«

Irene dachte nach, aber noch ehe sie antworten konnte, kam ihr Fredrik zuvor:

»Ja, irgendein Nadelbaum. Ein großer weißer Blumentopf stand auf der Treppe. Du meinst, dass der Schlüssel darunter gelegen haben könnte?«

Der Kommissar nickte, zuckte aber gleichzeitig mit den Achseln. Möglich war alles. Die Familie hatte vielleicht immer einen Reserveschlüssel unter einem Blumentopf liegen gehabt.

Bei schwedischen Familien nicht gerade ungebräuchlich, sondern der statistisch gesehen wahrscheinlichste Aufbewahrungsort für Ersatzschlüssel.

»Es scheint auch keine der Außentüren aufgebrochen worden zu sein. Damit wären wir beim Computer. Das Symbol auf dem Monitor ist mit Menschenblut gemalt. Wessen Blut, werden wir später erfahren. Der Computer selbst blieb mausetot, als ich versucht habe, ihn hochzufahren. Wir haben ihn herbringen lassen. Ljunggren kennt sich mit den Dingern aus, er soll nachschauen, was da los ist. Åhlén hat den Computer aus dem Sommerhaus ebenfalls herbringen lassen. Bei dem war's genauso.«

Svante zog ein paar Polaroids aus einem Umschlag und reichte sie Tommy Persson.

»Hier haben wir Bilder von diesem Symbol.«

Rasch wurden sie unter die Anwesenden verteilt. Irene wurde es ganz unwohl, als sie den fünfzackigen, von einem Ring umschlossenen Stern sah. Svante hatte jeweils »Sommerhaus« und »Pfarrhof« oben in die Ecke geschrieben. Soweit Irene erkennen konnte, waren die Symbole identisch.

»Bei diesen Sternen handelt es sich um Pentagramme. Ein Pentagramm ist ein fünfzackiger Stern, der sich ohne abzusetzen mit fünf geraden Linien zeichnen lässt. Eine Spitze zeigt nach oben, zwei weitere nach unten und zwei zu den Seiten.«

Svante stand auf. Er zog die weiße Leinwand herab, die an der Decke hing, und knipste den Overheadprojektor an. Auf diesen legte er einen mit blauem Filzschreiber gemalten fünfzackigen Stern.

»Das hier ist ein Pentagramm. Vergleicht es mit denen auf den Fotos. Seht ihr den Unterschied?«

»Ja. Die auf den Monitoren stehen verkehrt herum«, antwortete Fredrik rasch.

»Genau. Jetzt drehe ich meine Zeichnung um.«

Mit einer raschen Handbewegung verrutschte Svante die Folie um einhundertachtzig Grad.

»Seht ihr, dass sich das Aussehen des Sterns verändert? Jetzt hat er plötzlich zwei Spitzen nach oben und eine nach unten. Dadurch wird er zu einem magischen Symbol, und auf dieses bin ich schon früher einige Male gestoßen. Jetzt male ich die beiden Spitzen oben und die eine unten aus.«

Rasch malte er die drei Zacken und die Mitte mit rotem Filzstift aus. Für die Zuschauer ergab sich ein schmales Dreieck mit zwei Spitzen nach oben. Svante trank einen Schluck Kaffee, ehe er fortfuhr:

»Das ist das Antlitz des Teufels. Zwei Hörner und der Bocksbart.«

Er verstummte, um zu sehen, welche Wirkung seine Worte hatten. Sämtliche Polizisten schauten mehr oder minder verwundert, während Kommissar Andersson prompt und eindeutig reagierte:

»Was soll der Unsinn? Antlitz des Teufels? Willst du uns verarschen?«, fauchte er wütend.

Svante versuchte zu lächeln, aber sein Gesicht glich eher einer bleichen Grimasse.

»Nein. Wie gesagt sind mir diese Symbole schon früher begegnet. Zwei Mal bei Brandstiftungen von Kirchen und einmal bei einem Mord. Der Mord wurde nie aufgeklärt, aber alles deutete darauf hin, dass es sich um das Werk von Satanisten handelte. Ich meine den Purpurmord, erinnert ihr euch?«

Alle außer Fredrik nickten. Svante sah ihn an und sagte:

»Du bist noch zu grün. Das ist schon mehr als zwanzig Jahre her. Der Ermordete wurde in seiner Wohnung gefunden. Die Nachbarn schlugen Alarm, als es in der Sommerhitze zu stinken begann. Wir fuhren also hin. Es schien sich um eine ganz gewöhnliche Wohnung zu handeln. Diele, Küche und Wohnzimmer sahen vollkommen normal aus. Aber das Schlafzimmer war eine Kammer des Schreckens. Boden, Wände und Decke waren schwarz. Vor dem Fenster hing ein schwerer schwarzer Vorhang. Auf die Wände hatte er eine Menge Symbole gemalt. Dort hingen Peitschen, Schwerter und Masken. Überall standen Kerzenhalter herum. Sämtliche Kerzen waren schwarz. Mitten auf dem Fußboden befand sich eine große Tonschale mit einer Menge merkwürdiger Sachen. Knochenstücke, Haarbüschel von Menschen und Tieren, eine Schlangenhaut und ich weiß nicht, was noch alles. Er selbst lag mit durchschnittener Kehle auf dem Bett. Die Mordwaffe wurde nie gefunden, aber es muss sich um ein Jagdmesser mit einer stabilen Klinge gehandelt haben. Superscharf. In seinen Bauch hatte der Mörder ein Pentagramm geritzt.«

»Warum hieß der Fall Purpurmord?«, wollte Fredrik wissen.

»Der Mann trug nur einen purpurfarbenen Umhang. Darunter war er nackt.«

»Warum war er purpurn? Bedeutet die Farbe was?«, wollte Irene wissen.

»Schwarz, Weiß und Rot sind die Farben, die gerne bei schwarzen Messen benutzt werden. Gelegentlich kommt auch Silber vor. Das weiß ich alles noch von damals – und außerdem, dass der Ring um das Pentagramm eine Schlange symbolisiert, die sich in den Schwanz beißt.«

»Haben die Nachbarn nichts gehört?«, setzte Irene ihre Befragung fort.

Als der Purpurmord begangen worden war, war sie Springerin im Außendienst gewesen und mit dem Streifenwagen in Angered herumgefahren. Über den Mord wusste sie nur, was sie in der Zeitung gelesen hatte.

»Nein, nichts. Aber der Mord geschah in der Ferienzeit, die meisten waren verreist. Außerdem war der Ermordete ein eher seltsamer Zeitgenosse, der keinerlei Umgang pflegte. Er grüßte kaum, störte aber auch niemanden, jedenfalls nicht, bevor er anfing zu stinken.«

»Du meinst also, dass wir unter den Satanisten suchen sollen? Die Pfarrer ermorden? Aber warum haben sie dann den Sohn ebenfalls umgebracht? Der war schließlich Lehrer und nicht Pastor. Und was ist mit Frau Schyttelius?«, wollte Jonny aufmüpfig wissen.

Svante machte eine abwehrende Handbewegung.

»Ich sage ja gar nicht, dass der Mörder Satanist ist. Ich sage nur, dass die Symbole auf den Computermonitoren in gewissen Kreisen als magische Symbole gelten und in okkulten und satanistischen Zusammenhängen relativ häufig vorkommen.«

Er klopfte mit einem Finger auf den blauen Stern mit den drei roten Ecken, der auf dem Overheadprojektor lag, und fuhr fort:

»Ich habe dieses Symbol auch schon auf Portalen von Kirchen gesehen, die von den Satanisten niedergebrannt wurden. In einem Fall haben wir die Täter gefasst, damals, als die alte Kirche von Kålltorp abbrannte. Zwei Jungen und zwei Mädchen hatten das Feuer gelegt. Sie behaupteten, überzeugte Satanisten zu sein und die Tat zur Ehre des Teufels begangen zu haben. Im Laufe der Ermittlung stellte sich heraus, dass es noch einen älteren Anführer gab und dass dieser die Brandstiftung angeordnet hatte. Den haben wir nie erwischt. Die jungen Leute kannten weder seinen richtigen Namen noch wussten sie, wie er aussah.«

»Sie müssen ihn doch mal gesehen haben?«, wandte Jonny ein.

»Nein. Immer wenn sie ihn trafen, trug er eine silberfarbene Maske. Sie hatten eine Kirche, jedenfalls nannten sie das so, in einem alten Lagerschuppen draußen auf Ringön. Perfekte, ungestörte Lage. Die so genannte Gemeinde bestand aus etwa zehn Jugendlichen, und diese vier hatten den ehrenvollen Auftrag erhalten, die Kirche niederzubrennen. Nach dem Brand war der Anführer allerdings wie vom Erdboden verschluckt. Um die jungen Leute kümmerten sich Sozialarbeiter, und ihre Truppe wurde aufgelöst. Aber es haben sich sicher wieder neue Vereinigungen gebildet, und vielleicht ist auch dieser besagte Anführer wieder auf der Bildfläche aufgetaucht. Was wissen wir schon?«

»Waren die Pentagramme ebenfalls mit Blut gemalt?«, wollte Tommy Persson wissen.

»Ja. Die Jugendlichen hatten eine Katze getötet und das Symbol hingepinselt, ehe sie das Feuer legten. Im anderen Fall hatten die Täter Hamsterblut verwendet.«

»Wo war das gewesen?«

»Bei der Sommerkirche am Norssjön.«

»Norssjön! Da liegt doch auch das Sommerhaus von den Schyttelius!«, rief Irene.

Svante Malm nickte.

»Genau. Die Kirche befindet sich auf der anderen Seite des Sees. Das ist jetzt bald zwei Jahre her. Eine kleine Holzkirche, die nur im Sommer benutzt wurde, weil es dort weder eine Heizung noch Strom gab.«

»Um einen Kurzschluss kann es sich also auch nicht gehandelt haben«, stellte der Kommissar fest.

»Nein. Ein Zeuge, der in der Sommernacht mit seinem Ruderboot eine Runde auf dem See drehte, hatte um Mitternacht Stimmen aus Richtung der Kirche vernommen. Er meinte, es habe wie ein eintöniges Gebet geklungen. Etwas später hat er dann hohe Flammen aus dem Gebäude schlagen sehen. Da will er dann auch im Feuerschein Gestalten gesehen haben. Da er allerdings schon über siebzig und außerdem herzkrank ist, wollte er allein den Kampf gegen das Feuer nicht aufnehmen. Stattdessen ruderte er nach Hause und rief von dort die Feuerwehr an. Aber als die eintraf, war bereits alles abgebrannt. Seltsamerweise war das Portal fast unbeschädigt, und da sah ich das umgekehrte Pentagramm dann zum zweiten Mal.«

»Mit Hamsterblut dorthin geschmiert«, ergänzte der Kommissar.

»Ja. Tieropfer sind in diesen Kreisen relativ gebräuchlich. Übrigens gibt es da noch etwas im Pfarrhaus, das auf die Satanisten hindeutet. Im Schlafzimmer der Eheleute Schyttelius hängt ein Kruzifix verkehrt herum. Bei ihren schwarzen Messen verwenden die Satanisten oft Kreuze, die verkehrt herum hängen.«

Irene versuchte, die Informationen, die sie erhalten hatten, zu verarbeiten. Sie wollten nicht recht in das Muster der Schyteliusmorde passen. Wohlerzogen hob sie die Hand und wartete mit ihrer Frage, bis Svante ihr zugenickt hatte:

»Hältst du es für wahrscheinlich, dass man die Opfer während eines Satanistenrituals erschossen hat?«

Svante schüttelte den Kopf.

»Nein. Rituale und Messer sind wichtige Bestandteile dieser Art von Morden. Schwerter sind auch nicht ungewöhnlich. Gift ebenfalls nicht. Auf den Opfern finden sich oft verschiedene Symbole, entweder gemalt oder eingeritzt. Sie sind gekennzeichnet, damit deutlich wird, dass sie dem Teufel gehören. Die Satanisten hegen einen starken Glauben an die Macht des Blutes. Sie trinken Blut und opfern Blut. Sicherlich, an den Schauplätzen unserer Verbrechen sah es blutig aus, aber eigentlich deutete nichts darauf hin, dass es sich um Satanistenmorde gehandelt hätte.«

»Abgesehen von Pentagramm und Kreuz«, meinte Tommy.

»Genau.«

Svante verbarg ein Gähnen hinter der Handfläche. Ein leises Klopfen war zu vernehmen, und die Tür öffnete sich, noch ehe jemand Herein gesagt hatte. Svantes Kollege Bosse Åhlén streckte seinen kahlen Kopf durch den Türspalt.

Ohne die Versammelten eines Blickes zu würdigen, trottete er vor zum Rednerpult, neben dem Svante saß. Irene wusste, dass Åhlén ein paar Jahre jünger war als sie, aber sein frühzeitiger Haarausfall und seine Korpulenz ließen ihn viel älter erscheinen. Im Übrigen war das Bemerkenswerteste an ihm, dass er sieben Kinder hatte. Das jüngste war erst ein paar Monate alt. Vielleicht war das der Hauptgrund dafür, dass er so müde aussah, aber natürlich hatte die Nachtschicht auch bei ihm ihre Spuren hinterlassen. Er nahm die Brille ab und rieb sich mit Daumen und Zeigefinger die Augen. Dann putzte er sich mit seinem recht schmutzigen Laborkittel die Brille. Nachdem er sie wieder auf seine unförmige Kartoffelnase gesetzt hatte, ergriff er das Wort:

»Der Bericht in Sachen Sommerhaus am Norssjön. Das Opfer wurde mit einer großkalibrigen Waffe aus nächster Nähe erschossen. Ein Schuss in die Herzregion, einer durch den Kopf. Er trug noch Jacke und Schuhe, als er gefunden wurde. Neben ihm lagen eine Plastiktüte mit Lebensmitteln von Hemköp sowie eine Tasche mit Sportsachen. Alles deutet darauf hin, dass das Opfer erschossen wurde, als es durch die Haustür trat. Keine Anzeichen eines Kampfes. Keine Waffe am oder in der Nähe des Tatorts. Wir durchkämmen heute das Gelände.«

»Hat sich Ljunggren den Computer angesehen?«, fragte Svante Malm.

»Ja. Vollkommen tote Hose oder, genauer gesagt, unbenutzbar. Laut Ljunggren hat jemand die Festplatte mithilfe der Pentagonmethode formatiert.«

»Pentagonmethode? Was zum Teufel …! Erklär mir das!«, fauchte Andersson.

»Man kann versuchen, die Informationen auf der Festplatte zu zerstören, indem man diese verbrennt, sie mit einem Hammer bearbeitet oder indem man den Computer zerlegt. Laut Ljunggren hat das alles nicht viel Sinn. Ein Teil des Inhalts lässt sich in jedem Fall rekonstruieren«, begann Åhlén seine Erklärung.

»Quatsch. Wer soll das können?«, unterbrach ihn Andersson.

»Einige von den wirklich sehr guten Hackern. Ljunggren sagt, dass es in Norwegen ein Unternehmen gibt, das sich auf so was spezialisiert hat. Kostet natürlich eine Menge Geld, aber in manchen Fällen lohnt es sich. In der Regel macht man das nach Bränden. Es ist also gar nicht so leicht, Informationen loszuwerden, die auf einer Festplatte gespeichert sind. Laut dem Pentagon, das natürlich wahnsinnig geheime Informationen in seinen Computern hat, gibt es nur eine sichere Methode. Man überschreibt alles mit einem Formatierungsprogramm, das überall Einsen und Nullen einträgt. Und das mehrfach. Anschließend findet sich nichts Vernünftiges mehr auf der Festplatte.«

»Und wo bekommt man solche Programme?«, wollte Tommy wissen.

»Die kann man in Computerläden kaufen. Sie lassen sich sicher auch vom Internet runterladen. Sind eigentlich dazu gedacht, um Dateien zu reparieren. Funktioniert aber wie gesagt auch andersrum.«

»Wie lange dauert es, eine ganze Festplatte zu löschen?«

»Laut Ljunggren ein bis zwei Stunden, wenn die Festplatte nicht allzu groß ist.«

Tommy runzelte konzentriert die Stirn. Plötzlich leuchtete sein Gesicht auf, und er fragte eifrig:

»Habt ihr eine Formatierungsdiskette im Sommerhaus gefunden?«

»Nein.«

Tommy wandte sich an Svante Malm.

»Habt ihr irgendeine Diskette im Pfarrhaus gefunden?«

Der Mann von der Spurensicherung schüttelte nur den Kopf.

»Das muss bedeuten, dass sich der Mörder ein bis zwei Stunden bei seinen Opfern aufgehalten hat, um das Formatierungsprogramm durchlaufen zu lassen.«

»Der Mörder hat also an beiden Tatorten die Computer gekillt.« Irene dachte laut nach.

»Und sie mit dem Antlitz des Teufels verziert«, ergänzte Tommy.

»Teufel! Das ist nur eine falsch Fährte. Ein Pfarrer hat doch wohl nichts mit Satanisten zu tun!«, rief Andersson verärgert.

»Sag das nicht. Die Sommerkirche am Norssjön wurde schließlich von Satanisten niedergebrannt, und Schyttelius hatte ein Häuschen an diesem See«, sagte Irene.

»Meinst du, dass auch Schyttelius Satanist war und die Kirche vielleicht selbst angesteckt hat?«, unterbrach sie Jonny Blom.

»Natürlich nicht. Trotzdem ist es merkwürdig. Und denkt an das Pentagramm.«

»Obwohl das damals mit Hamsterblut und nicht mit Menschenblut gemalt war«, murmelte der Kommissar.

»Es stellt sich trotzdem die Frage, ob beide Fälle etwas miteinander zu tun haben«, beharrte Irene auf ihrer Meinung.

»Es handelt sich um eine falsche Fährte, glaubt mir! Scheißt auf die Computer, Blutsymbole und diesen ganzen Unsinn und konzentriert euch auf die Morde!«, explodierte Andersson.

Irene wurde unruhig, als sie seine hochrote Gesichtsfarbe sah. Sie wusste, wie sehr er es hasste, nicht den geringsten Anhaltspunkt zu haben. Alles, was sie hatten, waren Mutmaßungen. Bei gewissen komplizierten Fällen wie bei den Schyttelius-Morden gab es keine nahe liegenden Spuren oder Motive. Die Ermittler hatten dann immer das Gefühl, der Täter mache sich über sie lustig. Irene war sich nicht sicher, ob dies bei dieser Ermittlung wirklich der Fall war. Vielleicht hatte ihnen der Mörder ja auch eine Nachricht zukommen lassen? Dagegen sprach, dass der Täter die einzigen Zeugen, die ihnen einen Anhaltspunkt hätten liefern können, zum Schweigen gebracht hatte: die Computer.

Andersson holte tief Luft, um die Fassung wiederzugewinnen und seinen Blutdruck unter Kontrolle zu bringen.

»Ich habe mit den Kollegen in Borås vereinbart, dass wir die Ermittlungen übernehmen. Die Pfarrgemeinde liegt schließlich zum größten Teil auf unserem Territorium, und außerdem handelt es sich um einen großen und komplizierten Fall. Irene, Tommy und Fredrik, ihr fahrt raus nach Kullahult und verhört das Personal der Kirche und die Nachbarn. Jonny und Hannu reden mit den Leuten, die in der Nähe des Sommerhauses wohnen. Wahrscheinlich seid ihr draußen beim Sommerhaus schneller fertig, dann könnt ihr euch den anderen in Kullahult anschließen. Das Von-Haus-zu-Haus-Gehen hat offenbar noch nichts Konkretes ergeben, aber darüber unterhaltet ihr euch besser mit den Kollegen, die vor Ort waren. Um fünf Uhr treffen wir uns wieder hier. In einer Stunde rede ich mit der Presse. Danach werde ich Georg anrufen … den Rektor der Schule, an der Jacob Schyttelius gearbeitet hat. Dann ist es vielleicht auch eine gute Idee, die Akten des Purpurmords und des Brandes der Kirche am Norssjön herauszusuchen. Und dann sollte ich mich wohl auch noch mit Yvonne Stridner unterhalten.«

Beim letzten Satz seufzte er tief auf. Die anderen nickten verständnisvoll. Mit der Chefin der Gerichtsmedizin Yvonne Stridner war nicht gut Kirschen essen.

KAPITEL 5

Der Schneeregen vom Vortag war in einen unterkühlten, widerwärtigen Nieselregen übergegangen. Die Temperatur war über Nacht auf sieben Grad plus gestiegen, aber als Frühlingswärme konnte man das trotzdem kaum bezeichnen. Nieselschleier zogen über den Landvettersjön und ließen den Übergang zwischen Luft und Wasser verschwimmen. Alles verwandelte sich in feuchtgrauen Nebel.

Der zivile Polizeiwagen bog in Richtung Kullahult ab. Auf den Straßen war es bemerkenswert leer. Es schien, als hätten sich alle nach der Tragödie, die über den kleinen Ort hereingebrochen war, in ihren Häusern verkrochen. Nachdem sie den Hügel mit der Kirche passiert hatten, fanden sie endlich ein Schild, das zum Gemeindehaus wies. Es zeigte in Richtung eines niedrigen Gebäudes aus gelbem Backstein. Das Haus hatte ein niedriges Dach und stammte vermutlich aus der zweiten Hälfte der sechziger Jahre.

Bevor sie aufgebrochen waren, hatte Irene auf dem Pfarramt von Kullahult angerufen. Die Gemeindeschwester Rut Börjesson war am Apparat gewesen. Mit tränenerstickter Stimme hatte sie versprochen, alle Angestellten ins Gemeindehaus einzubestellen, um den Polizisten die Arbeit zu erleichtern. Es waren zehn, wie sich schließlich herausstellte.

Eine kleine, magere, ganz in Schwarz gekleidete Frau trat auf sie zu. Sie trug ihr dünnes, graues Haar kurz zu einem Pagenkopf geschnitten. Mit Farbe und Dauerwelle hatte sie nichts im Sinn. In ihren geröteten Augen hinter den dicken Brillengläsern standen die Tränen. Die Frau reichte den Polizisten ihre eiskalte Hand und stellte sich als Rut Börjesson, Gemeindeschwester, vor. Anschließend machte sie sie mit den weiteren Anwesenden bekannt.

Die erste war eine Frau mit rot gefärbten Haaren. Sie war sicher über fünfzig, aber schlank mit einem immer noch schönen Gesicht. Der Begriff »guterhalten« brachte die Sache auf den Punkt. Rut Börjesson stellte sie als Kirchenbuchhalterin Louise Måårdh vor.

»Mit zwei Å«, sagte Louise lächelnd und reichte ihnen die kühle Hand.

Irene war ohne Schuhe ein Meter achtzig groß, und Louise Måårdh war kaum kleiner. Ihrem Aussehen nach hätte sie als Fotomodell durchgehen können. Sie als Buchhalterin bei einer Dorfgemeinde anzutreffen, war erstaunlich. Die Erklärung dafür war vielleicht, dass sich der Mann neben ihr als Bengt Måårdh vorstellte, Pfarrer der Gemeinde Ledkulla. Aber es half nichts. Louise Måårdh hatte einfach keine Ähnlichkeit mit einer Pfarrersfrau. Wahrscheinlich sind das nichts als Vorurteile, dachte Irene. Unter einer Pfarrersfrau hatte sie sich immer eine runde, fröhliche Person vorgestellt, die nach frisch gebackenen Zimtschnecken duftete, die sie den Damen des Nähkränzchens lächelnd kredenzte.

Louise Måårdh erweckte eher den Anschein, als verbringe sie mehr von ihrer Freizeit auf dem Golfplatz als hinter dem Herd.

Ebenso ihr Mann. Er war groß, sehr schmal, mit scharfen Gesichtszügen. Das dunkle Haar wies deutliche eisengraue Strähnen auf, die ausgezeichnet mit seiner sonnengebräunten Haut harmonierten. Ein Blick auf Louises Gesichtsfarbe verriet Irene, dass Familie Måårdh gerade erst bei gutem Wetter Urlaub in den Bergen gemacht hatte.

Die braunen Augen von Bengt Måårdh blickten traurig und

ernst. Er umschloss Irenes Hand mit den seinen, und einen ratlosen Augenblick lang glaubte diese schon, er würde ihr kondolieren. Natürlich tat er das nicht, sondern murmelte nur, es sei nicht zu fassen, dass die Eheleute Schyttelius nicht mehr unter ihnen weilten. Und dann erst das mit dem Sohn ... Die Stimme des Pfarrers brach, und er schüttelte den Kopf, während er immer noch Irenes Hand umklammert hielt. Vorsichtig entzog sie sich seinem Griff.

Neben Bengt Måårdh stand Jonas Burman. Da sie sich bereits begegnet waren, begrüßten sie sich nur ganz kurz. Irene fiel auf, dass der junge Pfarrer bleich und verbissen aussah.

Die kleine, dunkelhäutige Frau an seiner Seite hieß Rosa Marques. Sie war noch jünger und sprach ausgezeichnetes Schwedisch, jedoch mit einem deutlichen Akzent. Die Gemeindeschwester erläuterte, sie würde sowohl im Gemeindehaus als auch im Pfarrhof putzen.

Und dann gab es noch ein weiteres Ehepaar. Sie schienen um die Sechzig zu sein und stellten sich als die Küster vor, Siv und Örjan Svensson. Diese Arbeit verrichteten sie in Kullahult und in Ledkulla. Er war recht klein und schmächtig. Sie war ebenfalls klein, aber recht kräftig. Da haben wir die Zimtschneckenbäckerin, schoss es Irene durch den Kopf.

Ein Mann in kariertem Flanellhemd und Latzhosen mit großen Taschen trat energisch auf sie zu und grüßte lächelnd.

»Stig Björk, Friedhofschef.«

Unzählige Lachfältchen umgaben seine blauen Augen. Weiße Zähne funkelten in seinem wettergegerbten Gesicht. Es war ihm anzusehen, dass er sich viel in der frischen Luft aufhielt. In seinem dichten Haar fanden sich einige graue Strähnen. Irene schätzte ihn auf etwa vierzig. Plötzlich schien ihm aufzugehen, dass sein Lächeln nicht ganz angebracht war, denn es erlosch abrupt. Nervös schielte er auf den Mann hinter sich.

Dieser hatte an die Wand gelehnt gewartet und trat nun ebenfalls ins Licht. Wie Bengt Måårdh trug er ein schwarzes Hemd mit weißen Beffchen, aber darüber ein kurzes schwarzes Jackett. Er stellte sich als Pfarrer Urban Berg aus Bäckared vor.

Sein Händedruck war trocken und kühl. Seine ganze Gestalt strahlte Selbstbeherrschung aus, fast schon Steifheit. Das grau melierte blonde Haar war perfekt gescheitelt. Auf dem Kopf ließ sich eine beginnende kahle Stelle erahnen. Er und Bengt Måårdh schienen etwa gleich alt zu sein.

Jetzt gab es nur noch eine Frau, deren Namen die Polizisten noch nicht kannten. Sie war klein und hübsch. Ihr Alter war schwer zu schätzen, lag aber wahrscheinlich irgendwo zwischen fünfundzwanzig und dreißig. Ihr langes blondes Haar wurde von einer Lederspange zusammengehalten, was ihre ebenmäßigen Gesichtszüge noch unterstrich. Ihre großen, veilchenblauen Augen wurden von langen Wimpern umrahmt. Das Gesicht wies keinerlei Spur von Make-up auf. Sie trug ein dunkelblaues Leinenkleid mit weiten Ärmeln und schwarze Stiefeletten. Irene fiel auf, dass der Friedhofschef ihr einen Blick voller Bewunderung zuwarf. Vielleicht war da auch noch mehr. Selbst in Urban Bergs beherrschten Augen funkelte es kurz, als er seinen Blick eine Sekunde lang über die Frau schweifen ließ.

»Ich heiße Eva Möller. Ich bin die Kantorin und Organistin hier«, sagte sie mit leiser, melodischer Stimme.

Der korpulente Mann, der auf einem laut knarrenden Stuhl neben der Tür saß, hieß Nils Bertilsson und arbeitete halbtags als Küster bei der Gemeinde in Bäckared und halbtags bei der in Slättared. Sein abgewetzter schwarzer Anzug war eindeutig zu eng, und er trocknete sich oft mit einem großen Taschentuch Stirn und Glatze ab. Als er sich erhob, um Irene zu begrüßen, stellte sie fest, dass er fast ebenso groß war wie sie, aber sicher doppelt so viel wog. Mindestens hundertvierzig Kilo.

Irene fielen die Gemeindeschwester Rut Börjesson, das Ehepaar Måårdh und die Reinemachefrau Rosa Marques zu.

»Sie können mein Zimmer benutzen«, meinte Louise Måårdh.

Sie öffnete eine Tür aus billigem Furnier, hinter der ein gemütliches Büro lag. Im Fenster standen umrahmt von sonnengelben Gardinen zwei Töpfe mit Miniosterglocken. Zusammen mit dem Strauß roter Tulpen auf dem Schreibtisch ließen sie Frühlingsgefühle wach werden. Die könnten sie wirklich gebrauchen, denn draußen hätte es genauso gut November sein können. An der Wand hing ein gerahmtes Plakat der Göteborger Oper von »Les Misérables«.

Irene beschloss, mit der Gemeindeschwester zu beginnen. Sie bat Rut Börjesson, ihr in das Büro zu folgen. Die schwarz gekleidete Frau setzte sich in den bequem wirkenden Besucherstuhl. Mit beiden Händen umklammerte sie die Armlehnen.

Irene begann mit Routinefragen. Sie erfuhr, dass die Gemeindeschwester achtundfünfzig Jahre alt war, verheiratet, aber kinderlos, und dass sie bereits seit siebzehn Jahren in Kullahult arbeitete.

»Haben Sie bereits hier gearbeitet, bevor Pfarrer Schyttelius in diese Gemeinde kam?«, fragte Irene.

»Hauptpfarrer Schyttelius. Sten Schyttelius kam vor genau zwanzig Jahren als Hauptpfarrer hierher. Er hat hier also drei Jahre vor mir angefangen.«

Irene waren die unterschiedlichen Ränge der schwedischen Kirche ein Rätsel. Vorsichtig fragte sie:

»Er war also der Chef der anderen Pfarrer?«

»Ja. Ledkulla, Bäckared und Slättared haben jeweils einen Pfarrer. Da Kullahult die größte Gemeinde mit der größten Kirche ist, lag hier immer der Amtssitz des Hauptpfarrers.«

Die Gemeindeschwester antwortete sachlich und direkt auf alle Fragen, klammerte sich aber trotzdem die ganze Zeit so an die Armlehnen, dass ihre Knöchel weiß wurden. Irene konnte verstehen, dass sie aufgewühlt war. Vermutlich hatte sie ihren Chef sehr gut gekannt, da sie so viele Jahre für ihn gearbeitet hatte. Deswegen beschloss Irene, die Sache anders anzugehen.

»Kannten Sie Elsa Schyttelius?«

»Ja. Wir hatten über die Jahre einiges miteinander zu tun.«

»Wie war sie so als Person?«

Die Gemeindeschwester zögerte unmerklich.

»Sie war sehr nett ... sehr zurückhaltend. Sehr angenehm und freundlich, wenn sie gesund war.«

»Wenn sie gesund war, war sie also freundlich. An was für einer Krankheit litt sie denn?«

»Nun, es war traurig ... Sie litt an Depressionen. Sie kamen in Schüben. Offenbar hatte sie die seit ihrer Jugend, und es wurde noch schlimmer, nachdem die Kinder da waren.«

»Wie war sie denn, wenn sie krank war?«

»Dann war sie sehr verschlossen. Sie wollte niemanden sehen und war außer Stande, irgendetwas Praktisches zu erledigen. Sie lag einfach nur im Bett.«

»Kennen Sie Jacob und Rebecka?«

»Natürlich. Jacob war ein Teenager und Rebecka gerade eingeschult worden, als ich herkam. Wirklich nette Kinder. So wohlerzogen. Jacob ähnelt vom Aussehen her mehr der Mutter, von der Art her eher dem Vater. Bei Rebecka ist es genau umgekehrt.«

»Leidet sie ebenfalls an Depressionen?«

»Nein, aber sie ist auch eher reserviert. Jacob ist ... war ebenso offen und gut gelaunt wie Sten. Und jetzt hat jemand ... Sten und Jacob und Elsa ...«

Mit ihrer Selbstbeherrschung war es vorbei, und die Tränen flossen in Strömen. Irene wartete, bis sie sich wieder etwas beruhigt hatte, und fragte dann vorsichtig:

»Können wir weitermachen?«

Rut Börjesson nickte und putzte sich dann mit einem nassen Taschentuch die Nase. Mit schwacher, zitternder Stimme sagte sie:

»Ich würde so gern helfen, wenn ich kann ...«

»Haben Sie irgendeinen Verdacht, welches Motiv hinter den Morden stecken könnte?«

Die Gemeindeschwester schien gründlich nachzudenken, ehe sie den Kopf schüttelte.

»Nein. Es ist einfach nicht zu fassen!«

»Hat einer aus der Familie Schyttelius etwas gesagt, was darauf hindeuten könnte, dass er oder sie sich bedroht fühlte?«

Wieder dauerte es, bis Rut Börjesson antwortete. Schließlich sagte sie:

»Das Einzige, woran ich mich erinnere, sind Stens Worte letzten Sommer und Herbst. Nachdem die Satanisten die Sommerkapelle am Norssjön niedergebrannt hatten, versuchte er herauszufinden, wer für diese Schandtat verantwortlich war. Man kann fast behaupten, dass er davon besessen war.«

Sie unterbrach sich, um sich die Augen zu wischen und die Nase zu putzen. Ihre Hände zitterten.

»An einem Vormittag war ich einmal gezwungen, mit ihm über eine wichtige Frage zu sprechen. Sten war noch nicht im Gemeindehaus, also ging ich rüber zum Pfarrhof. Elsa ließ mich rein, und ich erinnere mich noch, dass sie sich offensichtlich wieder in einer schlechten Phase befand. Jedenfalls deutete sie zum Obergeschoss, als ich fragte, wo Sten sei. Sie sagte, im Arbeitszimmer hinter dem Billardzimmer. Tatsächlich …«

Sie unterbrach sich und sah Irene unsicher an, ehe sie fortfuhr:

»Tatsächlich hatte ich nicht gewusst, dass er ein weiteres Arbeitszimmer im Obergeschoss hatte. Aber das unten ist natürlich zu groß und außerdem altmodisch. Als ich klopfte und öffnen wollte, war die Tür abgeschlossen. Sten rief: ›Einen Augenblick‹, und machte dann auf. Dann deutete er auf seinen Computer und sagte, er sei den Satanisten auf der Spur. Ich habe das so verstanden, dass er Anhaltspunkte im Internet gefunden hatte. Er sagte, man müsse sehr vorsichtig sein, damit sie keinen Verdacht schöpften, denn das könne gefährlich werden.«

»Sagte er, inwiefern das gefährlich werden könnte?«

»Nein. Nur, dass es gefährlich werden könnte. Das klang gar nicht schön, fand ich. Wer weiß, was sich diese Verrückten alles einfallen lassen.«

»Hatten Sie den Eindruck, dass Sten Schyttelius Angst vor den Satanisten hatte?«

Rut Börjesson zögerte erneut.

»Angst … na ja, er sagte nur, man müsse sehr vorsichtig sein.«

»War der Computer an?«

»Ja. Ich ging auf den Schreibtisch zu, um ihm ein paar Papiere zur Unterschrift vorzulegen. Ich erinnere mich, dass ein sehr schönes Bild auf dem Monitor war. Eine Menge bunter Fische, die in einem Korallenriff herumschwammen.«

Sten Schyttelius hatte also den Bildschirmschoner aktiviert, ehe er der Gemeindeschwester die Tür geöffnet hatte. Waren die Informationen im Netz wirklich gefährlich? Irene nahm sich vor, jemanden zu beauftragen, das herauszufinden.

»Wissen Sie, ob er mit seinen Nachforschungen weitergemacht hat?«

»Ja. Jacob kennt … kannte sich sehr gut mit Computern aus. Vor einem Monat war er hier und hat Sten geholfen …«

»Entschuldigen Sie, dass ich Sie unterbreche, aber waren die beiden im Gemeindehaus und haben die Computer hier benutzt?«, fragte Irene und deutete auf Louise Måårdhs Computer, der vor ihnen auf dem Tisch stand.

»Nein. Sie saßen am Computer im Pfarrhof. Ich war dort nachmittags zum Kaffee eingeladen. Elsa ging es recht gut, und sie hatte mich gebeten, vorbeizukommen. Als ich eintraf, war Jacob ebenfalls dort. Elsa sagte, sie hätten den ganzen Vormittag am Computer gehangen, und Sten meinte, er und Jacob seien einer wichtigen Sache auf der Spur. Ich fragte, ob es um die Satanisten ginge, und da nickte Sten.«

»Er nickte? Gesagt hat er nichts?«

»Nein. Aber Jacob und er tauschten einen Blick, als seien sie … Verschworene.«

Verschworene. Vater und Sohn waren den Satanisten, die die Kirche gebrannntschatzt hatten, auf der Spur gewesen. Waren sie den Tätern zu nahe gekommen? Gewisse Umstände am Tatort deuteten auf einen Zusammenhang hin. Sten und Jacob Schyttelius hatten die Brandstifter übers Internet gejagt. Da war es nicht mehr so unbegreiflich, dass die Monitore mit einem Pentagramm beschmiert worden waren.

»Wussten viele davon, dass sie die Satanisten via Internet jagten?«, fuhr Irene fort.

Zögernd schüttelte Rut Börjesson den Kopf.

»Das glaube ich nicht. Direkt nach dem Brand redete er viel davon, dass man die Schuldigen festnehmen und eine spürbare Strafe verhängen müsse. Aber je mehr Zeit verging, desto mehr rückten andere Dinge in den Vordergrund. Ich war tatsächlich recht erstaunt, als ich hörte, dass er immer noch damit beschäftigt war, die Satanisten zu jagen.«

»Und dass Sie davon erfahren haben, war reiner Zufall«, stellte Irene fest.

»Ja.«

Einen Augenblick wurde es still. Irene dachte nach.

»Wie war Sten Schyttelius als Mensch?«, fragte sie dann.

Das traurige Gesicht der Gemeindeschwester leuchtete auf.

»Zutiefst gottesfürchtig. Gutherzig. Er hat es mit Elsa und ihrer Krankheit in all den Jahren nicht leicht gehabt, hat aber nie geklagt. Er kümmerte sich um die Kinder und tat seine Pflicht. Eine Putzhilfe hatten sie immer, aber im Übrigen hat er sich um das meiste selbst gekümmert. Er hatte Spaß am Essen und war ein guter Koch und außerdem ein ausgezeichneter Weinkenner. Und ein begeisterter Jäger war er auch. Jedes Jahr nahm er sich zur Elchjagd frei.«

»Und Jacob war wie sein Vater?«

»Ja. Vielleicht kochte er nicht ganz so gut, aber Jäger war er auch. Beide haben sich in den letzten Jahren auch sehr für die Schwedischen Ökumenischen Kinderdörfer engagiert. Sie haben wirklich eine Riesenarbeit geleistet. Vor allem Sten, aber letzten Herbst wurde auch Jacob aktiv.«

»Was war da?«

Eine schwache Röte überzog Rut Börjessons bleiche Wangen, während sie sich vorbeugte und die engagierte Arbeit von Vater und Sohn Schyttelius beschrieb.

»Sie sind mit Hilfssendungen zu bedürftigen Kindern in die von Kriegen und Katastrophen heimgesuchten Länder Afrikas gefahren. Verschiedene christliche Gemeinden in Schweden haben dort Dörfer für Waisenkinder gebaut. Von solchen Dörfern gibt es etwa zehn auf der ganzen Welt. Alles durch den Einsatz von Freiwilligen. Sten und Jacob haben sich sehr engagiert. Die Reisekosten wurden von den schwedischen Gemeinden übernommen, aber sonst bekamen sie nichts.«

»Hilft Rebecka da auch mit?«

»Nein. Sie hat die letzten zwei Jahre in London gelebt und dort als EDV-Beraterin, oder wie immer die sich nennen, gearbeitet. Ich glaube nicht, dass sie irgendwie kirchlich aktiv ist.«

»Hat Elsa Schyttelius die Kinderdörfer ebenfalls unterstützt?«

»Nein. Elsa hatte mit ihrer Krankheit schon genug zu tun.«

Irene sah, dass die dünne Frau vollkommen erschöpft war, und beschloss, das Verhör abzubrechen. Sie erhob sich und brachte Rut Börjesson zur Tür. Dann bat sie die Reinemachefrau Rosa Marques, einzutreten.

Rosa war klein und recht füllig. Ihr dunkles Haar mit einzelnen silbernen Einsprengseln darin trug sie in einem dicken Zopf, der auf den Rücken herabhing. Ihr Gesicht war hübsch und wurde von einem breiten Mund dominiert, der gerne zu lächeln schien. Jetzt allerdings strahlte sie nur Trauer und größten Ernst aus. Vorsichtig setzte sie sich auf die äußerste Stuhlkante und faltete die Hände im Schoß. Irene nahm als Erstes ihre Personalien auf. Sie war achtunddreißig Jahre alt, verheiratet und hatte vier Kinder. Rosa hatte in den vier Jahren, in denen sie beim Ehepaar Schyttelius einmal in der Woche geputzt hatte, keinen näheren Kontakt zu ihren Arbeitgebern gehabt. Den Kindern war sie auch nie begegnet, da diese ja erwachsen und bereits ausgezogen waren, als sie im Pfarrhof angefangen hatte. Spontan erwähnte sie jedoch Elsa Schyttelius' Krankheitsphasen. Da hatte Frau Schyttelius sich immer in ihrem Schlafzimmer eingeschlossen, und sie hatte dort nicht putzen können.

»Putzen Sie jede Woche das ganze Haus?«, fragte Irene.

»Nein. Die großen, guten Zimmer im Erdgeschoss und einige Zimmer im Obergeschoss putze ich nur, wenn es nötig ist.«

»Wer entscheidet, wann das nötig ist?«

»Der Pfarrer sagt mir Bescheid.«

»Putzen Sie auch das Arbeitszimmer im Obergeschoss?«

Erstaunt zog Rosa ihre Augenbrauen hoch.

»Das Arbeitszimmer ist doch unten.«

»Sten Schyttelius hat ein kleineres Zimmer mit einem Computer im Obergeschoss. Es liegt hinter dem Billardzimmer.«

Rosa runzelte ihre dichten Brauen. Dann schüttelte sie energisch den Kopf.

»Nein. Dieses Zimmer habe ich nie geputzt. Die Tür ist immer abgeschlossen.«

In vier Jahren hatte Rosa also nie das Computerzimmer geputzt. Irene erinnerte sich, dass der Waffenschrank ebenfalls dort gestanden hatte. Sie hätte gerne gewusst, welche Waffen in ihm aufbewahrt worden waren. War das Zimmer deswegen immer verriegelt gewesen? Eigentlich unnötig, falls der Waffenschrank immer wie vorgeschrieben verschlossen gewesen war.

»Erinnern Sie sich, ob an den Wänden im Schlafzimmer irgendetwas hing?«

»Das Kreuz. Das schöne Kreuz«, antwortete Rosa sofort. »Ich schaue es mir immer an, wenn ich dieses Zimmer putze. Es ist so schön. Frau Schyttelius sagt, es ist sehr alt. Aus Italien. Und Jesus Christus ist aus Silber«, meinte sie noch.

Im Schlafzimmer der Eheleute Schyttelius hing ein Kruzifix an der Wand, eine Antiquität aus dem katholischen Italien, das nach dem Mord umgedreht worden war. War das nun unwesentlich oder war das wichtig? Irene wusste es nicht, aber vielleicht hatte der Mörder gerade das beabsichtigt.

Von den Måårdhs rief Irene als Erste die Buchhalterin Louise herein. Diese setzte sich in den Bürostuhl mit den Armlehnen und lächelte schwach.

»Ich kann mich nicht erinnern, jemals in diesem Stuhl gesessen zu haben.«

»Für mich spielt es keine Rolle, in welchem Stuhl ich sitze. Sollen wir tauschen?«, fragte Irene.

»Nein! Nein! Ich meine nur, man ist so festgefahren in seinen Gewohnheiten. Dieser Stuhl ist wirklich richtig bequem.«

Louise Måårdh lehnte sich zurück und schlug ihre schlanken Beine übereinander. Irene schaute die Frau auf der anderen Seite des Schreibtischs durchdringend an. Ihr Gesicht war ernst und der Blick traurig, aber sie schien trotzdem nicht so aufgewühlt wie die Gemeindeschwester. Das strenge schwarze Kostüm mit den Nadelstreifen wirkte zusammen mit der weißen Bluse ausgesprochen förmlich. Sie trug eine beeindruckende Perlenkette und sah richtiggehend elegant aus.

Und doch war sie Pfarrersfrau in einer Dorfgemeinde geworden. Merkwürdig.

Auch hier begann Irene mit den Personalien. Louise und Bengt Måårdh hatten zwei Söhne, fünfundzwanzig und zwanzig Jahre alt. Die Familie wohnte jetzt schon seit fast zehn Jahren in Kullahult, und Bengt war in dieser Zeit Pfarrer der Gemeinde Ledkulla gewesen.

»Und Sie haben währenddessen als Kirchenbuchhalterin gearbeitet?«, fragte Irene.

»Ja. Vorher war ich bei einer kleineren Firma in der Buchhaltung beschäftigt, aber als wir hierher zogen, hat mich Sten gefragt, ob ich interessiert sei. Ich dachte mir, dass ich es zumindest mal versuchen könnte, und … tja, hier sitze ich immer noch.«

»Wenn Ihr ältester Sohn fünfundzwanzig ist, kennt er vielleicht Rebecka Schyttelius?«

»Natürlich. Sie sind im Gymnasium in dieselbe Klasse gegangen.«

»Hatten sie viel miteinander zu tun?«

»Dafür sind sie viel zu verschieden. Mein Per ist gesellig und hatte immer viele Freunde. Rebecka war mehr für sich. Bereits auf dem Gymnasium war sie am liebsten mit ihren Computern zusammen. Warten Sie, ich zeige Ihnen was …«

Sie erhob sich, ging um den Schreibtisch herum und zog eine Schublade heraus. Zuoberst lagen zwei dicke, bunte Umschläge.

»Die Bilder sind von vorletztem Weihnachten. Ich habe die Filme vor einem Jahr zum Entwickeln gegeben, und dann sind sie hier auf der Arbeit liegen geblieben.«

Rasch begann sie, die Fotos durchzusehen. In regelmäßigen Abständen legte sie eins auf den Schreibtisch. Als sie fertig war, lagen etwa zehn Fotos auf der Tischplatte.

»Rebecka war letztes Jahr an Weihnachten nicht zu Hause. Sie hatte wohl eine Grippe. Aber das Jahr davor war sie hier. Wir haben hier die Tradition, dass alle Pfarrersfamilien nach der Christmette zusammen frühstücken. Und zwar hier im Gemeindehaus. Natürlich ist das übrige Personal auch eingeladen.«

Während sie sprach, sortierte sie die Fotos. Als sie mit der Reihenfolge zufrieden war, sagte sie:

»Auf den ersten Bildern sehen Sie die Familie Schyttelius. Und da haben Sie unsere Familie, und auf den letzten das übrige Personal.«

Zum ersten Mal sah Irene, wie Familie Schyttelius ausgesehen hatte, als alle noch am Leben gewesen waren.

Sten Schyttelius lächelte auf dreien von vier Bildern. Auf dem vierten lachte er aus vollem Hals und trank Bengt Måårdh mit einem Schnapsglas zu.

»Ist die Christmette der einzige Gottesdienst, den ein Pfarrer am Weihnachtstag hält?«, fragte Irene.

»Nein. Danach kommen noch Hauptgottesdienst und Abendandacht. Wieso?«

»Sten Schyttelius und Ihr Mann trinken schon morgens einen Schnaps.«

»Nur ein Gläschen zum Hering. Das merkt man beim Hauptgottesdienst schon gar nicht mehr. Außerdem teilen die Pfarrer die Gottesdienste unter sich auf. Sonst wird es zu viel.«

Sten Schyttelius war groß und korpulent gewesen. Irene sah das an seiner riesigen Pranke, mit der er den Fuß des Schnapsglases hielt. Sie schien einem Schwerstarbeiter und nicht einem Diener der Kirche zu gehören. Das Gesicht war kräftig und wurde von einer fleischigen Nase beherrscht. Der Haaransatz war nach hinten verschoben, aber das stahlgraue Haar war immer noch dick und kräftig. Auf den Fotos lächelte er warm und herzlich. Auf der Aufnahme, auf der er in die Kamera lachte, verschwanden seine Augen fast ganz in den Lachfältchen.

Neben dem Hauptpfarrer saß seine Gattin. Neben ihrem strahlenden Mann wirkte sie unansehnlich. Eine dunkelgraue Kostümjacke und eine ebenfalls graue Bluse mit Stehkragen trugen sicher zu diesem Eindruck noch bei. Das dünne graue Haar war kurz und lag platt am Kopf an. Irene fand, dass sie an Rut Börjesson erinnerte, aber die Gemeindeschwester strahlte im Gegensatz dazu immerhin noch eine gewisse Lebhaftigkeit aus. Diese fehlte Elsa Schyttelius vollkommen. Auf einem Foto schaute sie direkt in die Kamera. Ihr Blick war leer, und ihre Gesichtszüge wirkten starr. Hatte sie sich damals in einer ihrer Krankheitsphasen befunden?

Neben Elsa saß eine junge Frau. Das konnte nur Rebecka sein. Auch sie war groß und kräftig, was ebenfalls dazu beitrug, dass Elsa klein und farblos wirkte. Die Ähnlichkeit mit dem Vater war deutlich. Rebecka war aber nicht dick wie ihr Vater, sondern hatte einfach ein kräftiges Knochengerüst. Das hatte Irenes Mutter immer über Leute gesagt, die groß waren und breite Schultern hatten. Sie trug ein hellbraunes Sakko, unter dem ein gelber Rolli hervorschimmerte. Ihr kräftiges Haar war dunkel und schulterlang. Große Locken umrahmten ihr Gesicht. Soweit Irene das auf dem Foto erkennen konnte, trug sie kein Make-up, das hatte sie aber auch gar nicht nötig, die Kontraste waren auch so ausreichend. Irene fühlte sich beim Anblick ihres Gesichts an südländische Filmstars aus den fünfziger Jahren erinnert. Es passte nicht zu dem anorektischen Schönheitsideal des 21. Jahrhunderts, aber sie war eindeutig eine schöne Frau.

»Sie muss recht groß sein«, sagte Irene und sah zu Louise Måårdh hoch.

»Wir sind gleich groß. Ein Meter achtundsiebzig«, erwiderte Louise Måårdh rasch.

Sie lächelte, als sie sah, wie erstaunt Irene über diese genaue Auskunft war.

»Wir haben uns damals darüber unterhalten. Sie hatte das hübsche braune Sakko in einem Spezialgeschäft in London gekauft. Long Tall Sally hieß es, glaube ich. Sie wissen selbst, wie schwer es sein kann, was Gescheites zum Anziehen zu finden«, sagte sie.

Irene nickte. Das Problem kannte sie. Die Kirchenbuchhalterin legte einen langen manikürten Zeigefinger auf eines der Fotos und sagte:

»Da sitzt Jacob neben Per. Wenn wir schon über Größe reden: Jacob und Rebecka waren gleich groß.«

Jacob Schyttelius lächelte in die Kamera. Er wirkte fröhlich und entspannt. Er war blond und schmächtig. Irene konnte nicht die geringste Ähnlichkeit mit dem Vater oder der Schwester erkennen, gewisse Züge der Mutter waren jedoch zu erahnen. Das Einzige, was die Geschwister gemeinsam hatten, waren die braunen Augen und die dunklen Brauen.

Auf den drei letzten Fotos waren die Personen zu sehen, die Irene eben erst kennen gelernt hatte, aber auch eine ganze Reihe von Leuten, die sie bisher nicht kannte.

»Wer sind die hier?«, fragte sie und deutete auf die Fotos.

»Das gesamte restliche Personal der Gemeinden. Der Sekretär für Öffentlichkeitsarbeit, die Hausmutter des Gemeindehauses, die Leute für die Jugendarbeit und die Kindergärtnerinnen.«

Rasch deutete Louise nacheinander auf die Gesichter.

»Kindergärtnerinnen, Sekretär für Öffentlichkeitsarbeit? Sind die alle bei der Kirche angestellt?«, fragte Irene.

»Wir haben einen Kindergarten und eine gut funktionierende Jugendarbeit. Hier am Ort ist die Kirche mit der größte Arbeitgeber. Und meine Aufgabe ist es, dafür zu sorgen, dass das Geld reicht. Schließlich müssen die Kirchen, die Gemeindehäuser, Pfarrhöfe und übrigen Gebäude hin und wieder renoviert werden. Ich kümmere mich um sämtliche Rechnungen und Löhne, die gesamte Buchhaltung.«

Irene hatte sich die Kirche nie als Arbeitgeber mit einem großen Umsatz vorgestellt, aber genau das war sie. Und Sten Schyttelius war für alles in diesem Pfarrbezirk verantwortlich gewesen.

»Sie tragen also die Verantwortung für die Finanzen, aber Hauptpfarrer Schyttelius stand dem Gesamten vor. Wie war er so als Chef?«

Zum ersten Mal blieb Louise Måårdh einen Augenblick stumm. Schließlich sagte sie zögernd:

»Sten war ein netter Mensch, aber als Chef hatte er gewisse ... schlechtere Seiten. Er stand kurz vor der Pensionierung. Vielleicht hing es damit zusammen, dass er ziemlich altmodisch und autoritär war. Aber manchmal war wirklich kaum mit ihm auszukommen. Er geriet sehr schnell außer sich und konnte fürchterlich wütend werden. Frauen betrachtete er als seine persönlichen Handlanger und nicht als Mitarbeiterinnen. Hin und wieder gerieten wir aneinander ... Meine Vorgängerin hat deswegen gekündigt. Es war viel von Mobbing die Rede, aber die Sache verlief im Sand. Ganz zu schweigen von seinen Meinungsverschiedenheiten mit dem Kirchenvorstand. Der neue Vorsitzende und Sten verstanden sich überhaupt nicht.«

Während Louise sprach, glitt einer der Fotoumschläge von ihrem Knie und fiel zu Boden. Die Bilder lagen überall verstreut, und Irene stand auf, um dabei mitzuhelfen, sie wieder einzusammeln. Sie nahm das erste Foto und zögerte dann.

Ganz links im Bild hob Sten Schyttelius ein randvolles Schnapsglas. In der Mitte saß Bengt Måårdh, das Gesicht halb vom Hauptpfarrer abgewandt. Den einen Arm hatte er um die Schultern der Kantorin Eva Möller gelegt. Er flüsterte ihr etwas ins Ohr. In ihrem roten bestickten Kleid mit dem rechteckigen Halsausschnitt sah sie bezaubernd aus. Sie lächelte. Soweit Irene das beurteilen konnte, schien ihr der Pfarrer in den Ausschnitt zu schielen.

Louise Måårdh merkte, dass Irene das Foto von ihrem Mann und der schönen Kantorin gesehen hatte, sagte aber nichts. Sie streckte die Hand aus, um die Bilder in Empfang zu nehmen.

»Danke«, meinte sie tonlos.

Irene fand, es sei an der Zeit, das Verhör der Kirchenbuchhalterin zu beenden.

»Wissen Sie, ob sich jemand aus der Familie Schyttelius bedroht fühlte?«, fragte sie.

Louise schüttelte ihre rotbraune Mähne.

»Nein. Davon habe ich nie gehört.«

»Hat Sten Schyttelius jemals etwas über Satanisten gesagt?«

»Ja. Nachdem die Sommerkapelle niedergebrannt worden war. Er war rasend vor Wut!«

»Hat er in letzter Zeit noch von den Satanisten gesprochen?«

»Nein. Jedenfalls nicht, soweit ich mich erinnern kann. Das war überwiegend in den Monaten direkt nach dem Brand.«

»Davon, dass er versucht haben soll, die Satanisten über das Internet aufzuspüren, haben Sie nichts gehört?«

»Internet? Nein, davon habe ich nie gehört«, sagte Louise aufrichtig erstaunt.

»Dann habe ich im Augenblick keine weiteren Fragen. Wären Sie so nett, Ihren Mann hereinzurufen?«

Bengt Måårdh sah bekümmert aus, als er im Besucherstuhl Platz nahm. Er faltete die Hände, stützte die Ellbogen auf die Armlehnen und ließ seinen ernsten Blick auf Irene ruhen. Erneut hatte sie das Gefühl, einem Trost spendenden Pfarrer zu begegnen, und dass sie es war, die den Zuspruch nötig hatte. Das Gefühl war absurd, aber trotzdem konnte sie es nicht abschütteln. Vielleicht lag es an seinen mitfühlenden braunen Augen hinter der randlosen Brille.

Möglicherweise war es aber auch nichts als eine professionelle Haltung. Ein Werkzeug, das Bengt Måårdh in Trauersituationen einsetzte: Mitgefühl. Sicher funktionierte es auch bei denen, die es nötig hatten, vorzugsweise bei Frauen. In der heutigen Gesellschaft war Mitgefühl sicher eine begehrte Ware. Unser Bedarf an Trost ist unermesslich.

Sie wurde aus ihren Gedanken gerissen, als der Pfarrer leise sagte:

»Ich bin bereit, Ihre Fragen zu beantworten. Wenn ich etwas dazu beitragen kann, den Mörder von Sten, Elsa und Jacob zu fassen, will ich alles in meiner Macht Stehende tun.«

Immer noch mit gefalteten Händen lehnte er sich zurück.

»Haben Sie eines der drei Mordopfer jemals sagen hören, er oder sie fühle sich bedroht?«, begann Irene.

»Nein. Nie. Wer sollte einen von ihnen bedrohen? Sie waren die nettesten Menschen, die man sich vorstellen kann und ...«

»Hat Sten Schyttelius mit Ihnen jemals über die Satanisten gesprochen?«, unterbrach ihn Irene.

»Direkt nach dem Brand sprach er sehr viel darüber. Der gute alte Sten konnte ziemlich aufbrausend sein, er war aber nie nachtragend. Aber auf die Satanisten und ihren Anhang war er wirklich ausgesprochen wütend. Sie müssen entschuldigen, aber er fand, dass sich die Polizei nicht genügend einsetzt. Manchmal klang es fast so, als hätte er vor, sie selbst zu jagen.«

Beim letzten Satz verzog Bengt Måårdh seinen Mund zu einem leichten Lächeln.

»Sprach er in den letzten Monaten davon, dass er die Satanisten jagen würde?«, fragte Irene.

Sein Erstaunen war echt.

»Nein. Überhaupt nicht! Das war vorigen Sommer und Herbst, also in der Zeit direkt nach dem Brand. Im letzten Halbjahr habe ich keinen Ton mehr von ihm über irgendeine Satanistenjagd gehört. Sten hatte andere große Projekte, die immer mehr seiner Zeit in Anspruch nahmen. Er engagierte sich sehr stark bei den Schwedischen Ökumenischen Kinderdörfern. Sie lagen ihm sehr am Herzen, und er wollte sich nach seiner Pensionierung noch stärker für dieses Projekt einsetzen.«

»Ich habe gehört, dass Jacob ebenfalls an dieser Arbeit beteiligt war …«

»Ja. Sten weckte sein Interesse. Im Herbst haben sie dann zusammen eine Reise unternommen. Sten war schließlich kein junger Mann mehr, es war also sicher gut für ihn, Jacob dabei zu haben.«

»Konnte Jacob denn mitten im Schuljahr freinehmen?«

Zum ersten Mal schien der Pfarrer zu zögern.

»Ich glaube, er hatte das ganze Winterhalbjahr frei. Vielleicht war er krankgeschrieben. Wie Sie wahrscheinlich wissen, hatte er sich letzten Sommer scheiden lassen.«

Das war Irene neu, aber sie nickte.

»Jacob und seine Frau wohnten irgendwo in Nordschweden. Sie unterrichtet ebenfalls.«

»Hatten sie Kinder?«

»Nein. So lange waren sie nicht verheiratet.«

»Ist er nach der Scheidung hierher gezogen?«

»Ja. Dort im Norden hatte er keine Verwandtschaft. Seine ganze Familie lebte hier.«

»Ist er bereits letzten Herbst in das Sommerhaus am Norsjön gezogen?«

»Ja. Jacob war immer rücksichtsvoll. Er wollte seine Eltern sicher nicht belasten. Besonders wegen Elsa und ihrer Krankheit. Ich weiß nicht, ob Ihnen jemand erzählt hat, dass Elsa an Depressionen litt, aber so war es leider.«

»Das weiß ich bereits. Wie war Elsa Schyttelius als Mensch?«

Erst hatte es den Anschein, als hätte Bengt Måårdh die Frage nicht verstanden, aber nach einer Weile runzelte er die Stirn. Er sah nachdenklich aus.

»Tja … Sie war nett, recht unauffällig. Sten hingegen war richtig gesellig und feierte gern. Elsa verabscheute das alles. Sie war zwar manchmal dabei, aber geredet hat sie eigentlich nie viel.«

»Hat sie nie was gesagt?«

»Doch, doch, das schon, aber sie war einsilbig.«

Plötzlich beugte er sich zu Irene vor und sah ihr direkt in die Augen. Seine Stimme und sein Blick verrieten deutliche Unruhe, als er fragte:

»Haben Sie Rebecka erreicht?«

»Ja. Die englische Polizei und ein Pfarrer der Schwedischen Seemannsmission haben sie davon in Kenntnis gesetzt, was passiert ist. Es hat eine Weile gedauert, sie ausfindig zu machen, weil sie gerade erst umgezogen war.«

»Das stimmt. Sten hat erwähnt, dass sie umziehen wollte. Irgendwann im Herbst muss das gewesen sein.«

»Erinnern Sie sich, ob er sonst noch was gesagt hat?«

»Er hat gesagt, das Unternehmen gehe richtig gut. Rebecka arbeitete bei irgendeinem Computerunternehmen, irgendwelche Spezialaufträge für verschiedene Auftraggeber. Ich habe keine Ahnung von Computern, aber so viel habe ich zumindest begriffen. Dann sagte er noch, die neue Wohnung sei sehr groß, dafür dass sie im Zentrum von London liege. Rebecka sei froh, dass sie sie bekommen habe.«

»Sie muss teuer gewesen sein.«

»Sicher. Aber Geld scheint in der Computerbranche keine Rolle zu spielen. Es freut mich wirklich, dass sie so viel Erfolg hat.«

»Sie kennen sie doch schon seit zehn Jahren. Hatten Sie erwartet, dass Rebecka so viel Erfolg haben würde?«

»Aufrichtig gesagt, nein. Sie war gut in der Schule, fand aber nur schwer Anschluss. Schlecht sah sie nicht aus, aber sie war ... ernst. Man kam nur schwer an sie ran. In der Zeit auf dem Gymnasium, also in den letzten drei Klassen, war sie sicher sehr einsam, aber als sie nach Linköping zog – oder war es jetzt Lidköping –, jedenfalls, als sie auszog und anfing, Informatik zu studieren, schien sie aufzutauen. Ich fand, sie blühte regelrecht auf. Ich habe sie immer nur beim Weihnachtsfrühstück gesehen, aber mir fiel trotzdem auf, dass sie sich in den letzten Jahren verändert hat.«

»Wie veränderte sie sich denn?«

»Sie schien fröhlicher und gesprächiger zu werden. Man merkte auch, dass sich ihr Aussehen veränderte ... ihre Kleidung und so. Sie sprach von ihren Freunden, und Elsa erzählte Louise, Rebecka habe einen Freund. Aber das ging wohl auseinander, bevor Rebecka nach London zog. Vielleicht ist sie auch deswegen weg? Ich weiß, dass Sten und Elsa ihn nie getroffen haben.«

»Woher wissen Sie das?«

Bengt Måårdh zog bei Irenes Frage erstaunt die Augenbrauen hoch.

»Von Elsa natürlich. Sie hat es mir erzählt. Irgendwann sagte sie, die Sache sei vorbei. Einige Monate später zog Rebecka nach London. Obwohl es gerüchteweise hieß, Rebecka hätte in London einen neuen Freund. Laut Louise waren sie letzten Sommer zusammen hier in Kullahult, aber ich weiß nicht, ob das stimmt.«

»Hat Louise ihn getroffen?«

»Nein. Das hat sie nur gehört. Sie fragen sie besser selbst.«

Irene nickte und wollte gerade die nächste Frage stellen, als ihr plötzlich eine Idee kam.

»Wissen Sie, ob Rebecka ihrem Vater behilflich war, den Satanisten im Internet auf die Spur zu kommen?«

Erstaunt sah Bengt Måårdh Irene an.

»Das wäre mir neu! Gewiss, Sten hatte viele Ideen, wie er die Schuldigen drankriegen könnte, aber davon, dass er es übers Internet versuchen wollte, war nie die Rede.«

Aber bei anderen, dachte Irene. Falls Rebecka irgendwie in die Nachforschungen ihres Vaters via Internet verwickelt war, dann besaß sie vielleicht irgendwelche Informationen. Befand sie sich doch in Gefahr? Das war im Augenblick nicht auszuschließen. Die englische Polizei hatte versprochen, sie unter Bewachung zu stellen. Das war beruhigend.

Irene beschloss, das Thema zu wechseln.

»Wer wird jetzt nach Sten Schyttelius Hauptpfarrer?«, wollte sie wissen.

»Die Stelle ist bereits seit einigen Wochen ausgeschrieben. Urban Berg und ich haben uns beworben. Natürlich gibt es weitere Bewerber, aber einer von uns wird es wohl werden. Wir sind beide im richtigen Alter und haben die nötigen Voraussetzungen dafür. Gegen Urban könnten allerdings gewisse Probleme sprechen.«

Aus reiner Neugier stellte Irene die logische Frage:

»Was für Probleme?«

»Leider kann er nicht mit Alkohol umgehen. Zweimal hat er

schon wegen Trunkenheit am Steuer den Führerschein verloren. Das ist natürlich alles sehr tragisch. Vor ein paar Jahren wurde er Witwer, und seither trinkt er.«

Bengt Måårdh sah sehr ernst und mitfühlend aus, als er von dem Problem seines Kollegen erzählte, aber Irene meinte aus seiner Stimme eine gewisse Zufriedenheit herauszuhören. Wenn Urban diesen Makel in seinem Lebenslauf aufzuweisen hatte, dann wuchsen Bengts Chancen, die Stelle zu bekommen, natürlich gewaltig. Dann würde Louise Hauptpfarrfrau werden. Irgendwie hatte Irene das Gefühl, dass das besser war als einfach nur Pfarrfrau.

»Hat sich Jonas Burman nicht um die Stelle beworben?«, wollte Irene wissen.

Jetzt lächelte Bengt Måårdh.

»Jonas ist noch viel zu jung, um sich um die Stelle eines Hauptpfarrers zu bewerben. Und ...«

Er unterbrach sich einen Augenblick, beschloss dann aber, das, was er hatte sagen wollen, auch auszusprechen.

»Es gab da Gerüchte ... Jonas ist einunddreißig, aber es scheint nie eine Frau in seinem Leben gegeben zu haben. Einige meinen, er sei homosexuell, aber das glaube ich nicht. Ehrlich gesagt glaube ich, dass er einfach nur prüde und moralisch ist. Er gehört nämlich zum Konvent.«

Einen Augenblick lang glaubte Irene, der Konvent hätte etwas mit Satanismus zu tun, sah dann aber ein, dass das wenig wahrscheinlich war.

»Was ist ein Konvent?«, fragte sie und kam sich dabei dumm vor.

Bengt Måårdh schien über ihre mangelnden Kenntnisse nicht weiter erstaunt zu sein. Mit einem vielsagenden Lächeln antwortete er:

»Eine Gruppe Pfarrer, die sich für rechtgläubiger halten. Am bekanntesten sind sie vermutlich wegen ihrer kategorischen Ablehnung von Pfarrerinnen.«

»Sind Sie auch gegen Pfarrerinnen?«

»Nein.«

»War Sten Schyttelius das?«

»Tja … nicht direkt. Aber er zog Kollegen vor. Zu Frauen in der Kirche hatte er eine altmodische Einstellung.«

»Dem Konvent gehörte er also nicht an?«

»Nein.«

»Wie hätte Sten Schyttelius sich verhalten, falls sich herausgestellt hätte, dass Jonas Burman wirklich homosexuell ist?«

Wiederum dachte Bengt Måårdh lange nach, ehe er antwortete:

»Akzeptiert hätte er das nicht. Er war sehr bestimmt, was Homosexualität anging. Er fand das vollkommen inakzeptabel. Letztes Jahr hatten wir eine Diskussion. Zwei Frauen wollten sich in Kullahult in der Kirche segnen lassen, nachdem sie die Lebenspartnerschaft eingegangen waren, aber für Sten kam das nicht in Frage. Für ihn war Homosexualität ganz klar ein Verbrechen gegen Gott. Der Herr habe Mann und Frau erschaffen, damit sie Freude aneinander hätten und sich um ihre Kinder kümmern könnten.«

Aus seinem Ton hörte Irene heraus, dass er diese Ansicht seines verblichenen Hauptpfarrers teilte. Sie beschloss, das Thema vorerst auf sich beruhen zu lassen.

»Ich habe gehört, Sten und Jacob Schyttelius hätten gejagt. Interessieren Sie sich ebenfalls für die Jagd?«

»Nein.«

»Geht von den anderen Pfarrern einer auf die Jagd?«

»Soweit ich weiß, nicht. Ich bin mir fast sicher, dass nicht.«

Irene hatte das Gefühl, am Ende angekommen zu sein, und dankte Bengt Måårdh für seine Hilfsbereitschaft. Dieser erhob sich und gab ihr einen festen Händedruck. Er wünschte ihr viel Glück bei ihren Nachforschungen und meinte dann, er hoffe von Herzen, der widerwärtige Mörder würde gefasst werden.

Die drei Polizisten entdeckten gegenüber vom Konsum eine Pizzeria mit vier Tischen. Da sich die meisten Kunden ihre Pizzen mitnahmen, hatten sie freie Wahl. Sie setzten sich so weit wie möglich vom Tresen entfernt. Nicht, weil sie Angst gehabt hätten, der Pizzabäcker könnte ihrer Unterhaltung folgen, sondern um überhaupt eine führen zu können. Hinter dem Tresen stand ein riesiger mehlbedeckter Kassettenrekorder, Modell Gettoblaster. Türkische Schlager dröhnten in voller Lautstärke ins Lokal.

Irene beugte sich über den kleinen Tisch, nachdem sie sich davon überzeugt hatte, dass sie mit ihren Ellbogen nicht in die eigenen oder in fremde Pizzareste geraten würde. Tommy und Fredrik taten es ihr nach. Der Lärm war ohrenbetäubend.

»Das Bild, das ich mir von den Opfern gebildet habe, ist recht eindeutig. Sten Schyttelius war fröhlich, extrovertiert und gesellig. Wie sein Sohn ging er gern auf die Jagd. In den Phasen, in denen Elsa Schyttelius an Depressionen litt, kümmerte er sich um die Familie. Als Chef war er autoritär und altmodisch, und sein Frauenbild war alles andere als aufgeklärt. Da er noch vor dem Sommer pensioniert werden sollte, spielte das aber auch keine große Rolle. Bengt Måårdh und Urban Berg haben sich wohl um die Stelle beworben. Bengt hat ziemlich aus dem Nähkästchen geplaudert. Urban trinkt. Offensichtlich ist er zweimal wegen Trunkenheit am Steuer verurteilt worden.«

Tommy grinste.

»Was für Klatschweiber! Mir hat Urban Berg erzählt, dass Bengt Måårdh ein notorischer Schürzenjäger ist. Laut Urban ist keine Frau vor ihm sicher.«

»Und laut Måårdh kursieren Gerüchte, dass Jonas Burman schwul ist. Das hätte Sten Schyttelius nie geduldet. Außerdem gehört Jonas zum Konvent«, ergänzte Irene.

»Du meinst wohl, zu den Sündern.« Fredrik lachte.

»Man hört, dass du auch nicht weißt, was das ist. Laut Bengt Måårdh handelt es sich um einen Zusammenschluss von Pfarrern, die sich für frömmer halten als der Rest der Welt. Rechtgläubig, glaube ich, hat er gesagt. Vor allem sind sie gegen die Ordination von Frauen.«

»Pfui, was für üble Zeitgenossen!«, sagte Tommy und verdrehte die Augen.

»Seit wann bist du Feminist? Um mit Elsa weiterzumachen: Meist scheint sie nur ein grauer Schatten gewesen zu sein. Das lag natürlich an ihren Depressionen. Bin gespannt, was Hannu uns über das Ehepaar Schyttelius sonst noch erzählen kann, auch ob es nahe Verwandtschaft gibt, mit der wir sprechen können.«

»Apropos Verwandte. Dieser Jacob scheint ein netter Kerl gewesen zu sein, aber niemand scheint ihn näher gekannt zu haben. Offensichtlich pflegte er nach seiner Scheidung hauptsächlich mit seinen Eltern Umgang. Wäre es nicht normaler, auszugehen und die Korken knallen zu lassen, wenn man gerade wieder vogelfrei ist?«, wollte der Junggeselle Fredrik wissen.

»Vielleicht hat er das ja auch gemacht, allerdings während seiner Ehe«, meinte Irene gleichmütig.

»Möglich. Wir sollten uns mit seiner Exfrau unterhalten«, meinte Tommy.

»Und mit Rebecka«, ergänzte Irene rasch.

»Genau. Aber das ist vermutlich leichter gesagt als getan. Bevor wir nichts über das Motiv wissen, sollten wir sie nicht herkommen lassen. Andernfalls braucht sie Polizeischutz«, sagte Tommy ernst.

Seine beiden Kollegen nickten zustimmend. Irene fuhr fort:

»Es gibt ein Gerücht, wonach Rebecka einen Freund in London haben soll, der letzten Sommer zusammen mit ihr in Kullahult gewesen ist. Laut Louise Måårdh wiederum ist das nichts als Gerede. Weder sie noch irgendjemand sonst hat diesen Burschen je gesehen. Vorletztes Weihnachtsfest kam Rebecka jedenfalls allein.«

»Es sollte wirklich jemand mit ihr reden. Vielleicht weiß sie ja etwas, was uns einen Hinweis auf das Motiv geben könnte«, beharrte Tommy.

»Wenn man nach den Pentagrammen und dem umgedrehten Kruzifix geht, könnte die Sache doch mit den Satanisten zu tun haben. Noch vor einem Monat hat die Gemeindeschwester Sten Schyttelius sagen hören, dass er die Satanisten immer noch im Internet jagen würde, aber dass das gefährlich sein könnte«, meinte Irene.

»Gefährlich? Tja, vielleicht. Wer surft, hinterlässt immer eine Spur«, sagte Fredrik.

Es wurde still, und alle drei hingen ihren Gedanken nach. Schließlich sagte Irene:

»Merkwürdig. Nur die Gemeindeschwester hat den Hauptpfarrer in letzter Zeit über die Satanisten reden hören. Und das auch eher zufällig. Die anderen haben gesagt, dass Sten Schyttelius über die Satanisten nur in den Monaten direkt nach dem Brand gesprochen hätte.«

»Ich habe mit dieser Eva geredet, der Kantorin. Sie behauptet, dass Sten Schyttelius ein Mann mit verborgenen Abgründen gewesen sei. Was kann sie damit gemeint haben?«, wollte Tommy wissen.

Da die anderen beiden darauf auch keine Antwort wussten, zuckten sie nur mit den Achseln.

»Vielleicht sollten wir uns das Pfarrhaus noch einmal ansehen, bevor wir zurückfahren? Die Spurensicherung ist inzwischen bestimmt fertig«, sagte Irene.

Und das taten sie dann auch.

»Ich will mir zuerst die Bibliothek im Erdgeschoss ansehen«, sagte Irene. Sie gingen in das große Zimmer mit den Bücherregalen. Der Geruch von Staub und muffigen, alten Büchern war durchdringend. Fredrik musste niesen. Irene stand eine Weile da und ließ alles auf sich wirken. Schließlich war sie sich ihrer Sache sicher. Laut sagte sie:

»Hier hat in letzter Zeit niemand gearbeitet. Das hier ist ein Museum. Sten Schyttelius hat im oberen Arbeitszimmer gesessen.«

Sie gingen zurück in die Diele und die Treppe hinauf. Svante Malm kam gerade aus dem Schlafzimmer.

»Hallo. Könnt ihr noch zehn Minuten warten? Dann sind wir hier fertig«, meinte er und verschwand, ohne auf eine Antwort zu warten.

»Kein Problem«, rief ihm Tommy hinterher.

»Das Arbeitszimmer«, sagte Irene.

Das Billardzimmer war unverändert. Instinktiv zog Irene den Kopf ein, als sie an den Jagdtrophäen vorbeikam. Die lebensechten Glasaugen schauten traurig und anklagend.

Fredrik blieb vor dem gut sortierten Barwagen stehen und pfiff durch die Zähne.

»War das nicht dieser Urban, der ein Problem mit dem Alkohol hatte?«, fragte er grinsend.

»Wenn diese Flaschen Urban gehörten, dann wären sie sicher leer. Falls das, was Bengt Måårdh behauptet, überhaupt wahr ist«, gab Irene zurück.

Sie traten ins Arbeitszimmer. Der Schreibtisch war leer. Der Computer war verschwunden und hatte im Staub der Tischplatte deutliche Abdrücke hinterlassen. Die Türen der Schränke standen weit offen, auch der Waffenschrank. Er war ebenfalls leer. Irene zählte neun Halterungen für Gewehre.

»War der Schrank voll?«, fragte sie.

»Weiß nicht. Da müssen wir Svante fragen«, erwiderte Tommy.

Er machte auf dem Absatz kehrt und ging ins Schlafzimmer.

In den hohen Schränken lagen ein paar Bücher und Bibeln und stapelweise Zeitschriften, die »Unsere Kirche« und »Nachrichten aus dem Pfarrbezirk Kullahult« hießen, außerdem Papier, Stempel, Locher und anderes Büromaterial. Ganz unten in einem Schrank stand ein Karton, auf dem »Schwedens Ökumenische Kinderdörfer« stand. Irene begann, in den Broschüren zu blättern, wurde aber unterbrochen, als Tommy zurückkam.

»Im Schrank befanden sich fünf Gewehre und Unmengen von Munition. Ist jetzt alles bei der Spurensicherung. Das Interessante ist, dass der Schrank unverschlossen war und dass der Schlüssel steckte«, sagte er.

»Waren die Waffen zerlegt?«, wollte Irene wissen.

»Nein. Das ist auch nicht nötig, wenn Waffen in einem zugelassenen Waffenschrank weggeschlossen sind. Und dieser hier ist zugelassen, einmal abgesehen davon, dass er unverschlossen war.«

»Der Mörder scheint gewusst zu haben, wo sämtliche Schlüssel lagen.« Irene dachte laut nach.

»Oder Familie Schyttelius bewahrte ihre Schlüssel an Stellen auf, die leicht zu finden sind. Denk nur an den Schlüssel unter dem Blumentopf vor dem Sommerhaus«, erinnerte sie Tommy.

Irene nickte und wühlte weiter in dem Karton. Das Meiste waren dünne Broschüren über verschiedene Kinderdörfer, in denen die Waisenkinder wohnen und die Schule besuchen konnten. Wahrscheinlich genossen sie auch grundsoliden, altmodischen Religionsunterricht, dachte Irene, als sie das Foto einer Gruppe dunkelhäutiger Kinder sah, die mit gebeugten Köpfen und gefalteten Händen vor einem Altar standen. Der Pfarrer war jung und blond und hatte die Rechte zum Segen erhoben. Sein Blick war auf einen Punkt über den Köpfen der Kinder gerichtet. Die Bildunterschrift lautete: »Die Kleinen sind wissbegierig und nehmen dankbar Gottes Botschaft an.«

Die Häuser wurden als einfach, aber ordentlich bezeichnet. Die Kinder erhielten Essen, medizinische Versorgung und Schulunterricht. Sämtliche Arbeit wurde von Freiwilligen geleistet.

Irene dachte eine Weile nach. Vater und Sohn hatten sich für dieses begrüßenswerte Projekt engagiert. Warum waren diese idealistischen und augenscheinlich netten Männer so brutal ermordet worden? Ganz zu schweigen von der gehemmten Ehefrau und Mutter, die niemandem was zu Leide getan zu haben schien.

»Jetzt sind wir im Schlafzimmer fertig«, rief Svante durch die Tür des Billardzimmers.

Irene legte die Broschüren wieder zurück in den Karton und stellte diesen zurück in den Schrank. Ehe sie das Zimmer verließ, drehte sie sich in der Tür noch einmal um.

Das Arbeitszimmer war sicher benutzt worden, wirkte jedoch merkwürdig unpersönlich. Nur die ausgestopften Vögel hingen an den Wänden. Keine Bilder, Fotos oder Ähnliches, was dem Zimmer einen persönlichen Zug verliehen hätte. Sie dachte darüber nach, ohne dass sie eine gute Erklärung dafür gefunden hätte, und trottete schließlich hinter den anderen her ins Schlafzimmer.

Auch dieses war recht unpersönlich, fast schon spartanisch, jedoch geräumig und hoch. Beherrschendes Möbelstück war ein Doppelbett mit zwei Nachttischchen. Im Übrigen gab es zwei unbequeme Holzstühle und eine hübsche Kommode. Auf dem Boden lag ein verschlissener Flickenteppich in Hellblau und Beige. Sämtliche Bettwäsche und die Matratzen waren entfernt. Über dem Kopfende des Bettes waren an der hellen Tapete große Blutflecke zu sehen.

Zwischen den beiden Fenstern hing das Kruzifix immer noch verkehrt herum. Es war aus schwarzem Holz, die Christusfigur vermutlich aus Silber.

Mit seinen ausgebreiteten Armen und dem hängenden Kopf wirkte Jesus noch hilfloser als sonst.

Als hätte er ihre Gedanken gelesen, sagte Tommy:

»Ich hätte wirklich Lust, es wieder richtig herum zu hängen.«

Irene nickte, aber keiner schritt zur Tat.

»Den Satanisten ist am meisten daran gelegen, den Leuten Angst einzujagen. Deswegen benutzen sie kirchliche Symbole und machen sich über sie lustig«, meinte Irene nachdenklich.

»Ich bin mir nicht sicher, ob das die ganze Wahrheit ist. Schließlich haben sie auch eigene Symbole. Wo in der Kirche gibt es denn das Pentagramm? In unserer modernen Gesellschaft vergisst man gern, dass Symbole die Kraft haben, die wir ihnen verleihen. Der gekreuzigte Jesus ist das mächtigste Symbol des Christentums und hat deswegen ganz klar die größte Kraft. Einem Hindu, der ein umgedrehtes Kruzifix sieht, würde das wahrscheinlich gar nichts ausmachen.«

Zögernd sagte Irene:

»Ich bin nicht besonders religiös. Ich gehe fast nie in die Kirche. Und die Zwillinge wollten sich nicht konfirmieren lassen und mussten auch nicht. Aber du hast Recht ... Mich berührt es unangenehm.«

»Genau. Und deshalb beziehen die Satanisten religiöse Zeichen in ihre Riten ein. Dass sie es wagen, diese Symbole zu schänden und zu verhöhnen, ist ein Ausdruck für das sattsam bekannte Wir-scheißen-auf-das-Establishment, in diesem Fall auf die Kirche. Aber das ist noch nicht alles: Sie brechen damit auch die Kraft der Symbole, derer sie sich bedienen.«

Als Irene erneut auf das Kreuz schaute, schauderte es sie.

KAPITEL 6

Bei der Abendbesprechung sah Kommissar Andersson müde aus. Irene wurde richtiggehend unruhig, als sie die Ringe um seine Augen betrachtete und die Falten, die sich innerhalb weniger Stunden noch tiefer eingegraben zu haben schienen. Er näherte sich trotz allem der Pensionierung. Kein Wunder, dass er so ausgelaugt wirkte.

»Die Journalisten waren wie die Blutegel! Nicht mal vors Haus kann ich mich wagen. Außerdem habe ich angeordnet, keine Gespräche von der Presse durchzustellen. Von den Pentagrammen und diesem ganzen Satanistenmist wissen sie noch nichts, aber es ist nur eine Frage der Zeit, bis das durchsickert.«

Vorsichtig trank er einen Schluck von seinem heißen Kaffee. Auf dem Becher stand: »I'm the boss«. Vor einem Jahr hatte er ihn zu Weihnachten bekommen und sich wie ein Kind darüber gefreut. Gestärkt fuhr er fort:

»Ich habe noch mal mit Georg gesprochen.«

Im ersten Augenblick war Irene verwirrt. Mit welchem »Georg« wollte sie schon sagen. Dann fiel ihr wieder ein, dass der Cousin des Kommissars, der Rektor und Jacob Schyttelius' Chef, Georg Andersson hieß.

»Laut Georg war Jacob Schyttelius ein guter und geschätzter Lehrer. Er unterrichtete Informatik und Sport und ... was noch mal?«

Andersson fing an, in dem Packen Papier vor sich zu wühlen,

und zog schließlich einen zerknickten Spiralblock daraus hervor. Sein müdes Gesicht wurde munterer, als er darin zu blättern begann. Offensichtlich war es der richtige Block.

»Hier! Informatik, Sport und Mathe von der ersten bis zur siebten Klasse. Besteht nicht ein gewaltiger Unterschied zwischen Schülern in der ersten und in der siebten Klasse? Zu meiner Zeit …« Er unterbrach sich und schaute wieder auf den Block. »Offensichtlich hat er vertretungsweise Ende des Winterhalbjahres angefangen und wurde zum Sommerhalbjahr übernommen. Er hat beste Referenzen. Georg sagt, er sei sehr zufrieden mit Jacob gewesen. Bei der Schule handele es sich um eine Privatschule mit ökumenischer Ausrichtung. Für Jacob sei sein Hintergrund also ein großes Plus gewesen. Außerdem kannte Georg seine Eltern seit vielen Jahren.«

Diszipliniert hob Fredrik die Hand, ehe er fragte:

»Was heißt, ökumenische Ausrichtung?«

»Das hab ich auch gefragt. Sie nehmen Schüler aller christlichen Kirchen auf. Beispielsweise christliche Perser und Russen, die sich zur Pfingstbewegung bekennen.«

Jetzt meldete sich Irene zu Wort:

»Wir sind letzten Dienstag ja nur zum Norssjön rausgefahren, weil dein Cousin angerufen hatte. Er machte sich Sorgen um Jacob Schyttelius. Er war weder zum Unterricht erschienen noch ans Telefon gegangen. Aber ich erinnere mich, dass du gesagt hast, der Rektor hätte gemeint, Jacob sei hin und wieder deprimiert gewesen. Wieso nahm er das an?«

»Jacob hatte sich im Herbst wegen Depressionen krankschreiben lassen. Vermutlich wegen der Scheidung«, antwortete Andersson.

Eine Scheidung konnte natürlich Depressionen auslösen, besonders vor dem familiären Hintergrund.

»Aber da war doch schon mehr als ein halbes Jahr vergangen, und er hatte wieder angefangen zu arbeiten. Warum traten die Depressionen dann erneut auf?«, beharrte Irene.

Das Gesicht des Kommissars verfärbte sich. Seine Stimme klang ärgerlich, als er entgegnete:

»Ich bin zwar kein Seelenklempner, aber können Depressionen nicht auch ohne besonderen Anlass auftreten?«

Irene nickte. Vielleicht hatte er Recht.

Finster schaute der Kommissar auf seinen Block und ergriff dann wieder das Wort.

»Unsere Frau Gerichtsmedizinerin rief vorhin an. Jacob sei in der Herzregion getroffen worden, von einem Schuss, den jemand aus ein paar Metern Entfernung abgefeuert habe. Der andere Schuss ging durchs Gehirn und wurde aus nächster Nähe abgegeben, als er bereits am Boden lag. Die Kugel steckte in einem Dielenbrett. Beide Schüsse waren tödlich. Den Pfarrer und seine Frau erwischte es jeweils mit einem Schuss zwischen die Augen. Beide waren ebenfalls sofort tot, da die Munition großkalibrig war und die Verletzungen deswegen sehr umfassend. Die Kugeln werden gerade näher untersucht, aber die Stridner glaubt, dass es sich um dasselbe Kaliber handelt. Die ballistische Untersuchung ist noch nicht abgeschlossen. Interessant ist, dass Jacob mindestens zwei Stunden vor seinen Eltern erschossen worden zu sein scheint.«

»Was tat der Mörder zwischen den Morden?«, fragte Irene.

»Er löschte die Festplatte«, antwortete Fredrik Stridh rasch.

»Peng, peng. Ein Schuss in die Herzregion und einen in die Stirn von Jacob. Peng, peng. Einen Schuss zwischen die Augen der anderen beiden Opfer. Die Husqvarna Neunzehnhundert ist eine Art Mausergewehr mit fünf Schuss, aber er gab nie mehr als zwei Schüsse ab. Unser Mörder ist ein geübter Schütze. Die beiden Schüsse im Pfarrhaus müssen schnell hintereinander gekommen sein«, dachte Tommy laut nach.

»Ein geübter Schütze braucht weniger als eine Sekunde, um ein Mausergewehr durchzuladen. Ich glaube, dass er Sten Schyttelius zuerst erschossen hat und dann Elsa«, sagte der Kommissar.

»Das klingt wahrscheinlich, aber sicher können wir uns da nicht sein«, meinte Tommy.

»Das ist das Wahrscheinlichste, da Elsa laut der Stridner mit Schlafmitteln voll gepumpt war.«

Irene war erleichtert, als sie das hörte. Auch wenn Elsa in den letzten Sekunden vor ihrem Tod aufgewacht sein sollte, war sie sicher zu benebelt gewesen, um zu begreifen, was eigentlich vorging.

»Ich habe die Lizenzen für die Gewehre überprüft. Die im Waffenschrank gehörten alle Sten Schyttelius. Die Husqvarna unterm Bett ist auf Jacob Schyttelius zugelassen«, sagte Hannu.

»Gibt es draußen im Sommerhaus einen Waffenschrank?«, fragte Irene.

Hannu schüttelte als Antwort nur den Kopf.

»Dann muss er seine Waffe im Schrank seines Vaters aufbewahrt haben. Zufällig suchte sich der Mörder dann dieses Gewehr aus«, meinte Tommy.

»Gut möglich. Aber das würde bedeuten, dass der Mörder Waffe und Munition zuerst im Pfarrhaus geholt hat, um dann zum Sommerhaus zu fahren, um Jacob zu erschießen. Dann kehrte er zwei Stunden später wieder in den Pfarrhof zurück und erschoss Sten und Elsa. Sehr ungewöhnlich. Vor allem, wie sollte er das machen, ohne dass es jemand merkte? Die beiden waren schließlich noch am Leben und verbrachten, soweit ich weiß, den ganzen Nachmittag und Abend im Pfarrhaus«, wandte Irene ein.

Alle dachten stirnrunzelnd über ihren Einwand nach.

»Könnte er das Gewehr nicht schon früher an sich genommen haben? Vielleicht schon mehrere Tage vorher?«, schlug Tommy vor.

»Aber das wäre ziemlich riskant gewesen. Sten Schyttelius hätte merken können, dass eine Waffe fehlt. Er ...«

Irene wurde davon gestört, dass es an der Tür klopfte. Åhlén streckte sein rundes Gesicht durch den Spalt.

»Interessanter Fund draußen im Sommerhaus«, teilte er mit und marschierte in den Raum.

In einer Hand hielt er eine Stofftasche aus ungebleichter Baumwolle. Aus dieser zog er eine stabile durchsichtige Plastiktüte mit einem Buch.

»Ein Buch über Satanismus. Auf Englisch. Wir haben es im Schlafzimmer hinter ein paar losen Brettern der Wandverkleidung gefunden und daneben eine Schachtel Patronen.«

Er legte das Buch vor dem Kommissar auf den Tisch und zog eine neue Plastiktüte hervor. Irene warf einen Blick auf die Schachtel. Norma 30-06, die gebräuchlichste Munition für die Elchjagd.

»Reichte der Platz hinter der Wandverkleidung für ein größeres Gewehr?«, fragte Tommy.

»Ja. Aber nicht für mehrere. So groß war die Nische nicht.«

»Aber das Buch hatte noch Platz«, meinte Irene mehr zu sich.

Sie streckte die Hand aus und nahm das in Plastik verpackte Buch. Es war recht dick. Der Titel lautete: »Church of Satan«. Der Autor hieß Anton LaVey. Åhlén deutete auf das Buch und sagte: »Ljunggren kennt diesen Burschen. Offensichtlich eine Art Oberguru der Satanisten in den USA. Möglicherweise weiß Svante mehr über ihn, aber er hat schon Feierabend. Er hat seit anderthalb Tagen keinen Schlaf mehr gekriegt.«

Vermutlich du auch nicht, dachte Irene. Aber vielleicht war es in der Arbeit ruhiger als zu Hause bei all den Kindern.

»Fingerabdrücke?«, fragte der Kommissar.

»Ja. Die von Jacob Schyttelius und noch ein paar andere. Aber die sind undeutlich und könnten aus der Buchhandlung stammen. Schyttelius hat Unmengen von Abdrücken hinterlassen und scheint das Buch ganz eindeutig gelesen zu haben. Mehrere Stellen hat er unterstrichen.«

»Können wir das Buch hier behalten?«, wollte Irene wissen.

»Nein. Wir sind noch nicht ganz damit fertig. Ich bringe es euch anschließend aber sofort vorbei.«

Mit dieser Auskunft mussten sie sich zufrieden geben. Rasch legte der Mann von der Spurensicherung die beiden Plastiktüten zurück in die Tasche. Dann winkte er einmal in die Runde und verschwand. Nach seinem Abgang blieb es lange still. Schließlich räusperte sich Andersson und sagte:

»Das verändert die Sachlage. Wahrscheinlich hatte Jacob ein Gewehr und Patronen in der Hütte versteckt. Außerdem hatte er im selben Versteck noch ein Buch von irgendeinem Oberteufel der Satanisten in den USA liegen. Wieso das?«

Hannu brach als Erster das Schweigen.

»Das Gewehr könnte darauf hindeuten, dass er sich bedroht fühlte.«

»Yes. Sonst hätte er die Waffe und die Patronen im Waffenschrank seines Vaters haben müssen. So wie er darf man diese Sachen keinesfalls aufbewahren«, konstatierte Tommy.

Irene nickte zustimmend.

»Da Jacob als Erster erschossen wurde, ist wohl davon auszugehen, dass der Mörder Gewehr und Munition hinter der Wandverkleidung gefunden und ihn damit erschossen hat. Anschließend nahm er die geladene Waffe ins Pfarrhaus mit und erschoss dort das Ehepaar Schyttelius. Wie viele Patronen waren noch im Magazin der Mordwaffe?«

Der Kommissar schaute in seine Notizen, ehe er antwortete:

»Drei.«

Irene nickte.

»Dann hat er zwischen dem Mord an Jacob und den Morden an Sten und Elsa nachgeladen.«

Sie wandte sich an Hannu.

»Wann hat Jacob sein Gewehr gekauft?«

»Vergangenes Jahr im Juni.«

»Aber die Elchjagd beginnt doch erst im Oktober?«

»Er wollte wohl vor der Herbstjagd üben. Oder Hannu hat Recht. Vielleicht fühlte er sich wirklich bedroht«, warf Tommy ein.

»Von wem? Und woher wusste der Mörder, dass Jacob das Gewehr hinter der Wandverkleidung versteckt hatte?«

»Keine Ahnung.«

»Mit dem Gewehr kommen wir nicht weiter. Aber ich frage mich, warum er das Buch versteckt hat?«, meinte Andersson.

»Wegen des Inhalts. War wohl nicht so gut, wenn es gleichzeitig hieß, dass er seinem Alten dabei helfe, die Satanisten im Internet zu jagen«, sagte Fredrik.

Irene dachte eine Weile nach und sagte dann:

»Vielleicht versuchte er damit ja nur, die Satanisten zu verstehen. Vielleicht erleichterte ihm das die Suche, und er konnte die gefundenen Informationen besser einordnen.«

»Möglich. Aber das wissen wir nicht. Wie ich die Sache sehe, müssen wir Rebecka Schyttelius baldmöglichst verhören. Wie steht es mit ihr?«

Der Kommissar wandte sich an Hannu mit seiner Frage.

»Ich habe mit Inspector Glen Thomsen von der Metropolitan Police gesprochen. Er kümmert sich um ihre Sicherheit. Ihr geht es immer noch schlecht. Vielleicht darf sie aber morgen schon das Krankenhaus verlassen. Er hat sie gestern gefragt, ob sie sich ein Motiv für die Morde vorstellen kann. Sie sagt, nein.«

»Hast du irgendwelche anderen Verwandten der Schyttelius aufgetan?«

»Eine vierzehn Jahre ältere Schwester von Sten Schyttelius wohnt in einer betreuten Wohnung für Demenzkranke in Mariestad. Nie verheiratet gewesen. Keine Kinder. Die Schwester dazwischen ist vor zwei Jahren gestorben. Sie war zehn Jahre älter als ihr Bruder. Starb an Brustkrebs. Die tote Schwester hat zwei Söhne. Einer wohnt in Stockholm, der andere hier. Der aus Stockholm reist morgen an, und dann kommen beide her. Ich habe sie um vierzehn Uhr einbestellt.«

»Und Elsa?«

»Einzelkind. Es gibt ein paar Cousinen, aber die habe ich nicht erreicht. Alle scheinen älter als sie zu sein.«

»Okay. Einer von euch fährt nach London und spricht mit Rebecka Schyttelius. Am besten Tommy oder Irene«, sagte der Kommissar.

Tommy wirkte unsicher.

»Hat das nicht bis nächste Woche Zeit?«, fragte er.

»Warum nicht. Dann hat sie auch Zeit, sich wieder zu fangen. Hoffentlich erfahren wir dann mehr. Vorher kann schon mal jemand versuchen, Jacob Schyttelius' Exfrau ausfindig zu machen und sich mit ihr unterhalten.«

Tommy beugte sich zu Hannu hinüber und flüsterte halblaut: »Hast du was über sie rausgekriegt?«

Hannu lächelte nur schwach und nickte. Gewisse Fragen waren so blödsinnig, dass sich eine Antwort darauf erübrigte.

»Ich war noch nie in London. Und du?«

»Ich schon. Vierundsiebzig auf einer Sprachreise. Das Einzige, was ich lernte, war, eine Menge Bier zu trinken. Und dann war da noch dieses rothaarige Mädchen ... Patricia hieß sie, und sie brachte mir bei ...«

Tommy beendete den Satz nicht, sondern zog nur vielsagend die Augenbrauen hoch. Er deutete einen Pfiff an.

Irenes Eltern hatten nie so viel Geld gehabt, ihr eine Sprachreise zu finanzieren. In den Sommerferien hatte sie immer arbeiten müssen. Im Sommer '74 hatte sie, wenn sie sich recht erinnerte, auf dem Drottningtorget Eis verkauft. Schwarz und illegal, da sie noch keine fünfzehn gewesen war.

Tommy blieb stehen und deutete in den seitlich abzweigenden Korridor.

»Ich schau nur noch eben schnell bei Hannu vorbei. Er hat die Infos über Jacobs Exfrau«, sagte er.

Irene ging in ihr gemeinsames Büro weiter, um ihre Jacke zu holen.

Der Tag war lang und ermüdend gewesen, aber ein wenig waren sie immerhin weitergekommen. Wenn sie jetzt nur noch das

Motiv für die Morde herausfinden könnten. Oder gab es mehrere? Kaum denkbar, da es sich mit größter Wahrscheinlichkeit um ein- und denselben Mörder handelte. Alles deutete darauf hin, dass Jacobs Gewehr bei allen drei Morden verwendet worden war, die Festplatten waren an beiden Tatorten gelöscht und Pentagramme waren mit Menschenblut auf die Computermonitore der Opfer gemalt worden. Im Schlafzimmer des Ehepaars Schyttelius war ein Kruzifix umgedreht worden. Bei Jacob hatte die Spurensicherung ein Buch über Satanisten gefunden.

Irene stutzte, einen Arm bereits in der Jacke. Das Buch handelte nicht nur von den Satanisten, es war von einem ihrer Gründer geschrieben worden. Wenn Jacob mehr über die Satanisten und darüber, wie diese denken und agieren, hätte erfahren wollen, hätte er doch wohl versucht, sich ein Buch zu beschaffen, in dem diese so objektiv wie möglich dargestellt wurden. Das Buch eines Obersatanisten konnte wohl kaum als objektiv gelten.

Tommy kam herein und wedelte mit einem Blatt Papier.

»Gute Neuigkeiten. Sie wohnt jetzt in Karlstad. Ist vor Weihnachten aus Nordschweden hergezogen und hat ihren Mädchennamen wieder angenommen.«

»Wie heißt sie jetzt?«

»Kristina Olsson. Sie ist geboren … dann ist sie … warte mal … achtunddreißig Jahre alt.«

Tommy tat so, als sei er schwer von Begriff und stöhnte angesichts dieser intellektuellen Herausforderung. Beim Kopfrechnen verdrehte er die Augen. Irene und er kannten sich ziemlich gut, und er wusste genau, wie er sie zum Lachen bringen konnte.

Aber Irene fasste sich schnell wieder.

»Aber dann ist sie ja sieben Jahre älter als Jacob«, meinte sie.

»Sieben Jahre. Das ist doch nicht viel.«

»Nein. Aber sonderlich häufig ist es auch nicht.«

»Vielleicht nicht. Glaubst du, dass du dich morgen mal mit dieser Dame unterhalten kannst? Ich habe einen Tipp im Speedy-Fall bekommen, dem ich nachgehen muss.«

»Okay. Gib mir den Zettel.«

»Hallöchen, Liebling«, ließ sich Kristers Stimme aus dem Wohnzimmer vernehmen.

Die Erkennungsmelodie von Aktuellt, den Nachrichten, war ebenfalls zu hören, und dazu erzählte eine tiefe Männerstimme etwas von der neuesten Bombe, die in Spanien explodiert war.

Irene streichelte Sammie, der sie schwanzwedelnd begrüßte und versuchte, sie davon zu überzeugen, dass er den ganzen Tag vernachlässigt worden sei. Aber sein frisch gebürsteter Pelz glänzte, die Pfoten waren feucht vom letzten Spaziergang, und sein Futternapf stand an seinem üblichen Platz. Etwas Trockenfutter war noch übrig, aber sonst war alles leer geputzt. Irene gab ihm einen Kuss auf die Schnauze. Er schnaubte, sah aber ein, dass er durchschaut worden war. Trotzdem recht zufrieden mit seinem Dasein trottete er zu seinem Herrchen ins Wohnzimmer und machte es sich auf dem Teppich unter dem Glastisch bequem.

Irene wärmte sich die Gemüsesuppe auf, die auf dem Herd stand, und strich sich dazu einige Brote: Leberpastete und Unmengen von Salzgurken. Sie wusste, dass noch Bier da sein müsste, und nach einigem Suchen fand sie ganz hinten im Kühlschrank eine Dose Leichtbier. Dann stellte sie alles auf ein Tablett und trug es ins Wohnzimmer. Es hatte ihr nicht gefallen, dass sie einen zweiten Fernseher angeschafft hatten, aber wenn sie und Krister nicht nur MTV schauen wollten, blieb ihnen nichts anderes übrig. Das Einzige, worin sich die Zwillinge immer einig waren, war die Wahl des Fernsehprogramms.

Ihr Mann gab ihr einen zerstreuten Kuss und schielte gleichzeitig mit einem Auge auf den Bildschirm. Irene war zu hungrig, um sich über den Mangel an Begeisterung und Leidenschaft zu ärgern. Mit riesigem Appetit schaufelte sie die Suppe in sich hinein und verdrückte sämtliche Brote.

Sammie unternahm einen halbherzigen Versuch, unterernährt und elend zu wirken, aber Irene weigerte sich hartherzig, ihm eines ihrer Brote abzugeben. Unwirsch befahl sie ihm Platz unter dem Tisch. Murrend legte er sich wieder hin und schaute sie mit flehenden Augen durch die Tischplatte aus Glas an. Sicher zum tausendsten Mal bedauerte es Irene, dass sie sich damals beim Kauf der Couchgarnitur nicht für den rustikalen Tisch aus massiver Kiefer entschieden hatten.

»Schön, dich essen zu sehen, Liebes.«

Krister verlor das Interesse an den Nachrichten, als es zur Wirtschaft kam.

»Ich habe mittags nichts als eine Pizza gegessen und ein paar Tassen Kaffee getrunken.«

»Da können deine Kollegen ja von Glück sagen, dass wenigstens deine Koffeinzufuhr gesichert war!«

Krister sagte das in breitestem Dialekt. Da er in Säffle aufgewachsen war und seine Verwandtschaft immer noch dort lebte, klang sein Värmländisch immer noch sehr echt.

»Danke für dein Verständnis!«

Irene hatte versucht, ihren Kaffeekonsum einzuschränken, war aber kläglich gescheitert. Sie war davon nur müde und gereizt geworden. Da die Summe der Laster angeblich immer konstant bleibt und sie kaum was trank und auch nicht rauchte, hatte sie sich damit abgefunden, dass sie kaffeesüchtig war.

Krister wurde wieder ernst.

»Katarina hat nämlich kaum was von der Suppe gegessen. Bestenfalls zehn Erbsen und ebenso viele Möhrenwürfel«, sagte er.

»Wieso denn das? Sonst hat sie doch immer Appetit? Nach dem Training müsste sie doch wahnsinnigen Hunger haben.«

»Sie hat es sich in den Kopf gesetzt, an einem Miss-West-Coast-Wettbewerb teilzunehmen.«

»Miss …! Etwa einem Schönheitswettbewerb?«

»Genau. Sie hat sich offenbar bereits angemeldet, und jetzt ist sie in irgendein Vorortsfinale gekommen. Gewinnt sie, kommt sie in die Endrunde.«

Irene fehlten die Worte. Sie versuchte zu verarbeiten, was ihr Mann da gerade gesagt hatte. Sie wäre nie auf den Gedanken gekommen, sich an einem Schönheitswettbewerb zu beteiligen, und dass eine ihrer Töchter genau dieses vorhatte, erschien ihr gleichermaßen unbegreiflich. Obwohl sie zugeben musste, dass Katarina schöner war als sie in ihrer Jugend. Aber deswegen musste sie doch noch lange nicht bei einem Schönheitswettbewerb antreten! Obwohl sie die Antwort bereits ahnte, stellte sie die Frage:

»Kann sie deswegen nichts essen, weil sie Miss West Coast werden will?«

»Sie hält sich für zu dick.«

Zu dick! Katarina war genau wie ihre Mutter ein Meter achtzig groß, wog aber sicher zehn Kilo weniger. Irene galt als schlank. Katarina war schon fast mager, fand Irene.

»Wo ist sie jetzt?«

»Beim Jiu-Jitsu-Training. Sie ist sicher jeden Augenblick zurück.«

Irene saß da und versuchte, das Essen und die Neuigkeit über die Karriere ihrer Tochter als Schönheitskönigin zu verdauen. Dann fiel ihr plötzlich ihre Arbeit wieder ein.

»Ich muss wahrscheinlich morgen nach Karlstad. Aber abends bin ich wieder zurück.«

»Hm«, erwiderte ihr Mann zerstreut, ganz versunken in die regionalen Nachrichten.

KAPITEL 7

Irene nahm einen Bus des Unternehmens Säfflebussen vom Nils Ericsonplatsen. Das war bedeutend billiger als mit dem Auto und außerdem weniger ermüdend. Sie hatte sich vorgenommen, sich während der Fahrt zu entspannen und zu lesen. Mit der Göteborgs-Posten, einem eben erst gekauften Taschenbuch, einer Thermoskanne Kaffee und zwei belegten Broten bestieg sie kurz nach zehn den Bus. Die Sonne schien von einem wolkenlosen Himmel. Die Temperatur betrug nur fünf Grad, aber es war zu spüren, dass es im Verlauf des Tages milder werden würde. Vielleicht würden sie endlich den ersten Frühlingstag erleben. Die Vögel, die in den Büschen vor dem Präsidium zwitscherten, schienen jedenfalls an den Frühling zu glauben.

Weder die Zeitung noch das Buch hatte sie aufgeschlagen, da war sie schon eingenickt.

Sie erwachte, als der Bus den Bahnhof von Säffle verließ. Mit vor Müdigkeit klammen Fingern goss sie Kaffee in die Verschlusskappe der Thermosflasche und trank. Es war bereits Mittag, und die beiden schon lappigen Käsebrote schmeckten himmlisch.

Sie saß da, schlürfte den letzten Kaffee und dachte an das Telefongespräch mit Jacob Schyttelius' Exfrau, das sie am Morgen geführt hatte.

Irene hatte gegen halb acht angerufen. Nach nur zweimaligem Klingeln sagte eine Frauenstimme:

»Ja, bitte?«

Die Stimme klang schwach und unsicher.

»Hier ist Kriminalinspektorin Irene Huss. Es geht um die Morde an ihrem geschiedenen Mann und seinen Eltern. Ich würde gerne wissen, ob Sie vielleicht Zeit hätten, sich heute oder morgen mit mir zu treffen?«, begann Irene.

Es blieb lange still. Irene befürchtete schon, dass die Frau am anderen Ende auflegen würde. Da brach sie endlich ihr Schweigen.

»Ich will nicht«, flüsterte Kristina Olsson.

Eine Sekunde später begann sie zu schluchzen. Irene war ratlos, beschloss jedoch, nicht nachzugeben.

»Mir ist klar, dass das eine Menge Gefühle aufwühlt, aber ich muss Sie trotzdem bitten, mir ein Gespräch zu gewähren. Wir versuchen, ein fürchterliches Verbrechen aufzuklären, und haben bisher nicht den geringsten Anhaltspunkt. Schließlich kannten Sie Jacob und ...«

»Ich weiß nicht. Ich weiß nicht!«

Letzteres klang mehr wie ein verzweifelter Hilferuf. Irene überlegte bereits, ob Kristina Olsson ganz zurechnungsfähig war. Jacobs Exfrau benahm sich überaus seltsam, und Irene fand, dass sie wirklich allen Grund dazu hatte, die Dame so schnell wie möglich zu befragen.

»Was passt Ihnen denn besser? Heute Nachmittag oder morgen Nachmittag?«, fragte sie ruhig, aber bestimmt.

Erneut blieb es lange still, aber schließlich war ein resignierter Seufzer zu hören, und Kristina Olsson flüsterte mit ihrer schwachen Stimme:

»Heute nach zwei Uhr.«

Irene war erstaunt darüber gewesen, wie schlecht die Verbindungen zwischen Göteborg und Karlstad waren. Der erste Zug war bereits weg, und der nächste ging viel zu spät. Glücklicherweise würde sie den Bus noch erwischen. Nach Hause konnte sie ihn dann allerdings nicht mehr nehmen: Der letzte verließ Karlstad bereits um halb drei. Dafür gab es dann aber kurz vor fünf einen Zug.

Der Bus schlängelte sich zwischen den Taxis hindurch und blieb vor dem Hauptbahnhof von Karlstad stehen. Irene winkte sich ein Taxi heran, da sie sich nicht auskannte und keine Ahnung hatte, wo der Sundstavägen lag. Das Taxi hielt schließlich vor einem dreistöckigen Mietshaus aus gelbem Ziegel. Es hatte schon einige Jahre auf dem Buckel, aber die Gegend wirkte ordentlich. Irene drückte auf den Klingelknopf neben dem Namen K. Olsson. Die Wechselsprechanlage knackte. Irene lehnte sich vor und sagte:

»Hier ist Irene Huss.«

Niemand antwortete, aber der Türöffner summte. Irene öffnete die Haustür und trat ein.

Das Treppenhaus war sauber, hatte aber frische Farbe nötig. Es gab keinen Aufzug, sie musste in den dritten Stock laufen.

Als Irene auf dem obersten Treppenabsatz ankam, öffnete Kristina Olsson die halb offene Tür ganz. Wie angewurzelt blieb Irene stehen, als sie die Frau in der Türöffnung sah. Auf den Fotos hatte es zwischen Jacob und Rebecka kaum eine Ähnlichkeit gegeben. Jacob und Kristina hätten jedoch Geschwister sein können. Sie waren beide schmächtig und flachsblond. Und nicht nur das: Irene ging auf, dass nicht nur Jacob und Kristina sich ähnlich sahen. Jacob hatte seine Mutter geheiratet, nur eben jünger.

Kristina trug ihr schulterlanges Haar ordentlich zu einem Pferdeschwanz gebunden. Das Gesicht wies nicht die geringste Spur von Make-up auf. Sie hatte eine schöne Haut, auch wenn diese jetzt bleich war. Die dunklen Ringe um die Augen verstärkten diesen Eindruck noch. Vielleicht war es aber auch ihr hellrosa Pullover, der sie so vollkommen farblos erscheinen ließ. Der glatte graue Rock trug ebenfalls nicht dazu bei, sie etwas farbenfroher wirken zu lassen, aber erstaunlicherweise tat das ihr Schuhwerk. Sie trug gehäkelte Pantoffeln in Knallorange.

Kristina Olsson zog die Schultern hoch und zwang sich zu einer Grimasse, die wohl einem Lächeln ähneln sollte. Die Hand, die sie Irene hinhielt, zitterte vor Nervosität. Eiskalt war sie außerdem. Es war, als schüttele man die Hand einer Toten.

Kristina trat beiseite, um Irene in die winzige Diele zu lassen. Das Erste, was diese bemerkte, war der schwache Ajaxduft, der ihr entgegenschlug. An der Garderobe hing ein dunkelblauer Wollmantel und eine tannengrüne Daunenjacke. Darunter standen ein Paar stabile braune Halbschuhe und halbhohe schwarze Stiefel. Auf der Hutablage lag eine schwarze Baskenmütze.

Der Flickenteppich in der Diele zeichnete sich durch frische Farben aus. Irene meinte, diese Art Teppich schon einmal irgendwo gesehen zu haben. Als sie dann im Wohnzimmer einen weiteren solchen Teppich unter dem Couchtisch entdeckte, wusste sie auch, wo. Wer diese Teppiche gewebt hatte, hatte auch den in der Diele des Pfarrhauses von Kullahult gemacht.

Irene setzte sich auf das mit gelber Seide bezogene, unbequeme Sofa. Kristina nahm auf der Kante des dazu passenden Sessels Platz. Eine seltsame Einrichtung für eine so junge Frau.

»Sieht schön aus, wenn die Sonne auf den Teppich fällt«, begann Irene die Unterhaltung.

»Ja«, lautete die tonlose Antwort.

Irene beschloss, nicht gleich aufzugeben, und fuhr fort:

»Haben Sie die Teppiche selbst gewebt?«

»Nein. Meine Schwester.«

»So ein Teppich liegt in der Diele Ihrer ehemaligen Schwiegereltern. Hat Ihre Schwester den auch gewebt?«

»Ja.«

Irene unterdrückte einen Seufzer und beschloss, direkt zur Sache zu kommen.

»Unsere Ermittlungen laufen etwas ins Leere, weil wir einfach auf kein Motiv stoßen. Können Sie sich eins vorstellen?«

Als Antwort schüttelte Kristina nur den Kopf. Tränen traten ihr in die Augen. Warum war sie so nervös? Oder war sie so dermaßen aus dem Lot, dass sie nicht über ihren Exmann sprechen konnte?

In den Zeitungen hatte noch nichts über die Pentagramme gestanden, aber es war sicher nur eine Frage der Zeit, bis jemand ins Plaudern kam. Irene beschloss, es in dieser Richtung zu versuchen.

»Wussten Sie, dass Jacob seinem Vater bei dem Versuch behilflich war, über das Internet Satanisten aufzuspüren?«

Kristina zuckte zusammen und riss die Augen weit auf. Sie öffnete den Mund, um etwas zu sagen, sank dann aber in sich zusammen und nickte.

»Können Sie mir darüber mehr erzählen?«

Kristina nickte erneut, wie ein kleines, wohlerzogenes Mädchen, aber bis sie mit ihrer schwachen Stimme zu sprechen begann, dauerte es eine Weile.

»Sein Vater kam auf diese Idee. Nach dem Brand. Sie hatten die Sommerkapelle niedergebrannt. Ich meine, die Satanisten ...«

Sie beendete den Satz nicht und warf Irene mit ihren großen graublauen Augen einen hilflos-verzweifelten Blick zu. Zum ersten Mal hatte sie ausreichend viele Silben gesagt, sodass Irene ihren norrländischen Dialekt heraushören konnte. Wie kann diese Frau als Lehrerin arbeiten, fuhr es Irene durch den Kopf. Als hätte sie ihre Gedanken erraten, sagte Kristina:

»Ich bin krankgeschrieben, seit ... dem Mord ... den Morden.«

»Waren Sie an der Jagd auf die Satanisten ebenfalls beteiligt?«

»Nein. Ich kenne mich mit Computern nicht aus.«

Ihre Stimme erstarb. Sie sah auf ihre gefalteten Hände.

»Hatten Sie nach der Scheidung noch Kontakt zu Jacob?«

»Nein.«

»Haben Sie anschließend Sten oder Elsa noch getroffen?«

»Nein.«

Seltsam, wie mitgenommen sie wirkte, obwohl sie in den letzten neun Monaten offenbar keinen Kontakt mehr zu Jacob oder seinen Eltern gehabt hatte.

»Wann haben Sie das letzte Mal mit Jacob gesprochen?«

»Im Juli. Als alles vorbei war ... nach ...«

»Und wann haben Sie zuletzt von seinen Eltern gehört?«

»Im Juni. Sein Vater rief an und war ... aufgebracht darüber ... dass wir uns ... dass wir uns ...«

Leise und verzweifelt begann sie zu schluchzen.

Anscheinend brachte sie es nicht über sich, das Wort Scheidung auch nur in den Mund zu nehmen. Die entscheidende Frage näherte sich und verlangte nach einer Antwort. Irene gab Kristina Zeit, sich zu sammeln. Dann fragte sie:

»Warum haben Sie sich eigentlich scheiden lassen?«

Kristina reckte sich, holte tief Luft und antwortete dann ausatmend:

»Er wollte keine Kinder.«

Das war nicht die Antwort, die Irene erwartet hatte. Kristina sah sie nicht an, sondern fixierte einen Punkt hinter ihr. Sie biss sich auf die Unterlippe, um deren Zittern zu verhindern.

»Aber er war doch Lehrer. Er muss Kinder doch gemocht haben?«, erwiderte Irene dumm.

»Das schon. Aber er wollte keine eigenen.«

Seltsam. Irene dachte angestrengt nach, konnte das Ganze aber nicht einordnen.

»Hatte er andere Frauen?«, fragte sie, weil ihr nichts Besseres einfiel.

»Nein.«

Kristina saß wieder mit gebeugtem Kopf da, als warte sie auf ein Urteil oder eine Strafe.

Erst jetzt bemerkte Irene das Motiv des gestickten Bilds über dem Fernseher. Es war ein Christusbild. Die Lichtgestalt hob die Hände segnend dem Betrachter entgegen. Irene drehte den Kopf zur Seite und schaute durch die halb offene Tür ins Schlafzimmer. Über dem Kopfende des Betts hing ein schlichtes, helles Holzkreuz. Im Übrigen waren die Wände leer.

»Haben Sie oder Ihre Schwester dieses schöne Bild gestickt?«, fragte Irene und nickte in Richtung des Christus.

»Ja. Meine Schwester.«

»Woher in Norrland kommen Sie?«

»Aus Vilhelmina. Obwohl wir einige Male umgezogen sind. Vater war Prediger.«

»Prediger? Bei der Pfingstgemeinde oder bei einer anderen Freikirche?«

»Er ... wir waren Laestadianer.«

Irene hatte eine undeutliche Erinnerung an den Religionsunterricht, irgendwas mit einer ekstatisch-religiösen Bewegung, die im 19. Jahrhundert in Norrland gegründet worden war. Waren das nicht die, die keine Vorhänge haben durften? Bei Kristina hingen hübsche weiße Stores vor den Fenstern.

»Sie sagen, ›waren Laestadianer‹. Sind Sie das nicht mehr?«

»Nein. Meine große Schwester verließ die Gemeinde und trat der Staatskirche bei. Sie ist Pfarrerin und arbeitet hier.«

»Sind Sie deswegen nach Karlstad gezogen?«

Kristina zögerte und nickte dann energisch.

»Heißt sie auch Olsson?«

»Ja. Kerstin Olsson. Sie hat nie geheiratet.«

»Wohnen Ihre Eltern noch in Norrland?«

»Vater ist tot. Mutter wohnt ganz in der Nähe unseres Bruders bei Vitangi.«

»Haben Sie noch weitere Geschwister?«

»Nein.«

Irene holte, ohne es selbst zu merken, tief Luft, bevor sie ihre letzte Frage stellte:

»Wer von Ihnen beiden wollte sich scheiden lassen? Sie oder Jacob?«

»Das war ich.«

Kristina sah erneut auf die fest gefalteten Hände in ihrem Schoß.

»Weil er keine Kinder von Ihnen mochte?«, fragte Irene, die sich das noch einmal bestätigen lassen wollte.

Kristina nickte, ohne den Blick zu heben.

Irene hatte das Gefühl, dass es ihr unmöglich war, auf die richtigen Fragen zu kommen. Und auch wenn sie die richtigen Fragen stellte, bekam sie doch nie zufrieden stellende Antworten. Hielt Kristina etwas zurück? Irene wurde nicht schlau aus ihr.

Irene ging zurück Richtung Zentrum. Sie folgte der Beschilderung. Außerdem hatte sie eine gute Orientierung. Die strahlende Frühlingssonne war wunderbar, obwohl sie bereits wieder unterging und nicht sonderlich wärmte. Es war einige Grad kälter als in Göteborg. Hier und da lagen noch schmutzige Schneehaufen herum.

Sie überquerte einen glitzernden Fluss. An seinen Ufern spazierten schnatternde Enten und kreischende Kanadagänse. Wie er hieß, wusste sie nicht. Obwohl Kristers Verwandte in Säffle wohnten und ihre Familie jedes Jahr ein paar Wochen im Sommerhaus ihrer Schwiegereltern bei Sunne verbrachte, war sie höchstens drei Mal in Karlstad gewesen. Eigentlich schade, die Stadt war hübsch, viel Wasser und viele Läden.

Sie schlenderte herum, betrachtete die Schaufenster und merkte plötzlich, wie hungrig sie war. Der Zug ging erst in anderthalb Stunden. Genug Zeit zum Essen.

Vor vielen Jahren hatte sie mit Krister und den Kindern in einem gemütlichen Restaurant am Stora Torget gegessen. Es lag auf derselben Seite des Platzes wie das protzige Rathaus, das wusste sie noch, aber ein Stück weit in einer Seitenstraße. Ihre

Erinnerung war vage, aber es gelang ihr, den Källaren Munken, den Mönchskeller, ohne größere Schwierigkeiten zu finden.

Nachdem sie die schwere Tür geöffnet hatte und die ausgetretene Treppe hinuntergegangen war, erkannte sie das Kellerlokal mit seinen engen Durchgängen und Gewölben wieder. Natürlich war es seit ihrem letzten Besuch renoviert worden, aber gemütlich war es noch immer.

Der Oberkellner führte sie zu einem Tisch mit einer weißen Tischdecke. Er empfahl das Tagesgericht, gebratenen Saibling mit kleinen so genannten Mandelkartoffeln und Schnittlauchsauce. Irene beschloss, seinem Rat zu folgen, und bestellte dazu ein Carlsberger Hof. Nach der Begegnung mit Kristina Olsson hatte sie das starke Bedürfnis, ein Bier zu trinken, wenn nicht gar zwei. Das Brot war so frisch, dass die Butter schmolz. Ein Gefühl von Wohlbehagen überkam sie, und sie versuchte, nicht an das eben geführte Gespräch zu denken. Auf der Bahnfahrt war noch Zeit genug.

War Kristina Olsson psychisch krank? Die Antwort lautete vermutlich Nein. Sie schien allerdings einem Nervenzusammenbruch gefährlich nahe zu sein. Wenn sie nicht schon einen hinter sich hatte. Das war für sie als Laie nur schwer zu entscheiden.

Hielt sie etwas zurück?

Die Frage stellte sich erneut. Irene war immer mehr davon überzeugt, dass das der Fall war. Aber was? Und wieso? Wovor hatte sie solche Angst?

Siedend heiß fiel ihr ein, dass sie vergessen hatte, Kristina zu fragen, ob sie bedroht worden sei. Wie hatte sie eine so nahe liegende Frage nur vergessen können?

Gab es etwas in Kristinas Vergangenheit, das von Bedeutung sein konnte? Sie und ihre Geschwister waren streng religiös erzogen worden, aber sie und ihre Schwester hatten sich vom Glauben ihrer Kindheit befreit. Trotzdem waren beide immer noch sehr fromm. Kristinas ganze Wohnung war von christlichem Glauben und Askese geprägt. Obwohl sie Vorhänge besaß …

Irene nahm sich vor, in einem Lexikon unter »Laestadianismus« nachzuschlagen. Sie interessierte sich zwar nicht für religiöse Fragen, aber während der laufenden Ermittlung war es ihr jetzt schon mehrmals aufgefallen, wie beschämend ahnungslos sie war. Familie Huss war vermutlich genauso religiös wie die meisten Schweden. Zu Taufen, Hochzeiten und Beerdigungen ging man in die Kirche, aber sonst nie.

Als Gegengewicht zum Christentum mit seinen Laestadianern, Konventen und was auch immer war dann der Satanismus aufgetaucht. Wie relevant für die Ermittlung war dieses Element des Negativen eigentlich? Spuren existierten, aber bedeuteten sie etwas?

Diese Fragen wirbelten durch ihren Kopf, ohne dass sie eine vernünftige Antwort darauf gefunden hätte.

Als sie auf dem Hauptbahnhof von Göteborg aus dem Zug stieg, schrien es ihr die druckfrischen Aushänge der Göteborgs-Tidning entgegen: **»Extraausgabe! Extraausgabe! Satanistenspur im DREIFACHMORD!«**

KAPITEL 8

Irgendein Schwein hat was ausgeplaudert!«

Kommissar Andersson war fürchterlicher Laune. Düster starrte er die bei der Morgenbesprechung an diesem Freitag Versammelten an. Keiner der Anwesenden wirkte schuldbewusst, und das hatte er auch nicht erwartet. Dumm war es trotzdem, dass niemand da war, den er ausschimpfen konnte.

Svante Malm tauchte in der Tür auf und sagte gelassen:

»Das einzig Merkwürdige ist, dass es nicht schon früher passiert ist.«

Der Kommissar drehte sich auf dem Absatz um und fauchte:

»Wie meinst du das?«

»Na ja. Ist doch 'ne Sensation. Pfarrersfamilie von Satanisten ermordet. Gefundenes Fressen für die Boulevardpresse. Wer das ausgeplaudert hat, hat sich sicher eine goldene Nase verdient.«

Andersson murmelte etwas in seinen Bart hinein. Er war noch immer hochrot. Nachdem er ein paar Mal tief Luft geholt hatte, bat er Svante, die neuesten Erkenntnisse der Spurensicherung zu referieren.

Svante setzte sich und schaute in seine Papiere, die er vor sich auf dem Tisch ausgebreitet hatte.

»Die Analysen der Pentagramme sind fertig. Auf dem Monitor im Sommerhaus war wie erwartet das Blut von Jacob Schyttelius. Wir haben auch das Werkzeug gefunden, das der Mörder benutzt hat: Ein blutiger Backpinsel lag im Papierkorb unter dem Schreibtisch. Das Blut stammte von Jacob.«

Er machte eine kurze Pause und legte ein paar Papiere nach oben.

»Die Analyse des Pfarrhaus-Pentagramms ist einigermaßen überraschend. Der Stern ist aus dem Blut von Sten Schyttelius, aber der ihn umgebende Kreis aus dem von Elsa. Auch hier hat sich der Mörder eines Backpinsels bedient. Wir haben ihn hinten in einer Schreibtischschublade gefunden.«

»Irgendwelche Spuren des Mörders?« fragte Irene.

»Bisher noch keine. Natürlich gibt es haufenweise Haare und Fasern an beiden Tatorten, aber nichts davon erscheint bisher verdächtig. Wir haben auf dem Fußboden des Schlafzimmers im Pfarrhaus Erde aus dem Garten gefunden. Die muss jedoch nicht unbedingt vom Mörder stammen. Entweder das Ehepaar Schyttelius oder einer von euch hat sie reingetragen.«

»Keine Fußabdrücke oder so?«, wollte Andersson hoffnungsvoll wissen.

»Nein. Auch keine Spuren von Körperflüssigkeiten oder anderen obskuren Stoffen.«

»Was meinst du mit obskuren Stoffen?«, unterbrach ihn Fredrik Stridh.

»Stoffe, die bei den Ritualen der Satanisten Verwendung finden. Weihrauch, verschiedene Typen von Narkotika, Alkohol, Blut von Opfertieren beispielsweise. Blut war da, eine ganze Menge, aber es stammte alles von den Opfern.«

Ein Mörder, der keinerlei Spuren hinterlassen hatte. Kaum zu glauben, wenn man daran dachte, dass Blut und Gewebe der Opfer in alle Richtungen gespritzt sein mussten. Irene wandte sich an den Mann von der Spurensicherung:

»Bist du dir ganz sicher, dass bei allen drei Morden dieselbe Waffe verwendet wurde?«

»Ja. Alle drei sind mit dem Gewehr erschossen worden, das unter dem Ehebett der Schyttelius lag, und mit derselben Munition, Norma dreißig null sechs. Auf der Mordwaffe waren keinerlei Fingerabdrücke.«

Svante sammelte seine Unterlagen wieder ein und schob sie in eine verschlissene Stofftasche. Rasch erhob er sich, nickte und verschwand durch die Tür. Der Kommissar ging nach vorne und nahm seinen Platz vor dem Auditorium wieder ein.

»Ein Mann, der etwas weiter die Straße entlang wohnt, also noch vor der Abzweigung zum Sommerhaus der Schyttelius, hat von sich hören lassen. Montagabend war er kurz vor elf noch mit dem Hund draußen. Da sah er auf einem Forstweg ein Stück weiter einen dunkel lackierten Wagen, den jemand dort abgestellt hatte.«

Andersson schaltete den Overheadprojektor ein, machte sich aber nicht die Mühe, die Leinwand herabzulassen. Eine mit blauem Filzstift skizzierte Karte wurde auf die Wand geworfen.

»Hier verläuft der Kiesweg zum Sommerhaus der Schyttelius. Hier liegt das Haus. Hier ist die nächste Abzweigung vom Hauptweg, und ein Stück hinter dieser Abzweigung stand das Auto. An diesem Weg gibt es keine Häuser. Er führt auf einen Kahlschlag. Die Spurensicherung hat undeutliche Reifenabdrücke gefunden, aber dieser verdammte Regen in den letzten Tagen hat das meiste vermutlich weggespült. Das gilt auch für eventuelle Fußabdrücke. Die sind inzwischen sicher alle weg.«

»Weiß er, was für ein Auto es war?«, fragte Hannu.

»Nein. Der Mann hatte eine Taschenlampe, um nicht zu stolpern, war aber zu weit entfernt, um Details erkennen zu können. Er wollte ja nur den Hund ausführen.«

Andersson deutete auf eine gestrichelte Linie in entgegengesetzter Richtung, die vom Sommerhaus wegführte.

»Hier verläuft der Pfad, und hier stand das Auto. Der Zeuge glaubt, dass es sich um einen Kleinwagen gehandelt hat, möglicherweise um einen Mazda oder so was Ähnliches. Er war schwarz, dunkelblau oder dunkelgrau. Er glaubt, dass er in Schweden zugelassen war.«

»Er ist sich da also nicht ganz sicher?«, fragte Irene.

»Nein. Er sah den Wagen nur teilweise. Offensichtlich war er direkt neben einer Tannenpflanzung geparkt. Er meint, er sei vom Hauptweg aus nicht zu sehen gewesen.«

»Sieht so aus, als hätte jemand den Wagen verstecken wollen«, konstatierte Irene.

»Allerdings. Ich habe auf der Karte nachgesehen. Vom Auto zum Sommerdomizil der Schyttelius sind es zu Fuß fast genau einen Kilometer, wenn man die Wege benutzt. Die Frage lautet, ob man nicht auch quer durch den Wald gehen könnte oder ob da zu viel Unterholz ist. Luftlinie beträgt der Abstand nämlich nur zweihundert Meter. Das sollte jemand näher untersuchen.«

Fredrik hob die Hand. Langsam folgte Irene seinem Beispiel. Sie dachte an die Berichte, die sie schreiben musste, und die Papierstapel, die sie noch nicht durchgearbeitet hatte ...

Es klopfte. Ein Kopf tauchte im Türspalt auf. Eine Frauenstimme sagte:

»Telefon für Huss. Betrifft den Pfarrermord.«

Die Tür wurde wieder geschlossen, und Irene ging in ihr Büro. Das Gespräch wurde durchgestellt. Sie war erstaunt, die Stimme von Louise Måårdh am anderen Ende zu hören. Diese kam sofort zur Sache:

»Ich habe in der Zeitung das mit diesen Symbolen gelesen, die mit Blut gemalt waren. Wie heißen sie jetzt wieder ...? Pentagramme! Es fiel mir ein, dass ich gerade erst vor kurzem so ein Symbol gesehen habe, im Auto von Eva Möller.«

Sie verstummte, um Irenes Reaktion abzuwarten. Wahrscheinlich war sie enttäuscht. Irene hatte sich am Telefon schon so manches anhören müssen. Obwohl das Gehörte eine Überraschung darstellte, ließ sie sich nichts anmerken.

»In Eva Möllers Auto? Wo?«, fragte sie nur.

»Am Schalthebel. Auf dem Knauf ist ein Pentagramm.«

»Sind Sie sich sicher?«

»Ja. Ich bin mehrere Male bei ihr mitgefahren, wenn der Kirchenchor geprobt hat. Bei schlechtem Wetter nimmt sie mich immer mit. Nach Weihnachten fiel mir der Schalthebel auf, und als ich sie fragte, warum sie den alten gegen diesen merkwürdigen ausgetauscht hätte, lachte sie nur und sagte, sie hätte ihn zu Weihnachten bekommen.«

»Wie sieht dieser Knauf denn aus?«

»Schwarz. Das Pentagramm ist silbern.«

»Vielen Dank. Ich rede mit ihr.«

Irene legte auf und starrte ins Leere, während sich ihre Gedanken überschlugen. Warum hatte die süße, kleine Kantorin ein Pentagramm auf ihrem Schalthebel? Wusste sie vielleicht gar nicht, was für ein Symbol das war? Wenig wahrscheinlich. Zum ersten Mal gab es einen Hinweis auf eine Verbindung zu den Satanisten in der Umgebung der Familie Schyttelius, aber der kam von höchst unerwarteter Seite.

Tommy rauschte den Gang entlang und sagte im Vorbeigehen rasch:

»Im Speedy-Fall tut sich was!«

Irene wunderte sich einen Augenblick, warum er eine Videokamera mit sich herumschleppte, aber als Fredrik mit den Autoschlüsseln in der Hand auftauchte, verfolgte sie diesen Gedanken nicht weiter. Man musste sich beeilen, wenn man bei Inspektor Stridhs Tempo mithalten wollte.

Sie fuhren Richtung Borås. Atemlos, da sie recht schnell die vier Treppen hinuntergegangen waren, sagte Irene:

»Eva Möller hat erst um eins Zeit. Offensichtlich ist sie auch noch Musiklehrerin und hat bis dann Unterricht.«

»Sollen wir vorher oder nachher Mittag essen?«

»Vorher. Dadurch sparen wir Zeit.«

Irene hatte die Wegbeschreibung zum Haus von Eva Möller in der Tasche. Es hatte sie einigermaßen erstaunt, dass die Kantorin allein in einem Häuschen mitten im Wald wohnte. Sie sollten von der Ausfallstraße nach Borås zur Kirche von Landvetter abbiegen. Dort ging es dann auf Nebenstraßen weiter. »Right out in the middle of nowhere«, hatte Eva Möller gesagt.

Aber zunächst nahmen sie die Straße zum Norssjön, die sie mittlerweile gut kannten. Dieses Mal bogen sie jedoch nicht bei dem kleinen Holzschild mit dem verblassten Namen »Lyckan« ab. Sie fuhren noch ein paar hundert Meter weiter, bis sie einen Forstweg erreichten. Hier stand kein Schild, das verraten hätte, wo es hinführte. Fredrik wurde langsamer und holperte den schmalen Weg entlang. Er schien kaum mehr als ein breiter Pfad zu sein. Der Wagen rumpelte durch tiefe Löcher und Rinnen.

»Nicht ganz einfach, hier mit einem Kleinwagen durchzukommen«, meinte Fredrik, als sie mit dem Boden des Saabs aufschlugen.

Um sie herum war dichter Wald. Hohe Kiefern, die vermutlich vor mehreren Jahrzehnten gepflanzt worden waren, wuchsen diszipliniert auf Abstand, aber zwischen ihnen war Unterholz. Der Waldbesitzer hatte die Pflanzung gründlich vernachlässigt. Weiter vorne standen die Bäume weniger dicht. Sie kamen zu einem Kahlschlag.

Das schöne Wetter des Vortags dauerte an. Die Stille war überwältigend, der Wind hatte sich gelegt. Die Sonne fiel schräg zwischen den Bäumen hindurch. Es roch schwer nach nasser Erde und Pflanzen, die in der ersten Frühlingswärme zum Leben erwachten.

»Das hier muss die Tannenpflanzung sein«, sagte Fredrik.

Ein paar Meter vor einer Gruppe Tannen blieb er stehen. Sie standen so dicht, dass sie eine undurchdringliche Wand aus Nadeln bildeten.

Den Blick nach unten gerichtet, gingen Irene und Fredrik auf die Tannen zu. Alte Reifenspuren von schweren Fahrzeugen, aber auch ein paar – kaum zu erkennen – von Personenwagen.

»Jetzt wissen wir, warum er hier geparkt hat. Weiter kommt man nicht.«

Fredrik deutete auf die Fortsetzung des Wegs hinter der Tannenpflanzung. Dort war eine wassergefüllte Senke. Das Risiko wäre zu groß gewesen, im Morast stecken zu bleiben.

Irene ging den Weg ein Stück zurück. Als sie den Pfad erreichte, den der Zeuge mit dem Hund entlanggegangen war, schaute sie über ihre Schulter. Ihr Saab war kaum noch zu sehen, da der Forstweg in einer Biegung um die Tannen herumführte. Der Kleinwagen, den der Zeuge bemerkt hatte, hatte noch näher an den Tannen gestanden. Mit einem Seufzer musste Irene dem Zeugen Recht geben. Es war unmöglich, das Nummernschild zu erkennen, und ganz sicher auch schwer, die Automarke zu bestimmen, besonders wenn man bedachte, dass Kleinwagen alle gleich aussahen.

Sie ging zu Fredrik zurück. Der stand in Gedanken versunken neben der wassergefüllten Senke.

»Ich würde es mit dem Kahlschlag versuchen, wenn ich durch diesen dichten Wald kommen wollte. Wahrscheinlich ist es einfacher, am Rand des Kahlschlags entlangzugehen«, sagte er.

»Keine schlechte Idee. Wir gehen mal nachschauen.«

Sie umrundeten die riesige Pfütze und marschierten auf den Kahlschlag zu. Davor blieben sie stehen, um sich einen Überblick zu verschaffen. Der Kahlschlag war lang und recht schmal.

»Hier kann man mindestens hundert Meter weit gehen. Dann muss man seine Machete schwingen«, stellte Fredrik fest.

Obwohl sie Büschen und Bäumen nicht ständig ausweichen mussten, war es trotzdem schwer, auf der von den großen Maschinen der Holzfäller aufgewühlten Erde vorwärts zu kommen. Die Erde war feucht und gab nach, und sie sanken mit ihren Schuhen ein. Irene würde ihre Curling-Schuhe abwaschen und bürsten müssen, ehe sie sich wieder unter Menschen wagen konnte. Bei Fredrik war es noch schlimmer. Er trug Segelschuhe, allerdings die stabilere Ausführung, die zum Spazierengehen taugte, allerdings nicht zu Wanderungen im regennassen Wald. Das vernünftigste Schuhwerk wären Gummistiefel gewesen.

Sie blieben stehen, als sie das Ende des Kahlschlags erreicht hatten. Die Vegetation war hier dicht und wirkte undurchdringlich.

»Was machen wir jetzt? Ich wünschte mir wirklich, wir hätten eine Machete dabei«, stöhnte Fredrik.

»Ich schlage vor, wir machen es wie mein Hund.«

»Und was macht dein Hund?«

»Er folgt den Tierspuren.«

Sie gab Fredrik ein Zeichen, ihr zu folgen. Etwas weiter hatte sie eine schmale Öffnung zwischen den Ästen entdeckt, einen Wildwechsel. Dort lag die Losung eines Elchs.

»Wahrscheinlich führt der zum See, denn die Tiere trinken, nachdem sie auf dem Kahlschlag geäst haben. Wir nehmen den Wildwechsel, um zu sehen, wie nahe wir an das Sommerhaus herankommen«, sagte Irene.

Sie bückten sich und schoben einige herabhängende Äste beiseite. Gleichzeitig mussten sie aufpassen, wo sie hintraten. Irene rutschte einige Male beinahe auf feuchtglatten Wurzeln aus.

»Ein Glück, dass es noch keine Zecken gibt«, meinte Fredrik schwer atmend.

Irene wollte antworten, als sie merkte, dass sie einen Faden im Mund hatte. Sie spuckte angewidert aus. Musste sich um eine Spinnwebe handeln. Angeekelt strich sie sich mit der Hand über den Mund, um sie loszuwerden. Glücklicherweise warf sie vor dem Wegwerfen einen Blick auf die vermeintliche Spinnwebe. Sie blieb wie angewurzelt stehen und hielt sie in die Sonnenstrahlen, die zwischen den Tannen hindurchfielen.

Diesen Faden hatte keine Spinne gesponnen. Wahrscheinlich stammte er von einem Schaf. Es war ein dünner, tannengrüner Wollfaden, etwa drei bis vier Zentimeter lang.

»Was ist los? Wieso bleibst du stehen?«, fragte Fredrik verärgert. Er war mit ihr zusammengestoßen und wie wild damit beschäftigt, sich alles Mögliche aus den Haaren zu klauben. Das Gel, das er am Morgen immer in die Haare tat, damit sie hochstanden, war ein idealer Klebstoff für feine Zweige und Tannennadeln.

»Ein Wollfaden. Jemand ist vor uns diesen Pfad entlanggegangen. Er kann noch nicht lange hier gehangen haben, denn er ist weder verblichen noch schmutzig.«

Sie zeigte Fredrik ihren Fund. Dieser pfiff leise.

»Wir sollten nach weiteren Fäden Ausschau halten.«

Etwa zwanzig Meter weiter entdeckte Irene noch einen. Dieser war hellrot. Er hing am äußersten Ast eines dichten Weidenbuschs. Irene blieb stehen und deutete darauf:

»Der hängt in Achselhöhe. Der Faden ist in etwa gleich lang wie der grüne. Wo könnten diese Garnstücke wohl herstammen?«

»Sie liefern uns eine Menge wertvoller Informationen. Wir suchen nach einem kleinwüchsigen Mörder, höchstens eins sechzig, mit Pudelmütze. Der Bommel ist aus rotem und grünem Garn.«

Irene lachte und zog eine der schwarzen Tüten, mit denen sie sonst den Hundedreck aufklaubte, aus der Tasche. Vorsichtig legte sie beide Wollfäden hinein. Vielleicht konnte die Spurensicherung etwas damit anfangen.

Der Wildwechsel führte ganz richtig hinunter zum See. Sie überschlugen, dass sie höchstens noch fünfzig Meter das Seeufer entlangzugehen brauchten. Anschließend mussten sie dem See den Rücken kehren und geradewegs durch die Büsche gehen. Dann müssten sie eigentlich direkt vor dem Sommerhaus der Schyttelius landen.

Zu ihrer Erleichterung war am Seeufer die Vegetation nicht mehr ganz so dicht. Ein schmaler Sandstrand war dort auch. Vom Strand aus führte ein schmaler Kiesweg direkt in den

Wald. Sie folgten dem Pfad, der kaum breiter war als der Wildwechsel. Etwa zehn Meter von Schyttelius' Gartentor entfernt mündete er auf den Fahrweg.

»Das ist wohl der gemeinsame Weg für alle Sommerhausbesitzer«, vermutete Irene.

»Wahrscheinlich. Nichts hindert einen jedoch daran, schon früher von diesem Weg abzuzweigen und an der Rückseite des Hauses über den Zaun zu klettern. Dann sieht einen niemand. Sollen wir das mal nachprüfen?«

Fredrik hatte sich bereits umgedreht und ging denselben Weg zurück, den er gekommen war. Nach dreißig Metern blieb er stehen und deutete mit dem Finger.

Irene sah den kaum noch sichtbaren Weg durch die Himbeerbüsche ebenfalls. Er führte an dem baufälligen Holzzaun auf der Seeseite vom Schyttelius-Grundstück entlang. In der Mitte war der Zaun bereits zusammengesackt, vermutlich weil er recht alt und nicht in Stand gehalten worden war.

»Hier heißt es einfach: Hereinspaziert«, stellte Fredrik fest.

Sie kletterten über die verrotteten Bretter und passten auf, wo sie auftraten.

»Falls der Mörder am Montag hier entlanggegangen ist, war die Erde noch gefroren. Inzwischen hat es geregnet, und oben hat es getaut. Für den Mörder war es nicht so mühsam vorwärts zu kommen wie für uns«, sagte Irene.

»Wenn man daran denkt, wo das Auto geparkt war und dass er diese Wege alle gefunden hat, um ungesehen hierherzukommen, muss er sich auskennen.«

Fredrik hatte Recht. Der Mord war geplant gewesen, und der Mörder hatte gewusst, wie er ungesehen zum Sommerhaus kommen und dieses wieder verlassen konnte.

Sie gingen auf die Rückseite des Hauses zu. Hier hatten die Schyttelius in ganzer Länge eine große Glasveranda angebaut. Hier hatte der Kommissar also vor siebzehn Jahren beim Krebsfest gesessen. Irene wandte der Veranda den Rücken zu und schaute zum See hinunter. Zwischen den Büschen funkelte das Wasser.

»Schade, dass ihnen nicht das Land bis runter zum See gehörte. Dann hätten sie die Bäume fällen können, um eine bessere Aussicht zu haben«, meinte sie.

»Das muss wirklich ärgerlich gewesen sein.«

»Sicher.«

»Sollen wir auf dem Weg zurückgehen? Der ist länger ...«

»... aber besser«, entschied Irene.

Sie hielten an einer Imbissbude und stärkten sich, ehe sie sich auf die Suche nach dem Haus von Eva Möller machten. Es war kein Problem, die Kirche von Landvetter zu finden, aber anschließend bedeutend schwieriger, sich auf den kleinen, kurvenreichen Sträßchen zurechtzufinden. Die Schotterstraße, die sie das letzte Stück entlanggefahren waren, führte stetig bergauf. Laut Eva Möller mussten sie ganz bis nach oben auf die Anhöhe. Dann waren sie fast da. Hier standen die Nadelbäume nicht mehr so dicht, sondern es gab auch Laubbäume und Wiesen.

»Nach der gespaltenen Eiche rechts«, las Irene von ihrem Zettel ab.

»Ja, seh ich«, sagte Fredrik und nickte in Richtung eines großen, ziemlich mitgenommenen Baums.

Der größte Teil der Krone war weg, und die Äste, die noch übrig waren, ragten alle in dieselbe Richtung. Der Baum war regelrecht halbiert worden.

Hinter der Eiche bogen sie auf einen von Schlaglöchern übersäten Kiesweg ein. Langsam rumpelten sie vorwärts. Anders wäre es auch kaum gegangen.

»Wie kann man nur so wohnen?«, meinte Irene und klammerte sich am Armaturenbrett fest.

Nachdem sie ein gutes Stück durch das Unterholz weitergerumpelt waren, tauchte endlich ein rotes Häuslerhaus vor ihnen auf. Es lag inmitten einer Lichtung und badete im Sonnenlicht. Auf drei Seiten war es von Wald umgeben, aber Richtung Westen war das Land offen. Sie parkten neben einem recht neuen knallroten Honda und stiegen aus. Da das Haus auf der Anhöhe lag, war die Aussicht nach Westen fantastisch. Irene und Fredrik blieben eine Weile bewundernd stehen. Ehe sie zum Haus gingen, warf Irene einen Blick in Eva Möllers Wagen. Louise Måårdh hatte Recht. Auf dem Schalthebel saß ein schwarzer Knauf mit einem silbernen Pentagramm.

Die kleine blau gestrichene Tür wurde geöffnet, Eva Möller trat auf den überdachten Treppenabsatz. Sie trug ein langes, taubenblaues Kleid mit weiten Ärmeln. Um den Halsausschnitt und auf der Brust war es hübsch dunkelblau bestickt. Das Kleid passte zu ihren Augen. Das blonde Haar trug sie offen. Es schimmerte in der Sonne wie Silber.

»Reife Leistung, dass Sie hergefunden haben.« Sie lachte leise.

Bei ihrem herzlichen Lächeln und dem Duft von Kaffee, der durch die offene Tür drang, wurde Irene gleich viel wohler.

Sie hängten ihre Jacken auf und zogen bei der Tür ihre schmutzigen Schuhe aus. Dann gingen sie direkt in die Küche. Die Sonnenstrahlen fielen durch die dünnen hellgelben Gardinen im Westfenster und verliehen der Küche eine gemütliche Wärme. Die rustikale Einrichtung, viel Holz, wirkte relativ neu, die Küchengeräte auch. Eine Spülmaschine war nicht zu sehen, dafür hatte sie bei der Renovierung den alten Kohlenherd stehen lassen. Darüber war ein Bord mit alten Haushaltsgegenständen angebracht. Ein dreibeiniger Topf stand da neben einem hübschen Glaskelch und einem faustgroßen Stein, der in der Mitte durchtrennt worden war. Die Kristalle in seinem Innern funkelten in der Sonne. Vor den drei Gegenständen lag ein etwa halbmeterlanger Glasstab und ganz am Rande des Bords ein kleiner runder Briefbeschwerer, ebenfalls aus Glas. Über dem Bord waren ein paar stabile Eisenhaken angebracht. An einem hing ein zweischneidiges Messer mit einem hübsch verzierten Handgriff und ein altmodisches Tischmesser mit einem Griff aus Rentierknochen. Die Sonne spiegelte sich in den scharfen Klingen.

Eva Möller hatte den Tisch am Fenster mit zierlichen Kaffeetassen mit Goldrand und einem Teller Zimtschnecken eingedeckt. Die gelbweiß karierte Tischdecke war frisch gebügelt. In der Tischmitte stand eine flache blaue Keramikschale mit eben aufgeblühten Gänseblümchen.

Eva Möller forderte die Polizisten auf, sich zu setzen. Sie goss Kaffee ein. Er duftete wunderbar. Sie bot ihnen von den Zimtschnecken an.

»Langen Sie ruhig zu. In der Tiefkühltruhe ist noch mehr. Leider habe ich sonst nichts zum Kaffee, was ich Ihnen anbieten könnte«, sagte sie.

»Schmecken klasse, die Zimtschnecken«, sagte Fredrik mit vollem Mund.

Die Kantorin warf ihm ein verzücktes Lächeln zu und sah ihm dabei tief in die Augen. Irene bemerkte, dass er ein paar Sekunden im Kauen innehielt. Eva Möller lächelte immer noch, als sie sich anmutig umdrehte und zum Herd davonschwebte, um die Kaffeekanne abzustellen. Fredrik fiel es schwer, seinen Blick von der ätherischen Erscheinung loszureißen. Unter Aufbietung seiner ganzen Willenskraft schaute er in seine Kaffeetasse, kaute ein letztes Mal und schluckte laut und vernehmlich.

Irene kannte das bei ihm. Genauso hatten sich allerdings auch der Chef der Friedhofsverwaltung Stig Björk und der Pfarrer Urban Berg am Mittwoch im Gemeindehaus benommen. Vielleicht war Urban Berg eine Spur beherrschter als Fredrik und der Chef der Friedhofsverwaltung gewesen. Tommy hatte die Kantorin letzten Mittwoch verhört. Hatte Eva Möller auf ihn dieselbe Anziehungskraft ausgeübt? Irene und Tommy kannten sich so gut, dass sie ihn problemlos danach fragen konnte.

»Wirklich hübsch, die Gänseblümchen«, begann Irene den Einstieg ins Gespräch.

Eva Möller lächelte.

»Ja. Die habe ich mir von Mutter Erde geliehen. Sind sie verblüht, setze ich sie zurück. Vielleicht darf ich mir dann ein paar Schlüsselblumen ausleihen.«

»Die Sie dann ebenfalls wieder einpflanzen, wenn sie welk sind«, vermutete Irene.

»Genau.«

Eva Möller ließ den Teller mit den Zimtschnecken ein weiteres Mal kreisen, ehe sie fragte:

»Wieso wollten Sie mit mir sprechen?«

Da Fredrik kaute, erwiderte Irene:

»Wir haben noch ein paar Fragen. Das Bild der Opfer nimmt langsam Gestalt an, aber ständig tauchen neue Fragen auf. Wir hoffen, dass Sie uns dabei behilflich sein können, sie zu beantworten.«

»Tu ich gern, wenn ich kann.«

Irene beschloss, die Sache mit dem Pentagramm noch aufzuschieben und mit dem zu beginnen, was ihr Tommy erzählt hatte.

»Unser Kollege, der Sie vergangenen Mittwoch vernommen hat, erwähnte, Sie hätten Sten Schyttelius als einen Mann mit verborgenen Abgründen bezeichnet. Könnten Sie das näher erklären?«

Eva Möller sah Irene nachdenklich an, ehe sie antwortete:

»Stens Persönlichkeit hatte wie die von uns allen viele Seiten. Er war gesellig und umgänglich. Er war ungezwungen und trank auch gern mal ein Glas. Hingegen veranstaltete er nur selten irgendwelche Feste. Das lag wohl an Elsas Krankheit. Was die Arbeit betraf, war er stockkonservativ, sowohl in der Gemeindearbeit als auch in der eigentlichen Liturgie. Beim Gottesdienst sollte alles genau der Liturgie entsprechen. Angefangen mit den golddurchwirkten Messgewändern bis hin zu den polierten Leuchtern. Dann sang er die Liturgie auch gern selbst. Hätte man ihn ein Weihrauchfass schwenken lassen, hätte er auch das getan. Vermutlich waren es diese beiden gegensätzlichen Seiten, die mir am deutlichsten an ihm auffielen. Aber manchmal habe ich bei ihm auch noch etwas anderes gespürt. Etwas Dunkles … Geheimnisvolles … vielleicht auch eine tiefe Trauer. Ich weiß nicht recht.«

»War Ihnen Sten Schyttelius sympathisch?«

Eva Möller ließ sich Zeit mit der Antwort:

»Ich akzeptierte ihn, so wie er war. Er war alt und wollte sich bald pensionieren lassen. Wir hatten nie Streit miteinander. Sicher lag das daran, dass er mir mit der Musik und dem Kirchenchor freie Hand ließ. Er hat sich in der Tat nie eingemischt, deswegen habe ich alles andere einfach hingenommen.«

»Wie lange sind Sie schon hier in der Gemeinde?«

»Ziemlich genau vier Jahre. Ich bin wegen dieses Hauses hierher gekommen.«

»Erst haben Sie sich ein Haus besorgt und dann die Arbeit«, stellte Irene fest.

»Ja. Ich konnte es billig von einem Bekannten erstehen, der es renoviert hatte, aber dann einsah, dass er gar nicht die Zeit hatte, hier zu sein. Er hatte es sich als Sommerhaus gekauft, aber seine neue Frau konnte sich nicht vorstellen, ihre Freizeit mitten im Wald zu verbringen. Ich wusste bereits beim ersten Sehen, dass es mein Haus war.«

»Stand es da schon zum Verkauf?«

»Nein. Aber ich wusste, dass es einmal mir gehören würde.«

Von Fredrik schien keine einzige vernünftige Frage zu kommen. Er aß eine Zimtschnecke nach der anderen und starrte verzückt die liebreizende Eva an. Irene ärgerte sich über die Passivität ihres Kollegen, ein wenig Hilfe bei der Befragung wäre ihr durchaus willkommen gewesen. Sie beschloss, auf ihr eigentliches Anliegen zu sprechen zu kommen.

»Wie Sie sicher schon in der Zeitung gelesen oder in den Nachrichten gehört haben, haben wir Pentagramme an den Tatorten gefunden. Sie waren mit dem Blut der Opfer auf die Computermonitore gemalt.«

Eva Möller nickte. Das wusste sie bereits.

»Ich habe heute Morgen mit Louise Måårdh gesprochen. Sie erwähnte, dass Sie in Ihrem Auto ein Pentagramm auf dem Schalthebel haben. Können Sie uns sagen, warum?«

Irene war erstaunt, als Eva Möller lachte. Nachdem sie sich wieder beruhigt hatte, sagte sie, immer noch belustigt:

»Ich habe es von einem Freund zu Weihnachten bekommen. Er fand, ich hätte zu viel Luft und Feuer in mir. Das Pentagramm ist ein Hilfsmittel der Erde. Es steht für Stabilität. Ich bekam diesen Knauf, damit ich mich auf der Erde halte, genauer gesagt auf der Straße.«

War die Antwort wirklich so simpel?

»Warum fährt eine Kantorin mit dem Antlitz des Teufels auf dem Schalthebel herum?«, fasste Irene unfreundlich nach.

Eva Möller wurde ernst.

»Stand das Pentagramm auf den Monitoren verkehrt herum?«

»Ja.«

»Dann ist es unter satanistischen Vorzeichen verwendet worden. Das Pentagramm an sich ist ein starkes Hilfsmittel, aber nur die Satanisten verwenden es falsch herum. Mein Pentagramm ist richtig herum. Aber ...«

Eva presste die Lippen zusammen und sah Irene durchdringend an. Hastig erhob sie sich und ging auf das Bord über dem Herd zu. Sie nahm den Briefbeschwerer herab, presste ihn fest gegen die Brust und ging mit ihm zurück zum Tisch.

»Hier ist mein Pentagramm«, sagte sie.

Vorsichtig legte sie den Briefbeschwerer vor Irene auf den Tisch und bedeutete ihr, genauer hinzuschauen. In das Halbrund aus Glas war unten ein Pentagramm eingraviert.

»Das Pentagramm ist kein Symbol für das Böse, aber wie alle magischen Hilfsmittel hat es eine starke Kraft, die sich auch missbrauchen lässt. Man kann mein Pentagramm einfach umdrehen, und schon erhält man das Antlitz des Teufels.«

Sie drehte das Glas. Zwei Zacken zeigten nun nach oben und eine nach unten.

Das Teufelsantlitz blickte durch das Glas zu Irene hoch.

Der Glasteufel.

Das Wort tauchte in Irenes Kopf auf und setzte sich in ihm fest, ohne dass sie recht wusste, warum. Die Kraft des Pentagramms hing davon ab, wie man es benutzte. Und ob man daran glaubte. Eva Möller glaubte ganz eindeutig an seine Kraft. War sie verrückt, oder war das irgendein New-Age-Unsinn, dem sie verfallen war?

»Wie können Sie Ihren Glauben an Pentagramme mit Ihrer Arbeit bei der Kirche vereinbaren?«, fragte Irene weiter.

Die Kantorin sah aufrichtig erstaunt aus.

»Das hat nichts miteinander zu tun. Meine Arbeit ist die Musik, und die liebe ich. Ich liebe die Kirche als einen Ort heiliger Energie. Aber ich kenne die Macht der Werkzeuge.«

Werkzeuge? Was für Werkzeuge? Plötzlich war Irene von Eva genervt. Schwafelte herum und versuchte, sich mit ihrem New-Age-Unsinn interessant zu machen!

Das Schlimmste war, dass es funktionierte. Mit einem dümmlichen Grinsen saß Fredrik wie verzaubert da.

Unnötig barsch fragte Irene:

»Was haben Sie für eine Ansicht über Elsa und Jacob?«

Ernst und forschend sah Eva sie an, ehe sie antwortete:

»Elsa war ein zutiefst tragischer Mensch. In ihr herrschte das Dunkel. Sie trug an einer Trauer, die sie in sich eingeschlossen hatte. Zeitweilig ging es ihr besser, aber ich sah den Schatten immer direkt hinter ihr stehen. Er hatte sie in seiner Gewalt. Manchmal war sie kurz davor, sich das Leben zu nehmen, aber nicht einmal dazu besaß sie die Kraft.«

»Wie wollen Sie wissen, dass sie einen Selbstmord erwog?«

»Das spürte ich. Für manche Leute ist das der einzige Ausweg.«

Eva saß ganz entspannt da, die Hände lose im Schoß gefaltet.

Das offene Haar glänzte wie ein Heiligenschein, und das dünne, hemdartige Kleid verstärkte den Eindruck eines liebreizenden Engels noch. Irene begann bereits, sich zu überlegen, wie gestört die süße Kantorin eigentlich war.

»Und Jacob?«

»Den kannte ich überhaupt nicht. Ich habe ihn nur zweimal gesehen. Die Angestellten der Großgemeinde frühstücken nach der Christmette immer gemeinsam ...«

»Das weiß ich. Sind Sie ihm nur dort begegnet?«

»Ja. Das erste Mal hatte er seine Frau dabei. Sie waren frisch verheiratet.«

»Was hatten Sie für einen Eindruck von ihnen?«

Eva saß lange schweigend da.

»Es gab keine Energie zwischen ihnen. Keine Glut. Da war nur Kälte.«

Irene war erstaunt. War diese Ehe von Anfang an nicht im Lot gewesen? Dann fing sie sich wieder. Dies war Eva Möllers Meinung, und sie sollte sie nicht einfach übernehmen.

»Haben Sie sich nie mit Jacob unterhalten?«

»Doch. Letzte Weihnachten. Aber wir haben nur ein paar Gemeinplätze ausgetauscht.«

»Was machte er da für einen Eindruck?«

Eva spielte mit einer Haarsträhne, während sie nachdachte.

»Neutral. Niedrige Energie. Kaum Kontaktfläche.«

Ein Blick auf Fredrik genügte. Hier war voller Kontakt. Er schien von innen heraus zu leuchten. Irene begann, sich immer mehr zu ärgern. Nur um das Verhör ordentlich zu einem Ende zu bringen, fragte sie:

»Haben Sie irgendwann auch Rebecka getroffen?«

»Ja. Damals, als ich auch Jacob und seiner Frau begegnet bin. Das Weihnachten davor.«

»Was hatten Sie für einen Eindruck von Rebecka?«

Erneut war Eva lange still.

»Sie verfügt über große innere Energie. Aber diese ist nicht dunkel wie bei ihrer Mutter. Und doch versteckt sie sie. Ihr Inneres ähnelt wohl mehr dem des Vaters, aber nach außen sind keine Gemeinsamkeiten zu erkennen.«

»Da haben Sie Unrecht. Rebecka hat rein äußerlich sehr starke Ähnlichkeit mit ihrem Vater«, wandte Irene ein.

»Äußerlich, ja. Ich spreche aber nicht über ihr Aussehen, sondern über ihre Seele. An der Oberfläche ist sie äußerst beherrscht. Sie lässt niemanden an sich heran. Keinen Menschen.«

Irene fand, dass es höchste Zeit war, aufzubrechen. Fredrik saß noch immer mit einem Lächeln da, das nicht nachzulassen schien.

Die Inspektorin stand auf und dankte für den Kaffee. Widerwillig erhob Fredrik sich ebenfalls. Sie gingen zur Haustür und zogen ihre Jacken an. Ihre schmutzigen Schuhe nahmen sie mit auf die Vortreppe. Der Reißverschluss von Irenes Stiefel klemmte. Der Schweiß brach ihr aus, so sehr musste sie sich mit ihm abmühen. Während Fredrik auf das Auto zuging, berührte Eva sie leicht an der Schulter und sagte leise:

»Du hast die rechte Energie und kannst zu deinem Inneren vordringen. Der Kontakt mit deinem Innersten ist stark. Du kannst meditieren und dich versenken.«

Irene war so verblüfft, dass sie nur nickte. Wie konnte Eva wissen, dass sie beim Jiu-Jitsu meditierte?

»Zusammen können wir die verborgenen Tiefen von Sten Schyttelius erkunden. Ich schaffe es nicht allein, denn dafür ist zu viel Energie nötig. Ruf mich an, wenn du es versuchen willst.«

Ehe Irene sich noch besinnen konnte, war Eva zurück ins Haus gegangen. Sie lächelte und winkte Fredrik zu, der freudig zurückwinkte. Dann schloss sie bedächtig ihre blaue Tür.

»Das Gladiator Fitnessstudio am Mölndalsvägen hat bestätigt, dass Jacob Schyttelius dort am Montag zwischen zwanzig und zweiundzwanzig Uhr trainiert hat. Von den Kassiererinnen bei

Hemköp erinnert sich keine an ihn. Da dieser Laden um zweiundzwanzig Uhr schließt, muss er vor dem Training dort gewesen sein. Was hat das Verhör von Jacobs und Rebeckas Cousins ergeben?«, fragte Kommissar Andersson an Hannu gewandt.

»Die Cousins kannten sich kaum. Der Altersunterschied war zu groß. Der jüngste der Brüder ist neun Jahre älter als Jacob.«

»Konnte er etwas über seinen Onkel erzählen?«, fragte Irene.

»Nicht viel. Sten Schyttelius war ein Nachzügler. Er hatte, als er erwachsen war, nicht mehr viel mit seinen Schwestern zu tun. Ihr Vater war Pfarrer einer kleinen Gemeinde bei Skövde.«

»Also kam Sten selbst aus einer Pfarrersfamilie?«

»Ja. Elsa auch. Ihr Vater war Pfarrer der Nachbargemeinde. Elsa und Sten kannten sich schon als Kinder.«

Irene biss von ihrem Käsebrötchen ab und dachte einen Augenblick über Hannus neue Informationen nach. Außer ihnen befanden sich noch Sven Andersson und Fredrik Stridh im Zimmer. Die Sonne ging gerade unter. Freitagabend in Göteborg. Bald würde freudige Erwartung in enttäuschte Hoffnung und Trunkenheit übergehen, und die Sirenen der Streifenwagen würden wie an jedem normalen Freitagabend vor dem Präsidium zu hören sein.

Hannu brach das Schweigen.

»Ich habe inzwischen Rebecka Schyttelius' Telefonnummer. Ich habe allerdings noch nicht mit ihr selbst gesprochen, sondern nur mit Chief Inspector Thomsen. Er hat offenbar schon versucht, Rebecka zum Reden zu bringen. Sie sagt, dass sie nicht in der nötigen Verfassung dafür ist. Thomsen hat sich auch mit ihrem Arzt unterhalten, und der hält sie für sehr angeschlagen. Es wird dauern, bis sie wieder auf die Beine kommt.«

Er reichte Irene einen Zettel mit Rebeckas Adresse und Telefonnummer. Sie wohnte in der Ossington Street. Das sagte Irene überhaupt nichts. In London kannte sie nur Carnaby Street und Oxford Street und dann noch Piccadilly Circus, New Scotland Yard und Buckingham Palace. Das war alles.

»Wenn sie mit Computern zu tun hat, dann müsste sie auch eine Mail-Adresse haben.«

»Wahrscheinlich. Aber die habe ich nicht bekommen«, antwortete Hannu.

»Ich warte noch mit dem Anruf.«

Irene faltete den Zettel zusammen und steckte ihn in eine Tasche ihrer Jeans.

»Wie gehen wir weiter vor?«, fragte Andersson knapp.

Alle im Zimmer hatten das sattsam bekannte Gefühl, in einer Sackgasse zu stecken. Sie dachten einen Augenblick nach. Schließlich meinte Irene:

»Ich rufe Rebecka am Wochenende an. Am Montag will ich mich noch mal mit Eva Möller treffen. Allein.«

Letzteres sagte sie mit Blick auf Fredrik, der bereits wieder angefangen hatte zu strahlen.

»Wieso das?«, wollte der Kommissar wissen.

»Sie beschäftigt sich irgendwie mit Esoterik. Sie ist die Einzige im Umfeld von Familie Schyttelius, die an diesen Hokuspokus glaubt und die mindestens zwei Pentagramme besitzt. Vielleicht weiß sie ja mehr, als sie uns bisher gesagt hat.«

Bewusst erzählte Irene nicht, was ihr die Kantorin beim Gehen zugeflüstert hatte. Gewisse Absonderlichkeiten sollte man besser für sich behalten.

»Okay. Rede du mit der Kantorin. Hannu und Fredrik sollen sich darum kümmern, was die Befragungen der Nachbarn ergeben haben. Das war nicht viel. Vielleicht müsst ihr ja noch mal die Runde machen«, sagte Andersson.

Das war zwar wahnsinnig langweilig und anstrengend, aber musste trotzdem getan werden. Fredrik nickte und zuckte gleichzeitig resigniert die Achseln. Hannu ließ wie immer mit keiner Miene erkennen, was er dachte. Hannu und Fredrik waren schon lange im Geschäft. Sie wussten, dass man Mörder oft nur mit der ganz normalen Routine zu packen bekam.

KAPITEL 9

Dieser verdammte Idiot, dieser blöde Kackhaufen will Sammie umbringen!«

Breitbeinig stand Jenny in der Diele, die Arme über der Brust verschränkt. Das Licht der Deckenlampe wurde von ihrem im Augenblick platinblonden Haar mit den hellblauen Strähnchen reflektiert. Da sie Sängerin in einer immer erfolgreicheren Band war, musste sie sich schon was Besonderes für ihr Aussehen einfallen lassen. Deswegen trug sie auch neun Goldringe im linken Ohr und einen Penis aus Glas im rechten.

Irene, die gerade dabei war, ihre Jacke aufzuhängen, erstarrte. Sie schaute auf ihren Hund, der freudig an ihr hochsprang. Von der Drohung allein hatte er noch keine ernsten Schäden davongetragen.

»Warum das?«, fragte sie erstaunt.

»Er hat Felix totgebissen.«

Irene hatte das Gefühl, eine eiskalte Hand würde ihr Herz umklammern. Der einzige Felix, den sie kannte, war die fette rote Katze der Nachbarn. Hoffentlich war nicht sie das Opfer!

»Du weißt, die rote Katze von den Kackhaufens«, fuhr Jenny fort.

Irene hielt sich an einem Kleiderbügel fest. Das Verhältnis zu den Nachbarn war alles andere als gut. Um die Wahrheit zu sagen, war es miserabel.

Seit sie und Krister vor vierzehn Jahren in die Reihenhaussiedlung gezogen waren, hatte es ständig kleinere Reibereien gegeben. Da die kinderlosen Karlhögs bereits direkt nach dem Bau der Siedlung hergekommen waren, fanden sie, dass sie alles bestimmen konnten, und lebhafte Zwillinge im Alter von vier Jahren wollten sie wirklich nicht als unmittelbare Nachbarn. Die Zwillinge brachten sämtliche Kinder aus der Nachbarschaft mit, spielten wilde Spiele, lärmten und schrien. Frau Karlhögs Migräne wurde schlimmer, und Herr Karlhög sah seine ordentlichen Blumenbeete von wuselnden Kinderfüßen zerstört. Sowohl die Kinder als auch die Eltern schimpfte er aus. Die Folge war nur, dass sämtliche Kinder jetzt die Abkürzung durch seine Rabatten nahmen und die Eheleute Karlhög den Spitznamen Kackhaufen bekamen.

Karlhögs hatten auf beiden Seiten ihres Reihenhauses einen hohen Zaun. Sie grüßten niemanden. Dafür legten sie wütende Mitteilungen in die Briefkästen ihrer Nachbarn, wenn ihnen etwas nicht passte. Meist ging es um nachlässiges Schneeschippen oder Sandstreuen auf dem gemeinsamen Straßenstummel vor dem Haus. Seit Sammie vor neun Jahren zu Familie Huss gekommen war, war der Krieg erst richtig ausgebrochen. Nun wurde plötzlich geklagt, dass überall Hundehaufen herumlägen, obwohl das gar nicht sein konnte, weil sie alles immer mit speziellen Tüten aufsammelten.

»Wer klaubt denn die Haufen der herumstreunenden Katzen auf?« Irene hatte sich einmal erdreistet, diese Frage an Herrn Karlhög zu richten, nachdem sie wieder einmal einen Beschwerdezettel erhalten hatten. Eine kräftige Röte überzog Herrn Karlhögs bebende Wangen, und sein kleiner, schmallippiger Mund öffnete und schloss sich, ohne dass er einen Ton herausgebracht hätte. Irene hatte an einen fetten Goldfisch denken müssen, den man in seinem Aquarium gestört hatte. Ein leises Klopfen am Glas des Aquariums, und schon wirbelte seine kleine, heile Welt durcheinander. Hätte sie kräftiger geklopft, wäre vollständiges Chaos ausgebrochen.

Sammie war ein Irish Softcoated Wheaten Terrier. Der Name der Rasse war umständlich, drückte aber das Wichtigste aus: Er war ein Terrier. Alle Terrier sind geborene Jagdhunde. Sie sind fröhliche und anhängliche Tiere und haben ein lebhaftes Temperament. Sammie hatte immer gerne alles gejagt, was sich bewegte. Seine absolute Lieblingsbeute waren Katzen. Er war als Katzenjäger berüchtigt. Einmal hatte Irene deswegen sogar einen Hundepsychologen konsultiert. Dieser hatte gemeint, dass ein ererbter Jagdinstinkt nicht zu beseitigen sei. Sie müssten eben darauf achten, dass der Hund immer angeleint sei. Das war leichter gesagt als getan. Laut Krister hätte Sammie der Hund des Ausbrecherkönigs Houdini sein können – wie das Herrchen, so der Hund …

Die Karlhögs hatten immer eine Katze besessen. Die erste war vor einigen Jahren an Altersschwäche gestorben. Umgehend hatten sie sich dann Felix zugelegt. Dieser wurde verwöhnt, gemästet und unendlich geliebt.

Und jetzt hatte Sammie diesen Kater getötet.

»Wie … wie ist das denn passiert?«, fragte Irene matt.

»Wir sind vor etwa einer Stunde Gassi gegangen. Sammie war vollkommen ruhig. Plötzlich prescht er wie ein Irrer nach vorne und wirft sich in die Thujahecke. Drinnen saß Felix. Es ging alles so schnell. Ich konnte gar nicht reagieren. Alles war in zwei Sekunden vorbei. So was auch! Sammie hat nur ein paar Mal geschüttelt, und dann war die Katze auch schon tot. Hat keinen Pieps mehr von sich gegeben. Er hat ihr die Kehle durchgebissen, es blutete … wie eklig!«

Als Veganerin war Jenny eine große Tierfreundin. Anklagend sah sie jetzt ihren Hund an. Sammie wirkte nicht im Geringsten schuldbewusst, spürte aber, dass die Spannung in der Luft negativ und nicht zu seinem Vorteil war. Er tat das, was er in solchen Situationen immer tut. Er verdrückte sich die Treppe hinauf ins Obergeschoss und versteckte sich unter einem der Betten. Dort lag er immer, bis sich die Wogen wieder geglättet hatten.

»Hat Kack … Karlhög gesehen, wie Sammie Felix totgebissen hat?«

»Ja. Er stand nur ein paar Meter weit entfernt und hat vor dem Gartentor gefegt. Als er begriff, was passiert war, hat er mich und Sammie mit dem Besen gejagt, aber ich bin ins Haus geflüchtet und habe abgeschlossen. Dann hat er vor der Tür gestanden und geschrien, er würde Sammie umbringen.«

Irene merkte, dass sie plötzlich wütend wurde. Ruhig fragte sie:

»Hat er mit dem Besen etwa auch nach dir geschlagen?«

Jenny sah sie erstaunt an.

»Natürlich. Ich habe schließlich die Leine gehalten.«

Irene machte sich nicht die Mühe, ihre Jacke wieder anzuziehen, ehe sie aus der Haustür trat. Sie öffnete die Gartenpforte der Karlhögs und marschierte auf die stets frisch gestrichene Haustür zu. Diese wurde aufgerissen, noch bevor sie auf die Klingel drücken konnte.

»Das wird Sie teuer zu stehen kommen …«, begann Karlhög.

Mit autoritärer Polizistinnenstimme unterbrach ihn Irene:

»Jetzt halten Sie erst mal den Mund. Ich verstehe, dass Sie traurig sind, dass Felix tot ist, aber das ist nun wirklich Ihre eigene Schuld. Schließlich haben Sie Ihre Katze frei herumlaufen lassen, und damit gehen Sie ein großes Risiko ein. Sie kann überfahren werden, oder sie wird bei einer Kabbelei mit anderen Tieren getötet. Dieses Risiko lässt sich nur vermeiden, wenn man eine Stubenkatze hat. Mein Hund war angeleint. Er hat Ihre Katze nicht gejagt. Dass Felix nicht die Kraft hatte, sich aus Sammies Reichweite zu begeben, das ist nun wirklich nicht unsere Schuld oder die unseres Hundes. Was ich hingegen sehr schwerwiegend finde, ist, dass Sie meine Tochter bedroht und mit dem Besen nach ihr geschlagen haben. Wenn das noch mal vorkommt, erstatte ich Anzeige!«

Wieder machte Karlhög einen Goldfisch nach. Er sah aus, als könne ihn jeden Augenblick der Schlag treffen, aber Irene war so wütend, dass sie dieses Risiko gerne einging. Sein Zustand ließ es in jedem Fall zu, Leute und Hunde mit dem Besen zu jagen. Nachdem sie so viele Jahre geschwiegen und ihre Wut hinuntergeschluckt hatte, war es äußerst wohltuend, endlich einmal Dampf abzulassen. Ein letztes Mal sah sie ihn durchdringend an, dann machte sie auf dem Absatz kehrt und marschierte nach Hause zurück.

Sie hatte überreagiert. Das musste sie zugeben. Für den Moment war es angenehm gewesen, den jahrelang angestauten Zorn loszuwerden, aber jetzt machte ihr das schlechte Gewissen zu schaffen. Schließlich hatten die armen Karlhögs ihre geliebte Katze verloren. Und das war eindeutig die Schuld der Familie Huss. Jedenfalls von Teilen der Familie. Irene warf einen anklagenden Blick auf Sammie, was diesen allerdings nicht im Geringsten kümmerte. Laut schnarchend lag er unter dem Glastisch und hielt sein Verdauungsschläfchen. Irene saß mit einer Tasse Kaffee auf dem Sofa. Im Fernsehen lief eines dieser ewigen Quizprogramme, bei denen man Millionen oder gar nichts gewinnen kann, aber sie musste ständig an den toten Felix denken und nahm gar nicht wahr, was auf dem Bildschirm vor sich ging.

Jenny war irgendwohin gegangen, und Katarina konnte jeden Augenblick vom Training nach Hause kommen. Krister hatte Spätschicht. Sie erwartete ihn frühestens um kurz nach eins.

Nach einer Weile wanderten ihre Gedanken wieder zu den Schyttelius-Morden. Morgen wollte sie versuchen, Rebecka zu erreichen, und entscheiden, ob sie nach London fahren sollte. Sie durfte auch nicht vergessen, diesen Thomsen von Scotland Yard anzurufen. Wie wohl das Wetter in England um diese Jahreszeit war? Was sollte sie anziehen? Ihren Pass durfte sie auch nicht vergessen. Er war ganz neu. Sie hatte ihn beantragt, weil sie mit Krister im August nach Griechenland fahren wollte. Ihre ersten Ferien im Ausland, seit die Zwillinge zur Welt gekommen waren. Auf Kreta würde es sicher warm und angenehm sein …

Sie schreckte aus dem Schlaf hoch. Im Fernsehen verfolgte ein Streifenwagen mit Blaulicht einen weißen Lieferwagen. Der Lärm der Sirenen hatte sie geweckt. Schlaftrunken schaute sie auf die Digitaluhr des Videorekorders und stellte fest, dass es schon fast Mitternacht war.

Steif und mit knackenden Gliedern stand sie vom Sofa auf und schaltete den Fernseher aus. Sammie sprang von seinem Platz unter dem Glastisch auf und baute sich vor der Haustür auf. Er musste raus. Dringend. Seit dem Mord an der Katze war er nicht mehr auf der Straße gewesen.

Seufzend zog Irene Jacke und Stiefel an. Die laue Nachtluft machte sie etwas munterer. Es war eine klare Nacht mit leuchtenden Sternen und einem Halbmond am Himmel.

Auf dem Weg zurück kam sie am Haus der Karlhögs vorbei. Durch das Küchenfenster sah Irene Margit Karlhög, ein volles Glas Milch vor sich, am Tisch sitzen. Mit geröteten Augen starrte sie geradewegs durchs Fenster. Es war deutlich zu sehen, dass sie geweint hatte. Irene wusste, dass Margit sie nicht sehen konnte, da die Lampe über dem Küchentisch brannte und die im Fenster ebenfalls.

Irene war elend zu Mute, als sie wieder ihr Haus betrat. Sammie trottete vor ihr her ins Schlafzimmer. Es galt, sich ins Bett von Herrchen zu legen, ehe Frauchen kam, und dann so zu tun, als läge man im Tiefschlaf.

Irene schaute in Katarinas Zimmer und hörte die gleichmäßigen Atemzüge ihrer Tochter.

In Jennys Zimmer war das Bett immer noch leer.

Samstagmorgen schliefen alle Mitglieder der Familie Huss in der Regel aus. Erst kurz vor zehn kam Irene wieder zu sich. Nach einer Weile merkte sie, dass das an Sammie lag, der ihr den rechten Fuß leckte, der unter der Decke hervorgerutscht war. Füßen konnte er nicht widerstehen, je verschwitzter, desto besser.

»Pfui, Hunde sind wirklich eklig!«, fauchte sie und stupste ihm mit den Zehen gegen die Schnauze.

Krister murmelte etwas Unverständliches und drehte sich auf die Seite, um weiterzuschlafen. Es half also nichts. Sie musste sich dazu aufraffen, aufzustehen und mit dem Hund rauszugehen. In den Zimmern der Mädchen regte sich noch nichts. Das hatte Irene auch nicht erwartet.

Die Sonne schien von einem leuchtend blauen Himmel, und es war fast windstill. Irene ging Richtung Fiskebäck Marina. In den Gärten der Einfamilienhäuser blühten die Schneeglöckchen und Krokusse, und an den Hauswänden schossen bereits die Osterglocken aus dem Boden. Am Meer wehte ein schwacher Wind, der nach Salz und fauligem Tang roch. Irene füllte ihre Lungen und merkte, dass ihre Lebensfreude neue Nahrung bekam. Das war wirklicher Reichtum, die Nähe des Meeres.

Katarina deckte den Tisch und machte das Frühstück, als Irene nach Hause kam. Sie hatte Sammie das Halsband noch kaum ausgezogen, da raste er schon in die Küche, um zu verstehen zu geben, dass ihm ein oder zwei Brote mit Leberpastete jetzt ausgezeichnet munden würden. Jemand von den anderen beiden war ebenfalls auf. Irene hörte oben die Dusche.

»Hallo, Liebes. Hast du gestern gesehen, dass ich im Sofa saß und schlief, als du nach Hause gekommen bist?«, fragte Irene.

»Wie hätte ich das nicht bemerken sollen? Du hast geschnarcht«, antwortete Katarina und grinste spöttisch.

»Warum hast du mich nicht geweckt?«

»Aber hör mal! Ich habe dich angesprochen, aber du hast geschlafen wie eine Tote.«

Irene musste zugeben, dass sie sehr müde gewesen war. Der Schyttelius-Fall hatte ihr in der vergangenen Woche einiges an

Überstunden eingebracht. Da sie Katarina jetzt schon mehrere Tage fast gar nicht gesehen hatte, nutzte sie die Gelegenheit, das anzusprechen, was sie beschäftigte, seit sie es erfahren hatte.

»Papa sagt, dass du dich an einem Schönheitswettbewerb beteiligen willst«, sagte sie leichthin.

Katarinas Lächeln verschwand sofort von ihren Lippen.

»Ja. Witzig, das auch mal auszuprobieren.«

»Wieso?«

»Was, wieso?«, fauchte Katarina.

»Wieso beteiligst du dich an einem Schönheitswettbewerb?«

»Da trifft man eine Menge interessanter Leute und kommt rum. Man wird so etwas wie eine Botschafterin für seine Stadt und ein Vorbild für andere Mädchen. Hat irgendwas mit der Smoke-free-Generation zu tun. Dann gibt's außerdem noch fünfundzwanzigtausend auf die Kralle. Und die Möglichkeit, als Modell zu arbeiten. Saugut bezahlt das Ganze.«

Verblüfft schaute Irene ihre Tochter an. Noch vor einigen Jahren hatte Katarina gesagt, Schönheitswettbewerbe seien das Allerletzte. Was sie jetzt äußerte, klang wie auswendig gelernt und wenig überzeugend. Mit ruhiger Stimme stellte Irene die Frage noch einmal:

»Wieso nimmst *du* eigentlich an einem Schönheitswettbewerb teil?«

Das Gesicht ihrer Tochter war wutverzerrt, aber als sie sich wieder in die Augen sahen, stellte Irene erstaunt fest, dass Katarinas voll Tränen waren.

»Um zu zeigen, wie Unrecht er hat«, flüsterte sie.

Irene machte ein paar große Schritte auf sie zu und nahm sie in die Arme. Sie wiegte sie unbewusst wie damals vor langer Zeit, als sie noch ein kleines Kind gewesen war und sich Trost suchend in ihre Arme geflüchtet hatte.

»Er? Etwa Micke?«, fragte sie leise.

Katarina nickte und schluchzte. Lange standen sie reglos so da.

Die Dusche im Obergeschoss rauschte nicht mehr, und Kristers falscher Bass war zu vernehmen: »I can't get no da-da-da-da-da-daaa sa-tis-fac-tion, I can't get no bam-bam-bam-bam-bam sa-tis-faction, but I'll try and I'll try and I'll try-hai-ai …«

Irene hielt ihre Tochter etwas auf Abstand und fing ihren Blick auf. Trotz ihrer Tränen musste Katarina lächeln.

»Dass er immer alte Stones-Songs unter der Dusche singen muss«, sagte sie.

Mutter und Tochter mussten lachen. Katarina riss ein Stück Küchenpapier ab, um ihre Tränen zu trocknen und sich die Nase zu putzen. Sie stand mit dem Rücken zu Irene. Ohne sich umzudrehen, sagte sie tonlos:

»Als wir … als Micke Schluss gemacht hat, hat er gesagt, ich sei eine hässliche fette Kuh.«

»Fette Kuh! Du weißt, dass das nicht wahr ist! So was sagen Leute nur, wenn sie außer sich und ganz wütend sind«, sagte Irene.

Katarina drehte sich um und sah ihr ins Gesicht.

»Nein. Er war eiskalt. Keine Spur aufgeregt.«

»Das ist auch eine Art, seine Wut zu zeigen.«

»Er war verdammt nochmal nicht wütend! Nur verdammt gemein!«

Irene nickte und versuchte, einen ruhigeren Ton anzuschlagen.

»Okay. Er war gemein. Aber wieso musst du deswegen Diät halten und an …«

»Um zu zeigen, dass er Unrecht hat, das sage ich dir doch die ganze Zeit!«

»Was beweist du dadurch, dass du an diesem Wettbewerb teilnimmst?«

»Dass ich gut aussehe und eine schöne Frau bin und keine verdammte fette Kuh!«

»Damit beweist du überhaupt nichts. Kommst du nicht in die nächste Runde, dann quälen dich noch größere Selbstzweifel.

Aber es wäre noch schlimmer, wenn du gewinnen würdest, denn du willst doch sicher nicht das Leben einer Schönheitskönigin führen.«

»Doch, das will ich …«, begann Katarina, wusste dann aber nicht mehr weiter.

»Nein, das willst du nicht. Du bist hübsch, eine Schönheit, daran ist wirklich nicht zu zweifeln, aber du bist noch so viel mehr. Du bist sportlich und aktiv und gut in der Schule. Du hast eine Unmenge Freunde und Freizeitinteressen und was weiß ich nicht noch alles. Für nichts brauchst du dich zu schämen. Du brauchst dir auch nichts zu beweisen und anderen erst recht nicht.«

»Wer hat behauptet, dass du eine fette Kuh bist?«

Krister stand in dem weißen Frotteebademantel, den er von Irene zu Weihnachten bekommen hatte, in der Tür. Weder Irene noch Katarina hatten ihn die Treppe herunterkommen hören. Sein rötliches Haar stand in alle Richtungen ab. Offenbar hatte er es trockengerubbelt, aber noch nicht gekämmt.

Irene machte eine resignierte Handbewegung.

»Micke. Und deswegen will sie auch an diesem Wettbewerb teilnehmen.«

Krister trat auf seine Tochter zu. Er strich ihr leicht über die Wange und sagte:

»Dass du dich so manipulieren lässt. Wir Männer können richtige Schweine sein. Wir wissen genau, wo es am meisten wehtut. Unsere Gesellschaft ist total schönheitsfixiert, und mit nichts kann man eine Frau besser fertig machen, als wenn man zu ihr sagt, dass sie hässlich ist.«

»Und wie macht man einen Typen fertig?«, fragte Katarina mürrisch.

»Sag mit honigsüßer Stimme, dass er das süßeste winzige Schwänzchen der Welt hat. Und dass er ein miserabler Liebhaber ist, aber dass das in Zukunft sicher in Ordnung kommt, wenn er sich nur traut, sich helfen zu lassen. Dann beendest du das Ganze mit einem weiteren strahlenden Lächeln und sagst, dass es ja schließlich Viagra gibt«, mischte sich Irene ein, ehe ihr Mann antworten konnte.

Krister und Katarina begannen zu lachen, und Irenes Laune hob sich schlagartig.

Krister ging zum Herd und goss den Tee auf. Der Kaffee war bereits durchgelaufen. Er schlurfte zum Kühlschrank.

»Will noch jemand ein Ei?«, fragte er.

Ohne auf eine Antwort zu warten, legte er vier Eier in einen Topf, füllte Wasser ein und stellte das Ganze auf die noch heiße Herdplatte. Erst nachdem er das alles erledigt hatte, wandte er sich wieder an Katarina.

»Ausnahmsweise finde ich, dass du einmal auf deine Mutter hören solltest. Wie gesagt, Männer können richtige Schweine sein, aber Frauen auch. Dafür hast du ja gerade ein schönes Beispiel gehört. Es hält sich also die Waage.«

Katarina öffnete den Mund, um zu antworten, schloss ihn dann aber rasch wieder. Sie warf ihren Eltern einen langen Blick zu und sagte dann:

»Okay. Können wir frühstücken, ohne das weiter zu vertiefen?«

Ihre Eltern nickten und warfen sich einen Blick des Einvernehmens zu.

Nachdem sie am Frölunda Torg ihren wöchentlichen Großeinkauf erledigt hatten, rief Irene bei Rebecka Schyttelius an. Sie ließ es lange klingeln und wollte schon wieder auflegen, als eine dunkle Männerstimme sagte:

»Yes?«

Das brachte Irene aus dem Konzept. Einen Mann am anderen Ende zu hören, hatte sie nicht erwartet. Außerdem war sie nervös, weil sie am Telefon Englisch reden musste. Zögernd sagte sie in ihrem holprigen Schulenglisch:

»Entschuldigen Sie bitte. Ich hätte gern mit Rebecka Schyttelius gesprochen, aber das ist möglicherweise die falsche Nummer?«

Der Mann am anderen Ende lachte leise.

»Ganz und gar nicht. Das ist Rebeckas Nummer, aber sie ist nicht zu Hause. Mit wem spreche ich, bitte?«, erkundigte er sich freundlich.

Nachdem sie ihren Namen gesagt hatte, wurde es am anderen Ende der Leitung wieder still, ehe der Mann von der Insel meinte:

»Ich verstehe. Einer Ihrer Kollegen aus Göteborg hat die letzten Tage auch schon mal nach ihr gefragt ... Sie ist wieder in der Klinik. Sie hat einen furchtbaren Schock erlitten, es ist schließlich erst ein paar Tage her, dass sie erfahren hat ... na ja, dieses Ungeheuerliche, Sie wissen schon. Aber ich habe mit ihrem Arzt gesprochen, und der sagt, dass sie vielleicht am Montag nach Hause darf.«

»Darf ich fragen, wer Sie sind?«

»Christian Lefèvre. Rebecka ist meine Angestellte.«

»In der Computerfirma?«

»Ja.«

Und was haben Sie in Rebeckas Wohnung zu suchen?, lag es Irene auf der Zunge.

»Könnten Sie Rebecka ausrichten, dass ich mit ihr sprechen möchte?«, meinte sie dann aber nur.

»Natürlich.«

Irene gab ihm ihre Büronummer, ihre Privatnummer und die Nummer ihres Handys. Dann legte sie auf.

Sie hatten eine Menge köstlicher Dinge eingekauft und bereiteten sich auf einen richtig gemütlichen Abend vor. Eigentlich hätte Krister an diesem Wochenende arbeiten sollen, aber sein Kollege Lenny musste das folgende Wochenende freinehmen. Krister war es egal, und deswegen hatten sie getauscht.

Jenny war schon am frühen Nachmittag verschwunden, um

mit ihrer Band zu proben. Bevor die Haustür hinter ihr ins Schloss fiel, hatte sie noch verkündet, dass sie bei Martin übernachten würde.

Katarina zuckte mit den Achseln, als sie wenig später nach Martin gefragt wurde.

»Keine Ahnung. Sie treffen sich schon seit einer Weile. Irgendein Musiker, glaube ich.«

Das hätte sich Irene gerade noch selbst zusammenreimen können.

Irene wählte Jennys Handynummer und verlangte von ihrer Tochter Martins vollständigen Namen, seine Adresse und Telefonnummer. Das war die Bedingung zum Übernachten. Die Alternative war, von der Polizei abgeholt zu werden, im Klartext von einer Mutter, die Kriminalinspektorin war. Sie stutzte, als sie die Adresse hörte. Wohnungen an der Avenyn waren nicht billig. Offenbar ein Knabe mit reichen Eltern.

Katarina verschwand zu einer Klassenkameradin, die ein Fest veranstaltete. Abgesehen vom Klappern der Töpfe und anderer Küchengeräte, die der Küchenchef für seine Kreationen benötigte, senkte sich der Wochenendfrieden über das Reihenhaus der Familie Huss. Irene nahm Sammie auf einen Abendspaziergang mit, um nicht im Weg zu sein. Später würde sie den Tisch decken. Gelegentlich durfte sie auch schon mal den Salat machen. Sie hatte nichts auszusetzen an diesem Arrangement, da sie lausig kochte. Bevor sie Krister begegnet war, hatte sie es nicht gelernt, und nachdem sie zusammengezogen waren, war es nicht mehr nötig gewesen.

Es war fast acht. Ihr Hunger machte sich bemerkbar. Vor ihrem inneren Auge sah sie bereits die leckeren Gerichte, die Krister zubereitete. Da sie zusammen eingekauft hatten, kannte sie das Menü. Als Vorspeise gab es im Ofen gebackenen und mit Honig gesüßten Ziegenkäse auf einer Scheibe Weißbrot mit Basilikum, als Hauptgang gegrillten Dorsch mit Gemüse aus dem Wok, dazu Weißweinsauce und Kartoffelbrei. Zum Nachtisch dann Irenes Lieblingsessen: Mousse au Chocolat. Nichts für Gewichtsbewusste, aber wahnsinnig gut. Der Wein kam aus Südafrika und hieß lustigerweise Something Else. Sie probierten ihn zum ersten Mal.

Ohne es eigentlich zu wollen, schielte sie im Vorbeigehen durchs Küchenfenster der Karlhögs. Das Ehepaar Karlhög saß am Küchentisch, und die Lampe darüber brannte. Bei denen gibt es wirklich kein Dinner bei Kerzenschein, dachte Irene. Im nächsten Augenblick sah sie, wie Margit Karlhög zum Taschentuch griff und sich die Augen trocknete. Ihr Mann stierte auf den Tisch und löffelte mechanisch. Auf der Arbeitsplatte hinter ihnen stand eine geöffnete Dose Bongs-Fleischsuppe.

Die Freude auf das bevorstehende Abendessen verschwand. Die beiden Karlhögs wirkten so traurig, vollständig am Boden zerstört, dass sie Samstagabend nicht einmal die Kraft hatten, richtig zu kochen. Da Sammie vollkommen unbekümmert an seinem Ende der Leine zog, war es sein Frauchen am anderen Ende, das sich mit dem schlechten Gewissen abplagen musste.

Sie beschloss, Krister nichts davon zu sagen, um die Stimmung nicht zu verderben.

Natürlich merkte er sofort, dass etwas nicht stimmte, und noch ehe sie mit der Vorspeise fertig waren, erzählte sie ihm, was sie durch das Fenster der Karlhögs beobachtet hatte.

»Sie trauern wirklich um ihre Katze«, schloss sie.

Krister nickte.

»Scheint ganz so zu sein. Wir werden ihnen eine neue besorgen müssen.«

Hoffnung keimte in Irene auf.

»Kennst du jemanden, der eine Katze loswerden will? Oder ein Katzenjunges?«

»Nein. Aber wir können uns ja umhören. Vielleicht weiß ja jemand bei der Arbeit was?«

Irene fühlte sich schon besser. Wäre doch gelacht, wenn sie den Karlhögs nicht eine Katze besorgen könnten!

Irene gab beim Jiu-Jitsu-Training am Sonntag ihr Letztes. Sie spürte ihren Puls. Sie fühlte sich nie wohler, als wenn sie sich richtig verausgabte. In letzter Zeit ging sie nur noch höchstens einmal pro Woche zum Sport, und das war entschieden zu wenig.

Die Polizistinnen, die sie trainierte, begannen, richtig gut zu werden. Im nächsten Monat würden sie ihre Gürtel bekommen, die Anfänger in Orange, vier den grünen und drei den blauen Gürtel. Gar nicht schlecht, Irene war zufrieden. Sie mussten jedoch noch einige zusätzliche Trainingsstunden einlegen. Und ausgerechnet jetzt sollte Irene nach England fahren. Zwei Tage London mussten reichen, beschloss sie.

Auf dem Nachhauseweg vom Dojo fuhr sie bei der Doktor Bex Gata in Guldheden vorbei und nahm ihre Mutter mit. Krister hatte gefunden, dass sie seine Schwiegermutter genauso gut an diesem Sonntag einladen könnten, da er die nächsten drei Wochenenden arbeiten musste. Das hatte ihrer Mutter ausgezeichnet gepasst. Ihr Freund, mit dem sie nicht zusammenwohnte, wollte mit seiner Pokerrunde nach Dänemark.

»Ich war gestern an Papas Grab«, sagte sie plötzlich, als sie am Sahlgrenska Krankenhaus vorbeifuhren.

Dort war Irenes Vater vor fast zehn Jahren gestorben, auf der Onkologie. Der Krebs hatte einen schnellen Verlauf genommen, und nach nur zweiwöchigem Krankenhausaufenthalt war er tot gewesen.

»Ich möchte neben ihm liegen und wünsche ebenfalls ein Urnenbegräbnis«, fuhr ihre Mutter fort.

Irene schaute sie von der Seite an. Etwas besorgt fragte sie:

»Wieso fängst du jetzt damit an? Geht es dir nicht gut?«

»Ganz und gar nicht. Ich habe mich nie gesünder gefühlt. Ich will nur, dass du das weißt. Für den Notfall. In meinem Alter kann das wie ein Blitz aus heiterem Himmel kommen. Du weißt doch, Stina und Bertil Karlsson, die aus dem Nachbarhaus …«

Irene nickte. Sie hatte mit der jüngsten Tochter gespielt.

»Er ist letzten Freitag gestorben. Herzinfarkt. Knall auf Fall! Drei Jahre jünger als ich.«

Deswegen fing sie also damit an. Falls Irene geglaubt hatte, dass ihre Mutter es dabei bewenden lassen würde, hatte sie sich allerdings geirrt. Sie fuhr fort:

»Und dann will ich, dass ›Nur ein Tag‹ und ›Der Bettler von Luossa‹ gesungen werden.«

»›Der Bettler von Luossa‹ ist doch gar kein Kirchenlied!«

»Nein, aber mein Lieblingslied, und auf das bestehe ich. Und falls möglich mit Trompete. Du weißt schon, so, wie Arne Lambert es immer spielt. Dieses ›... heim zu den tiefblauen Himmeln der Ukraine, unter denen die duftenden ...‹«

Als ihre Mutter zu singen begann, erinnerte sich Irene wieder.

»Ist da nicht irgendwas mit ›... hm-hm läutet die kleine Glocke‹?«

»Keine Ahnung, aber das soll jedenfalls gespielt werden.«

Irene nickte. Das Thema der Unterhaltung gefiel ihr gar nicht. Auch wenn sie nicht die Zeit hatte, ihre Mutter hinlänglich oft zu besuchen, wussten sie doch beide, dass sie sich sehr viel bedeuteten. Ihre Mutter war eingesprungen, als die Zwillinge klein gewesen waren und Irene hatte arbeiten müssen. Kriminalinspektoren im Außendienst kriegen keinen Halbtagsjob. Wenn Krister damals nicht Teilzeit gearbeitet und ihre Mutter die Kinder nicht von der Krippe abgeholt hätte, hätte Irene nie bei der Kriminalpolizei Dienst schieben können.

Katarina und Jenny waren beide zu Hause. Sie mochten ihre Großmutter sehr. Vielleicht lag das daran, dass sie die Eltern von Krister in Säffle nur selten sahen. Diese waren schon über achtzig und hatten außerdem fünf Kinder und elf Enkel. Großmutter Gerd hatte nur Jenny und Katarina, da Irene die Einzige gewesen war.

Krister hatte ein richtiges Frühlingsmenü zubereitet. Frischer Spargel mit zerlassener Butter als Vorspeise, als Hauptgang gebratenes Hühnchen mit Rosmarinsauce und Ofenkartoffeln. Jenny aß statt des Huhns gebratene Champignons. Sie hatte auch den Nachtisch gemacht: Rührkuchen mit Schlagsahne. Das war eine ihrer Spezialitäten, obwohl sie keine Schlagsahne mehr aß. Statt Butter hatte sie für den Kuchen natürlich pflanzliche Margarine verwendet. Jenny war von den beiden diejenige, die zumindest etwas von Kristers Interesse am Kochen geerbt hatte. Katarina war wie ihre Mutter: Man aß, weil es zum Überleben notwendig war. Schmeckte es, war es gut, schmeckte es nicht, hatte man Pech gehabt. Hauptsache, man musste nicht selbst am Herd stehen.

Eine Weile nach dem Essen klingelte das Telefon. Jenny war am nächsten dran und hob ab. Sie kam mit dem schnurlosen Telefon in der Hand zurück und reichte es Irene. Leise sagte sie:

»Irgendein Typ, der Englisch redet und mit dir sprechen will.«

»Wenn er Englisch redet, brauchst du doch nicht so zu flüstern. Er versteht ohnehin kein Wort«, meinte Katarina spöttisch.

Irene nahm den Hörer und ging in die Diele, um dem Gerede der Zwillinge zu entgehen, ehe sie antwortete:

»Irene Huss.«

»Hier ist Christian Lefèvre. Wir haben schon einmal miteinander telefoniert.«

»Ich erinnere mich.«

»Rebecka bat mich, Sie anzurufen. Es geht ihr nicht gut, und sie hat das Gefühl, dass sie nicht die Kraft hat über … das, was vorgefallen ist, zu sprechen.«

»Will sie sich überhaupt nicht mit mir unterhalten?«

»Nein.«

Irene dachte fieberhaft nach. Schließlich sagte sie bestimmt:

»Sie muss aber. Wir kommen ohne sie mit unseren Ermittlungen nicht weiter.«

»Sie sagt, dass sie nichts weiß.«

»Das tut sie bestimmt. Vielleicht erscheint ihr vieles nicht wichtig, aber sie kann uns mit Sicherheit helfen«, sagte Irene und versuchte, überzeugter zu klingen, als sie in Wirklichkeit war.

Christian Lefèvre schwieg lange, ehe er sagte:

»Was haben Sie herausgefunden, das Sie annehmen lässt, dass Rebecka etwas Wichtiges wissen könnte?«

Diese Frage überraschte Irene, aber sie fing sich rasch.

»Das kann ich Ihnen nicht sagen«, erwiderte sie kurz angebunden.

Wieder wurde es am anderen Ende still. Schließlich räusperte sich Lefèvre und sagte:

»Ihr Arzt sagt, dass sie Ruhe braucht. Man darf sie nicht noch mehr beunruhigen. Ich kannte zwar ihre Familie nicht, aber ich kenne Rebecka, und sie bedeutet mir sehr viel.«

»Waren Sie deswegen in ihrer Wohnung?«

»Ihrer Wohnung? Das ist genauso meine Wohnung.«

»Leben Sie zusammen?«

»Nein, aber fast«, antwortete er kurz.

Eine merkwürdige Antwort. Entweder wohnt man zusammen oder nicht, fand Irene, beschloss aber, die Sache bis auf weiteres auf sich beruhen zu lassen. Ebenso kurz angebunden sagte sie:

»Sie können Rebecka ausrichten, dass ich in ein paar Tagen vorbeikomme. Wann genau, werde ich noch sagen.«

Ihr »Good-bye« wurde von Schweigen beantwortet, und dann knallte der Hörer auf die Gabel.

KAPITEL 10

Wir beginnen mit Jacob Schyttelius. Einunddreißig. Aufgefunden in einem Sommerhaus mit einer Schusswunde im Brustkorb und einer im Kopf. Bei der Leiche wurde keine Waffe gefunden, aber die ballistische Untersuchung hat ergeben, dass er mit derselben Waffe erschossen wurde wie seine Eltern. Die Einschussstelle der ersten Kugel befindet sich ein paar Zentimeter schräg über dem Herzen in Richtung Brustbein. Die Kugel hat die Hauptschlagader durchtrennt und ist in der Wirbelsäule stecken geblieben. Um die Einschussstelle herum sind keine Schmauchspuren zu finden. Der zweite Schuss hat den Kopf durchschlagen. Vermutlich lag die Einschussstelle einen Fingerbreit über der Nasenwurzel. Die noch vorhandenen Gesichtspartien sind von Ruß- und Pulverpartikeln in großen Mengen bedeckt. Da die Munition großkalibrig war, wurde der gesamte Hinterkopf weggerissen.«

Hier unterbrach Kommissar Andersson das Vorlesen des vorläufigen Obduktionsberichts, den er am Morgen erhalten hatte. Er blinzelte über den Rand seiner billigen Lesebrille.

»Jetzt kommt eine ellenlange Auslassung, welche Teile des Gehirns geschädigt wurden. Das lasse ich aus.«

Er räusperte sich und fuhr dann mit dem Vorlesen fort.

»Die Kugel wurde auf dem Fußboden gefunden. Beide Schusswunden waren tödlich. Das Opfer muss sofort das Bewusstsein verloren haben und innerhalb von kürzester Zeit gestorben sein. Bei der Untersuchung war der Rigor mortis bereits vollständig eingetreten. Die Körpertemperatur lässt darauf schließen, dass Schyttelius ca. sechzehn Stunden tot war, als man ihn fand. Er starb etwa um dreiundzwanzig Uhr am Montagabend, plus-minus eine Stunde.«

Der Kommissar sah erneut von seinen Papieren auf.

»Wir wissen, dass er bis zweiundzwanzig Uhr trainierte. Dann war er in der Sauna und hat geduscht. Wann genau er das Fitnessstudio verließ, wissen wir nicht. Am wahrscheinlichsten ist, dass er zwischen elf und zwölf Uhr nachts ermordet wurde. Genauer können wir den Zeitpunkt noch nicht eingrenzen.«

Er sah auf sein Papier. Es dauerte eine Weile, bis er die Stelle fand, die er suchte.

»Die toxikologischen Tests sind negativ. Das Fehlen von Waffen, der Tatort und die Verletzungen des Opfers sprechen dafür, dass Jacob Schyttelius ermordet wurde.«

Andersson legte das Papier wieder vor sich auf den Tisch und betrachtete seine an diesem Montagmorgen versammelten Inspektoren. Alle Angehörigen des Dezernats außer Jonny waren erschienen. Der hatte sich krankgemeldet.

»Irgendwelche Kommentare?«

»Das Ganze wirkt ziemlich kaltblütig. Obwohl der Schuss ins Herz bereits ein Treffer war, trat der Täter vor und schoss seinem am Boden liegenden Opfer noch in den Kopf. Unnötig und übermäßig brutal«, meinte Tommy.

Die anderen nickten. Auch der Kommissar nickte, ehe er sich den beiden anderen Berichten zuwandte.

»Sten Schyttelius, vierundsechzig Jahre alt. Tot im Bett aufgefunden, in den Kopf geschossen, ein Schuss. Die Einschussstelle liegt direkt über der Nasenwurzel, kräftige Schmauchspuren auf den noch übrigen Teilen des Gesichts. Die Waffe wurde in nur ein paar Zentimetern Abstand abgefeuert. Die Kugel lag unter dem Bett.«

Andersson schaute erneut auf.

»Die Kopfverletzungen bei allen drei Opfern sind identisch, das lasse ich aus. Der Tod dürfte augenblicklich eingetreten sein. Die Leichenstarre und die Körpertemperatur lassen darauf schließen, dass der Mord achtzehn Stunden vor Auffindung des Opfers verübt wurde, das heißt, etwa um eins in der Nacht auf Dienstag. Die toxikologischen Tests zeigen, dass Sten Schyttelius getrunken hatte. Er hatte 1,1 Promille. In Elsas Blut fanden sich hohe Werte von Nitrazepam und Citalopram. Dazu schreibt die Pathologie in Klammern, dass es sich um ein Schlafmittel und ein Antidepressivum handelt. In Stens Fall ging die Kugel leicht nach links und bei Elsa Schyttelius stark nach links. Daraus schließt die Obduzentin, dass der Mörder bei beiden Schüssen direkt neben Sten Schyttelius' Bett stand und außerdem Rechtshänder ist. Zweifellos sind beide Toten ermordet worden. Kommentare?«

Einige Sekunden blieb es still. Dann meldete sich Irene zu Wort.

»Der Mörder hat sich ins Schlafzimmer geschlichen, nachdem Sten Schyttelius eingeschlafen war. Wahrscheinlich schlief er sehr tief, so viel Alkohol, wie er im Blut hatte. Elsa schlief wahrscheinlich bereits, weil sie mit Schlafmitteln voll gepumpt war. Deswegen erschießt er auch erst Sten und dann Elsa. Außerdem finde ich es erstaunlich, dass auch Elsa nur aus wenigen Zentimetern Abstand erschossen wurde. Er muss sich also mit einem Knie auf Sten Schyttelius' Bett abgestützt und außerdem vorgebeugt haben, um ihr so nahe zu kommen.«

»Pfui Teufel«, murmelte Andersson.

»Zwei Schüsse auf Jacob und je ein hundertprozentig tödlicher für Sten und Elsa.«

»Fakt ist, dass niemand nach Mitternacht überhaupt einen Schuss gehört hat«, stellte Fredrik fest.

»Der Pfarrhof ist zu abgelegen. Die Nachbarn, die vielleicht etwas hätten hören können, schliefen bereits«, vermutete Irene.

»Wir haben auch nichts von verdächtigen Fahrzeugen in der Nähe des Pfarrhauses gehört. In so einem kleinen Nest wie Kullahult hätte sicher jemand gesehen, wenn abends oder nachts ein fremdes Auto aufgetaucht wäre«, sagte der Kommissar mürrisch.

»Aber da ist noch das Auto im Wald beim Norssjön. Die Spurensicherung hat bestätigt, dass die Wollfäden, die wir gefunden haben, vom selben Kleidungsstück stammen. Natürlich wissen wir nicht, ob dieses Kleidungsstück dem Mörder gehörte, aber jedenfalls ist jemand vor nicht allzu langer Zeit den Weg zwischen dem Kahlschlag und dem Strand unterhalb des Sommerhauses entlanggegangen«, sagte Irene.

Nachdenklich blickte Andersson Irene an. Plötzlich sprang er auf und verließ das Zimmer. Die anderen sahen sich erstaunt an. Da die Tür nur angelehnt war, konnten sie hören, wie der Kommissar halblaut vor sich hin murmelnd, wahrscheinlich fluchend, in seinem Zimmer etwas suchte. Hochrot im Gesicht, aber mit einem triumphierenden Lächeln, kehrte er nach einer Minute zurück. In der Hand hielt er einen Atlas von Göteborg und Umgebung.

»Schaut mal her. Das ist genauer als die Karte an der Wand«, sagte er und blätterte bis zur Seite mit der Gegend von Kullahult und Norssjön.

»Ich dachte an Fredriks und Irenes Spaziergang im Wald bis zum Sommerhaus der Schyttelius, und da kam mir eine Idee. Wenn man sich an die Straßen hält, dann liegen zwischen Sommerhaus und Pfarrhaus sicher zehn Kilometer. Mal sehen …«

Umständlich versuchte Andersson, die Abstände auf der Karte in Kilometer zu verwandeln.

»Etwa zwölf Kilometer und dann noch einmal zweihundert Meter dubioser Weg durch den Wald«, stellte er schließlich fest.

Resolut riss er die Karte heraus und legte sie neben die Karte von Kullahult. Er deutete mit seinem dicken Zeigefinger auf die Stelle, an der das Sommerhaus lag, und sagte:

»Wenn der Mörder am Norssjön entlang und dann durch den Wald gegangen ist, war der Weg bedeutend kürzer. Mal sehen …«

Der Abstand zwischen den Mordplätzen betrug tatsächlich nur viereinhalb Kilometer, wenn man den Waldweg benutzte.

»Dazu noch die zweihundert Meter zum Auto. Insgesamt neun Komma zwei Kilometer hin und zurück. Lässt sich durchaus zu Fuß bewältigen«, sagte der Kommissar.

»Ist aber fürchterlich anstrengend! Wir waren schon ganz schön durchgeschwitzt, als wir nur die zweihundert Meter durch den Wald genommen haben«, wandte Irene ein.

»Wir hatten natürlich auch die falschen Schuhe an. Wenn der Typ viel im Wald unterwegs ist und das richtige Schuhwerk trägt, ist das kein Problem«, fand Fredrik.

»Aber im Wald muss es stockdunkel gewesen sein, falls sich der Täter direkt nach dem Mord an Jacob auf den Weg gemacht hat. Da verläuft man sich schnell oder stolpert und bricht sich ein Bein. Obwohl er sicher eine Taschenlampe benutzen konnte, ohne befürchten zu müssen, entdeckt zu werden«, meinte Tommy nachdenklich.

»Der Mörder scheint sich wirklich gut auszukennen. Er weiß, wo die Schlüssel für die Haustüren, das Computerzimmer im Pfarrhof und für den Waffenschrank liegen. Das Geheimfach hinter der Wandverkleidung im Sommerhaus kennt er ebenfalls. Vielleicht ist er durch den Wald auf direktem Weg vom Sommerhaus zum Pfarrhaus gegangen. Sollte das stimmen, wäre seine Ortskenntnis wirklich auffällig«, meinte Irene.

»Wir sind doch gar nicht am Sommerhaus vorbeigegangen. Vielleicht gibt es da noch einen Weg oder einen Pfad, der uns entgangen ist. Vielleicht sollten wir noch mal rausfahren und uns umsehen?«, erklärte Fredrik.

Irene begriff sofort, worum es ging, und sagte barsch:

»Du kannst dich gern im Wald umsehen. Ich fahre zu Eva Möller.«

Sie wollte ihn wirklich nicht dabeihaben. Gleichzeitig fragte sie sich, ob sie noch ganz bei Trost war, dass sie dieser wirren Person überhaupt Bedeutung beimaß.

Der letzte Satz der Kantorin ließ ihr keine Ruhe: »Zusammen können wir die verborgenen Tiefen von Sten Schyttelius erkunden …«

Als Irene Eva Möller anrief, einigten sie sich darauf, dass sie irgendwann nach zwei bei ihr sein würde. Das erlaubte es Irene, sich einige Stunden ihren Akten und dem Berichteschreiben zu widmen. Glücklicherweise kam schon bald Tommy hereingestürmt und bestand darauf, dass sie sich die letzten Neuigkeiten im Speedy-Fall anhörte.

»Der Durchbruch kam, als ich bei Asko Pihlainens Nachbarin auf der anderen Straßenseite anklopfte, einer achtzigjährigen Dame, die Gertrud Ritzman heißt. Sie ist schwer herzkrank und hat nicht mehr lange zu leben. Das sagt sie jedenfalls. Sie ist jedoch noch vollkommen klar im Kopf. Es war ihre Idee, ihre Zeugenaussage auf Video aufzunehmen, falls sich ihr Zustand vor dem Prozess verschlechtern sollte oder falls sie vorher sterben würde. Als ich sie nach dem fraglichen Morgen fragte, an dem Asko und seine Nachbarn, das Ehepaar Wisköö, Karten gespielt haben wollen, meinte sie sofort, dass das nicht stimmen kann. Sie schläft sehr schlecht und steht nachts oft auf. Gerade an diesen Morgen erinnert sie sich sehr gut. Gegen halb sechs bremste Wisköös Auto vor Pihlainens Hütte, und Asko sprang heraus, fast noch während des Fahrens. Er rannte rein, und Paul Wisköö fuhr den Wagen in seinen Carport. Asko und Paul Wisköö spielten gegen fünf ebenfalls nicht Karten mit ihren Frauen. Ich habe einige Nachforschungen angestellt, was Paul Wisköö angeht, und wie du sicher schon vermutet hast, ist Wisköö nicht sein richtiger Name. Rate mal, wie der gute Nachbar Paul in Wirklichkeit heißt?«

»Keine Ahnung.«

»Paul Larsson alias Pepsi!«

Irene hatte diesen Namen schon mal gehört, aber es dauerte einige Sekunden, bis bei ihr der Groschen fiel. Dann rief sie:

»Der alte Kumpel von Clark Olofsson! Gib mir Kraft und Stärke! Seine Vorstrafenliste ist sicher so lang wie die Straße von hier nach Kungsbacka. Wenn er in die Sache verwickelt ist, geht es ganz sicher um Drogen. Und zwar um riesige Mengen!«

»Treffer. Er hat immer mal wieder wegen Drogendelikten und Bankraub gesessen. Vor einigen Jahren hockten Asko und Pepsi im selben Knast. Offenbar haben sie sich dort gefunden und sind Freunde geworden. Jetzt sind sie sogar Nachbarn.«

»Und Geldsorgen scheinen sie auch nicht zu haben. Große, neugebaute Einfamilienhäuser in Strandnähe bei Kungsbacka. Was machen sie offiziell?«

»Sie handeln mit Autos. Sie sind bei einer Firma angestellt, die ausschließlich Luxuslimousinen verkauft, neu und gebraucht.«

»Kann man mit gebrauchten Luxuslimousinen so viel Geld verdienen?«

»Lass es mich so sagen: lieber ein gebrauchter Porsche als überhaupt keiner.«

»Okay. Es besteht also der Verdacht, dass sie neben den Geschäften mit den Autos noch andere einträglichere Geschäfte getätigt haben?«

»Yes. Pepsi und Asko haben beide wegen Drogendelikten und Körperverletzung gesessen. Ich stelle mir vor, dass die Typen den Auftrag erhalten haben, Speedy zu beseitigen. Es heißt, Speedy hätte Geld unterschlagen, das seinem Lieferanten gehörte. Da Speedy einer der Großdealer war, handelte es sich natürlich um sehr viel Geld. Um ein Exempel zu statuieren, beschloss der Boss, Speedy um die Ecke zu bringen.«

»Hast du eine Ahnung, wer der Boss ist?«

»Keinen Schimmer. Der Plan ist, genau das via Pepsi und Asko rauszukriegen. Es wird nicht leicht sein, den Bekanntenkreis dieser Burschen aufzudröseln, aber wir arbeiten mit dem Rauschgiftdezernat zusammen. Die sind schon eine ganze Weile an dieser Importsache von Luxusautos nach Schweden dran. Es besteht der Verdacht, dass das Rauschgift in den Autos geschmuggelt wird. Eingeschweißt in die Rahmen, du weißt schon.«

»Haben sie schon was gefunden?«

»Einen Jaguar, der plötzlich keinen Eigentümer mehr hatte. Er steht noch in der Garage. Aber niemand ist vermutlich so dumm, nach einem Wagen zu fragen, in dem fünf Kilo Heroin und die doppelte Menge Kokain versteckt sind.«

Irene dachte eine Weile nach.

»Da hast du die nächste Zeit wirklich gut zu tun«, meinte sie schließlich.

»Yes. Du musst wohl allein nach London fahren. Wenn du versprichst, keine privaten Ermittlungen anzustellen. Wir haben uns noch nicht von deiner letzten Auslandsreise erholt.«

Das war als Scherz gemeint, und Tommy grinste breit, aber Irene konnte beim besten Willen nicht einmal lächeln. Die Vorfälle in Kopenhagen vor bald einem Jahr waren mehr als traumatisch gewesen.

Obwohl nur wenige Tage vergangen waren, seit Fredrik und sie den Weg zu Eva Möllers Häuschen ausfindig gemacht hatten, verfuhr sie sich mehrmals. Es lag wirklich sehr abgeschieden. Erst bei der gespaltenen Eiche war sie sich wieder ganz sicher, auf dem richtigen Weg zu sein. Die Sonne hatte sich während der ganzen Fahrt von Göteborg hinter einer dichten Wolkendecke versteckt, aber als sie neben Eva Möllers rotem Wagen einparkte und den Motor abstellte, brach sie wieder durch. Sie verbreitete großzügig Licht und Wärme über die Kate, und Irene verstand jetzt schon besser, warum die Kantorin sich für diesen Wohnort entschieden hatte. Die Aussicht verschlug ihr wie schon beim ersten Mal die Sprache. Wahrscheinlich ging es ihr damit nicht anders als allen Besuchern von Eva Möller.

Als Irene sich vom Tal und den blauen Bergen abwandte, sah sie Eva schon in der Tür stehen.

»Es freut mich, dass du gekommen bist! Nur herein«, sagte Eva, und es klang wirklich so, als würde sie es meinen.

Irene trat in die gemütliche Küche und wollte sich schon die Jacke ausziehen, als Eva sagte:

»Behalt die Jacke an. Wir machen es draußen. Vor der Hauswand ist es warm. Es lässt sich also aushalten. Du kannst mir helfen, die Sachen rauszutragen.«

Ohne eine Antwort abzuwarten, drückte sie Irene den Eisenkessel und den Glasstab vom Bord über dem Herd in die Hand. Sie selbst nahm eine Holzkiste, über die ein blaues Tuch gebreitet war. Ratlos folgte ihr Irene durch die Tür nach draußen. Worauf hatte sie sich da bloß eingelassen? Irene bereute ihr Vorgehen aufrichtig, aber jetzt war es zu spät.

Eva ging zur westlichen Hauswand, auf der die Sonne stand. Sie stellte die Kiste ab und legte das ordentlich gebügelte Tuch auf den Tisch. Dann deutete sie auf die beiden Plastikstühle, die ebenfalls dort standen.

»Jetzt setzen wir uns erst mal und reden. Du kannst die Sachen solange auf den Tisch legen.«

Irene tat wie ihr geheißen und setzte sich auf den Stuhl. Er war kalt. Kein Kissen weit und breit. Anmutig ließ sich Eva auf den anderen Stuhl sinken. Ihr dunkelblauer Kaftan wirkte dramatischer als der dünne hellblaue, den sie bei Irenes letztem Besuch getragen hatte. Die Ärmel hatten lange Schlitze. Im Übrigen war der Schnitt gerade. Der V-Ausschnitt war tief. Man konnte ihr bis weit ins Dekolleté blicken. Dort hing an einer dünnen Kette eine kleine Silberglocke. Über dem Kleid trug Eva eine knöchellange, ärmellose Weste aus einem dünnen schwarzen Garn. Sie bestand aus zusammengenähten, gehäkelten Sternen.

»Mir ist klar, dass du findest, dass das, was wir hier tun, vollkommen irrsinnig ist, aber es handelt sich einfach um reine Magie«, begann Eva.

Irene sagte nichts, aus dem einfachen Grund, dass sie nicht wusste, was sie sagen sollte.

»Mit gewöhnlicher Magie kommen alle zurecht, aber was wir versuchen wollen, fordert viel mehr. Wir wollen versuchen, die innersten Geheimnisse eines Toten herauszufinden. Ob es gelingt, steht in den Sternen, aber einen Versuch ist es wert.«

Eva lächelte, und ihre Augen leuchteten. Die Sonne funkelte in ihrem offenen Haar, und sie sah ganz bezaubernd aus. Überhaupt nicht wie die Hexe, für die sie sich sicherlich hielt. Bei Irene war der Groschen gefallen, als sie von Magie gesprochen hatte. Allmählich ahnte sie, worum es ging. Ihre Neugierde war geweckt.

»Zuerst müssen wir einen heiligen Raum schaffen. Und einen besseren als den heiligen Tempel der Mutter Erde können wir uns nicht wünschen.«

Sie machte eine Geste, die die gesamte, sie umgebende Natur umfasste. Irene musste zugeben, dass alles sehr schön war. Sämtliche Büsche und Bäume bei Evas Haus ließen das erste Hellgrün erkennen. Vor der Hauswand war es warm, und eine Hummel, die früh unterwegs war, summte träge unter der Dachrinne und versuchte, einen guten Platz für ihren Bau zu finden. Irene war es warm, und sie fühlte sich entspannt.

Plötzlich tauchte das Bild des zerfleischten Felix vor ihrem inneren Auge auf. Lächerlich war das, denn sie hatte die tote Katze schließlich nicht gesehen. Wahrscheinlich machte sie eine abwehrende Bewegung, vielleicht zuckte sie auch nur zusammen, aber Eva bemerkte es sofort.

»Irgendwas bedrückt dich. Erzähl mir davon, dann wirst du es los. Wenn du es zurückhältst, kann es deine Entspannung stören, und das schwächt die Kraft. Wir brauchen wirklich alle Energie, die wir aufbieten können«, sagte sie energisch.

Irene war erstaunt, wie bereitwillig sie berichtete, dass Sammie Felix totgebissen hatte und dass die Nachbarn sehr trauerten. Und wo sie schon einmal dabei war, sagte sie auch gleich, dass sie den Karlhögs eine neue Katze besorgen wolle. Eva sah sie lange an, stand dann auf und ging ins Haus.

Nach ein paar Minuten war sie zurück und sagte mit einem sonnigen Lächeln: »Das ist geregelt. Wir holen das Kätzchen, bevor du nach Hause fährst.«

Irene war leicht betreten, was sich im strahlenden Sonnenschein aber schnell verflüchtigte. Stattdessen fühlte sie sich plötzlich wie befreit. Sie hatte gar nicht gemerkt, wie sehr ihr diese Sache zu schaffen gemacht hatte. Plötzlich war ihr viel leichter ums Herz.

»Hier habe ich einen Ring aus Kieselsteinen. Wenn wir in ihn eingetreten sind und ihn geheiligt haben, sollten wir ihn möglichst nicht mehr verlassen, ehe wir alles getan haben, was wir tun wollten. Denn das schwächt die Kraft. Falls du noch einmal auf die Toilette musst, geh bitte jetzt.«

Irene schüttelte den Kopf.

»Gut. Dann stelle ich jetzt den Tisch in den Ring. Dann haben wir einen Altar.«

Eva nahm die Sachen vom Tisch, ehe sie ihn ein paar Meter weiter in den Ring stellte. Sie zupfte das Tischtuch zurecht und trat ein paar Schritte zurück, wie um sich zu vergewissern, dass der Altar auch ordentlich aussah. Irene erhob sich und betrachtete den Ring aus faustgroßen weißen Steinen, die in dem frischen Grün des Rasens lagen. In der Mitte des Rings lag ein großer Stein mit flacher Oberfläche.

»Jetzt hebe ich meine Utensilien in den Kreis und erkläre sie dir dabei. Wenn du weißt, was es für Gegenstände sind und wofür sie gebraucht werden, stören sie nachher deine Konzentration nicht mehr so.«

Eva beugte sich vor und hob den Glasstab vom Rasen auf. Sie hielt ihn in die Sonne, und seine Spitze funkelte.

»Natürlich ist das hier mein Zauberstab. Der steht für das Feuer. Das Feuer symbolisiert Leidenschaft, Willen, Verwandlung, Reinigung und Sexualität. Es gehört der Sonne.«

Vorsichtig legte sie den Stab auf den Tisch. Dann nahm sie die zweischneidigen Messer. Ihre scharf geschliffenen Klingen glänzten gefährlich in der Sonne. Sie hielt das größte Messer hoch.

»Das hier ist mein Atme, das Werkzeug der Luft. Man darf es nicht verwenden, um irgendwelche Lebewesen zu verletzen, und trotzdem handelt es sich um eine scharf geschliffene Waffe. Zielgerichtet lassen sich damit Energien bewegen. Wenn ich Kräuter sammle, verwende ich dieses alte Messer mit dem speziellen Handgriff, das ebenfalls sehr scharf ist, und nie mein Atme.«

Eva drehte sich um und schien förmlich zum Tisch zu schweben. Sie kam mit einem Gegenstand zurück, der in funkelnde gelbe Seide gewickelt war. In dem Tuch lag der hübsche Glaskelch, den Irene bereits auf dem Bord in der Küche bewundert hatte.

»Mein Kelch. Das Symbol für die Kraft des Wassers und für den Westen. Deswegen habe ich mich auch für die Westwand des Hauses entschieden. Der Becher soll uns dabei helfen zu sehen.«

Jetzt hob sie mit der anderen Hand den kleinen dreibeinigen Eisenkessel in die Luft.

»Der Kessel ist das Werkzeug des Geistes. Er symbolisiert kein Element. Er soll uns zur Ewigkeit bringen und die Gegenwart der Gottheit bescheren. Er vertieft unsere Trance.«

Mit kleinen Schritten entfernte sie sich von Irene, die Gegenstände in der Hand, und Irene überlegte einmal mehr, ob Eva wirklich noch ganz richtig im Kopf war. Gleichzeitig war sie fasziniert. Eva glaubte tatsächlich daran, über magische Kräfte zu verfügen.

Schließlich kam Eva mit einer Flasche schwarzem Johannisbeersaft, einem kleinen Teller runder Plätzchen und dem Briefbeschwerer mit dem Pentagramm zurück.

»Das Pentagramm ist das Werkzeug der Erde, das Symbol allen Lebens auf Erden. Es ist sehr stark. Deswegen verwenden es die Satanisten auch so gerne.«

Sie ging auf ihren Altar zu und bedeutete Irene, ihr zu folgen. Irene war hin- und hergerissen, beschloss dann aber, sich auf die Sache einzulassen. Möglicherweise wusste Eva etwas über Sten Schyttelius, was sie ihr während dieses Hokuspokus sagen wollte. Was tat sie nicht alles, um die Wahrheit zu erfahren … Irene verzog leicht den Mund und stieg anschließend mit einem energischen Schritt in den Ring.

Eva sah sie mit ihren durchdringend blauen Augen an. Leise begann sie, eine Melodie zu summen, eine hübsche Melodie, und Irene spürte, wie ihr innerer Frieden zurückkehrte. Immer wieder bimmelte Eva mit dem silbernen Glöckchen, das sie um den Hals trug. Irene spürte den Klang mehr, als ihn wirklich zu hören. Er trug zu der feierlichen Stimmung bei. Summend ging Eva zum Tisch und hob den Glasstab in die Höhe. Langsam und im Uhrzeigersinn ging sie dann innerhalb der Kieselsteine entlang. Die ganze Zeit hielt sie die Spitze des Stabs auf die Steine gerichtet. Nachdem sie eine Runde gegangen war, blieb sie stehen und hob den Stab hoch. Ein blendender Lichtstrahl fiel von seiner Spitze in Irenes Augen. Sie presste sie zu und ließ sich auf den flachen Stein sinken.

Als sie die Augen wieder einen Spalt öffnete, sah sie, dass Eva den Glasstab mit dem größten der zweischneidigen Messer vertauscht hatte, dem, das sie Atme nannte. Sie stand mit ausgebreiteten Armen, das Gesicht zum Haus gewandt, da. Langsam machte sie eine Viertelumdrehung Richtung Wald. Nachdem sie die nächste Viertelumdrehung nach Westen gemacht hatte, begriff Irene, dass sie die Himmelsrichtungen grüßte. Die ganze Zeit war ihr leises Summen zu hören, manchmal konnte Irene jetzt sogar einzelne Worte verstehen. Plötzlich blieb Eva stehen und wandte ihr Gesicht der Sonne zu. Laut und deutlich sagte sie:

»Mutter des All. Durch die vier Elemente und ihre vier Himmelsrichtungen, die in uns ruhen und unseren Geist verfeinern, rufe ich dich an. Gesegnet seist du und willkommen.«

Plötzlich wurde es vollkommen windstill. Die leichte Frühlingsbrise war zum Erliegen gekommen. Es wurde wärmer. Irene fühlte sich angenehm ruhig.

Eva öffnete die Flasche und goss die dunkelrote Flüssigkeit in den Glaskelch. Dann nahm sie aus dem Kessel ein Foto und legte es auf den Tisch. Sie wandte sich Irene zu und flüsterte summend:

»Jetzt wollen wir uns in Trance versetzen. Das Foto ist von Sten. Ich habe es aus einer Zeitung geschnitten. Jetzt wollen wir uns auf Sten konzentrieren und die Göttin bitten, uns zu helfen. Hoffentlich erfahren wir dann, worin sein großes Dunkel besteht.«

Erneut wandte sie sich ihrem Altar zu. Das Zeitungsbild legte sie in die Mitte und stellte den Kelch mit dem rubinroten Trank darauf. Mit erhobenen Händen sang sie eine kurze Beschwörung, ehe sie das Atme mit beiden Händen wieder ergriff und die Klinge gegen die Stirn drückte. Dann stand sie mit geschlossenen Augen da und richtete ihr Bewusstsein ganz nach innen.

Irene hatte es noch nie erlebt, dass es so schnell gegangen war, sich in Mokuso, das schweigende Sitzen, zu versenken. Behagliche Wärme und friedliche Stimmung breiteten sich in ihr aus, und sie fühlte sich federleicht. Wunderbare Seifenblasen in schillernden Farben schwebten durch ihre Gedanken, und sie fühlte sich zum Licht hingezogen. Als sie fast dort war, versuchte sie, sich auf Sten Schyttelius zu konzentrieren.

Die Veränderung geschah unmerklich. Erst bemerkte sie gar nichts. Nach einer Weile sah sie, dass sie auf dem Weg fort vom Licht war. Sie begann zu frieren und versuchte, ihre Jacke enger um sich zu ziehen. Aber das ging nicht, da sie so tief in Trance war. Ihre Glieder waren schwer und gehorchten ihr nicht mehr. Ein dunkler Nebel begann, das Licht zu verdrängen. Plötzlich hörte sie eine Stimme sagen:

»Keikotu! Mate!«

Die Stimme warnte sie, bat sie, die Séance abzubrechen. Ein Gefühl von Gefahr machte sich in ihr breit. Sie musste die Meditation beenden. Irgendetwas war nicht in Ordnung.

Mit ungeheurer Willensanstrengung tauchte sie aus der Trance auf und begann, sich wieder an die Oberfläche des Bewusstseins zurückzuarbeiten. Schließlich gelang es ihr, die Augen zu öffnen und den Blick auf Eva am Altar zu richten.

Dann ging alles wahnsinnig schnell. Anschließend war sich Irene nicht sicher, ob sie das alles wirklich gesehen oder doch eher geträumt hatte.

Die Sonne war hinter einer Wolke verschwunden, und es hatte angefangen, kräftig zu winden. Die Augen vor Entsetzen geweitet, starrte Eva in den Kelch. Sie summte nicht mehr, sie jammerte. Irene sah undeutlich, dass sie plötzlich einige Handbreit über der Erde schwebte und dann nach hinten Richtung Haus geschleudert wurde. Mit einem dumpfen Knall schlug sie mit dem Kopf gegen den Steinsockel des Holzhauses und blieb reglos liegen.

Mit einem Mal war Irene hellwach und auf den Beinen. Sie eilte zu Eva und fühlte ihren Puls. Der war kräftig und regelmäßig, auch die Atmung wirkte normal. Erleichtert sah Irene, dass Evas Augenlider zu zucken begannen. Sie schlug die Augen auf. Ihr Blick war matt und verwirrt.

»Was … was ist passiert?«, fragte sie mit schwacher Stimme.

Ehe Irene noch etwas sagen konnte, schrie Eva:

»Das war der Teufel selbst!«

Nach dem ersten Schreck fühlte Irene ihr die Stirn und ermahnte sie, still liegen zu bleiben und sich zu beruhigen. Möglicherweise hatte sie eine Gehirnerschütterung erlitten, und da war es besser, wenn sie sich nicht aufregte. Vorsichtig betastete Irene Evas Hinterkopf: keine offene Wunde, dafür aber eine große Beule, die anschwoll. Eva versuchte aufzustehen. Irene musste ihr dabei helfen, so zittrig war sie. Gemeinsam wankten sie dann zum Haus, ins kleine Wohnzimmer hinter der Küche hinein. Eva legte sich auf das Sofa, das bequem und einladend wirkte.

»Ich gehe draußen die Sachen holen. Es kann jeden Moment zu regnen anfangen«, sagte Irene.

Eva nickte und schloss die Augen, als sei sie sehr müde.

Als Irene mit der vollen Kiste wieder hereinkam, saß Eva aufrecht auf dem Sofa. Sie schaute aus dem Fenster. Die ersten Tropfen schlugen schwer gegen die Scheibe. Ohne Irene anzuschauen, fragte sie:

»Was ist passiert? Ich erinnere mich nur noch, dass ich im Kelch ein Gesicht gesehen habe und fürchterliche Angst bekam … dann wird alles schwarz. Ich erinnere mich auch, dass ich das Gefühl hatte, mich in der Gegenwart des Bösen zu befinden.«

Sie riss ihren Blick vom Fenster los und sah Irene an. Irene ärgerte sich, dass sie stotterte, als sie zu erzählen begann:

»Ja … ich befand mich ebenfalls in tiefer Trance … möglicherweise war ich nicht ganz wach …«

Irene versuchte zu erzählen, was sie gesehen hatte. Evas veilchenblaue Augen wurden munterer, und sie sagte spöttisch:

»Du willst nicht glauben, was du selbst gesehen hast. Das macht nichts. Irgendwie haben wir trotzdem etwas Wichtiges erfahren.«

»Was?«

»Sten hatte eine dunkle Seite. Und die kam vom Bösen.«

Vorsichtig betastete Eva die Schwellung an ihrem Hinterkopf. »Kannst du mir etwas Kaltes aus dem Kühlschrank holen? Ich muss die Beule kühlen.«

Irene ging in die Küche und nahm eine Flasche Mineralwasser aus dem Kühlschrank. Als sie sie Eva hinhielt, fragte sie:

»Was meinst du damit, dass sie vom Bösen kam?«

»Wo auch immer sich Sten jetzt befindet, jedenfalls sind es nicht die Gefilde der Seligen!«, stellte Eva sachlich fest.

»Meinst du, dass er in der Hölle ist?«

»Nein. Es gibt keinen Ort, der Hölle heißt. Weißt du, was die Hölle ist?«, fragte Eva und sah Irene an.

»Nein.«

»Dass alles zu spät ist. Dass man nichts mehr ändern oder wieder gutmachen kann. Dass man auch nach dem Tod noch der ist, der man im Leben gewesen ist. Dass du nichts mehr, was du gesagt oder getan hast, ändern kannst, und dass das alle Menschen, denen du begegnet bist oder die dir nahe waren, noch lange nach deinem Tod beeinflusst. Generationen lang, Jahrhunderte ... ja, vielleicht für alle Ewigkeit. Alle Religionen versprechen Frieden und Erlösung von den Sünden nach dem Tod. Die Wahrheit ist, dass man nicht von sich erlöst werden kann.«

Es dauerte lange, bis Irene verinnerlicht hatte, was die Kantorin gesagt hatte. Eva stellte die Flasche auf den Tisch.

»Jetzt fahren wir und holen das Kätzchen.«

Irene fuhr, und Eva lotste sie die pfützen- und schlaglochreichen Kieswege entlang. Eva erzählte, die Katze guter Freunde von ihr hätte sich dieses Jahr ungewöhnlich zeitig schwängern lassen. Die Kätzchen seien schon so gut wie entwöhnt. Da die neue Familie bereits Katzen gehabt habe, sollte es eigentlich keine Probleme geben.

»Da wohnen sie«, sagte Eva plötzlich und deutete auf einen kleineren Bauernhof, der etwas abseits vom Weg lag. Irene bog in die Einfahrt ein. Ihr taten die Stoßdämpfer Leid. Die hatten es jetzt bald hinter sich. Irene parkte vor dem Haus, und Eva stieg aus, ohne sie zu fragen, ob sie mitkommen wollte.

Der kleine Hof wirkte sehr ordentlich. Das Wohnhaus war weiß verputzt und stach gegen die rot gestrichenen Nebengebäude und Stallungen ab. Die Beete waren zum Bepflanzen umgegraben.

Nach einer Weile kam Eva durch den Regenguss angelaufen.

In den Armen hielt sie einen Pappkarton. Irene öffnete die Beifahrertür, damit sie ins Auto springen konnte. Als sie sich mit dem Karton auf dem Schoß hingesetzt hatte, sah Irene, dass auf dem Deckel, in den Luftlöcher gebohrt waren, »Ecco« stand. Vorsichtig öffnete Eva den Deckel einen Spaltweit und flüsterte:

»Guck mal, wie süß! Sie heißt Felicia. Denk dran, dass du ihrer neuen Familie sagst, dass sie auf keinen Fall den Namen ändern dürfen.«

Irene sah ein aprikosenfarbenes Pelzknäuel, das auf einem gelben Frotteehandtuch lag.

»Felicia«, wiederholte sie, um es ja nicht zu vergessen.

Den ganzen Weg zurück in die Reihenhaussiedlung schlief Felicia in ihrem Karton. Der Regen hörte in dem Moment auf, in dem Irene in den Fiskebäcksvägen einbog. Die untergehende Sonne schaute unter den Wolkenbänken hervor und färbte deren Unterseiten funkelnd goldrot. Ein großartiges Farbenspiel.

Nachdem Irene ihren Wagen abgestellt hatte, ging sie auf direktem Weg zur Haustür der Karlhögs und klingelte. Nach dem zweiten Klingeln öffnete Margit Karlhög die Tür einen Spalt. Irene versuchte, unbekümmert zu klingen, als sie die Sätze sagte, die sie sich auf der Fahrt zurechtgelegt hatte:

»Hallo, Margit. Ich frage mich, ob Sie sich nicht um die kleine Felicia kümmern könnten. Eine Freundin von mir sucht für sie ein neues Zuhause. Sonst müssten sie sie einschläfern lassen, und das wäre traurig.«

Beim letzten Satz zuckte Margit Karlhög zusammen und sah Irene entsetzt an. Fast unfreiwillig schaute sie dann auf den Karton. Irene öffnete den Deckel und hielt ihn Margit hin.

Die kleine Felicia erwachte genau im rechten Augenblick. Sie reckte ihre wolligen Glieder, gähnte und streckte dabei ihre kleine hellrosa Zunge heraus. Vorsichtig hob Margit das schlaftrunkene Kätzchen hoch und vergrub vorsichtig ihre Nase in seinem weichen Pelz.

»Wie süß ... kleine Felicia ... vielen Dank«, stammelte sie leise, ohne Irene anzusehen.

Sie wurde von dem aprikosenfarbenen Pelzbündel völlig in Anspruch genommen. Da drehte Felicia den Kopf zur Seite und sah Irene mit ihren runden veilchenblauen Augen an.

KAPITEL 11

So ein verdammter Eiertanz wegen Rebeckas Nerven!«, ereiferte sich Kommissar Andersson.

Er war alles andere als froh, dass sich Irenes Londonreise verzögern würde.

»Dieser Franzose will die Vernehmung sabotieren«, stellte er wütend fest.

Mit so langen Schritten, wie es seine kurzen und krummen Beine erlaubten, marschierte er dann in seinem Zimmer auf und ab. Irene saß auf dem Besucherstuhl und wartete darauf, dass der Sturm nachlassen würde. Andersson blieb vor seinem Fenster stehen und tat so, als würde er durch die dicke Schmutzschicht die Aussicht auf den Ernst-Fontells-Platz genießen. Er holte ein paarmal tief Luft und wandte sich dann wieder an Irene.

»Ich kann verstehen, dass sie bei Erhalt der Nachricht einen Schock erlitten hat, und zwar einen ordentlichen. Das ist nicht weiter merkwürdig. Aber wir müssen uns endlich mit ihr unterhalten! Schließlich geht es um ihre eigene Sicherheit! Nicht mal annäherungsweise ein Motiv haben wir. Das Einzige, was wir haben, sind diese verdammten Satanistensterne!«

Fast wäre ihm Irene ins Wort gefallen und hätte ihm erklärt, was die Pentagramme symbolisierten, doch sie konnte sich gerade noch beherrschen. Was sie bei Eva Möller erlebt hatte, ließ sich schwer in Worte fassen.

Dem Kommissar fiel ihr Schweigen nicht weiter auf. Grübelnd fuhr er fort:

»Kann sie nach Schweden zur Beerdigung kommen, ohne sich in Gefahr zu begeben, oder müssen wir sie bewachen lassen? Wir wissen noch überhaupt nichts! Verdammt noch mal, sie muss uns doch einen Hinweis auf das Motiv geben können!«

Irene nickte:

»Ganz deiner Meinung. Ich rufe Glen Thomsen noch mal an. Vielleicht hat er eine Idee.«

»Sie hat nicht die Kraft zum Sprechen, sagt sie. Ich habe es versucht, aber sie fängt immer sofort an zu weinen.«

Die Stimme von Inspector Glen Thomsen klang ruhig und angenehm. Irene versuchte, sich vorzustellen, wie er aussah, aber es gelang ihr nicht.

»Mir ist allerdings klar, dass es Ihnen auf den Nägeln brennt. Die Sache mit dem Motiv scheint ja wirklich schwierig zu sein. Diese Morde sind ziemlich Aufsehen erregend. Sogar für englische Verhältnisse. Stimmt das mit den Satanistensymbolen?«

»Die Symbole waren mit dem Blut der Opfer auf die Computermonitore gepinselt.«

»Dann stimmt also, was in den hiesigen Zeitungen stand. Als ich Rebecka zuletzt gesehen habe, habe ich sie danach gefragt, ob ihre Familie von Satanisten bedroht worden sei, aber sie hat nur den Kopf geschüttelt und angefangen zu weinen. Es ist unmöglich, mit ihr zu reden.«

»Es war natürlich ein wahnsinniger Schock ...«, begann Irene, aber Thomsen unterbrach sie.

»Natürlich, aber vorher war sie auch nicht ganz gesund. Ich meine, psychisch.«

»Ach?«

»Nein. Dr. Fischer sagt, sie sei seit September bei ihm wegen Depressionen in Behandlung.«

Irene dachte angestrengt nach. Rebecka hatte also bereits vor den Morden Depressionen gehabt. Ihr Bruder war im Herbst wegen psychischer Probleme krankgeschrieben worden. Alle nahmen an, dass dies mit der Scheidung zusammenhing. War vielleicht etwas anderes der Grund gewesen? Sie wurde von Thomsens Stimme aus ihren Überlegungen gerissen:

»Vielleicht bekommen Sie als Frau und Landsmännin leichter Kontakt zu ihr.«

»Vermutlich sollte ich einen Versuch machen. Unsere Ermittlungen sind vollkommen festgefahren. Außerdem wissen wir immer noch nicht, ob Rebecka ebenfalls in Gefahr ist.«

»Sie bestreitet, dass jemals irgendwelche Drohungen existiert haben, aber wie sollen wir wissen, ob das wahr ist. Ich habe den starken Eindruck, dass sie etwas zurückhält. Es ist zwar nur ein Gefühl, aber trotzdem.«

»Rebecka ist wie ihr Vater ... Sie hat verborgene Abgründe.« Irene erinnerte sich wieder an Eva Möllers Worte.

»Ich brauche noch ein paar Tage, um Doktor Fischer und Rebecka vorzubereiten. Sie muss begreifen, dass ihr nichts anderes übrig bleibt, als mit Ihnen zu sprechen. Schlimmstenfalls muss die Vernehmung in der Klinik stattfinden.«

»Wenn Sie mir dabei helfen würden, wäre ich Ihnen sehr dankbar«, sagte Irene und meinte es auch so.

»Keine Ursache. Mal sehen ... heute ist Dienstag. Wenn Sie am Donnerstag kommen und eine Nacht bleiben, dann haben wir zwei Tage Zeit. Das müsste reichen.«

Irene konnte eine gewisse Enttäuschung nicht verhehlen. Sie wäre gerne noch einen weiteren Tag geblieben, aber natürlich sah auch sie ein, dass es sich nicht um eine Urlaubsreise handelte.

»Meine Schwester hat ein nettes kleines Hotel in Bayswater. Ich reserviere für Sie dort für die Nacht von Donnerstag auf Freitag ein Zimmer. Rufen Sie mich an, wenn Sie den Flug gebucht haben, dann hole ich Sie ab. Vergessen Sie nicht zu fragen, auf welchem Flughafen Sie ankommen.«

»Danke«, sagte Irene. Fast fehlten ihr die Worte.

Telefonisch bestellte Irene ein Ticket für die Frühmaschine um 7.10 Uhr nach London. Die freundliche Stimme am anderen Ende der Leitung teilte ihr mit, dass sie auf dem Flughafen Heathrow landen würde. Für die Rückreise wählte sie Freitag einen so späten Zeitpunkt wie möglich. Die Maschine flog erst um 19.20 Uhr. Wenn die Vernehmung von Rebecka nicht allzu viel Zeit in Anspruch nahm, würde sie sich vielleicht noch etwas von London anschauen können.

Seufzend fiel ihr Blick auf den Papierberg. Er hatte die erstaunliche Eigenschaft, von Tag zu Tag höher zu werden, obwohl sie ihn in jedem freien Augenblick abzutragen suchte. Konnte sich Papier durch Urzeugung vermehren? Ihre düsteren Gedanken verflogen, als Svante Malms sommersprossiges Gesicht in der Tür auftauchte.

»Tachchen! Ich wollte dir das Buch geben, das wir bei Jacob Schyttelius gefunden haben.«

Er stiefelte ins Zimmer und knallte Anton LaVeys Buch auf den Schreibtisch. »Church of Satan«. Sie hatte nicht übel Lust, es einfach aus dem Fenster zu schmeißen, es einfach sein zu lassen, sich mit »dem Bösen«, wie Eva Möller es sicher genannt hätte, auseinanderzusetzen.

»Es sind Unmengen von Jakobs Fingerabdrücken im Buch – und nur seine. Auf dem Umschlag haben wir ein paar, die wir nicht identifizieren können, stammen wahrscheinlich aus der Buchhandlung. Jacob hat eine Menge unterstrichen und ein paar Schnörkel an den Rand gemalt.«

»Hast du das Buch gelesen?«

»Nur darin geblättert. Ich hatte keine Zeit, es gründlich zu lesen, aber ich leihe es mir gern wieder aus. Es ist interessant.«

»Wieso?«

Svante schien seine Antwort genauestens zu überlegen. Zögernd sagte er dann:

»Das liegt vermutlich an den vielen Satanistenfällen, mit denen ich mich schon beschäftigen musste. Zuerst findet man es nur vollkommen unbegreiflich, wie Leute sich der Teufelsverehrung und diesen merkwürdigen Riten verschreiben können. Aber dann findet man es gegen seinen Willen doch irgendwie interessant. Man fragt sich, was diese Menschen antreibt.«

»Was treibt sie denn an?«

»Macht. Es verlangt sie nach Macht über andere Menschen und nach der Macht, ihr eigenes Ich zu bejahen. Laut LaVey existiert nichts, was dich mehr einschränkt als dein eigenes Ich. Niemand soll über dich bestimmen dürfen. Niemand soll über deine Taten urteilen. Du bist frei, nur du und deine Bedürfnisse zählen. Wenn du dich selbst wohl fühlst, ist alles okay.«

»Alles?«

»Alles. Es ist kein Zufall, dass man bei Ermittlungen in den USA beispielweise auf den Missbrauch kleiner Kinder gestoßen ist. Sie wurden erst betäubt und dann rituell missbraucht. Der Satanismus gesteht es seinen Anhängern zu, verbotene Gelüste auszuleben. Die meisten Zusammenkünfte enden mit Gruppensex. Sodomie kommt ebenfalls vor. Wie wir wissen, gibt es bei ihren schwarzen Messen auch Tieropfer. Das größte Opfer ist natürlich immer ein Menschenopfer. Das kommt allerdings nicht sonderlich häufig vor.«

Irene dachte darüber nach.

»Kann man sagen, dass der Teufel für sie so etwas wie ein Gott ist?«

Erneut schien Svante zu zögern, ehe er antwortete.

»Nicht ganz. So wie ich das verstehe, dienen die schwarzen Messen dazu, an der Kraft des Teufels zu partizipieren. Diese Kraft dient dazu, sich von allen kulturellen und religiösen Konventionen zu befreien. Erst dann wagt man es, den Teufel in sich loszulassen. In den verschiedenen Religionen spielt die Gottheit sehr oft eine Gesetz gebende Rolle. Der Gott sagt, was man tun darf und was nicht. Im Satanismus ist das nicht so. Dort soll man sich einfach nur selbst bejahen, und der Teufel gibt einem die Kraft dazu.«

Angewidert sah Irene auf das Buch, das vor ihr auf dem Schreibtisch lag.

»*Ich*. *Ich* ist das Schlüsselwort«, stellte sie fest.

Svante nickte.

»Und die absolute Befriedigung der eigenen Bedürfnisse. Bei den meisten von uns verfolgten Verbrechen entdecke ich den Teufel.«

Seine Bemerkung erstaunte Irene außerordentlich.

Als sie sich wieder gesammelt hatte, entgegnete sie verwirrt:

»Was …? Der Teufel in den Verbrechen … Was meinst du damit?«

»Bei den meisten Verbrechen geht es um die Befriedigung eigener Bedürfnisse. Geld, Sex, Macht oder darum, Dampf abzulassen. Der Typ, der vom Türsteher abgewiesen wird und diesem ein Messer in den Bauch rammt, wird vielleicht von dem Teufel, der in uns allen wohnt, zu seiner Tat inspiriert.«

»Hör schon auf. Diese Leute stehen meist unter Alkohol oder Drogen. Nicht alle ziehen gleich ein Messer, nur weil sie nicht in einen Nachtclub kommen! Und anzufangen, so was mit dem Teufel zu entschuldigen …«

Irene unterbrach ihren wütenden Wortschwall. Svante grinste sie an.

»Tja. Einige von uns haben den Teufel vielleicht mehr in sich als andere.«

Er drehte sich um, winkte ihr von der Tür noch einmal zu und verschwand.

Irene saß lange da und betrachtete einfach nur das Buch »Church of Satan«.

Warum hatte Jacob Schyttelius dieses Machwerk gelesen?

Hatte er mehr darüber erfahren wollen, wie die Satanisten dachten, oder hatte er andere Gründe gehabt? Hatte er das Buch deswegen versteckt? Vielleicht hatte es sein Vater, der Pfarrer, einfach nur nicht finden sollen.

Wobei natürlich immer noch die Frage war, ob der Satanismus überhaupt etwas mit diesem dreifachen Mord zu tun hatte.

Die Einzige, die möglicherweise die Antwort wusste, war auf der anderen Seite der Nordsee in der Psychiatrie.

Die Laune von Kommissar Andersson sank auf den Nullpunkt, als er sich der Tür des Dienstzimmers von Yvonne Stridner näherte, der Professorin in Pathologie. Erleichtert stellte er fest, dass das gelbe »Bitte Warten«-Lämpchen leuchtete, und wollte schon kehrtmachen, als es plötzlich erlosch. Schweren Herzens drückte er auf die Klingel. Unwillkürlich seufzte er, als sofort das grüne »Bitte Eintreten«-Lämpchen aufblinkte.

Die Chefin der Gerichtsmedizin thronte hinter ihrem übervollen Schreibtisch. Ihre Diorbrille war ihr auf die Nasenspitze gerutscht. Ausnahmsweise wirkte sie gestresst. Rote Flecken glühten auf ihren Wangen.

»Andersson? Ausnahmsweise können Sie einem vielleicht mal nützlich sein. Was macht man, wenn einem der Computer abgestürzt ist? Ich kann meinen Vortrag nicht überarbeiten!«

Verärgert knallte sie die Hand auf das Plastikgehäuse ihres IBM-Computers.

»Ich … ich kenne mich mit Computern nicht sonderlich gut aus«, stotterte Andersson.

»Aber Sie verwenden doch wohl welche bei Ihrer Arbeit?«

Die Stridner durchbohrte den Kommissar mit ihrem stechenden Blick, bis er immer kleiner wurde. In ihrer Gegenwart fühlte er sich regelmäßig wie ein nervöser und verschwitzter Schuljunge. Oder eher wie ein lallender Vollidiot.

»Doch … doch natürlich«, sagte er und hörte selbst, wie wenig überzeugend das klang.

Die Stridner kniff die Lippen zusammen und flüsterte dann etwas über »technikfeindliche Chefs auf der mittleren Führungsebene«.

Das konnte sich Andersson nicht bieten lassen. Gemessen sagte er:

»Ich bin nicht hier, um irgendwelche Computer zu reparieren, sondern um zu fragen, ob sich die Morde zeitlich etwas genauer eingrenzen lassen.«

Der Blick der Stridner wurde frostig. Ihre Stimme klang eisig, als sie erwiderte:

»Ich hätte nachschauen können, wenn mein Computer jetzt nicht streiken würde.«

Jetzt waren sie wieder da, wo sie angefangen hatten. Andersson ließ die Schultern hängen und starrte die Pathologin mit den feuerroten Haaren an. Resigniert drehte er sich zur Tür um, da hörte er sie sagen:

»Ich kann natürlich auch an den anderen Computer gehen.«

Ohne eine Antwort abzuwarten, rauschte sie an ihm vorbei und eilte mit klappernden Absätzen den Korridor entlang.

Vollkommen erschöpft ließ sich Andersson auf den unbequemen Besucherstuhl sinken. Die Polsterung hatte Dellen, und der Bezug war aus Plastik. Andersson hatte den Verdacht, dass sich die meisten, die auf diesem Stuhl saßen, in verschiedenen Stadien der Nervosität befanden. Aus eigener Erfahrung wusste er, wie schnell ein Hemd durchgeschwitzt war, wenn man auf einem Stuhl mit Plastikpolster saß und einem die Nerven zu schaffen machten. Ob Medizinstudenten oder Polizisten, wahrscheinlich verließen sie alle die Besprechungen mit Frau Professor Stridner mit dem gleichen nassen Rücken, setzte der Kommissar seine düsteren Überlegungen fort. Schließlich kündigte das Klappern der Absätze Professor Stridners Rückkehr an. Sie stürzte durch die Tür und marschierte auf ihren ergonomisch gestalteten Schreibtischstuhl aus bordeauxrotem Leder zu, der wesentlich bequemer wirkte als Anderssons Folterinstrument.

Yvonne Stridner schob ihre Brille hoch und sah auf die Papiere, die sie in der Hand hielt. Ohne weitere Umschweife begann sie vorzulesen:

»Der Magen von Jacob Schyttelius enthielt halb verdaute Reste von Bockwurst und Kartoffelbrei. Dazu hatte er Fanta getrunken. Die letzte Mahlzeit nahm er etwa um achtzehn Uhr zu sich. Stimmt das?«

Die Frage war wie ein Peitschenhieb. Die Stridner sah ihn über den Brillenrand hinweg an.

»Ja. Die Frau von der Würstchenbude am Södra Vägen hat sich bei uns gemeldet. Sie erinnert sich an ihn. Offensichtlich war er Stammkunde. Er aß dort einige Male in der Woche und immer gegen sechs. Sie erinnert sich noch genau, dass er an diesem Montag da war, denn am Tag darauf bekam sie einen Hexenschuss und musste sich krankschreiben lassen. Der Inhaber eines Herrenbekleidungsgeschäfts am Södra Vägen hat ebenfalls angerufen. Jacob sei Montagabend kurz vor Feierabend in seinem Laden gewesen.«

Der Kommissar ärgerte sich über sich selbst, als er merkte, wie eifrig er drauflöserzählte und sich wichtig machte, um zu zeigen, dass auch er den vollen Überblick hatte. Ein Ja hätte genügt.

Die Stridner nickte nur und schaute wieder auf ihre Papiere.

»Auf Grund dessen würde ich den Zeitpunkt des Mordes auf zwischen elf Uhr und elf Uhr dreißig nachts legen. Genauer geht es nicht. Was den Mageninhalt seiner Eltern angeht, ist die Sache schwieriger, da wir nicht genau wissen, wann sie ihre letzte Mahlzeit zu sich nahmen. Sie bestand jedenfalls aus einem Lachsgratin mit Erbsen. Nach dem Verdauungsgrad zu schließen, haben wir es mit etwa sechs Stunden vor Eintritt des Todes zu tun. Was die Getränke angeht ...«

Wieder einmal sah die Stridner Andersson äußerst kritisch an. Unbewusst versuchte er, den Bauch einzuziehen, der über den Gürtel hing.

»Bei Elsa Schyttelius fanden sich Kaffee und Wasser im Verdauungskanal, bei Sten Schyttelius Bier und Whisky. Er hatte 1,1 Promille im Blut. Recht viel, vermutlich war er jedoch nur etwas angeheitert. Der Zustand seiner Leber lässt auf einen jahrelangen beträchtlichen Alkoholkonsum schließen.«

»War er Alkoholiker?«

Für den Bruchteil einer Sekunde schien die Stridner zu zögern.

»Nicht direkt Alkoholiker ... eher Großverbraucher und Gewohnheitstrinker. Sein Blutzucker war ebenfalls am oberen Ende der Skala. Außerdem hatte er Übergewicht.«

Sie warf Andersson einen viel sagenden Blick zu. Fast hätte er sie nach Puls und Blutdruck gefragt, konnte sich aber gerade noch beherrschen. Das Schlimmste, was einem passieren konnte, war, dass Yvonne Stridner schlechte Laune bekam. Stattdessen sagte er:

»Wir haben herausgefunden, dass um achtzehn Uhr zweiunddreißig vom Pfarrhof aus bei Jakobs Mobiltelefon angerufen wurde. Das ist das letzte Gespräch, das am Mordabend vom Pfarrhaus aus geführt wurde. Vielleicht wollten sie Jacob ja zum Abendessen einladen. Wenn meine Vermutung zutrifft, würde das bedeuten, dass die Schyttelius um Viertel vor sieben oder etwas später gegessen haben. Daraus ließe sich schließen, dass sie erst um Viertel vor eins getötet wurden, mit einer Toleranz von einer Viertelstunde, aber wahrscheinlich eher gegen eins.«

Die Stridner nickte.

»Das kann hinkommen.«

Sie nahm die Brille ab und klopfte mit dem Bügel leicht gegen ihre Schneidezähne.

»War eine regelrechte Hinrichtung«, stellte sie dann sachlich fest.

»Diese Satanistensterne und all dieser andere ... Unsinn könnte darauf hindeuten, dass die Morde von Satanisten begangen wurden. Aber irgendwie sieht es doch nicht danach aus.

Ich meine … es gibt keinerlei Anzeichen für irgendwelche Rituale.«

»Nein. Das hier sind keine Ritualmorde«, pflichtete ihm die Stridner entschieden bei.

»Hatten Sie schon mal einen Satanistenmord zu bearbeiten?«, wagte Andersson zu fragen.

»Ja, einmal. Den Purpurmord. Da hatte ich gerade in der Gerichtsmedizin angefangen. Kennen Sie den Fall?«

»Ja. Ich erinnere mich, war aber an den Ermittlungen nicht beteiligt.«

»Dann muss ich Ihnen die Einzelheiten ja nicht eigens erzählen. Der Mann wurde jedenfalls mit durchschnittener Kehle in seiner Wohnung gefunden. Aber nicht nur das. Jemand hatte ein Pentagramm in seinen Bauch geritzt. Nicht sehr tief, aber es hatte geblutet. Das Opfer war da also noch am Leben gewesen.«

»Hätte er es auch selbst tun können?«, warf der Kommissar ein.

»Nein. Das Pentagramm war sehr ordentlich und hatte gleich große Zacken. Das kann man nicht selber. Nicht einmal vor dem Spiegel. Außerdem stand er unter Drogen.«

»Bitte?«

»LSD. Ich habe mir sagen lassen, dass das bei Zusammenkünften von Satanisten eine recht gebräuchliche Droge ist. Ich bin diesen Fall einige Jahre später auf einem Kongress in Philadelphia mit einem Kollegen durchgegangen. Er hatte bereits mit drei Ritualmorden zu tun gehabt. Hochinteressant! Zwei Kleinkinder und ein Teenager, die …«

Die Stridner unterbrach sich und warf Andersson einen raschen Blick zu. Sie nahm sich zusammen und fuhr fort:

»Aber zurück zum Purpurmord. Der Mann hatte also LSD eingeworfen, oder jemand hatte es ihm zwangsweise verabreicht. Wahrscheinlich spürte er nichts, als das Pentagramm in die Bauchdecke geritzt wurde. Abgesehen davon, dass seine Kehle durchschnitten war, hatte er fünf Stichwunden. Das Interessante an diesen Stichwunden war, dass immer dasselbe Messer verwendet worden war, dass vermutlich aber jedes Mal ein anderer zugestoßen hatte.«

Erstaunt zog Andersson die Brauen hoch.

»Davon wusste ich nichts. Natürlich war das nicht mein Fall, aber gerüchteweise hätte man doch davon erfahren müssen ...«

»Kein Wunder. Wir haben diese Information nicht weitergegeben, da es sich nur um eine Hypothese handelte.«

»Und wie war die begründet?«

»Der Mann lebte noch, als das Pentagramm eingeritzt wurde, und er war noch am Leben, als ihm jemand die Kehle durchschnitt. Das Blut spritzte nur so, und er verblutete recht schnell. Die Stichwunden waren sehr unterschiedlich. Zwei seitlich am Brustkorb waren nur wenige Zentimeter tief. Eine ging direkt ins Herz und wäre allein schon tödlich gewesen. Ebenso ein Bauchstich, Lazeration der Leber. Der letzte Stich richtete sich seltsamerweise auf die Partie über dem Schambein und traf die Blase. Keine dieser Stichwunden hatte sonderlich geblutet, was darauf hindeutet, dass der Mann bereits eine Weile tot war, als ihm diese Verletzungen beigebracht wurden.«

»Ich meine mich zu erinnern, dass einiges auch auf sexuelle Kontakte hindeutete ...«

»Ja. Scheidensekret am Penis und Sperma im Anus. Er hatte also Sex mit mindestens einem Mann und einer Frau. Heutzutage würden wir die DNA analysieren, aber das ging damals noch nicht.«

Yvonne Stridner verstummte und betrachtete einen Punkt über dem Kopf des Kommissars.

»Sie erinnern sich erstaunlich gut«, erdreistete er sich zu sagen.

Die Professorin erwiderte trocken:

»Ja. Der Fall war einprägsam. Ungewöhnlich.«

Sie rückte ihre Brille zurecht und sah auf die Papiere, die vor ihr auf dem Tisch lagen.

»Ich bin auf diesen Fall eingegangen, weil ich begründen wollte, warum ich die Schyttelius-Morde nicht für Ritualmorde von Satanisten halte. Zum einen spricht das Aussehen der Tatorte dagegen. Keine Auffälligkeiten oder Utensilien für satanistische Rituale. Das Einzige sind die Symbole auf den Computermonitoren.«

»Im Schlafzimmer der Schyttelius war das Kruzifix umgedreht …«

»Das sollte sicherlich nur Verwirrung stiften. Nichts an den Leichen lässt auf ein Ritual schließen. Die Opfer sind kaltblütig hingerichtet worden.«

Andersson nickte. Er gab Frau Professor Stridner Recht.

»Aber wenn sie nicht von Satanisten ermordet wurden, wer war es dann?«

»Ein Mörder ohne Gnade. Ein geübter Schütze, zielsicher. Keines der Opfer ist nach dem Mord noch angefasst worden. Er wusste, sie waren tot.«

Andersson dachte darüber nach, was Frau Stridner gesagt hatte.

»Merkwürdig, dass die einzigen geübten und zielsicheren Schützen, die im Zusammenhang mit dieser Ermittlung auftauchen, Sten und Jacob Schyttelius selbst sind«, meinte er dann resigniert.

Bereits am Dienstagabend begann sich Irene auf ihre Londonreise vorzubereiten. Sie bügelte ihre blaue Leinenhose und das dazu passende Jackett. Dazu würden die dunkelblauen Pumps mit den halbhohen Absätzen sehr gut passen. Aber was sollte sie unter die Jacke anziehen? Nach langem Hin und Her entschied sie sich für ein blasslila Top mit einem tiefen V-Ausschnitt. Die Zeit zwischen Einchecken und Boarding wollte sie zum Einkaufen nutzen. Vielleicht würde sie ja einen Lippenstift und ein Parfüm finden. Ihre Wimperntusche war auch fast zu Ende und …

Sie wurde aus ihren Überlegungen gerissen, als die Haustür aufschlug und Katarina hereinstürmte.

»Hallöchen. Rate mal.«

»Hallo. Was?«

»Ich habe den Wettbewerb abgesagt. Ich hab bei dem Club angerufen, wo Samstag das Finale stattfindet, und gesagt, dass ich für diesen Miss-Unsinn keine Zeit habe.«

»Und was haben sie gemeint?«

»Sie haben sich wahnsinnig aufgeregt. Aber das ist mir scheißegal. Diese Glubschaugen sollen sehen, wie sie zurechtkommen.«

Summend verschwand sie in ihrem Zimmer.

Woher dieser schnelle Sinneswandel? Warum brauchte ihre Tochter nicht mehr die Bestätigung, hübsch zu sein? Hatte sie Angst, nicht zu gewinnen? Oder ...?

Auf einmal wusste Irene, was Sache war.

»Wie heißt er?«, rief sie zu Katarina hoch.

Erstaunt steckte ihre Tochter den Kopf durch die Tür.

»Er? Woher weißt du ...?«

Dann lachte sie.

»Johan.«

Eilig verschwand sie wieder in ihrem Zimmer. Irene lächelte und hatte das Gefühl, eine sehr tüchtige Ermittlerin zu sein.

Als sie eine Weile später wieder an die Schyttelius-Morde dachte, verschwand dieses Gefühl wie ein Tautropfen in der Wüste. Wenn ihre Londonreise nichts ergab? Vielleicht hatte Rebecka wirklich nicht den blassesten Schimmer, was das Motiv für die Morde oder den Täter anging. Die letzten Jahre hatte sie schließlich nicht in Schweden gewohnt. Zu ihrer Familie schien sie auch keinen regen Kontakt gehabt zu haben. Von Rebecka waren weder Briefe noch Postkarten an ihren Bruder oder ihre Eltern gefunden worden.

Plötzlich kam ihr ein Gedanke: die Computer. Alle hatten Computer gehabt. Vielleicht hatten sie ja E-Mails ausgetauscht oder gechattet … Die Festplatten waren zerstört. Aber vielleicht war was auf Disketten gespeichert? Irene, die gerade dabei war, den Stecker des Bügeleisens herauszuziehen, hielt mitten in der Bewegung inne.

Disketten. Weder bei Sten noch bei Jacob hatten sie eine einzige Diskette gefunden. Warum eigentlich? Wenn der Mörder die Disketten mitgenommen hatte? Wie ließen diese sich idiotensicher zerstören? Sie nahm sich vor, dem am nächsten Morgen als Erstes nachzugehen.

Direkt nach der Morgenbesprechung am Mittwoch klingelte das Telefon in Irenes Büro. Sie rannte durch die Tür und warf sich über den Schreibtisch, um zu antworten.

»Inspektorin Huss.«

Am anderen Ende hörte sie jemanden schwer atmen.

»Hallo? Wer ist da bitte?«, fragte Irene ruhig.

Jemand räusperte sich nervös.

»Ja … ich weiß nicht recht, ob ich überhaupt anrufen soll, aber hier ist Pfarrer Urban Berg aus Bäckared.«

»Guten Morgen.«

»Guten Morgen. Ich frage mich … es ist so, dass ich etwas erfahren habe, was vielleicht überhaupt nichts mit den Morden zu tun hat, aber schließlich weiß man nie …«

»Soll ich zu Ihnen rauskommen, damit wir uns unterhalten können, oder lässt sich das auch telefonisch regeln?«

»Naaein … Ich muss heute sowieso in die Stadt … Könnte ich Sie nicht heute Nachmittag besuchen? Mir wäre es allerdings sehr recht, wenn niemand erführe, dass ich mit Ihnen gesprochen habe.«

»Wann passt es Ihnen?«

»Nach zwei. Geht das?«

»Natürlich. Sagen Sie am Empfang Bescheid, dann hole ich Sie unten ab.«

»Danke.«

Es war zu hören, wie erleichtert er war.

Nachdem Irene aufgelegt hatte, saß sie eine Weile da und dachte nach. Was hatte Urban Berg erfahren, was er ihr am Telefon nicht anvertrauen konnte? Würde das den Durchbruch bringen, auf den alle hofften? Aber das war vermutlich reines Wunschdenken.

Irene widmete den gesamten Vormittag der lästigen Verwaltungsarbeit. Als sie anschließend, ehe sie kurz vor eins zum Mittagessen ging, ihren leeren Schreibtisch betrachtete, war sie sehr zufrieden mit sich. In der Kantine der Staatlichen Krankenversicherung gab es ein ganz passables Hühnerfrikassee. Sie hielt nach Tommy sowohl im Präsidium als auch in der Kantine Ausschau, konnte ihn aber nirgends entdecken. Wahrscheinlich ging es im Speedy-Fall vorwärts. Das konnte man von ihrer Ermittlung nicht behaupten. Sie hätte gerne gewusst, welchen Eindruck Tommy damals von Urban Berg gehabt hatte, als er ihn befragt hatte. Sie konnte sich nur daran erinnern, dass Urban Berg seinen Kollegen Bengt Måårdh als einen Schürzenjäger bezeichnet hatte. Das war vielleicht nicht ganz unwahr. Bengt war gut aussehend und charmant.

Irene erinnerte sich, dass ihr Urban Berg damals bei ihrer kurzen Begegnung im Gemeindehaus eher steif vorgekommen war. Laut Bengt Måårdh trank er zu viel.

Als was hatte Tommy die beiden Pfarrer noch bezeichnet? Jetzt erinnerte sie sich wieder: als Klatschweiber. Sie hatten über einander Gerüchte verbreitet. Ein Grund war sicherlich, dass sich beide um die Stelle des Hauptpfarrers beworben hatten. Bengt Måårdh war so in Fahrt gewesen, dass er auch noch ausgeplaudert hatte, dass Jonas Burman möglicherweise homosexuell war und sich für besonders fromm und rechtgläubig hielt. Erwartungsvoll fuhr sie wenig später mit dem Aufzug nach unten, um Urban Berg abzuholen. Die Dame vom Empfang hatte ihn um Punkt zwei Uhr bei ihrer angemeldet.

Er drückte sich im Foyer neben dem Bücherregal an die Wand. In diesem Raum konnte man sich eigentlich nicht verstecken, aber dem Pastor war es trotzdem geglückt. Mit ausdrucksloser Miene sah er auf drei dunkelhäutige Männer auf einer Bank. Er musste schielen, um gleichzeitig eine zwielichtige Gestalt, die in einem Sessel die Göteborgs Posten las, im Auge zu behalten. Irene hätte ihn darüber aufklären können, dass es sich um einen Gefängniswärter in Zivil handelte, der auf jemanden wartete. Stattdessen öffnete sie nur die Glastür und lächelte ihr Willkommenslächeln. Erleichtert eilte Berg auf sie zu.

»Ich habe hin- und herüberlegt, was ich tun soll ... aber jetzt habe ich mich entschlossen, alles zu erzählen«, sagte Urban Berg.

Ganz aufrecht saß er auf Irenes Besucherstuhl. Kaffee hatte er keinen haben wollen. Irene ließ ihn einen Augenblick allein und holte sich einen Becher. Als sie zurückkam, saß er noch genauso da wie vorher.

Jetzt sah er Irene in die Augen und wiederholte:

»Ich habe mich entschlossen, alles zu erzählen.«

Dann unterbrach er sich erneut. Irene trank ihren Kaffee und wartete darauf, dass er endlich anfangen würde.

»Es war der Freitag vor den Morden. Sten kam nachmittags zu mir. Wir unterhielten uns. Es war sehr nett, und wir aßen einen Happen. Sehr nett, wie gesagt. Er sagte ...«

Hier verstummte der Pfarrer und schielte zur Seite. Irene hatte das Gefühl, dass er ungeheuer verlegen war. Sie überlegte, ob sie ihn fragen sollte, wie viel sie getrunken hätten, hielt das dann aber für unwesentlich. In Anbetracht der Trinkgewohnheiten der beiden Herren war es sicher einiges gewesen. Berg räusperte sich und nahm erneut Anlauf:

»Er sagte, er hätte den Verdacht, Louise Måårdh habe Geld der Gemeinde unterschlagen.«

Irene war außerordentlich überrascht. War es wirklich möglich, dass die Gemeindebuchhalterin Louise Måårdh Geld veruntreut hatte? Die hübsche, elegante ... Irene fiel auf einmal die schöne Perlenkette ein und das wunderbar geschnittene Kostüm, das Louise vor einer Woche getragen hatte. Irene musste sich eingestehen, dass ihr Eindruck von Louise auch den Begriff teuer umfasste.

»Hatte er Beweise für seinen Verdacht?«

Verlegen rutschte Urban Berg auf seinem Stuhl hin und her und entgegnete dann:

»Ich ... wir sprachen darüber, dass Bengt und Louise sich schon wieder ein neues Auto gekauft hätten. Es ist noch nicht mal drei Jahre her, dass sie sich den Volvo zugelegt haben. Der war damals nagelneu. Jetzt haben sie sich einen BMW gekauft!«

Beim letzten Satz zog er vielsagend die Augenbrauen hoch.

Offensichtlich hielt er den BMW für einen klaren Beweis für die Betrügereien der Eheleute Måårdh. Als Irene seine Auskunft nicht weiter kommentierte, sah er erst enttäuscht aus, aber dann kehrte seine Entschlossenheit zurück.

»Letzten Winter sind sie auf die Malediven geflogen. Den Sommer davor waren sie in Italien, und jetzt wollen sie, glaube ich, nach Griechenland. Die Söhne studieren ohne staatliches Darlehen, und beide haben eine eigene Wohnung. Außerdem haben sie sich ein größeres Boot gekauft, das in Björlanda Kile liegt. Das kostet alles viel Geld!«

Seine Stimme klang triumphierend. Irene versuchte, ihre Worte genau zu wählen. Dann sagte sie:

»Hatte Sten Schyttelius den Verdacht, dass die Gemeindebuchhalterin Geld unterschlug, weil ihre Familie mit all diesen Ausgaben klarkam?«

Eine schwache Röte stieg den Hals des Pfarrers empor und breitete sich hässlich auf seinen bleichen Wangen aus.

»Er ... er fand es – wie auch ich – sehr merkwürdig, dass sie sich das alles leisten konnten. Pfarrer verdienen nicht gerade viel.«

»Aber er hatte keinen Beweis für seinen Verdacht«, stellte Irene fest.

»Nicht direkt. Aber in den letzten Jahren gab es immer wieder entsprechende Gerüchte. Laut Sten haben nicht nur wir beide uns Gedanken gemacht.«

Irene betrachtete den Mann, der kerzengerade auf dem Besucherstuhl saß. Sie war geneigt, Tommy Recht zu geben: Urban Berg war eine Klatschtante. Erfahrung hatte sie jedoch gelehrt, dass Klatsch häufig ein Körnchen Wahrheit enthält, wenn auch nicht immer. Vielleicht war es den Versuch wert, dieser Sache nachzugehen. Aber das sollte jemand anderes tun. Sie wollte nach London.

»Ich habe mir den Wald zwischen Norssjön und dem Pfarrhof in Kullahult näher angesehen. Ich fand es gar nicht mal so schwierig, durchzukommen.«

Fredrik hatte die beiden Kartenblätter zusammengeklebt, die der Kommissar aus dem Atlas gerissen hatte, als er die Theorie von dem durch den Wald wandernden Mörder lanciert hatte.

»Die ersten hundertfünfzig Meter hinter dem Sommerhaus sind ziemlich mühsam, aber dann kommt eine Überlandleitung, und die führt direkt nach Kullahult! An einigen Stellen führt die Überlandleitung über Wiesen und Zäune, aber nirgends in die Nähe von Häusern, erst wenn man fast in Kullahult ist. Trotzdem ist es kein Problem, ungesehen zum Pfarrhaus zu kommen.«

Fredrik sah von der Karte auf, um sicherzugehen, dass ihm auch alle zuhörten. Irene, Hannu und Kommissar Andersson saßen am Tisch, und Fredrik konnte sich kaum über mangelnde Aufmerksamkeit beklagen. Angespornt fuhr er fort:

»Die Leitung führt über die großen Äcker hinter dem Pfarrhof. Wenn man quer über den Acker geht, kommt man also hinter dem Hügel mit der Kirche heraus. Da sind überhaupt keine Häuser. Der Hof, zu dem die Äcker gehören, liegt auf der anderen Seite des Hügels, zu weit weg, um von dort sehen zu können, ob sich bei der Kirche was regt.«

»Man kann also eine Taschenlampe benutzen, ohne befürchten zu müssen, gesehen zu werden«, stellte Hannu fest.

»Richtig. Aber um ganz sicher zu gehen, sollte man am Rand des Ackers entlangwandern. Ich bin gestern um elf noch mal rausgefahren, um das zu kontrollieren. Kein Problem, ohne Taschenlampe zurechtzukommen, wenn man am Waldrand entlanggeht. Die Sache ist nämlich die, dass der Wald bis zum Hügel mit der Kirche reicht. Dort beginnt eine hohe Mauer. Geht man die entlang, kommt man zu der Tannenhecke auf der Rückseite des Pfarrhofs. Dort habe ich es gemacht wie Irenes Hund.«

Fredrik legte eine Pause ein und lächelte pfiffig.

»Was zum Teufel macht Irenes Hund?«, wollte der Kommissar ungeduldig wissen.

»Er folgt dem Wild. Ich bin den Rehen gefolgt. Sie haben nämlich eine Lücke in die Hecke getrampelt. Die Tulpen im Garten locken sie an. Für mich war die Lücke eine Spur zu eng, aber mit etwas Mühe kam ich durch. Ich kann dafür garantieren, dass der Mörder denselben Weg genommen hat.«

Der Triumph in seiner Stimme war nicht zu überhören. Die anderen schwiegen, denn es war Fredriks Vorstellung. Und er gedachte, alles aus ihr herauszuholen.

»An der besagten Stelle, dem Durchgang, fand ich eine Fußspur und einen roten Wollfaden. Ich rief die Spurensicherung, ehe ich selbst durch die Öffnung kroch. Sie haben den Faden an sich genommen und von dem Abdruck einen Abguss gemacht. Heute Morgen bin ich schon bei Åhlén und seinen Leuten gewesen. Sie sagen, es sei dieselbe Wolle wie die von den Fäden, die Irene und ich gefunden haben. Die Theorie von dem Mörder mit der Pudelmütze hat also Bestand.«

Irene kicherte, riss sich aber zusammen, als sie merkte, dass sie die Einzige war. Hannu und der Kommissar saßen ganz konzentriert da. Fredrik wusste, dass er das volle Interesse seiner Zuhörer hatte, und fuhr fort:

»Der Schuhabdruck war perfekt. Der Regen hatte ihm unter der Hecke nichts anhaben können. Er stammt von einem Adidas-Turnschuh Größe vierundvierzig. Laut Åhlén handelt es sich um ein Wintermodell, eine Art Wanderstiefel.«

»Goretex«, meinte Hannu.

»Wahrscheinlich. Leicht, warm und wasserdicht. Die Spurensicherung versucht rauszukriegen, um welches Modell es sich genau handelt.«

»Wir suchen also immer noch einen kleinwüchsigen Mann mit Pudelmütze, dessen große Füße in Goretex-Wanderstiefeln stecken. Der sollte doch wohl zu fassen sein«, sagte Irene kichernd.

Anderssons düsterer Blick vertrieb ihre Munterkeit rasch. Vor ihrem inneren Auge konnte sie den kleinen Mann mit der Pudelmütze sehen, der sich durch den Wald kämpfte und über seine großen Schuhe stolperte. Als sie sich eine Sekunde später daran erinnerte, was er mit seinen Opfern angestellt hatte, fand sie es schon nicht mehr so komisch.

»Ich habe gestoppt, wie lange man von einem Tatort zum anderen braucht. Eine Stunde und fünf Minuten«, schloss Fredrik.

Irene berichtete von Urban Bergs Besuch, und Hannu versprach zu prüfen, ob es eine Grundlage für die Vorwürfe gegen Louise Måårdh gab. Ein Motiv für die Morde konnte sein, die Spuren einer Unterschlagung zu verwischen. Da müsste es jedoch um viel Geld gehen, dachte Irene.

KAPITEL 12

Um Viertel nach sechs war es auf dem Flughafen Landvetter sehr ruhig. Irene hatte ihre kleine Tasche aufgegeben und stolperte verschlafen auf das nächste Café zu.

»Große oder kleine Tasse?«, zwitscherte das lächelnde Mädchen hinter dem Tresen.

»Einen Eimer voll bitte«, stöhnte Irene.

Ihr sonniges Lächeln immer noch auf den Lippen, drehte sich das Mädchen um und wählte eine Suppenschale aus Keramik. Sie füllte sie zu zwei Dritteln.

»Milch oder Sahne? Ich kann die Milch auch aufschäumen.«

Irene durchströmte eine große Dankbarkeit, dass sie einem Menschen begegnet war, der ihr fundamentalstes Bedürfnis frühmorgens nachvollziehen konnte.

»Nein, danke. Ich trinke ihn schwarz.«

Irene versuchte zu lächeln, aber das war wirklich zu viel verlangt. Ihre Gesichtsmuskeln schliefen noch. Als das Mädel hinterm Tresen auch noch eine Serviette und ein After Eight auf ihr Tablett legte, war sie richtig gerührt. Das brachte ihr endgültig zu Bewusstsein, dass sie vermutlich so aussah, wie sie sich fühlte – wie ein Wrack. Nachdem Irene ihre Schale Kaffee getrunken hatte, war sie bereit zum Shoppen. Sie ging in die Flughafenparfümerie und kaufte für sich ein und die Zwillinge, die ihr eine Liste mitgegeben hatten. Ein Zehntel des Korbinhalts war am Schluss für sie, der Rest für die Mädchen.

Nach knapp zwei Stunden in der Luft landete die Maschine in Heathrow. Ein Hagelschauer prasselte gegen den Flugzeugrumpf. Während sie aus der Maschine stieg, hörte der Hagel auf und ging in Nieselregen über. Es war windig und ungemütlich.

Hinter der Passkontrolle warteten mehrere Leute mit Pappschildern. Auf einem stand »Ms. Irene Huss«. Das dahinter konnte eigentlich nur Inspector Glen Thomsen sein. Und so war es auch.

»Willkommen in London. Ich bin Glen Thomsen.«

Seine weißen Zähne funkelten. Er war dunkelhäutig. Wie ein Brite sah er wahrlich nicht aus. Sein Haar glänzte tiefschwarz und war kurz und kraus.

Er streckte ihr seine Hand entgegen, und Irene hatte sich wieder so weit in der Gewalt, dass sie ihren Namen über die Lippen brachte.

Glen Thomsen nahm ihr die Tasche ab und meinte:

»Vielleicht fahren wir erst mal ins Hotel.«

Als sie das Empfangsgebäude verließen, brach eine bleiche Sonne zwischen den Wolken hervor.

»Sie haben hier wirklich Aprilwetter«, meinte Irene.

Thomsen lächelte, und seine Zähne funkelten. Er nickte, ging auf einen schwarzen Rover zu, entriegelte die Beifahrertür und hielt sie ihr auf. Dann warf er ihre Tasche auf den Rücksitz.

»Wir hatten jetzt zwei Wochen lang fantastisches Wetter, aber gestern ist es umgeschlagen. Den ganzen Tag hat es geregnet. Aber heute soll es wieder besser werden.«

Irene hörte keinerlei Akzent. Wenn er nicht hier geboren ist, dann ist er auf jeden Fall hier aufgewachsen, dachte sie.

Sie fuhren an grünenden Bäumen und Äckern vorbei. Erstaunt stellte Irene fest, dass die Kirschbäume bereits ausschlugen. Sie waren sicher einen Monat früher dran als in Göteborg. Als sie sich London näherten und die ersten Wohnviertel passierten, sah sie blühenden Goldregen und Magnolien, die fast schon in voller Blüte standen.

Der Verkehr wurde dichter, je näher sie der Stadt kamen. Und alle fuhren auf der falschen Seite! Irene dankte der Vorsehung, dass sie nicht ans Lenkrad musste. Glen Thomsen schien keine Schwierigkeiten mit dem Verkehr zu haben. Als Irene erzählte, dies sei ihr erster Besuch in London, sagte er sofort:

»Dann machen wir einen kleinen Umweg, dann kann ich Ihnen die größeren Straßen zeigen. So können Sie sich leichter zurechtfinden. Es ist gut, wenn Sie sich nicht verlaufen.«

Er erzählte, deutete auf Sehenswürdigkeiten und schien den anderen Verkehrsteilnehmern keine größere Aufmerksamkeit zu schenken.

»Ich habe für Sie ein Zimmer im Hotel meiner Schwester reserviert. Unser Vater hat es nach dem Krieg gegründet. Er war Schotte und heiratete erst recht spät. Meine Mutter war mit einer brasilianischen Tanztruppe in London und blieb, nachdem sie Dad kennen gelernt hatte. Er ist vor ein paar Jahren gestorben, und da hat meine Mutter ein Restaurant eröffnet. Es liegt ein paar Blocks vom Hotel entfernt. Das mit dem Restaurant war ein Jugendtraum von ihr – schauen Sie, da liegen Marble Arch und auf der linken Seite der Hyde Park – und macht ihr immer noch wahnsinnigen Spaß. Sie werden sie heute Abend kennen lernen. Alle Thomsens sind dort heute zum Abendessen, und wir hoffen, dass Sie auch Lust haben zu kommen.«

»Danke, gern«, antwortete Irene.

Die gesprächige Freundlichkeit ihres Gastgebers überwältigte sie.

»Ich habe Rebecka Schyttelius gestern Abend angerufen. Sie war gerade aus der Klinik gekommen und meinte, dass wir heute Vormittag vorbeischauen könnten«, fuhr Thomsen fort.

Der Verkehr war dicht. Auf der einen Seite lag der grüne Hyde Park hinter seinem hohen Schmiedeeisenzaun, auf der anderen standen Häuser mit prächtigen Fassaden. Plötzlich bog Glen Thomsen in eine Seitenstraße ein.

Der Kontrast war deutlich. Die Straße war recht schmal und kaum befahren. Die Häuser waren aus Ziegel oder verputzt, höher, aber nicht so exklusiv wie die an der Prachtstraße. Im Erdgeschoss waren kleine Läden und Restaurants mit exotischen Namen untergebracht. Irene fiel ebenfalls auf, dass es hier zahlreiche Hotels gab.

»Hier sind eine Menge Hotels«, meinte sie.

»Ja. Ein paar sind richtig schick, aber bei den meisten handelt es sich um kleine Familienbetriebe.«

Er bog in eine noch kleinere Straße ein und hielt dann an. Ein paar Stufen führten zu einer Tür mit Bleiglasfenstern hinauf. Zwei Säulen stützten das Vordach. In einem Fries stand in zierlichen Goldbuchstaben *Thomsen Hotel.* Auf beiden Seiten der Tür waren große Fenster, durch die man in die Rezeption schauen konnte. Breiter schien das Hotel nicht zu sein, da neben den Fenstern bereits die Nachbarhäuser anfingen. Das schmale hohe Gebäude schien frisch renoviert zu sein. Der Putz leuchtete weiß, und die Fensterrahmen waren in einem milden Hellblau frisch gestrichen. Irene gefiel das kleine Hotel sofort.

Glen Thomsen hielt ihr die Tür auf und bestand darauf, ihr die Tasche zu tragen. Irene trat in die helle Lobby und wurde von einer Frau begrüßt, die nur Glens Schwester sein konnte. Wenn sie lächelte, war die Ähnlichkeit besonders deutlich.

Sie war einen Kopf kleiner als ihr Bruder und hatte etwas hellere Haut. Sie schien im selben Alter wie Irene zu sein.

»Willkommen im Thomsen Hotel. Ich heiße Estell.«

Sie hielt ihr die rechte Hand hin und fuhr sich gleichzeitig mit der anderen in den Nacken, um den Sitz ihres schweren Knotens zu kontrollieren. Das goldbraune, kurzärmlige Kleid stand ihr ausgezeichnet und passte zu ihren Augen. Die Frau musste in jungen Jahren eine wahre Schönheit gewesen sein und war immer noch sehr gut aussehend.

»Hallo, Estell. Du kannst mir eine Tasse Kaffee geben, während Irene ihr Zimmer bezieht.«

Glen wandte sich an Irene und fragte:

»Reicht Ihnen eine Viertelstunde?«

»Natürlich.«

»Gut. Ich warte hier auf Sie.«

Das Zimmer war ganz oben. Zum ersten Mal in ihrem Leben begegnete Irene einem Einpersonenaufzug. Beim besten Willen hätten nicht zwei Personen in den winzigen Fahrstuhl gepasst.

Nachdem der kleine, schmale Aufzug glücklich in den vierten Stock gerumpelt war und sogar bereitwillig die Türen geöffnet hatte, entschloss sich Irene, in Zukunft die Treppen zu benutzen.

Das Zimmer war erstaunlich groß und in Smaragdgrün und Goldbeige gehalten. Alles blitzte neu renoviert, vom Teppich auf dem Fußboden bis hin zu dem gefliesten Badezimmer. An der Wand hing eine Grafik: ein Motiv vom Karneval in Rio.

Irene hängte ihre Kleider in den Schrank und ging auf die Toilette. Dann stieg sie wieder die Treppen hinunter in die Lobby.

»Sollen wir zu Fuß gehen? Es ist nicht mal ein Kilometer«, sagte Glen Thomsen.

»Gern«, stimmte Irene zu.

Die Sonne schien, aber der Wind war immer noch ziemlich kalt.

Vor auffallend vielen Häusern standen Gerüste, einige waren jedoch bereits renoviert. Der Stadtteil Bayswater erhielt offensichtlich seinen früheren Glanz zurück. Als hätte Glen Irenes Gedanken gelesen, sagte er:

»Hier in Bayswater wohnen ziemlich viele Einwanderer, im Augenblick ziehen aber auch sehr viele Engländer hierher, die zentral wohnen wollen. Natürlich gibt es schickere Gegenden, zum Beispiel Mayfair oder Holland Park, aber dort sind die Wohnungen fürchterlich teuer. Und obwohl Bayswater neuerdings im Trend ist, ist das nichts im Vergleich zu Notting Hill.

Dort wohnt Rebecka Schyttelius. Haben Sie den Film mit Julia Roberts und Hugh Grant gesehen …?«

»Nein.«

»Da haben Sie nichts verpasst. Aber der Film war ein wahnsinniger Erfolg, und jetzt ist es in, in Notting Hill zu wohnen.«

Irene merkte, dass sie vom Hotel in Richtung Westen gingen. Ziemlich bald wurden die Häuser heruntergekommener und schmutziger. Auch hier waren viele Gebäude eingerüstet, aber die Häuser, die renoviert werden sollten, waren nicht so schön wie die in Bayswater.

»Notting Hill ist ein altes Arbeiterviertel. Aber trotzdem gibt es hier ein paar schöne Häuser wie das da vorne.«

Glen deutete auf ein großes weißes Haus mit vier Stockwerken und einer reich verzierten Fassade. In den unteren Stockwerken erstreckten sich Balkone über die gesamte Breite. Hier blühten bereits Blumen in Blumenkästen und Töpfen. Die Balkone gingen auf einen schönen Park, der von einem hohen Schmiedeeisenzaun umgeben wurde. Der Öffentlichkeit wurde nur der Blick durch das Gitter gestattet, denn am Tor hing ein Schild: *Privat.*

Sie kamen an einem großen roten Backsteinhaus im Tudorstil vorbei, gingen bis zur nächsten Querstraße und befanden sich auf der Ossington Street. An der Ecke lag ein Pub, das laut dem schwarzen Schild mit der schnörkeligen Goldschrift *Shakespeare* hieß. Das Haus mit dem Pub sah bedeutend älter aus als die umliegenden Gebäude. Es war niedrig, hatte Bleiglasfenster und war olivgrün gestrichen.

Auch die Ossington Street wurde von Baugerüsten beherrscht, besonders die eine Seite. Auf der anderen schienen die meisten Häuser bereits fertig renoviert zu sein. Glen Thomsen blieb vor einem weißverputzten Haus mit einer leuchtend roten Tür stehen. Zwei Messingschilder funkelten ihnen entgegen.

»Hier ist es«, meinte Glen, nachdem er auf einem Zettel nachgesehen hatte.

Irene stellte fest, dass Rebeckas Haus genauso aussah wie das Nachbarhaus, abgesehen davon, dass dort die Tür hellblau war. Auf der blauen Tür gab es sogar zwei ähnliche Messingschilder.

Eine steile Treppe führte zu der roten Tür. »Datacons. Lefèvre & St. Clair« stand auf dem größeren Schild und »Rebecka Schyttelius« auf dem kleineren. Es hatte den Anschein, als würde Rebecka an ihrem Arbeitsplatz wohnen.

Glen Thomsen drückte auf die glänzende neue Messingklingel. Aus dem Haus ertönte ein leises Dingdong. Nach ein paar Sekunden waren schnelle Schritte zu vernehmen, und die Tür wurde geöffnet.

Zum zweiten Mal innerhalb weniger Stunden blieb Irene beim Anblick eines Mannes die Luft weg, weil er ganz anders aussah, als sie erwartet hatte.

Denn soweit Irene wusste, war dieser Mann schon seit mindestens zwanzig Jahren tot.

Jetzt stand er da und sah Irene mit seinen braunen Augen durch seine runde Brille an. Das dichte, dunkelbraune, in der Mitte gescheitelte Haar reichte ihm bis auf die Schultern. Das weiße Baumwollhemd mit den hochgekrempelten Ärmeln war am Hals aufgeknöpft und hing aus einer verwaschenen Jeans. Die nackten Füße steckten in Sandalen.

Sein Name war John Lennon.

Als er ihr jedoch die Hand hinhielt und sich vorstellte, behauptete er, er heiße Christian Lefèvre.

Er lächelte, als ihm Irenes Verwirrung auffiel. Freundlich sagte er:

»Ich habe einen Doppelgänger-Wettbewerb gewonnen. Es bleiben immer wieder Leute auf der Straße stehen, wenn sie mich sehen. Nicht unlustig. Besonders, weil ich ein Fan der Beatles bin und zu jung war, als sie auf der Höhe ihres Ruhms waren.«

Christian Lefèvre trat einen Schritt beiseite, um sie hereinzulassen. In der engen, dunklen Diele hängten sie ihre Jacken auf und traten dann in ein großes Zimmer mit hoher Decke. Die Sonne fiel durch die gardinenlosen Fenster und die Blätter der Grünpflanzen. An den Wänden hingen bunte und teuer gerahmte Plakate mit verschiedenen Computern darauf. Aus versteckten Lautsprechern erklang »Yesterday« von den Beatles.

Irene zählte drei kleine und vier große Computer, die auf weiß lasierten Computertischen standen. Vier flache Metallschachteln waren vermutlich Laptops. Sie standen auf einem eigenen Tisch. Nur zwei der Computer waren an.

»Leider ist Rebecka mit der Aufregung nicht klargekommen. Ich musste sie heute früh zu Doktor Fischer fahren.«

»Muss sie dort bleiben?«, fragte Glen.

»Keine Ahnung. Aber sie bekommt sicher irgendwelche Beruhigungsmittel. Heute können Sie nicht mit ihr reden.«

Irene wusste nicht, ob es Einbildung war, aber sie fand, dass Christian Lefèvres Stimme zufrieden klang.

Glen stand einen Augenblick da und fixierte die John-Lennon-Kopie. Dann sagte er:

»Okay. Dann unterhalten wir uns eben mit Ihnen.«

Das war nicht das, was Lefèvre erwartet hatte. Seine Überraschung war ihm deutlich anzusehen.

»Mit mir? Wieso das? Ich weiß nichts.«

»Möglich, aber das werden wir ja sehen.«

»Aber ich habe sehr viel zu tun … gerade jetzt, wo Rebecka schon so lange ausgefallen ist …«

»Es dauert nicht lange.«

Glen war unerbittlich, und Lefèvre merkte das. Er zuckte irgendwie sehr französisch mit den Achseln und ging auf eine geschlossene Tür zu.

»Wir können uns hier hinsetzen«, sagte er und deutete, nachdem er die Tür geöffnet hatte, in ein Zimmer.

Hier gab es eine Kochnische und eine Couchgarnitur aus schwarzem Leder. Ein großer hellroter Teppich setzte einen Farbakzent. Wie im großen Zimmer waren die Wände weiß.

Der einzige Wandschmuck war ein Pferdekopf aus rot glasierter Keramik.

»Kaffee oder Tee?«, fragte Lefèvre.

»Kaffee«, erwiderte Irene rasch, ehe Glen noch Gelegenheit dazu hatte, abzulehnen.

Er hatte im Hotel seinen Kaffee bekommen, sie aber nicht, und sie wollte gern eine Tasse. Christian Lefèvre füllte den Wasserkocher. Zu spät merkte Irene, dass es nur Pulverkaffee gab. Wenigstens ist er nicht koffeinfrei, tröstete sich Irene.

Lefèvre ließ sich Zeit damit, mit Plastikbechern, Teebeuteln, Milch und Nescafé herumzuhantieren. Nachdem das Wasser gekocht hatte und er es in die Becher gegossen hatte, konnte er es nicht länger hinauszögern. Er sah sich gezwungen, Platz zu nehmen. Es konnte keinen Zweifel daran geben, dass ihm die Situation nicht behagte.

Glen sah ihn lange an, ehe er fragte:

»Warum wollen Sie nicht, dass wir uns mit Rebecka unterhalten?«

Konzentriert starrte Christian in seinen Becher, als sei es das Faszinierendste, was er je gesehen hatte: wie der Inhalt des Teebeutels das Wasser goldbraun verfärbte. Es dauerte, bis er antwortete:

»Ich versuche doch nicht, Sie daran zu hindern, mit Rebecka zu sprechen!«

»Doch.«

Christian fischte den Teebeutel aus dem Becher und knallte ihn verärgert in eine leere Tasse, die er in die Mitte des Tisches gestellt hatte.

»Vielleicht haben Sie Recht. Ich will sie beschützen. Sie hat nicht mal die Kraft, auch nur daran zu denken, was passiert ist. Ganz zu schweigen davon, darüber zu sprechen. Sie wird krank, wenn man nur erwähnt ... was passiert ist.«

»Wie lange ist sie schon krank?«

Er sah hastig auf, schaute dann aber erneut weg.

»Was meinen Sie? Seit den Morden ...«

»Nein. Depressionen hatte sie schon vorher.«

»Woher ...? Seit September.«

»War sie die ganze Zeit krankgeschrieben?«

»Nein. Sie hat zwischendurch immer wieder gearbeitet. Das war gut für sie. Das hat sie ihre Gedanken und ihre Angst vergessen lassen. Phasenweise ging es ihr jedoch schlechter ... Hören Sie mal, was soll das mit den Morden in Schweden zu tun haben?«

Irene mischte sich in das Gespräch ein:

»Das wissen wir nicht. Wir suchen ein Motiv. Haben Sie je Rebeckas Eltern oder Bruder kennengelernt?«

»Nein.«

»Hat Rebecka Ihnen gegenüber erwähnt, dass ihre Familie bedroht worden sei?«

Erst sah Christian erstaunt aus, dann sagte er vage:

»Nein. Sie hat nichts in der Art gesagt. Aber in den Zeitungen stand etwas über eine Spur, die zu Satanisten führt ...?«

»In den Zeitungen stand so was. Hat Rebecka Ihnen irgendwas über Satanisten erzählt?«

Er nippte an seinem heißen Tee, während er nachdachte.

»Es ist schon recht lange her. Ihr Vater hatte sie darum gebeten, ihm dabei zu helfen, irgendwelche Satanisten über das Internet aufzuspüren.«

»Wie lange ist das her?«

»Rebecka hat mir letzten Herbst davon erzählt, und da hat sie gesagt, die Sache liege bereits ein Jahr zurück. Das Ganze ist also mehr als anderthalb Jahre her.«

»Und sie hat nie etwas darüber gesagt, dass sie sich selbst bedroht fühlt?«

»Nein. Nie«, sagte er bestimmt.

»Und Anfang letzter Woche hat sie auch nichts Ungewöhnliches geäußert?«

»Sie meinen, ehe das mit den Morden bekannt wurde?«

»Ja. Also Montag oder Dienstag.«

»Nein. Alles war wie immer. Wir haben beide den ganzen Montag hier gearbeitet. Für Rebecka war das wohl etwas viel. Gegen halb sechs ging sie hoch zu sich, um sich hinzulegen, weil sie Kopfschmerzen hatte. Ich stiefelte ins Shakespeare. Das ist der Pub hier an der Ecke. Wir treffen uns dort montags immer mit ein paar Leuten, um die Totoscheine auszufüllen.«

»Was haben Sie anschließend gemacht?«

»Ich bin nach Hause gegangen.«

»Haben Sie Rebecka noch einmal gesehen?«

»Nein. Sie war oben bei sich.«

Jetzt konnte sich Glen nicht länger zurückhalten und fragte:

»Wohnen Sie zusammen?«

»Ja und nein. Mir hat früher das Nachbarhaus gehört, das mit der blauen Tür. Unten war das Büro und im ersten und zweiten Stock meine Wohnung. Das Büro wurde zu klein, und ich begann, mich nach anderen Räumlichkeiten umzusehen. Da wurde das Nachbarhaus frei. Ich kaufte es und bot Rebecka die Wohnung an. Bedingung war, dass wir im Erdgeschoss die Wand rausreißen und das Büro vergrößern. Wie Sie gesehen haben, hat das funktioniert.«

»Sie leben also zusammen? Als Paar?«

Christian Lefèvre sah Glen wütend an.

»Nein. Und ich verstehe auch nicht, was das mit Ihrer Ermittlung zu tun haben soll.«

»Das hat es. Rebecka ist die Einzige aus der Familie Schyttelius, die überlebt hat. Alles, was ihr Leben betrifft, ist für die Ermittlungen von Belang«, erwiderte Glen gelassen.

Es stimmt zwar nicht ganz, dass alles von Bedeutung ist, dachte Irene, aber jedenfalls gab sich der Franzose mit dieser Auskunft zufrieden. Falls er Franzose war.

Eine Weile war es still. Christian Lefèvre rutschte hin und her. Schließlich sagte er:

»Falls Sie keine weiteren Fragen haben, würde ich jetzt gern arbeiten.«

»Gut, dass Sie davon anfangen. Womit beschäftigen Rebecka und Sie sich eigentlich? Gibt es noch weitere Angestellte?«, fragte Glen unerschüttert.

Christian seufzte schwer und demonstrativ, ehe er antwortete:

»Hier in London sind Rebecka und ich die Einzigen. Andy St. Clair ist wieder nach Edinburgh gezogen und arbeitet von dort aus. Aber er muss sich auch um einige andere Geschäfte kümmern. Hauptsächlich arbeiten Rebecka und ich zusammen. Wir übernehmen Aufträge von Firmen und Organisationen, bei denen es um Computer und Netzwerke geht. Im Augenblick beschäftigen wir uns mit exponentiellen und offenen Netzwerken. Wir evaluieren die Sicherheit. In diesem Fall ist der Auftraggeber geheim, aber so viel kann ich Ihnen verraten, dass militärische Interessen im Spiel sind. Das Risiko, dass Terroristen das Internet lahm legen, ist in der Tat ziemlich groß.«

»Aber das gesamte Internet lässt sich doch wohl kaum lahm legen! Dann muss man doch Millionen und Abermillionen von Websites zerstören«, wandte Irene ein.

»Ganz und gar nicht. Es geht ganz einfach. Das Internet ist ein offenes Netzwerk. Für zufällige Fehler ist es nicht weiter anfällig, aber für Angriffe auf die besonders wichtigen Computer, die Server, die das Rückgrat des Systems bilden. Durch einen zielgerichteten Angriff auf die Server lässt sich das Internet recht schnell auf einige isolierte Inseln reduzieren.«

»Davon habe ich noch nie gehört. Was ist denn ein exponentielles Netzwerk oder wie immer das heißt?«

Glens Tonfall hörte man sein aufrichtiges Interesse und seine Neugier an. Christian hatte entspannter gewirkt, als er vom Internet erzählt hatte. Offensichtlich fühlte er sich im Cyberspace mehr zu Hause.

»Exponentielle Netzwerke haben keine Server. Alle Computer im Netz sind gleich stark miteinander vernetzt. Ein solches Netzwerk reagiert zwar empfindlich auf zufällige Störungen, ist aber gegen Angriffe geschützt.«

»Rebecka arbeitet also an diesen Sachen mit?«

»Ja. Wir sind auf verschiedene Netzwerke spezialisiert und klinken uns da ein, wo die Administratoren der Firmen nicht weiterkommen.«

»Ist damit viel Geld zu verdienen?«

Zum ersten Mal, seit er ihnen die Tür geöffnet hatte, gestattete sich Christian Lefèvre ein Lächeln. Ohne auch nur zu versuchen, seine Zufriedenheit zu verbergen, sagte er:

»Ja. Ein Vermögen.«

Nachdenklich strich sich Glen über die Stirn.

»Mal sehen ... jetzt haben wir über den Montag gesprochen. Ist am Dienstag irgendwas Ungewöhnliches vorgefallen?«

Christians Lächeln verschwand, als hätte jemand den Strom abgestellt.

»Nein. Am Dienstag geschah nichts außer der Reihe. Abgesehen davon, dass ich morgens verschlafen habe. Das ist ungewöhnlich. Ich hatte wohl am Abend vorher im Pub zu viel Whisky und Bier getrunken. Aber dann bin ich losgegangen und habe, um das wieder gutzumachen, Croissants und Kopenhagener gekauft, und Rebecka und ich haben hier gefrühstückt.«

»Wie spät war es da?«

»Halb zehn, zehn. Um den Dreh.«

Christian breitete die Hände aus und zuckte gleichzeitig mit den Achseln.

»Haben Sie dann beide den ganzen Tag hier gearbeitet?«

»Ja. Ich habe Rebecka um vier gesagt, sie solle Feierabend machen. Ich selbst hatte bis gegen acht zu tun.«

»Rebecka bekam an diesen beiden Tagen auch keine ungewöhnlichen Telefonanrufe?«

»Nein.«

»Auch vorher nicht?«

»Nein.«

»Auch keine ungewöhnlichen E-Mails?«

»Ich habe doch schon Nein gesagt.«

Jetzt gelang es Christian nicht mehr, seinen Ärger zu verbergen. Demonstrativ erhob er sich und begann, den Tisch abzuräumen. Irene blieb sitzen, da Glen das ebenfalls tat, und brach auch nicht das Schweigen.

»Könnten Sie jetzt gehen? Ich habe alle Hände voll zu tun.«

Christian verlor die Selbstbeherrschung. Er ging zur Tür und hielt diese weit auf. Sein Adamsapfel schnellte auf und ab, während er versuchte, seine Wut zu zügeln.

»Sie können ja von sich hören lassen, wenn Sie weitere Fragen haben, aber jetzt habe ich keine Zeit mehr«, sagte er mit mühsam erkämpfter Selbstbeherrschung.

Irene und Glen gingen durch den weißen, unpersönlichen Computersaal mit den schönen Grünpflanzen und von dort ins dunkle Entrée. Paul McCartneys Stimme begleitete sie mit »Hey Jude« nach draußen. Jetzt fiel Irene auch auf, warum die Diele so eng war. Hier war eine Wand eingezogen mit einer Tür, die in Rebeckas Wohnung führte.

»Sind die Wohnungen gleich?«, fragte sie Christian.

»Ja.«

Sein Gesichtsausdruck verriet deutlich, dass sie das überhaupt nichts anging.

»Der Bursche hält was zurück. Er wirkt nervös. Vielleicht versucht er aber auch wirklich nur, Rebeckas schwache Nerven zu schützen«, meinte Glen, als sie zum Hotel zurückgingen.

»Schwer zu sagen. Aber was sollte er verschweigen?«

»Keine Ahnung. Vielleicht gibt es doch irgendwelche Drohungen, über die er sich nicht äußern will. Oder er weiß wirklich nichts. Dann ist er wirklich das, wofür er sich ausgibt: ein junger, hart arbeitender Millionär in der Internetbranche, der versucht, seine Kollegin zu schützen.«

Glen sprach etwas an, worüber Irene auch schon nachgedacht hatte.

»Finden Sie nicht auch, dass ihm seine Partnerin etwas sehr am Herzen liegt? Ich meine, dass er Rebecka ins Nachbarhaus einziehen lässt und es renoviert.«

»Das ist wahr. Aber das könnte auch rein praktische Gründe haben, eben dass er die Bürofläche erweitern wollte. Büros in London sind furchtbar teuer. Er profitiert sicher davon, dass er sein Büro in einem Gebäude angesiedelt hat, das er selbst besitzt«, meinte Glen.

Sie gingen durch einen anderen Teil von Bayswater als auf dem Hinweg. Hier waren die Straßen breiter und die Bürgersteige belebt. In den Geschäften und Restaurants herrschte bereits Hochbetrieb. Irene begann, darüber nachzudenken, was sie nach Hause mitbringen sollte. Wieder einmal bewies Glen, dass er über die unheimliche Gabe verfügte, Gedanken lesen zu können.

»Wenn Sie einkaufen wollen, können wir zu Whiteleys gehen. Das ist da vorn. Da gibt es alle erdenklichen Läden. Dahin gehe ich auch immer mit meiner Frau und den Kindern, wenn wir was brauchen. Sie shoppen, und ich sitze ganz oben im Pub und lese Zeitung.«

Er lächelte sein ansteckendes Lächeln und wurde Irene immer sympathischer. Man stelle sich vor! Ein Mann, der freiwillig zum Einkaufen mitging! Er schummelte zwar, indem er sich in den Pub verdrückte, aber immerhin kam er mit.

Sie gingen auf das weiße Gebäude zu, das in der Sonne wie ein Marzipantörtchen aussah. In der Tat erinnerte es mehr an eine prächtige Kathedrale als an ein Warenhaus. Glen blieb hinter den Pfeilern und vor den großen Glastüren stehen.

»Wir treffen uns hier in einer Stunde wieder, dann gehen wir zum Lunch. Während Sie einkaufen, versuche ich, Doktor Fischer zu erreichen.«

Irene betrat das Gebäude und resignierte sofort. Sie würde

mit Sicherheit nur Zeit für einen Bruchteil der Geschäfte haben. Sie stellte ebenfalls fest, dass die schwedische Krone gemessen am englischen Pfund nicht viel wert war. Gleichzeitig gab es viele Dinge, die sie gern gehabt hätte.

Am Interessantesten war der Wäscheladen auf zwei Etagen. Vorsichtig befingerte sie einen hellblauen BH und den dazu passenden Slip. Jedes Teil kostete zwölf Pfund. Sie überlegte noch, ob das billig oder teuer war, als plötzlich eine junge Dame vor ihr stand.

»Erlauben Sie mir, Ihre Maße zu nehmen, dann kann ich Ihnen die richtige Größe holen.«

Etwas skeptisch ließ Irene sich zu einer abschließbaren Umkleidekabine führen und Maß nehmen. Die Verkäuferin verschwand und kam einen Augenblick später mit vier BHs und den dazu passenden Slips zurück. Irene entschloss sich, zwei davon zu nehmen. Eine exklusive hellgelbe Tüte mit Goldschrift in der Hand, ging sie ins Entrée zurück, um Glen zu treffen. Jetzt hatte sie wirklich einen Bärenhunger.

Irene war enttäuscht, dass Glen ein Restaurant ausgesucht hatte, das Mandarin Kitchen hieß. Wenn sie schon mal in London war, wollte sie nicht unbedingt chinesisch speisen – Chinarestaurants gab es in Göteborg mehr als genug. Als das Essen auf dem Tisch stand, änderte sie ihre Meinung sofort. Hier kamen keine halben Sachen auf den Tisch, hier war alles frisch vom Markt gekauft. Auf Glens Empfehlung bestellte sie Jakobsmuscheln in Knoblauchsauce. Sie dufteten und schmeckten himmlisch. Das kühle Bier spülte den Staub der Großstadt aus ihrer Kehle.

Sie wollten beide kein Dessert, sondern tranken nur noch eine Tasse Kaffee. Glen zog eine Schachtel Zigaretten aus der Tasche und bot Irene eine davon an, aber sie lehnte ab. Er zündete sich eine an und inhalierte genussvoll.

»Ich habe Doktor Fischer erreicht, und er hat mit Rebecka

gesprochen. Er ist einverstanden, dass wir sie treffen, wenn er bei dem Gespräch dabei sein darf. Was meinen Sie?«

»Klar.«

»Wir sind morgen um elf in seiner Praxis verabredet.«

»Ausgezeichnet.«

Glen lächelte durch den Rauch und sagte:

»Jetzt muss ich zurück zur Arbeit, aber vielleicht wollen Sie ja mitkommen. Ich setze Sie vor New Scotland Yard ab. Leider habe ich nicht die Zeit, eine kleine Führung mit Ihnen zu machen. Ich muss nämlich zu einer Besprechung. Aber was halten Sie davon, wenn ich Ihnen zeige, wo die Sightseeing-Busse halten? Das ist unten an der Victoria Street.«

»Super. Ich weiß kaum was über London.«

»Dann ist eine Stadtrundfahrt genau der richtige Einstieg. Estell erwartet Sie um sieben in der Lobby. Dann können Sie zusammen zum Vitória gehen.«

»Zum Vitória?«

»Mamas Restaurant. Meine Großmutter hieß Vitória. Da sehen wir uns heute Abend!«

New Scotland Yard war ein Riesenklotz aus Glas und Beton. Er schien von einem Architekten entworfen worden zu sein, der gerne mit Lego gespielt hatte. Die alten Nachbargebäude waren jedoch elegant und imposant.

»Hier sind die Houses of Parliament, in denen seit dem sechzehnten Jahrhundert das Parlament seinen Sitz hat. Hier sehen Sie Big Ben. So heißt jedoch nur die Uhr und nicht der Turm«, sagte Glen.

Er setzte Irene an einer Bushaltestelle unten an der Themse nicht weit von einer Brücke ab, die laut sämtlichen Schildern Westminster Bridge hieß. Irene merkte, dass sie einen Stadtplan brauchte. Eine freundliche weißhaarige Dame in einem kleinen Kiosk neben der Haltestelle verkaufte sowohl Stadtpläne als auch Tickets für Stadtrundfahrten, die einen Tag Gültigkeit hatten. Sie sah aus, als sei sie schon seit dem letzten Weltkrieg Rentnerin.

»Sie können überall in unsere Busse einsteigen«, sagte die alte Frau und lächelte ein sonniges, zahnloses Lächeln.

Irene setzte sich auf das offene Oberdeck des Busses und knöpfte ihre Jacke zu, denn vom Wasser her blies ein füchterlich kalter Wind.

Es war halb sechs, als sie sich durch die Tür ihres Hotelzimmers schleppte. Ihr Kopf brummte von all den neuen Eindrücken, und die Füße taten ihr weh. Sie war vollkommen ausgelaugt. Nachdem sie alle Tüten aufs Bett geworfen hatte, ging sie ins Badezimmer. Dort drehte sie den Warmwasserhahn der Badewanne auf. Neben Koffein war ein Bad jetzt ihr dringendstes Bedürfnis.

Dankbar stellte sie fest, dass das Hotel einen kleinen Wasserkocher bereithielt. Neben den weißen Tassen stand eine Schale mit Teebeuteln, Portionstütchen mit Pulverkaffee und Würfelzucker. Irene füllte den Kocher mit Wasser, knipste ihn an und schüttete die drei Kaffeetütchen in eine Tasse.

Auf dem Heimweg war sie an der Oxford Street direkt vor dem Warenhaus Selfridges ausgestiegen. Rasch war sie durch einige der Etagen gegangen und hatte festgestellt, dass das Preisniveau ihre Möglichkeiten eindeutig überstieg. Freudig überrascht entdeckte sie dann einen Hennes & Mauritz ein Stück weiter die Straße hinunter. Dort fand sie eine hübsche blasslila Wolljacke und ein schwarzes, glitzerndes Top. Superelegant und billig, da die Jacke herabgesetzt war und nur noch die Hälfte kostete. Irene war sehr zufrieden, genierte sich aber gleichzeitig etwas. Um bei H & M einzukaufen, hätte sie wirklich nicht nach London zu fahren brauchen. Sie beschloss, einfach nur zu sagen, sie hätte die Sachen in London gekauft, falls sie gefragt werden würde.

Sie nahm die dampfende Tasse mit ins Badezimmer und stellte sie auf dem Rand der Badewanne ab. Es war göttlich, in das warme Wasser zu sinken und ein paar Schlucke starken Kaffee zu trinken. Das Koffein breitete sich rasend schnell in ihrem Körper aus und vertrieb die Müdigkeit. Gleichzeitig erhöhte die Hitze des Badewassers die Durchblutung von Haut und Muskeln. Nach und nach fühlte sie sich angenehm entspannt.

Dunkle Wolken türmten sich am Horizont auf und näherten sich rasch dem Strand. Was noch vor einem Augenblick warm und angenehm gewesen war, war plötzlich kalt und bedrohlich. Irene fror, wusste aber nicht, was sie tun sollte, damit ihr wieder warm wurde. Arme und Beine waren schon vollkommen steif gefroren und weigerten sich zu gehorchen. Sie bekam furchtbare Angst, als sie begriff, dass sie gelähmt war und erfrieren würde. Regen und Kälte kamen unerbittlich näher, und die Flut würde sie bald hinaus in das eiskalte Meer spülen. Zu allem Überfluss begann es zu donnern.

Mit einem Ruck setzte sich Irene in dem kalten Badewasser auf. Es donnerte immer noch, und erst nach einer Weile begriff sie, dass es klopfte. Zitternd vor Kälte stand sie auf und wickelte sich in das große weiße Badetuch. Schlotternd ging sie die Tür einen Spaltweit aufmachen. Draußen stand Estell.

Ihr Haar war ebenso tadellos hochgesteckt wie am Morgen. In ihrem anliegenden elfenbeinweißen Kleid und den dazu passenden Schuhen war sie atemberaubend schön. Über ihrer Schulter hing eine Jacke, die ebenfalls mit dem Kleid harmonierte. Sie lächelte und sagte:

»Hallo. Sind Sie fertig?«

»Nein … ich bin in der Badewanne eingeschlafen.«

»Sie Ärmste. Sie sind heute natürlich schon sehr früh aufgestanden und waren dann den ganzen Tag unterwegs. Kein Wunder, dass Sie eingeschlafen sind. Es ist erst Viertel nach. Ich rufe an und sage, dass wir uns verspäten.«

Sie lächelte freundlich und ging dann über den dicken Teppichboden davon, ohne über ihre hohen Absätze zu stolpern. Gewisse Frauen können das, andere nicht. Irene gehörte definitiv zur letzten Kategorie.

Blitzschnell duschte Irene heiß und kalt, um ihren Blutkreislauf wieder in Schwung zu bringen. Sie hatte die Haare noch nicht gewaschen, aber es müsste genügen, sie mit dem Hotelföhn ein wenig zu trocknen. Sie streifte das blasslila Top über und zog dann den blauen Leinenanzug an. Zweimal strich sie sich rasch mit der Wimperntusche über die Wimpern, dann fuhr sie sich mit dem neuen Lippenstift über die Lippen, und schon war sie bereit, hinunter zur wartenden Estell zu gehen. Im letzten Moment erinnerte sie sich an den Schmuck. Ein Geschenk von Krister zu ihrem Vierzigsten. Mit ein paar schnellen Handgriffen ersetzte sie ihre silbernen Ohrringe durch bedeutend größere aus Gold. Dann legte sie sich die lange Kette mit dem hübschen Goldei um den Hals. Kristers Cousine, Goldschmiedin in Karlstad, hatte es angefertigt. Es war der teuerste Schmuck, den Irene je besessen hatte, und sie liebte ihn. Ein Blick in den Spiegel bestätigte ihr, dass sie für einen Restaurantbesuch in London gerüstet war.

»Nicht schlecht. Sie haben es in zwölf Minuten geschafft«, sagte Estell.

Sie verließen das Hotel und gingen etwa hundert Meter die Straße entlang. An der Ecke in einem großen Ziegelgebäude lag das Vitória. Südamerikanische Rhythmen drangen auf die Straße. Im Lokal herrschte Karnevalsstimmung. An einem langen Tisch saßen etwa dreißig Personen. Alle Altersgruppen waren vertreten. Alle sangen mit, hoben die Gläser und prosteten sich zu. Irene musste fast schreien, um die Musik zu übertönen.

»Gibt es was zu feiern?«

»Hat Glen Ihnen das nicht gesagt?«, fragte Estell erstaunt.

»Nein. Was?«

»Mama wird fünfundsechzig.«

»Aber da kann ich doch nicht kommen und ...«

In ihrer Verwirrung fiel Irene das Wort für stören nicht ein. Estell lächelte und sagte:

»Sie stören überhaupt nicht. Es war Mamas Idee, dass Glen Sie einlädt. Sie fand es schade, dass Sie hier in der großen Stadt ganz allein herumsitzen. Mama liebt es, sich mit Menschen zu umgeben.«

Eine füllige Dame in einem feuerroten, wehenden Kleid kam lächelnd und mit ausgebreiteten Armen auf sie zu.

»Willkommen! Jetzt kann das Fest wirklich beginnen, denn jetzt sind alle da! Sie sind mir besonders willkommen, Irene! Ich heiße Donna!«

Im nächsten Augenblick lag Irene in den kräftigen Armen ihrer Gastgeberin, deren graue Mähne nach Parfüm und Essen duftete.

Diese hielt Irene ein Stück von sich weg und sah hoch in ihr Gesicht:

»Wenn alle Polizisten in Schweden so groß sind, dann könnten Sie mir doch einen Kollegen im passenden Alter rüberschicken. Ich liebe große Männer!«

Sie lächelte, und für den Bruchteil einer Sekunde sah Irene das bleiche, etwas aufgedunsene Gesicht von Kommissar Andersson vor sich. Er konnte jemanden gebrauchen, der sein kommendes Rentnerdasein etwas aufmuntern würde. Vielleicht sollte sie ihn bei Donna vorbeischicken? Das Alter passte, bloß die Größe stimmte nicht ganz. Die lebenslustige Dame würde ihn vermutlich in ein paar Wochen vollkommen fertig machen. Sie selbst fühlte sich bereits jetzt etwas matt.

Glen winkte und lärmte und deutete auf zwei leere Stühle gegenüber auf der anderen Seite der Tafel. Estell bahnte sich, Irene im Gefolge, einen Weg dorthin.

»Hallo, Irene! Darf ich vorstellen: meine Frau Kate und die Zwillinge Brian und ... Wo ist Kevin?«

Glen stand auf und rief etwas zu einer Gruppe Kinder hinüber. Während Glen noch versuchte, seinen Sprössling herzuwinken, begrüßte Irene Kate. Eine schöne Frau mit dickem rotblondem Haar, großen blauen Augen und sehr heller, sommersprossiger Haut. Zu dem dunkellockigen Jungen neben ihr gesellte sich eine identische Kopie, die Glen schließlich aus der Kindermeute herausgefischt hatte.

»Ich habe auch Zwillinge, aber Mädchen. Die sind gerade achtzehn geworden. Außerdem sind sie nicht …«

Wieder fehlte ihr ein Wort. Wie hieß eineiig auf Englisch?

»Identical«, sagte Kate und lächelte.

Ein Kellner kam mit einem Tablett und servierte Getränke. Die dunkle süße Flüssigkeit, die im Magen brannte, war wahrscheinlich Rum, Irene war sich nicht sicher. Nach einer Weile wurde das Essen serviert. Eine scharfe Sauce mit Krabben und Muscheln, in die sie wunderbar duftendes frisch gebackenes Brot tunkten. Danach kamen Grillspieße mit Huhn und Gemüse. Auch in der Sauce, die es dazu gab, war sehr viel Chili. Wahrscheinlich verschwand der Rotwein deswegen immer so schnell aus ihrem Glas. Je mehr getrunken wurde, desto ausgelassener wurde die Stimmung an der Tafel. Entsetzt merkte Irene, dass es noch mehr zu essen gab, als große duftende Braten aufgetragen wurden. Sie war bereits pappsatt. Zum Rinderbraten gab es Rotweinsauce und geröstete Kartoffeln.

»Das Fleisch kommt aus Südamerika! Nicht aus England. No BSE!«, verkündete Donna von ihrem Ende der Tafel aus.

Es schmeckte wunderbar, aber sie brauchte zwei Gläser, um das ganze Essen hinunterzuspülen. Allmählich spürte sie den Wein. Sie ermahnte sich, langsamer zu trinken. Bei der Vernehmung von Rebecka Schyttelius konnte sie keinen Kater gebrauchen.

Die Stimmung in dem kleinen Restaurant wurde immer ausgelassener. Wärmer wurde es auch. Die Gäste ließen das Geburtstagskind hochleben und sangen. Irene, die kein Portugiesisch konnte, versuchte, so gut es ging, mitzusingen.

Dann wurden zum Dessert eine riesige Obsttorte und Kaffee aufgetragen. Irene wollte keinen Cognac zum Kaffee, denn sie hatte nicht die Absicht, mit Kopfschmerzen aufzuwachen.

Alle unterhielten sich, lachten und sangen, aber als es aufzwölf zuging, merkte Irene, dass sie sich keine Minute länger wach halten konnte. Der Tag war lang und ereignisreich gewesen.

Irene trat auf Donna zu und dankte ihr für den schönen Abend und das gute Essen. Donna zog ihr Gesicht zu sich herab und gab ihr zwei schmatzende Küsse auf die Wangen.

»Jetzt müssen Sie mir versprechen, einen pensionierten Polizisten vorbeizuschicken! Einen großen!«, zwitscherte Donna.

Irene gelobte, sich Mühe zu geben.

Die kühle Nachtluft fühlte sich angenehm auf Irenes heißen Wangen an. Sie holte ein paar Mal tief Luft, um den Zigarettenqualm aus dem Lokal loszuwerden. Glen hatte ihr angeboten, sie zum Hotel zu begleiten, aber sie hatte abgelehnt, da sie gesehen hatte, dass er gleichzeitig damit beschäftigt war, die übermüdeten Zwillinge zum Gehen zu bewegen. Langsam kam ein Taxi auf sie zu und fuhr vorbei, als sie kein Zeichen gab. So weit war es auch wieder nicht. Sie würde das Hotel schon finden.

Die Straße war menschenleer und still. Sie hörte deshalb genau, dass ein Auto langsam hinter ihr herfuhr. Plötzlich blieb es stehen, und eine Tür wurde geöffnet. Wahrscheinlich jemand, der aussteigen will, dachte sie noch. Als sie zwei Hände an den Oberarmen packten und hinten in ein Taxi warfen, war sie vollkommen unvorbereitet. Sie schlug mit der Stirn so fest gegen den Türrahmen, dass sie Sternchen sah. Brutal wurde sie in den Wagen gestoßen.

»Verdammt, fahr schon!«, zischte ein Mann neben ihrem Ohr.

Sein Atem stank ekelhaft nach Schnaps und schlechten Zähnen.

Eine Sekunde lang war Irene vor Schreck und Überraschung wie gelähmt. Sie konnte nicht mal mehr schreien, da fiel die Wagentür schon hinter ihr zu. Sie landete auf dem geräumigen Fußboden vor der Rückbank. Ihr Angreifer hielt sie immer noch gepackt. Mit aller Kraft gelang es ihr, den Kopf zur Seite zu drehen, aber das Einzige, was sie sah, war das Fenster nach vorne und dahinter ein rasierter Stiernacken mit einer großen schwarzen Tätowierung.

Was wollten diese Männer? Wer waren sie? Als Irene merkte, dass der Angreifer ihre Brust abtastete, war sie sich sicher, dass er sie vergewaltigen wollte, aber als er dann versuchte, das Goldei zu packen, begriff sie, dass sie es mit einem Raubüberfall zu tun hatte.

Sie wurde ganz ruhig und vollkommen klar im Kopf. Er ließ ihre Oberarme los und hielt seinen linken Arm in einem Würgegriff um ihren Hals. Instinktiv spannte Irene die Halsmuskeln an und packte seinen Arm mit einer Hand. Dann rammte sie ihm mit aller Kraft den Ellbogen des anderen Arms in den Bauch. Er bekam keine Luft mehr und lockerte sofort seinen Würgegriff. Blitzschnell befreite sich Irene aus seinen Armen und setzte sich neben ihm auf. Sie segnete den Umstand, dass die Londoner Taxis hinten so geräumig waren. Irene lockerte ihren Griff um den Arm des Mannes nicht im Geringsten, drehte ihn auf seinen Rücken und zwang ihn so, auf dem Bauch liegen zu bleiben. Seine andere Hand machte sie unschädlich, indem sie sich, ein Knie zwischen seinen Schulterblättern, auf seinen Rücken setzte. Mit der freien Hand drückte sie seinen Arm auf den Boden des Taxis. Wenn er sich nur im Mindesten regte, würde sie den Druck erhöhen, und das war dann nicht von schlechten Eltern. Er lag vollkommen still.

Das alles hatte nur ein paar Sekunden gedauert. Der Stiernacken am Steuer hatte noch gar nicht recht begriffen, was passiert war, nur dass etwas passiert war.

»Verdammt, was machst du?«, schrie er.

Er versuchte, gleichzeitig nach hinten und nach vorne zu schauen, was natürlich schwierig war. Irene hörte ihn halblaut fluchen. Das Auto geriet ins Schlingern und begann zu schleudern. Es legte sich immer mehr auf die Seite, und die Reifen quietschten. Irene fiel es immer schwerer, den Mann unter sich festzuhalten. Plötzlich kam das Taxi mit einem dumpfen Krachen zum Stillstand. Stiernacken trug keinen Sicherheitsgurt, er knallte mit dem Kopf gegen die Windschutzscheibe und sank über dem Lenkrad zusammen. Der Mann unter Irene gab ebenfalls keinen Mucks mehr von sich. Sie hatte schon Angst, er hätte aufgehört zu atmen. Vielleicht hatte sie zu hart zugedrückt, als der Wagen die Vollbremsung gemacht hatte. Der Griff war gefährlich, und es war schon vorgekommen, dass Festgenommene ihn nicht überlebt hatten. Irene beugte sich nach vorne. Erleichtert stellte sie fest, dass er noch atmete, er schien nur ohnmächtig geworden zu sein.

Es gelang Irene, die Autotür zu öffnen, ein herbeigeeilter Mann half ihr aus dem Wagen. Er stützte sie mit einer Hand. In der anderen hielt er ein Handy.

»... nur ein Wagen ... an der Ecke Westbourne und Lancaster Gate, in einen Laternenpfahl gefahren ... die Frau ist unverletzt, bei den Männern sieht es schlimmer aus ... Sie sollten einen Krankenwagen schicken ...«

Als sich der Mann umdrehte, um zu fragen, wie es zu dem Unfall gekommen war, war die große Frau verschwunden.

KAPITEL 13

Obwohl Irene sich vorgenommen hatte, nicht mit Kopfschmerzen aufzuwachen, tat sie genau das. Das lag allerdings nicht am Alkohol, sondern an einer großen blauen Beule auf der Stirn, die pochte und schmerzte. Der handfeste Beweis, dass der Überfall in der Nacht wirklich stattgefunden hatte und nicht nur ein schrecklicher Albtraum gewesen war. Die Beule mit der kleinen Schürfwunde war direkt am Haaransatz und, wenn sie den Pony föhnte, kaum zu sehen.

Sie hatte sich vom Unfallort davongeschlichen, ein langes nächtliches Verhör wäre wirklich zu viel gewesen. Stattdessen hatte sie sich zu ihrem Hotel geschleppt und war auf ihr Zimmer gegangen. Trotz der aufwühlenden Ereignisse war sie in einen tiefen, traumlosen Schlaf gefallen. Vielleicht war sie auch bewusstlos geworden? Schwankend ging Irene nach unten ins Frühstückszimmer, das im Keller lag. In rascher Folge trank sie mehrere Tassen Pulverkaffee. Sie war immer noch satt von Donnas Geburtstagsessen. Das Einzige, was sie runterbrachte, war ein halbes Käsebrötchen. Langsam ließen auch die Kopfschmerzen nach, und sie konnte wieder einigermaßen klar denken.

Natürlich musste sie der Polizei erzählen, was vorgefallen war. Das einzig Vernünftige war, Glen zu verständigen. Sie hatten verabredet, dass er sie um zwanzig vor elf vor dem Hotel abholen würde, aber es war wohl besser, wenn er schon früher Bescheid wüsste.

Wieder auf ihrem Zimmer nahm Irene Glens Visitenkarte und rief ihn in der Arbeit an. Sie hatte Glück, er war sofort am Apparat. Irene versuchte, ihm wortreich zu erklären, was am Vorabend vorgefallen war, aber er fiel ihr sofort ins Wort:

»Ich komme, so schnell es geht.«

Irene ging nach unten in die Lobby, um auf ihn zu warten. Mit einem gut gelaunten »Guten Morgen« eilte Estell an ihr vorbei und verschwand ebenso schnell wieder in den hinteren Gefilden des Hotels. Sie konnte nicht viel geschlafen haben, aber das war ihr nicht anzusehen. Irene gab sich keinen Illusionen hin. Ihr sah man es sicher sofort an, dass sie eine schwere Nacht hinter sich hatte.

Mit einem sonnigen Lächeln auf den Lippen betrat Glen den Hoteleingang, aber als er Irenes Gesicht sah, verschwand es sofort.

»Wir gehen rauf auf Ihr Zimmer«, sagte er nur.

Irene erzählte ihm detailliert, was vorgefallen war. Glen unterbrach sie kein einziges Mal, sondern hörte die ganze Zeit nur aufmerksam zu. Als sie fertig war, schüttelte er den Kopf.

»Unglaublich! Die Frage ist nur, wer mehr Pech hatte. Sie, weil man Sie an Ihrem ersten Abend in London überfallen hat, oder die Täter, weil sie eine Exmeisterin in Jiu-Jitsu überfallen haben!«

Er lächelte, wurde aber sofort wieder ernst.

»Ich rufe das Revier an.«

Glen benutzte das Telefon auf Irenes Zimmer. Er sprach lange mit verschiedenen Leuten. Immer wieder saß er auch nur da, hörte zu und nickte. Gelegentlich schielte er zu Irene hinüber, und sie meinte, einen neuen Ausdruck in seinen Augen erkennen zu können. Richtig entscheiden, was er bedeuten sollte, konnte sie nicht, aber hin und wieder sah er beunruhigt aus.

»Kommen Sie. Wir müssen fahren. Ich erzähle Ihnen alles auf dem Weg«, sagte Glen.

Er ließ den Wagen nicht sofort an, nachdem sie eingestiegen waren, sondern sah Irene einen Augenblick ernst an.

»Sie hatten unglaubliches Glück. Dank Ihrer Jiu-Jitsu-Kenntnisse sind Sie wahrscheinlich einem schrecklichen Schicksal entronnen.«

Er verstummte und drehte den Zündschlüssel um. Schnurrend sprang der Motor an.

»Das Taxi war gestohlen. Der Fahrer wurde mit schweren Stichverletzungen und ausgeraubt auf einer Seitenstraße nur ein paar Blocks vom Vitória entfernt gefunden. Dort stehen nur ein paar Abbruchhäuser. Er war geknebelt, und die Hände waren mit Klebeband gefesselt. Offenbar geht es ihm recht schlecht. Er liegt im Krankenhaus. Der einzige Trost ist, dass die Täter das ebenfalls tun.«

Glen machte eine Pause, er hatte an einem Zebrastreifen angehalten, um eine ältere Dame mit Gehwagen über die Straße zu lassen. Dann gab er Gas und fuhr fort:

»Der Mann, der Sie überfallen hat, heißt Ned Atkinson. Er wird auch Totengräber genannt.«

Er verstummte erneut. Irenes Kopfschmerzen flammten einen Augenblick wieder auf. Sie hatte also mit einem Mann gerungen, der den Spitznamen Totengräber trug. Sie versuchte, etwas zu sagen, aber ihre Zunge fühlte sich steif und seltsam geschwollen an. Sie schwieg.

»Ned ist ein stadtbekannter Knacki und Fixer. Vor einigen Wochen kam er wieder auf freien Fuß, nachdem er zwölf Jahre wegen Beihilfe zum Mord gesessen hatte. Seine Spezialität ist die Mitarbeit bei Auftragsmorden für die Unterwelt und die Beseitigung der Leichen. Deswegen auch der Spitzname Totengräber.«

Irene gelang es, ihre Zunge von der Lähmung zu befreien. Sie versuchte ein tapferes Lächeln.

»Darf ich fragen, wie der andere Bursche genannt wird?«

Glen sah sie lange an, ehe er entgegnete:

»The Butcher.«

Der Schlächter. Irene beschloss, keine weiteren Fragen zu stellen.

»Sie hatten Glück, dass nicht er Sie ins Taxi gezerrt hat. Der Schlächter wiegt sicher einhundertdreißig Kilo und ist wahnsinnig stark. Aber als er letzten Monat aus dem Gefängnis geflohen ist, hat er sich offensichtlich am Knie verletzt. Das haben sie letzte Nacht im Krankenhaus festgestellt, wo er wegen seiner Schädelverletzungen eingeliefert wurde. Der Kommissar, mit dem ich gesprochen habe, meinte, dass ein normaler Mensch mit so einer Wunde am Knie wahrscheinlich gar nicht hätte herumlaufen können. Der Schlächter war natürlich dazu gezwungen. Er hätte sich kaum auf irgendeiner Notaufnahme blicken lassen können, denn er wurde steckbrieflich gesucht.«

Sie waren an Marble Arch vorbeigefahren und bogen jetzt in die Oxford Street ein. Der Verkehr war dicht, und auf den Bürgersteigen wimmelte es von Leuten, die einkauften. Glen verlangsamte das Tempo und bog in eine Seitenstraße ein. Er fuhr fort:

»Er ist jetzt auf der psychiatrischen Abteilung eines Gefängniskrankenhauses. Er hat wegen einiger ungewöhnlich brutaler Morde und Vergewaltigungen gesessen. Einige Taten waren Auftragsarbeiten, andere einfach zum Vergnügen.«

Glen parkte an der Bordsteinkante. Nachdem er den Motor abgestellt hatte, sagte er leise:

»Ned hat offensichtlich etwas zu lange keine Luft mehr gekriegt, während Sie mit ihm gerungen haben. Er wird wahrscheinlich überleben, aber wegen des Sauerstoffmangels im Gehirn bleibende Schäden davontragen. Die Schädigung des Gehirns könnte allerdings auch von einer Überdosis hervorgerufen worden sein. Er hatte einen extrem hohen Morphinpegel im Blut, außerdem ist er schon sehr lange Fixer. Die Drogen und sein ausschweifendes Leben haben ihm ziemlich zugesetzt. Der Schlächter ist mit ziemlicher Wucht gegen die Windschutzscheibe geknallt und hat schwere Schädelverletzungen davongetragen. Auch er wird bleibende Schäden haben, falls er überlebt. Und, Irene ...«

Glen machte eine Pause und suchte den Blick von Irene. Erst als er ihr in die Augen schaute, sagte er:

»Neben dem Schlächter wurde ein langes Messer gefunden, mit dem er schon auf den Taxifahrer eingestochen hatte. Es war noch blutig.«

Raub. Vergewaltigung. Ein Messer zwischen die Rippen, vielleicht sogar Mord. Das hätte sie erwartet, wenn es ihr nicht gelungen wäre, sich zu befreien. Sie konnte nicht verhindern, dass ihre Knie zu zittern begannen, als sie aus dem Auto stieg. Obwohl es nur dreizehn Grad warm war, lief ihr der Schweiß den Rücken hinunter.

Doktor Fischers Praxis lag ein Stück vom Lärm der Oxford Street entfernt in einem hübschen Gebäude. Alle Häuser in dieser Seitenstraße waren aufwändig und einfühlsam renoviert worden.

Sie hatten durch die Gegensprechanlage ihre Namen gesagt und wurden ins Entrée vorgelassen. Dieses war im viktorianischen Stil gehalten, viel Marmor und dunkle Mahagonischnitzereien. Irene war erleichtert, dass der Aufzug neu und groß genug für zwei Personen war.

Ein kräftiger Mann Ende Fünfzig erwartete sie, als sie aus dem Fahrstuhl stiegen. Sein dichtes, stahlgraues Haar war zurückgekämmt, und er trug einen kurz geschnittenen grauen Vollbart. Der hellgraue Anzug war an Schultern und Hüften etwas knapp, wirkte aber teuer. Sein Gesicht war breit und energisch. Beim Lächeln zeigte er kräftige Zähne, seine graublauen Augen blieben jedoch kalt. Trotz seiner eleganten Kleider fand Irene, dass er mehr wie ein Großwildjäger als wie ein Arzt aussah. Über die Oberkante seiner randlosen Brille hinweg sah er sie durchdringend an.

»Die Inspektoren Thomsen und Huss, wenn ich das richtig sehe. Ich bin Doktor John Fischer. Treten Sie ein.«

Er begrüßte sie mit einer angedeuteten Verbeugung, gab ihnen aber nicht die Hand. Stattdessen deutete er hinter sich. Sie schritten durch eine dunkle Diele in ein kleineres Wohnzimmer, offensichtlich eine Art Wartezimmer. Es war mit Antiquitäten möbliert, die sehr gut zum Stuck an der Decke und den Bleiglasfenstern passten. Auf dem Boden lagen Teppiche, die Irene, die sich damit nicht auskannte, für echt hielt. Alles ließ erkennen, dass das hier keine normale Praxis war. Wahrscheinlich waren die Rechnungen dementsprechend.

»Rebecka will, dass wir uns hier unterhalten«, sagte Doktor Fischer.

Der Arzt öffnete eine Tür. Er ging auf eine Frau zu, die in einem Sessel am Fenster saß, und legte ihr eine Hand auf die Schulter.

Das Licht fiel von der Seite auf Rebeckas rechte Gesichtshälfte. Irene sah, dass sie bedeutend magerer war als auf den Fotos vom Weihnachtsfrühstück. Sie trug ein Polohemd und einen schwarzen Hosenanzug aus einem dünnen Stoff, der sehr elegant war. Soweit Irene das sehen konnte, trug sie keinen Schmuck. Das Haar war lang und ungeheuer dicht, allerdings vollkommen stumpf, es schien, als sei es schon lange nicht mehr gewaschen worden. Es stand ihr, dass sie ein paar Kilo abgenommen hatte. Ihre vollen Lippen und hohen Wangenknochen kamen so besser zur Geltung. Die Augen in dem bleichen Gesicht waren groß und leer, ließen jedoch trotzdem irgendwo tief unten Unruhe und Angst erahnen. Irene begriff plötzlich, warum Christian Lefèvre sie hatte abschirmen wollen. Er wollte sie vor ihrer Angst und ihrem Schmerz bewahren.

»Rebecka ist wie ihr Vater …«, hatte sie erneut Eva Möllers Stimme im Ohr.

»Rebecka, das hier sind die Herrschaften von der Polizei, die mit Ihnen sprechen wollen«, sagte Doktor Fischer.

Irene und Glen traten vor, gaben ihr die Hand und stellten sich vor. Rebeckas Hand war kraftlos und kalt. Irene war sich nicht sicher, wie sie anfangen sollte, und sagte deswegen zögernd und auf Schwedisch:

»Ich weiß nicht, wie ich Ihnen mein Mitgefühl und das meiner Kollegen ausdrücken soll. Es ist außerordentlich tragisch, was Ihrer Familie zugestoßen ist. Wir tun alles, was in unserer Macht steht, um diese Morde aufzuklären. Aber dazu brauchen wir Ihre Hilfe. Es gibt immer noch viel zu viele Fragen, auf die wir keine Antwort haben. Glauben Sie, dass Sie uns ein paar von diesen Fragen beantworten können?«

Rebecka nickte ganz leicht, sah dabei aber Irene nicht an.

»Meine erste Frage ist, ob Sie sich irgendein Motiv für die Morde vorstellen können?«

Kurzes Kopfschütteln.

»Haben Ihre Eltern oder Jakob jemals davon gesprochen, dass sie bedroht würden?«

»Nein«, antwortete Rebecka flüsternd mit rauer Stimme.

»Sind Sie selbst jemals bedroht worden?«

Erneutes, etwas kräftigeres Kopfschütteln.

»Kennen Sie jemanden, der Ihre Eltern so gehasst hat, dass er oder sie sie getötet haben könnte?«

»Nein.«

»Jacob hatte auch keine Feinde, die Sie kannten?«

»Nein.«

Doktor Fischer und Glen verstanden kein Wort ihrer Unterhaltung, saßen aber trotzdem ganz ruhig daneben. Irene hätte einiges darum gegeben, diese Vernehmung Glen überlassen zu können. Nach den Ereignissen der Nacht war sie etwas aus dem Gleichgewicht. Aber es blieb ihr nichts anderes übrig. Sie beschloss, es auf andere Weise zu versuchen.

»Wir haben gehört, dass Ihr Vater Sie darum gebeten hat, die Satanisten im Internet aufzuspüren. Stimmt das?«

»Ja.«

»Haben Sie etwas Brauchbares herausgefunden?«

Zum ersten Mal richtete Rebecka ihren Blick auf Irene, schaute aber rasch wieder weg, ehe sie antwortete:

»Wir stießen auf jede Menge Propaganda. Aber Papa wollte die finden, die die Kapelle niedergebrannt hatten. Im Netz gab es jedoch nur einige Chats.«

»Chats?«

»Ja. Jemand gratulierte zu ›dem geglückten Angriff auf den Tempel des Feindes am See‹. Unterzeichnet war das mit ›Satans treuer Diener‹. Es gelang mir, diese Nachricht zu einem Computer des Gymnasiums in Lerum zurückzuverfolgen. Aber dort war dann Sendepause.«

Sie sprach mit größter Mühe, und Irene bemerkte, dass ihr der kalte Schweiß auf der Stirn stand. Das Ganze schien sie wirklich sehr viel Kraft zu kosten.

»Wissen Sie, ob Ihr Vater bei seinen Nachforschungen etwas herausgefunden hat?«

»Nein. Ich glaube nicht.«

»Sie waren letzte Weihnachten nicht zu Hause?«

»Nein.«

»Dann ist es also schon eine Weile her, dass Sie Ihre Eltern gesehen haben?«

Absichtlich ließ Irene die Frage in der Luft hängen, da sie nicht recht wusste, wie sie weitermachen sollte. Es erstaunte sie, dass Rebecka zusammenzuckte. Deutlich hörbar holte sie Luft und flüsterte:

»Ja.«

»Wann haben Sie sie zuletzt gesehen?«

Umständlich fuhr sich Rebecka mit der Zungenspitze über ihre trockenen Lippen.

»Ostern ... vor einem Jahr ...«

»Ist Ihnen damals irgendetwas Ungewöhnliches aufgefallen? Eine ungewöhnliche oder veränderte Stimmung? Irgendjemand, der etwas Merkwürdiges gesagt hätte?«

Rebecka schien nachzudenken.

»Nein.«

»Hat Ihr Vater damals etwas über die Satanisten gesagt?«

»Nein.«

»Ihre Mutter vielleicht?«

»Nein.«

Rebecka lehnte sich im Sessel zurück. Ihr Gesicht war aschfahl. Es war offensichtlich, dass sie nicht mehr lange durchhalten würde. Das nächste Thema war heikel, musste aber trotzdem angeschnitten werden. Mit leiser Stimme sagte Irene:

»Wir haben bei Ihrem Bruder ein Buch über Satanismus gefunden. Er hatte es im Sommerhaus versteckt. Einer der Führer der Satanisten hat es geschrieben ...«

»LaVey.«

»Kennen Sie das Buch?«

»Ich habe es ihm gekauft. Hier in London.«

»Wieso?«

»Er wollte es haben. Er bekam es von mir zu Weihnachten.«

»Letztes Jahr?«

»Nein. Das Jahr davor.«

»Als Sie zu Hause waren?«

»Ja.«

»Haben Sie es auch gelesen?«

»Nein.«

»Das Buch war in seinem Schlafzimmer hinter der Wandverkleidung versteckt. Dort bewahrte er auch ein Gewehr auf. Kannten Sie dieses Versteck?«

»Ja.«

»Wussten Sie, dass dort ein Gewehr lag?«

Langsam schüttelte Rebecka den Kopf.

»Wer kennt dieses Versteck sonst noch?«

»Nur unsere Familie. Das war sowas wie ein ... Tresor.«

Rebecka schloss die Augen und lehnte den Kopf schwer zurück. Es hatte den Anschein, als könne sie sein Gewicht nicht mehr tragen. Doktor Fischer räusperte sich und rutschte auf seinem Stuhl hin und her. Fieberhaft dachte Irene nach. Sie wusste, dass ihr fast keine Zeit mehr blieb. Plötzlich erinnerte sie sich an etwas.

»Jemand erzählte, Sie seien letzten Sommer zu Hause gewesen. Sie hätten auch Ihren Freund dabeigehabt. Stimmt das?«

Rebecka erweckte den Anschein, als würde sie schlafen, aber nach einer Weile öffnete sie die Augen einen Spalt und sah Irene direkt an.

»Das waren Christian und ich. Wir hatten in Stockholm zu tun ... beruflich. Christian war noch nie in Schweden gewesen. Wir flogen nach Landvetter und nahmen dort einen Mietwagen. Fuhren mit dem Auto ... damit er sich alles ansehen konnte. Statteten auch Kullahult einen Besuch ab. Sie waren nicht zu Hause. Merkwürdig.«

»Wussten Ihre Eltern, dass Sie kommen würden?«

»Nein. Der Besuch war ziemlich überstürzt. Ich wollte sie überraschen. Eigentlich konnte da nichts schief gehen ... sie fuhren nie irgendwohin. Aber ausgerechnet an diesem Tag waren sie bei einem Kommilitonen meines Vaters in Värmland und besuchten irgendeinen Markt.«

»Haben Sie ihnen anschließend gesagt, dass Sie in Kullahult waren?«

»Ich glaube nicht. Wir waren ja nur eben kurz mal vorbeigefahren.«

»Haben Sie Jacob getroffen?«

»Nein. Er ist erst im August umgezogen.«

»Wann sind Christian und Sie genau nach Stockholm gefahren?«

»Ende Juli.«

»Christian ist Ihrer Familie also nie begegnet?«

»Nein.«

»Und Sie sind auch kein Liebespaar?«

Rebecka schüttelte nur sachte den Kopf.

»Zu wem wollten Sie in Stockholm?«

Rebecka wandte das Gesicht ab und sagte lange nichts. Schließlich flüsterte sie:

»Rädda Barnen, das Kinderhilfswerk.«

Doktor Fischer knallte die Handflächen auf die Armlehnen seines Stuhls und sagte:

»Nein. Jetzt reicht es. Mit mehr wird Rebecka nicht fertig.«

Irene sah, dass er Recht hatte. Rebecka hing wie ein Ballon, aus dem die Luft entwichen war, im Sessel.

»Danke, Rebecka, dass Sie sich die Zeit genommen haben. Ich verstehe, welche Überwindung Sie das gekostet haben muss«, begann sie und hielt inne, als Rebecka etwas murmelte, das klang wie »... das kann keiner verstehen«, aber Irene war sich nicht ganz sicher.

Rasch zog Irene ihre Visitenkarte aus der Tasche und reichte sie Glen.

»Glen, seien Sie doch so nett, die Nummer des Thomsen Hotels und Ihre Nummer hier draufzuschreiben. Falls Ihnen heute im Verlauf des Tages noch etwas einfallen sollte«, sagte sie an Rebecka gewandt.

Nachdem Glen ihrem Wunsch nachgekommen war, reichte Irene Rebecka die Karte.

»Sie können mich unter den Nummern auf der Rückseite heute bis halb sechs erreichen. Dann fliege ich nach Hause. In Göteborg können Sie mich ebenfalls anrufen, natürlich auch unter meiner Handynummer.«

Rebecka nickte. Sie ließ die Hand mit der Karte auf den Schoß sinken, ohne auch nur einen Blick darauf zu werfen.

»Ich habe um drei Uhr eine Besprechung. Was halten Sie davon, wenn wir jetzt gleich zum Lunch gehen?«, schlug Glen vor.

Irene hielt das für einen ausgezeichneten Vorschlag. Sie wurde langsam hungrig, da ihr Frühstück wirklich außerordentlich mager ausgefallen war.

»Ich hole Sie heute Abend kurz nach halb sechs am Hotel ab. Ihr Zimmer können Sie bis dahin behalten. Was haben Sie heute Nachmittag vor?«, fragte Glen, als sie wieder im Auto saßen.

»Ich habe wirklich keine Ahnung. Was würden Sie vorschlagen?«, fragte Irene.

»Was gefällt Ihnen? Architektur, Shopping oder was?«

»Eingekauft habe ich gestern, und Architektur ist nicht mein Ding. Irgendwas Lustiges, was nicht eine Menge Geld kostet«, entschied Irene.

Glen dachte einen Augenblick nach. Dann leuchteten seine Augen auf.

»Jetzt hab ich's! Tate Modern. Wir können dort ganz in der Nähe in einem guten Restaurant essen gehen.«

Sie fuhren über die Themse und bogen hinter der Brücke links ab. Glen entdeckte einen freien Parkplatz. In diese schmale Lücke einzuparken, war wirklich eine Meisterleistung. Sie betraten ein dreistöckiges Gebäude. Es zeigte sich, dass das Restaurant ebenfalls drei Etagen hatte. Das oberste Stockwerk bestand zum größten Teil aus einer Terrasse. Ein großes Schild informierte darüber, dass man das gesamte Stockwerk für Veranstaltungen anmieten könnte. Der Wind und das graue Wetter ermunterten einen jedoch nicht zu irgendwelchen Terrassenfesten. Irene zog die gemütliche Kneipenatmosphäre im Erdgeschoss vor.

Sie suchten sich einen freien Tisch und hängten ihre Jacken über die Lehnen. Jeder Tisch hatte eine Nummer. Man musste an der Bar bestellen und die Tischnummer angeben. Nach einer Weile brachte ein Kellner dann das Essen. Natürlich ging man selbst auch nicht mit leeren Händen zurück zum Tisch, sondern mit einem beschlagenen Bierglas.

Irene hatte sich für Lasagne entschieden und Glen für Ofenkartoffel mit Thunfischcreme. Das Essen war schmackhaft und reichlich. Irene verstand nicht, warum die Engländer als Köche einen so schlechten Ruf hatten. Sie war erst zwei Tage im Land und hatte immer ausgezeichnet gegessen. Ehrlicherweise musste jedoch gesagt werden, dass sie noch keine typisch englischen Gerichte probiert hatte, sondern nur chinesische, südamerikanische und italienische. Der dunkelhäutige Halbschotte oder Halbbrasilianer Glen hatte ihr dabei immer Gesellschaft geleistet. Nichts auf ihrer Reise war bisher eigentlich typisch englisch gewesen. Höchstens das Bier.

»Was hatten Sie für einen Eindruck von Rebecka?«, fragte Glen.

»Sie ist wirklich krank. Das sieht man. Obwohl ich nicht weiß, ob es nur Depressionen sind. Ich hatte das Gefühl, dass sie wahnsinnige Angst hat. Irgendwie scheint ihr diese Angst ihre gesamte Kraft zu rauben. Sie war vollkommen fertig.«

Glen nickte.

»Ich hatte auch das Gefühl, dass sie Angst hat. Aber trotzdem hat sie mit Ihnen gesprochen.«

»Ja. Sie beantwortete meine Fragen. Aus ihren Antworten haben wir allerdings nicht viel Neues erfahren. Ich habe das Gefühl, dass sie nicht alles erzählt hat. Wovor hat sie Angst? Und vor wem? Wieso erzählt sie das nicht?«

»Viele unbeantwortete Fragen«, stellte Glen fest.

»Ich weiß immer noch nicht, ob sie Angst um ihr Leben hat. Sie bestritt, dass jemand aus ihrer Familie bedroht worden sei. Und doch wurden die anderen drei ermordet.«

Glen sah sie nachdenklich an.

»Rebecka ist rätselhaft. Ich finde sie faszinierend. Sie sieht gut aus und ist intelligent, andererseits aber vollkommen verängstigt und verschlossen. Sie müssen noch mal mit ihr reden. Wir müssen wohl etwas Zeit verstreichen lassen, aber dann müssen Sie sie irgendwie zum Reden bringen. Ein Problem ist, dass sie von der Beerdigung oder von einer Reise nach Schweden nichts wissen will. Es war vollkommen unmöglich, das auch nur anzusprechen«, meinte er.

»Von wem wissen Sie das?«

»Vom Pfarrer der Seemannskirche, der dabei war, als wir Rebecka von den Vorfällen unterrichteten. Er bat sie, von sich hören zu lassen, wenn sie jemanden braucht, beispielsweise einen Bestattungsunternehmer. Sie hat sich aber bis heute nicht mehr bei ihm gerührt. Das bekümmert ihn, da ja einiges zu regeln ist, was die Beerdigung und den Nachlass betrifft.«

»Ich kann ihn anrufen, wenn Sie wollen. Es wäre vielleicht gut, wenn er sich bei Doktor Fischer meldet. Dieser kann die Fragen dann mit Rebecka durchgehen, sobald er den Eindruck hat, dass es ihr etwas besser geht.«

»Das könnte eine Lösung sein.«

Glen zog sein Notizbuch aus der Tasche und blätterte eine Weile, bis er die gesuchte Nummer fand.

»Hier! Kjell Sjönell, Pfarrer der schwedischen Seemannskirche«, las er vor.

Irene lachte, als Glen versuchte, das schwedische Sj richtig auszusprechen. Sie schrieb sich Sjönells Nummer auf und wann er zu erreichen war.

Sie gingen die Themse entlang und unterhielten sich über die dramatischen Vorfälle der letzten vierundzwanzig Stunden.

»Ich protokolliere, was Sie mir über den Überfall erzählt haben. Dann faxe ich Ihnen das durch, damit Sie es durchlesen und unterschreiben können. Ich weiß nicht recht, ob Sie nicht wieder herkommen und beim Prozess gegen die beiden Gangster aussagen müssen. Falls sie sich überhaupt soweit erholen, dass es zum Prozess kommt«, sagte Glen.

»Warum haben sie sich wohl gerade mich als Opfer ausgesucht?«, meinte Irene nachdenklich.

»Tja. Eine Frau, die allein aus einem Restaurant kommt, in dem was los zu sein scheint. Die Chance, dass sie nicht ganz nüchtern ist, war recht groß. Ein perfektes Opfer für einen Raubüberfall.«

Plötzlich erinnerte sich Irene an das Taxi, das sie gesehen hatte, als sie auf die Straße getreten war. Da es in dem Restaurant heiß gewesen war, hatte sie ihre Jacke offen gelassen. Natürlich hatten der Totengräber und der Schlachter ihren Goldschmuck im Licht der Scheinwerfer gesehen. Instinktiv fasste sie an das Goldei, das um ihren Hals hing.

Nachdem sie etwa einen Kilometer weit gelaufen waren, deutete Glen auf ein großes Gebäude, das an der Themse lag.

»Das ist die Tate Galerie. Früher ein Elektrizitätswerk, heute ein Museum für moderne Kunst. Die Decke in der ehemaligen Turbinenhalle ist fünfunddreißig Meter hoch. Wirklich eindrucksvoll. Ich war mit Kate vor einigen Wochen hier. Es gibt wahnsinnig viel zu sehen. Außerdem kostet es keinen Eintritt.«

»Wieso nicht?«

»Alles mit Spenden finanziert. Ich glaube, auch die Regierung bezuschusst das Ganze.«

Irene verbrachte einige Stunden in der Galerie und sah Werke der berühmtesten Vertreter moderner Kunst. Zum ersten Mal in ihrem Leben betrachtete sie einen echten Picasso, Monet, Dalí und van Gogh. Irene spürte die Kraft, die von diesen Bildern ausging. Das musste mit all dem Neuen um die vorige Jahrhundertwende zu tun haben, das die Kunst für immer veränderte.

Der Rundgang war zwar lehrreich, aber auch sehr ermüdend für die Füße. Schließlich landete sie in dem überfüllten Café im siebten Stock. Nachdem es ihr gelungen war, einen Barhocker zu ergattern, bestellte sie ein Bier. Sie fand es aufregend, einfach nur so dazusitzen und die Menschen aus aller Herren Länder zu betrachten. Und falls ihr das langweilig wurde, konnte sie immer noch den Blick über die Dächer von London und über die Schiffe auf der Themse schweifen lassen.

Glen fuhr sie nach Heathrow. Ehe er sich verabschiedete, sagte Irene zu ihm:

»Ich habe Kjell Sjönell, den Pfarrer, erreicht. Er versprach, mit Doktor Fischer zu reden und mich dann anzurufen. Wir müssen abwarten, ob sich der Gesundheitszustand von Rebecka so weit verbessert, dass sie nach Schweden reisen kann. Sonst muss ich vielleicht noch mal herkommen.«

Glen lächelte:

»Es wäre sehr nett, wenn Sie uns noch einmal besuchen könnten. Aber natürlich hoffe ich, dass es Rebecka bald besser geht. Ich habe über sie und über ihr Geheimnis nachgedacht. Ich glaube, sie kennt die Wahrheit. Entweder bewusst oder unbewusst.«

»Davon bin ich überzeugt«, pflichtete ihm Irene bei.

KAPITEL 14

Irene stürmte in Hannu Rauhalas Zimmer und hielt die Göteborgs Tidningen vom Sonntag in die Höhe.

»Hannu! Erklär mir das!«

Er schaute auf die fette Schlagzeile auf der ersten Seite:

»**KIRCHENBUCHHALTERIN im Umfeld der SATANISTENMORDE wegen UNTERSCHLAGUNG verhört**!«

»Kann ich nicht, habe ich gestern auch gesehen.«

Irene war so aufgebracht, dass sich ihre Stimme überschlug.

»Wie konntest du dich nur mit Kurt Höök über diese Sache unterhalten!«

»Habe ich nicht.«

Hannu lehnte sich zurück und schaute ihr direkt in die Augen. Irene wusste, dass er nicht log. Auf Hannu war in dieser Richtung eigentlich Verlass, auch wenn er etwas Geld für sein neues Haus und sein Kind sicherlich hätte gut gebrauchen können. Kurt Höök war der berühmt-berüchtigte Kriminalreporter der GT und hatte seine Informanten. Wenn man einen Tipp hatte, bei dem es um irgendwas Kriminelles ging, rief man Kurt Höök an.

Sie knallte die Zeitung auf Hannus Tisch und ließ sich auf den Besucherstuhl fallen.

»Ehrlich gesagt hätte ich dir so was auch nie zugetraut. Aber wer könnte es dann gewesen sein? Nur du und ich und außerdem noch Sven kannten dieses Gerücht. Ich war in London, und Sven würde nie mit Kurt Höök reden. Sie verabscheuen sich. Hast du übrigens was rausgekriegt, was diese Vorwürfe bestärken könnte?«

»Nichts. Der Revisor hat mir alle Unterlagen der letzten zehn Jahre gezeigt. Es bestand nie der Verdacht, dass jemand etwas unterschlagen haben könnte.«

»Aber das ist dann eine Katastrophe für die Måårdhs! Das wird dauern, bis Gras darüber gewachsen ist.«

»Wer profitiert davon, dass dieses Gerücht an die Öffentlichkeit kommt?«

Irene runzelte die Stirn und dachte nach.

»Urban Berg«, erwiderte sie schließlich.

Hannu nickte.

Irene ging in ihr Büro und dachte angestrengt nach. Dann fasste sie einen Entschluss und griff zum Telefonhörer.

Louise Måårdh war die Aufregung der letzten vierundzwanzig Stunden deutlich anzusehen. Ihr Haar war ungekämmt, und statt Make-up aufzutragen, war sie sich nur einmal nachlässig mit einem Lippenstift über die Lippen gefahren, der nicht zu ihrer rostroten Jacke passte. Unter der Jacke trug sie ein hellgrünes T-Shirt mit einem noch feuchten Kaffeefleck. Die dunkelblauen Jeans waren knittrig, und in ihren Pantoffeln mit den umgetretenen Fersenkappen war sie barfuß. Mit einer müden Handbewegung forderte sie Irene auf, einzutreten.

Die Måårds wohnten nicht in einem älteren Pfarrhaus, sondern in der Nähe von Ledkulla in einem relativ neuen Einfamilienhaus. Die Teppiche, Tapeten und Vorhänge waren in Pastelltönen gehalten, die gut zu den Möbeln aus hellem Birkenholz passten. Die Wände waren mit Bücherregalen voll gestellt. Das ganze Haus atmete Frieden und Bildung. Obwohl sich Irene damit eigentlich nicht auskannte, fiel ihr auf, dass Teppiche und Kunstwerke sehr kostbar waren. Ihr war klar, dass der Verdacht und der Neid über die Jahre sehr viel Nahrung erhalten hatten.

Wie konnten sie sich das alles nur leisten? Das konnte nicht mit rechten Dingen zugehen. Sie hatte mit sehr viel Geld zu tun. Es konnte doch kein Problem sein, hier und da mal ein paar Tausender abzuzweigen. »Die leg ich zur Seite«, hatte Povel Ramel in einem alten Schlager gesungen, aber da war es wohl um Bretter gegangen.

Louise ging voran in das helle und hohe Wohnzimmer.

»Bitte nehmen Sie Platz«, sagte sie mit tonloser Stimme.

Irene setzte sich in einen eleganten, mit hellgrauem Schaffell bezogenen Sessel. Er war außerordentlich bequem. Louise ließ sich auf das graue Ledersofa gegenüber fallen. Irene war verlegen und begann vorsichtig:

»Ich verstehe, dass das für Sie furchtbar sein muss. Wir tun alles, um herauszufinden, wie das passieren konnte. Es war einer von vielen Tipps, denen wir nachgegangen sind. Reine Routine ... Wie die GT davon erfahren hat, wissen wir nicht.«

»Ich kann nicht zur Arbeit. Man hat uns in der Zeitung verleumdet. Das kommt einer Verurteilung gleich. Es spielt auch keine Rolle, dass alles nicht stimmt. Die Leute werden trotzdem glauben, dass da was ist. Wir haben bereits anonyme Anrufe erhalten. Ich wage nicht mal, die Post reinzuholen.«

»Haben die Zeitungen schon angerufen?«

Wie als Antwort auf ihre Frage klingelte das Telefon. Nach zweimaligem Klingeln war es wieder still. Offensichtlich hatte jemand in einem anderen Teil des Hauses den Hörer abgehoben. Wahrscheinlich war Bengt zu Hause.

»Die rufen die ganze Zeit an. Sie können sich an zwei Fingern abzählen, um welche Kirchenbuchhalterin es im Zusammenhang mit den Satanistenmorden geht. In Kullahult gibt es nur eine: mich.«

Ihre Stimme war noch immer beunruhigend ausdruckslos. Plötzlich gelang es ihr nicht mehr, ihre hart erkämpfte Ruhe aufrechtzuerhalten. Laute Schluchzer ließen sie erzittern, und die Tränen liefen ihr die Wangen hinunter, ohne dass sie den

Versuch gemacht hätte, sie zu trocknen. Irene fand in einer ihrer Jackentaschen ein sauberes Papiertaschentuch und stand auf, um es Louise zu geben.

Irene spürte, wie sich in ihr Mitleid mit Louise zunehmend Wut mischte. Falsche Gerüchte sind infam, dachte sie, gemein und widerlich … man kann sich nicht gegen sie wehren. Energisch setzte sie sich zu Louise aufs Sofa. Die Wut auf den, der dieses unnötige Leid verursacht hatte, machte ihre Stimme kalt und sachlich.

»Hören Sie. Urban Berg hat mich im Präsidium aufgesucht und behauptet, Sten Schyttelius hätte den Verdacht geäußert, Sie hätten Geld der Gemeinde veruntreut. Da es sich um eine so wichtige Mordsache handelt, müssen wir natürlich jedem Tipp nachgehen. Die Gefahr, als Betrüger dazustehen, könnte in der Tat ein Mordmotiv sein …«

Irene kam nicht weiter. Louise sprang auf. Ihr apathischer und feuchter Blick war einer wahnsinnigen Wut gewichen.

»Urban Berg! Dieser versoffene, scheinheilige Affe! Ich bring ihn um!«

Unter den bestehenden Umständen war die Wortwahl nicht besonders glücklich, aber Irene konnte sie verstehen. Bengt Måårdh hingegen, der gerade aufgetaucht war, sah erstaunt aus und blieb ratlos in der Tür stehen.

»Aber meine Liebe, was ist …?«, begann er unbeholfen.

Seine braunen Augen hinter den dicken Brillengläsern blickten vollkommen verwirrt.

»Urban Berg! Dieser hinterfotzige Urban! Er steckt also hinter dieser Sache!«

Irene und Bengt brauchten fast zehn Minuten, bis sie Louise mit vereinten Kräften so weit beruhigt hatten, dass Irene die Möglichkeit hatte, ihr etwas zu erklären.

»Hören Sie zu, Louise. So stelle ich mir das vor …«

Als Erstes rief Irene ihn an, als sie wieder in ihrem Büro war. Sie hatte seine Durchwahl.

»Höök!«, antwortete er eifrig.

»Hier ist Irene Huss.«

»Das ist aber eine freudige Überraschung!«

Er schien sich wirklich zu freuen, und Irene hatte einen Augenblick lang fast ein schlechtes Gewissen. Aber sie war es Louise und Bengt Måårdh schuldig, sich zusammenzureißen. Von wegen Hallo-Hallo, sollen wir nicht mal wieder ein Bierchen trinken gehen! Obwohl das mit Kurt wirklich Spaß machte. Aber das musste warten. Erst musste er einiges wieder geradebiegen.

»Hallo. Ich rufe an, weil du ein Interview führen sollst.«

Einen Augenblick herrschte am anderen Ende verblüfftes Schweigen.

»Ich? Mit wem?«, fragte er dann.

»Mit mir.«

Die nächste Pause fiel bedeutend länger aus. Es war zu hören, dass er sich in die Defensive gedrängt fühlte.

»Ach so? Und wieso?«

»Weil du sonst eine Verleumdungsklage am Hals hast! Und den Prozess verlierst du.«

»Hör mir mal zu, meine liebe Polizistin ...«

»Ich bin nicht deine liebe Polizistin! Du hast deinen Informanten nicht überprüft, und das hat für die Betroffenen katastrophale Folgen gehabt. Außerdem ist an deinen Angaben nicht das Geringste dran. Louise Måårdh ist weder der Unterschlagung verdächtig gewesen, noch ist jemals gegen sie ermittelt worden, wie du in deinem Artikel schreibst.«

»Aber ich habe mich telefonisch beim Revisor der Gemeinde rückversichert. Er war zwar nicht da ... aber jemand dort hat mir bestätigt, dass jemand von der Polizei die Bücher überprüft hätte.«

»Das stimmt. Wir haben einen Tipp überprüft, sind aber auf

keinerlei Unregelmäßigkeiten gestoßen. Weder der Revisor noch sonst jemand hatte auch jemals nur einen Verdacht. Es existiert weder eine Anzeige noch der Beschluss, ein Ermittlungsverfahren einzuleiten, ganz zu schweigen von einer Anklage. Niemand hat Louise jemals verdächtigt. Das Ganze ist üble Nachrede und nichts anderes!«

Höök hatte es die Sprache verschlagen. Langsam und eindringlich fuhr sie fort:

»Pfarrer Urban Berg hat uns beide reingelegt. Er kam zu mir und hat behauptet, Sten Schyttelius hätte Louise Måårdh im Verdacht gehabt, Geld unterschlagen zu haben. Niemand sonst hatte je davon gehört, und Sten Schyttelius ist bekanntlich tot. Urban Berg glaubte vermutlich, dass er, ohne ein Risiko einzugehen, behaupten könnte, dass ein Toter den Verdacht der Untreue geäußert habe. Er hat mir frech ins Gesicht gelogen.«

»Aber warum? Warum lügt ein Pfarrer!«, rief Kurt.

»Um seinen ernstzunehmendsten Konkurrenten bei der Wahl des neuen Hauptpfarrers zu eliminieren. Berg ist schon zweimal wegen Trunkenheit am Steuer verurteilt worden. Das Einzige, was gegen Bengt Måårdh spricht, ist sein Ruf, ein Schürzenjäger zu sein, und dieses Gerücht hat ebenfalls Berg in die Welt gesetzt. Auch wenn sich mit der Zeit herausstellen sollte, dass die Beschuldigungen gegen Louise Måårdh unbegründet sind, hilft es nichts mehr, denn dann ist die Wahl längst vorbei, und Urban Berg ist Hauptpfarrer in Kullahult. Wir haben schon ganz zu Beginn unserer Ermittlungen unsere Witze gemacht und gesagt, die Pfaffen in diesem Fall seien die reinsten Klatschweiber, aber Urban Berg ist noch was Schlimmeres. Er ist ein Lügner und Intrigant.«

Kurt seufzte.

»Was, findest du, sollen wir tun?«

»Ihn als das Schwein hinstellen, das er ist. Wir erzählen einfach, was passiert ist. Ich suche die Akten über seine Trunkenheit am Steuer heraus. Dann werde ich dir detailliert berichten, was er vorige Woche zu mir gesagt hat. Natürlich werden wir keinen Zweifel daran lassen, dass Louise Måårdh unschuldig ist. Du schreibst ganz einfach die Wahrheit.«

»Ist etwas dran an der Sache, dass die Eheleute Måårdh in den letzten Jahren auffällig viel Geld gehabt haben?«

Irene lächelte, als sie antwortete:

»Bengt und sein Bruder haben vor einigen Jahren einen kinderlosen Onkel beerbt. Es ging um sehr viel Geld. Louise und er haben es niemandem erzählt. Es wird immer so viel geredet ...«

»Und das soll ich wohl auch schreiben«, stellte Kurt fest.

»Natürlich.«

»Urban Berg, der Ärmste. Und ich armes Schwein erst.«

»Mit euch muss man wirklich kein Mitleid haben. Das ist das Mindeste, was du tun kannst: zu versuchen, die Sache wieder einzurenken. Dieses Mal hat es wirklich Unschuldige getroffen. Denk dran: Ich will eine Schlagzeile auf der ersten Seite!«

»Okay, okay. Geht in Ordnung.«

»Und? Zwei Tage London auf unsere Kosten und außer einem Pflaster auf der Stirn hast du nichts vorzuweisen?«

Kommissar Andersson trommelte mit den Fingern auf der Tischplatte. Irene hatte gerade ihren Bericht über die Londonreise beendet. Die Besprechung fand am Nachmittag stand, da die Morgenbesprechung hatte verkürzt werden müssen. Der Kommissar hatte sich gezwungen gesehen, eine Konferenz der Führungsebene zu besuchen. Es war anzunehmen, dass das auch der Grund für seine schlechte Laune war. Ein weiterer Grund war, dass sich Jonny Blom schon wieder hatte krankschreiben lassen. Da im gesamten Dezernat Personalknappheit herrschte, war es sofort zu spüren, wenn einer fehlte. Die Übrigen hatten dann noch mehr zu tun, und die Akten türmten sich auf sämtlichen Schreibtischen. Es mussten ungemütliche Prioritäten gesetzt werden. Es war nicht ganz leicht, einer alten Dame, die mit dem Messer bedroht und um hundertdreiundvierzig Kronen beraubt worden war, bei ihrem sechsten Anruf in drei Tagen zu erklären, dass ihr Fall wirklich nicht der wichtigste sei. Für sie war das Ganze entsetzlich, für die Beamten nur ein Papier mehr auf dem Schreibtisch. Vielleicht würden sie den Täter fassen, falls es zu einem weiteren ähnlichen Überfall in der gleichen Gegend kam. Mit etwas Glück hatten sie dann eine gute Personenbeschreibung in der Hand. Wenn nicht, dann würde das Papier im Stapel der laufenden Ermittlungen immer weiter nach unten wandern.

»Ich finde durchaus, dass die Reise einiges ergeben hat. Beispielsweise, dass Rebecka mit Christian Lefèvre letzten Sommer in Schweden war. Sie sind nach Kullahult gefahren, haben aber weder ihre Eltern noch ihren Bruder angetroffen. Dann fuhren sie mit dem Auto nach Stockholm, um dort mit dieser Hilfsorganisation über einen Auftrag zu sprechen. Von dort flogen sie direkt zurück nach London, und zwar ohne mit ihren Eltern gesprochen zu haben«, sagte Irene.

»Haben sie ihren Eltern nie erzählt, dass sie beim Pfarrhaus waren?«, wollte Fredrik wissen.

»Offensichtlich nicht.«

»Was haben sie für diese Hilfsorganisation gemacht?«, erkundigte sich Hannu.

»Keine Ahnung. Das war die letzte Frage, die ich ihr gestellt habe, ehe sie vollkommen in sich zusammenfiel. Vielleicht sollten wir uns bei Rädda Barnen in Stockholm erkundigen?«

»Verdammt! Das hat doch nichts mit den Morden zu tun!«, fauchte der Kommissar.

Wirklich keiner seiner besseren Tage. Irene hatte plötzlich nicht übel Lust, ihn bei Donna Thomsen vorbeizuschicken. Zum einen, um ihn loszuwerden, zum anderen, weil ihm das sicher gut bekommen würde. Donna wäre allerdings sicher enttäuscht. Einen glatzköpfigen, bleichen und dicklichen Kommissar mit zu hohem Blutdruck hatte sie sich nicht erhofft. Für alle Beteiligten war es deswegen vermutlich das Beste, wenn der Kommissar im Präsidium blieb.

»Ich weiß, dass das vielleicht zu nichts führt. Aber außer den Computern haben wir keinerlei Anhaltspunkte. Sten Schyttelius benutzte einen Computer. Jacob Schyttelius benutzte einen Computer. Rebecka arbeitet mit Computern, und zwar auf höchstem Niveau. Lefèvre ebenfalls. Die Einzige, die nichts mit Computern zu tun hatte, war Elsa Schyttelius.«

»Wo sind die Disketten?«, wollte Hannu wissen.

»Genau. Eigentlich müsste es eine Unmenge Disketten geben. Schon allein für das Backup«, pflichtete ihm Irene bei.

»Womit verdienen Rebecka und dieser andere Bursche eigentlich genau ihr Geld?«, fragte Fredrik.

»Lefèvre war recht mitteilsam, als ich ihn nach seiner Arbeit gefragt habe. Meistens geht es offensichtlich um irgendwelche Sicherheitsfragen des Internets. Wie man Sabotage verhindern kann und so.«

»Und was hat das mit den Morden zu tun?«, wollte der Kommissar wissen.

»Wahrscheinlich überhaupt nichts. Wahrscheinlich geht es um ganz andere Sachen. Was die Satanistenspur angeht, stecken wir fest und kommen nicht weiter. Vielleicht ist Sten Schyttelius ja etwas ganz anderem auf die Spur gekommen, als er nach den Satanisten suchte? Sodass er schließlich für eine oder mehrere Personen eine solche Bedrohung darstellte, dass diese beschlossen, ihn zu ermorden. Das würde erklären, warum Elsa und Jacob ebenfalls getötet wurden. Der Mörder konnte es nicht riskieren, dass Sten Schyttelius seinen nächsten Angehörigen von seinen Erkenntnissen erzählt hatte.«

Eine Weile war es still. Dann sagte Hannu:

»Dann ist Rebecka immer noch in Gefahr.«

»Das befürchte ich. Der Mörder kann nicht wissen, ob ihr Sten oder Jacob nicht doch etwas erzählt haben. Sie scheint überaus verängstigt zu sein.«

»Aber wieso erzählt diese Tussi dann nicht einfach, was sie weiß?«, ereiferte sich Fredrik.

»Rebecka ist sehr verschlossen. Vielleicht ahnt sie gar nicht, worum es geht, vielleicht hat sie eine Vermutung, will sich diese aber nicht eingestehen. Was weiß ich.«

»Wenn sich der Mörder die Mühe gemacht hat, die Festplatten zu löschen, dann muss er natürlich auch die Disketten zerstört haben. Oder hat er sie noch, um an die Informationen aus den Computern zu kommen? Vielleicht sind die Disketten ja in der Nähe der Tatorte versteckt«, sagte Fredrik eifrig.

»Beim Mörder«, meinte Hannu lakonisch.

Es wäre sinnlos gewesen, die Festplatten zu zerstören und die Disketten liegen zu lassen. Alle wichtigen Informationen von den Festplatten gab es sicher auch auf Disketten, wenn Vater und Sohn Schyttelius gewissenhaft gewesen waren. Aber das musste nicht der Fall sein. Längst nicht jeder kopierte alles auf Disketten.

»Könnten wir irgendeinen Winkel in den Häusern übersehen haben, wo man Disketten verstecken könnte?«, fragte Irene ohne größere Hoffnung.

»Wohl kaum. Die Häuser haben wir wirklich eingehend unter die Lupe genommen. Die Spurensicherung hat schließlich auch das Versteck hinter der Wandverkleidung des Sommerhauses gefunden«, erwiderte Fredrik.

»Das Versteck, ja ... Rebecka sagte, es hätte als eine Art Tresor gedient. Wer braucht schon in einem Sommerhaus einen Tresor?«, überlegte Irene.

»Angst vor einem Einbruch. Die Einbrüche in Sommerhäusern nehmen lawinenartig zu«, murmelte der Kommissar.

»Aber sie hatten es doch gar nicht weit bis zum Pfarrhof. Warum brauchten sie dann in der Hütte ein Versteck für Wertsachen?« Irene ließ nicht locker.

»Vielleicht musste der Pastor die Flaschen vor seiner besseren Hälfte verstecken?«, schlug Fredrik vor.

»Wohl kaum. Laut Rebecka kannten alle Familienmitglieder das Versteck.«

»Wie ist dieser Bursche eigentlich?«, fragte Hannu plötzlich.

Eine gewisse Verwirrung entstand, bis allen klar war, dass von Christian Lefèvre die Rede war.

»Er ist eine John-Lennon-Kopie und außerdem ein sehr rücksichtsvoller Arbeitgeber. Er macht sich große Sorgen um Rebecka. Er agiert fast überbeschützend und versucht, die Polizei von ihr fern zu halten. Nachdem ich Rebecka getroffen habe, verstehe ich ihn besser. Sie ist wirklich in einer sehr schlechten Verfassung«, sagte Irene.

»Wäre es möglich, dass sie nur so tut, dass sie kränker spielt, als sie ist?«, fragte Andersson, dessen Interesse wieder erwacht war.

»Nein. Sie ist verdammt krank. Doktor Fischer hat Gl… Inspector Thomsen erzählt, dass er bereits letzten Herbst angefangen habe, sie wegen ihrer Depressionen zu behandeln. Er scheint ein sehr bekannter Arzt zu sein. Schicke Praxis.«

»Und zwischen Lefèvre und Rebecka läuft nichts?«, wollte Fredrik wissen.

»Nein. Jedenfalls ist mir nichts aufgefallen.«

»Irene muss noch mal hinfahren«, sagte Hannu und sah den Kommissar direkt an.

Dieser wurde hochrot und knurrte unfreundlich:

»Das geht nicht. Weißt du, was das kostet?«

»Rebecka hat alle Antworten«, stellte Hannu fest.

»Möglich. Aber wir warten ab. Laut Irene ist sie ja so verdammt krank.«

Irene fand, dass es an der Zeit war, sich in den Wortwechsel einzuklinken.

»Ich habe den Pfarrer von der Seemannskirche angerufen. Er hat mir versprochen, von sich hören zu lassen, wenn es Rebecka besser geht.«

»Dann warten wir das also ab«, entschied Andersson.

Es dauerte eine ganze Weile, bis Irene die richtige Person erreicht hatte. Derjenige, der über die Sache am besten Bescheid wusste, verbrachte gerade die Osterferien in Idre, aber nachdem sie einige Male hin- und herverbunden worden war, geriet sie an eine Sachbearbeiterin, die Lisa Sandberg hieß. Irene stellte sich vor und brachte ihr Anliegen vor.

»Meine Frage lautet also, was für eine Arbeit Rebecka Schyttelius und Christian Lefèvre für Rädda Barnen übernommen haben.«

»Das ist kein Geheimnis, aber trotzdem möchte ich Sie bitten, die Sache vertraulich zu behandeln. Es gibt sicher viele, die es auf den Kopf von Rebecka Schyttelius und Christian Lefèvre abgesehen haben«, erwiderte Lisa Sandberg ernst.

»Ihre Angaben gehen nur an die weiter, die mit der Ermittlung betraut sind«, versicherte Irene.

»Zufällig erhielten wir den Tipp, dass ein Netzwerk von Pädophilen Kinderpornografie übers Internet verbreitet. Sie hatten eine Net-Community eingerichtet. Das lässt sich mit einer geschlossenen Gesellschaft im Internet vergleichen. Wir sind ihnen auf die Spur gekommen, es gelang uns jedoch nicht, Zugriff auf ihr Archiv, auf die Bilder und Filme zu bekommen. Einer aus unserer Gruppe kannte Rebecka Schyttelius und wusste, dass sie mit einem sehr fähigen Burschen zusammenarbeitet. Sie hatten bereits ähnliche Aufträge für die Weltgesundheitsorganisation erledigt. Wir riefen Rebecka an und baten die beiden, herzukommen. Sie erhielten von uns alle Informationen und fuhren dann zurück nach London und begannen mit der Arbeit. Sie infiltrierten die Gruppe. Es handelte sich um siebenundfünfzig Personen in ganz Skandinavien. Diese Community hatte ein Schwarzes Brett und einen Chat-Room, wo sie zu bestimmten Zeiten zusammenkamen und über Bilder und Fantasien sprachen. Es handelt sich um den größten Kinderpornoring, der jemals in Nordeuropa aufgedeckt worden ist.«

»Ich erinnere mich, dass ich letzten Winter davon in der Zeitung gelesen habe. Da waren auch Leute dabei, von denen man das nie erwartet hätte.«

»Ein Professor in Literaturwissenschaft kurz vor der Pensionierung, eine Stadtdirektorin mit vier Kindern, ein bekannter dänischer Möbeldesigner … tja, es gab wirklich viele Überraschungen. Aber das haben wir vermutlich bei dieser Ermittlung gelernt. Es lässt sich nie sagen, wer von Kinderpornografie besessen ist.«

»Wie konnten Sie alle diese Leute identifizieren?«

»Das war schwer. Alle hatten Spitznamen und anonyme E-Mail-Adressen. Es war Rebecka und Christian zu verdanken, dass wir so viele identifizieren konnten.«

»Konnten denn nicht alle identifiziert werden?«

»Nein. Fünf konnten wir nicht identifizieren. Drei in Schweden, einen in Norwegen und einen in Dänemark.«

»Wie hießen die in Schweden?«

»Carlie, Peter und Pan.«

»Gehören Peter und Pan zusammen? Klingt fast so. Peter Pan.«

»Das ist uns ebenfalls aufgefallen, aber nichts deutet darauf hin.«

»Es waren also Rebecka und Christian, die die Gruppe infiltrierten und die Identität der Mitglieder herausfanden?«

»Ja. Sie verfolgten einige Monate lang den Datenaustausch und sammelten Beweise. Sie konnten zum Beispiel nachvollziehen, wann bestimmte E-Mail-Adressen in anderen Zusammenhängen im Internet auftauchten. Systematisch ermittelten sie so, wer sich hinter den Spitznamen verbarg. Wenn ich die Sache recht verstehe, verfolgten sie die Mails zu bestimmten Computern zurück. Es gibt da so was, was IP-Nummer heißt … mit diesen technischen Details kenne ich mich aber nicht so gut aus.«

»Das verstehe ich. Deswegen ließen Sie sich ja auch von Rebecka und Christian helfen.«

»Genau. Sie haben fantastische Arbeit geleistet. Die Bilder und Filme sind wirklich alle übelster Sorte, sie zeigen schlimmsten Kindesmissbrauch. Ein Mann hat Geschlechtsverkehr mit einem dreimonatigen Baby, Mädchen und Jungen im Alter von fünf oder sechs Jahren werden vor der Kamera vergewaltigt und so weiter. Das Netzwerk hatte Tausende solcher furchtbaren Sachen gesammelt. Die Eintrittsvoraussetzung in den Club war, dass man eigene Bilder oder Filme zum Archiv beisteuerte. Wir sind dabei, die Identität der Kinder zu ermitteln. Das ist eine schwierige Arbeit. Die Bilder scheinen aus der ganzen Welt zu kommen. Sie anzuschauen, hat uns alle wirklich sehr mitgenommen. Die Bilder sind so furchtbar, dass ich seither Schlafprobleme habe. Manchmal bin ich auch ohne Grund deprimiert. Diese scheußlichen Bilder haben sich in meinem Unterbewusstsein festgesetzt.«

Irene kam ein Gedanke: Konnte es die Arbeit mit der Kinderpornografie gewesen sein, die im Herbst Rebeckas Depressionen ausgelöst hatte? Das sollte sie Doktor Fischer fragen, vielleicht auch Rebecka selbst.

»Vielen Dank, dass Sie sich die Zeit genommen und mir das alles erzählt haben«, sagte Irene.

»Keine Ursache. Es ist Aufgabe von Rädda Barnen, darüber zu informieren, was im Internet passiert. Jeden Tag werden Kinder vergewaltigt, und die Bilder werden dann digitalisiert und mit Lichtgeschwindigkeit über das globale Netzwerk verbreitet. Ständig werden sie auf eine unbekannte Anzahl Computer auf der ganzen Welt heruntergeladen. Selbstverständlich auch in Schweden.«

»Das klingt furchtbar ... Was kann man nur dagegen tun?«

Am anderen Ende blieb es lange still.

»Schwer zu sagen. Das Internet lebt sein eigenes Leben und kennt keine Begrenzungen von Zeit und Raum. Aber wir dürfen nie aufgeben. Um der Kinder willen. Sie haben nur uns. Der Durchschnittsbürger will gar nicht wissen, was los ist. Die meisten machen einfach die Klappe zu und tun so, als sei nichts. Und damit meine ich die Mehrheit der erwachsenen Bevölkerung. Auch die, die wissen, was los ist, und die Hände in den Schoß legen, machen sich mitschuldig. Das meine ich wirklich.«

Irene konnte ihr da nur zustimmen. Sie hatte im Laufe der Jahre mit einigen Inzestfällen zu tun gehabt. Auffällig oft hatte es Erwachsene im Umfeld der wehrlosen Opfer gegeben, die etwas geahnt oder von dem Missbrauch gewusst hatten. Trotzdem hatten sie nichts unternommen, um dem Kind zu helfen.

Irene saß lange da und hing ihren Gedanken nach, nachdem sie den Hörer aufgelegt hatte. War Rebecka bei dieser Sache vielleicht auf Informationen über eine bestimmte Person gestoßen? Hatte sie ihren Eltern und ihrem Bruder davon erzählt? Wie hatten diese die Erkenntnisse dann eingesetzt? Vermutlich falsch, da sie alle drei tot waren.

Die Einzige, die möglicherweise auf diese Fragen eine Antwort wusste, war Rebecka. Hannu hatte Recht. Sie musste zurück nach London. Am nächsten Wochenende war Ostern, aber danach würde sie fahren müssen.

Dienstagmorgen rief ein jugendlicher Ornithologe bei Kommissar Andersson an. Am zurückliegenden Sonntag hatte er beim Vogelbeobachten eine Feuerstelle am Nordende des Norssjön entdeckt. Erst hatte er sich das Ganze nicht genauer angesehen, aber dann hatte er es aus einer Laune heraus doch noch getan, ehe er weitergezogen war. Er war sich sicher, dass Reste von Computerdisketten in der Feuerstelle gelegen hatten. Aus den Zeitungen wussten inzwischen wirklich alle von den gelöschten Festplatten und den Blutpentagrammen an den Tatorten. Trotzdem hatte es den ganzen Montag gedauert, bis er sich dazu aufgerafft hatte, bei der Polizei anzurufen.

Andersson machte einen Treffpunkt aus, um sich von ihm zur Feuerstelle führen zu lassen. Über die Wechselsprechanlage rief er Fredrik Stridh an, bekam aber keine Antwort. Dann drückte er den Knopf von Irenes Nebenstelle. Die saß brav in ihrem Büro und versprach, sofort bei ihm reinzuschauen.

Am vereinbarten Treffpunkt, der Pizzeria von Kullahult, trat der Fünfzehnjährige nervös von einem Bein aufs andere. Seinem pickligen Gesicht war die Enttäuschung deutlich anzusehen, als Irene aus dem Wagen stieg und sich als Kriminalinspektorin vorstellte. Die Frage war nur, was ihn am meisten enttäuschte, dass er es mit einer Frau zu tun hatte oder dass er nicht mit einem Streifenwagen mit Blaulicht fahren durfte. Irene setzte sich wieder ans Steuer. Svante Malm saß, seine große Tasche neben sich, auf dem Rücksitz. Der Jüngling stellte sich als Tobbe Asp vor. Er setzte sich neben Irene auf den Beifahrersitz und lotste sie zum Norssjön. Sie parkten bei einer kleinen Abzweigung ein paar hundert Meter vor dem Weg, der zum Sommerhaus der Schyttelius führte. Das Wetter war schön, obwohl es nicht sonderlich warm war. Nach ihren Erfahrungen bei ihren letzten Waldspaziergängen hatte Irene Gummistiefel mitgenommen. Den Vogelfreund an der Spitze marschierten sie hinunter zum See.

Am Ufer fanden sie in einer tiefen Felsspalte die Feuerstelle. Schon mit bloßem Auge konnte Svante Malm die Reste von Disketten in der Asche erkennen.

Während sich Svante um die Asche kümmerte und das umliegende Terrain sondierte, fuhr Irene den hilfsbereiten Tobbe zurück. Vorsichtig erkundigte er sich, ob er nicht mitkommen und sich die Räume der Spurensicherung im Präsidium anschauen könne. Sozusagen der Asche folgen, die er gefunden hatte ... Irene senkte die Stimme und sagte, so verschwörerisch sie konnte, dass das leider aus ermittlungstechnischen Gründen nicht möglich sei, dass sein Fund jedoch für die weitere Ermittlung von unschätzbarer Bedeutung sei. Damit schien er sich zufrieden zu geben.

KAPITEL 15

Sie hat selbst vorgeschlagen, dass wir ihre Aussage auf Video aufnehmen.«

Tommy fuchtelte mit der Videokassette herum. Irene, Kommissar Andersson und Fredrik saßen in einem der größeren Verhörzimmer vor dem Fernseher und wollten bei der Premiere seines Films das Publikum stellen.

Feierlich legte er die Kassette in den Videorekorder und drückte auf Wiedergabe.

Das handverlesene Publikum hörte seine Stimme aus dem Fernseher. Er nannte das Datum. Das war allerdings überflüssig, denn es stand in einer Ecke des Bildes. Dann ging es weiter:

»Anwesend sind ich selbst, Kriminalinspektor Tommy Persson, Staatsanwältin Inez Collin und Rechtsanwalt Henning Neijlert. Die Zeugin, die befragt werden soll, heißt Gertrud Ritzman.«

Die Kamera schwenkte und zeigte das Profil von Inez Collin. Sie trug ihr blondes Haar ordentlich zu einem Pferdeschwanz zusammengebunden. Soweit das zu sehen war, trug sie eine hellbraune Wildlederjacke und ein nougatfarbenes Seidentop. Um ihren Hals lag die Perlenkette, die sie oft trug. Geistesabwesend hielt sie die Perlen zwischen den Fingern. Irene fielen ihre bronzenen Fingernägel auf und der große Diamantring, der an ihrem linken Ringfinger funkelte.

Rechtsanwalt Neijlert war ein Mann schon fortgeschritteneren Alters mit einem nervösen Tick. Er blinzelte dauernd. Außerdem hatte er eine Halbglatze. Das verbliebene lockige Haar war überraschend dicht und silbergrau. Seine spitzen Gesichtszüge erinnerten etwas an einen Pudel.

Von Tommy wusste Irene ja schon, dass Gertrud Ritzman gerade achtzig geworden war. Ihr Alter war ihr auch anzusehen, was aber vermutlich mehr an ihrer Krankheit lag. Ihre klauenähnlichen Hände zitterten, als sie die Jacke enger um sich zog. Die Haut auf ihrem Handrücken war fleckig und faltig. Für ihre durchsichtigen Hände schien sie fast zu groß zu sein. Ihre Lippen waren beunruhigend blau, die Gesichtshaut gelblich, und die Atmung war angestrengt. Neben ihr stand eine große Stahlflasche. Von dieser führte ein dünner Schlauch zu ihren beiden Nasenlöchern und versorgte sie leise pfeifend mit Sauerstoff.

»Frau Ritzman hat mich gebeten, ihre Zeugenaussage darüber, was in der fraglichen Nacht und vor allen Dingen am Morgen vorgefallen ist, auf Video aufzunehmen. Sie hält sich für so schwer krank, dass die Gefahr besteht, dass sie ... nicht mehr bei uns ist, wenn der Prozess gegen Asko Pihlainen beginnt«, ließ sich Tommys Stimme vernehmen.

»Dann bin ich tot. Das sollte ich eigentlich jetzt schon sein, aber ich bin zäh.«

Resolut übernahm die kleine Person das Kommando und erzählte, wie sie Asko Pihlainen und dessen Nachbarn Wisköö am fraglichen Morgen vor dem Haus gegenüber gesehen habe. Es war fast halb sechs gewesen, als sie das Auto gesehen hatte. Sie konnten also unmöglich, wie sie behaupteten, gegen fünf mit ihren Frauen Poker gespielt haben.

Inez Collin stellte ein paar Fragen, um sich zu vergewissern, wie genau Gertrud Ritzman Daten und Tageszeiten auseinander hielt. Bei keiner ihrer Antworten war auch nur das leiseste Zögern zu verzeichnen. Sie war vollkommen klar im Kopf. Die Anwesenden stellten noch ein paar ergänzende Fragen. Zum Schluss bemerkte Irene, dass ihr klarer Blick etwas trübe wurde.

Zwischen den keuchenden Atemzügen zitterte ihre Stimme hörbar. Sie war vollkommen am Ende. Es blieb ihr nicht mehr viel Kraft. Tommy hatte das offensichtlich ebenfalls bemerkt, denn er beendete das Verhör mit einem erneuten Schwenk über die anwesenden Personen. Dann wurde die Mattscheibe dunkel.

Andersson brach das Schweigen, das sich breit gemacht hatte.

»Kommen wir damit durch?«, fragte er.

»Laut Staatsanwaltschaft hat diese Aussage vor Gericht Bestand«, antwortete Tommy.

»Wie kommt das Rauschgiftdezernat voran?«

»Sie gehen bestimmten Hinweisen nach. Wohin die Drogen geliefert wurden, nachdem sie ins Land geschmuggelt worden waren, und so weiter. Aber ihr wisst ja, wie die sind. Die erzählen nie viel.«

»Okay. Du bleibst mit ihnen in Kontakt«, sagte Andersson.

Irene meldete sich zu Wort und berichtete, was ihr Lisa Sandberg von Rädda Barnen erzählt hatte. Sie schloss damit, dass sie ihre eigene Theorie vortrug.

»Offenbar sind die Bilder ganz fürchterlich. Allen, die sie gesehen haben, gingen sie ziemlich an die Nieren. Rebeckas Depressionen brachen vergangenen Herbst während der Beschäftigung mit diesem Pädophilenring aus. Ich frage mich, ob sie auf etwas gestoßen sein könnte, was für jemanden eine Bedrohung darstellt. Vielleicht hat sie ihren Eltern und ihrem Bruder davon erzählt. Und über die Schyttelius ist dann etwas zu dieser Person oder zu diesen Personen durchgesickert. Vielleicht begriffen sie ja gar nicht, wie gefährlich ihnen dieses Wissen werden konnte. Diese Person sah sich dann so in die Enge getrieben, dass er – oder sie – alle drei ermordete.«

»Aber warum erzählt uns Rebecka dann nicht einfach, was Sache ist?«, rief Fredrik.

»Keine Ahnung. Vielleicht weiß sie es ja auch gar nicht. Oder sie ist so verängstigt, dass sie schweigt.«

»Sie würde verdammt noch mal doch nicht den Mörder ihrer eigenen Familie schützen!«, polterte Andersson.

»Ich gebe zu, dass das komisch klingt. Aber das ist für mich die einzig mögliche Schlussfolgerung.«

Ein geladenes Schweigen breitete sich im Zimmer aus. Alle schienen intensiv nachzudenken. Schließlich sagte Fredrik:

»Rebecka ist der Schlüssel des Ganzen. Sie muss endlich begreifen, dass vielleicht sie das nächste Opfer ist!«

Der Kommissar trommelte mit seinen kräftigen Fingern auf der Tischplatte herum. Offensichtlich dachte er nach. Röte stieg in sein Gesicht. Plötzlich schlug er mit der flachen Hand auf den Tisch. »Okay. Irene, du musst dich wieder mit den Leuten in London in Verbindung setzen und versuchen, einen neuen Gesprächstermin bei ihr zu bekommen.«

Nachdenklich spitzte er die Lippen.

»Irgendwas ist mit dem Mädel nicht in Ordnung. Könnte sie es gewesen sein?«, meinte er schließlich.

Irene hatte gerade erst begriffen, dass Anderssons Worte bedeuteten, dass sie wieder nach London fahren durfte. Seine Folgefrage überrumpelte sie vollkommen. Das war ihr bisher nicht in den Sinn gekommen. Als sie sich von ihrer Überraschung erholt hatte, sagte sie:

»Nein. Rebecka hat ein Alibi. Christian Lefèvre sagt, sie hätte den ganzen Tag gearbeitet. Dann habe sie Kopfschmerzen bekommen und sich hingelegt. Sie saß bereits wieder an ihrem Schreibtisch, als Lefèvre Dienstagmorgen zur Arbeit kam. Jacob und seine Eltern wurden in der Nacht ermordet. Nein. Das ist unmöglich. Ehrlich gesagt glaube ich auch nicht, dass sie jemanden erschießen könnte.«

»Und Lefèvre?«, fragte Tommy.

»Wohl kaum. Er ist Rebeckas Familie nie begegnet. Außerdem ist er direkt nach der Arbeit in seine Stammkneipe gegangen, um mit seinen Kumpels irgendwelche Totoscheine auszufüllen. Das lässt sich überprüfen.«

»Dann überprüf das bitte«, wies der Kommissar sie an.

Er erhob sich, das Zeichen, dass die Besprechung beendet war.

»Hallo, Glen. Vielen Dank für die schönen Tage«, sagte Irene.

Nachdem sie ihm ewig hinterhertelefoniert hatte, hatte sie ihn endlich erwischt. Er klang aufrichtig erfreut, als sie sagte, dass sie wahrscheinlich noch einmal nach London kommen würde, um Rebecka zu vernehmen. Irene erzählte ihm von ihrer neuen Theorie, auf die sie nach ihrem Telefonat mit Rädda Barnen gekommen war. Am anderen Ende blieb es lange still.

»Das könnte tatsächlich eine Möglichkeit sein. Irgendwie kommt mir das plausibler vor als diese Satanistensache.«

»Sie meinen, dass wir die Satanistenspur ad acta legen können?«

»Im Hinblick auf die Pentagramme können Sie das wohl nicht.«

Damit hatte er Recht. Alles in allem hielt Irene die Pädophilenspur dennoch für wahrscheinlicher, da Rebeckas Depressionen erstmals im Herbst aufgetreten waren. Die blutigen Pentagramme ließen andererseits darauf schließen, dass der Mörder davon gewusst hatte, dass die Schyttelius den Satanisten im Internet nachgespürt hatten.

Irene musste sich eingestehen, dass sie die Satanisten nicht ganz ad acta legen konnten.

Sie vereinbarten, dass Glen Christian Lefèvres Besuch im Pub überprüfen würde. Das war mehr eine Formsache zur Beruhigung von Kommissar Andersson. Irene wollte ihrerseits den Pfarrer der Schwedischen Seemannskirche Kjell Sjönell anrufen, um sich nach Neuigkeiten zu erkundigen.

»Tut mir Leid. Ich habe diesen Doktor Fischer noch nicht wieder angerufen. Ich wusste nicht, dass es so eilig ist«, entschuldigte sich Kjell Sjönell.

»Das ist es auch nicht. Aber es ist sehr wichtig, dass ich Rebecka ein weiteres Mal sprechen kann. Wie hat Rebecka eigentlich reagiert, als sie erfuhr, was ihrer Familie zugestoßen ist?«, fragte Irene.

»Ich habe viel an die arme Rebecka denken müssen. Diese Trauerbotschaft zu überbringen, war mit das Fürchterlichste, was ich je erlebt habe, und das, obwohl ich schon oft in ähnlichen Situationen war.«

Sjönells Stimme war von Mitleid erfüllt.

»Wie hat sie reagiert?«

»Erst schien sie gar nicht zu verstehen, was ich gesagt hatte. Als sie plötzlich begriff, war es, als würde ein eisiger Schrecken von ihr Besitz ergreifen.«

»Was meinen Sie damit?«

»Die Farbe wich aus ihrem Gesicht. Mit offenem Mund und entsetztem Blick saß sie da. Als sei sie zu Eis erstarrt. Dann geschah nichts mehr. Sie blieb einfach so im Sessel sitzen. Die Frage ist, ob dieser Schrei nicht noch immer in ihr steckt. Ich glaube, dass er ihre Kehle nie verlassen hat.«

Wahrscheinlich hatte er Recht. Dieser Mann hatte schon einiges gesehen und war Menschen in den unterschiedlichsten Lebenssituationen begegnet. Irene hatte den Eindruck, dass er über große Menschenkenntnis verfügte.

»Haben Sie und Inspector Thomsen damals zu Hause in ihrer Wohnung mit Rebecka gesprochen?«

»Ja. Sie wohnt wirklich schön. Vielleicht eine Spur spartanisch. Mich überkam irgendwie das Gefühl von … Einsamkeit. Sie schien keine Feste mit einer Menge Leute dort zu veranstalten. Falls Sie verstehen, was ich meine.«

»Ja. Rebecka scheint ein einsamer Mensch zu sein.«

Sjönell schien sich seine Worte genau zu überlegen, ehe er fortfuhr:

»Als Pfarrer habe ich es oft mit einsamen Menschen zu tun. In unserer Gesellschaft ist das eine Volkskrankheit. Ja, ich glaube, dass sie sehr einsam ist. Die Einzigen, denen sie wirklich zu vertrauen scheint, sind dieser junge Mann, mit dem sie zusammenarbeitet, und Doktor Fischer. Sie bat uns, Fischer anzurufen, als es ihr endlich gelang, ein paar Worte über die Lippen zu bringen.«

»Er kam also zu ihr in die Wohnung?«

»Ja.«

»Haben Sie mit Doktor Fischer wegen der Beisetzung gesprochen?«

»Nein. Aber ich kann heute Nachmittag bei ihm anrufen. Ich habe einen guten Freund bei einem renommierten Beerdigungsinstitut in Göteborg. Er hilft Rebecka sicher bei allen praktischen Fragen. Es ist doch sicher das Beste, wenn wir mit der Beerdigung noch ein wenig warten? Möglicherweise kommt Rebecka ja wieder soweit zu Kräften, dass sie nach Hause fahren kann.«

»Sie haben sicher Recht«, pflichtete ihm Irene bei.

Sie glaubte nicht, dass Rebecka nach Hause kommen würde, behielt ihre Meinung aber für sich.

Vor den bevorstehenden Osterfeiertagen hatte sich eine gewisse Ruhe im Dezernat ausgebreitet. Wahrscheinlich würde diese einige Tage lang andauern. Ostersamstag brach dann immer das Chaos aus. Familienstreitereien, Gelage, Körperverletzung, Vergewaltigungen, Mord: mit allem, was zu einem Feiertag dazugehörte, würden sie sich dann befassen müssen. Alle außer Irene. Zum ersten Mal seit langem würde sie nämlich wieder über die Feiertage frei haben. Vier lange Tage, zu schön, um wahr zu sein. Andererseits hatte sie die ganzen Weihnachtsfeiertage Dienst geschoben und würde auch Mittsommer wieder ran müssen. Ihre freien Tage über Ostern hatte sie sich also redlich verdient.

Gegen drei Uhr nachmittags war Svante Malm bei ihnen zum Rapport erschienen. Irene hegte den Verdacht, dass er unten bei sich den Kaffeeduft gerochen hatte oder auch den des frischen Mandelgebäcks.

Tommy hatte es mitgebracht, da er Ostermontag Geburtstag hatte. Am nächsten Tag, also am Gründonnerstag, wollte er mit der ganzen Familie in den Wintersportort Åre, um ein letztes Mal in dieser Saison Ski und Snowboard zu fahren. Irene beneidete ihn nicht. Achthundert Kilometer in einem alten Volvo mit zwei Erwachsenen, drei Kindern im Alter von neun bis fünfzehn, und einem lebhaften Hund – übrigens einer Tochter von Sammie – plus einer Unmenge Gepäck erschienen ihr nicht gerade als Traumurlaub. Sie selbst freute sich darauf, einfach mit der Familie auszuspannen.

»In der Asche lagen ganz richtig Reste von Disketten. Aber wir fanden auch Rückstände von Videokassetten. Alles in Flammen aufgegangen. Keine Chance, rauszukriegen, was drauf war.«

Er beugte sich vor und nahm eine stabile durchsichtige Plastiktüte aus der Tasche, in der schwarze Klumpen und ein schwarzes Pulver zu sehen waren.

»Das hier ist interessant.« Der Mann von der Spurensicherung lächelte.

Die anwesenden Polizisten versuchten, höflich interessiert zu wirken.

»Er – oder sie – hatte Kohle zum Feuermachen dabei.«

»Kohle?« Andersson war ratlos.

»Holzkohle«, erläuterte Svante Malm.

Es half nicht. Der Kommissar sah immer noch genauso ratlos aus.

Mit einer großen Portion Geduld und in pädagogischem Tonfall fuhr Svante Malm fort:

»Die Mordnacht war kalt, und außerdem begann es zu regnen. Es wäre unmöglich gewesen, mit irgendwelchen nassen Zweigen ein Feuer zu machen. Also nahm der Mörder Holzkohle mit, wie es sie säckeweise für den Gartengrill gibt. Wir haben um das Feuer herum auch Spuren von Spiritus gefunden. Holzkohle glüht länger als normales Brennholz. Außerdem wird sie sehr heiß, sodass alles ordentlich verkohlt.«

»Holzkohle und Spiritus. Der Mörder hatte also geplant, die Disketten und Videos zu verbrennen. Er wusste bereits vor den Morden, was er finden würde und was er damit machen würde«, stellte Tommy fest.

»Etwas Pech hatte er allerdings. Das hier ist vermutlich aus dem Feuer geflogen. Es hing in einem Busch ein paar Meter von der Feuerstelle entfernt. Wir glauben, dass es sich um ein Streichholzbriefchen handelt. So ein Reklameding.«

Svante beugte sich vor und fischte eine kleinere Plastiktüte aus seiner Tasche. Erst glaubte Irene, sie sei leer, aber dann entdeckte sie einen kleinen verkohlten Papierfetzen in der einen Ecke. Nachdem Svante noch einmal in seine riesige Tasche abgetaucht war, kam er mit einer großen Pappe wieder zum Vorschein, die er gegen die Tafel hinter sich lehnte.

»Eine Vergrößerung«, sagte er und trat beiseite, damit alle etwas sehen konnten.

ePu

Mosc

»Moscow. Es war ein verdammter Russe aus Moskau«, meinte Jonny Blom.

Er lachte, damit auch alle merkten, dass das ein Witz war. Doch keiner achtete auf ihn.

»*Pu*. Könnte das beispielsweise für Publikum oder Pub stehen?«, schlug Irene vor.

»Möglich. Die Kante des Papiers verläuft genau hinter dem u in ›Pu‹ und nach dem c in ›Mosc‹. Ich bin mir etwas unsicher, ob das vor dem ›Pu‹ wirklich ein kleines e ist, aber einem e ähnelt es irgendwie am meisten. Es sieht irgendwie anders aus als die anderen Buchstaben. Recht altmodische Schrift.«

»Fraktur«, sagte Hannu.

»Wenn du das sagst«, erwiderte Svante.

Er nickte, als sei er gerade etwas klüger geworden. Dann fuhr er fort:

»Der Text ist weiß auf schwarzem Grund, außer dem Fraktur-e in Goldschrift.«

Etwas regte sich in Irenes Erinnerung, aber es war zu vage, als dass sie es hätte festhalten können. Hatte sie so einen Text nicht schon einmal irgendwo gesehen?

Auf dem Heimweg kaufte sie eine GT. Die Schlagzeile lautete: »**PFARRER im Umfeld der SATANISTENMORDE lieferte FALSCHAUSSAGE!**«

Das hast du großartig gemacht, Kurtchen, dachte sie zufrieden.

Am Morgen des Gründonnerstags war wunderbares Wetter. Und so sollte es angeblich auch das gesamte Wochenende über bleiben. Irene hatte allerdings mehr Zutrauen zu Eva Möllers Kristallkugel und ihren Beschwörungsformeln als zum Wetterbericht. Manchmal überlegte sich Irene, ob sie damals hypnotisiert worden war oder eine halluzinogene Droge bekommen hatte. War wirklich geschehen, was sie gesehen und erlebt zu haben meinte?

Sie dachte darüber nach, während sie die Jacke anzog und vor die Tür trat.

Dass sie Frau Karlhög vor der Gartenpforte traf, schien ihre Überlegungen nur zu bestätigen. Die kleine Felicia tollte an einer dünnen rosa Leine aus Seide herum.

»Ich bringe ihr bei, an der Leine zu gehen. Nur ein paar Minuten am Tag, um sie daran zu gewöhnen«, vertraute Margit Karlhög ihr an.

Das aprikosenfarbene Wollknäuel setzte sich auf und schnüffelte an einem verblühten Krokus. Wahrscheinlich bekam es Blütenstaub in die Nase, denn es begann zu niesen. Frau Karlhög hob das kleine Ding zärtlich hoch. Irene konnte es nicht bleiben lassen, Felicia vorsichtig den Rücken zu streicheln. Da blinzelte das Kätzchen ihr zu. Schaudernd musste sich Irene eingestehen, dass sie diesen Blick schon einmal gesehen hatte.

»Kjell Sjönell, der Pfarrer, hat angerufen. Du hast seine Nummer«, stand auf dem Zettel, der ganz oben auf dem Stapel auf ihrem Schreibtisch lag. Der Pfaffe ist wirklich früh dran, dachte Irene. Sie brauchte immer erst einen Becher Kaffee, am liebsten zwei, damit sie halbwegs zu sich kam.

Die Morgenbesprechung war kurz. Beunruhigend war, dass Jonny Blom nicht aufgetaucht war. Er hatte auch nicht angerufen. Irene war leicht nervös, weil sie wusste, dass er an drei Tagen Bereitschaft hatte. Es gab keine Reserve, da Tommy und sie freihatten.

Irene erreichte Kjell Sjönell nicht in seinem Büro, aber auf seinem Handy. Er bat darum, später zurückrufen zu dürfen, da er etwas Eiliges zu erledigen habe. Irene hatte nichts dagegen. Sie rechnete damit, den Tag am Schreibtisch zu verbringen.

Sjönell rief gegen elf an.

»Entschuldigen Sie, dass ich nicht mit Ihnen sprechen konnte, aber ich hatte mit einem Selbstmordversuch zu tun. Ein junger Mann hat letzte Nacht versucht, sich auf einem Schiff das Leben zu nehmen. Er brauchte wirklich jemanden, mit dem er reden konnte.«

Seine Stimme klang müde und bedrückt.

»Kein Problem. Es ist mir klar, dass auch Sie dringende Einsätze haben«, sagte Irene.

»Ja. Das kommt leider vor. Aber ich rief heute Morgen an, um Ihnen zu berichten, dass ich sowohl mit Rebecka als auch mit Doktor Fischer gesprochen habe. Beide halten es für eine gute Idee, dass ich meinen Freund bitte, sich um alle praktischen Fragen zu kümmern. Er regelt auch das mit dem Nachlass. Er wird Rebecka über all seine Schritte auf dem Laufenden halten.«

»Das ist sicher eine Erleichterung für sie«, meinte Irene.

»Sicher. Aber dann hat sie noch etwas Merkwürdiges gesagt. Ich habe sie gefragt, ob sie sich nicht Sorgen um die Häuser macht und ob wir nicht eine Alarmanlage installieren lassen sollen, solange sie unbewohnt sind. Darauf meinte sie, sie wolle nichts aus den beiden Häusern haben. Am liebsten wäre ihr, sie würden abbrennen. Sie hat doch die ganze Familie verloren. Da erwartet man doch, dass sie etwas als Andenken behalten will.«

»Seltsame Einstellung. Aber die Häuser und die Sachen würden sie vielleicht ständig an den Vorfall erinnern.«

»Wahrscheinlich ist das so. Ich habe wie gesagt auch mit Fischer geredet und ihm erklärt, dass Sie wieder mit Rebecka sprechen müssen. Er war nicht sonderlich begeistert davon, hat dann aber nachgegeben. Möglicherweise ginge es in der Woche nach Ostern.«

Das passte Irene ausgezeichnet. Als sie gerade das Gespräch beenden wollte, meinte Sjönell noch:

»Ich vergaß zu sagen, dass der Doktor dieses Mal bei der Vernehmung anwesend sein will. War er das letzte Mal auch dabei?«

»Ja. Wir haben Rebecka in seiner Praxis getroffen.«

»Es hat den Anschein, als lägen ihm seine Patienten wirklich am Herzen. Aber vielleicht gilt das auch nur für Rebecka.«

»Das habe ich mir auch schon überlegt.«

Nach Beendigung des Telefongesprächs saß Irene eine Weile da und dachte nach. Nachdem sie ihren Entschluss gefasst hatte, rief sie Glen Thomsen an.

»Okay. Christian Lefèvres Pubbesuch am Montagabend und dann auch noch den Psychiater überprüfen. Wollen Sie bei Fischer auf was Besonderes hinaus?«, fragte Glen.

»Nein. Ich habe nur so ein Gefühl, dass es gut sein könnte, etwas mehr über seinen Hintergrund zu erfahren. Wie gesagt ist er ungewöhnlich besitzergreifend, was Rebecka angeht.«

»Ich weiß. Er beschützt sie vor uns.« Glen lachte.
»Das Gefühl hat man«, gab Irene zu.

Irene buchte dieselben Flüge wie beim letzten Mal. Es graute ihr bereits vor dem unchristlich zeitigen Abflug in Landvetter, aber der war ein Muss, wenn sie in London überhaupt etwas ausrichten wollte. Immer noch besser, als alles an einem Tag zu erledigen, dachte Irene, was laut Glen von den Verbindungen her auch möglich, aber eindeutig zu stressig gewesen wäre.

»Ich weiß nicht, wie Sie das hingekriegt haben, aber es war wirklich wunderbar, dass dieser verdammte Journalist diesen Artikel geschrieben hat. Ich fand es auch wichtig, dass es derselbe Journalist war. Wie er beschreibt, wie Urban manipuliert und betrogen hat ... das war ein gutes Gefühl. Das war meine Genugtuung, obwohl wir uns sicher noch eine ganze Weile mit anonymen Briefen herumärgern müssen. Auch wenn Bengt die Stelle des Hauptpfarrers nicht bekommt, Urban kriegt sie jedenfalls auch nicht. Das allein zählt!«

Ihr triumphierender Tonfall war nicht zu überhören. Louises überschwängliche Dankbarkeit hinterließ bei Irene einen faden Nachgeschmack.

Während der Ermittlungen zu diesem Fall hatte sie zweifelsohne interessante Einblicke in das kirchliche Leben erhalten. Davor hatte sie nur eine sehr vage Vorstellung von Pfarrern und ihrer seelsorgerlichen Berufung gehabt. Dieses Bild war jetzt deutlich getrübt. Pfarrer waren wie alle anderen Menschen. Sie hatten ihre Stärken und ihre Schwächen. Der Unterschied war, dass sie das hinter ihren Beffchen und ihrem Amt besser verbergen konnten. Schaute man unter den Talaren genauer nach und kratzte an der frommen Fassade, dann fand sich alles, von Mitmenschlichkeit bis hin zu menschlichem Abschaum. Jedenfalls war es schön, dass sie einem Pfarrer wie Kjell Sjönell begegnet war. Er schien am Schicksal seiner Mitmenschen wirklich Anteil zu nehmen und sich voll und ganz für seine Schäfchen einzusetzen. Aber das hatte auch seinen Preis. Irene dachte daran, wie müde er am Telefon geklungen hatte.

Gerade als Irene losfahren und Krister abholen wollte, trat Andersson in ihr Zimmer. Er war totenblass, und seine Gesichtsfarbe war teigig.

Eigentlich war Irene bereits auf dem Sprung, aber als sich ihr Chef auf den Besucherstuhl sinken ließ, setzte sie sich ebenfalls wieder. Andersson nahm seine Lesebrille ab und rieb sich mit Daumen und Zeigefinger die Augen.

»Es ist wie verhext. Mit dem Speedy-Fall geht es vorwärts, und den Posträubern aus Lerum sind wir auch auf den Fersen. Aber bei den Pfarrermorden geht nichts weiter, obwohl wir viel mehr wissen als zu Anfang, aber trotzdem scheint uns irgendwie die Luft auszugehen.«

»Irgendwie kommt mir das bekannt vor. So ist das doch immer in einem gewissen Stadium der Ermittlungen.«

Irene lächelte den Kommissar aufmunternd an, aber der reagierte nicht einmal. Stattdessen fuhr er fort:

»Und dann hat Jonnys Frau eben noch angerufen. Er liegt im Krankenhaus. Irgendwas mit dem Magen. Sie wusste nicht genau, was.«

Er verstummte und sah Irene schuldbewusst an.

»Das bedeutet, dass wir uns seinen Bereitschaftsdienst über die Feiertage teilen müssen. Ich habe schon den Freitag und den Samstag, aber ich kann auch noch den Sonntag übernehmen. Und da Tommy bereits auf dem Weg ins Fjäll ist ... könntest du dir vorstellen, am Ostermontag zu arbeiten?«

Da verschwand ihr langes Wochenende. Ihr Groll gegen Jonny erwachte wieder. Immer gab es Probleme mit diesem Stümper! Schroff sagte sie:

»Du kannst mich für Sonntag und Montag einteilen. Du kannst auch etwas Erholung gebrauchen. Jonny soll sich im

Krankenhaus ausruhen. Das kann seine arme Leber wirklich gebrauchen. Der Magen! Dass ich nicht lache!«

»Ach so. Glaubst du …«

Andersson wich ihrem Blick aus. Er versuchte, auf ahnungslos zu machen, aber alle im Dezernat wussten, dass Jonny zu viel trank.

Andersson hatte keine Probleme damit, Leuten ins Gewissen zu reden, die seiner Meinung nach ihre Arbeit nicht richtig erledigten, fand es aber unangenehm, jemanden auf persönliche Probleme anzusprechen. Geschwätz, murmelte er dann immer und fing rasch von was anderem an.

Schwerfällig stand er auf und ging auf die Tür zu. Ehe er auf den Korridor trat, drehte er sich um und sagte:

»Dass ist nett von dir, dass du Ostersonntag und Ostermontag übernimmst. Diese Ermittlung nimmt mich doch mehr mit, als ich mir bisher eingestehen wollte. Schließlich bin ich Sten und Elsa mal begegnet …«

Mit gebeugtem Rücken verschwand er den Korridor entlang. Irene fühlte sich an einen alten Kartoffelsack erinnert, der durchs Präsidium schlurft. Alt. Andersson war wirklich alt geworden. Es wurde immer deutlicher, dass er nicht für alle Ewigkeiten dem Dezernat vorstehen würde.

Der Gedanke erschreckte sie. Wer würde an seine Stelle treten?

»Du hast also Karfreitag und Ostersamstag frei. Ich arbeite Ostersamstag bis spät und dann den ganzen Ostersonntag. Ostermontag habe ich frei, aber da arbeitest ja du. Dann müssen wir uns eben auf den Karfreitag konzentrieren«, entschied Krister.

Sie steckten in einem endlosen Stau auf dem Södra Vägen in Richtung Mölndal. Zu spät erst hatten sie eingesehen, dass es unklug war, diese Strecke zu wählen, da der Korsväg ein Chaos aus Baugruben und Absperrungen war. Sie hatten vorgehabt, am Frölunda Torg fürs Wochenende einzukaufen. Irene hätte es sich am liebsten erspart, sich inmitten Tausender von müden und gestressten Leuten zu drängeln, die alle dasselbe vorhatten wie sie, und wäre direkt nach Hause gefahren. Aber da laut Krister bald totale Ebbe in Speisekammer und Kühlschrank drohte, blieb ihnen nichts anderes übrig.

Krister fuhr. Irene lehnte den Kopf gegen die Kopfstütze und schloss die Augen. Die Gedanken in ihrem müden Hirn gingen im Kreis.

Ihre Bequemlichkeit hatte gelitten, als Krister vor fünf Jahren wieder angefangen hatte, Vollzeit zu arbeiten. Davor hatte er nur dreißig Stunden in der Woche gearbeitet, und zu Hause war alles viel glatter gegangen. Als die Zwillinge noch klein waren, hatte er sich dafür entschieden gehabt, da es unmöglich war, bei der Kriminalpolizei Teilzeit zu arbeiten, und Irene keine Lust hatte, in den Innendienst zu wechseln. Das entscheidende Argument war jedoch gewesen, dass sie mehr verdiente als er. Als er dann allerdings das Angebot bekommen hatte, Chefkoch im Glady's Corner zu werden, hatte ihm Irene sehr zugeredet. Das hatte sie anschließend oft bereut, hätte sich aber lieber die Zunge abgebissen, als es ihm zu sagen. Er liebte seine Arbeit, obwohl er manchmal vollkommen ausgepowert nach Hause kam. Aber wer tat das nicht?, dachte Irene. Das Schlimmste war, dass sie sich nicht mehr so viel sahen. Jetzt wo die Zwillinge selbstständig waren, stand das Haus oft leer, wenn sie von der Arbeit kam. Ein Glück, dass es Sammie gab.

Im Einkaufszentrum gingen sie getrennte Wege, diese Strategie war erprobt und bewährt. Krister drückte seiner Frau einen Zettel in die Hand, auf dem stand, was sie im staatlichen Spirituosenhandel, dem Systembolaget, einkaufen sollte. Er selbst besorgte Obst und Gemüse und ging zum Fischhändler und anschließend zu den Delikatessen. Krister fand, dass man Käse vor dem Kauf probieren müsse. Manchmal konnte es eine Viertelstunde dauern, bis er sich entschieden hatte. Wenn Irene einkaufte, nahm sie einfach ein Stück abgepackten milden Herrgårdsost, Gutshofskäse, oder eine Tube Schmelzkäse mit Krabbengeschmack.

Es war fast schon sieben Uhr, als sie die schweren Einkaufstüten endlich über die Schwelle des Reihenhauses schleppten. Sammie sprang um sie herum und versuchte herauszufinden, was in den Tüten war. Er steckte seine Nase hinein und schnupperte. Würstchen? Leberpastete? Brathähnchen? Ja! Brathähnchen!

Irene stolperte über ihn, als er bettelnd um ihre Beine strich. Mit sanfter Gewalt schob sie ihn von den Einkaufstüten weg und ging in die Küche.

Dort füllte sie die Schränke auf und sorgte so dafür, dass die drohende Hungersnot im Haus abgewendet wurde. Krister hatte frische, noch lauwarme Baguettes gekauft, ein Stück Whiskycheddar und einen Brie, der genau richtig war. Den Käse sollte es zu einem Salat zum Abendessen geben. Da Jenny weder Fleisch noch Fisch aß oder überhaupt etwas, was tierischen Ursprungs war, musste sich jeder seinen eigenen Salat zubereiten. Tomaten, Zwiebeln, Mais, Gurke, schwarze Oliven, Kopfsalat und frisches Basilikum wurden als Grundlage in einer großen Schale mitten auf den Tisch gestellt. Drum herum standen kleinere Schalen mit Schafskäse, gebratenem Huhn und Rhode Island Dressing. Das Dressing bestand aus Crème fraîche, und deswegen nahm Jenny es auch nicht, sondern mischte sich eine eigene Salatsauce aus Essig und Öl.

Beide Mädchen waren zu Hause und halfen dabei, die Sachen für den Salat klein zu schnippeln. Natürlich weigerte sich Jenny, sich mit dem Hühnchenkadaver abzugeben. Das musste Krister schon selbst übernehmen. Plötzlich hielt er mitten im Zerlegen der Hühnchen inne und sagte:

»Hört mal Mädchen. Mama und ich arbeiten dieses Wochenende wie immer zu verschiedenen Zeiten ...«

Katarina unterbrach ihn. Sie rief:

»Aber du hättest doch frei kriegen sollen!«

Vorwurfsvoll sah sie Irene an, und diese machte sich fast schon Vorwürfe. Sie wusste sehr gut, dass sie immer zu viel gearbeitet hatte, aber in ihrem Beruf war das nicht zu umgehen.

»Hattest du vor, zu Hause zu sein?«, fragte sie vorsichtig.

Katarina antwortete nicht, sondern zuckte nur mit den Achseln. Sie war gerade achtzehn geworden und durfte wählen gehen, ohne Einwilligung der Eltern heiraten und Auto fahren, aber sie war immer noch ein Kind. Und im Systembolaget einkaufen darf sie auch noch nicht, dachte Irene.

»Ich glaube, sie wollte mit dir fahren üben, genau wie ich«, meinte Jenny.

»Das kriegen wir schon noch hin. Wann ist die Fahrprüfung?«, fragte Irene.

»In drei Monaten. Man muss fürchterlich lange warten«, antwortete Katarina verdrossen.

Beide Mädchen hatten jetzt schon über ein Jahr lang mit den Eltern geübt und konnten richtig gut fahren. Mit dem Führerschein würde es sicher kein Problem geben. Das Ganze würde jedoch ein Loch in die Kasse reißen, da beide den Lappen gleichzeitig erwerben wollten.

Krister räusperte sich demonstrativ.

»Um darauf zurückzukommen, was ich eben sagen wollte: Das Osteressen ist bereits am Karfreitag. Das ist der einzige Tag, an dem Mama und ich gleichzeitig frei haben. Obwohl mir Sonntag wahrscheinlich genug Zeit zum Mittagessen bleibt.«

Jenny hielt im Zwiebelhacken inne und sagte zögernd:

»Kann ich Martin einladen?«

»Natürlich, meine Kleine«, sagte Krister und lächelte.

Irene war freudig überrascht. Katarina hatte in den letzten Jahren diverse Freunde mit nach Hause gebracht, Jenny jedoch noch keinen einzigen. Sie hatte zwar schon die eine oder andere Romanze hinter sich, aber aus denen schien nie was Ernstes geworden zu sein. Die Jungs waren immer wieder in einem frühen

Stadium spurlos aus dem Leben ihrer Tochter verschwunden. Martin musste etwas Besonderes sein.

»Wie lange seid ihr denn schon zusammen?«, erdreistete sie sich zu fragen.

Jenny antwortete erst nach einer Weile:

»Ein paar Monate.«

Ein paar Monate! Irene hatte in der Woche zuvor zum ersten Mal von Martin gehört.

»Großmutter kommt doch?«, fragte Katarina.

»Daran habe ich ja gar nicht gedacht! Ich muss sie unbedingt anrufen und ihr sagen, dass wir das Essen vorverlegt haben. Sonst glaubt sie noch, dass wir es wie immer am Ostersonntag machen«, rief Irene und eilte aus der Küche zum Telefon in der Diele.

Karfreitag begann mit strahlender Sonne und wolkenlosem Himmel. Laut Wetterbericht sollte es allerdings nicht sonderlich warm werden. Irene und Krister kümmerten sich den Vormittag über um ihren sträflich vernachlässigten Garten. Was spielte es schon für eine Rolle, dass sie das Laub des Vorjahrs erst Anfang April zusammenrechten? Irene redete sich immer ein, dass etwas schützendes Laub gut für den Rasen sei, falls es einen kalten, schneefreien Winter gab. Ganz sicher wurde der Boden etwas gedüngt, wenn die Blätter verrotteten. Das war nämlich auch der einzige Dünger, den er je bekam. Wenn man näher darüber nachdachte, dann war ihr kleiner Garten ökologisch gesehen einwandfrei, jedenfalls war er frei von Kunstdünger.

Krister begann bereits um die Mittagszeit damit, das Osterbüfett vorzubereiten. Den Hering hatte er bereits Anfang der Woche eingelegt. Da hatte er auch den Lachs in Koriander gebeizt und die Hummerpastete zubereitet. Jetzt briet er die Hühnerfilets, die kalt mit verschiedenen Dips auf dem Büfett stehen würden. Irene hatte ihn wie ein hungriger Barrakuda umkreist und ein leckeres Mangochutney und eine Sauce aus Crème fraîche, frischem Basilikum und Knoblauch entdeckt. Aus dem Ofen drang der Duft von Kartoffelgratin mit Anchovis, das für Irene auf keinem Weihnachts- und Osterbüfett fehlen durfte. Daneben stand wie immer brutzelnd ein Gratin aus Kartoffeln, Möhren und Pastinaken. Jenny hatte erzählt, Martin sei Vegetarier, trinke jedoch Milch. In Jennys Augen, sie war Veganerin, war er also nicht ganz rechtgläubig, aber das machte ihr offensichtlich nichts aus. Jenny hatte versprochen, einen großen Tomaten- und Zwiebelsalat zuzubereiten und dazu Kichererbsenpilaw. Letzteres war ihre Spezialität, reis- und kichererbsengefüllte Paprika. Dem Rest der Familie schmeckten die gefüllten Paprika ebenfalls, und deswegen hatten sie das Osterbüfett um dieses Gericht erweitert. Die obligatorischen hart gekochten Eier kühlten gerade in kaltem Wasser ab, dann wurden sie halbiert und mit Majonäse, Kaviar und Krabben dekoriert. Das Dessert war ebenfalls seit mehreren Tagen fertig. Im Eisschrank stand Kristers Punschparfait. Dieses servierte er mit seiner Schokoladensauce, die er nach einem geheimen Rezept zubereitete. Irene hatte inzwischen rausgekriegt, dass sie Kaffee und ziemlich teure Bitterschokolade enthielt. Es handelte sich um das beliebteste Dessert aus dem Glady's Corner, das nicht von der Karte verschwinden durfte, weil sonst die Stammgäste meuterten.

Irenes Mama Gerd und ihr Partner Sture kamen gegen fünf. Es war immer noch warm genug, um ein Glas Sekt im Garten zu trinken. Sie trugen Wolljacken und Pullover, aber die Luft war schon frühlingshaft. Sie unterhielten sich gerade auf der Terrasse, als Jenny und ihr Martin erschienen.

Irene schaute hastig auf ihre rechte Hand, um sich zu vergewissern, dass sie ihr Glas nicht fallen lassen würde. Jetzt verstand sie, wieso Jenny gezögert hatte, als sie am Vortag von Martin erzählt hatte. Alle verstummten und betrachteten die schlaksige Gestalt.

Martin war knapp über zwanzig. Sein Haar war schwarz gefärbt und schulterlang. Sein T-Shirt war ebenfalls schwarz und trug die rosa Aufschrift »Fuck me, I am famous!«. Die schwarze Jeans hatte große Löcher, durch die seine mageren Knie zum Vorschein kamen. Seine Unterlippe war mit einem breiten Ring gepierct, seine eine Braue ebenfalls. Die Augen hatte er mit einem Kajalstift kräftig geschminkt. Um den Hals zog sich eine breite Tätowierung in Blau und Rot. Er hatte die Schuhe ausgezogen und blieb in seinen löchrigen schwarzen Strümpfen, aus denen die großen Zehen herausragten, auf der Schwelle stehen.

Als Erstes fand Irenes Mutter die Sprache wieder. Sie lächelte fröhlich und trat auf den jungen Mann zu.

»Hallo. Ich bin Jennys Großmutter Gerd.«

Martin nahm ihre Hand und begrüßte sie überaus höflich.

»Martin«, sagte er.

Irene nahm sich zusammen und trat ebenfalls auf ihn zu. Sie stellte erst sich und dann den Rest der Familie vor. Katarina hatte ihren neuen Freund, Johan, nicht dabei. Er war, soweit Irene das mitbekommen hatte, mit ein paar Freunden zum Skifahren in Norwegen. Trotzdem war Katarina überaus fröhlich. Sie begrüßte Martin, der einigermaßen ratlos wirkte.

»Hattest du nicht gesagt, ihr seid Zwillinge?«, fragte er Jenny.

»Doch. Aber sie ist adoptiert«, antwortete Jenny rasch.

Die Mädchen waren diese Reaktion bereits gewöhnt. Sie lächelten sich zu.

»Spätestens um sieben müssen wir hier weg«, sagte Jenny zu ihrer Mutter.

»Wieso das?«, fragte Krister, ehe seine Frau noch etwas sagen konnte.

Da Kochen sein Beruf und seine Berufung war, liebte er lange Mahlzeiten. Jede Eile bei Tisch war ihm ein Gräuel.

»Martins Band tritt heute Abend auf.«

Gerd riss erstaunt die Augen auf.

»Wird neuerdings Karfreitag in der Schule getanzt?«

Martin lächelte, und Irene begriff, wieso sich ihre Tochter in diese Gestalt in Schwarz verliebt hatte. Seine Augen funkelten frech, waren aber trotzdem freundlich.

»Es ist schon lange her, dass wir in einer Schuldisco gespielt haben. Das heute Abend ist etwas Größeres. Mehr eine Art Konzert.«

»Konzert? Spielen Sie klassische Musik?«, wollte Sture wissen.

»Nee. Satten Rock«, erwiderte Martin, aber immer noch in sehr höflichem Tonfall.

»Aber hört mal! Kennt ihr nicht Mackie von den Black Thunder?«, rief Katarina und verdrehte die Augen.

Ein rascher Blick in die Runde ihrer älteren Anverwandten verriet ihr, dass das nicht der Fall war.

»Die sind gigantisch! Wie viele Platten habt ihr aufgenommen? Vier?«, fragte sie Martin alias Mackie.

»Fünf«, antwortete dieser und sah beinahe verlegen aus.

»In Deutschland läuft es super. Dort haben sie gerade einen Hit gelandet. ›The Eagle Said‹ ist ganz oben in den Charts«, fuhr Katarina fort.

»Auch Rockstars wollen vielleicht ein Glas Sekt vor dem Essen?«, meinte Krister und füllte ein leeres Glas. Jenny goss er nichts ein, da sie überhaupt nichts trank, nicht einmal das fast alkoholfreie Bier.

»Nein, danke. Ich trinke keinen Alkohol«, lehnte Martin ab.

Noch was, was sie außer der Musik verbindet, dachte Irene.

»Okay. Aber du musst was essen. Erst recht, wenn du heute Abend spielen musst. Ich schlage vor, dass wir anfangen«, sagte Krister und machte eine einladende Handbewegung Richtung Haus.

Während des Essens stellte Irene fest, dass Katarina nur zurückhaltend zugriff. War sie nicht auch bedeutend schmaler geworden? In dem weiten Ausschnitt ihres schwarzen Baumwolltops traten die Schlüsselbeine viel deutlicher hervor als bisher.

Trotz des neuen Freundes und ihres Beschlusses, nicht am Schönheitswettbewerb teilzunehmen, schien sie immer noch Diät zu halten. Darüber musste sie mit Katarina sprechen. Was war da nicht in Ordnung?

Die Ostertage wurden anstrengend. Zwei große Rockerbanden hatten einander schon länger den Kampf angesagt. Es ging um die Aufteilung des Drogenhandels und der Prostitution. Jetzt explodierte der schwelende Hass. Am Morgen des Ostersonntags wurden der eine Anführer und seine Freundin beschossen, als sie gegen vier Uhr einen Nachtclub verließen. Sie hatten ordentlich gezecht und waren im Suff unvorsichtig geworden. Das reichte, um aus einem vorbeifahrenden Auto mit einer automatischen Waffe eine Salve abzufeuern. Der Wagen war bereits auf und davon, ehe noch einer der betrunkenen Leibwächter seine Waffe ziehen konnte. Die Verletzungen des Anführers und seiner Freundin waren lebensbedrohend.

Zwei Stunden später wurden sie wegen eines brennenden Autos in einem Wäldchen bei Gunnared alarmiert. Der Wagen war gestohlen, und sie waren sich ziemlich sicher, dass es sich um das Fahrzeug handelte, das bei dem Überfall verwendet worden war. Fahrer und Schütze waren natürlich spurlos verschwunden. Wahrscheinlich hatten sie ein weiteres Fahrzeug in der Nähe geparkt und waren mit diesem geflüchtet.

Gegen 23 Uhr am Ostersonntag durchbrach ein schwerer Lastwagen den hohen Bretterzaun, der das Hauptquartier der anderen Rockerbande bei Alingsås umgab. Die Plane wurde beiseite gezogen, und ein Granatwerfer begann, Tod bringende Geschosse durch die Fenster zu schleudern. Der Mann an der Waffe zielte eiskalt und genau. Die Granaten explodierten und zerstörten das alte Bauernhaus total. Das Ganze war in einer knappen Minute vorbei. Das schwere Fahrzeug setzte durch die Lücke in dem Bretterzaun zurück und verschwand, ohne beschossen worden zu sein.

In der Ruine des Hauses blieben ein Toter und drei Schwerverletzte zurück.

Irene hatte wegen des Attentats auf den Anführer der Rockerbande einen stressigen Ostersonntag. Die Ermittlung gestaltete sich chaotisch. Mehrere Dezernate waren beteiligt. Irene war mit den Morden befasst, erst nur mit einem, dann mit zweien, da der Anführer kurz nach dem Granatenangriff gegen Mitternacht seinen Verletzungen erlegen war.

Am Ostermontag sollte Fredrik Stridh morgens seinen Dienst antreten. Man hatte ihn zum Attentatsort bei Alingsås abkommandiert. Irene hielt es für das Beste, ihm einen kurzen Lagebericht zu geben, ehe sie losfuhren. Er saß in seinem Zimmer auf seinem Besucherstuhl, den Kopf gegen die Wand gelehnt. Es hatte den Anschein, als schliefe er. Das tat er auch. Unsanft schüttelte Irene ihn am Oberarm, um ihn zu wecken. Stöhnend setzte er sich auf. Dann griff er sich sofort an den Kopf und ließ diesen wieder gegen die Wand sinken. Erneut schloss er die Augen, und Irene sah erstaunt, dass er lächelte. Ungewöhnlich, wenn er wirklich so verkatert war, wie er tat.

»Hallo! Ran an die Arbeit! Wir haben alle Hände voll zu tun. Der Rockerkrieg ist ausgebrochen!«, schrie Irene, um ihn zu einer Reaktion zu zwingen.

»Okay, okay«, murmelte Fredrik und nickte.

Immer noch spielte ein zufriedenes Lächeln um seine Lippen, aber jetzt öffnete er immerhin die Augen einen Spaltweit. Misstrauisch beugte Irene sich über ihn und schnupperte. Keine Fahne. Er war stocknüchtern. Seine Augen funkelten belustigt, jedenfalls das, was sie von ihnen sehen konnte. Irene stemmte die Hände in die Seiten und sagte gespielt barsch:

»Junger Mann, was hast du jetzt schon wieder angestellt, dass dir jeder Saft abhanden gekommen ist?«

»Wie willst du wissen, dass ich etwas angestellt habe?«, fragte er und sah spöttisch zu ihr hoch.

»Weil du so wahnsinnig zufrieden aussiehst.«

Fredrik kicherte leise, ehe er antwortete:

»Du hast eine gute Menschenkenntnis. Aber von anstellen kann nicht die Rede sein. Wir haben verspätet das Fest der Ostara gefeiert. Sie haben kein Osterfest.«

»Das Fest der Ostara? Was soll das denn sein?«

»Die Tag-und-Nacht-Gleiche.«

Er schloss wieder die Augen. Tag-und-Nacht-Gleiche? Wer feierte die anstelle des Osterfestes? Plötzlich ging Irene ein Licht auf.

»Gib mir Kraft und Stärke! Hast du mit Eva Möller Hexensabbat gefeiert?«

Ein seliges Lächeln breitete sich auf Fredriks Gesicht aus. Die Antwort erübrigte sich.

»Das ist ja vollkommen unwirklich. So sieht es in Bosnien oder Tschetschenien aus, aber nicht in Schweden«, sagte Fredrik.

Irene und er waren äußerst beklommen, als sie in den Trümmern des Bauernhofs herumliefen. Die Spurensicherung war bereits die ganze Nacht über bei der Arbeit gewesen, aber längst noch nicht fertig.

»Wo haben diese Idioten nur den Granatwerfer herbekommen?«, ließ sich Anderssons Stimme hinter ihnen vernehmen.

Mit wehendem Mantel eilte er zwischen den verkohlten Brettern hindurch. Er hatte natürlich nicht zu Hause bleiben können, jetzt, wo die richtig happigen Sachen passierten.

»Ich habe das Gefühl, dass die einfach alles kriegen. Diese Burschen schwimmen im Geld. Und kaufen lässt sich alles. Auch von der Armee«, sagte Irene, um Anderssons Frage zu beantworten.

»Kennst du jemanden von diesem Gesindel? Es ist noch keiner identifiziert, weder der Tote noch die Verletzten. Du hattest doch schon früher mit den Hell's Angels zu tun«, fuhr der Kommissar ganz außer Atem fort.

Allerdings. Irene war ausgewählten Mitgliedern der Hell's Angels bereits begegnet, aber diesen Zusammenstoß wollte sie lieber vergessen.

Erst in den frühen Morgenstunden war Irene wieder zu Hause. Krister lag schon schnarchend auf seiner Seite des Betts. Sobald sie die Augen schloss, sah Irene die Bilder des abgebrannten Hauses vor sich. Sie konnte einfach keinen Schlaf finden. Seufzend stand sie auf, zog ihren Frotteebademantel an und ging runter in die Küche. Sammie nutzte sofort die Gelegenheit, es sich in ihrem noch warmen Bett bequem zu machen.

Sie zündete eine Kerze an, goss sich ein Glas Milch ein und machte sich ein Knäckebrot mit Brie. Es war richtig gemütlich, im flackernden Kerzenschein zu sitzen und ein leckeres nächtliches Käsebrot zu essen, obwohl man das fast schon als Frühstück bezeichnen konnte. Sie starrte in die Flamme und merkte, wie sie allmählich ruhiger wurde. Etwas, was während der Dramatik der letzten vierundzwanzig Stunden in Vergessenheit geraten war, kam langsam wieder an die Oberfläche. Etwas, was Glen Thomsen bei ihrem letzten Telefongespräch gesagt hatte. Plötzlich erinnerte sie sich wieder und erkannte, wie wichtig es sein konnte.

Sofort ging sie wieder nach oben ins Bett. Jetzt, wo ihr eingefallen war, was Glen gesagt hatte, hatte sie keine Mühe mehr mit dem Einschlafen.

KAPITEL 16

Wir haben es hier mit einem echten Rockerkrieg zu tun, und Jonny liegt im Krankenhaus, Tommy ist beim Skifahren und Irene will nach London! Die Londonreise muss ausfallen! Irgendjemand muss einfach arbeiten!«

Kommissar Andersson sah aus, als könnte ihn jeden Moment der Schlag treffen. Aufgebracht wanderte er in seinem Zimmer auf und ab und fuchtelte mit dem Zeigefinger herum, um den Ernst seiner Worte zu unterstreichen.

»Andere Dezernate sind bereits in diese Sache eingebunden«, erinnerte ihn Hannu.

Der Kommissar unterbrach seine Tirade kurz und sah den Finnen verärgert an. Dieser wich dem Blick seines Chefs nicht aus. Wie immer hatte Hannu Recht. Was da am Osterwochenende passiert war, war für ihr Dezernat einfach eine Nummer zu groß, auch wenn sie vollzählig gewesen wären. Erst der dreifache Mord und dann wenige Wochen später dieser Bandenkrieg.

»Es ist wichtig, dass Irene noch mal mit Rebecka spricht. Sonst kommen wir in diesem Fall nie weiter«, fuhr Hannu unbeeindruckt fort.

»Glaubst du?«, sagte Andersson höhnisch.

»Allerdings.«

Mit Sarkasmus war er bei Hannu an der falschen Adresse. Der Kommissar schaute finster und nachdenklich in die Runde. Sein Blick wanderte zwischen Irene und Hannu hin und her. Schließlich sagte er etwas undeutlich und achselzuckend: »Man fragt sich wirklich, wer hier der Chef ist …«

Irene atmete erleichtert auf und dankte Hannu im Stillen. Sie war überzeugt davon, dass es sehr wichtig war, Rebecka noch ein weiteres Mal zu treffen. Falls ihre neuesten Überlegungen zutrafen, würde die Ermittlung eine dramatische Wendung nehmen.

Es klopfte. Gleichzeitig wurde die Tür aufgerissen. Svante Malms schlaksige Gestalt marschierte mit großen Schritten ins Zimmer.

»Hallöchen. Ich war gerade in der Nähe und dachte, ich könnte euch ein paar interessante Sachen über das Feuer mitteilen und …«, begann er, aber Andersson schnitt ihm das Wort ab.

»Damit könnt ihr doch noch gar nicht fertig sein!«

»Wieso nicht?«, wollte der Mann von der Spurensicherung wissen und fuhr sich mit der Hand durchs Haar. Das tat er immer, wenn er ratlos oder unsicher war.

»Åhlén hat gesagt, dass das mehrere Tage dauern würde! Die Schweine haben doch schließlich das ganze Haus in Kleinholz verwandelt! Mal ganz abgesehen von diesem Abschaum, der endlich mal am eigenen Leib erfahren hat, wie es ist, wenn …«

Den letzten Satz ließ der Kommissar äußerst zufrieden in der Luft hängen.

Alle wunderten sich, als Svante zu lachen anfing.

»Ich rede nicht von dieser Bandensache. Es geht um die Feuerstelle am Norssjön«, meinte er, nachdem er sich wieder gefangen hatte.

»Ach so.«

Der Kommissar klang uninteressiert. Svante ließ sich davon jedoch nicht beeindrucken, sondern zog eine seiner obligatorischen Plastiktüten aus der Tasche seines Laborkittels.

»Wir haben geglaubt, dass diese kleinen schwarzen Klumpen von Videokassetten stammen, aber jetzt haben wir sie näher analysiert. Es handelt sich um sechs Druckknöpfe aus Plastik. Wir haben außerdem noch Reste eines Gummibands gefunden.«

Für die anderen im Zimmer sah der Inhalt der Plastiktüte ungefähr genauso aus wie das, was er ihnen vor einigen Tagen präsentiert hatte. Der Mann von der Spurensicherung sah sich triumphierend um, als hätte er eine Hand voll Diamanten in der Asche gefunden. Da keiner zu erkennen gab, dass er den Wert seiner Entdeckung verstand, sah er sich zu einer Erklärung gezwungen.

»Wir glauben, dass der Mörder auch einen Regenkombi aus Nylon verbrannt hat.«

Es dauerte eine Weile, bis sie begriffen, was Svantes Worte bedeuteten. Hannu war sich als Erster darüber im Klaren.

»Er hatte das Ding an, als er sie erschoss. Er schützte sich so vor Blut- und Schmauchspuren. Dann verbrannte er alles.«

»Sein Weitblick ist wirklich bewundernswert. Dass er einen Regenanzug aus Nylon mitgenommen hat, der zusammengefaltet überhaupt keinen Platz wegnimmt. Einfach überziehen und anschließend kurzerhand verbrennen. Ganz zu schweigen von der Grillkohle und dem Brennspiritus!«, ereiferte sich Irene.

»Ja, natürlich. Die Holzkohle hätte ich fast vergessen. Wahrscheinlich stammte die aus Jacob Schyttelius' Sommerhaus. Unter der Glasveranda haben wir einen Grill und einen halb leeren Sack Holzkohle gefunden. Da lag auch eine fast leere Flasche Brennspiritus. Auf der Flasche waren keinerlei Fingerabdrücke. Sie war sorgfältig abgewischt worden.«

Auch jetzt wurde es wieder still. Was das bedeutete, war allen klar. Fredrik formulierte die einzig logische Schlussfolgerung:

»Er hat die Flasche zurückgestellt. Die Holzkohle nahm er in einer Tüte mit, die sich ebenfalls verbrennen ließ. Wirklich raffiniert!«

»Ja. Er war wirklich wahnsinnig raffiniert, aber wie alle Verbrecher hat er Spuren hinterlassen.«

Svante klang viel optimistischer, als sich die anderen fühlten.

Nach der Morgenbesprechung ging Irene zu Hannu. Er schien auf dem Sprung zu sein, zog seine Jacke aber wieder aus, um sich anzuhören, was sie zu sagen hatte.

»Danke, dass du dich für meine Londonreise eingesetzt hast. Ich glaube wie du, dass das sehr wichtig ist. Nicht zuletzt im Hinblick darauf, was mir gestern eingefallen ist oder genauer gesagt heute Morgen.«

Sie sah Hannu unverwandt an, während sie langsam und nachdrücklich sagte:

»Göteborg – London lässt sich auch in einem Tag machen. Man nimmt die Maschine um sieben von Landvetter, zurück geht's dann um halb acht von Heathrow. Oder man fährt über Nacht von London nach Göteborg.«

Hannu zog nur leicht die Brauen hoch und nickte. Sicherheitshalber ging Irene ins Detail:

»Man nimmt die letzte Maschine von London und fliegt mit der ersten Maschine um sieben zurück. Von Heathrow aus gibt es Schnellzüge und Busse ins Zentrum von London. In einer Viertelstunde ist man in der City. Der Flug dauert knapp zwei Stunden.«

»Und mit dem Auto sind es von Landvetter zum Norssjön höchstens fünfzehn Minuten«, dachte Hannu laut nach.

»Genau.«

Nachdenklich sah Hannu Irene an und fragte:

»Hast du Rebecka im Verdacht?«

Irene ließ die Schultern hängen.

»Eigentlich nicht. Schließlich war sie schon vor den Morden krank. Aber in diesem Stadium lässt sich überhaupt nichts ausschließen.«

»Und der Franzose?«

»Lefèvre ist ebenfalls ein schlechter Kandidat, da er keine persönliche Verbindung zu Rebeckas Familie hatte. Ich weiß also nicht, hinter wem ich eigentlich her bin. Vermutlich ist es eher so ein Gefühl ... Polizisteninstinkt.«

Bei ihrem letzten Wort verzog Hannu keine Miene, da er genau wusste, was sie meinte.

»Du willst, dass ich die Passagierlisten durchgehe«, sagte er.

»Genau. Und vielleicht auch die Listen der Autovermietungen draußen in Landvetter. Wir wissen ja, dass der Mörder ein Auto gehabt haben muss und dass eben dieses wahrscheinlich in der Mordnacht im Wald geparkt war. Schade nur, dass der Mann mit dem Hund nicht näher rangegangen ist.«

»Das kann was dauern. Ich versuche, fertig zu sein, bevor du fährst«, sagte Hannu.

Irene war erleichtert. Wenn sich was in den Listen finden ließ, dann würde Hannu es finden. Wenn nicht, konnte sie die Sache abhaken.

Mit größter Unlust begann Irene, an die Verhöre im Zusammenhang mit dem Bandenkrieg zu gehen. Die Konfrontation mit den Hell's Angels vor einigen Jahren, auf die der Kommissar angespielt hatte, hatte Narben hinterlassen, auch seelisch. Immer noch wachte sie manchmal mitten in der Nacht schweißgebadet auf.

Normale Vernehmungen im Präsidium führten sie oft allein durch, aber das hier waren keine Routineverhöre. Deswegen arbeiteten sie in Zweiergruppen.

Irene und Fredrik bildeten eines dieser Teams. Ihnen wurden drei Mitglieder der Alingsåsbande zugeteilt. Die Rockerbande Hell's Rockets war seit vier Jahren Vollmitglied bei den Hell's Angels. Da einer von der Bande tot war und drei weitere im Krankenhaus lagen, waren nur noch sechs übrig. Diese waren noch nicht ganz nüchtern und fürchterlich verkatert. Keiner von ihnen hatte sich beim Überfall im Hauptquartier befunden. Sie waren in einem Striplokal in Göteborg gewesen. Ein Beamter in Zivil hatte nachts gegen zwei einige von ihnen im Dunkel der Kaschemme erkannt und die Kollegen im Präsidium benachrichtigt, die sie zum Verhör abgeholt hatten. Das war nicht ohne Widerstand abgegangen, da die besoffenen Muskelprotze geglaubt hatten, es ginge um die Schüsse auf »das Arsch«, und das Ganze sei reine Schikane.

Das Arsch, so lautete der Name der Hell's Rockets für den Anführer der Devils, die zu den Banditos gehörten. Eigentlich hieß er Ronny Johnsson.

Das Verhörzimmer im Untersuchungsgefängnis war belegt. Irene und Fredrik beschlossen, die drei oben auf dem Dezernat zu verhören. Auf dem Weg vom und zum Gefängnis würden sie Handschellen tragen, außerdem würde während des Verhörs ein Gefängnisaufseher anwesend sein.

Als Erster kam Roger »Killerman« Karlsson an die Reihe. Es schauderte Irene wider Willen, als er in Begleitung Fredriks und eines Gefängniswärters in der Tür auftauchte. Er war normal groß, aber überaus fett. Seine kräftigen Arme mit ihren imposanten Bizepsen standen ab. Auch wenn er gewollt hätte, hätte er sie nicht flach an den Körper drücken können. Obwohl es draußen nicht warm war, trug er kurze Ärmel. Seine Lederweste hatte zwar ein Pelzfutter, aber darunter trug er nur ein schwarzes T-Shirt mit der Aufschrift »Hell's Rockets«, das seinen Bauchnabel frei ließ. Wahrscheinlich hatte er nackte Arme, damit seine Muskeln und Tätowierungen besser zur Geltung kamen. Einige der Tätowierungen waren richtige Kunstwerke, andere hingegen recht primitiv und stammten eindeutig aus dem Knast. Auch das hatte seinen guten Grund. Killerman war achtunddreißig Jahre alt und hatte sechzehn davon in verschiedenen Gefängnissen verbracht.

Sein schwarz gefärbtes Haar war recht schütter, ungewaschen und zu einem Pferdeschwanz zusammengebunden. Seine Hamsterbacken wurden von rötlichen Bartstoppeln bedeckt. Aus blutunterlaufenen Augen stierte er die Polizisten und den Aufseher finster an. Irene sah, dass er einen Kater und wahnsinnige Kopfschmerzen hatte.

»Ich sage verdammt noch mal überhaupt nichts! Ich will meinen Anwalt! Ihr habt kein Recht, uns hier festzuhalten, ihr Schweine!«, schrie er sie an.

Sein Atem stank nach reifem dänischem Käse, Unmengen Knoblauch und Alkohol. Der Geruch erfüllte das ganze Zimmer. Die schmutzige Weste aus Schafspelz trug ebenfalls zu den Ausdünstungen bei: Sie roch säuerlich nach altem Schweiß.

»Bitte setzen Sie sich«, sagte Irene.

Sie musste sich fast zu einem freundlichen Lächeln zwingen. Einladend deutete sie auf den Stuhl auf der anderen Seite des Tisches. Er setzte sich, nicht so sehr, weil er ihrer Aufforderung gehorchen wollte, sondern weil ihn seine Beine ganz einfach nicht mehr trugen.

»Gegen Sie alle ist noch kein Haftbefehl ergangen. Es hatte eher praktische Gründe, dass wir Sie heute Morgen hergeschafft haben. Wir fanden, es sei vielleicht eine gute Idee, wenn Sie erst mal Ihren schlimmsten Rausch ausschlafen könnten, ehe wir uns über die Ereignisse der letzten Tage unterhalten.«

Als Antwort hob Killerman nur die eine Pobacke an und furzte vernehmlich. Und weil er das wahnsinnig lustig fand, begann er, laut zu lachen. Vielleicht glaubte er, Irene damit so aus dem Konzept zu bringen, dass sie die Vernehmung abbrach, bevor sie überhaupt begonnen hatte. Aber diese war abgehärtet. Sie hatte schon Schlimmeres erlebt. Die Luft im Raum war allerdings kaum auszuhalten.

»Der Kommentar befindet sich auf einem Level mit dem Niveau des Beklagten«, meinte sie trocken und in Richtung des eingeschalteten Tonbands. »Gehen Sie davon aus, dass wir Sie beschützen. Einer Ihrer Leute ist tot und drei weitere sind schwer verletzt. Ganz eindeutig befinden Sie und die anderen sich ebenfalls in Gefahr«, fuhr sie fort und musste sich Mühe geben, nicht unfreundlich zu werden.

Killerman schüttelte nur seinen schweren Kopf. Fredrik saß an der Schmalseite des Tisches und stellte jetzt die Frage, die ihm und Irene durch den Kopf gegangen war, seit sie gehört hatten, dass die Bande im Sexclub festgenommen worden war.

»Wie kam es, dass Sie in ein Striplokal gegangen sind, obwohl Sie wussten, dass jemand Ronny Johnsson umgelegt hat? Haben Sie nicht begriffen, dass es zu einem Vergeltungsschlag kommen würde?«

Zum ersten Mal wirkte Killerman etwas interessierter. Er grinste breit und sagte:

»Das Arsch hat nur gekriegt, was er verdient hat, aber das waren wirklich nicht wir, die …«

Er verstummte und kniff die Lippen zusammen.

»Fahren Sie fort, dass waren nicht Sie, die …«

Fredrik versuchte, ihn wieder zum Reden zu bringen, aber Killerman weigerte sich, noch etwas zu sagen. Irene beschloss, direkt zum Thema zu kommen.

»Wo waren Sie Ostersonntag gegen vier Uhr morgens?«

Der Rocker konnte seiner Lust nicht widerstehen, die Beamtin zu schockieren.

»Wir hatten ein Fest auf unserem Hof, also im Hauptquartier. So gegen Morgen habe ich dann eine Vierzehnjährige genagelt.«

Er sah dabei so lüstern aus, dass Irene das deutliche Gefühl hatte, dass er die Wahrheit sagte.

»Sex mit Minderjährigen ist bekanntlich strafbar«, sagte sie, um ihn zurechtzustutzen.

»Suck me, baby!«, antwortete er nur und lächelte sie höhnisch an.

Irene fühlte sich allmählich ziemlich provoziert. Vielleicht war es das Beste, das Verhör wieder Fredrik zu überlassen. Sie warf ihm einen raschen Blick zu, und er verstand, was sie meinte.

»Sie behaupten also, dass Sie zur Zeit der Schüsse auf Ronny Johnsson auf dem Bauernhof waren. Waren alle Mitglieder der Hell's Rockets dort?«

Erst dachte Irene, dass er nicht antworten würde, aber dann sagte er zu ihrem Erstaunen plötzlich:

»Ja.«

»Es fehlte keiner?«

»Nee.«

»Warum waren sechs von Ihnen dann in der folgenden Nacht im Striplokal, während die vier anderen in dem von Ihnen so genannten Hauptquartier blieben?«

»Die anderen waren zu fertig. Also blieben sie da, um das Haus zu hüten. Das Osterfest war wie gesagt ziemlich heftig gewesen!«

»Fühlten Sie sich nicht bedroht? Sie wussten doch, dass jemand auf Ronny Johnsson geschossen hatte«, fuhr Fredrik fort.

Das teigige Gesicht des Rockers wirkte auf einmal verlegen.

»Wir wussten nicht, dass jemand das verdammte Arsch abgeknallt hatte. Das Osterfest dauerte bis in den Vormittag, und dann haben wir den ganzen verdammten Tag lang geschlafen. Abends haben wir wieder angefangen zu feiern. Ein paar von uns waren einfach zu fertig. Sie wollten nicht mit ins Sexy Cabaret. Erst als wir dort waren, erfuhren wir, dass jemand das Arsch allegemacht hatte.«

»Machten Sie sich da keine Sorgen? Rache und Vergeltung und so …?«

»Nee. Das war nur ein super Grund, um noch mehr zu feiern!«

Killerman grinste erneut triumphierend. Irene fragte sich, ob er wirklich so dumm war, wie er aussah. Oder spielte er auf Zeit? Vielleicht wollte er ihnen irgendwelche Informationen entlocken? Das war der einzige Grund, den sich Irene überhaupt vorstellen konnte, warum er mit ihnen sprach. Konnten die Hell's Rockets am Attentat auf Ronny Johnsson wirklich unschuldig sein? Das würde erklären, warum sie die Nachricht von den Schüssen auf den Bandenführer und seine Freundin nicht weiter beunruhigt hatte. Sie beschloss, es einfach mal zu versuchen. Mit kühler, fast gleichgültiger Stimme fragte sie:

»Und wer sind die anderen, von denen Sie behaupten, dass sie Ronny Johnsson erschossen haben?«

Es war deutlich zu sehen, wie Killerman zusammenzuckte. Er war auf diese Frage nicht vorbereitet gewesen, und sie gefiel ihm nicht.

»Ich habe verdammt noch mal nie so was behauptet!«, brüllte er.

Die Unsicherheit aus seiner Stimme war deutlich herauszuhören.

»Doch! Sie sagen, dass Sie das nicht waren. Und The Devils werden es kaum selbst gewesen sein. Dann muss es jemand anderes getan haben. Wahrscheinlich eine andere Gang. Welche?«

Jetzt irrte sein Blick unstet hin und her.

»Jetzt versuchen Sie, ganz clever zu sein«, meinte er.

»Dann verhält es sich wohl so, wie unser Zeuge sagt.«

Irene schaute nicht in Fredriks Richtung und hoffte nur, dass er nicht allzu erstaunt ansah und sie dadurch verriet. Aber sie hatte sich unnötige Sorgen gemacht, denn Killerman hatte nur Augen für sie. Langsam, jede Silbe betonend, sagte sie:

»Es gibt einen Zeugen für die Schüsse vor dem Nachtclub, vor dem Ronny erschossen wurde. Die Täter verschwanden in einem roten Ford Mustang. Kennen Sie jemanden, der so ein Auto besitzt?«

Aufgebracht sprang Killerman vom Stuhl und schrie:

»Verdammte Scheiße! Jemand versucht, mir das anzuhängen! Meine Karre stand in der Scheune! Keiner von uns ...«

Er unterbrach sich und kniff die Augen zusammen.

»Warte mal. Das ist so ein verdammter Bullentrick, du Fotze.«

Damit hatte er in der Tat Recht. Das Auto, das vom Tatort davongebraust war, war laut Zeuge ein roter Saab 9000 gewesen.

Ein solcher hatte auch bei Gunnared gebrannt. Aber in der Dunkelheit und vor lauter Aufregung hätte sich der Zeuge schließlich auch irren können. Irene hatte also ins Schwarze getroffen. Sie hatte einen funkelnden roten Mustang in der unbeschädigten Scheune stehen sehen. Wem er gehörte, daran konnte kein Zweifel bestehen. Auf der Fahrertür stand ordentlich in silbernen Buchstaben »Killerman«, auf der Beifahrerseite »Hell's Rockets«.

Um die Beschuldigung, das sei ein Bullentrick, zu beantworten, schüttelte sie nur den Kopf. Fredrik fuhr fort:

»Deswegen können wir euch auch in der Untersuchungshaft behalten. Wir wissen schließlich nicht, wer gefahren ist, und auch nicht, wer die Waffe gehalten hat. Die Spurensicherung muss sich das Fahrzeug erst ansehen. Für die Staatsanwaltschaft steht ihr alle unter Mordverdacht. Die Ermittlungen werden dauern, und so lange sitzt ihr in U-Haft.«

Killerman war auf einmal weitaus weniger vorlaut. Er war ein zäher Typ, gewohnt zu schweigen und alles abzustreiten, aber das war nicht so einfach, wenn man gar nicht wusste, was eigentlich vorgefallen war. Ganz zu schweigen von seinem Kater … Alles in allem erschien es ihm nicht sonderlich verlockend, auf unbestimmte Zeit in U-Haft zu sitzen, insbesondere dann nicht, wenn die Schuldigen straffrei ausgingen und das Revier von den Devils vereinnahmt wurde, ehe sie wieder rauskamen. Trotzdem wollte Irene kaum ihren Ohren trauen, als er mit röchelnder Stimme sagte:

»Es gibt da noch eine Bande … die Outsiders. Sie haben Kontakte zur Bruderschaft.«

Weder Irene noch Fredrik hatten je von den Outsiders gehört. Sie ließen sich jedoch nichts anmerken. Hoffnungsfroh versuchten sie, noch mehr aus Killerman herauszubekommen, aber dieser fand, dass er schon mehr als genug gesagt hatte, und schwieg den Rest der Vernehmung.

Die anderen beiden Mitglieder der Hell's Rockets hatten zur

Ermittlung nichts beizutragen. Sie wollten und konnten das vielleicht auch nicht. Der eine saß die ganze Zeit nur da und schlief immer wieder ein. Er war alles andere als nüchtern. Der andere wirkte fast debil. Er war der Jüngste der Bande, knapp zwanzig, und der jüngere Bruder eines der nach dem Angriff mit dem Granatwerfer Schwerverletzten. Irene und Fredrik war bald klar, dass das Größte und Wichtigste in seinem Leben seine Aufnahme als Anwärter in die Hell's Rockets vor einem Jahr gewesen war. Sein einziger Kommentar, den er wie ein Mantra immer wiederholte, lautete:

»Man singt nicht.«

Am späteren Nachmittag erreichte Irene endlich Leif Hansen, Kommissar bei der Kripo Bohuslän, der für kriminelle Banden zuständig war. Hansen musste lachen, als ihm Irene beschrieb, wie die Verhöre der Hell's-Rockets-Mitglieder abgelaufen waren.

»Diese Burschen kenne ich gut«, sagte er sichtlich belustigt.

»Killerman erwähnte eine andere Bande, die eventuell als Schuldige in Frage kommt«, meinte Irene.

»Ach? Und wem will er es in die Schuhe schieben?«

Er klang immer noch recht amüsiert.

»Den Outsiders. Wer sind die?«

Am anderen Ende wurde es still. Als Hansens Stimme wieder zu vernehmen war, klang er gar nicht mehr belustigt.

»Die Outsiders? Hat er die wirklich erwähnt?«

»Ja.«

»Dann haben wir ein Problem. Ein ernstes Problem. Wir hatten damit gerechnet, aber nicht schon jetzt ... Die Outsiders sind eine Art Knastbande nach amerikanischem Modell, etwa wie die Hell's Angels oder die Bruderschaft. Die Bande hat Mitglieder verschiedener Nationalitäten, alles Schwerverbrecher. Wir haben die Outsiders jetzt bereits seit etwa zehn Jahren unter Beobachtung. Sie sind von Jahr zu Jahr immer einflussreicher geworden. Mich beunruhigt, dass das, was Sie sagen, ein Gerücht bestätigt, das seit einigen Monaten kursiert. Das würde auch die Ereignisse der letzten vierundzwanzig Stunden erklären.«

Er verstummte. Irene wurde immer ungeduldiger. Sie war erleichtert, als er endlich weitersprach:

»Es kursiert das Gerücht, dass sich zwei Serben aus Bosnien den Outsiders angeschlossen haben, und zwar nicht irgendwelche Burschen. Sie sind von den Speziellen Einsatzkräften ausgebildet worden. Was sie nicht über das Töten wissen, braucht man nicht zu wissen. Diese Speziellen Einsatzkräfte bilden Elitesoldaten im Morden, in Sabotage und in der Infiltration des Feindes aus und in allen Typen operativer Einsätze, die dem Feind auf verschiedene Art schaden können. Nach ihrer Ausbildung beherrschen sie die meisten Kampftechniken zu Land und zu Wasser. Nur die Cleversten, Stärksten und Kaltblütigsten kommen für diese Ausbildung in Frage.«

»Warum schließen sich solche Burschen den Outsiders an?«

»Wahrscheinlich fühlt sich ein Teil der Serben buchstäblich heimatlos in Bosnien. De facto werden die Serben aus diesem Land vertrieben. Natürlich sind in einer Organisation wie den Speziellen Einsatzkräften auch Kriminelle. Die haben sicher nichts dagegen, aus dem, was sie bei der Armee gelernt haben, Kapital zu schlagen. Ihre Kenntnisse sind für eine Bande wie die Outsiders unschätzbar. Wenn einer von ihnen die Führung der Outsiders übernommen hat, dann erklärt das die Ereignisse der letzten vierundzwanzig Stunden.«

Irene ahnte allmählich die Dimensionen seiner Befürchtungen.

»Wieso das?«

»Die Schüsse vor dem Nachtclub wurden von einem äußerst treffsicheren Schützen abgefeuert. Das Fahrzeug, das die Täter benutzten, war gestohlen und wurde in Brand gesteckt. Fahrer und Schütze verschwanden spurlos mit einem anderen Pkw. Das Clublokal der Hell's Rockets wurde von der Ladefläche eines Lkws aus mit einem Granatwerfer beschossen. Das ging blitzschnell. Wie kann man einen Lastwagen verstecken? Wir werden ihn vermutlich in der Nähe von irgendeiner Lagerhalle oder Scheune finden. Eines wird jedenfalls ganz deutlich, wenn man diese beiden Attentate analysiert.«

Er machte eine Pause.

»Was?«, fragte Irene ungeduldig.

»Dass es sich um militärische Präzision handelt.«

Er hatte Recht. Sehr viel sprach für militärische Planung und militärische Ausführung.

»Warum machen die Outsiders das?«, wollte sie wissen.

»Wahrscheinlich, um die Macht in gewissen Bereichen zu übernehmen: Prostitution, Drogen, Schutzgelderpressung ... was auch immer. Die Sachen eben, die sehr lukrativ sind. Das Beste ist immer, den Konkurrenten zu schaden und sie so sehr zu schwächen, wie es geht, oder noch besser, sie gegeneinander auszuspielen. Was bringt mehr, als den Anführer der einen Bande zu erschießen und die andere durch eine Granatenattacke zu dezimieren?«

Irene stellte sich das von ihm entworfene Szenario einen Augenblick lang vor. Schließlich sagte sie:

»Ich glaube, Sie haben Recht. Können Sie rauskriegen, ob diese Burschen aus Bosnien wirklich dahinter stecken?«

»Wir werden der Sache höchste Priorität beimessen. Wenn wir dem nicht auf den Grund gehen, fangen noch sämtliche Banditos und Hell's Angels in Schweden und ganz Skandinavien an, sich zu bekriegen. Wenn wir beweisen können, dass die Outsiders hinter all dem stecken, können wir die Situation vielleicht noch unter Kontrolle bringen, ehe der Krieg richtig ausbricht.«

»Halten Sie uns auf dem Laufenden? Ich bin Donnerstag und Freitag nicht hier, aber meine Kollegen sind informiert. Das Beste wäre, wenn Sie sich direkt an Sven Andersson oder Fredrik Stridh wenden«, meinte Irene.

»Ich lasse sofort von mir hören, wenn ich mehr weiß.«
Sie wünschten sich gegenseitig viel Glück bei den Ermittlungen und beendeten das Gespräch.

Irene referierte ihr Telefonat mit Leif Hansen bei der Morgenbesprechung des nächsten Tages. Obwohl sie den Rest des Tages mit den immer unwilligeren Mitgliedern der Hell's Rockets verbrachte, hatte sie das Gefühl, dass sie diese Ermittlung schon hinter sich gelassen hatte. Mental befand sie sich bereits in London.

KAPITEL 17

Das Wetter war in Heathrow genauso grau, wie es das beim Abheben der Maschine in Landvetter gewesen war. In London war es jedoch bedeutend milder. Glen Thomsen erwartete sie an derselben Stelle wie beim vorigen Mal. Sie begrüßten sich herzlich, und Irene freute sich, ihren Kollegen wiederzusehen. Es nieselte, als sie auf sein schwarzes Auto zugingen.

Wie immer sprach er über alles Mögliche. Als Erstes erzählte er, dass der Schlächter immer noch im Krankenhaus lag. Laut den Ärzten war die Schädigung seines Gehirns dauerhaft, er würde bis ans Ende seiner Tage ein Pflegefall bleiben. Der Totengräber war wieder bei Bewusstsein, aber in einem schlechten Zustand. Verlegen räusperte Glen sich, ehe er fragte:

»Sie haben beim Unfall keine Verletzungen erlitten?«

»Nein. Nur blaue Flecken und Prellungen«, erwiderte Irene erstaunt.

»Gut. Er hat nämlich Aids. Ich wollte Sie schon anrufen, aber da man ohnehin acht Wochen warten muss, bevor man den Test machen kann ...«

Er beendete den Satz nicht, sondern zuckte nur mit den Achseln. Es war kein angenehmes Gefühl, dass der Mann, mit dem sie gerungen hatte, Aids gehabt hatte, aber soweit sie sich erinnern konnte, hatten sie beide nach dem Unfall nicht geblutet. Zumindest hatte sie kein Blut von ihm abbekommen, und das war die Hauptsache.

Der Taxifahrer, der zusammengeschlagen worden war, hatte das Krankenhaus wieder verlassen.

»Er ist körperlich wiederhergestellt, will aber nicht mehr Taxi fahren. Erstaunt mich nicht. Offenbar mussten sie ihm drei Liter Blut geben! Er wäre fast verblutet. Diese Sache hat sicher ein gerichtliches Nachspiel, aber da die Angeklagten in einem so schlechten Zustand sind, wird das sicher dauern. Mein Chef meint, dass Sie wahrscheinlich nicht extra herkommen müssen. Ihre schriftliche Aussage genügt. Ich habe sie inzwischen ins Reine geschrieben. Sie können sie dann durchlesen und unterschreiben.«

Glen erzählte auch, dass Estell jetzt fast immer ausgebucht sei, weil sie mit einem großen Reiseveranstalter zusammenarbeite. Skandinavische Touristen wollten zentral und bequem wohnen, könnten aber auf unnötigen Luxus verzichten. Außerdem wollten sie nicht zu viel bezahlen. Davon hatten die kleinen, properen, von Familien geführten Hotels in Bayswater deutlich profitiert.

Kate und er hätten ernsthaft überlegt, ob sie nicht die Ferien in Schweden verbringen sollten, und zwar die beiden letzten Juliwochen und die erste Augustwoche. Die Jungs seien bereits Feuer und Flamme: ihr erster Campingurlaub. Kate sei von dem Gedanken, in einem durchnässten Schlafsack aufzuwachen, allerdings nicht begeistert. Sie ziehe Bed and Breakfast vor.

»Gibt es in Schweden Bed and Breakfast?«, wollte Glen wissen.

»Ja, aber nicht so oft wie in England. Dafür haben wir Jugendherbergen, die luxuriös, preiswert und auch für Erwachsene zumutbar sind. Aber in Göteborg könnt ihr natürlich bei uns wohnen«, meinte Irene energisch.

Glen lächelte.

»Und wenn wir das Angebot annehmen? Wir haben die Zwillinge dabei!«, warnte er.

»Die sind uns herzlich willkommen. Weder Jenny noch Katarina sind in diesen drei Wochen zu Hause. Katarina fährt auf die Griechischen Inseln, und Jenny will mit ihrer Band irgendwo neue Songs probieren und eine Demo-CD aufnehmen.«

»Machen Sie und Ihr Mann denn gar keine Ferien?«

»Doch. Wir fahren nach Kreta, aber erst Mitte August.«

»Das klingt herrlich. Wir wollen die Mitternachtssonne sehen. Ist es in Nordschweden wirklich rund um die Uhr hell?«

»Ja. Die Sonne verschwindet nie hinter dem Horizont. Aber von Ende November bis Mitte Februar scheint sie dafür überhaupt nicht. Dann haben sie dort die Polarnacht.«

»Wie exotisch!«, rief Glen.

Sie setzten sich in seinen Wagen und fuhren Richtung London. Alles war schon sommerlich grün, und in den Gärten blühten die Blumen. Irene konnte verstehen, warum die Engländer so vernarrt in ihre Gärten waren. Sie wurden für ihre Mühen wirklich belohnt, da alles schon so früh im Jahr zu blühen begann. In Schweden war immer damit zu rechnen, dass die Temperaturen Ende Mai nachts noch einmal unter null Grad fielen, dann erfroren alle frisch gesetzten, zarten Pflänzchen. Irene hatte den Überblick verloren, wie viele Tomaten- und Tagetespflänzchen sie schon hatte wegwerfen müssen, nachdem der Nachtfrost sie in tote, klebrige Häufchen verwandelt hatte.

Unbeschwert wechselte Glen erneut das Thema.

»Ich habe Lefèvres Alibi für den Mordabend überprüft. Der Wirt des Pubs bestätigt, dass Christian an diesem Montagabend da war. Es sind fünf Typen, die sich dort regelmäßig treffen, um irgendwelche Tippscheine auszufüllen. Obwohl der Pub immer gut besucht ist, meint der Wirt, dass es ihm trotzdem aufgefallen wäre, wenn einer der fünf nicht aufgetaucht wäre. Das passiere nur selten. Er erinnert sich, mit Christian eine Weile geredet zu haben, ehe die anderen gekommen sind. Offenbar war er an diesem Montag der Erste.«

»Dann ist da also nur noch Rebecka, die mit Kopfschmerzen

zu Hause im Bett liegt. Kein sonderlich gutes Alibi«, stellte Irene fest.

»Nein.«

»Haben Sie sonst noch was über Lefèvre und Doktor Fischer in Erfahrung gebracht?«

»Natürlich. Mit wem wollen Sie anfangen?«

»Lefèvre.«

»Okay. Er ist knapp dreißig, in London geboren, Mutter Engländerin, Vater Franzose. Die Eltern ließen sich scheiden, als er fünf war. Die Mutter und er zogen dann nach Edinburgh um. Genauer gesagt zu ihrer Schwester, die ein Stück außerhalb von Edinburgh wohnte. Ihre Schwester war mit einem reichen Schotten verheiratet. Er besaß riesige Ländereien und einige Firmen. Christians Mama wurde in einem Unternehmen ihres Schwagers Prokuristin. Offenbar verfügte sie über die nötigen Voraussetzungen. Die Schwester hatte einen Sohn, der genauso alt war wie Christian. Sie waren wie Brüder, da der Cousin nur noch eine bedeutend ältere Halbschwester hatte. Sein Vater George St. Clair war bereits einmal verheiratet gewesen und verwitwet.«

»St. Clair! Die Firma heißt Lefèvre und St. Clair. Dann ist der Mitbesitzer, der nach Schottland umgezogen ist, Christians Cousin.«

»Genau. In der IT-Branche ist man ortsunabhängig. Da kann man in Schottland sitzen und an denselben Sachen arbeiten wie die Partner in London. Das machen sie jetzt schon seit zwei Jahren so. Andrew St. Clair musste sich nach dem Tod seiner Mutter um die Geschäfte seines Vaters kümmern. Sein Vater lebt schon seit einigen Jahren nicht mehr. St. Clair ist heute einer der reichsten Männer Schottlands.«

»Und dann hat er ja auch noch die Einkünfte aus seinem Computerunternehmen.«

»Ja. Aber St. Clair hat sich nach seinem Umzug Richtung Norden weitgehend zurückgezogen. Er ist zwar immer noch

Miteigentümer, aber natürlich nehmen seine übrigen Firmen eine Menge seiner Zeit in Anspruch. Wahrscheinlich hat sich Lefèvre deswegen nach einem neuen Partner umgesehen, nach jemandem, der wirklich gut ist. Und so ist er auf Rebecka gestoßen.«

Eine Weile wurde es still im Wagen, während Irene über die neuen Informationen nachdachte. Schließlich fragte sie:

»Warum ist Christian nach London gegangen? Und warum ist Andrew mitgekommen?«

»In London sind die großen Kunden und das Geld. Außerdem hat Swinging London immer seine Anziehungskraft auf junge Leute ausgeübt. Beide Cousins haben sich schon sehr früh für Computer interessiert und kannten sich schon in sehr jungen Jahren hervorragend aus. Vor fast neun Jahren zogen sie nach London und eröffneten ihre Firma. Sie waren wahnsinnig erfolgreich. Sie sind ganz einfach die Besten in der Branche.«

»Das bedeutet, dass Rebecka auch zu dieser Elite gehört«, meinte Irene.

»Natürlich. Vielleicht kümmert sich Lefèvre deswegen so rührend um sie. Er weiß, dass sie einzigartig ist. Sie muss einfach wieder gesund werden, damit sie arbeiten kann.«

»Er glaubt halt, dass sie schneller gesund wird, wenn wir sie nicht länger belästigen, sondern in Ruhe lassen. Da hat er Unrecht. Sie wird nie gesund werden, wenn sie nichts erzählt. Haben Sie mit ihr gesprochen?«

»Ich habe sowohl mit Rebecka als auch mit Doktor Fischer geredet. Rebecka geht es noch immer sehr schlecht, und Fischer macht sich Sorgen um sie. Er hat die Dosierung ihrer Medikamente erhöht und will, dass sie wieder in stationäre Behandlung kommt. Ich habe den Eindruck, dass er wütend auf Lefèvre ist. Offenbar findet er, dass sich der Franzose zu sehr einmischt.«

»Da bin ich ganz seiner Meinung. Wann können wir Rebecka sehen?«

»Um elf. Wieder in der Praxis. Aber ich musste wirklich mein ganzes Durchsetzungsvermögen einsetzen. Weder Fischer noch Rebecka waren sonderlich entgegenkommend.«

»Wieso dieser Widerstand?«, ereiferte sich Irene.

»Wahrscheinlich ist Rebecka viel kränker, als wir wissen. Da ihr Arzt an seine Schweigepflicht gebunden ist, kann er uns auch nicht sagen, wie es um sie steht … Aber es ist schon so, wie Sie sagen. Wieso dieser Widerstand?«

Glen setzte seine Überlegungen nicht fort, er musste sich auf den Verkehr konzentrieren. Irene war bisher gar nicht aufgefallen, dass sie einen anderen Weg vom Flugplatz genommen hatten. Jetzt kamen sie aus dem Norden nach Bayswater.

»Hier sehen Sie Paddington Station. Von hier fahren die Züge nach Heathrow und zwar jede Viertelstunde. Die Fahrt dauert auch nur fünfzehn Minuten.«

Irene betrachtete das große Bahnhofsgebäude und die wimmelnden Menschenmassen. Niemand würde hier auffallen. Der Bahnhof lag nur wenige Kilometer von Notting Hill entfernt.

»Glauben Sie, dass Rebecka nach Göteborg gefahren sein könnte, um die Morde zu begehen?«, fragte Irene unvermittelt.

Glen schien eine Weile über diese Möglichkeit nachzudenken. Dann schüttelte er den Kopf.

»Nein. Schließlich ist sie schon ziemlich lange krank. Sie hat … einfach nicht die Kraft für sowas. Kann sie überhaupt schießen?«

»Soweit ich weiß, nicht. Nur ihr Bruder und ihr Vater scheinen auf die Jagd gegangen zu sein. Aber wir können sie fragen.«

»Könnte sonst jemand ein Motiv gehabt haben?«

»Bisher verdächtigen wir noch niemanden, aber es gibt diese Theorie mit dem Internetjob für Rädda Barnen. Das ist das Wichtigste, wonach ich sie fragen muss.«

Glen sah sie von der Seite an.

»Sie scheinen diese Theorie zu bevorzugen«, stellte er fest.

»Ja. Weil wir sonst keine haben. Die Alternative wäre, dass sie alle einem Verrückten rein zufällig zum Opfer fielen. Aber das ist unwahrscheinlich, weil sie nicht an derselben Stelle getötet wurden. Außerdem gab es an beiden Tatorten diese Pentagramme. Es müsste sich also um einen verrückten Satanisten handeln!«

»Soweit ich das mitbekommen habe, schien sich der Mörder gut in der Gegend auszukennen. Außerdem wusste er sehr viel über die Familie.«

»Ja. Das ist das Hauptargument gegen einen Verrückten. Die Morde scheinen sorgfältig geplant worden zu sein. Nichts scheint dem Zufall überlassen worden zu sein.«

Sie waren bei dem kleinen Hotel angekommen, und Glen hielt an der Bordsteinkante. Irene nahm ihre dunkelblaue Reisetasche und ging die Stufen zum Entrée hoch. Hinter dem Tresen stand Estell mit ihrer randlosen Brille und schaute auf einen Computermonitor. Sie sah hastig auf und lächelte, als sie Irene wiedererkannte.

»Willkommen! Sie haben nicht dasselbe Zimmer, sondern das daneben. Ich hoffe, das geht in Ordnung.«

Sie reichte Irene den Schlüssel und vertiefte sich rasch wieder in die Zahlen auf dem Bildschirm.

Das Zimmer neben dem vom vorigen Mal. Wieder alle Treppen hoch ... Irene versuchte, sich damit aufzumuntern, dass sie auf diese Art wenigstens keine Thrombose bekommen würde. Außerdem war Treppensteigen gut für die Kondition.

Das Zimmer sah genauso aus wie das, das sie beim vorigen Mal bewohnt hatte, nur war alles seitenverkehrt. Irene hängte ihre wenigen Kleider in den Schrank – im Übrigen dieselben wie beim letzten Mal. Dann ging sie auf die Toilette. Gerade als sie sich wieder nach unten zu Glen begeben wollte, fiel ihr auf, dass sie nach dem Flug vergessen hatte, ihr Handy wieder einzuschalten.

Auf der Mailbox war Hannu, der sie bat, so schnell wie möglich zurückzurufen. Das tat sie, aber er ging nicht an den Apparat. Wahrscheinlich verhörte er einen der Rockerbrüder. Irene war heilfroh bei dem Gedanken, dass ihr das erspart blieb.

Fröhlich eilte sie die schmale Treppe hinunter. Glen saß in der Lobby und rauchte eine Zigarette. Er drückte sie aus, als Irene die letzte Treppenstufe hinunterging.

»Estell lädt uns unten im Frühstücksraum zu Kaffee oder Tee ein. Dort können wir auch eine Kleinigkeit essen, ehe wir zu Fischers Praxis fahren«, sagte er.

»Klingt gut.«

Irene war hungrig, denn das Frühstück im Flugzeug war bescheiden gewesen. Dafür hatte sie dort anständigen Kaffee bekommen und zwar in unbegrenzten Mengen.

Während der Fahrt Richtung Oxford Street erzählte Glen, was er über Doktor Fischer herausgefunden hatte.

»John Desmond Fischer, Rufname John. Siebenundfünfzig. Die Eltern zogen aus New York hierher, als er vier war. Sie waren sehr wohlhabend. Seit fast dreißig Jahren ist er Psychiater, seit fünfundzwanzig mit eigener Praxis. Er hat einen außerordentlich guten Ruf und ist bei Leuten mit psychischen Problemen ziemlich in. Außerdem ist er sauteuer! Nichts für unsereinen«, meinte Glen und sah Irene vielsagend an.

Ihr war klar, dass Rebecka keinen Arzt konsultierte, der Krethi und Plethi behandelte. Wahrscheinlich hatte Christian Lefèvre dafür gesorgt, dass sich Doktor Fischer ihrer annahm.

Glen fuhr fort:

»Er war dreimal verheiratet. Das jetzt ist seine vierte Ehe. Er hat gerade ein Mädchen bekommen. Aus seinen früheren Ehen hat er schon sieben Kinder. Seine älteste Tochter ist zweiunddreißig und hat selbst zwei Kinder. Jedes Mal, wenn er wieder geheiratet hat, war die Frau jünger als beim Mal davor. Seine neue Frau ist vierundzwanzig. Vor fast elf Jahren hatte er ernsthafte Probleme. Eine achtzehnjährige Patientin beschuldigte ihn, Sex mit ihr gehabt zu haben. Fischer gelang es, sich aus der Affäre zu ziehen. Mehrere Kollegen bezeugten, das Mädchen habe Wahnvorstellungen von sexuellem Missbrauch. Die Ermittlung wurde eingestellt. Das Mädchen erhängte sich wenig später.«

»Wo haben Sie diese Informationen her?«, fragte Irene verblüfft.

»Aus dem Pressearchiv, aus der Regenbogenpresse. Sonst habe ich nichts gefunden. Aber darüber sollte man vielleicht mal nachdenken.«

»Er hat eine Schwäche für junge Frauen. Ein Schürzenjäger.«

Glen nickte. »Was sehen die bloß in diesem Fettsack? Vielleicht können Sie als Frau das ja besser nachvollziehen?«

Sie wollte schon mit den Achseln zucken, erinnerte sich dann aber an Fischers kraftvolle Erscheinung. Er strahlte gebändigte Virilität und Stärke aus. Das dichte Haar, der durchdringende Blick, das Lächeln …

Sie suchte verzweifelt nach dem englischen Wort für Ausstrahlung, kam aber nicht darauf, sondern sagte:

»Aura.«

»Ich verstehe. Eine Aura, die Frauen wahrnehmen. Vielleicht auch Männer.«

»Vielleicht hat es mit seinem Beruf zu tun, dass sich junge Frauen in seiner Gesellschaft sicher fühlen. Er versteht sie, hört ihnen zu und findet immer die richtigen Worte. Außerdem hat er eine gesellschaftliche Stellung und ist wohlhabend. Sie haben ja selbst gesagt, dass er reich ist.«

»Stimmt. Ich sehe ein, dass ich den falschen Beruf gewählt habe«, sagte Glen und lächelte.

Irene betrachtete sein hübsches Profil und die Grübchen in seinen Wangen. Bei ihm würden trotzdem alle Frauen schwach werden, obwohl er kein Vermögen besaß.

Dieses Mal war es nicht so einfach, einen Parkplatz zu finden. Sie mussten den Wagen in der Nähe des Grosvenor Square abstellen. Der Vorteil war, dass sie von dort aus bis zur Praxis von Doktor Fischer ein Stück laufen konnten.

Der Regen hatte aufgehört, und die dünne Wolkendecke riss auf. Die Luft fühlte sich warm und feucht an, obwohl es nur angenehme zwanzig Grad hatte. Die Abgase hingen wie ein öliger Nebel zwischen den Häusern. Irene zog die Jacke aus, unter der sie eine kurzärmelige Bluse trug. Trotzdem war sie am Rücken verschwitzt, noch ehe sie die Praxis erreicht hatten.

Die kühle Luft im Treppenhaus war angenehm. Wie beim vorigen Mal stand John Fischer in der Tür und wartete auf sie.

»Guten Morgen. Das hier muss schnell gehen. Sie ist in einer schlechten Verfassung«, sagte er ohne lange Vorrede.

Sie gingen durch das Wartezimmer in dasselbe Zimmer, in dem sie schon beim letzten Mal gewesen waren.

Rebecka saß im selben Sessel am Fenster. Sie trug denselben schwarzen Hosenanzug. Statt des weißen Rollkragenpullovers hatte sie ein glänzendes weißes Seidentop an. Trotzdem bekam Irene einen Schock, als sie näher kamen.

In den nicht ganz zwei Wochen, die seit ihrer letzten Begegnung vergangen waren, war Rebecka um zehn Jahre gealtert. Ihr Haar war ungewaschen und glanzlos, ihre Haut gelbgrau. Ihre Augen wirkten riesig in dem noch schmaler gewordenen Gesicht. Das Schlimmste aber war ihr Blick. Beim letzten Mal hatte Irene in ihm noch ganz weit unten die Angst gesehen. Rebecka hatte Gefühle gezeigt. Jetzt waren ihre Augen vollkommen leer, wie tot. Als hätte jemand eine dicke graue Haut über die Frau auf dem Sessel gezogen. Dieses Gefühl wurde noch stärker, als sie versuchten, mit ihr zu sprechen. Keine Worte durchdrangen ihren Kokon. Rebecka versank vor ihren Augen immer tiefer.

»Rebecka geht es alles andere als gut. Ihr Besuch kommt deswegen sehr ungelegen«, sagte der Arzt frostig.

Er strich sich über seinen kurzen Vollbart. Das kratzende Geräusch schien das ganze Zimmer auszufüllen. Glen und Irene sahen sich an. Sie waren ratlos, wie sie die Sache anpacken sollten. Rebecka reagierte nicht, als sie versuchten, sie zu begrüßen. Irene nahm ihre Hand und versuchte so, ihre Aufmerksamkeit zu wecken. Die Hand war vollkommen schlaff und kalt. Irene hielt sie jedoch trotzdem weiterhin fest und begann, da ihr nichts Besseres einfiel, sie vorsichtig zu massieren. Zögernd sprach sie sie auf Schwedisch an.

»Ich weiß, dass Sie eine Menge fürchterlicher Bilder im Kopf haben. Ich habe mit Lisa Sandberg von Rädda Barnen gesprochen. Sie erzählte mir von der fantastischen Arbeit, die Sie und Christian bei der Aufdeckung des Pädophilenrings geleistet haben. Sie erwähnte auch, dass selbst die hartgesottensten Ermittler anschließend Depressionen bekommen hätten. Die Bilder waren offenbar mit das Schlimmste, was sie je gesehen hatten.«

Irene merkte plötzlich, dass Rebeckas Hand einen Moment zu zittern anfing, aber diese Bewegung war so leicht, dass sie sich das vielleicht auch nur eingebildet hatte. Ermutigt fuhr Irene fort:

»Sie sind also nicht die Einzige, die diese Bilder und Filme fürchterlich fand. Es ist alles andere als merkwürdig, dass ...«

Irene brach ab, als Rebecka ihr plötzlich die Hand entzog. Sie umklammerte sie mit der linken und presste sie an die Brust. Sie starrte auf den Fußboden und auf einen Punkt neben Doktor Fischers eleganten Schuhen. In dieser Stellung blieb sie, ohne zu blinzeln, wie eine Katatonikerin sitzen. Im Zimmer wurde es wieder vollkommen still und Irene immer mutloser. Es schien unmöglich zu sein, zu Rebecka durchzudringen. War die ganze Londonreise sinnlos gewesen? Da sie keine bessere Idee hatte, sprach sie einfach weiter.

»Ich kann verstehen, dass Sie Ihren Eltern sicher davon erzählt haben, welchen Dingen Sie und Christian im Internet auf der Spur waren. Haben Sie auch Jacob davon erzählt?«

Absichtlich machte Irene eine Pause, um zu sehen, wie Rebecka reagieren würde.

Erst hatte es den Anschein, als hätte sie Irene überhaupt nicht zugehört. Sie saß genauso reglos da wie zu Anfang. Irene sah Glen an und zuckte resigniert die Achseln. Plötzlich stieß Rebecka jedoch ein heiseres Stöhnen aus. Irene beugte sich vor und versuchte, Augenkontakt mit der jungen Frau aufzunehmen. Doch das war unmöglich. Sie starrte immer noch beharrlich auf den Fußboden. Versuchte allerdings, ihre trockenen Lippen zu bewegen. Mühsam stieß sie ein kaum hörbares Nein hervor.

Ihre Lippen waren wund und rissig. In den Mundwinkeln hing zäher, gelbweißer Speichel. Schwerfällig bewegte sich ihre Zunge in ihrer knochentrockenen Mundhöhle.

Fieberhaft überlegte sich Irene, was sie jetzt sagen könnte, ohne damit Rebecka wieder zum Verstummen zu bringen. Vorsichtig meinte sie:

»Wenn Sie Nein sagen, Rebecka, meinen Sie damit, dass Sie es weder Ihren Eltern noch Jacob erzählt haben?«

»Nein«, antwortete sie leise.

Sicherheitshalber wiederholte Irene ihre Frage noch einmal:

»Sie haben Ihrer Familie also nichts von dem Pädophilenring erzählt?«

»Nein«, flüsterte sie erneut.

Rebecka hatte sich während ihres Gesprächs nicht im Mindesten bewegt, aber jetzt wandte sie Irene den Kopf zu. Ihre Blicke begegneten sich, und Irene meinte, ihr Herz würde für ein paar Sekunden aussetzen. In Rebeckas Augen fand sich nur noch ein bodenloses Dunkel.

»Nein«, wiederholte Rebecka.

Vergebens versuchte sie, ihren nicht vorhandenen Speichel hinunterzuschlucken.

»Sie war … krank. Ich musste sie … schützen«, presste sie schließlich über die Lippen.

Ein Röcheln schüttelte plötzlich ihren Körper, und sie schlug die Hände vors Gesicht. Unendlich langsam begann sie, sich hin und her zu wiegen und murmelte:

»Meine Schuld. Alles … meine Schuld.«

Das Röcheln hallte im Zimmer wider, und Irene kam sich vollkommen hilflos vor.

»Das muss jetzt reichen. Sogar Sie müssen sehen, dass das grausam und sinnlos ist«, entschied Doktor Fischer.

Irene schaute erneut auf Glen, der ratlos den Kopf schüttelte. Rebecka schaukelte immer noch mit den Händen vor dem Gesicht hin und her, aber sie hatte aufgehört zu röcheln. Es hatte keinen Sinn, weiterzumachen, entschied Irene.

Plötzlich tauchte eine kräftige, grauhaarige Frau in der Tür auf. Irene hatte sie nicht kommen hören, obwohl sie so riesig war. Sie trug einen beigen Sommermantel und schien direkt von der Straße zu kommen. Offenbar hatte sie einen Schlüssel zur Praxis.

»Gut, Marion. Wir fahren Rebecka direkt zur Klinik«, sagte Fischer.

Ohne die Beamten zu begrüßen oder sie auch nur eines Blickes zu würdigen, trat Marion in ihren stabilen Joggingschuhen auf Rebecka zu. Vorsichtig legte sich die Frau einen von Rebeckas Armen um den Hals und half ihr dann auf die Beine. Indem sie sich Rebeckas anderen Arm um die Taille legte, gelang es ihr, den willenlosen Körper Richtung Tür zu schleifen. Ohne den Kopf umzudrehen, sagte sie zum Arzt:

»Das Auto steht vor dem Haus.«

»Ich komme sofort«, erwiderte dieser.

Demonstrativ klaubte er ein paar Papiere von dem im Übrigen leeren und glänzenden Schreibtisch zusammen und steckte sie in eine dünne Mappe aus weichem, nougatfarbenem Leder. Er sah sie an und machte dann eine auffordernde Handbewegung in Richtung Tür:

»Bitte schön.«

Was hatte dieser Mann eigentlich für ein Verhältnis zu Rebecka? In Anbetracht seines Interesses an jungen Frauen war ein sexuelles Verhältnis nicht auszuschließen. Aber das wollte nicht so recht zu Rebeckas Zustand passen. Irene kam ein Gedanke: Stand Rebecka unter Drogen? Möglicherweise zwang sie der Arzt, schwere Psychopharmaka zu nehmen?

Als sie die Treppen in dem riesigen Treppenhaus hinuntergingen, schwirrten verschiedene Gedanken durch Irenes Kopf. Sie verwarf einen nach dem anderen. Ein schwarzes Auto brauste genau in dem Augenblick davon, als sie aus dem Haus traten. Irene sah Rebeckas bleiches Gesicht auf dem Rücksitz. Neben ihr saß John Fischer.

Irene besprach ihre Überlegungen mit Glen. Er war ganz ihrer Meinung. Rebecka war wirklich krank, aber ihr Arzt benahm sich tatsächlich äußerst merkwürdig.

Irene wollte gerade sagen, dass sie sich doch am besten in einem netten Restaurant beim Mittagessen über die Entwicklung der Ereignisse unterhalten sollten, als aus ihrer Jackentasche die Marseillaise zu dudeln begann. Eilig zog sie ihr Handy heraus.

»Irene Huss.«

»Hier ist Hannu. Ich habe schon früher versucht, dich zu erreichen, aber da warst du wohl noch im Flugzeug. Ich bin auf was gestoßen.«

Irene hielt den Atem an.

»Auf den Passagierlisten gab es weder einen Christian Lefèvre noch eine Rebecka Schyttelius. Aber ich habe sämtliche Maschinen von allen Fluggesellschaften am betreffenden Montag und Dienstag kontrolliert. Und ich habe daran gedacht, dass der Täter die Nacht in Göteborg hätte verbringen können. Es gab tatsächlich einen, der das getan hat. Er flog Montagabend um 19.20 Uhr von Heathrow ab und am Dienstag um 7.10 Uhr wieder zurück. Außerdem hatte er bei Avis einen Wagen vorbestellt. Er bekam einen dunkelblauen VW Polo.«

Irene konnte es vor Spannung kaum noch aushalten. Der Aufkleber auf der Heckscheibe des Autos, den der Mann mit dem Hund angeblich gesehen hatte, konnte durchaus eine Avis-Reklame gewesen sein.

»Wie heißt er?«, stieß sie mit tonloser Stimme hervor.

»Andrew St. Clair.«

Glen sah sie neugierig an, als sie ihr Handy wegsteckte.

»Gute oder schlechte Neuigkeiten?«, fragte er.

Sie sah ihn etwas verwirrt an und sagte:

»Wie man's nimmt ...«

Dann riss sie sich zusammen und erzählte ihm, was Hannus Nachforschungen ergeben hatten. Ausnahmsweise war er eine Minute lang mucksmäuschenstill.

»Andrew St. Clair? Einer der reichsten Männer Schottlands ... Warum sollte gerade der nach Göteborg fahren und Rebeckas Familie ermorden?«

Sie landeten bei einem kleinen Inder, der nicht weit von Whiteleys entfernt war.

»Das Geburtsdatum auf der Liste der Fluggesellschaft ist das von Andrew St. Clair. Er ist fast ein Jahr älter als Christian«, meinte Glen.

Nachdenklich sah er auf den Zettel, auf den Irene die Informationen gekritzelt hatte, die sie von Hannu bekommen hatte. Plötzlich leuchtete sein Gesicht auf.

»Jetzt erinnere ich mich an etwas, was ich in einem der Artikel aus der Regenbogenpresse gelesen habe! Er wollte bald heiraten. Irgendwo gab es da eine große Reportage über seine bevorstehende Hochzeit. Sie wurde als das Society-Event des Jahres bezeichnet.«

»Das erklärt gar nichts. Warum sollte ein reicher Schotte nach Göteborg fahren und dort drei ihm total unbekannte Menschen erschießen?«, wollte Irene wissen.

Glen sah sie eine Weile an, ehe er antwortete:

»Wissen wir denn, dass sie ihm vollkommen unbekannt waren?«

Irene musste eine Weile nachdenken. Dann sagte sie:

»Nein. Das nicht.«

»Wir können in diesem Fall nur eins tun«, sagte Glen energisch.

»Und das wäre?«

»Ihn selbst fragen.«

Irene musste am Nachmittag sehen, wie sie allein zurechtkam. Glen fuhr ins Büro, um mit seinem Chef den weiteren Ablauf der Ermittlungen zu besprechen. Ehe sie sich trennten, verabredeten sie sich für sechs Uhr im Restaurant Vitória.

Irene beschloss, ein wenig Sightseeing zu machen und die St. Paul's Cathedral zu besuchen. Ganz frech schloss sie sich einer Gruppe mit einem englischsprachigen Führer an. Er erzählte die Geschichte der Kathedrale. Das erste Bauwerk an diesem Platz sei bereits im Jahre 604 von König Ethelbert errichtet worden, dem ersten König von England, der sich habe taufen lassen. Anschließend sei immer wieder angebaut worden, aber 961 hätten die Wikinger die Kirche niedergebrannt. Fast hätte Irene Schuldgefühle angesichts der Taten ihrer Vorväter bekommen. Die Kirche hatte dann noch mehrmals gebrannt, und auch beim großen Feuer von 1666 war St. Paul's eines der Bauwerke, die Raub der Flammen wurden. Das gab Christopher Wren die Möglichkeit, sein Lebenswerk zu verwirklichen, die neue St. Paul's Kathedrale.

Mehrere Stunden ging Irene herum und bewunderte Wand- und Deckengemälde und Skulpturen und Schnitzarbeiten. Sie musste es zugeben: Sie fand alles faszinierend und überwältigend. Bei einem Souvenirverkäufer besorgte sie sich eine Hand voll Ansichtskarten, da auf einem Schild stand, dass der Gewinn dem Unterhalt der Kirche diene.

Die Zeit war schnell vergangen, und sie musste allmählich ins Hotel zurück. Sie wollte sich gern frisch machen, ehe sie Glen und Donna traf. Dieses Mal hatte sie nicht vor, in der Badewanne einzuschlafen. Donna begrüßte Irene ebenso überschwänglich wie beim vorigen Mal. Sie trug eine leuchtend türkise Tunika mit einem riesigen Ausschnitt über einem langen schwarzen Rock. Auf ihrer dunklen Haut funkelte ein wunderschönes Silbergeschmeide mit Türkisen. Sie hatte ihr stahlgraues Haar hochgesteckt und trug Ohrringe, die zu der Halskette passten. Donna war wirklich ein Vollblutweib.

»Und was ist mit dem großen, gut aussehenden Polizisten?«, wollte sie wissen und blinzelte Irene zu.

»Der Einzige, der bald pensioniert wird, ist mein Chef, aber der ist weder sonderlich groß noch sonderlich gut aussehend«, entschuldigte sich Irene.

»Aber einigermaßen gesund ist er doch wohl?«, fragte Donna und klang aufrichtig interessiert.

»Na ja …«

»Schicken Sie ihn mir auf jeden Fall vorbei. In meinem Alter kann man nicht mehr wählerisch sein«, meinte Donna lachend.

Irene hatte nicht den Eindruck, dass sich Donna ihre Männer nicht mehr aussuchen konnte.

Glen kam ein paar Minuten später. Sie bestellten, ehe sie mit der Unterhaltung begannen. Beide entschlossen sich zu Wodka Martini als Aperitif, Hummersuppe und Lammspieß mit einer raffinierten Sauce und Kartoffeln. Irene trank eine halbe Karaffe Rotwein und Glen ein großes Bier. Erst als die Drinks auf dem Tisch standen, begann er zu erzählen:

»Mein Chef ist natürlich erst mal an die Decke gegangen, als ich ihm erzählt habe, dass der Name von Andrew St. Clair im Zusammenhang mit den Mordfällen aufgetaucht ist. Immer wenn es um die Stützen unserer Gesellschaft geht, bekommen unsere Chefs kalte Füße. Aber es war klar, dass wir dem nachgehen müssen, also rief er St. Clair selbst an. Genauer gesagt seine Sekretärin. St. Clair hat morgen den ganzen Vormittag geschäftlich mit irgendwelchen Leuten aus dem Ausland zu tun, könnte uns aber nach dem Lunch treffen. Der Chef hat der Sekretärin meine Handynummer gegeben, aber weder sie noch Andrew St. Clair haben bis jetzt von sich hören lassen. Ich habe uns für morgen zwei Plätze in der ersten Maschine nach Edinburgh reserviert. Um fünf Uhr nachmittags fliegen wir dann nach Heathrow zurück. Dann schaffen Sie es noch bis nach Göteborg.«

Etwas regte sich in Irenes Unterbewusstsein, und sie fragte nach:

»Haben Sie überprüft, ob St. Clair von Edinburgh aus nach London geflogen ist?«

»Ja. Negativ. Er taucht auf keiner Passagierliste auf. Aber was sagt das schon. Möglicherweise ist er mit dem Auto gefahren.«

KAPITEL 18

Sie landeten auf dem Edinburgh International Airport westlich der Stadt. Da sie Andrew St. Clair erst in einigen Stunden treffen würden, tranken sie am Flughafen erst einmal einen Kaffee. Die warmen Croissants und der heiße Kaffee waren nach dem spartanischen Frühstück im Flugzeug himmlisch.

Sie hatten sich kaum gesetzt, da begann Glens Telefon zu bimmeln. Die Unterredung war kurz und überaus höflich. Glen unterbrach die Verbindung und sagte erklärend:

»Das war St. Clairs Sekretärin. Er erwartet uns um eins zum Lunch.«

»Wo?«

»Bei sich zu Hause, Rosslyn Castle.«

»Wohnt er auf einer Burg?«

»Na klar.«

Glen grinste. Übertrieben feierlich zog er einen Zettel aus der Manteltasche und räusperte sich wie ein Festredner.

»Kate hat für mich die Recherche erledigt. Wir haben einige Bücher über schottische Geschichte und auch eins über Clans. Sie hat mir alles aufgeschrieben.«

Er biss von seinem Croissant ab und trank einen Schluck Kaffee. Gleichzeitig überflog er das Papier. Nach einer Weile sagte er leise:

»Hier steht, dass der Stammbaum der St. Clairs bis ins fünfzehnte Jahrhundert zurückreicht. Unter seinen Vorvätern sind der mächtige Earl von Orkney und Sir William St. Clair. Der Earl baute das Castle und Sir William eine berühmte Kirche. Die Familie besitzt immer noch riesige Ländereien in den Pentland Hills. Andrews Vater George war geschäftstüchtig und investierte sein Geld schon gleich zu Anfang in die Ölindustrie. Da besaß er bereits einen Teil der Woll- und Tweedindustrie.«

»Vielleicht haben sie ja seit dem fünfzehnten Jahrhundert auch ihr eigenes Clanmuster?«, warf Irene ein.

Glen musste so lachen, dass er sich verschluckte. Irene klopfte ihm kräftig auf den Rücken.

»Das ist das Beste, was wir Schotten erfunden haben!«, sagte er prustend. »Diese Clanmuster sind angeblich eine schottische Erfindung. Sie waren aber im neunzehnten Jahrhundert die Idee eines Webers aus Lancashire. In den feinen Salons saßen die vornehmen Damen und suchten sich ein Muster aus, dem sie den Namen ihres Clans verliehen. Wahrscheinlich war das der Dank für eine große Bestellung. Wirklich ein genialer Einfall! Und alle sind darauf reingefallen!«

Irene lächelte, war aber irgendwie enttäuscht. Wie die meisten hatte sie geglaubt, dass die Schotten so wie im Film »Braveheart« jahrhundertelang in Kilts mit Clanmuster für ihre Freiheit gekämpft hatten. Aber dort hatte auch einer der Soldaten in einer der unzähligen, blutigen Schlachtszenen Turnschuhe von Nike getragen, und sie meinte sich auch daran zu erinnern, unter einem der Kilts einen Slip von Jockey entdeckt zu haben. Die Hollywoodfilme von heute waren vermutlich nicht wirklich historisch korrekt.

»War Ihr Vater aus Edinburgh?«, fragte sie aus reiner Neugier.

»Nein, aus Ayr an der Westküste. Aber wir haben die Verwandtschaft hier oben nicht oft besucht. Dads Leute hatten was dagegen, dass er eine Schwarze geheiratet hat. Und dass er auch noch Kinder bekam, machte die Sache nicht besser.«

Irene merkte, dass das ein heikles Thema war, und hakte nicht nach.

»Andrew St. Clairs Halbschwester Mary ist mit einem spanischen Adligen verheiratet und unglaublich reich. Natürlich hatte sie bereits eine Menge Geld von ihrem Vater geerbt. Im Übrigen ist Andrew der Alleinerbe und kontrolliert das ganze Imperium. Wahrscheinlich soll die Hochzeit im Sommer die Erbfolge sichern.«

»Bestimmt.«

Sie erhoben sich und gingen zur Autovermietung. Glen hatte einen Rover bestellt. Sie bekamen einen roten statt des schwarzen, den er sonst fuhr.

Edinburgh war eine unglaublich schöne Stadt. Prächtige Gebäude, schöne Straßen und Plätze, und alles auf Hügeln. Deswegen waren die Straßen teilweise recht steil, und es gab viele Treppen. Sie fuhren zum Castle hoch, das auf einem schroffen Felsen oberhalb der Stadt lag. Glen erklärte ihr alles:

»Das ist die Esplanade. Hier waren früher die Hinrichtungen. Jetzt findet hier im August der beliebte Military Tattoo statt, eine große Parade mit Dudelsackpfeifern in Kilt und allem Drum und Dran. Die Touristen lieben das.«

Sie sahen sich das Castle näher an. Von überall bot sich eine hervorragende Aussicht auf die Stadt. Sie hatten Glück mit dem Wetter, es war sonnig und der Himmel wolkenlos. Es war jedoch nicht warm, und der Wind pfiff ihnen eiskalt um die Ohren. In London war ihr die gefütterte Jacke nur lästig gewesen, jetzt war sie heilfroh, sie dabeizuhaben. Nach einer Runde im schneidenden Wind war sie dankbar, sich wieder in den Wagen setzen zu können.

»Wie weit ist es zum Rosslyn Castle?«

Glen schaute auf die Karte, die er von Avis bekommen hatte.

»Zwanzig oder dreißig Kilometer«, meinte er.

Er deutete auf einen Punkt südwestlich von Edinburgh.

»Man fährt Richtung Penicuik. Vielleicht sollten wir uns ja vorher die Umgebung des Schlosses ansehen«, schlug er vor.

»Das tun wir!«

Irene hatte keine Ahnung, wo Penicuik lag, und konnte es auch gar nicht aussprechen. Es war ihr offen gestanden auch gleich, solange sie nicht in den schneidenden Wind zurück musste.

Rosslyn Castle lag auf einer Anhöhe, die allerdings nicht so hoch war wie die von Edinburgh Castle. Um die Anhöhe herum breiteten sich große Äcker und Heide aus. Auf den Äckern grünte es bereits, und auf der Heide weideten Schafherden. Die Höhenzüge hinter dem Castle hießen laut der Karte, die Irene auf den Knien liegen hatte, Pentland Hills.

Ehe sie zur Allee kamen, die auf das Schloss zuführte, fuhren sie an einer hübschen alten Kirche vorbei. Ein Schild wies sie als Rosslyn Chapel aus. Glen deutete auf die Kapelle mit den massiven Mauern und der reich verzierten Fassade.

»Das ist die Kirche von Sir William. Zehn Barone St. Clair liegen in dieser Kirche begraben.«

Wenn er das mit der Polizei je überbekommen würde, dann würde er einen hervorragenden Fremdenführer abgeben, dachte Irene. Sie war dankbar, einem Kollegen begegnet zu sein, der ihr etwas über die hiesigen Sehenswürdigkeiten erzählen konnte.

Kurz vor der Allee wuchs eine hohe Hecke aus Nadelbäumen. Durch ein schmiedeeisernes Tor war ein großes Haus zu sehen. Glen hielt an und setzte zurück.

»Kommen Sie«, sagte er und stieg aus.

Etwas verwirrt folgte Irene seiner Aufforderung.

Er war bereits am Tor und deutete auf den kupfernen Briefkasten, der an einem der Torflügel hing. In zierlichen Buchstaben war der Name Lefèvre eingraviert.

»Hier hat Christian seine Kindheit verbracht«, sagte Glen.

Er drückte die vergoldete Klinke, und der Torflügel öffnete sich kreischend.

»Tja, da kommen wir also ohne Voranmeldung«, meinte er ungerührt.

Der Garten hinter der Hecke war unerwartet groß. Irene gefiel er sofort. Er war nicht sonderlich gepflegt. Unter einem Obstbaum war eine vergessene Harke an den Stamm gelehnt. Etwas weiter stand ein Weidenkorb im ungemähten Gras. Der Schotter auf dem Weg zur Tür knirschte unter ihren Schuhsohlen.

Der graue Feldstein des Hauses hinterließ in Kombination mit dem schwarzen Schiefer des Daches einen düsteren Eindruck. Die kleinen Fenster trugen sicher noch das ihrige dazu bei. Die Wände waren efeubewachsen. Das immerhin ließ die dunkle Fassade etwas freundlicher erscheinen.

Als sie fast bei der Tür waren, wurde diese vorsichtig geöffnet. Durch den Spalt war eine Gestalt zu sehen. Eine Stimme fragte:

»Wer sind Sie?«

»Detectives Huss und Thomsen«, sagte Glen.

Er lächelte sein charmantes Lächeln und wedelte gleichzeitig mit seinem Dienstausweis.

»Wir sind eigentlich mit Andrew St. Clair verabredet, aber da wir etwas zu früh dran sind, dachten wir, dass wir ein wenig die Umgebung erkunden könnten. Sind Sie Mrs. Lefèvre?«

Der Spalt wurde breiter, und eine Frau erschien auf der Treppe. Irene war erstaunt, wie jung sie aussah. Sie war sicher schon weit über fünfzig, hatte aber immer noch eine schlanke Figur. Ihre Haltung war aufrecht. Trotzdem reichte sie Irene kaum bis zur Schulter. Ihr Haar war kurz geschnitten und in einem dunklen Rotbraun gefärbt. Irene war überrascht, dass ihre mandelförmigen Augen dunkelbraun waren. Auch das teure, maßgeschneiderte Kostüm ließ sie eher wie eine waschechte Französin als wie eine Engländerin erscheinen. Obwohl ja ihr Exmann der Franzose gewesen war. Sie wirkte jedenfalls, so wie sie auf der Treppe des düsteren Hauses im schneidenden schottischen Wind dastand, eher deplatziert.

Abwehrend verschränkte sie ihre Arme vor der Brust, ob als Schutz vor der Kälte oder vor ihnen, war nicht ganz klar.

»Ja. Ich bin Mary Lefèvre. Was wollen Sie von mir?«

Glen lächelte erneut.

»Nichts Besonderes. Das hier ist meine Kollegin Irene Huss aus Schweden. Sie leitet die Ermittlungen im Falle der Morde an Rebeckas Eltern und ihrem Bruder.«

Die dunkelbraunen Augen flackerten. Offenbar hatte Glen das ebenfalls bemerkt, denn er fuhr fort:

»Dürfen wir reinkommen und ein paar Fragen stellen?«

»Ich bin auf dem Sprung ... wollte nur eben meine Tasche holen«, erwiderte Mary Lefèvre.

Sie machte keinen Versuch, ihren Widerwillen zu verbergen.

»Wir werden um eins von Ihrem Neffen erwartet, die Fragen können also nicht allzu lang ausfallen«, meinte Glen beharrlich und immer noch lächelnd.

Mit einem resignierten Achselzucken trat sie in die Diele und ließ sie herein.

Die Eingangshalle war überdimensional groß und zwei Stockwerke hoch. Die Decke war weiß gestrichen, und die Deckenbalken waren dunkel lasiert. Das Wandpaneel hatte denselben dunklen Farbton. Neben der Tür führte eine breite Treppe ins Obergeschoss. Das Treppengeländer ging in eine Balustrade über, die die ganze Halle umgab. Dort oben konnte man stehen und sehen, wer kam und ging. Irene schielte durch das Schmiedeeisen der Balustrade und sah eine Reihe geschlossener Türen.

Die Schmalseite der Halle wurde von einem offenen Kamin aus Granit in Anspruch genommen, der riesig war. Ein aufrecht stehender Mensch hätte problemlos darin Platz gefunden. Ihre Gastgeberin bemerkte, wie beeindruckt sie waren, und meinte:

»Sieht kolossal aus, aber ich benutze ihn nie. Er verschlingt nur Brennholz und wärmt nicht. Die Öfen sind viel effektiver. Wir haben in jedem Zimmer einen davon stehen. Außerdem gibt es noch eine Zentralheizung. Sonst würde ich im Winter erfrieren.«

Es brauchte nicht viel Fantasie, um sich vorzustellen, wie kalt es in diesem Haus im Winter werden konnte, wenn die Stürme durch die Ritzen pfiffen. Das war sicher auch der Grund dafür, dass die Fenster so klein waren.

Mary führte sie in ein erstaunlich helles und gemütliches Wohnzimmer. Das Licht fiel durch die hohen Terrassentüren und die großen Kippfenster, die sicher erst in den letzten Jahren eingesetzt worden waren. Die Möbel waren hell und modern.

»Bitte nehmen Sie Platz«, sagte Mary Lefèvre und blieb selbst stehen.

Die grazile Frau stand mit dem Rücken zu den Fenstern und hielt immer noch die Arme vor der Brust verschränkt. Die beiden Beamten sahen sich gezwungen, sich auf das weiße Designersofa zu setzen.

Glen machte eine weite Handbewegung.

»Das ist wirklich ein schönes altes Haus.«

»Ja. Teile davon stammen aus dem achtzehnten Jahrhundert«, erwiderte Mary Lefèvre.

»Muss wunderbar für Kinder sein, hier aufzuwachsen. Besucht Sie Christian oft hier?«, fuhr Glen unbeschwert fort.

»Gelegentlich.«

»Wann war er zuletzt da?«

Mary dachte eine Weile nach, ehe sie antwortete:

»Im März.«

»Sind Sie jemals Rebecka Schyttelius begegnet?«

Im Gegenlicht konnten sie ihre Gesichtszüge nicht erkennen, aber Irene merkte, wie sie zusammenzuckte. Dann antwortete sie:

»Einmal. Dieses Jahr war sie an Weihnachten hier.«

»Sie und Christian waren also ein Paar?«

»Nein«, kam es scharf wie ein Peitschenhieb.

Glen sagte nichts, sondern zog nur vielsagend die Brauen hoch. Das hatte die gewünschte Wirkung. Mary Lefèvre hatte das Gefühl, nähere Erklärungen abgeben zu müssen.

»Sie war im Herbst krank gewesen und hatte nicht die Kraft, über Weihnachten nach Schweden zu fahren. Christian wollte sie nicht allein in London lassen, sondern nahm sie mit hierher.«

»Ich verstehe. Was hatten Sie für einen Eindruck von ihr?«

Dieses Mal zog sich das Schweigen wirklich ziemlich in die Länge.

»Sie war sehr still ... es war schwer, zu ihr durchzudringen.«

»Das ist auch der Eindruck, den wir von Rebecka haben. Sie ist wirklich sehr krank. Die Morde an ihrer Familie haben ihren Zustand natürlich noch verschlimmert«, sagte Glen ernst.

Plötzlich lächelte er. Seine charmanten Grübchen waren zu sehen.

Dessen ist er sich bewusst, und das ist Teil seiner Strategie, dachte Irene.

»Wie heißt im Übrigen Christians Freundin?«

Die Silhouette vor dem Fenster erstarrte. Ihre Stimme war heiser und gereizt, als sie antwortete:

»Das weiß ich nicht. Das müssen Sie ihn schon selbst fragen.«

»Das werden wir auch.«

Er lächelte noch immer, aber sein Ton war jetzt härter geworden.

»Vielen Dank, dass wir stören durften. Hier ist meine Karte, falls Sie uns noch etwas zu erzählen haben.«

Freundlich lächelnd stand Glen vom Sofa auf. Irene folgte seinem Beispiel. Langsam wie eine Schlafwandlerin begann Mary, auf die Tür der Halle zuzugehen. Sie hatte weder Augen für Irene noch für Glen. Ihre Bewegungen wirkten steif und mechanisch, als sie die Haustür öffnete. Stumm sah sie in ihre Richtung, ohne sie jedoch wirklich anzusehen.

Sie schien Angst zu haben. Aber wieso?

»Warum wollten Sie mit Christians Mutter reden?«, wollte Irene wissen.

Sie saßen wieder im Auto und fuhren die Allee entlang.

»Weil sie Christians Mutter ist«, lautete die lakonische Antwort.

Das hatte eine gewisse Logik, wie Irene fand.

Als sie den Innenhof erreichten, parkten sie den roten Mietwagen neben einem neuen silbernen Porsche. Sie stiegen aus und betrachteten das Castle. Hinter ihnen befand sich die dicke Mauer mit dem Torgewölbe, durch das sie gerade gefahren waren. Das Pflaster des Hofs war in Hunderten von Jahren von unzähligen Füßen abgetreten worden und ganz glatt. Das Schloss umgab den Innenhof auf drei Seiten. Es war ganz aus Feldstein, das Dach aus Schiefer. Die Ecktürme erinnerten an das Märchen von Dornröschen. Vielleicht trug auch der dichte Efeu, der die Wände hochrankte, dazu bei. Einige prächtige Bäume und große Rosenrabatten verliehen der kargen Umgebung aus Stein Farbe und Leben.

Das stabile Portal aus massiver Eiche vor ihnen sah allerdings nicht gerade einladend aus.

»Hier braucht man einen Vorschlaghammer zum Anklopfen«, meinte Glen.

Gerade wollten sie auf das Portal zugehen, als jemand rief:

»Hallo! Hier entlang!«

Die beiden Beamten blieben stehen. Ratlos blickten sie sich um. Da sah Irene einen Mann, der in der Tür des westlichen Seitenflügels stand. Er winkte ihnen zu.

Sie waren erst ein paar Schritte gegangen, als Irene erneut stehen blieb. Es war Christian Lefèvre! Als sie sich von ihrer Überraschung erholt hatte, begriff sie, dass sie einem Irrtum aufgesessen war. Das war gar nicht Christian, die Cousins waren sich nur sehr ähnlich.

Andrew St. Clair war größer und kräftiger als Christian, hatte aber dasselbe dunkle Haar. Im Nacken war es zu einem Pferdeschwanz zusammengebunden. Er trug eine runde Brille und schaute seine Besucher kurzsichtig an. Man hätte die Cousins für Brüder halten können. Vermutlich hatten sich ihre Mütter sehr ähnlich gesehen. Dunkelhaarig und braunäugig. Irene hatte erwartet, dass der schottische Adlige rothaarig sein, abstehende Ohren und einen Überbiss haben würde, eben dem verbreiteten Vorurteil von einem Schotten entsprechen würde.

St. Clair trug einen gestrickten hellroten Pullover. Auf der linken Brustseite war ein Wappen, das Irene wiedererkannte, aber nicht zuordnen konnte. Der Kragen im V-Ausschnitt war blendend weiß, der Schlips hellrot und blau gestreift. Seine karierten Hosen aus dünner Wolle waren aus erstklassiger Qualität, die exklusiven Schuhe ebenfalls.

»Alle gehen erst einmal zur falschen Tür, wenn sie das erste Mal hier sind. Willkommen auf Rosslyn Castle!«, sagte Andrew St. Clair.

Sein Willkommensgruß klang echt. Er schüttelte ihnen herzlich die Hand, ehe er sie ins Haus führte.

Irene hatte erwartet, dass es in dem alten Gemäuer eisig sein würde, aber in der großen Halle war es ganz im Gegenteil warm und gemütlich. Sie glich der Halle in Mrs. Lefèvres Haus, war aber bedeutend größer. Andrew St. Clair nahm ihnen die Mäntel ab und hängte sie in einen großen Schrank mit geschnitzten Türen, auf denen Jagdszenen mit Hunden und fliehenden Hirschen zu sehen waren.

»Nur dieser Teil des Schlosses ist bewohnt. Hier ist alles renoviert und auf heutige Bedürfnisse zugeschnitten worden. Die Kamine und Kachelöfen sind noch so, wie sie waren, aber im Erdgeschoss habe ich unter den alten Bodenplatten eine Fußbodenheizung installieren lassen.«

Er klang stolz. Irene fand, dass das durchaus berechtigt war. Das Ganze war vermutlich außerordentlich aufwändig gewesen. Andrew St. Clair ging vor ihnen her, erzählte ihnen das eine oder andere über die Geschichte des Castles und vermittelte ihnen alles in allem das Gefühl, gern gesehene Gäste zu sein. Er war freundlich und umgänglich. Das war der größte Unterschied zwischen ihm und seinem Cousin. Und natürlich auch zwischen ihm und seiner Tante.

»Der älteste Teil des Castles ist der Flügel gegenüber. Der wurde bereits in der zweiten Hälfte des fünfzehnten Jahrhunderts errichtet, musste dann aber nach einem Brand zweihundert Jahre später wieder aufgebaut werden. Was wir jetzt sehen, stammt also aus dem späten siebzehnten Jahrhundert. Aus dieser Zeit stammt auch das Hauptgebäude. Dieser Flügel, in dem wir uns jetzt befinden, wurde gleichzeitig mit dem Wächterhäuschen unten an der Allee errichtet, also Ende des achtzehnten Jahrhunderts. Mein Großvater begann bereits mit der Restaurierung, mein Vater hat sie fortgeführt, und ich habe sie vollendet. Wir haben sehr viel Wert darauf gelegt, den Charakter des Castles nicht zu verändern.«

Er führte sie durch große Säle mit gold und rot gestreiften Seidentapeten und riesigen Gobelins. Glasmalereien schmückten die Fenster. Bilder aus der Geschichte der Familie und natürlich verschiedene Wappen bedeckten die Wände. Andrew St. Clair erklärte ihnen begeistert jedes Fenster, an dem sie vorbeigingen. Menschen auf düsteren Porträts in Goldrahmen starrten auf sie herab. Zwischen den Porträts hingen Wappen und alte Ritterschwerter. Einige Rüstungen standen reglos und gespenstisch zwischen den Möbeln. Es gab auch große und schwere Schränke aus dunklem Holz mit aufwändigen Schnitzereien und funkelnden Beschlägen. Alle Möbel schienen sehr alt zu sein. Irene hatte das Gefühl, in einem Museum zu sein. Ihre Schritte hallten unheimlich auf dem Steinboden wider. Als hätte ihr Gastgeber ihre Gedanken gelesen, sagte er:

»Ich habe die schönsten und ältesten Möbel in diesen Gemächern aufstellen lassen. Es bekommt ihnen nicht, in ungeheizten Räumen zu stehen. Aber hier kommen wir jetzt zum Wohnzimmer.«

Er öffnete eine mächtige Flügeltür und gab ihnen ein Zeichen, näher zu treten.

Das Zimmer war unglaublich groß. Andrew St. Clair hatte die eine Wand durch einen großen Wintergarten ersetzen lassen.

»Schauen Sie sich die Aussicht an«, forderte er sie auf.

Sie gingen durch den riesigen Raum, über die echten Teppiche auf die Wand aus Glas zu. Der Anbau reichte bis an den Rand des Felsens. Die großartige Aussicht über Heide und Äcker reichte bis zu den Pentland Hills.

»Wie wunderbar«, sagte Irene aufrichtig.

Mit zufriedener Miene bat er sie, auf den weichen Ledersofas Platz zu nehmen, von denen aus man den Blick genießen konnte.

»Das Essen wird in ein paar Minuten im Jagdzimmer serviert. Ich finde es angenehmer, dort zu essen. Das Esszimmer ist für drei Personen zu groß.«

Irene konnte sich lebhaft vorstellen, wie es dort aussah. Ein großer, düsterer Saal mit Ritterrüstungen an den Wänden und weiteren Ahnen, die aus ihren Goldrahmen finster auf einen herabblickten. Die Tafel war natürlich ewig lang mit fünfzig Plätzen. Mindestens. Dort würde Andrew dann mit seiner zukünftigen Gattin sitzen. Sie würden brüllen müssen, um sich zu verständigen …

Plötzlich merkte sie, dass die beiden Männer sie anschauten. Einer der beiden hatte sie offenbar etwas gefragt. Sie lächelte unsicher.

»Entschuldigen Sie. Ich war in Gedanken woanders …«, meinte sie.

»Ich habe gefragt, ob Sie schon einmal in Schottland waren«, sagte Andrew und sah sie nachdenklich an.

»Nein. Ich war noch nie in Schottland«, antwortete Irene.

Die peinliche Situation wurde dadurch entschärft, dass eine Tür geöffnet wurde. Andrew erhob sich und sagte:

»Das Essen ist serviert. Bitte schön!«

Sie schritten über die ausladenden Teppiche und betraten das so genannte Jagdzimmer.

Irene blieb auf der Schwelle stehen, und Glen stieß mit ihrem Rücken zusammen.

»Hoppsala«, sagte er.

Gleichzeitig gab er Irene einen Stoß in die richtige Richtung. Sie nahm sich zusammen und betrat das Zimmer.

Auch hier war die Außenwand ersetzt worden, und zwar durch einen großen Erker mit Glaswänden auf drei Seiten. Ein alter Tisch mit acht Stühlen wartete auf sie. Es war für drei Personen gedeckt. Es waren jedoch nicht die hübschen, geschnitzten Möbel, die Irene die Sprache verschlagen hatten.

Das Zimmer hieß zwar Jagdzimmer, aber sie hatte trotzdem nicht damit gerechnet, dass es sich um eine Waffenkammer handeln würde. Natürlich gab es Jagdtrophäen, die einen aus ihren Glasaugen anstarrten, die Waffen überwogen jedoch bei weitem. An den Wänden hingen Schwerter und Dolche, alte Pistolen und Gewehre mit verzierten Kolben. Hinter den Glastüren der hohen Schränke schimmerten weitere Waffen. Drei Schränke hatten Stahltüren und stabile Schlösser.

»Ich dachte, ich könnte es mir gestatten, den Herrschaften von der Polizei meine Waffensammlung vorzuführen«, meinte Andrew lächelnd.

Er begann, ihnen die wertvollen Stücke zu zeigen, musste dann aber abbrechen, als ein Servierwagen hereingerollt wurde. Eine ältere Frau in einem schwarzen Kleid blieb neben dem Wagen stehen, bis sie sich gesetzt hatten. Anschließend servierte sie gedünsteten Lachs mit Kapernsauce und Gemüse. Zum Essen gab es Bier, je nach Geschmack helles oder dunkles. Irene entschied sich für ein helles englisches Ale. Glen und Andrew zogen das dunklere schottische vor.

»Ich fand, ich könnte Sie gleich zum Lunch bitten, wo Sie schon einmal mit mir sprechen wollen. Ich habe zwar heute mit wichtigen Kunden zu tun, aber die sind momentan mit dem Flugzeug unterwegs. Zu den Bohrinseln kommt man natürlich nur mit dem Hubschrauber. Mein nächster Mitarbeiter kümmert sich um sie. Ich habe also ein wenig Zeit, bis sie zurückkommen. Um drei muss ich allerdings zu einem anderen Termin in Edinburgh. Ist es in Ordnung, wenn wir spätestens um halb drei aufbrechen?«

Die Frage war höflich gestellt, ließ ihnen jedoch keinerlei Verhandlungsspielraum. Recht hübsch hatte er ihnen zu verstehen gegeben, dass er nur bis halb drei Zeit hatte.

Glen war glücklicherweise ein Meister des Smalltalk, und die beiden Männer hatten rasch eine Gesprächsebene gefunden. Beide interessierten sich für Geschichte. Und Schotten. Andrew zog eine Braue hoch, als Glen ihm erzählte, er sei Halbschotte. Bald befanden sie sich mitten in einer Unterhaltung über Schottlands blutige Geschichte. Sie waren sich einig, dass es bedauerlich war, dass sich ihre Ahnen 1707 gezwungen gesehen hatten zu kapitulieren. Die Union mit England und Wales war nie was Rechtes gewesen.

Glen und der schottische Adlige spülten ihre aufgewühlten, nationalistischen Gefühle mit großen Schlucken des dunklen Biers hinunter. Irene konnte nur verblüfft lauschen. Die beiden Herren kannten sich in der schottischen Geschichte wirklich gut aus. Sie begann zu ahnen, dass diese heißen nationalistischen Gefühle über all die Jahre nicht erkaltet waren. Allerdings wirkte es ein klein wenig lächerlich, sich noch immer über Demütigungen zu ereifern, die 1295 begangen worden waren.

Zum Nachtisch wurde Schokoladentorte mit Schlagsahne und Kaffee gereicht. Anschließend erhob man sich und ging zurück ins Wohnzimmer. Ihr Gastgeber schritt auf einen hübschen Glasschrank zu und nahm eine Flasche heraus.

»Familienwhisky aus der eigenen Brennerei. Einer der Besten

überhaupt. Man kann ihn nur in sehr wenigen Geschäften kaufen. Er wird zwanzig Jahre gelagert, drei davon in Sherryfässern«, sagte er stolz.

Auf der bauchigen Flasche war ein schwarzes Etikett mit dem Namen St. Clair in silberner Frakturschrift auszumachen.

»Ich muss noch fahren«, murmelte Glen.

»Nur ein Schluck zum Probieren«, entschied Andrew.

Er nahm drei Gläser aus Bleikristall aus dem Schrank und goss die goldbraune Flüssigkeit hinein. Mit feierlicher Miene reichte er Irene und Glen ihre Gläser. Genüsslich atmete er das Aroma ein, und die Polizisten folgten seinem Beispiel. Er hob sein Glas:

»Slainte!«

»Slainte!«, erwiderte Glen und hob sein Glas ebenfalls.

»Skål!«, sagte Irene auf Schwedisch.

In Gesellschaft dieser beiden Herren galt es wirklich, die eigene exotische ethnische Zugehörigkeit zu betonen. Auch wenn beide nicht wie waschechte Schotten wirkten, waren sie es doch in Herz und Seele.

Der Whisky hatte einen reinen Geschmack und brannte überhaupt nicht in der Kehle. Er lag gut auf der Zunge und hinterließ einen langen Nachgeschmack, der etwas von der Süße des Sherrys hatte. Es war wirklich ein sehr guter Whisky. Irene wusste, dass sie sich die Frage sparen konnte, ob sie eine Flasche für ihren Mann kaufen könne: Sie würde sie sich nicht leisten können.

Sie setzten sich wieder. Andrew lehnte sich in seinem Ledersessel zurück.

»Mir ist klar, dass Sie nicht allein der Geselligkeit wegen aus London angereist sind. Sie wollen über meinen Cousin und diese fürchterliche Mordgeschichte in Schweden sprechen. Natürlich betrifft das alles in erster Linie die arme Rebecka, aber er leidet natürlich auch darunter, da sie so eng zusammenarbeiten.«

Glen stutzte für den Bruchteil einer Sekunde, fing sich aber sofort wieder.

»Ja. Darf ich Sie als Erstes fragen, wie gut Sie Rebecka kennen?«

»Wir sind uns ein paar Mal in London begegnet, und Weihnachten war sie zwei ... nein, drei Tage hier.«

»Sie war nicht öfter hier?«

»Nein. Nur vergangene Weihnachten.«

»Wie oft kommt Christian hierher?«

»Ungefähr alle zwei Monate. Häufiger, wenn Jagdsaison ist.«

»Geht er gerne auf die Jagd?«

»Wir St. Clairs kommen mit dem Gewehr in der Hand zur Welt. Christian und ich steckten immer zusammen, er hat also gleichzeitig mit mir schießen gelernt. Er ist ein begeisterter Jäger, ein sehr guter Schütze und kennt sich hervorragend mit Waffen aus.«

»Sie sind also Rebecka nur einige wenige Male begegnet, wenn ich Sie richtig verstanden habe?«

»Genau.«

»Sind Sie sich dabei näher gekommen?«

Andrew zog erstaunt die Brauen hoch.

»Näher? Wirklich nicht! Wir arbeiten zusammen. Um die Wahrheit zu sagen, kümmern sich Christian und Rebecka jetzt um diese Sachen. Aber sie ist wahnsinnig gut. Wenn sie gesund ist.«

»Wissen Sie, warum sie krank wurde?«

»Keinen blassen Schimmer. Laut Christian sind Depressionen in ihrer Familie erblich. Ihr Mutter hat ... hatte das offenbar auch.«

»Sind Sie ihrer Familie einmal begegnet?«

»Der Mutter und dem Vater? Und dem Bruder? Denen, die ermordet worden sind ... nein. Nie. Ich glaube nicht, dass sie überhaupt je hier waren, um Rebecka zu besuchen. Das kann man schon etwas merkwürdig finden.«

»Waren Sie jemals in Göteborg?«

»Nein. Nur in Stockholm. Dort allerdings mehrmals. Eine sehr angenehme Stadt, sehr viel los. Führend im IT-Bereich. Deswegen war ich auch dort.«

Irene sah, dass Glen angestrengt über die nächste Frage nachdachte. Um Zeit zu gewinnen, hielt er das Whiskyglas unter die Nase und drehte es. Genüsslich atmete er das Aroma ein. Dann nippte er.

»Wir haben diese Frage auch Rebecka und Christian gestellt, aber von beiden keine klare Antwort bekommen. Deswegen frage ich jetzt Sie, was Sie von der Beziehung der beiden halten? Haben sie eine?«

Siehe da, auch einer, der die Wahrheit für seine Zwecke zurechtbog. Es gab verschiedene Gründe, warum Irene Glen von Anfang an gemocht hatte. Dass sie auf einer Wellenlänge waren, war einer der wichtigsten.

Andrew zog erneut die Brauen hoch, und es dauerte eine Weile, bis er antwortete.

»Ich glaube nicht, dass sie eine Beziehung haben, also eine körperlicher Natur. Aber sie stehen sich sehr nahe. Christian macht sich jetzt, wo sie krank ist, sehr große Sorgen um sie.«

Glen nickte.

»Wissen Sie, ob Christian im Augenblick eine Freundin hat?«, fragte er.

»Christian hat immer viele Freundinnen gehabt, aber wie es im Augenblick steht, weiß ich nicht. Jedenfalls hat er mir gegenüber niemanden erwähnt.«

»Wann hat er zuletzt von einer Freundin erzählt?«

»Das ist vermutlich mehr als ein Jahr her.«

Glen stellte vorsichtig sein Glas auf den Tisch, sah dem Mann auf dem Ledersessel in die Augen und stellte dann die Frage, derentwegen sie gekommen waren.

»Sie waren also noch nie in Göteborg?«

Andrew sah Glen plötzlich sehr ernst an. Irene registrierte, dass er angestrengt nachdachte.

»Sie wollen auf etwas Bestimmtes hinaus, das ist mir klar … geht es trotz allem um mich?«

Ehe Glen noch etwas erwidern konnte, sagte er bestimmt:

»Nein. Ich war noch nie in Göteborg.«

»Ihr Name steht auf der Passagierliste einer Maschine von Heathrow nach Göteborg an dem Abend, an dem Rebeckas Familie ermordet wurde. Er taucht auch wieder auf der Liste der ersten Maschine von Göteborg nach London am darauf folgenden Morgen auf.«

Von Andrews jovialer Art war nichts mehr zu spüren. Sein Blick war dunkel und unergründlich.

»Heathrow. Warum sollte ich nach Göteborg fahren?«

»Das ist eine der Fragen, die wir uns ebenfalls gestellt haben«, sagte Glen.

Wieder war es lange still. Schließlich stand Andrew auf und ging auf die Fensterwand zu. Er schaute über die hügelige Landschaft. Mit dem Rücken zu den beiden Beamten begann er zu sprechen:

»Ich habe ein Alibi für die Tage Ende März, an denen Rebeckas Familie ermordet wurde. Ich erinnere mich, dass mich Christian anrief und mir erzählte, was geschehen war. Das war am Mittwoch. Da hatte ich gerade meine zukünftigen Schwiegereltern zum Flughafen gefahren. Sie waren zusammen mit meiner Verlobten über das Wochenende bis zum Mittwoch hier gewesen. Ich hatte mir extra freigenommen und ihnen die Umgebung und natürlich Edinburgh gezeigt. Sie kommen aus Leeds und waren noch nie auf Rosslyn Castle. In diesen fünf Tagen waren wir fast ständig zusammen. Und die Nacht von Montag auf Dienstag, in der ich Ihnen zufolge in Göteborg gewesen sein soll, verbrachte ich mit meiner Verlobten hier in meinem Schlafzimmer. Wir waren bis in die frühen Morgenstunden wach.«

Langsam drehte sich Andrew um und sah die beiden an.

»Es gibt vielleicht eine Erklärung. Mein Pass wurde mir bei einem Einbruch irgendwann im März gestohlen. Das genaue Datum weiß ich nicht, da ich nicht sofort bemerkt habe, dass jemand im Haus gewesen ist. Ich habe Anzeige erstattet.«

»Wann haben Sie den Diebstahl bemerkt?«

»Am ersten April. Ich wurde natürlich gefragt, ob es ein Aprilscherz sei, als ich bei der Polizei anrief.«

»Hatte der Einbrecher irgendwelche Spuren hinterlassen?«

»Nein. Nichts. Die Polizei hatte keine Erklärung, wie er oder sie ins Haus gekommen und wieder verschwunden sein könnten.«

»Wurde außer dem Pass noch etwas gestohlen?«

»Ja. Eine Beretta 92 S mit Munition und ein sehr wertvoller antiker Dolch. Den hatte ich gerade erst gekauft, wirklich eine Kostbarkeit.«

»Ich vermute, dass Ihr Personal wegen des Einbruchs verhört wurde?«

»Natürlich. Insgesamt sechs Personen kümmern sich um mich und das Haus.«

Es war leicht zu verstehen, dass mindestens sechs Personen gebraucht wurden, um das Castle in Stand zu halten. Wenn man an einem Ende mit dem Putzen fertig war, musste man am anderen wieder anfangen. Irene begriff, dass es durchaus Vorteile hatte, in einer Zwei-Zimmer-Wohnung alt zu werden, mit Kabelfernsehen als einzigem Luxus.

»Gibt es eine Theorie, wie der Einbrecher oder die Einbrecher reingekommen sein könnten?«

»Nein. Wenn ich nicht zu Hause bin, schließe ich immer die Flügel zum Torgewölbe. Sie haben sie vielleicht beim Reinfahren gar nicht bemerkt. Sie lassen sich vom Haus aus automatisch schließen. Nachts sind sie mit der Alarmanlage verbunden, die Drähte oben auf den Mauern und die Türen und Fenster ebenfalls. Trotzdem ist er reingekommen.«

»Haben Sie niemanden im Verdacht?«

»Nein.«

Aber als er das sagte, wich er ihren Blicken aus. Irene und Glen bemerkten es beide. Glen sah sie fragend an. Doch, sie hatte eine Frage, auf die sie gerne eine Antwort hätte.

»Wann war Christian zuletzt hier?«

Andrew zuckte zusammen. Vielleicht hatte er geglaubt, dass sie gar keine Fragen stellen, sondern sich ganz auf ihren englischen Kollegen verlassen würde. Er dachte angestrengt nach und sagte dann:

»Im März.«

»Wann genau?«, fuhr Irene unerbittlich fort.

Sein Blick irrte umher.

»Entweder Anfang oder Mitte ... ich erinnere mich nicht.«

»Können Sie das irgendwo nachschauen?«

Jetzt starrte Andrew sie an, und sein Gesicht verriet seine Irritation.

»Aber ... Sie glauben doch wohl nicht im Ernst, dass Christian ...«

Ein weiterer Blick auf die Polizisten verriet ihm, dass es ihr voller Ernst war. Er sank in sich zusammen und sagte kaum hörbar:

»Mitte März. Tante Mary hat am achtzehnten Geburtstag, und er kam abends am sechzehnten. Das war ein Freitag.«

»Da wohnte er vermutlich im Haus seiner Mutter?«

»Ja.«

»War er in dieser Zeit auch hier oben im Castle?«

Andrew nickte mutlos.

»Wir aßen Samstag hier zu Abend. Christian, Tante Mary, meine Verlobte und ich. John konnte nicht kommen. Das ist Marys Lebensgefährte.«

»Weiß Christian, wo Sie Ihren Pass aufbewahren?«

»Ja. Er kennt dieses Haus genauso gut wie ich. Wir sind hier aufgewachsen.«

Als hätte ihn alle Kraft verlassen, ließ Andrew sich wieder in den Sessel sinken. Irene fuhr fort:

»Wusste er, wo Sie die Pistole und den Dolch aufbewahren?«

»Selbstverständlich! Ich hatte ihm gerade gezeigt …«

Er brach ab und starrte Irene hilflos an.

»Sie hatten ihm also den Dolch gezeigt, den Sie gerade erworben hatten. Oder?«, mischte sich Glen vorsichtig ein.

Andrew nickte nur. Plötzlich zuckte er zusammen und fing an, mit den Händen herumzufuchteln:

»Aber das ist doch unglaublich! Sie bringen mich dazu zu behaupten, dass Christian meinen Pass, meine Pistole und meinen Dolch gestohlen hat. Dann soll er nach Göteborg geflogen sein, um dort Rebeckas Eltern und Bruder zu erschießen. Er kannte sie doch gar nicht! Das Ganze ist vollkommen unsinnig! Und er kann die Pistole auch nicht durch den Zoll geschmuggelt haben.«

»Nein. Die Opfer wurden mit dem Gewehr von Rebeckas Bruder erschossen. Sowohl das Gewehr als auch die Munition fand der Täter am Tatort. Jemand, der mit Waffen umgehen kann, musste nur noch laden und abdrücken«, meinte Glen ungerührt.

Noch immer wollte sich Andrew nicht geschlagen geben, aber als er Glens Blick begegnete, nahm er die Brille ab, stützte die Ellbogen schwer auf den Knien ab und verbarg das Gesicht in den Händen.

»Das kann nicht wahr sein«, murmelte er.

Umständlich setzte er seine Brille wieder auf und schaute auf die Uhr.

»Sie müssen mich entschuldigen, aber ich werde in Edinburgh erwartet«, sagte er äußerst kontrolliert und würdevoll.

Alle drei erhoben sich gleichzeitig. Glen und Irene bedankten sich für das hervorragende Mittagessen und für den Whisky. Schweigend gingen sie durch die musealen Räume und die riesige Halle. Andrew trat auf den Schrank mit den geschnitzten Jagdszenen zu. Er öffnete die Tür und nahm ihre Mäntel heraus. Dann griff er zu einem Schal mit demselben Tartanmuster wie dem auf seiner Hose und wickelte ihn um seinen Hals. Irene gelang es nicht mehr, einen überraschten Ausruf zu unterdrücken. Andrew erstarrte mitten in der Bewegung. Erstaunt sahen er und Glen sie an.

»Entschuldigen Sie. Der Schal. Ist das Ihrer?«, brachte Irene endlich über die Lippen.

Andrew sah noch ratloser aus, falls das überhaupt möglich war.

»Ja. Natürlich. Das ist das Tartanmuster der St. Clairs.«

Wie verhext starrte Irene auf den karierten Schal in Hellrot, Blau und Grün. Er hatte Fransen. Aus denen sich leicht Wollfäden lösen konnten, die dann irgendwo in Büschen hängen blieben …

»Ist irgendwas Besonderes daran?«, wollte Andrew etwas ungeduldig wissen.

»Ja.«

Irene erzählte von dem Fund der Wollfäden. Mit einer müden Handbewegung zog Andrew den Schal aus und sagte nur:

»Hier. Bitte schön. Analysieren Sie ihn oder was auch immer. Aber ich kann beschwören, dass dieser Schal noch nie in Göteborg war.«

Er reichte ihn Irene.

»Es gibt andere Schals, die schon in Göteborg gewesen sein könnten. Ich habe allen meinen Kunden, Angestellten, Freunden und Verwandten letztes Jahr einen zu Weihnachten geschenkt. Rebecka hat auch einen, weil sie ebenfalls hier war. Und Christian, Mary … alle haben sie so einen Schal«, sagte Andrew noch.

Glen nickte und sagte:

»Aber nur einer war in Göteborg.«

»Meiner nicht«, war Andrews abschließende Bemerkung.

Sie traten auf den Innenhof und gingen zu ihren Autos. Ihr roter Rover sah neben Andrews silbernem Porsche spießig und langweilig aus. Er hatte es eilig, sprang mit einem Ciao in seinen Sportwagen und fuhr mit quietschenden Reifen durch das Torgewölbe davon.

»Ich kann verstehen, dass ihm die Sache an die Nieren geht«, meinte Irene.

»Ich auch. Netter Bursche. Aber wir müssen dem Ganzen trotzdem nachgehen …«

Er wurde vom Klingeln seines Handys unterbrochen. Nach ein paar kurzen »Jas« und »Ich verstehe« beendete er das Gespräch. Dann sah er Irene an und sagte:

»Jetzt kommt endlich Bewegung in die Sache. Das war mein Chef. Christian Lefèvre hat Rebecka aus der Klinik entführt. Niemand weiß, wo sie sind.«

KAPITEL 19

Irene rief Kommissar Andersson von ihrem Handy aus an. Sie hatte Glück und erwischte ihn sofort. Es dauerte eine Weile, bis sie ihm alles, was inzwischen vorgefallen war, erklärt hatte. Sichtlich widerwillig gestattete er es ihr schließlich, in London zu bleiben und die weiteren Ereignisse abzuwarten.

»Dass es immer so ein verdammtes Durcheinander geben muss, wenn man dich irgendwo hinschickt«, murrte er.

Irene wurde wütend und erwiderte scharf: »Jedes Mal! Von wegen. Ich war bisher erst einmal dienstlich im Ausland!«

»Eben. Und komm jetzt bloß nicht und behaupte, dass es da nicht auch ein wahnsinniges Durcheinander gegeben hätte!«, gab Andersson triumphierend zurück.

Darauf hatte sie keine Antwort. Aber die Kritik des Kommissars war trotzdem nicht gerecht. Den Verlauf dieser Ermittlung hatte sie nun wirklich nicht beeinflussen können.

Sie beendete das Gespräch und fragte Glen dann:

»Was ist eigentlich in der Klinik passiert?«

»Der Chef sagt, Christian sei zur normalen Besuchszeit zwischen eins und zwei in die Klinik gekommen. Zu der Zeit ist immer einiges los. Die Schwestern haben also erst eine halbe Stunde nach Ende der Besuchszeit bemerkt, dass Rebecka weg war. Anfangs haben sie die Station durchkämmt und dann die ganze Klinik, konnten sie aber nirgendwo entdecken. Anschließend haben sie die Polizei verständigt.«

»Was denkst du? Hat er sie gegen ihren Willen mitgenommen?«

»Es deutet nichts darauf hin.«

»Hat man ihre Wohnungen und das Büro durchsucht?«

»Natürlich. Das haben sie als Erstes gemacht. Dort sind sie nicht.«

»Wo könnten sie sein?«

»Keine Ahnung.«

Sie näherten sich dem Flugplatz, und der Verkehr wurde dichter. Irene dachte intensiv nach. Wer konnte wissen, wo Rebecka und Christian sich aufhielten? Dann hatte sie eine Eingebung und zog ihre Brieftasche hervor. Nach einigem Wühlen hatte sie den richtigen Zettel gefunden. Einen Versuch war es wert. Sie wählte eine Handynummer. Kjell Sjönell antwortete sofort.

Irene erklärte dem Pfarrer rasch die Situation und fragte:

»Wo könnten sie sein?«

Er schwieg lange.

»Hm. Wahrscheinlich hängt das davon ab, was er mit dem Ganzen will. Aber warum sollte Christian Rebecka entführen? Von wem sollte er Lösegeld verlangen? Was hat er für ein Motiv?«

»Das wissen wir nicht. Aber es deutet einiges darauf hin, dass Christian Rebeckas Familie ermordet hat. Und jetzt hat er sie in seiner Gewalt.«

»Mein Gott! Ist er verrückt?«, rief Kjell Sjönell.

»Möglich. Ich hatte den Eindruck, dass er geistig gesund ist. Was halten Sie von ihm?«

»Natürlich war er aufgebracht und besorgt um Rebecka, aber das war unter den Umständen nur natürlich.«

»Was sollen wir tun?«

Glen hatte vor der Niederlassung von Avis eingeparkt und war ausgestiegen, aber Irene blieb sitzen, um das Gespräch zu beenden.

»Rufen Sie doch bitte alle Bekannten und Angehörigen von

den beiden an, die Ihnen einfallen. Vielleicht hat jemand von denen eine Idee, wo Christian und Rebecka sein könnten. Sonst kann ich Ihnen nur den Rat geben, abzuwarten und zu hoffen, dass sie sich irgendwie mit Ihnen in Verbindung setzen.«

Irene wusste, dass er Recht hatte. Es war frustrierend, aber im Augenblick blieb ihnen nichts anderes übrig. Sie dankte dem Pfarrer und unterbrach die Verbindung.

Glen hatte bereits Estell angerufen und sich um ein neues Zimmer für Irene gekümmert. Sicherheitshalber hatte er das Abreisedatum noch nicht festgelegt. Irene rief zu Hause an, aber dort ging niemand ans Telefon. Glücklicherweise erreichte sie Krister im Restaurant. Gleichmütig nahm er die Nachricht vom verlängerten Englandaufenthalt seiner Frau entgegen. Seine Abschiedsworte waren witzig gemeint, aber Irene wurde fast sauer, als er sagte:

»Lass es dir gut gehen. Aber sieh zu, dass du nicht noch die Insel zum Kentern bringst.«

Wirklich unerträglich, dass alle meinten, das Chaos würde ausbrechen, wenn sie in der Nähe war. Es ärgerte sie, vor allem weil sie sich eingestehen musste, dass das so abwegig nicht war. Das änderte nichts an der Tatsache, dass sie eine gute Polizistin mit langer Berufserfahrung war. Sie hatte über die Jahre eine Nase dafür entwickelt, was am meisten stank, wie Andersson zu sagen pflegte. Und wenn man zu stochern anfing, nahm der Gestank an Intensität noch zu, immer noch laut Andersson.

Nachdem sie im schlimmsten Stoßverkehr eine Ewigkeit im Stau gestanden hatten, erreichten sie endlich das Thomsen Hotel. Irene hatte fast das Gefühl, nach Hause zu kommen, als sie die propere weiße Fassade vor sich sah. Ein junges Mädchen mit gegelten rot gefärbten Haaren stand an der Rezeption und lächelte. Irene nannte ihren Namen und bekam einen Schlüssel. Sie war angenehm überrascht, dass das neue Zimmer im zweiten Stock lag. Zwei Treppen weniger! Schnell warf sie ihre

Sachen aufs Bett und machte, dass sie wieder runter in die Lobby kam.

Glen saß auf dem Sofa, in der einen Hand eine Zigarette, in der anderen sein Mobiltelefon. Er schaute auf und lächelte, als Irene auf ihn zutrat.

»Ich habe versucht, Andrew St. Clair zu erreichen, aber das ist mir nicht gelungen. Seine Sekretärin hat uns versprochen, dass er sich so schnell wie möglich mit uns in Verbindung setzt. Dagegen habe ich mit Doktor Fischer gesprochen. Er war außer sich! Ich hoffe, dass wir Christian erwischen, ehe er das tut.«

»Hat er eine Theorie, wo sie sein könnten?«

»Nein. Er hat nicht den blassesten Schimmer.«

Irene setzte sich neben Glen aufs Sofa. Zusammen grübelten sie, wer wissen könnte, wo sich Christian und Rebecka aufhielten. Glen hatte Andrews Sekretärin gefragt, ob sie wisse, wo Mary Lefèvre Prokuristin sei. Sie hatte ihnen bereitwillig Auskunft gegeben. Aber als sie bei der Edinburgh Tweed Company angerufen hatten, erfuhren sie nur, dass Mrs. Lefèvre gerade zu einer Dienstreise nach Deutschland aufgebrochen sei und erst Mittwoch der folgenden Woche zurückerwartet werde. Das Wochenende wolle sie bei deutschen Freunden verbringen, aber wo diese wohnten, wisse man nicht. Man versprach, bei dem Unternehmen, das sie besuchen wolle, eine Nachricht zu hinterlassen, dass sie sich so schnell wie möglich mit Glen Thomsen in Verbindung setzen solle.

»Wir müssen mit Andrew sprechen! Er weiß sicher, wen seine Tante in Deutschland besucht«, rief Irene.

»Wahrscheinlich. Aber im Augenblick können wir nicht viel tun. Wir gehen ins Vitória essen. Kate und die Jungen kommen auch«, meinte Glen.

Donna freute sich wie immer wahnsinnig. Sie drückte Glen und Irene an ihren Busen und zwitscherte, wie glücklich sie sei, dass sie wohlbehalten zurück seien. Man hätte den Eindruck haben können, sie seien mehrere Tage lang auf dem schottischen Hochmoor herumgeirrt und nicht nur für einen Tag weggewesen.

Kate und die Zwillinge kamen wenig später. Es wurde ein nettes, familiäres und sehr gutes Abendessen. Sicherheitshalber tranken Irene und Glen keinen Wein und nur Bier. Als der Kaffee und das Eis mit den exotischen Früchten serviert wurden, spürte Irene, wie müde sie war. Es war ein hektischer und ereignisreicher Tag gewesen. Zweimal hintereinander war sie besonders früh aufgestanden. Das merkte sie allmählich. Es war kurz nach neun, und die Jungen wurden ebenfalls müde. Kate sammelte ihre Söhne ein, küsste ihren Mann und ihre Schwiegermutter und umarmte Irene.

»Falls wir uns nicht mehr sehen, ehe Sie nach Hause fahren, können wir wegen der Sommerferien ja telefonieren. Ich bin schon ganz begierig darauf, die Mitternachtssonne zu sehen.«

Irene dachte, dass Kate und Glen wohl immer noch nicht klar war, wie langgezogen Schweden war. Vermutlich wussten sie ebenfalls nicht, wie viele Mücken es in Norrland gab. Dafür war Norrland andererseits wahnsinnig schön und die Mitternachtssonne faszinierend. Das Schlimmste war, dass sie einen am Einschlafen hinderte. Wer konnte schon schlafen, wenn mitten in der Nacht die Sonne schien? Trotzdem waren die Ferien in Norrland mit dem gemieteten Wohnwagen mit die schönsten gewesen. Das war jetzt fast zehn Jahre her.

Irene erzählte Glen gerade von ihrer Norrlandreise, als ihr Handy zu flöten begann.

»Irene Huss«, meldete sie sich.

»Hier ist Christian Lefèvre. Wo sind Sie?«

Irene war zuerst zu verblüfft, um zu antworten. Dann fing sie sich wieder.

»Im Restaurant. Ich habe gerade zu Abend gegessen.«

Sie gab Glen ein Zeichen und deutete auf ihr Handy. Überdeutlich formte sie mit den Lippen den Namen Christian.

»Sind Sie allein?«

Erst erwog sie zu lügen, entschloss sich dann aber dagegen.

»Nein. Inspector Thomsen sitzt bei mir.«

»Gut. Wie lange brauchen Sie von dort zur Ossington Street?«

»Tja … vielleicht eine Viertelstunde. Sind Sie dort?«

Glen beugte sich vor, um etwas von dem aufzuschnappen, was Christian sagte. Während er zuhörte, zog er sein eigenes Handy aus der Tasche und suchte nach einer Nummer.

»Wo wir sind, braucht Sie nicht zu kümmern. Sie finden uns nicht. Seien Sie in genau einer Viertelstunde im Büro in der Ossington Street. Der Schlüssel zur roten Tür liegt unter einem Betonblock unter der Treppe. Sie brauchen ihn nur leicht anzuheben.«

»Wie geht es Rebecka?«, fragte Irene verzweifelt, um das Gespräch in die Länge zu ziehen.

»Sie ist in Ordnung. Eine Viertelstunde!«

Die Verbindung wurde unterbrochen.

»Wir müssen in einer Viertelstunde in der Ossington Street sein«, sagte sie zu Glen.

Er sprach hektisch in sein Handy, während sie eilig das Restaurant verließen und in sein Auto sprangen.

»Es lässt sich sicher rauskriegen, wo das Gespräch herkam. Das dauert etwas, aber dann wissen wir, in welcher Gegend sie sich aufhalten«, sagte er verbissen.

Angenehmerweise herrschte kaum Verkehr, und so waren sie in genau sieben Minuten dort, wo sie sein sollten. Als sie in die Ossington Street einbogen, sah Irene zufällig auf das Schild des alten Pubs an der Ecke. Sie rief überrascht:

»Glen! Die Streichhölzer waren von Shakespeare!«

»Unmöglich. Der ist schon seit vierhundert Jahren tot«, erwiderte er grinsend.

»Nein. Nicht der. Ich meine das Pub!«

Sie deutete auf das schwarze Schild mit den schnörkeligen, goldenen Buchstaben an der Ecke zur Moscow Street.

Mit quietschenden Reifen hielt Glen an der Bordsteinkante. Irene sprang aus dem Rover, ehe dieser noch ganz zum Stehen gekommen war, und rannte auf die Treppe zu, die zu der hellroten Tür hochführte. Unter dieser lag ganz richtig ein Betonblock, der wahrscheinlich bei der Renovierung des Hauses dort vergessen worden war. Der Schlüssel lag genau dort, wo Christian gesagt hatte. Sie rannten die Treppe hoch und schlossen die rote Tür auf.

Es roch ungelüftet, so als sei seit einigen Tagen niemand mehr daheim gewesen. Die Tür zum Büro stand halb offen. Die Pflanzen in den Designerübertöpfen ließen die Blätter hängen. Alles war still und friedlich. Irene und Glen fingen an entgegengesetzten Enden an, das Büro zu durchsuchen. Als sie sich im größten Raum wiedertrafen, schüttelten beide den Kopf. Irene wollte gerade vorschlagen, sich Zutritt zur Wohnung zu verschaffen, als einer der großen Computer plötzlich hochgefahren wurde.

Nach einer Weile erschien Christians Gesicht auf dem Monitor. Das Bild war recht klein, aber er war deutlich zu erkennen.

»Webcam«, sagte Glen leise zu Irene.

Im Hintergrund war ein ordentliches und wohlgefülltes Bücherregal zu sehen, sonst nichts. Christian blickte geradewegs in die Kamera, die offensichtlich mit diesem Computer verbunden war. Dann wählte er eine Nummer auf seinem Handy, und fast im selben Moment klingelte das von Irene. Rasch zog sie es aus ihrer Jackentasche.

»Irene Huss.«

»Sind Sie angekommen?«

»Ja.«

»Sehen Sie das Bild auf dem Monitor?«

»Ja.«

»Gut.«

Es klickte. Er hatte das Gespräch schon wieder beendet. Ein Blick auf den Monitor bestätigte ihr das. Aus den Augenwinkeln sah sie, dass Glen ein winziges Diktiergerät aus seiner Tasche zog. Er schaltete es an und stellte es vor einen der Computerlautsprecher.

Christian saß sehr aufrecht auf einem Stuhl und schaute ernst in die Kamera. Er räusperte sich, als hätte er vor, eine Rede zu halten.

»Ich werde jetzt erzählen, was passiert ist. Es ist wichtig, dass das hier zu einem korrekten Ende kommt. Und es ist ebenso wichtig, dass Sie erfahren, warum Sten und Elsa Schyttelius sterben mussten. Ganz zu schweigen von Jacob.«

Als er Jacobs Namen erwähnte, wurden seine Züge starr, und Irene meinte, reinen Hass in seinen Augen ausmachen zu können. Aber vielleicht hatte sie sich auch getäuscht. Im nächsten Augenblick sprach er schon wieder scheinbar ungerührt weiter:

»Ich weiß, dass Sie meine Mutter gefragt haben, ob ich und Rebecka ein Paar sind. Sie verneinte das, weil ich sie darum gebeten habe. Sie ist die Einzige, die die Wahrheit kennt. Als sie mich anrief, erzählte sie mir auch, dass Sie auf dem Weg zu Andy sind. Mir war klar, dass Sie mir auf den Fersen waren ... also habe ich beschlossen, dass es an der Zeit ist, einen Schlussstrich zu ziehen. Für uns gibt es kein Happy End. Aber erst muss noch alles erklärt werden.«

Christian räusperte sich und trank einen großen Schluck aus einem Glas, das er dann rasch wieder mit einem Knall auf den Tisch stellte. Er verzog leicht das Gesicht. Es war offenbar etwas Hochprozentiges.

»Rebecka und ich lieben uns. Irgendwann im Leben kann einem das Glück zuteil werden, einen Menschen zu treffen, der direkt zum eigenen Herzen spricht. Dann weiß man, dass es für immer ist. Rebecka war für mich diese Person. Vor ziemlich genau einem Jahr merkten wir, dass wir ineinander verliebt sind. Dieser Sommer war der wunderbarste meines Lebens. Wir fuhren nach Schweden. Rebecka wollte mir ihre Heimat zeigen.

Sie wollte jedoch nicht, dass wir ihre Eltern treffen. Deswegen fuhren wir in der Zeit, in der sie mit Sicherheit nicht zu Hause sein würden. Ich verstand nicht recht, warum, gab mich aber mit ihrer Erklärung, sie hätten kein gutes Verhältnis, zufrieden.«

Er verstummte und sah zur Seite. Irene und Glen hörten leise jemanden murmeln.

»Rebecka«, flüsterte Glen Irene ins Ohr.

Plötzlich tauchte Rebeckas bleiches Gesicht neben Christians auf. Er rückte etwas zur Seite, damit sie auch Platz im Bild hatte. Ihr Haar hing ihr schmutzig und ungekämmt in die eingefallenen Wangen. Ihre Augen erfüllte kein Leben mehr. Sie waren vollkommen ausdruckslos. Vergebens versuchte sie mehrmals, ihre trockenen Lippen zu Worten zu formen. Schließlich glückte ihr das.

»Ich hätte nichts... erzählen sollen... Alles ist meine Schuld«, stieß sie aus.

»Meine Schuld ... durfte das nicht erzählen ... niemandem«, flüsterte sie, immer noch auf Schwedisch.

Dann sah sie lange mit leerem Blick in die Kamera. Sie hörten, dass Christian etwas murmelte. Es klang wie: »Setz dich einen Moment aufs Sofa«, aber sie waren sich nicht ganz sicher. Rebecka drehte den Kopf zur Seite und stand auf. Ihre Kleider raschelten, als sie aus dem Bild verschwand. Sie hörten, wie sie sich ganz in der Nähe der Kamera und des Mikrofons schwer auf einen Stuhl fallen ließ.

Christians Gesicht tauchte wieder auf dem Monitor auf.

»Als wir letzten Juli in Göteborg waren, zeigte mir Rebecka das Haus ihrer Eltern. Wir hatten keine Probleme, reinzukommen, da unter dem Blumentopf auf der Treppe immer ein Ersatzschlüssel lag. Sie zeigte mir den Waffenschrank und alle Gewehre. Natürlich weiß sie, dass ich mich für die Jagd interessiere. Ich sah auch, wo ihr Vater den Schlüssel für den Waffenschrank versteckt hatte. Wir fuhren zum Sommerhaus. Es war ein warmer Tag, und wir gingen runter zum See und badeten. Sie erzählte, wie nah es vom Pfarrhaus zum Sommerhaus sei, wenn man durch den Wald gehe. Das hatte sie oft getan. Später in ihrer Wohnung in London zeigte sie mir eine Karte, auf der das Haus eingezeichnet war. Die nahm ich natürlich mit, als ich … Aber jetzt will ich zuerst von unserem Besuch im Sommerhaus erzählen. Auch hier lag der Schlüssel unter einem Blumentopf auf der Treppe. Drinnen zeigte sie mir das Versteck hinter der Wandverkleidung. Dort lag ein Gewehr mit Patronen. Rebecka erzählte mir, ihr Bruder wolle bald in das Sommerhaus einziehen und dass das Gewehr wahrscheinlich ihm gehöre. Er hatte schon einige Tage zuvor Kisten und allerlei andere Dinge vorbeigebracht. Am Nachmittag fuhren wir weiter nach Stockholm. Es war eine schöne Reise durch Schweden. Die Tage in Stockholm waren ganz fantastisch. Wir wussten beide nicht, dass das der Anfang vom Ende war.«

Christian verstummte und schluckte. Als er wieder zu sprechen begann, klang seine Stimme gleichgültig, fast tonlos.

»Wir trafen also diese Leute von Rädda Barnen. Sie informierten uns über den größten Pädophilenring, der jemals in Skandinavien entdeckt worden war. Unsere Aufgabe bestand darin, Informationen zu sammeln und die Identität der Teilnehmer herauszufinden. Es gelang uns, allen außer dreien auf die Spur zu kommen. Unseren Auftraggebern sagten wir jedoch, wir seien fünfen nicht auf die Spur gekommen.«

Rebecka stieß einen undeutlichen Laut aus, und er schaute in ihre Richtung. Sie hörten, dass er leise und beruhigend auf sie einredete, als würde er mit einem Kind sprechen.

»Doch, Liebste. Das ist wichtig. Sie müssen alles erfahren. Ich verspreche, dass ich es nur den beiden erzähle. Sonst niemandem.«

Das klang merkwürdig, aber weder Glen noch Irene hatten Zeit, näher darüber nachzudenken, denn schon schaute er wieder in die Kamera und fuhr fort:

»Wir begannen also mit der Arbeit und infiltrierten unentdeckt den Ring. Anfangs merkte ich nichts, aber dann begann Rebecka, sich zu verändern. Sie wurde … krank. Ich setzte mich mit Doktor Fischer in Verbindung. Er sagte, sie sei depressiv und dass das in der Familie liege. Vorher hatte ich keine Ahnung davon gehabt, dass Rebeckas Mutter an Depressionen litt. Natürlich fragte ich mich, warum es Rebecka so schlecht ging, und hatte auch irgendwie das Gefühl, dass es mit der Arbeit für Rädda Barnen zu tun haben könnte. Wir sprachen eines Abends darüber, und plötzlich begann Rebecka, mir alles zu erzählen.«

Rebecka wimmerte leise, aber Christian sagte nur:

»Doch, Liebling.«

Er sah rasch in ihre Richtung und sprach dann wie vorher weiter:

»Als Eintrittskarte in den Pädophilenring musste jeder Teilnehmer eigenes Material beisteuern. Einer der Teilnehmer, den wir unseren Auftraggebern gegenüber nicht identifizierten, nannte sich Peter. Er lieferte uns diesen Film hier.«

Christian hackte auf die Tastatur ein, die vor ihm lag, und plötzlich flimmerte der Monitor.

Irene wurde schlagartig übel. Sie sahen einen erwachsenen Mann, der von hinten in ein kleines Mädchen eindrang, das auf allen Vieren stand. Natürlich war sein Gesicht nicht zu sehen. Sie war etwa sieben oder acht. Das Kind stand unbeweglich wie ein Tier auf der Schlachtbank. Nur das Hin und Her des Mannes brachte ihren Körper in Bewegung. Langsam drehte sie ihren Kopf zur Seite und schaute in die Kamera.

Die Einsicht überfiel Irene wie ein Schock. Sie bekam fast keine Luft mehr. Ehe sie sich noch sammeln und etwas sagen konnte, flüsterte Glen neben ihr:

»Das ist Rebecka. Der Mann, der sich an ihr vergeht, ist ihr Vater. Und hinter der Kamera steht wahrscheinlich ihr Bruder Jacob.«

Jetzt war Christian wieder im Bild. Sein Gesicht schien wie aus Stein gehauen. Seine Stimme klang vollkommen mechanisch.

»Rebecka war acht, als dieser Film gedreht wurde. Jacob war vierzehn. Sein Vater und er hatten sich an ihr vergangen, seit sie fünf war. Sten Schyttelius verlor das Interesse, als sie elf wurde, da sie recht früh in die Pubertät kam. Hingegen nahm das Interesse ihres Bruders nicht ab. Im Gegenteil. Er missbrauchte sie systematisch, bis er zum Militär eingezogen wurde, irgendwo weit oben in Nordschweden. Da war Rebecka dreizehn und hatte bereits eine Abtreibung hinter sich. Ihr Vater hatte ihr eingeredet, dass sie der Zorn Gottes treffen würde, wenn sie jemandem davon erzählen würde, denn laut den Zehn Geboten soll man seinen Vater und seine Mutter ehren. Das galt wohl auch für den Bruder.«

Christian blieb die Stimme weg, aus Wut, vielleicht auch aus Trauer. Dann drang es wie ein trockenes Schluchzen tief aus seiner Kehle.

»Rebeckas Mutter wusste die ganze Zeit, was Sache war, unternahm aber nichts, um ihr zu helfen. Sie flüchtete sich in ihre Depressionen. Und der Herr Pfarrer nützte das weidlich aus. Er erzählte Rebecka, dass sie zur Verfügung stehen müsse, schließlich könne man ihrer armen Mutter so was nicht zumuten. Sie sei zu krank und gebrechlich. Die kleine Rebecka solle schön den Mund halten und allen in der Familie zu Willen sein.«

Er verstummte erneut und schaute starr in die Kamera. Ohne eine Miene zu verziehen, nahm er einen großen Schluck aus seinem Glas. Mit tonloser Stimme sagte er:

»Jetzt sehen wir ›Pan‹ in Aktion.«

Wieder flimmerte der Bildschirm. Dieses Mal sahen sie, wie ein weißer Mann Geschlechtsverkehr mit einem kleinen afrikanischen Mädchen hatte. Ihre Augen waren ebenso groß und entsetzt, wie es die von Rebecka gewesen waren. In ihnen standen Tränen, aber sie weinte nicht. Es war fürchterlich, die Angst und die Schmerzen zu beobachten, die sich in diesen aufgerissenen Augen spiegelten. Sie war sehr mager und höchstens sieben Jahre alt.

Der Film wurde abgebrochen, und Christian erschien wieder auf dem Bildschirm.

»Pan identifizierten wir als Jacob Schyttelius. Rebecka begriff sofort, dass Jacob und ihr Vater sich an Kindern vergangen hatten, als sie im September auf Kosten der Kinderdörfer in Afrika gewesen waren. Dieser Film tauchte nur wenige Tage nach ihrer Rückkehr bei dem Pädophilenring auf.«

Er brachte eine ironische Grimasse zu Wege, sah dann aber sofort wieder traurig und resigniert aus.

»Das gab Rebecka den Rest. Es ging ihr immer schlechter, und sie musste zum ersten Mal stationär behandelt werden. Danach war ... nichts mehr wie vorher. Sie ertrug keinen Sex mehr, sie ertrug nicht einmal mehr meine Berührung, sie ... entglitt mir. In gewissen Perioden ging es ihr besser, und sie konnte arbeiten, aber zwischen uns ... funktionierte es nicht mehr. Natürlich liebte sie mich noch ... aber ich drang nicht mehr zu ihr durch. Sie hatte mit ihren eigenen Dämonen zu tun, die wieder zum Leben erwacht waren, als sie die Filme gesehen hatte. Vorher war es ihr gelungen, alles zu verdrängen. Sie wollte sich nicht erinnern, und deswegen tat sie es auch nicht. Aber jetzt kam alles wieder an die Oberfläche. Der schwarze Abgrund in ihr brach wieder auf. Sie klärte Doktor Fischer nie über die eigentliche Ursache ihrer Krankheit auf, aber er ahnte wohl das eine oder andere. Fischer sagte, ich müsse Geduld haben, aber Monate vergingen. Weihnachten wollte sie natürlich nicht nach Hause fahren, sondern entschuldigte sich mit einer Grippe. Wir fuhren nach Edinburgh. Das ging recht gut. Aber nach drei Tagen wollte sie schon wieder zurück. Es gelang ihr nicht, sich sonderlich lange zusammenzunehmen. Im Januar und Februar verfiel sie dann zusehends. Ich begriff, dass sie nie wieder gesund werden würde. Da entschloss ich mich, diese verdammten Schweine umzubringen. Sie hatten es nicht besser verdient. Ich nahm ihnen ihr Leben, denn sie hatten vorher das von Rebecka genommen. Diejenigen, die ihr im Leben hätten am nächsten stehen und sie vor allem Bösen hätten beschützen sollen, zerstörten sie.«

Sie hörten, dass Rebecka jammerte, aber Christian schien es nicht zu beachten. Er starrte in die Kamera. Irene hatte den Eindruck, dass er nicht einmal mehr blinzelte.

»Ich entschloss mich, sie zu töten. Irgendwie glaubte ich, dass sie schon wieder gesund werden würde, wenn die anderen erst mal weg wären. Ich wollte nicht unter meinem eigenen Namen reisen, falls irgendein schlauer Mensch auf die Idee kommen sollte, die Passagierlisten durchzugehen. Deswegen stahl ich den Pass meines Cousins, als ich ihn im März auf Rosslyn Castle besuchte. Wir sehen uns so ähnlich, dass die Passkontrolle schon keinen Verdacht schöpfen würde. Besonders dann nicht, wenn ich ebenfalls einen Pferdeschwanz trug. Ich versuchte, das Ganze als Einbruch hinzustellen, und nahm noch einen Dolch und eine Beretta mit. Die liegen in Mamas Keller hinter dem Heißwasserboiler. Ich entschied mich für einen Montag. Da konnte ich mir mit Hilfe meiner Kumpel von der Tippgemeinschaft ein Alibi verschaffen. Gerade an diesem Montag ging es Rebecka recht leidlich, und sie hatte genug Kraft, um zu arbeiten. Aber bereits gegen vier schlich sie wieder nach oben, um sich hinzulegen. Ich packte eine einfache Sporttasche: meine leichten Wanderschuhe, ein paar dünne Lederhandschuhe, eine kleine Taschenlampe, einen Kompass, die Karte des Walds, durch den ich gehen musste, Toilettenbeutel, warmer Pullover, Regenanzug aus dünnem Plastik und Plastiküberzüge für die Schuhe. Und das Wichtigste: die Disketten zum Löschen der Festplatten. Am Vortag hatte ich über Internet bei Avis auf dem Flughafen Landvetter einen Wagen bestellt. Das Ticket für die Abendmaschine war ebenfalls gebucht. Ich brauchte es nur noch am Schalter abholen.«

Er verstummte und trank rasch ein paar Schlucke aus seinem Glas.

»Kurz vor halb sechs war ich im Shakespeare. Ich unterhielt mich lange mit Steven, dem Eigentümer, damit er sich daran erinnern würde, dass ich dort gewesen war. Die anderen kamen gegen sechs, und wir tranken Bier und besprachen den Tippschein der Woche. Ich gab eine Runde Whisky aus. Gegen halb sieben sagte ich halblaut zu Vincent, dass ich auf ein wichtiges Gespräch warten würde und nach Hause müsse. Die Stimmung am Tresen war recht ausgelassen, und ich glaube nicht, dass es jemandem auffiel, dass ich früher ging als sonst. Ich rannte nach Hause und holte meine Tasche. Das dauerte nicht mal eine Minute. Dann eilte ich zur Bayswater Road und nahm mir von dort ein Taxi zur Paddington Station zum Zug nach Heathrow. Fünf Minuten nach sieben holte ich mein Ticket ab und checkte als Letzter ein. Die Tasche ging als Handgepäck durch. Als wir die Maschine verließen, musste ich sie nur packen und zusehen, dass ich der Erste war. Der Mietwagen stand bei Avis schon bereit. Alle Papiere hatte ich schon via Internet ausgefüllt. Vom Flughafen zum Sommerhaus fährt man nur eine Viertelstunde.«

Er trank noch einen Schluck und fuhr dann fort:

»Ich hatte schon auf der Karte eine Stelle gefunden, an der ich den Wagen ungefähr abstellen wollte. In Wirklichkeit war es dann aber schwieriger, als ich gedacht hatte. Aber schließlich entdeckte ich einen Weg. Ich zog die Jacke aus und den Pullover und die Wanderschuhe an. Dann zog ich den Regenanzug über. Mit der Kapuze würde ich nicht so leicht zu identifizieren sein, außerdem war das Risiko nicht so groß, dass ich irgendwelche Haare verlieren würde. Die Handschuhe und Schuhüberzüge steckte ich in die Taschen, Taschenlampe, Kompass und Karte ebenfalls. Ich bin oft im Wald, hatte aber trotzdem Mühe, mich zum Sommerhaus durchzuschlagen. Ich hatte jedoch das Glück auf meiner Seite. Jacob war noch nicht nach Hause gekommen. Wäre er bereits da gewesen, dann hätte ich ihn mit der Axt aus dem Schuppen erschlagen. Die steckte im Hauklotz, als wir im Juli dort waren, und war immer noch dort. Ich zog die Handschuhe an und nahm die Axt mit ins Haus, musste sie aber wie gesagt nie anwenden. Anschließend platzierte ich sie wieder im Hauklotz. Da er nicht zu Hause war, konnte ich die Tür einfach mit dem Ersatzschlüssel unter dem Blumentopf öffnen. Ich zog den Schuhschutz über, nahm das Gewehr aus dem Versteck und lud es. Dann legte ich die Löschdiskette in den Computer und ließ sie laufen. Als Jacob nach Hause kam, zog ich mich in den Wohnraum zurück. Er schloss die Haustür auf und trat in die Diele. Dann erschoss ich ihn.«

Rebecka begann wieder zu jammern, aber Christian schien keine Notiz von ihr zu nehmen. Sein regloser Gesichtsausdruck war kein schöner Anblick. Es war auch nicht besonders angenehm, seinem umständlichen und detaillierten Referat der Morde zu lauschen. Aber er hatte schließlich selbst gesagt, dass es wichtig sei, dass die Sache zu einem korrekten Schluss komme, erinnerte sich Irene.

Ohne die Tonlage zu ändern, fuhr Christian fort:

»Ich hatte genug Zeit, seine Festplatte gründlich zu säubern. Im Versteck hinter der Wandverkleidung fand ich noch etliche Disketten und einige Videos. Ich stopfte alles in eine Plastiktüte. Dann fand ich unter der Terrasse Holzkohle und Spiritus und nahm beides ebenfalls mit. Mir war klar, dass ich im Pfarrhaus ebenfalls Videos und Disketten finden würde. Alles musste verbrannt werden, da es noch weitere Filme mit Rebecka geben konnte. In diesem Versteck fand ich auch das Buch über den Satanismus. Das brachte mich auf die Idee. Rebecka hatte mir erzählt, ihr Vater und ihr Bruder hätten Satanisten übers Internet gesucht. Ich dachte daran, was diese beiden Herren im Internet getrieben hatten, und fand es deshalb nur angemessen, die Computer der beiden Schweine mit einem Zeichen zu versehen. Also tauchte ich einen Pinsel in Jacobs Blut und malte ein Pentagramm auf den Monitor. Deswegen habe ich auch das Kruzifix im Schlafzimmer umgedreht, als ...«

Er unterbrach sich und leerte das Glas. Sie hörten das Gluckern einer Flasche. Er schenkte nach.

»Ich ging durch den Wald, auch wenn das recht anstrengend war. Im Pfarrhaus war alles dunkel. Der Schlüssel lag unter dem Blumentopf, und ich ging rein, nachdem ich die Handschuhe und den Schuhschutz übergezogen hatte. Ich schlich hoch ins Schlafzimmer. Sie schliefen beide. Erst erschoss ich den Pfarrer und dann seine Frau. Sie sollten nie mehr aufwachen!«

Von Rebecka war nichts zu hören, als er einen weiteren großen Schluck Whisky trank. Er hustete, ehe er mit seiner eintönigen Stimme weitersprach:

»Ich löschte die Festplatten und packte alle Disketten und Videos ein, die ich finden konnte. Es waren Unmengen von Disketten, aber nur drei Filme. Da ich auf Jacobs Computer ein Pentagramm gemalt hatte, malte ich hier auch eins. Ich verwendete dafür das Blut des Vaters wie auch der Mutter. Das erschien mir irgendwie ... passend. Sie waren beide schuldig. Tja, dann ging ich durch den Wald zurück. Natürlich, ich verbrannte noch die Videos und die Disketten. Und die Regenmontur, die Handschuhe und den Schuhschutz. Die Plastiktüte behielt ich für die schmutzigen Wanderschuhe. Damit meine Tasche innen nicht schmutzig werden würde. Ich legte auch den Pullover wieder in die Tasche. Dann zog ich wieder mein ordentliches Jackett und die sauberen Schuhe an. Alles lag im Mietwagen. Ich fuhr zurück zum Flughafen. Dort wusch und rasierte ich mich auf der Toilette. Niemand konnte mir ansehen, dass ich gerade drei Menschen getötet hatte. Das Flugzeug hob um 7.20 Uhr schwedischer Zeit ab und landete um 8.20 Uhr englischer Ortszeit. Im Flugzeug schlief ich nicht, denn ich war nicht müde. Ich habe es nie bereut, dass ich diese Schweine erschossen habe, aber manchmal frage ich mich, ob es das wert gewesen ist ...«

Er schaute in Rebeckas Richtung. Immer noch war von ihr kein Laut zu vernehmen.

»Sie begriff sofort, dass ich es gewesen war. Aber sie wollte nicht darüber sprechen. Sie behauptet die ganze Zeit, es sei ihre Schuld, dass sie gestorben sind. Sie hätte mir nichts erzählen sollen, sagt sie. Sie haben sie wirklich kaputtgemacht, ihr eine Gehirnwäsche verpasst.«

Er lachte. Ein kurzes, freudloses Lachen, und trank einen großen Schluck Whisky.

»Jetzt wissen Sie alles. Beide Computer hier habe ich präpariert. Alles wird gelöscht. Es gibt keine Methode, um das eben Gesagte wiederherzustellen. Sie beide müssen eben berichten, was ich Ihnen erzählt habe. Rebecka und ich haben uns entschieden. Für uns gibt es keine Zukunft. Wir sind am Ende unseres Weges angekommen.«

Er stand auf und verschwand aus dem Bild. Wenig später war ein Schuss zu hören und nach einigen Sekunden noch einer.

Irene und Glen saßen wie versteinert da und schauten auf das ordentliche Bücherregal und auf eine schwarze Lehne im unteren Teil des Bildes. Plötzlich wurde der Monitor schwarz, und der Computer verstummte.

Weder Irene noch Glen sagten minutenlang etwas. Schließlich streckte Glen die Hand aus und stellte das Diktiergerät ab.

»Was für ein Glück, dass ich das nach Edinburgh mitgenommen und dann beim Nachhausekommen vergessen habe, es aus der Manteltasche zu nehmen. Alles, was er gesagt hat, ist auf Band.«

KAPITEL 20

Es war gelungen, Lefèvres Handy zu lokalisieren: Mayfair, die Gegend um den Berkeley Square. Exakter ließ sich die Position nicht ermitteln. Erst überlegte Irene, ob sich Rebecka und Christian vielleicht in der Praxis von Doktor Fischer aufhielten, aber es schien unwahrscheinlich, es war einfach zu weit weg.

»Ist bei der Ermittlung irgendeine Adresse in Mayfair aufgetaucht?«, wollte sie wissen.

Glen schüttelte nur den Kopf.

Sie waren immer noch in Lefèvres Büro und etwas ratlos, wo sie anfangen sollten zu suchen.

»Im Regal standen viele Bücher, und es war aus einem hellen Holz«, meinte Glen.

»Haben Sie irgendwelche Titel erkennen können?«, fragte Irene hoffnungsvoll.

»Nein. Der Abstand war zu groß.«

Sie hatten versucht, den Computer wieder zu starten, aber vergebens. Glen hatte bei einem Computerspezialisten der Metropolitan Police angerufen, der geduldig erklärt hatte, wie sie es anfangen sollten. Als alle Versuche gescheitert waren, stellte der Experte nur lapidar fest:

»Er hat eine Bombe gezündet.«

»Eine was?«, rief Glen.

»Nicht so eine. Er hat einen Computervirus überspielt, der die Daten auf der Festplatte zerstört. So etwas kann man auf der Festplatte installieren und zu einem gewissen Zeitpunkt oder bei einer gewissen Gelegenheit aktivieren. So ein Computer lässt sich nicht mehr starten, wie Sie gerade gemerkt haben.«

»Nichts zu machen also?«, stellte Glen niedergeschlagen fest.

»Nein.«

Glen dankte für die Hilfe. Mutlos breitete er die Hände aus und sah Irene unschlüssig an.

»Was machen wir jetzt?«

»Wir versuchen, Andrew St. Clair zu erreichen. Er ist vermutlich der Einzige, der wissen könnte, wo sich Christian aufhält.«

Sie wurde unterbrochen, als Glens Handy erneut klingelte.

Seine Miene hellte sich auf, als er die Stimme am anderen Ende erkannte. Er gab Irene ein Zeichen, näher zu kommen, und sagte:

»Guten Abend, Mr. St. Clair. Das stimmt, dass wir Sie schon den ganzen Abend zu erreichen suchen ... Ich verstehe. Doch ... sehr bedauerliche Umstände haben das nötig gemacht.«

Ruhig und methodisch referierte Glen die Vorfälle des Nachmittags und Abends. Erst wollte St. Clair ihm nicht glauben. Als Glen am Ende seines Berichts angekommen war und von den beiden Schüssen erzählte, wurde es am anderen Ende erst einmal ganz lange still. Als Andrews Stimme erneut zu hören war, zitterte sie vor unterdrückten Gefühlen.

»Sie sagten doch, dass das Gespräch irgendwo aus der Gegend des Berkeley Square kam. Ich habe noch meine Wohnung in London. Die liegt in der Hill Street, die auf den Berkeley Square mündet.«

»Kann Christian in Ihre Wohnung kommen?«

»Ja. Er hat einen Schlüssel.«

Der Anblick, der sich der Spurensicherung der Metropolitan Police bot, war zwar erwartet, aber trotzdem unerhört tragisch.

Rebecka saß zurückgelehnt in einem weißen Ledersessel mit hoher Lehne. Ihre Augen waren geschlossen. Über der Nasenwurzel hatte sie wie ein zusätzliches Auge auf der Stirn ein schwarzes Loch. Die Rückenlehne war blutbedeckt.

Christian saß, den Kopf gegen ihr Knie gelehnt, vor ihr auf dem Fußboden. Er hatte sich auf die klassische Art umgebracht, durch die Schläfe. Bei der Pistole handelte es sich um eine Magnum, und wegen des großen Kalibers reichte ein einziger Schuss. Die Austrittswunde war bemerkenswert groß, der Schädelknochen weggerissen.

Einen Augenblick lang kam Irene das Ganze wie das Ende einer griechischen Tragödie vor oder wie eine Variante von Romeo und Julia. Aber hier waren es nicht die strengen Väter und alte Familienfehden gewesen, die der Liebe von zwei jungen Menschen im Wege gestanden hatten, sondern vor vielen Jahren begangene Verbrechen, die nur zu neuen Verbrechen geführt hatten. Wer bei dieser Sache die Opfer und wer die Täter waren, ließ sich nur schwer entscheiden.

KAPITEL 21

Was war auf der anderen Seite der Nordsee eigentlich los? Was hatte dieser Irre Lafayet oder wie der auch immer hieß für ein Motiv, Rebecka zu entführen? Was sollte das? Typisch, immer wenn man Irene losschickte! Dann passierten die merkwürdigsten Sachen. Aber am Schluss kriegte sie doch immer alles hin, das musste er zugeben.

Man hätte Rebecka direkt nach den Morden nach Schweden einbestellen sollen. Vielleicht in Begleitung dieses Seelenklempners und einiger Polizisten, aber man hätte sie nach Hause schaffen müssen. Dann hätten dieser Franzose und der Arzt sie nicht vor ihnen verstecken können. So krank, dass sie nicht hätte sprechen können, wäre sie schon nicht gewesen, und sie hätten in einem frühen Stadium der Ermittlung eine ordentliche Zeugenaussage gehabt. Und alles wäre bedeutend billiger gekommen.

Sven Andersson hatte kein Licht gemacht, obwohl es in den Ecken immer dunkler wurde. Er saß an diesem Freitagabend im April in der Dämmerung und trank genüsslich eine wohlverdiente Dose Bier, um ehrlich zu sein, die dritte. Das ging auch niemanden was an, fand er.

Deswegen war er sehr verärgert, als es an der Tür schellte. Automatisch warf er einen Blick auf seine Armbanduhr. Fast neun. Sein erster Impuls war, nicht zu öffnen, so zu tun, als sei er nicht zu Hause. Andererseits kam es nur äußerst selten vor, dass es bei ihm an der Tür klingelte. Es war reine Neugier, dass er von seinem Sessel aufstand und öffnete.

Zu seinem Erstaunen stand sein Cousin Georg auf der Treppe. Er war allein gekommen, ohne die muntere Bettan. Man konnte über sie nichts Böses sagen, aber manchmal ging sie einem trotzdem auf die Nerven.

»Hallo, Sven«, sagte Georg.

Andersson merkte, dass sein sonst immer so selbstsicherer Cousin leicht verunsichert wirkte.

»Hallo. Gibt's was Besonderes?«

Nervös fuhr sich Georg mit der Zungenspitze über die Lippen und zwang sich zu einem Lächeln.

»Kann ich einen Augenblick reinkommen?«

Die Neugier des Kommissars erwachte. Vielleicht war es auch nur sein Polizisteninstinkt.

Andersson trat einen Schritt zurück, um seinen Cousin hereinzulassen. Mit einem Fuß schob er diskret die Stiefel beiseite, die direkt hinter der Schwelle lagen. Sie lagen dort, seit er am vergangenen Wochenende angeln gewesen war. Den einzigen Tag, den er über Ostern freigehabt hatte, hatte er seinem einen Hobby gewidmet, dem Angeln. Sein anderes Hobby war sein Garten. Aber das hatte er denen auf der Arbeit noch nie erzählt.

Er wurde sich bewusst, dass es schon geraume Zeit her war, dass er sein kleines Reihenhaus aufgeräumt hatte.

»Entschuldige das Durcheinander, aber in letzter Zeit war es alles etwas viel. Erst die Schyttelius-Morde und dann der Bandenkrieg, der Ostern ausgebrochen ist …«

Das musste als Erklärung reichen. Und wenn nicht, dann sollte Georg gefälligst selbst den Staubsauger hervorholen und sich ans Werk machen. Das hier war Svens Durcheinander, und darin fühlte er sich wohl. Auch wenn es momentan vielleicht etwas schlimmer war als sonst. Damit die dicke Staubschicht auf den Möbeln nicht zu sehen war, knipste er nur eine Lampe im Fenster an.

»Willst du ein Bier?«, fragte er.

»Nein, danke. Ich bin mit dem Auto da.«

Natürlich war er mit dem Auto gekommen. Bettan und er wohnten in Billdal am anderen Ende von Göteborg. Andersson unterdrückte einen Seufzer, war aber eigentlich ganz froh. Er hatte nur noch drei Dosen im Kühlschrank stehen.

»Vielleicht einen Kaffee …?«, fragte er halbherzig.

»Nein, danke. Überhaupt nichts. Ich wollte dir nur … was erzählen.«

Vorsichtig setzte sich Georg auf die Kante des grünen Sofas. Er hatte vermutlich Angst um seinen hellen Anzug. Das Sofa war nach all den Jahren recht verblichen und sah etwas angeschmutzt aus. Andersson hatte schon wiederholte Male vorgehabt, einen Überzug zu kaufen, aber daraus war irgendwie nie was geworden.

Andersson ließ sich in seinen bequemen Ledersessel sinken. Ein Geschenk zu seinem Fünfzigsten, das er sich selbst gemacht hatte. Vor ihm auf dem fleckigen Couchtisch aus Teakholz stand die halb leere Bierdose.

»Okay. Du willst mir was erzählen. Hier bist du unter Freunden«, sagte Andersson jovial und grinste über seinen eigenen Scherz.

Georg schien nicht einmal bemerkt zu haben, dass es hatte lustig klingen sollen. Verlegen räusperte er sich.

»Es geht um Jacob Schyttelius. Das hat natürlich nichts mit den Morden zu tun. Sowohl ich als auch der Vater fanden, dass es das Beste sei, die Sache auf sich beruhen zu lassen … sie sollte sozusagen mit Jacob sterben. Der Schaden würde nur umso größer, je mehr man darin herumstochern würde. Und Jacob ist ja, wie gesagt, tot. Er kann sich nicht mehr verteidigen. Und für sie ist es sicher auch das Beste so. Kinder vergessen ja schnell.«

Verwirrt verstummte er und sah seinen Cousin Hilfe suchend an. Andersson verstand nur Bahnhof, und da ihm nichts Besseres einfiel, nahm er einen Schluck aus seiner Bierdose. Was wollte ihm Georg sagen? Etwas über Jacob Schyttelius und ein Kind. Nachdenklich stellte er die blaue Dose wieder ab.

»Wie wäre es, wenn du ganz von vorne anfängst? Am besten auch in der richtigen Reihenfolge.«

»Klar. Natürlich.«

Georg zog eine unsichtbare Falte seines perfekt gebügelten Hosenbeins gerade und räusperte sich erneut.

»Ich finde es ganz richtig, dass ich dir davon erzähle ... irgendwie hat es meinem Gewissen doch zu schaffen gemacht ... auch wenn es für die Morde ohne Bedeutung ist ... natürlich. Also zur Sache. An dem Montag, an dem Jacob erschossen wurde – aber das war natürlich sehr viel später am Abend –, kam der Vater einer unserer Schülerinnen zu mir. Er wartete vor dem Sekretariat auf mich, als ich am Morgen zur Arbeit kam. Er war außer sich. Was nur verständlich ist, wenn es stimmt, was er behauptet. Aber das wissen wir schließlich nicht. Sie kommen aus einer anderen Kultur, in der das Verhältnis zwischen Schüler und Lehrer sehr strikt und autoritär ist. Sie verstehen das mehr informelle Verhältnis zwischen Schülern und Lehrern in den schwedischen Schulen möglicherweise falsch ...«

Andersson hatte sich kerzengerade aufgesetzt.

»Wo stammen sie denn her?«, unterbrach er seinen Cousin barsch.

»Aus Syrien. Christliche Syrer«, erwiderte Georg mit schwacher Stimme.

»Wieso war der Vater denn so außer sich?«

Georg rutschte auf dem unbequemen Sofa hin und her. Offenbar fühlte er sich nicht wohl, weder was seinen Platz anging noch seine Situation.

»Er hat behauptet, seine Achtjährige hätte am Wochenende einen Zusammenbruch erlitten. Sie habe gesagt, Jacob hätte sie zu ›hässlichen Sachen‹ gezwungen.«

»Was für hässlichen Sachen?«

»Der Vater sagte, Jacob hätte ihr sein ›Ding‹ gezeigt und sie gezwungen, sich auszuziehen. Dann hätte er sie ... angefasst.«

»Wo war das?«

»In der Schule. Nach dem Unterricht. Jacob soll sich erboten haben, dem Mädchen Nachhilfe zu geben. Sie hat Probleme mit der Sprache und ist ziemlich still. In Mathematik war sie weit zurück.«

Andersson sah seinen Cousin in dem eleganten hellgrauen Anzug lange an. Schließlich sagte er langsam und mit Nachdruck: »Du dummes Arsch!«

Georg zuckte zusammen, schwieg aber.

Erregt stand Andersson auf und begann, im Zimmer auf und ab zu gehen.

»Begreifst du, was du getan hast? Du hast wichtige Informationen in einer Mordsache zurückgehalten! Das ist strafbar! Das ist verdammt noch mal ein Mordmotiv, was du da verschwiegen hast!«

Dann war Andersson gezwungen, Atem zu holen. Georg versuchte, sich zu verteidigen:

»Aber Jacob hat geleugnet. Er beteuerte seine Unschuld. Das Mädchen hätte sein Entgegenkommen missverstanden. Sie hätte bei ihm auf dem Schoß sitzen wollen. Sie hätte so eine Zuneigung zu ihm gefasst. Er hätte alle ihre Zärtlichkeiten zurückweisen müssen. Vielleicht hätte sie sich eingebildet, da sei mehr, oder sich an ihm rächen wollen.«

Andersson sah seinen Cousin finster an.

»Eine Achtjährige?«, fragte er trocken.

»Tja ... Kinder lügen.«

»Wie reagierte Jacob auf die Anschuldigung, er hätte sie gezwungen, sich auszuziehen?«

»Natürlich war er vollkommen entsetzt. Er hat mehrmals versichert, er sei unschuldig. Es graute ihm vor einer Ermittlung. Was würden seine Eltern sagen? Sein Vater war schließlich Hauptpfarrer.«

»Und ein guter Freund von dir ... Hast du ihm geglaubt?«

»Doch ... er wirkte überzeugend.«

»Den Vorwürfen ging also niemand nach?«

»Nein. Schließlich starb er.«

»Da warst du sicher wahnsinnig erleichtert. Keine ungemütliche Publicity für deine Schule. Keine Kürzung von Mitteln. Keine Angst bei den Eltern der anderen Kinder. Alles kam wieder ins Lot.«

Andersson war sarkastisch. Das war ihm egal.

Georg stand vom Sofa auf. Er war fast einen Kopf größer als sein Cousin. In einem Versuch, das Gesicht nicht ganz zu verlieren, sagte er beleidigt:

»Ich bin hergekommen, um dich über etwas zu informieren, was am Morgen des Mordtages geschehen ist. Ich hätte es auch lassen können, da es nichts mit den Morden zu tun hat ...«

Mit drei raschen Schritten stand Andersson vor Georg. Den Kopf in den Nacken gelegt, sah er ihn durchdringend an:

»Wie willst du wissen, dass das nichts mit den Morden zu tun hat? Wie willst du wissen, dass es nicht der Vater des Mädchens oder ein Onkel oder wer auch immer aus diesen riesigen Familien war, der erst Jacob und dann seine Eltern erschossen hat?«

»Wa... warum sollten sie das tun?«

Jede mühsam erkämpfte Überheblichkeit war von Georg abgefallen. Er wich dem Blick seines Cousins aus und versuchte, einen unsichtbaren Fussel vom Ärmel zu bürsten.

»Noch nie was von Vendetta gehört? Dass sie ganze Familien auslöschen, wenn sie sich rächen? Wir haben bisher noch kein brauchbares Motiv, aber das hier ist wirklich ein recht ordentliches«, sagte Andersson mit Nachdruck.

Wieder versuchte Georg, sich zusammenzureißen, und sagte förmlich:

»Es war ein Fehler, herzukommen und deine wertvolle Zeit mit diesen unwesentlichen Informationen in Anspruch zu nehmen, und ...«

»Im Grunde deines Herzens hast du immer gewusst, dass sie verdammt wichtig waren. Sonst wärst du nicht durch die ganze Stadt gefahren, um dein empfindliches christliches Gewissen zu erleichtern!«

In dem dunklen Zimmer blieb es lange still. Die zwei Männer standen da und maßen einander mit Blicken. Wieder war es Georg, der dem Blick als Erster auswich. Steif sagte er:

»Ich gehe jetzt.«

Er drehte sich auf dem Absatz um und eilte in die Diele.

Andersson hörte, wie er die Haustür hinter sich zuknallte. Seufzend ging er zum Couchtisch und nahm seine Bierdose. Er hob die Dose in Richtung der geschlossenen Tür und sagte laut:

»Tu das. Und grüß Bettan!«

KAPITEL 22

Irene schaute hoch und sah ihre Kollegen an. Der letzte Schuss auf dem Tonband, das sie ihnen vorgespielt hatte, war gerade verhallt. Eine ganze Stunde hatten sie mucksmäuschenstill dagesessen, während sie ihnen von den Ereignissen in England und Schottland erzählt hatte. Es hatte fast den Anschein, als wolle niemand das Schweigen brechen, aber schließlich räusperte sich Kommissar Andersson:

»Georg Andersson … der Rektor der Schule, an der Jacob arbeitete, ließ Freitag von sich hören. Sagte, er hätte sich entschlossen, mir alles zu erzählen … Erzählte mir was von seinem beschissenen Gewissen!«

Andersson unterbrach sich. Irene fiel auf, dass er hochrot anlief. So war sie nicht vollkommen unvorbereitet, als er plötzlich die Faust auf den Tisch knallte und brüllte:

»Wenn dieses betuliche Arsch nur was gesagt hätte! Dann wären wir dieser Sache viel schneller auf den Grund gekommen! Aber er hatte Angst um den Ruf seiner Schule, und da Jacob tot war, hielt er es für nicht angezeigt, die Sache publik zu machen! Er und die Eltern hielten es für das Beste, nichts zu sagen. So ein dummes Geschwätz! Ich habe ihm wirklich meine Meinung geblasen.«

Es war klar, dass der Cousin des Kommissars sich einiges hatte anhören müssen und dass er einiges wieder gutzumachen hatte, warum, war den Anwesenden aber immer noch nicht klar. Irene erdreistete sich zu fragen, worum es überhaupt ging.

»Am Morgen des Mordtags, also am Montag, kam der Vater einer Schülerin ins Sekretariat. Er war außer sich, und das ist zu verstehen. Seine achtjährige Tochter hatte ihm weinend erzählt, dass sie ihr Lehrer mehrmals zu irgendwelchen sexuellen Handlungen gezwungen hatte. Ratet mal, wer der Lehrer war?«

»Jacob Schyttelius«, riefen mehrere wie aus einem Mund.

»Genau! Georg bestellte Jacob zu sich und erzählte ihm, was der Vater des Mädchens gesagt hatte, aber er stritt alles ab. Sagte, Leute anderer Kulturen könnten das mit der schwedischen Offenheit zwischen Schülern und Lehrern missverstehen. Die Familie des Mädchens kommt aus Syrien. Aber ich habe mich bei der Polizei oben in Norrland erkundigt, dort, wo Jacob vor seiner Scheidung Lehrer war!«

Der Kommissar wedelte mit einigen Faxen in der Luft herum.

»Die kamen vor ein paar Stunden. Dieser verdammte Jacob musste dort seinen Dienst quittieren, weil der Verdacht bestand, er hätte sich Schülern sexuell genähert! Dann zog er hierher, und alles verlief im Sand. Die da oben bei den Lappen waren einfach froh, das Schwein los zu sein!«

Irene erinnerte sich an die traurige und gebrochene Kristina Olsson, Jacobs Exfrau, die nach Karlstad umgezogen war. Jetzt hatte sie auch eine Erklärung für ihre Niedergeschlagenheit. Aber auch sie hatte nichts erzählt.

»Wenn er doch nur was gesagt hätte!«, explodierte Andersson erneut.

Nachdenklich meinte Irene:

»Ich habe lange über etwas nachgedacht, was Svante Malm gesagt hat. Er meinte, der Teufel wohne in uns allen. Wo der Teufel deutlich zum Ausdruck kommt, ist er leicht zu erkennen. Mord, Misshandlung und Vergewaltigung sind handfeste und deutliche Manifestationen des Teufels, die wir bekämpfen können. Aber gegen Glasteufel kann man nicht so leicht angehen.«

»Was erzählst du da für einen Unsinn?«, fauchte Andersson.

Unbeeindruckt fuhr Irene fort:

»Ein Glasteufel ist eine Person, in der das Teuflische durchsichtig ist, man bemerkt es ganz einfach nicht, obwohl es die ganze Zeit da ist. Die Seite, die der Teufel zeigen will, leuchtet stark und blendet alle. Niemand vermutet den Teufel in einem älteren Hauptpfarrer mit einem silbernen Kreuz um den Hals und in goldbestickten Messgewändern. Und wer sieht den Teufel in einem jungen, gut aussehenden und netten Lehrer, den alle Schüler mögen? Niemand. Denn niemand will ihn dort sehen.«

Andersson starrte Irene an, als würde er seinen Ohren nicht trauen.

»Jetzt mal ehrlich … könnte es sein, dass das alles etwas viel für dich war?«, sagte er dann.

»Nein. Ich habe bei dieser Ermittlung in der Tat eine Menge gelernt. Die Opfer der Glasteufel schweigen, denn sie wissen, dass man ihnen ohnehin keinen Glauben schenken wird. Rebecka behauptete bis zuletzt, es sei ihre Schuld, dass ihre Familie getötet worden sei. Die Prophezeiung ihres Vaters war in Erfüllung gegangen. Wenn sie nur einer Menschenseele davon erzählte, dann würden ihr und ihrer Familie schreckliche Dinge widerfahren. Und genau das ist geschehen.«

Kommissar Sven Anderssons Dankesrede anlässlich der Feier seines sechzigsten Geburtstags

»Ich bin wie gesagt kein großer Redner, aber da ich so ein schönes Geschenk von euch bekommen habe – ganz zu schweigen von diesem Fest –, muss ich doch ein paar Worte sagen. Ich wurde etwas verlegen, als Tommy in seiner Rede davon anfing, dass ich kein Geschenk, sondern ein *Erlebnis* bekommen solle. Ich fand, das klang recht bedenklich …

Ja, danke! Schenkt nach! Schließlich wird man nur einmal im Leben sechzig!

Wo war ich stehen geblieben? Also, ein Erlebnis. Es wird sicher aufregend, London wieder einmal zu besuchen. Ich war zuletzt Anfang der sechziger Jahre dort … einundsechzig. Wir haben damals die Fähre genommen, meine Güte, wie seekrank ich damals war!

Ich hoffe also, dass das Fliegen viel weniger beschwerlich ist. Dieser … wie hieß er jetzt wieder? Wo ist der Zettel? Glen Thomsen! Das scheint ja wirklich ein netter Bursche zu sein. Er holt mich vom Flughafen ab, und dann hat er auch noch ein eigenes Hotel … Was sagst du, Irene? Ach so. Das Hotel gehört seiner Schwester. Dort soll ich also drei Nächte wohnen, und dann soll ich immer in einem Restaurant in der Nähe zu Abend essen.

Und die Visitenkarte der Dame, die das Restaurant besitzt, habe ich ebenfalls bekommen. Sie schreibt, dass sie sich, so gut es geht, um mich kümmern will. Das klingt gut. Donna heißt sie. Vielleicht eine kleine blonde Primadonna? Was!

Dann kann ich euch noch mitteilen, dass ich eine Sondergenehmigung beantragt habe, um noch ein weiteres Jahr hier im Dezernat im Amt bleiben zu dürfen. Freut euch gefälligst! Jetzt frage ich mich nur, was Irene und Fredrik da zu tuscheln haben. Ich habe alles gehört! Hör mal, Irene! Darf ich das dann auch erfahren ... Ach so. Mir erzählt mal wieder keiner was. Aber so ist das wohl, wenn man Geburtstag hat. Vielen Dank euch allen für ein wunderbares Fest und für das schöne Geschenk ... ich meine, Erlebnis. Skål!«

Ein herzlicher Dank an:

Magnus Tuneld von *Mactun Data* in Karlstad für die Hilfe, was Computer angeht.
Peter Jernfält für Korrekturen, was Waffen betrifft.
Alle *Polizisten*, auch ehemalige, die ich um Rat fragen konnte.

HELENE TURSTEN

btb

Helene Tursten bei btb

Die Romane um Kriminalinspektorin Irene Huss

Der Novembermörder
Roman. ISBN 987-3-442-72554-0

Der zweite Mord
Roman. ISBN 987-3-442-72624-0

Die Tätowierung
Roman. ISBN 987-3-442-73147-3

Tod im Pfarrhaus
Roman. ISBN 987-3-442-73233-3

Der erste Verdacht
Roman. ISBN 987-3-442-73596-9

Feuertanz
Roman. ISBN 987-3-442-73715-4

Die Tote im Keller
Roman. ISBN 897-3-442-75200-3

»Helene Tursten macht süchtig. Wer durch die Mankell-Krimis Schweden als karges, düsteres, verregnetes Land kennen gelernt hat, wird nach dem Lesen eines Huss-Krimis Lust auf Schweden bekommen, so schön sind Leute, Landschaft und das Meer beschrieben.« *ZDF*